人物介紹

許枚：古董店「拙齋」的老闆，同時也是「撫陶師」，擁有召喚「瓷靈」、將古瓷幻化成人的能力。心思縝密，擅長推理，一肚子關於文物的冷門知識。性格平和，處世從容淡定，行事不拘章法，冷詼諧，好調侃。對江蓼紅有好感，卻不敢吐露。

江蓼紅：京劇刀馬旦，同時也是「聽泉師」，可與古錢幣透過「泉音」交流。喜歡許枚，表達喜歡的方式是赤裸裸地調戲，但一切舉動發乎情止乎禮，從無踰矩。

：警察局探長，出身捕門緝凶堂。性格沉穩，格鬥技巧極高。膽大心細，雖拙於言辭，卻頗為體貼他人。名字被許枚戲稱與瓷器有緣。對姬揚清有好感，只是羞於表達。

清：警察局法醫，出身捕門驗骨堂，卻擅長用毒，尤其是以毒入藥，這背後似乎有著不為人知的祕密。性格潑辣，愛慕宣成。

目錄

第一章 天藍

武雲非其實很年輕，只是長得黑了些，糙了些，身子粗壯了些，毛髮旺盛了些，看起來活像三十大幾的人，再加上銅鈴似的眼睛，鋼針似的鬍鬚和上翻的鼻孔，被他嚇哭的小孩子已經數不過來了。不久前，去上海談生意的武雲非路過某個電影的外景拍攝地，被個小雞子似的導演跳起來一把揪住胸口，罵罵咧咧道：「演李逵噠，怎麼只上了妝不換戲服的呀？整個劇組就等你一個啦！劇務，劇務哪？來來來，那兩把板斧拿過來，今天拍的是大鬧江州……啊！」

「你才是李逵，你全家都是李逵！老子可是風雅人，風雅人！」在把可惡的導演揉成一團塞進垃圾桶後，武雲非痛定思痛，回到冉城便把滿臉鬍鬚剃了個精光，坐在鏡子前撫摸著青兮兮的臉蛋哀歎不止：還是一副悍匪相啊！老子可是風雅人……

武雲非說的倒是不違心，他確實覺得自己算個「風雅人」，老八旗喜歡的那套飛鷹走狗玩畫眉鬥蛐蛐之類的把戲，他樣樣皆通，門門皆精，這個敗落牧場主家的孩子憑著「玩兒」的手段，在冉城「風雅圈」闖出了偌大的名聲。武雲非鬥蛐蛐的本事尤其高妙，堪稱通天徹地，每鬥必贏，最後連冉城的頭號鬥蟲高手那二爺都敗在他手下。輸紅了眼的那二爺犯起了老八旗的混帳性子，扯著武雲非一賭再賭，一鬥再鬥，連偌大家產都賠了進去。

鐵桿莊稼雖然倒了，但瘦死的駱駝比馬大，那二爺的財產豐厚之極，武雲非一下子從一個蟲兒痞變成了腰纏萬貫的富豪。傾家蕩產的那二爺咬牙切齒地押上了祖宗留下的一片草場，那裡位置不大好，臨近水急浪惡的「魔鬼灘」，但土地豐饒，牧草肥美，令牧人家庭出身的武雲非看得直流口水。

「我一定要把這片牧場贏下來！一定！」武雲非興致勃勃地請出了心愛的「鐵甲大將軍」。

「我押草場，你押什麼？」那二爺的眼睛紅得像兔子。

「你想要什麼？」武雲非瞇縫著眼睛微笑，這麼多局鬥下來，他已經徹底搞清楚了那二爺鬥蟲的套路和選將，這個老傢伙在自己手裡不過是一隻垂死掙扎的困獸罷了。

「全部！」那二爺惡聲惡氣，臉上的肌肉都在顫抖。

「好啊。」武雲非十分享受凌虐比自己弱小的對手的感覺，也很享受豪賭的刺激。

這一局武雲非輸掉了他的全部，「鐵甲大將軍」也被那二爺的「青面狼」咬破了肚子，痛苦掙扎著死去。武雲非像被抽掉了骨頭似的癱倒在蛐蛐罐前，人生的大起大落，他在短短幾天內嘗了個遍。

那二爺大獲全勝，卻「咕咕」怪笑著宣布此局無效。

「為什麼？」武雲非一張黑臉難得地慘白著。

「賭約可以作廢，但你要答應我一個條件。」

武雲非腦海中轉過了無數變態到極點的要求。

「只要你答應娶我女兒，你的還是你的，我的也是你的，你的全部還屬於你，我還是那個賭得傾家蕩產的老八旗。」那二爺慈祥地笑著，「我女兒其實很美，真的很美，只是年紀大了些。」

武雲非想都不想便點了頭，他不願放棄到手的財富。

第一眼見到那嬈時，武雲非呆住了。這是一個什麼樣的女人啊！她長得很……很英俊，沒錯，非常英俊，劍眉星目，唇紅齒白，橫看豎看左看右看，怎麼看都只能用「英俊」這個詞來形容。武雲非如果娶了她，兩口子一出門，別人會以為李逵帶著燕青上街了。

武雲非搔了搔頭：長得也太英氣了，不過……真的很好看呀！我活了二十多年，還沒見過這麼好看的人。

那嬈嫁給武雲非那天，那二爺數錢數得手軟，無他，只因為那二爺半年前和北京的鈕八爺打了一個絕命賭：「我能在半年內給女兒招一個身價不低於那家的姑爺，還得是二十出頭的小後生，我拿全部家產做賭注！」

鈕八爺是打死都不信的，「你那個女兒都三十多了，又是剋夫的命格，哪有二十出頭的富家少爺肯娶她？我也拿全部家產做賭注！」

結果很明顯，鈕八爺輸得一敗塗地，知道了這個賭局的武雲非終於明白，自己和那嬈都是那二爺侵吞鈕家財產的棋子。

輸得傾家蕩產的鈕八爺最後抱著心愛的畫眉籠子餓死在街頭，那籠子裡的畫眉卻還活蹦亂跳，鈕八爺是最愛鳥的，「我餓著，也不能叫鳥兒餓著。」

至於那二爺，死得比鈕八爺還早，武雲非和那嬈成親當晚，老傢伙在自己的小金庫裡數錢數得心花怒放，「咯咯咯咯」地笑個不停，一口氣沒上來，活活樂死了，第二天一早屍體才被人發現。

「為父守孝，三年不得行周公之禮。」這是那嬈提出的要求。

武雲非敗興不已，成親眼看就三年了，他和那嬈一直分房睡，而且在成親當晚，武雲非也沒能品嘗到這位「英俊」女子的味道——那嬈被一群鬧客灌得不省人事，迷迷糊糊地被同樣大醉的侍女阿亮攙扶著走到了另一座房間，像死豬似的一覺睡到大天亮。酩酊大醉的武雲非卻著實銷魂了一把，那個錯走到自己新房的小美人實在是噴香可口，可惜身子骨太嬌弱，一陣折騰便嗚呼哀哉了。直到第二天早上酒醒之後，武雲非才發現自己認錯了人，還不小心弄出了人命，那具眼睛瞪得大大的屍體一直是武雲非的夢魘。

原本對自己酒量頗為自信的武雲非和那嬈，自那晚之後都戒了酒。

現在的武雲非專心專意經營著那二爺留下的牧場，招募了一批有經驗的牧工和洋味十足的管家、僕人，建起一座「雲間農莊」。武雲非是沒落牧場主的兒子，對牛羊的性子和肉食乳酪的品質非常熟悉，短短一年工夫，雲間農莊被他打理得紅紅火火。日子走入正軌的武雲非又想起了風雅事，蛐蛐是不想再玩了，有心理陰影，最風雅的是什麼？當然是古玩啦！

浮想聯翩的武雲非收回思緒，定定地望著鏡子裡的匪相，暗道：這三年我可收了不少好古董，冉城那幫子「風雅人」還總拿我當蟲兒痞，我這些「國寶」隨便拿出一件來，都能讓冉城收藏界抖三抖，哼，一幫狗眼看人低的東西……對了，我辦個賞寶會吧，發些邀請函，請那幫傢伙來見識見識我的寶貝，對，就這麼辦！

武雲非從筆筒裡抽出鉛筆，翻開皇曆，查找適合聚會的日子。

在幾個「諸事皆宜」的日期上做了標注，武雲非突然發現自己的手腕有些不對勁。「咦，腕子上怎麼會有一條短短的黑線？」武雲非輕輕按動手腕，也不覺疼痛，咕噥道：「這是什麼鬼東西？不管它了，先考慮賞寶會的事要緊。」

黑線再現

青瓷香薰裡透出若有似無的乳色香霧，如晴絲嫋嫋彌漫開來。窗前的竹籠裡一對紅子懶洋洋地瞇著眼睛，不時地輕輕鳴唱兩聲，清脆悅耳。房間正中，黃銅暖爐中炭火燒得紅旺旺的，整個屋裡暖意融融，連窗臺上的一盆大葉海棠都冒出了粉芽。雞翅木茶几上依舊是那套「雍正年製」青花山水行旅圖的茶壺，幾只茶碗裡熱騰騰地燜著半熟的普洱，一只甜白小盤裡盛著金黃的酥皮栗子糕——知道江蓼紅要來，許枚特意起了大早，坐著黃包車去了一趟百味齋，排了一個小時的隊，好容易買回來這種最受歡迎的小點心。

江蓼紅愜意地坐在拙齋內室的紅木大椅上，細細品嚼著栗子酥，這種酥脆的油皮下緊裹著軟糯香甜的口感實在讓人把持不住。

小悟乖乖伺候在一旁，眼巴巴望著滿臉享受的江蓼紅，狠狠吞了口唾沫。

江蓼紅遞給小悟兩塊栗子酥，擦擦手，從包裡夾出一枚「宣和通寶」，得意道：「藏在百果莊的『小特務』果然派上了大用場，據它所見，我們離開春實島的當天晚上，那黑衣人就去找了洪瓔。」

許枚坐在書桌前，細緻地擦拭著一件南宋龍泉窯簋式爐，輕輕點著頭，慢悠悠道：「嗯，洪瓔這小胖子果然被控制了。」

「捕門的人已經把他帶走了。」江蓼紅輕輕掀起茶碗蓋子，小小啜了一口未泡妥的普洱，說道：「對了，他藏在紫藤館的兩只鼻煙壺，都能幻化瓷靈吧？」

許枚小心翼翼地將簋式爐放回博古架，「當然，那可是乾隆官窯，雖然花稍了些，靈氣卻非常充沛，也許會變成打扮得花枝招展的熊孩子吧。」說著他又命小悟取了一只康熙茄皮紫釉爵杯來，細細擦拭。

江蓼紅擔憂地望著許枚，「這兩只鼻煙壺是那撫陶師『安插』在季世元父女住處的『耳目』，應該是為了探聽那玉壺春瓶的消息，一旦那封借力而為的綁架信沒奏效，他還可以根據鼻煙壺聽來的消息繼續謀畫。你偷偷摸摸把這麼兩個東西揣在身上，離開百果莊前又把它們放回紫藤館，我們在百果莊所言所行，怕是都被這兩個小傢伙一五一十地告訴那撫陶師了——現在他一定知道這件玉壺春瓶在你手裡，也知道你是撫陶師。」她望向博古架上那只泛著柔和紅光的雍正官窯祭紅釉玉壺春瓶，歎道：「季家的麻煩了結了，你的麻煩可要來了。你這麼做，等於向對方攤牌。」江蓼紅攤下身子，學著許枚悠閒懶散的語氣道：「我知道你的存在，現在你也知道我了。我們是敵是友，尊駕意欲何為，是時候挑明了吧？」

許枚噗地一笑，「我哪有這副懶鬼做派？再說，這件涉及瓷靈的麻煩事本就該由我來處理，職責所在，不容推卻，否則老南要怪我的。」

江蓼紅謎眼一笑，媚態橫生，「對，你掛著顧問的職銜，這正是你的差事，許老闆。」

這「許老闆」三字說得格外親暱，許枚心頭一蕩，柔柔說道：「你這聽泉師也跑不了喔，江老闆。」

江蓼紅又吃了一塊栗子酥，口中含含糊糊道：「且看對方作何反應吧。那撫陶師若對你不懷好意，我幫你一道收拾他。張嘴。」

「什麼？」許枚一愣，卻見江蓼紅兩指拈著一枚栗子酥，探著胳膊遞了過來。

「張嘴啊。」江蓼紅輕輕催促。

許枚雪白的臉騰地紅了，手中的爵杯攥得吱吱直響。

「快啊。」江蓼紅聲調拔高了幾分。

許枚吞了口唾沫，半張著嘴湊過去，輕輕把栗子酥叼在嘴裡，使勁嚼了幾下，「咕咚」一聲吞進肚裡。

江蓼紅掩口輕笑，一旁的小悟目瞪口呆：這就叫調情吧？

竹籠裡的紅子毛茸茸地偎在一處，唧唧地小聲鳴唱。

小悟縮了縮肩膀：這屋裡，怎麼突然有一股……那個詞怎麼說來著……對了，旖旎氣息……

「有——人——嗎？救——命——啊！許——老——闆，出——來——呀！」幾聲破鑼似的哀號把內室的旖旎風光打得粉碎。

許枚只覺腦仁一疼，紅脹的臉驟然褪色，咧嘴道：「哎喲，這是誰啊！」他意興闌珊地放下手中爵杯，掀開竹簾迎了出去。

一個身材高大的黑臉漢子在櫃臺前風風火火地走來走去，滿頭冒汗，連連搓手。

「你是……」許枚上下打量著眼前的客人，見他面色粗黑，圓頭虎眼，滿臉青噓噓的硬鬍碴，皮膚泛著層層油光，頭戴貂帽，身上穿一件體面的青緞長衫，外面套著古銅色琵琶襟棉馬褂，活像剃了鬍子的黑旋風搖身變成了土財主。平日裡進店玩賞古物的客人可沒有這副尊容的，那對鐵鉗似的巴掌拿一對沉重的板斧遠比捧著精貴的古玩合適。

「許老闆！你是許老闆吧？」那黑漢見許枚出來，見了救星似的，幾步撲上前來，一把攥住許枚的手，顛勺似的上下搖晃。

許枚眼冒金星，白玉般的手掌幾乎被握得變了形，一疊聲道：「這位先生，不需如此客套……不需如此……您不要……你別……你放手！你誰啊你！」

那黑漢見許枚惱了，忙收回熊掌，強擠出一個抱歉的笑容，「鄙人武雲非。」

「武雲非？」許枚一愣，上下打量著那黑漢，一拍額頭道：「原來是雲間農莊的武三爺。」

武雲非在家行三，人稱三爺，雲間農莊占據著冉城東郊潤翠河西岸的肥美草場，在冉城一帶名氣不小。近兩年武雲非迷上了收藏古玩，時常出入各種古玩集市店鋪，眼光「獨到」，興趣廣博，商周漢唐鐘鼎碑拓、宋元明清奇石美玉、汝官哥鈞古瓷名品、四僧八怪書畫墨寶，凡是受人追捧的風雅古物，武雲非都有所涉獵，乃至歷朝古錢、竹木牙角也零零碎碎地買了不少。兩年下來，各式各樣離譜的假貨攢了一屋子，個個都當國寶似的供著，愚名遠播，令人哭笑不得。但白花花的大洋一把一把撒出去，至不濟也會有些收成，武雲非手裡的確有幾件令藏界眼紅的珍品。至於這些寶貝因何而珍，為何而貴，意蘊何在，銘文何意，出自何方，流傳幾許，武三爺一概說不出個所以然，只會捧著寶貝一臉陶醉地欣賞，「你瞧它多美，多古老啊，用手一摸都掉渣呢！」冉城藏家談及此人所藏珍寶，常有月照溝渠、牛嚼牡丹之歎。

「什麼『月照溝渠』、『牛嚼牡丹』，說得直白些，就是好白菜被豬給拱了。」這是冉城藏瓷名家陳菡的原話，許枚深以為然。

許枚見武雲非上門，心中頓時警鐘大作：我店裡的寶貝，這廝一件也別想買去。

武雲非見許枚神色古怪，忙不迭地捲起衣袖，手臂上一條長長的黑線赫然在目。

許枚的眼珠子幾乎瞪了出來。

「許老闆，你可不能見死不救！」武雲非油膩膩的大臉皺得像一只老苦瓜，捲著乾裂的嘴唇道：「有人給我下了藥，讓我來您這兒買一件玉壺春瓶，雍正官窯的祭紅釉的，就是前些日子季會長家女兒賣給您的那個。後來那姑娘被人殺了，還是您和警察局的宣探長一起破的案，這事兒您還記得吧？」

許枚瞠目結舌，心中一陣陣發堵：這手段也太不講道義！自己躲在暗處不肯露面，挾制了一個夯貨直愣愣地來我這兒要東西！

江蓼紅躲在裡屋竹簾後，暗暗搖頭：這種直來直去的陽謀真是簡單粗暴，令人不好招架。

武雲非從懷裡掏出支票本，眼巴巴望著許枚，「許老闆，價你隨便開，我絕不還口，只求你把那件東西讓給我。」

「給你下毒的人長什麼模樣？他是怎麼下毒的？」許枚滿腹無奈，抱著一絲僥倖問。

武雲非見許枚沉下臉去，心中暗暗打鼓，苦著臉道：「我也不知怎麼著了道。大概半個月前，我發現手腕上莫名其妙多了一條短短的黑線，一開始還沒在意，後來發現這線直往手臂上躥，好像活了似的，輕輕一按就痛得鑽心。這五六天，從冉城到北京、張家口，還有天津、保定的醫院醫館我都跑遍了，一個能治這怪病的郎中都沒有，連德國和日本的洋醫生都沒辦法。」

許枚暗道：這毒令鐵拐張、婁雨仙那樣的江湖怪客為之喪膽，哪是尋常大夫能解的？

武雲非卻道：「三天前，一個遊方郎中來農莊找我。這郎中戴著墨鏡，裹著圍巾，一身大風衣像筒子似的，身材、面目丁點兒都不顯露，連說話的聲音都聽不出是男是女。他見了我也不廢話，只丟給我兩顆藥丸，說是來治我『黑線病』的。說來也怪，他讓我吃藥時躺在放滿冰塊的浴缸裡，那藥剛吃下去不到一個小時，黑線便往回縮了半尺。」

「咦？這郎中什麼來路？」許枚來了興趣。

武雲非哭喪著臉道：「什麼郎中啊，他就是那個催命的閻王！我想求他多賞幾粒藥丸，他卻說：『毒便是我下的，若是把藥丸都給了你，還怎麼指使你給我辦事？剛才那一粒解藥只能將毒發日期延緩幾日，若想除根，你得先給我買回一件東西。』」

「噢……他要你買的，就是那件祭紅釉玉壺春瓶。」許枚道。

「正是，正是！」武雲非連連點頭，解開長袍前襟，露出黑黝黝的腋窩，帶著哭腔道：「黑線都躥到胳肢窩了。他說等黑線走到心口時，我必死無疑！」

「看來，你的時間不多了。」許枚輕輕掩著鼻子道。

「可不是嘛！那郎中說，如果到今天晚上八點之前我還沒買到那只玉壺春瓶，就會七竅流血，渾身發青，死得其慘無比！許老闆，您可得救我！」武雲非說得渾身冒汗，見許枚怔怔的未做反應，心中大急，一撩袍子屈膝便跪。

「武三爺快起來。」許枚歎了口氣，忙攙起武雲非。

「你的所謂『賞寶會』就在今天晚上吧，十一月二十五日？」江蓼紅掀開竹簾走了出來，「你給冉城藏界的各路人物都發了請柬，也包括我。」

「你？你是……」武雲非愣了片刻，隨即一個激靈，眼中灼灼放光，黑黝黝的臉上竟難得的泛起一絲紅色，武雲非局促地「呼嚓呼嚓」搓著手道：「您是江老闆！是是是，我上個月便給您發了請柬，您是冉城的藏泉大家，我必須要請的……可是……可是您沒有給我回函。」

江蓼紅暗道：那張惡俗無比的橘紅色燙金請柬早讓冉城藏界笑掉大牙，你且瞧著吧，去參加「賞寶會」的藏家若是超過十個，我隨你姓。她淡然一笑道：「你的『大限』就在今晚，如果對方打算用解藥交換玉壺春瓶，他必定會出現在賞寶會上。不出所料的話……我說話比較直，武三爺別見怪，參加賞寶會的人不會太多，這個人也不難找。」

武雲非神色尷尬，悶悶地「唔」了一聲，表示同意。

江蓼紅湊在許枚耳邊，壓低了聲音道：「參加賞寶會的人不會太多，玩瓷器的一定更少，有沒有興趣走一趟，見見這位躲在幕後攪動風雲的撫陶師？」

「當然。」許枚點頭，對武雲非道：「這樣吧，我帶著那件玉壺春瓶隨你走一趟，不過全程由我保管，你不要碰。」

「您同意了？許老闆，菩薩啊！我這便回去安排，午後派車來接您二位，福特汽車。」武雲非的心放回了肚子裡，長長吁了口氣，膝蓋一軟又要下跪，許枚忙伸手扶住。

「爺，您這是幹什麼？」門外傳來一聲冷冽的驚叫。

來的是武雲非的太太那嬈。

這個女人確實非常英俊，只是面龐清瘦，神色蒼冷，一頭長髮盤在腦後，插綴了些素銀白玉，額前束著黑地藍銀線緄繡牡丹的眉勒，身穿罩筒似的墨藍色老式滿洲長裙，細瘦的雙腳踏著一對尖頭鞋，渾身上下透著一股前清大院掌家太太的死沉氣。

「你怎麼來了？」半跪半站的武雲非尷尬不已，抖抖袖子站起身來。

那嬈的聲音低沉陰冷，令人渾身不適，「好叫爺曉得，投毒勒索是重案，不能不知會衙門，我才到警察局走了一趟，請了兩位警官參加爺的賞寶會。」

武雲非大驚，「警察？你報警了？你……你……你怎麼能報警？」

「咦？這話怎麼說，武三爺不歡迎警察？」姬揚清笑著走進拙齋，上下打量著目瞪口呆的武雲非。

姬揚清穿一身俐落緊緻的淺褐色小西裝，搭配著暗灰色格子馬褲和圓頭小皮靴，短髮攏在耳後，很有幾分爽利氣概。許枚暗讚一聲，又回頭看看陰惻惻坐在一旁的那嬈，不禁搖頭：同樣是一身男子氣，一個英姿颯爽，一個淡漠冷峻，氣質相差何其遠也。

「哼……」武雲非粗聲粗氣問道：「你是誰？」

「我叫姬揚清，是警察局的法醫。」

「法……法醫？」武雲非「嘶」地吸了一口氣，起了滿身雞皮疙瘩。

「武三爺怎麼乾張嘴不說話？」姬揚清戲謔地瞧著武雲非，「武太太已經報了案，就算武三爺不歡迎警察，我們也不得不做一回惡客了。」

「哪裡哪裡，歡迎歡迎。」武雲非臉色無比難看，擦著汗道：「您說……我們？」

「對，我是跟班，正主是宣探長，和許老闆一道破案的宣成探長。」

武雲非輕輕吸了口氣，皮笑肉不笑道：「呃……宣探長，那太好了，太好了……」

雲間農莊

雲間農莊在冉城東四十里，許枚等人午後出發，到農莊時已近黃昏。農莊的草場緊鄰潤翠河，土厚水深，肥美豐饒，視野開闊，一望無邊。時已入冬，草場漸趨枯黃，成群的牛羊懶洋洋地啃嚼著細嫩的草根。

沿河零星種著幾棵老柏樹，河對岸是一片茂密的柏樹林，古木蕭森，鴉雀盤旋。自北而南的潤翠河，水急浪細，冷流奔騰，分隔西邊的草場和東岸的樹林。

自冉城通向農莊的道路終止於靠近河邊的牧工宿舍，另有一條狹窄的土路彎曲北上，直到一座丈許寬的小石橋。這小橋寬不過丈餘，整條潤翠河卻只有它溝通東西。橋東也連通著一條小路，穿過樹林彎曲向南，通往建於臨河高坡上的「盈溢別墅」，那裡是武雲非的住處，也是他藏寶的所在。

闊氣的德國轎車無法開上滿是牛羊糞便的鬆軟小路，只能在牧工宿舍前停下，司機恭恭敬敬地請許枚、江蓼紅、宣成、姬揚清四人下車，說稍後會有雲間農莊的馬車過來接幾位去對岸的盈溢別墅——原來這輛轎車是武雲非雇來的，雲間農莊沒有汽車，因為武雲非兩口子都有暈車的毛病。

姬揚清愛極了草場上的這份遼闊，見司機開車離開，忍不住暢快地縱聲長吟，幾隻大大小小的黑白花牧羊犬卻極不給面子，圍著這群生人汪汪直叫，姬揚清隨手抄起一隻圓胖的小狗崽，抱在懷裡輕輕揉弄。

宣成非常不喜歡牛羊糞尿混合的惡臭味，卻對英武強健的牧羊犬毫無抵抗力，忍不住伸手拍了拍湊在自己腳邊聞來聞去的半人高大狗，那大狗似乎也消除了對眼前幾人的警惕，試探地舔了舔宣成的手。宣成實在按捺不住，蹲下身來揉著那大狗的頭好一陣撫弄，「柯利牧羊犬，好貴的，我來冉城還是頭回見到。」

許枚挎著一個包袱，包袱裡便是拿來救武雲非性命的玉壺春瓶，是誘餌，也是籌碼，萬萬不能離身。

江蓼紅站在許枚身邊，打量著停在牧工宿舍旁的另一輛汽車，昂貴的敞篷別克。開車的女子大約二十五六年紀，頭戴藕色小絨帽，露出壓頸的波浪鬈髮，一身上海榮昌祥的呢絨洋裝，打扮靚麗入時。一張鵝蛋臉粉白剔透，兩眼水光盈盈，唇下露出兩顆小兔牙，抿嘴一笑，臉上綻開一對酒窩，相貌雖不是多美，但勝在討喜可愛。

「陳菡竟然會來這裡，她和武雲非完全是兩個世界的人，一個玩了命地攀附風雅，一個自己便是風雅。」江蓼紅覺得不可思議。

「也許她和武雲非都是大手大腳的『購買狂』，性子上有共通之處吧。」許枚笑著小聲調侃。

許枚不止一次和陳菡打過交道，對她的稟性喜好也算瞭解：一個購物狂式的瓷器收藏大家。眼光老辣，品味超凡，學識、魄力堪稱一流，只是心性太癲了些，凡見了喜歡的瓷器，便不惜豪擲千金收入囊中。這年春天，陳菡看上了許枚店裡的一只宣德青花鳥食罐，軟磨硬泡了三五天，最後竟開來一輛汽車做交換，死咬價格的許枚嚇得立刻鬆了嘴。

「咦？許老闆，江老闆！你們也收到邀請函啦？」陳菡遠遠望見許枚和江蓼紅，輕輕蹦跳著下車，幾步跑上前來，笑吟吟道：「許老闆風采依舊，江老闆卸了妝，可比在戲臺上還漂亮！」說著她眨眨眼睛，神祕兮兮道：「你們也是衝著康熙官窯天藍釉花觚和張獻忠『西王賞功』金錢來的吧？」

「呵——」

「嘶——」

許枚和江蓼紅齊齊倒吸一口涼氣，聲音都有些發顫。

「康熙官窯天藍釉花觚？」

「西王賞功？金錢？」

「咦，你們沒看報紙啊？」陳菡訝異不已，「那你們來這兒幹什麼？難道武雲非手裡還有其他好貨色？別逗啦，他那些稀奇古怪的『國寶』，多看一眼能折十年陽壽……」

許枚壓下心頭狂喜，隨口胡謅道：「我們只是不願駁了武三爺的面子。」

陳菡「哎喲」一聲，笑得花枝亂顫，「這位武三爺的面子在餐飲界還值些錢，在古玩行麼……呵呵呵……哎呀，這小東西……好可愛！」

一隻小狗踉踉蹌蹌絆倒在陳菡腳邊，正捧腹大笑的陳菡吃了一驚，定睛看去，眼睛頓時瞇成了一條線，一把拎起小狗，抱在懷裡摸頭撓下巴，「還別說，武雲非玩狗真有一套，這柯利犬就得養在開闊的地方，好叫牠四處撒歡兒，否則非憋出病來不可。」

陳菡偷偷指指滿臉慈愛撫弄著大大小小牧羊犬的宣成和姬揚清，問道：「他們是……」

許枚心中轉了幾轉：陳菡可是玩瓷器的絕頂高手，她不會就是那個撫陶師吧？一旦告訴她武家報了警，她會不會直接毀掉解藥？不過姬法醫說的也有道理，那人明目張膽地操縱武雲非來店裡索要玉壺春瓶，應該早不在乎警察是否介入此事，畢竟他和警察局「關係密切」。想到此，便實話實說道：「那是警察局的探長宣成和法醫姬揚清，也是應邀來農莊的。」

陳菡面露懼色，「警察和法醫？這裡死人啦？」

「這倒沒有，兩位警官是武太太請來『維持秩序』的。」許枚到底撒了個小謊。

「嘿！武雲非有些本事呀，竟然能請來警察給他護場子。」陳菡輕輕吐了吐舌頭，又伸手指著不遠處的老柏樹道：「抱著貓睡在樹上的那個裸體怪人，也是武雲非請來的客人嗎？」

「樹上？」

「裸體？」

許枚、江蓼紅都是一驚，順著陳菡的手指遠遠望去，見草場臨河處的一棵孤零零的老柏樹上，一個少年抱著一隻斑斑點點的小灰貓躺在粗大的橫枝上。這少年只穿了一條灰色長褲，半裸著身軀，一條腿懶洋洋地垂在半空，隨風輕輕晃動。一件半乾半濕的單薄衣服掛在樹上，被密密層層灰綠色的柏葉遮住。

許枚、江蓼紅對視一眼：他們平素也算機敏，這孩子近在百步之內，竟然毫無察覺！

宣成也發覺了那少年的異常，戀戀不捨地撇下搖著尾巴撒歡的柯利犬，走到許枚身邊道：「他能近乎完美地掩藏氣息，將自己完全融入所處環境當中，這份煉氣功夫極為難得。」

滾了一身乾草屑的姬揚清緊緊抱著一隻小狗，像小尾巴似的緊跟在宣成身後，抬起頭望著睡得香甜的小灰貓，嘖嘖道：「奇怪，這種尖耳朵小野貓凶悍警覺，怎麼可能像小寵物一樣乖乖睡在人懷裡？」

陳菡自己先打了個哆嗦，「他不冷麼？現在可是十一月吱。」

許枚走到樹下，側耳聽去，輕風吹動柏葉，沙沙作響，那少年和「貓」輕微的鼾聲此起彼伏。許枚心中一軟，只覺眼前場景雖有幾分凶險，卻不失溫馨可愛，有些不忍打擾，猶豫片刻，還是開口喊道：「小傢伙，別睡在樹杈上，當心掉下來。」

小灰貓警覺地睜開眼睛，弓起身子望著樹下男男女女一大群人，驚慌地嗷嗷直叫。那少年「唔」的一聲，微微動了動頭，迷迷糊糊揉揉眼睛，伸了個懶腰，一手抄起掛在樹上的衣服，一手環住小灰貓圓滾滾的腰，一抬屁股滑下樹來。

眾人齊聲驚呼，卻見那少年長腿一擺，像仙鶴一樣，輕輕巧巧落在厚厚的草叢裡，順勢一矮身，展開胳膊，任那受驚的小灰貓嗷嗷叫著踉蹌離去，整套動作行雲流水，瀟灑至極。

「哇！好漂亮的身手！」陳菡拍手讚歎。

那少年迷迷糊糊地睜開眼睛，打量著在場眾人，目光在許枚、宣成臉上稍一停頓，撓撓頭道：「嗯……哥哥姐姐，你們都看著我做什麼？」說著他揉了揉自己的臉，「我臉上有東西嗎？唔……啊，我沒穿衣服。」那少年抖抖半濕的衣服，渾不在意地披在身上，慢悠悠繫好扣子，撣撣衣襟上的柏樹葉渣，絲毫不覺局促害羞。

時已初冬，這少年卻穿著春秋兩季的單衣，薄薄一層，濕淋淋貼在身上。這古怪少年說起話來像含著糯米似的，柔軟至極，他本就年輕，聲音更是顯嫩。姬揚清、陳菡被這一句慵懶的「哥哥姐姐」惹得心咚咚直跳，看向那少年的眼光立時變得柔和不少。

宣成見姬揚清露出一副似是慈愛似是寵溺的神色，臉不禁一黑。

許枚上下打量這少年，見他蜂腰猿背，白面紅唇，胸腹手臂上雪白的肌肉格外勻稱漂亮，頸上一點米粒大小的黑痣，眼半睜半閉，歪著頭，耷著肩膀，一副懶洋洋的欠打模樣。

「你是武三爺的客人？」許枚微笑問道。

「是啊，我叫韓星曜，武雲非給我送過請柬。」少年仰起脖子打了個哈欠。

「韓星曜？嗯……這名字取得不俗。」許枚嘴上誇讚幾句，心中卻苦苦思索：近年藏界少年翹楚層出不窮，可從沒聽說有這麼個人物。

「你掉進河裡了嗎，在晾衣服？」江蓼紅見韓星曜一身灰衣濕氣未退，忍不住問道。

「我下河抓魚來著。」一陣西風掃過，裹著厚厚衣服的姬揚清和陳菡都忍不住打了個哆嗦，韓星曜一身薄薄的潮衣，卻絲毫不覺得冷，伸手指著潤翠河道：「那條河裡有指頭大的白色胖魚，肥肥嫩嫩的一看就很好吃，我看到這隻小貓在河邊抓魚，那小短腿兒費了半天勁一條都抓不到，我就幫幫牠的忙咯。」

「你跳進了潤翠河？」許枚大驚，潤翠河水流速極快，常人下河根本無法平衡身軀，轉瞬間就會被水流沖走。

韓星曜臉微微發紅，說起話來卻依然懶氣十足，「嗯……河水流得太快，水性不好施展，我看到那邊草場上有牧工丟下的舊繩子，就把繩子一端拴在腰上，一端繫在樹上，下河抓了兩條魚，那小傢伙連肉帶骨頭一起吞了。我是脫了衣褲鞋襪下河的，那隻小毛球一巴掌就把我的衣服掃進河裡，如果不是我眼疾手快，這件衣裳就保不住了，豐儀祥的衫子，二十塊大洋呢。」

「然後你就抱著小貓上了樹？」許枚對這些半大孩子的想法有些捉摸不透。

韓星曜搓搓拳頭，像在回味小灰貓毛茸茸的手感，「牠吃飽喝足，爬到樹上下不來了，我只好上樹救牠呀，這個大樹枝又粗又平展，在上面睡覺舒服極了，旁邊的小樹枝還能晾衣服……」

此時，一匹雪白的快馬自北而南「嘚嘚」而來，後面遠遠地跟著兩駕雙轅馬車，錦帳流蘇，朱漆金彩，穹頂雕窗，華貴無匹，不急不緩地從成群散發著原野膻臭的牛羊身邊駛過，一種強烈至極的違和感沖天而起。

快馬上的騎士輕輕勒住韁繩，利索地翻身下馬，微笑著躬身見禮道：「我來遲了，諸位貴客切莫見怪。」說著他環視一周，一一作揖道：「陳小姐、宣探長、姬法醫、江老闆、許老闆、韓公子，鄙人雲間農莊管事顧和，受我家三爺差遣，來迎接各位貴客。」

顧和身材微胖，面色紅潤，身穿一套厚實的褐色西式騎馬裝，頭髮打理得一絲不苟，臉上掛著溫和優雅的微笑，舉手投足憨態可掬，又透著幾分可愛的狡黠，令人平添幾分好感。

許枚暗道：這位管事倒像個老派紳士，瞧這談吐做派，「優雅」二字像是刻在他的骨頭裡。

「顧管事客氣。草場景色這麼好，我們剛剛下車，還沒玩夠呢。」陳菡忍著笑拍拍剛剛輾過滿地羊糞停在眾人身邊的朱漆金彩的馬車。

顧和微微欠身，謙恭地說：「日頭落了，天也涼了，請各位貴客先乘馬車去盈溢別墅喝杯熱茶，吃些點心，三爺特意備下一桌豐盛的晚宴招待各位。草場還是等明日白天再來更合適，一來白天視野更好，二來天氣暖些，不至於被風拍著。各位貴客如果有興趣，還可以去對岸的林子裡打獵，或是在河裡網魚，樹林裡有肥嫩的松雞，潤翠河裡的白魚也非常鮮美。」

「好呀好呀！」陳菡興致勃勃。

江蓼紅問道：「今天來的客人只有我們？」

顧和微笑回答：「『秀木居』的丁大爺和『容悅樓』的陸先生兩個小時前便到了，『紛華記』的越老闆是上午來的。」

許枚一愣，「丁慨來了？還有容悅樓的陸衍和北京的越繽？這兩人大名鼎鼎，我早有耳聞。」

江蓼紅道：「那個陸先生可不簡單，他專玩金銀器，這年頭玩金銀的皆是匹夫懷璧，難為陸衍平平安安做了這些年生意，竟沒人敢惦記他，也是奇了。他那『容悅樓』裡滿是各朝金釵金釧、金餅金鋌、金錢金幣、金杯金碗，還有北朝鎏金銅佛、唐代鳳首壺、宋代銀注子，價格都貴得嚇人。我去年在他店裡買過一枚指甲蓋大的『郢爰』，花去半年演出的酬勞。」

許枚道：「陸衍喜歡金銀器，這回豈不是衝著那枚金錢來的？」

江蓼紅點頭道：「西王賞功銅錢、銀錢已是珍罕至極，金錢更是曠世絕品，近來只光緒年間在四川成都出過一枚，現世不久便被一個天打雷劈的蠢蛋熔掉當金子變賣。武雲非這枚若是真品，當是近來現世的第二枚金賞功，陸衍不會不動心的。」

許枚見江蓼紅一臉迫切，不禁壞笑道：「那雅好古錢的江老闆是不是也動了把它收入囊中的心思？」

「我怎麼可能不動心！西王賞功啊！連陸衍都引來了，多半是真品呢！」江蓼紅忍不住伸手去掐許枚脅下軟肉：她心都快癢死了，這傢伙還來撩撥。

陳菡和韓星曜驚訝地望著咬牙切齒的江蓼紅和壞笑著四處躲閃的許枚，陳菡眼中滿是興奮之色，「哎呀哎呀」地叫個不停，「許老闆，江老闆，你們在處朋友吧？」

江蓼紅自覺失態，正待開口搪塞，卻見許枚含笑點頭，不覺一驚，白皙的臉頓時一片緋紅：他……這算認了？他認了？我的天！他真的在點頭啊！

姬揚清見江蓼紅從腦門到脖根都紅透了，活像一個煮熟的螃蟹，不禁搖搖頭：這怎麼行，人家只是點了點頭，你便樂成這副傻樣，日後還不叫那會法術的狐狸拿捏得死死的？哎呀不成，人都快熟了，我怎麼著也得讓他許老闆給句準話兒。

姬揚清想到此，便狠狠清清嗓子，一字一頓地說道：「嗯，咳咳……許老闆，你、們、在、處、朋、友、嗎？」說著她輕輕一瞪眼睛，懷裡的小狗似乎感覺到抱著自己的大姐姐氣場有些不對，識趣地縮了縮頭，「嗚嗚」地哼唧了兩聲。

許枚大大方方一攤手道：「是呀，我們正處著呢。」

「嗯！」姬揚清滿意地點點頭，回頭看去，見江蓼紅頭上已經開始冒煙了，不禁來氣：害羞什麼呀，是你先追人家的哎！這些日子明裡暗裡撩撥人家還少嗎？

陳菡像發現新大陸一樣興奮不已，拉著江蓼紅的手嘰嘰呱呱說個不停。

韓星曜的關注點卻不在此，稍稍錯愕之後便自顧自糯聲糯氣地念叨，「上午便到了嗎……越續……有意思，有意思。」

許枚聽見韓星曜念叨越續，不禁輕輕皺眉道：「越續這傢伙名聲極臭，『紛華記』的貨，有不少帶著血。」

韓星曜懶懶道：「哥哥這話不假，越繽為珍奇古玩逼死的人命也不是一條兩條了。」

宣成與姬揚清對視一眼：越繽幾年前便是捕門黑名冊上的人物，此人長袖善舞，黑白通吃，手段陰毒，緝凶、偵資二堂一直對他無可奈何。

顧和一直謙恭地候在一旁，臉上掛著優雅的笑容，對於眾人的談話像是一句也沒聽到似的，不插嘴，不催促，也不四處走動。許枚看在眼裡，暗暗納罕：武雲非從哪裡尋來這麼一位素養絕好的管事？

怪案

眾人上了馬車，慢慢悠悠沿著草場上的小土路一路北行，慢慢悠悠從石橋過了潤翠河，又慢慢悠悠向南穿過樹林，來到盈溢別墅。這些馬拉起車來悠閒緩慢，顛簸擺動也很有節奏，許枚長長地打了個哈欠：像坐在搖籃裡一樣，這睏勁兒……

盈溢別墅是座半中半洋的三層小樓，前有花園，後有小院，門前卻掛著一對喜氣洋洋的紅燈籠，顯得不倫不類。院牆很高，高得有些出奇，院門隨時關著，如果沒有鑰匙，休想從外面進來，據顧和說，這是為了防備林中的野獸。

別墅一樓是一座寬敞的客廳，三位先到的客人正坐在歐式沙發上品嘗著咖啡。

越繽身材粗短，黑灰條紋的西裝緊緊裹在身上，圓扁的腦袋上頂著幾根稀疏的灰髮，一對倒三角的小眼睛賊光閃閃，透過金絲邊眼鏡打量著剛剛來到別墅的客人。他的腿腳似乎不大靈便，拄著一根油亮的烏木手杖，走起路來有些遲緩。

許枚搔搔下巴：這個越老闆看起來活像一隻敦實的條紋貘，只是眼神奸詐了些，還是那種毫不掩飾的奸詐。

陸衍身材頎長，戴著黑綢瓜皮帽，穿一件藏藍色長衫，外罩深黑緞子馬褂，唇上蓄了濃密的一字鬍，鼻梁上架著一副古板的玳瑁框眼鏡，隨身的手杖倚在沙發扶手旁，活像一個皓首窮經的老翰林，看不出半點金器收藏大家的派頭。

「許老闆！您也來啦？」丁慨穿著熊皮大氅畏畏縮縮地坐在軟皮沙發一角，陪著笑臉，滿臉堆著笑和許枚打招呼，一眼瞧見隨後進來的宣成，不禁一個激靈，縮了縮脖子，小心翼翼道：「宣……宣探長……」

陸衍聽見「探長」二字，機械地轉過頭來，上下打量著宣成。

盈溢別墅的客廳寬敞亮堂，一水的歐式家具。十八座的超長三折軟皮沙發、四米長的翹腳茶几、亮閃閃的水晶吊燈，無不透著濃濃的洋氣。壁爐裡的柴火燒得紅旺旺的，上方斜搭十字掛了一對西洋劍，巨大的書架杵天杵地圍了一圈，擺滿了各色中外書籍，新嶄嶄的，顯然從未翻動過。

客廳邊角處的空隙裡填設一些古玩字畫，乍看起來雅趣盎然，卻幾無一件真品。

陸衍來時便注意到擺在書架旁的那只「漢代」鎏金銅鈁，細細看過之後，遺憾地搖了搖頭；越纘在看過掛在牆上的所謂「王石谷」《秋節觀山圖》後，興趣缺缺地坐回了沙發；丁慨曾小心翼翼地拿起擺放在窗邊陰影中的「紫檀」羅漢，還未細看便放了回去——輕得發飄，這不是紫檀。

剛進來的陳菡眼最尖，一眼便瞧見擺在書架右邊小多寶格裡的幾件瓷器，不等她走到近前，便被一只天球瓶頸部刺眼的「大明洪武年製」六個大字氣得直跺腳：洪武瓷器哪有寫款的？這造假的就是個傻子，武雲非更是傻得冒泡！我後悔了，我不該來，那個天藍釉花觚十成也是假的。

兩道紅木屏風將一樓虛割為東西兩半。西邊便是餐廳，落地窗前擺放著長排的餐桌，搭配著十多把靠背椅。窗外便是奔流不息的潤翠河，淙淙水聲透過玻璃窗，隱隱約約飄蕩在餐廳裡。

一下子擁進六七個人，空蕩蕩的大客廳頓時熱鬧起來。顧和優雅地催促著侍者端來紅茶和咖啡——這是武雲非剛剛學會的西式待客法，顧和忠誠地依令執行。

「好地道的紅茶，顧管事好手藝。」許枚讚道。

顧和謙恭地微笑，眉梢眼角透出幾分驕傲，「許老闆謬讚了，我在香港生活過一段時間，對英國人的休閒消遣略有瞭解。」

江蓼紅笑著和陸衍打招呼，談起「郢爰」的事，一個木愣愣道聲「多謝惠顧」，一個笑吟吟連稱「多謝惠讓」。陳菡、丁慨都與許枚相熟，也都是拙齋常客，閒談間便熱絡起來。陳菡本是自來熟的性子，由著江蓼紅穿引介紹，和木訥的陸衍閒說幾句，便也不覺生分。韓星曜自顧自跑到書架前，捧著一本磚頭似的大書懶懶地翻著。宣成和姬揚清超然事外，坐在沙發上喝著紅茶。越繽猛地看見宣成胸前口袋裡露出的證件一角，輕輕吸了口涼氣，意味不明地「嘿」了一聲，陰陽怪氣對顧和道：「人多氣悶，我出去散散步。」

顧和微笑點頭，「天色暗了，樹林裡寒氣重，越老闆早些回來。」

越繽冷哼一聲，「不勞吩咐。」

韓星曜盯著越繽肥胖的後腦，輕輕瞇起眼睛。

顧和沒有調節氣氛的義務，只是保持著謙和的職業微笑，不斷招呼著小女僕端上新鮮的水果、香噴噴的點心和用來消磨時光的小蜜餞。別墅後院的廚房裡已經開始忙碌，隱隱約約的肉香傳進客廳，引得人食指大動——雲間農莊的肉製品天下馳名，連許枚這樣不嗜肉的都被濃濃的香氣勾起了饞蟲。

武雲非一直沒現身，眾人就這樣半冷半熱地閒坐著，默默看著窗外天色漸漸變暗，有些無聊，卻也安逸。

那嬈的出現讓客廳中的氣氛為之一變。她的一張瘦臉沉得能滴出水來，穿著直上直下的暗色撚襟氅衣，戴著素白的頭飾，身後是同樣裝束古板的侍女阿亮，手中提著裝滿了供果的竹籃。主僕二人面無表情，邁著平緩的腳步從客廳走過，令人沒來由地起了一身雞皮疙瘩。

那嬈略一停步，衝四周微微點頭，便算是見禮，冷幽幽地喚過顧和道：「香燭、冥紙可備下了。」

顧和道：「都備好了，按太太吩咐，從馨氤閣買的上好檀香和牛油燭。」說著他取出香燭、冥紙，遞給阿亮。

「我去看她，這裡有勞你來操持。」那嬈朝向宣成和姬揚清一點頭，「二位警官多辛苦。」說完她逕自走出客廳，上了剛才停在門口的一輛馬車。那嬈自己抱著竹籃坐在車廂裡。那侍女阿亮熟練地趕著車，「嘚嘚」遠去。

陳菡心驚肉跳地拍拍胸口，小聲道：「她要看誰？」

江蓼紅道：「是要去祭奠亡者吧。」

顧和道：「是一位叫嘉兒的小姐，太太的朋友，葬在四十里外的妙玨山，今天是她的忌日。」

宣成心中一動，問道：「四十里外？她還回來參加晚宴嗎？」

顧和搖頭，「太太今晚會住在妙玨山附近的龍塔寺，不回來了。」

陸衍推了推玳瑁框眼鏡，定定地端視著宣成和姬揚清，「二位是警察？」

姬揚清見陸衍目光似聚似散，只覺渾身不適，暗道：這老古董滿身陳腐氣息，和那武太太如出一轍。

宣成不動聲色，輕輕點頭。

陳菡想到寶物，便忘了那嬈帶來的不適，滿懷期待道：「請了警察來護場子，看來武雲非確實有好寶貝要亮出來。顧管事，你家主人怎麼還不來？」

顧和滿臉歉色，微微一欠身，從客廳西邊的小門鑽進走廊，一路跑上三樓——武雲非的書房在三樓最北邊。

七八個年幼的女僕陸陸續續把各種冷盤端上了桌，大都是醃製好的滷肉切片。另有一個二尺來高的銅火鍋裡也添足了炭火，「咕嘟咕嘟」的什錦肉湯不斷地頂撞著薄薄的銅皮鍋蓋，鮮美的羊肉香氣溢滿了整個餐廳，連屏風後的客廳裡都飄著濃濃肉香。

陳菡吸吸鼻子，濃郁的肉香充滿鼻腔，實在是一種飽懷期待的滿足感，「快開席了吧！主人家就這麼把客人晾著，實在有點不像話。」

顧和再次回到客廳時，笑容卻依舊優雅謙和，圓胖的臉上卻已滿是冷汗，「各位貴客，實在抱歉，三爺他……不在。」

客廳裡一下子就安靜了，喋喋不休的陳菡擰起眉頭，「不在？他把我們請來，自己倒『不在』？」

姬揚清回頭看看客廳牆上的鐘錶，「六點多了，天快黑透了，這四周都是樹林草地，還有野獸出沒，武雲非不在別墅，還能去哪？」

顧和也有些發慌，摸摸鼻子，強打精神道：「諸位貴客……請先入席吧，三爺他應該快到了。」

眾人陸續進入餐廳。宣成望了許枚一眼，暗道：難道那個撫陶師已經對武雲非動手了？

許枚看出宣成眼中的憂慮，略一沉吟，輕輕搖了搖頭，拍拍一直掛在肩上的包袱：不應該，他要的是這個，武雲非的性命只是他的籌碼，在拿到玉壺春瓶之前，他應該會力保武雲非活著。

宣成只覺心神不寧，獨自抱著胳膊坐在客廳沙發上出神。

顧和在廚房和餐廳間來回走動，菜肴、酒水、餐具安排得井井有條。

丁慨不好意思地向顧和討了一枚熟雞蛋，挑了一小塊酥軟的熟蛋黃餵自己心愛的蟈蟈。

韓星曜揉揉「咕咕」叫的肚子，端端正正坐在餐桌前，眼巴巴瞧著火鍋。顧和不知從何處抓了一把糖果擺在他面前，都是蜜滋樓的上好酥糖，一般孩子都無法抵禦這種糖果的誘惑。

許枚擺出和韓星曜一樣「乖巧」的姿勢，希望也能得到一把美味的酥糖——這糖他早聽小悟念叨過，據說貴得嚇人。江蓼紅覺得大失面子，偷偷在桌下伸出手去擰著許枚的大腿。

顧和親自將鎮在冰桶裡的紅酒捧上了桌，抬頭看了看錶，已經六點半了。主人未到，按規矩不能開席，顧和臉上依然苦苦保持著溫和儒雅的微笑，「各位稍等，稍等……三爺應該快回來了……」說著他不經意地望向窗外細浪翻騰的潤翠河，只見一點火光自上游急速漂下，不禁脫口而出道：「咦？那是什麼？」

話音未落，顧和臉色驟變，難以自抑地發出一聲淒厲的驚叫，「啊！三爺啊——」

優雅的紳士一旦失態尤其可怕，顧和這一聲撕心裂肺的驚叫來得太過突然，嚇得韓星曜一口糖沫子噴了出去，丁慨首當其衝，被噴了一臉的麻子。江蓼紅手上的勁道失去控制，幾乎把許枚腿上的肉生生擰下來，許枚一張俊臉皺得像包子，發出一聲比顧和還要淒慘的痛叫。陳菡一口紅茶嗆岔了氣，捶胸頓足咳得生無可戀。木頭人似的陸衍肩膀一縮，險些坐翻了椅子。宣成、姬揚清兩步跑到窗前，望著潤翠河中自上游急速駛來的小船，駭然無語。

小木船只有一人來長，二尺來寬，船頭端放一只馬燈，武雲非雙眼圓睜，口中塞著一團麻布，直挺挺仰面朝天，高大的身軀幾乎填滿了船艙。詭異的是武雲非身上蓋著一張紅豔豔的錦繡鳳穿牡丹大被，粗大的繩索將他連人帶被子牢牢捆在船上，武雲非「嗚嗚」地掙扎踢踏，帶動著小船顛簸搖擺。潤翠河水流速極快，不到十秒工夫，小船便從餐廳落地窗前穿過，脫離眾人視線，徑直向下游流去，眾人被這一幕詭異場面震得目瞪口呆，一時沒回過神來。

宣成臉色難看至極，抓起外衣便要出門，「有人要武雲非死，潤翠河的下游是魔鬼灘。」

冉城人也許不知道雲間農莊，也許不瞭解潤翠河，但幾乎人人都聽說過吞吃了無數人性命的魔鬼灘。傳說那裡水深浪急，一條河道大大小小寬寬窄窄共九折十八轉，明礁暗礁遍布水中，激流湧動，遍生漩渦，大小船隻凡入灘中，無不被礁石漩渦碾得粉碎，水底怪魚老鱉多以闖灘溺亡者的血肉為食，年深日久，形貌變得格外怪異可怖。潤翠河水穿過魔鬼灘後，經過一段十里緩流，最終飛流直下，匯入溫峪湖，湖中漁人但凡捕到奇形怪狀的魚鱉，總會一臉晦氣地丟回湖裡——這準是在魔鬼灘吃過人肉的妖物。

冉城人自小便被家中長輩諄諄叮囑，斷不可接近那片傳說中的魔鬼居所，久而久之，魔鬼灘一帶便成了人跡罕至的死地，兩岸草莽叢生，鳥獸橫行，一些殺人越貨的凶徒惡棍更是把那裡當作毀屍滅跡的好所在。陳菡、丁慨是土生土長的冉城人，聽到「魔鬼灘」三字，頓時變了臉色。

顧和渾身冒汗，哆嗦著嘴唇道：「宣探長……宣探長不急，三爺兩年前便命人在通往下游的河面上掛了一張鐵絲網，兩端固定在河道兩岸的樹幹上，就是為了防止有船隻不慎駛入魔鬼灘。」

「鐵絲網會攔住船隻？」宣成腳下不停，冷冷道：「這倒怪了，有人把武雲非用被子裹了捆在船上，難道就為了嚇唬嚇唬他？」

眾人一窩蜂似的擁出別墅，望著眼前黑魆魆的樹林手足無措。

顧和抹了抹汗道：「潤翠河水流太快，我們再怎麼樣也沒辦法追上小船。」

「先過橋去對岸。」宣成當然知道此時已無法阻截小船。自別墅向南是一片茂密叢林，沒有開闢出道路，徒步穿過樹林趕到下游既危險又耽誤時間，便吩咐顧和：「我們帶幾個身手好些的牧工騎馬去下游找武雲非。」

顧和點頭道：「也只好這樣了。」

宣成一指許枚，「你一道去。」他又望了望姬揚清，輕聲道：「守著別墅，萬事小心。」

姬揚清點頭，輕輕拉住江蓼紅的手臂。

陳菡驚魂未定，咬牙切齒道：「是誰搞這種惡作劇？簡直該千刀萬剮！這種惡作劇……這種惡作劇簡直是……簡直是沒個輕重！」她不斷地喃喃念叨著安慰自己。

陸衍推推眼鏡，木然道：「越繽呢？他還沒回來。」

韓星曜倚著別墅大門，搖了搖頭。

「夫人趕走了一輛馬車，這裡還有一輛，我們坐馬車去對岸，多少比步行快些。」

顧和拍拍停在別墅院中的豪華馬車，宣成卻瞇著眼望向北面黑魆魆的小路，「有人來了。」

兩個牧工屁滾尿流地互相攙扶著跑了過來，一路跑，一路驚惶失措地號叫。

一個瘦些的呼呼喘著氣道：「顧……顧……顧管事！」

一個胖些的仰天抽著風道：「死……死……都死了！」

顧和臉一黑，「你才死了。把話說清楚！」

那胖牧工狠狠喘了幾口氣，好容易說出一句囫圇話，「夫人……夫人和阿亮姐姐都死了！」

眾人的眼睛頓時瞪得像蛤蟆一樣。

毒蛇

大約一個小時前，那嬈的馬車過了石橋，沿小路走到牧工宿舍附近，便緩緩停下，那匹武雲非親自調教出的逍遙馬踉蹌著伏趴在土汪汪的小路上，嚥下了最後一口氣。身後馬車上的一主一僕早已氣絕身亡，盛滿香燭供品的竹籃掉落在那嬈腳邊，供品香燭散落在車廂裡。

至於那條黑質而白章的凶手，早就吐著信子大搖大擺地離開了，今天的幾隻獵物太大，吞不下，這草原看起來不錯，兔子田鼠之類的東西應該不少，趁夜碰碰運氣吧。

姬揚清看過屍體，搖搖頭道：「這蛇太厲害了，襲擊迅猛，毒性酷烈，武太太是被咬中頷下，幾乎瞬間致命。毒蛇在咬死武太太後，從車廂裡竄出。這個趕車的女僕被咬中後頸而死。那匹馬許是受了驚嚇，縱蹄飛奔時被那毒蛇一口咬在胯上，跑不幾步，便倒地身亡。」

許枚心驚肉跳，「哪有這麼厲害的毒蛇？」

姬揚清道：「誰說沒有？『永州之野產異蛇，黑質而白章，觸草木，盡死，以齧人，無禦之者』，便是此物了。這種蛇叫『黑白無常』，也可以簡稱作『無常』，性子凶猛好鬥，常會主動襲擊人畜，動作迅疾如電，但凡被牠盯上的獵物，防無可防，避無可避，只有引頸就戮的份。最可怕的是，『無常』毒性酷烈，所到之處，草木焦枯。瞧，這馬車旁一道蛇形痕跡，草都是一片焦黑色。」

江蓼紅低頭瞧瞧腳下踏著的一片枯黑的草，像被踩了尾巴似的幾步跳開，駭然道：「我以為這毒蛇是柳子厚為引出『苛政猛於虎』而杜撰的，沒想到這種怪物真的存在。」

姬揚清納悶不已，這蛇產於濕熱的永州，在冉城這種乾冷的地方極難存活，為何會出現在馬車上，「這是……天哪，牠是從這裡進去的。」

車廂底部有一條裂縫，不到兩公分寬，那嬈腳邊的裂口處還掛著黑白兩色的鱗片。姬揚清用一根枯草撥弄著鱗片，問道：「顧管家，草場上可曾有過毒蛇咬傷人畜，或是有大片草木枯死的怪事？」

顧和滿頭是汗，使勁搖著頭。

許枚滿面憂色，「這種怪物留在草場危險至極，還是早早捉住為好。」

江蓼紅道：「黑燈瞎火的，一條蛇藏在草場上，可到哪裡找牠去？還是先把屍體運回去，且看他們那邊有什麼發現吧。」

「不，我能把牠引來。」姬揚清不知從何處掏出一個小藥瓶，打開瓶蓋，一股令人窒息的腥味沖天而起，「牠若在五里之內，必定會被引來。」

宣成一把攥住小瓶，連姬揚清纖細的手掌一併握住，用拇指堵住瓶口，「太危險了，『防無可防，避無可避』，牠真來了你怎麼對付？」

姬揚清只覺宣成手掌溫熱寬厚，被他一把捂住手，有一種說不出的舒服，呆了片刻，輕哼一聲，甩甩胳膊掙脫出來道：「不過一條長蟲，我自有辦法治牠。」

說著姬揚清輕輕一傾小瓶，一縷粉色的汁液倒在小路上，散發出令人窒息的腥臭，又取出一包藥粉，輕輕塗抹在手上，「瞧，這就是對付蛇蠍毒蟲的法寶，這可比上回收拾殺人蜂用的小玩意厲害百倍！這邊的事不用你們操心，趕緊選兩匹馬，去下游找武雲非。」

顧和拉過一個瑟瑟發抖的老牧工，問道：「老陳，你們今天檢查過下游的鐵絲網了嗎？」

老陳小雞啄米似的點著頭道：「檢查過了，檢查過了，鐵絲網完好無損。」

原來武雲非曾經定過規矩，每晚下工前，都要派兩個牧工騎馬去下游巡視一遍，重點是檢查鐵絲網是否完好，今天也不例外，老牧工五點左右便親自帶人去下游走了一遭，那道鐵絲網的四角穩穩固定在夾岸的兩棵大樹上。

顧和輕輕舒了口氣，「還好，還好。快，給宣探長選馬。」

老陳抖抖鑰匙，顫顫巍巍地打開了馬廄的門。

牧工地位很低，平時是無權使用這些名貴的逍遙馬的，這些馬的身價比一個小牧工一輩子的薪水都高，老陳平日裡是拿這些寶貝當兒子養。

馬廄寬敞華麗，十幾匹膘肥體壯的逍遙馬正悠閒地在馬廄裡嚼著豆料。

宣成隨手拉出兩匹，從牆上摘下兩副馬鞭，拋給許枚，「你跟我走。」

許枚望著胖乎乎懶洋洋的馬，有些哭笑不得：這能騎嗎？

老陳瞧著許枚手裡的馬鞭，心一抽一抽地疼。

宣成跳上馬背，回頭道：「你們回別墅時，注意看一下石橋下的船塢。」

許枚、宣成沿河西岸騎馬南下，趕到武雲非架設鐵網的地方，大約用了二十分鐘的工夫，宣成望著眼前的鐵網，臉沉得能滴出水來。

兩匹寶貝馬從來沒有跑過這麼快，屁股幾乎被鞭子抽得失去知覺，眼淚汪汪地埋著頭發抖，許枚輕輕揉著被抽腫的馬屁股，望著眼前場景，搖頭歎氣。

用手電筒隔河照去，東岸密林中的柏樹長得張牙舞爪、猙獰可怖，林中雜草怪藤四下蔓生，一片荒莽，幾無下腳之處。鐵網東岸的兩角牢牢固定在柏樹上，西岸卻已經脫落，半軟不硬的鐵網大半垂落在河裡，被湍急的水流沖得偏向下游，左右搖擺，捆著武雲非的小船當然早已沒了蹤影。

西岸不是上游那樣肥美的草場，而是蓬蒿叢生的石灘，那棵固定鐵絲網的大樹瘦高乾枯，枝稀葉盡。許枚用手電筒照著柏樹根部和距地面四尺左右高度，那裡曾固定鐵絲網兩角，「剪痕還很新，用的應該是大鐵鉗之類的東西，這是謀殺。」

潤翠河水自此處南下，不到五百米便進入魔鬼灘，宣成望著下游水急浪高，頹然道：「連人帶船進了魔鬼灘，救不得了。我曾去魔鬼灘附近捉過殺人潛逃的盜匪，那裡的河水像咀嚼食物的魔鬼的大嘴似的，水性再好的人進了魔鬼灘也別想活著出來。」

許枚咬著嘴唇來回踱步，「不對，如果那個撫陶師要殺武雲非，悶聲不響把解藥藏著，任他毒發身亡就好，何必這樣大費周章地剪掉鐵網，還把人綁在船上？」

「谷嘉兒，兩年前慘死在魔鬼灘的崑曲小旦！」宣成突然道：「三年前的今天，谷嘉兒就是躺在一艘小木船裡，自潤翠河順流漂入魔鬼灘，被礁石、漩渦碾得粉碎。當年警察局探長閻克明給出的結論竟是『意外』，真是豈有此理。」宣成忿忿然。

「谷嘉兒是誰？這案子也發生在雲間農莊嗎？」許枚大奇，突然心念一轉，「顧管事剛才說，那嬈要去祭奠的是一位叫嘉兒的姑娘，今天是她的忌日！」

「就是她。案發時武雲非剛剛接手這片草場，還沒有什麼雲間農莊，只有幾個老牧工看著草場和破舊的老別墅，現在的農莊和別墅都是武雲非新建或是翻修過的。」

許枚奇道：「一個崑曲小旦，來這種地方做什麼？」

「參加武雲非和那嬈的婚禮。這個谷嘉兒和那嬈很有交情，據說那嬈曾拜崑曲名家揚夢殊為師學過幾天戲，谷嘉兒也是揚夢殊的弟子。谷嘉兒遇害是武雲非婚禮當晚……或者是次日凌晨發生的事，人被船載入魔鬼灘，粉身碎骨，屍體沒有找到，死亡時間無法明確。那嬈要去祭拜的，也只是一座衣冠塚。」

許枚若有所思，案子發生在三年前的今天，也就是說，今天是武雲非夫婦的結婚紀念日，也是谷嘉兒的忌日，他抬眼看著下游的滾滾河水，搖頭道：「也成了武雲非夫婦的忌日。」

宣成苦惱道：「更奇怪的是，當年調查這件案子的閻克明也失蹤了。」

許枚驚道：「失蹤了？什麼時候？」

「就在三天前。」宣成道：「閻克明兩年前已經上調保定去做總探長了，最近捕門清查舊案，命他重回冉城調查谷嘉兒的案子，閻克明回到冉城的第二天就失蹤了。」

許枚沉吟道：「你覺得那個閻克明的失蹤和武雲非的案子有關係？」

宣成不敢篤定，搖頭道：「不知道，只是沒想到案卷中的詭異場景在我面前重演。先回別墅吧，今天晚上有得忙了。你……你別動！千萬別動！」

「怎麼了？」許枚見宣成眼睛瞪得滾圓，難得地露出一副驚慌神色，不覺大感有趣，又見他死死盯著自己身後的樹杈、咬著下唇輕輕挪動腳步，心裡沒來由的一陣發怵，忙壓低了聲音道：「怎麼了？」

「蛇，你身後一尺左右的位置有一條奇怪的蛇，正盯著你後脖子吐信子。」宣成沉聲道。

許枚駭異不已。

宣成壓低了聲音道：「別大意！這棵耐寒樹的葉子都落了，看來就是因為這傢伙盤在樹上。」

「嘶……」許枚望著樹下厚厚一層落葉，出了一身白毛汗。樹葉是在短時間內自然脫落的，葉片尚算新鮮，葉梗卻已乾黑，樹上的蛇到底厲害到什麼分上！難道是……無常？這裡離發現那嬈屍體的地方足有十里！難道是另一條無常？咦，這又是什麼？

只見樹下的葉子半蓋著一只小瓶，在漆黑中隱隱閃著綠光。

「別動……別動……」宣成輕聲安撫著許枚，渾然不知許老闆已經神遊天外，繼續腳下磨蹭著步子，不斷調整著方位和姿勢。那條長滿奇怪黑白花斑的蛇也輕輕擺動著頭頸，灰色的信子不住地噴吐，發出令人毛骨悚然的「嘶嘶」聲。

「低頭！」宣成低喝一聲，如箭般越出。

許枚自也機敏，宣成話音未落，一招「靈鳳點頭」已經使罷。那毒蛇大口一合，險些銜住許枚衣領。幾乎同時，宣成兩指扣合，倏地彈出。許枚埋頭前躍兩步，只聽得「噗」一聲悶響，急回頭時，只見一條怪蛇盤在樹枝上，頭頸軟軟地垂下，下顎已成肉泥。

「警官好指力。」許枚嘖嘖讚道。

宣成滿臉是汗，嘴唇泛著一層白，身體搖搖欲墜。

「警官你……」許枚低頭看去，不禁倒吸一口涼氣。宣成指尖烏黑，染了墨似的——那一指彈碎半顆蛇頭，半截指頭也被蛇毒浸了。

宣成支撐不住，一頭撞進許枚懷裡，吖吁喘著氣道：「把我的食指截掉，快……」

蛇毒能通過皮膚滲入血肉，這是宣成萬萬沒想到的。

毒蠍

留在別墅的陳菡、陸衍、丁慨都老老實實守在客廳，只有韓星曜沒心沒肺地讓小女僕給盛了一大碗肉湯，坐在茶几前和油汪汪的牛羊肉奮戰，看得幾個小女僕直打嗝。韓星曜滿不在乎，正是長身體的年紀，可抗不住餓。

顧和沒敢把那嬈主僕的屍體抬進別墅，別墅玄關旁有一個小小門廳，顧和命牧工取了兩張厚實的羊毛毯子和兩張素淨的被單，將屍體暫時安置下。

「找到了嗎，人怎麼樣了？」陳菡見顧和三人進來，忙起身問道。

顧和可不敢對客人們說門廳裡放著屍體，一時不知怎麼回答。

姬揚清搖搖頭，「主僕兩個都死了，凶手在這裡面。」說著她揭開蓋在竹籃上的布，那原本是那嬈裝香燭供品的籃子，姬揚清捉到無常後團了幾團塞進裡面。

「呀！快拿走！」陳菡探頭一看，嚇得臉色慘白，拍著胸口連退了幾步道：「她們是被蛇咬死的？」

那所謂「凶手」睡著了似的乖乖盤在竹籃裡，黑白色的鱗片在水晶燈下反射出七彩柔光。顧和想起剛才姬揚清制服無常時的潑辣手段，不禁縮了縮脖子。這法醫到底什麼來路，一撮藥粉撒出去，被引來的大大小小幾十條蛇都不動彈了，也包括這條怪蛇。草場上的蛇幾乎被她一鍋端了，來年春天兔子和老鼠要氾濫成災了吧。

「是……意外？」陳菡遠遠地躲在一邊，試探地問。

「不是，這種蛇產在南嶺一帶，在冉城這種乾冷地方無法自然生存。」陸衍盯著竹籃，訥訥道。

姬揚清奇道：「陸先生認得這蛇？」

陸衍道：「看過些閒書，按圖索驥罷了。」

「砰」的一聲，別墅大門被粗暴地撞開，接著便是「稀溜溜」一聲長嘶，許枚騎著馬踏過玄關徑直闖了進來，宣成垂著頭坐在鞍轎前，一條手臂軟軟地垂著，指尖烏黑發亮。

「姬法醫，快救人！」許枚將死蛇丟在地上，火急火燎道：「警官中了這傢伙的毒！」

這條蛇和殺害那嬈的凶手長得一模一樣，正是無常。

「把人放下來。」姬揚清不驚不亂也不說什麼廢話，手腳麻利地從腰帶上解下幾個小藥瓶，其中一個便是「雨蒸花」。

許枚一手抱住宣成，翻身下馬，剛剛回過神來的顧和手忙腳亂地上前幫忙，小心翼翼把宣成攙扶到沙發上。

許枚重重一巴掌抽在馬屁股上，氣呼呼道：「你是馬還是豬，怎麼跑得那麼慢！」

那胖馬慘叫一聲，撒腿跑了出去。

顧和焦頭爛額，也沒空去管這隻活寶。剛才回來時特意給許枚和宣成留了門，沒想到這個許老闆直接縱馬闖進院子，還撞壞了別墅的門。

顧和苦著臉出去把院子的大鐵門牢牢鎖住，萬幸別墅大門只是被撞壞了彈簧鎖，插銷還好，顧和輕輕把門銷住，拉了拉，還算結實。

「手指上沒有咬痕。」姬揚清用茶水清洗了宣成的手指，嫻熟地割開指尖放血，低頭看看下顎粉碎的死蛇，忍不住罵道：「仗著練過『開碑指』就敢這麼蠻幹，如果沒有雨蒸花，天知道你怎麼死的！」

黑血滴滴答答流在地上，宣成面如白紙，怔怔地望了姬揚清一眼，抽動嘴角做出個像是苦笑的表情，腦袋一歪，昏死過去。

「你……你……」姬揚清又急又惱，「你先把藥吃了再睡啊！」

宣成牙關緊鎖，「雨蒸花」灌不進去。

「把嘴撬開用水送吧。」許枚見宣成臉色迅速灰敗下去，活像那嬈主僕的死相，頓時發了急，搓著手道：「他是為了救我，這蛇本是在我背後的……」

「不能用水，『雨蒸花』得生嚼，碎屑被唾液包裹後才能起效，他現在可不會嚼。」韓星曜不知什麼時候湊了過來，一臉豔羨地盯著沒剩幾粒的雨蒸花，慢悠悠說道。

「我知道！」姬揚清搭著宣成手腕，只覺脈象漸漸衰慢下去，一咬牙，將雨蒸花含在嘴裡，嚼成粉糊，掰開宣成下顎，嘴對嘴將被唾液浸透的藥糊餵了過去。

「呵……」江蓼紅、許枚輕輕抽氣。

陳菡眼瞪得滾圓，虛掩著嘴巴說不出話。

顧和禮貌地轉過身去。

陸衍依然面無表情，只是輕輕低下頭。

韓星曜眨著眼睛吹了個口哨，興致勃勃地望著面紅耳赤的姬揚清。

幾個擠在牆角的小女僕好容易從連番驚嚇中回過神來，又看見這麼一番危險的香豔，一個個湊在一團嘰嘰咕咕說著悄悄話。

只有丁慨對姬揚清這一吻視而不見，自顧自發抖。

宣成喉結上下一滾，喉中發出輕輕的「咕嚕」聲。

「他嚥了。」許枚喜道。

姬揚清抿抿嘴唇，怔怔地望著宣成，良久才回頭道：「你們別多想，我這是……我這是醫者父母心。」

「法醫也算『醫者』？」許枚道。

「討厭！姐姐你管不管他！」姬揚清紅著臉咬牙切齒。

陸衍突然乾巴巴道：「法醫？為什麼對醫毒救命的手段如此精熟？」

姬揚清皺了皺眉，「精熟談不上，略懂而已。」

江蓼紅知道姬揚清向來不願多說有關毒的事，忙扯開話題道：「許老闆，武雲非呢，鐵絲網截住小船了嗎？」

許枚搖搖頭，「鐵絲網被人剪斷了，麻煩姬法醫通知警察局到魔鬼灘打撈吧，但是撈到屍塊的可能不大，要做好心理準備。」

陳菡嚇得連連抽氣。

許枚沉默半晌，說道：「我們沒有找到小船，也沒有看到屍體，不過武雲非生還的可能不大。」說著他摸出懷錶看了一眼：就算武雲非不死，這鐘點也該毒發了。

陳菡想到絞肉機似的魔鬼灘，只覺得毛骨悚然，「鐵絲網被剪斷了，這分明就是有人要殺武雲非！這農莊裡又是毒蛇，又是凶手，我不想在這兒過夜了，我要回冉城！」

江蓼紅拍拍陳菡的肩膀，扶她到沙發旁坐下，又對許枚道：「越繽也沒有回來，天都黑透了，散步可沒有散這麼久的，而且這樹林裡有野獸。」

許枚道：「嗯……說起來武雲非的小船經過別墅窗外時，我們都在餐廳裡，除了越繽。」

江蓼紅道：「也就是說，只有越繽沒有不在場證明。」

顧和也連聲附和，「對呀，當時僕人都在後院準備晚宴，牧工都在草場趕牛羊回圈，夫人也……也不在，整個雲間農莊行蹤不明的只有越老闆。」

許枚道：「顧管事也懷疑是越老闆加害武三爺？」

顧和囁嚅兩聲，「我是懷疑，只是……懷疑。」

許枚疑道：「我聽說武雲非善於騎射，少年時還練過外家功夫，越繽身材滾圓，四肢粗短，腳步虛浮，怎麼可能制伏高他足足一頭的武雲非？」

姬揚清看看昏睡的宣成，一時有些六神無主，咬咬嘴唇，小聲道：「怎麼辦，要出去找越繽嗎？」

許枚望著窗外一片濃黑，搖搖頭道：「不要出去了，天知道外面還有沒有那種可怕的毒蛇。」

江蓼紅見眾人臉上變顏變色，輕輕拉過姬揚清，小聲道：「宣探長中毒昏迷，現在你是唯一能頂事的警察，可不能亂了方寸，『怎麼辦』這樣的話千萬不要再說，一旦丟了威儀，這些人哪個還肯聽你吩咐？」

姬揚清點點頭，心裡轉了幾轉，打定主意，正要說話，卻聽許枚道：「丁大少！你抖什麼？」丁慨捧著一杯早已涼透的紅茶，身體不受控制地瑟瑟發抖，茶水潑在許枚的布鞋上。

「不對，這茶有問題！」姬揚清見丁慨臉色青白，體似篩糠，忙一把奪過已被顛出大半杯的紅茶。

「我……喔……嗚……」丁慨嚇得心膽俱裂，舌根發軟，一句話也說不出來，努力想從沙發裡站起來，卻兩膝一軟，撲通一聲跪倒在茶几前。肥闊的大氅裡滾出一只竹雕筆筒，一尾黃豆大小的紅色蠍子爬在筆筒的口沿上，慢悠悠地揮舞大螯。

「啊呀！」陳菡大叫一聲，炮彈似的跳出一丈來遠，一雙大眼淚光閃閃，「快快快……快把那東西拿開！」

「這是三爺書房裡的筆筒！」顧和一眼便認出那只微微泛著棗皮紅的竹雕筆筒。

「哦，原來是蠍毒。」姬揚清放下茶盞，赤手空拳抓起那隻瘦小的蠍子，放在掌心輕輕撥弄，「嗯……這品種實在罕見。」

「又……又……又……又是他！」丁慨驚駭之下，早已面無血色，顫抖著舉起胳膊，只見手腕上隱隱現出一條短短的黑線，顏色似乎有些淺淡，似無還有，隱隱有向上延伸之勢。

姬揚清伸手從腰帶間的小玻璃瓶裡摸出一粒橙黃色的藥丸，塞進丁慨嘴裡，回頭問道：「武雲非也是這情況吧？」

顧和連連點頭，「正是，正是，那黑線會往手臂上躥，三爺看了多少大夫都沒個解法。」

陳菡早看傻了，伸手指指姬揚清手中的蠍子，又指指翻著眼皮狂噴白沫的丁慨，嘴張得能塞進一個雙黃蛋，「武雲非也中毒了？你……你們是來調查中毒的案子，不是來護場子的！」

姬揚清默不作聲，權當默認。

許枚、江蓼紅對視一眼：原來那撫陶師用的是這種小蠍子！

他們此前從未向姬揚清說過有關另一個撫陶師和「黑線毒」的事，那嬈今早去警察局報過案，一定詳細描述過武雲非的症狀，那時姬揚清應該已經判斷出武雲非是中了蠍毒，也一定對宣成說了。這麼重要的線索，宣成居然沒告訴他們！

「農莊有備著常用的藥吧？」姬揚清撥弄著掌心的蠍子問。

顧和忙道：「有的，可是三爺不大信西醫那一套，農莊常備的都是些中草藥，就在後院。」

「中草藥就成，我開個方子，你讓僕人煎了給他灌下去。」姬揚清道。

「好好好，那勞煩姬法醫了。」顧和一面躬身作揖，一面吩咐小女僕從書架下的抽屜裡取紙筆來。

韓星曜遊魂似的出現在姬揚清背後，懶洋洋道：「姐姐，那個是電蠍吧？」

姬揚清「嗯」了一聲，繼續伏在茶几上寫藥方，那隻小小的「電蠍」就軟綿綿爬在姬揚清手邊，無精打采地晃著尾巴。

「有意思。」韓星曜齜著牙笑了笑，「據說電蠍行動迅疾無比，快如閃電，怎麼這隻蔫頭耷腦的，快死了似的。」

姬揚清輕輕撥弄了一下蠍子的脊背，疑惑地搖搖頭，「這東西產自緬甸，喜陰喜濕，雲間農莊這種乾冷的地方不適合牠生活，當然無精打采。把你送到南極去，你也是這副樣子。」

「又是蛇，又是蠍子，這鬼地方太危險了，我要回去！」陳菡見兩人淡然自若地玩弄著蠍子，幾乎要崩潰了。

顧和滿臉苦澀，忙安慰道：「陳小姐別怕，現在天已經黑透了，這時候出去比住在別墅更危險，別墅二層有客房，雖然小了些，但非常乾淨，今天就在這裡住一晚，明天一早我送各位離開，怎麼樣？」

「客房裡有蠍子嗎？」陳菡努力控制著淚水。

「客房裡……應該很乾淨。」顧和回答得有些心虛。

姬揚清推了推眼淚吧唧的丁慨，「丁大少，覺得哪不舒服？」

丁慨嚶嚶抽泣著道：「哪都不舒服。」

「想好了再說！」姬揚清怒道。

「我……我……好像……好像也沒哪不舒服。」丁慨抽著鼻子道。

「這就對了，電蠍毒會隨著血脈向心臟逼近，如果不用手觸按血管，是不會感覺到疼痛的，等蠍毒逼入心房，才是致命之時。」姬揚清道。

丁慨本就被嚇得心神崩摧，聽了這話，頓覺天旋地轉，幾乎要昏過去。

許枚搔搔下巴道：「嘶……說起來，武三爺的筆筒怎麼藏在丁大少懷裡？」

丁慨慘白的臉微微回紅。

許枚難以置信地望著丁慨，「你……私自拿的？」

丁慨吸著鼻涕埋下頭去。

姬揚清嫌棄地乜了丁慨一眼，幾筆寫好了藥方，突然道：「你剛才說『又是他』，怎麼回事？你之前碰到過這蠍子，或者你和控制蠍子的人打過交道？」

丁慨當然和他打過交道，上次出現在手臂上的那條黑線逼得丁大少放棄了萬貫家產的繼承權。

許枚生怕丁慨說出什麼不該說的，忙咳嗽一聲，「姬法醫，是不是讓人先給丁大少抓些藥來？」

姬揚清見許枚臉上變了顏色，疑心大起，卻還是點點頭道：「好，顧管事，農莊有冰庫，對吧？」

顧和一怔，點頭道：「有是有，但是那冰庫是存放屠宰的牛羊，滿地油脂污血，會不會污穢了些？」

姬揚清道：「不怕，我和你一道去，鑿些冰塊，你派人照我的方子抓藥，再去把客房安排妥當。」

「金銀花、野菊花、蒲公英、紫花地丁、天葵子……」顧和念叨著姬揚清的方子，狐疑道：「都是常見藥材，農莊都備著，用這些尋常草藥真的能解蠍子毒？」

姬揚清道：「這些只是輔藥，我已經給他吃了解電蠍毒的『特效藥』。」

「剛才那顆藥丸？」江蓼紅、許枚齊聲問道。

「對。」姬揚清注意到兩人的失態，不禁皺了皺眉，又對顧和道：「還需要冰，很多冰。」

「好，好……您這邊請，冰庫在後院。」顧和連聲答應著，吩咐了幾個女僕去安排客房、準備藥材，自己引姬揚清從客廳西南角的小門出去。

小門外是一條走廊，一端是通往二樓、三樓的樓梯間，一端通向後院。

「你……你別走！」陳菡帶著哭腔道：「你如果走了，這裡再鑽出些毒蛇蠍子可怎麼辦？」

姬揚清見她哭花了妝，無奈一笑，「最多二十分鐘便回來，你若不放心……」說著她又從腰帶內側摘下一個小藥瓶，用手拈了一撮藥粉，圍著寬大的茶几、沙發，撒了一個二十平方米左右的大圈，吩咐道：「不要出圈子，等我回來。」

韓星曜「噗嗤」一笑，「法醫姐姐把自己當孫猴子了。」

對於最怕蟲子的陳菡來說，二十分鐘的時間非常難熬，可過了不到三五分鐘，顧和便失魂落魄地跑了回來，渾身打著擺子，最後一點優雅也丟了個乾淨，「許老闆、江老闆，姬法醫請您二位去冰庫。」他聲音顫抖發僵，像是凍著了一樣。

眾人見他如此失態，不由面面相覷。

「去冰庫幹什麼？」許枚輕輕搭著宣成的腕子，抬頭問道。

「有些事不便說，您二位快跟我來！」顧和幾乎要哭出來。

陳菡抱著膝蓋縮在沙發一角，扁著嘴忍著眼淚，可憐巴巴道：「一定又出事了，一定又出事了……」

韓星曜懶洋洋道：「姐姐，慌什麼呀，只要不出這個圈子，妖怪不會把你抓走的。」

「可是……可是她把那東西留在茶几上了！你瞧他都嚇得快不成了……」陳菡指指被姬揚清丟在茶几上正慢悠悠爬來爬去的小電蠍，拚命把身子往沙發裡縮。至於等著姬揚清取冰救命的丁慨，更是把自己裹在熊皮大氅裡，嚇得直翻白眼，眼看就要抽過去。

韓星曜笑道：「嘿嘿，這小東西體內蓄毒有限，剛剛螫了人，體內毒液已經排得七七八八，至少半個月內傷不了人的。」說著他用手指按了按電蠍的脊背。那小蠍子憤怒地揮了揮鉗子，又無力地垂了下來，至於那根可怕的尾針，更是連動都沒動。

電蠍也明白蓄毒的重要性，不到生死關頭，萬萬不能再浪費寶貴的毒液，這個小混蛋只不過用手指來調戲老子，揮揮鉗子給個警告算了。

陸衍老僧入定似的輕輕抬起眼皮，「你對毒很瞭解。」

韓星曜懶懶地拖著半長音道：「業餘愛好。」

陳菡瞧著紅彤彤的蠍子，還是覺得格外猙獰恐怖，忍不住帶著哭腔哼唧幾聲。

韓星曜笑道：「姐姐如果害怕，我把牠遠遠丟開……嗯……還是小心些吧。」再一不可再二，如果三番兩次調戲電蠍，難保牠不心頭火起，真的抬起尾針，那可大大不妙。韓星曜雖然貪玩，卻不是沒輕沒重的性子，歪著頭想了想，縱身跳出圈外，走到屏風後去餐桌上拿筷子，用長長筷子夾蠍子比較安全。

他剛剛走到餐桌旁，便見窗外潤翠河對岸火光一閃。接著便是「砰」的一聲。

「哎呀……」韓星曜軟糯糯地叫了一句，像矯捷的獵豹一樣側身閃躲，那顆子彈卻早已飛過潤翠河，打碎餐廳玻璃，向他心窩射來。

狙擊手

冰庫裡果然污穢不堪，已經宰殺剝皮的肥羊成排懸掛著，分解的牛肉塊成摞成摞，地上滿是冰凍的鮮血。新血跡疊壓著舊血跡，和著污膩的油脂，在地面上畫出一片片詭異的抽象畫，又被一層薄薄的冰碴封印著。凌亂的極不清晰的腳印和車轍印滿地都是，碾碎了舊的冰碴，又被新的碎冰覆蓋住。

剝了皮的無頭肥羊被鐵鉤子吊著，整整齊齊掛在半空，半睜著眼睛的羊首級堆成一座小山，像京觀似的，格外猙獰恐怖。各種大大小小的斬骨刀、剔肉刀擺在一張敦實的巨大桌案上，幾輛鐵板推車散亂地停在牆角，上面血跡斑斑，還放著幾條牛腿——轍印就是這些運送大塊肉的鐵板推車留下的。

姬揚清蹲在靠近大門的地方，盯著一大攤噴濺狀的血跡出神。

「阿清……」江蓼紅覺得眼前的場景有些瘮人。

姬揚清站起身來，神色凝重，「地上是人血，非常新鮮，從出血量來看，人已經死透了，時間不好判斷，但不可能早於今天。」

血跡像平鋪在地面上的噴泉似的，一道血箭呈噴濺狀沖出，旁邊是一攤湧溢狀的鮮血。

許枚看得心驚肉跳，「這樣一攤血，像是……像是……」

「斬首，對吧？」姬揚清道：「有人伏倒在地上，被凶手用鋒利且厚重的利刃斬斷脖頸。瞧，這裡，地面上還有一道新刀痕。凶手力氣很大，只一下便剁去了死者的首級，頸中一道血箭沖了出去，隨後鮮血汩汩而出，在地上漫散開來。」

江蓼紅站在冰庫門口不願進去，聽了這話只覺腹中一陣翻江倒海。

許枚快步走出冰庫，使勁吸了幾口氣，回頭道：「顧管事，你下午來冰庫取過肉？」

「是……取過一隻羊羔，還有幾塊牛肉和豬排骨，都是上午剛剛屠宰的，非常……呃……非常新鮮。」顧和艱難地說。

天知道這些「非常新鮮」的肉上面有沒有飛濺的人血，江蓼紅慶幸自己沒有吃過那桌噴香的肉。

許枚也暗暗後怕，又問道：「你取肉的時候有沒有注意到這攤血跡？」

「沒有！」顧和飛快地搖頭，胖胖的臉蛋忽忽直抖。

「是沒有注意到還是當時沒有血跡？」

「我沒注意。當時太忙了，我進冰庫取了肉便走，這裡滿地是牛羊血，我也看不出來人血和牛羊血有什麼不同……」

「除了你還有誰有冰庫的鑰匙？」

「那就只有三爺了，冰庫的鑰匙一共兩把。」

「哦……」許枚點點頭，又看看還在冰庫裡四處查看的姬揚清，回頭道：「顧管事，你先迴避一下。」

顧和早就不願在這鬼地方多待，忙不迭微微一欠身，「我先回客廳看看。」說完他轉身便走。

「怎麼了，許老闆？」姬揚清見顧和一溜煙跑回別墅，忙問道：「我還有話要問他。」

「呃……不急，姬法醫，我現在有話想問你。」許枚說著回頭看看江蓼紅，後者輕輕點頭。

「怎麼了你們？」姬揚清很不喜歡這種神神祕祕的做派。

許枚見姬揚清語氣不善，遲疑片刻，小心翼翼地問：「姬法醫，警官他……有沒有和你說過有關這種『黑線』的事？」

「沒有。你們果然有個大祕密瞞著我，今天那個武太太來警局報案，說起武雲非中毒的症狀，他臉色一下就變了。我聽了武太太的描述，說出『電蠍』的名字，他的眼睛瞪得像貓一樣，像看妖怪似的上上下下打量我。我和武太太說我能解電蠍毒，他當時就跳了起來，椅子都撞翻了。」姬揚清看看許枚，又看看江蓼紅，問道：「你們之前遇到過電蠍？」

許枚仰著頭在腦中描繪像貓一樣炸毛的宣成撞翻椅子的場景。

江蓼紅搖頭道：「我們只是遇到過手臂上出現黑線的人，至於『電蠍』這東西，聞所未聞，見所未見。」

許枚道：「丁慨那邊應該還不急吧？我有個有點長的故事要……什麼聲音？」

姬揚清道：「好像是客廳那邊的玻璃碎了。」

江蓼紅卻瞳孔一縮，顫聲道：「狙擊步槍。」

韓星曜身手很快，那顆射向肩窩的子彈並未捕捉到胸前要害臟器，只在他的左大臂鑽了一個透明窟窿，血如泉湧。韓星曜非常冷靜，順勢仰倒在地，叫了一聲：「都老實待著，別過來。」他輕輕喘了兩口氣，拉過一只凳子，擋住頭部：這個所謂落地窗底部只有不到二十公分高的「窗臺」，實在算不上什麼掩體。

河對岸的狙擊手似乎在等待一擊必殺的機會，並沒有繼續開槍。

韓星曜抿著嘴暗暗琢磨：狙擊手沒有離開。河對岸是草場，只有稀稀落落的幾棵老樹，沒有供人藏身的地方。這個狙擊手繼續開槍會引來牧工，他分神對付牧工的時候，是我逃回屏風後的唯一機會……不對，他為什麼敢這麼明目張膽地開槍？他不怕那幾十個牧工一股腦衝出來嗎？還是說……這傢伙有把握一槍要了我的命，在牧工趕到前安全逃走？太小看我的第六感了吧，老子是很敏銳的！嘶……好疼……這些牧工動作也太慢了，兩三分鐘足夠他們趕到那傢伙開槍的地方了……咦？

「咔嗒」一聲，客廳的水晶燈滅了，與客廳共用一架水晶燈的餐廳也失去了光源，陷入一片濃黑。韓星曜明顯感覺到河對岸濃烈的殺氣黯淡下去，心中一陣狂喜，右手在地面上一撐，翻過身來，伏在桌下，輕輕拱起脊背，兩腿一曲一伸，身體像彈簧一樣貼著地面疾射出去，轉瞬間已藏到屏風後。

「回來了？」宣成的聲音響起。

客廳壁爐內的火還燒得很旺，宣成趁著微弱的暗紅色火光晃晃悠悠回到姬揚清撒下的藥粉圈子裡，把自己丟在軟軟的巨大沙發上，順手拿起一只茶杯扣住電蠍。

已經嚇到呆滯的陳菡、丁慨隨著沙發的起伏微微彈動，陸衍坐得端端正正，欣賞地望著宣成。

「謝謝。」韓星曜按著汩汩流血的胳膊，輕輕坐在茶几上，從已被血染紅的價值二十塊大洋的衫子上扯下幾縷布條，緊緊繞住手臂上的彈孔。

「別亂動！先上藥！啊！你醒啦！」姬揚清攜風帶火地衝了進來，正看到韓星曜咬著牙包紮傷口，氣沖沖地大聲嚷著阻止，又見宣成仰在沙發上，半睜著眼睛望著自己，心便漏跳了半拍。

「姐姐有槍傷藥嗎，還是農莊裡有？」韓星曜滿懷期待地仰起頭，大眼睛一眨一眨。

跟在最後回到客廳的顧和腿軟得像麵條，慘白著臉搖搖頭，「沒有槍傷藥，只有普通金創藥。」

姬揚清寬大的牛皮腰帶像一個彈匣，她取出兩個紙包道：「止血藥、槍傷藥我都有，農莊有乾淨繃帶嗎？」

一個小女僕剛剛捧著一包草藥回到客廳，正靠在牆角打哆嗦，又被顧和支使著去樓上找繃帶。

「是……是槍……」陳菡好容易回了魂，定定地望著血淋淋的韓星曜，已經嚇得哭不出聲了。

客廳裡很暗，水晶燈是不敢再開了，壁爐火光無法照亮整個客廳。眾人圍聚在茶几周圍，三個傷號，一個裹在大氅裡瑟瑟發抖，一個仰坐在沙發上眉頭緊鎖，一個坐在茶几一角滿身是血。三隻毒物，一隻蠍子扣在茶杯底下，有氣無力地用鉗子敲打杯壁，兩條毒蛇一死一活，死的丟在玄關前下顎像爛泥，活的盤在竹籃裡睡得像帶魚。

姬揚清揉著眉頭道：「那嬈被毒蛇咬死，武雲非被送進魔鬼灘，丁慨被蠍子螫了，現在又冒出來一個狙擊手。」

許枚、江蓼紅腦中一團亂麻，默默並肩站著，努力整理思緒。陸衍端端正正拄著手杖坐在沙發上，面無表情，好像半截枯木。陳菡連番受驚，委靡不振，抱著膝蓋蜷坐著。姬揚清只顧著眼前的幾個傷患，無暇考慮其他。去安排客房的小女僕回客廳交差，被顧和打發回後院宿舍睡覺，至於忙了一下午的廚師們，早在剛才許枚三人在冰庫時，已被顧和趕回後院住處，不准出來。

屏風後的落地窗破開一個張牙舞爪的大窟窿，窗外水聲滔滔，風聲颯颯，河對岸潛伏著一個危險的狙擊手，宿舍裡的牧工像是全都睡死了一樣，毫無動靜。

客廳裡的所有人圍在小小的圈子裡，沒人大聲說話，也沒人伸開手腳做些大動作，像是怕引起狙擊手的注意，其實客廳處在狙擊位置的死角，無論狙擊手如何調整角度，都無法把子彈射入客廳，真正危險的只有被屏風分隔出的餐廳。

取藥的小女僕把繃帶放在茶几上，打著哆嗦退到一邊，姬揚清吩咐了幾句，命她去煎藥。女孩子膽小，槍這種東西她這輩子還沒見過，可眼前就有這麼個血淋淋的小哥哥齜牙咧嘴地吸氣，小姑娘半天不敢挪動步子。

「別怕，開槍的又不是神仙，怎麼可能把子彈打到後院，子彈這東西又不會拐彎。」顧和輕輕安慰著催促。

小女僕還是老老實實地拿著藥離開了客廳，哭哭啼啼從後院拖了兩個人高馬大的廚子陪她。

「客房已經準備好了……」顧和有氣無力地說。

沒人敢離開姬揚清畫的圈子，一晚上不睡倒也沒什麼大不了，就怕客房裡藏著蛇蠍之類危險的東西。

姬揚清為韓星曜清洗了傷口，上藥包紮。

「對面有人開槍，那些牧工竟然一點反應也沒有，我想去看看。」韓星曜側耳聽著窗外的動靜，風水蕭蕭，卻半點人聲也沒有，不由咬著牙吸氣。

「不行，任何人都不能離開別墅……嗯？」姬揚清正要發脾氣，宣成輕輕「哼」了幾聲，鼓著胸膛咳嗽起來。

姬揚清像被踩了尾巴的貓，兩步跳到宣成身邊，伸手去摸他的額頭。

「還好，沒有燒起來。」姬揚清輕輕鬆了口氣，「這便好，雨蒸花遏制這些毒素還是有些效力。」

陳菡突然抬起頭來，眼淚汪汪地說：「那些牧工會不會都被他殺掉了，他會不會過河來殺我們？他有槍啊……」

宣成咳嗽兩聲道：「狙擊槍長於遠距離射殺，但換子彈的速度不快，貼身近戰不占優勢。」他抬頭看向許枚，「有把握嗎？」

許枚有些為難，但還是點了點頭。

宣成繼續道：「但不排除對方還有手槍之類的武器……」

許枚無奈道：「警官你什麼時候學會大喘氣的？」

姬揚清束緊了韓星曜手臂上的繃帶，起身提起盤著毒蛇的籃子，掛在別墅門內側的把手上，隨手掏出一顆藥丸放在籃子裡，那昏睡的毒蛇被人踩了尾巴似的猛然醒轉，昂著脖子四處亂看，嘶嘶地吐著信子。

姬揚清關上玄關的門，回到藥粉畫下的圈子裡，拍拍手道：「讓牠看門吧，無常的攻擊性極強、極烈、極快、極猛，遇神殺神，遇佛殺佛，如果有人貿然破門闖入，很難活著走過玄關。」

陳菡頭皮一陣發麻，「你幹嘛弄醒牠！牠爬過來怎麼辦？」

姬揚清道：「不要緊的，無常很懶，如果找到一個舒適的小環境，可以幾個月不動地方，瞧，牠覺得這個籃子很舒適。但如果有人接近或是觸碰籃子和門，這個人生還的機率接近於零。」

宣成嗓音沙啞，抬起黑氣未退的手指，點著數道：「四件案子，武雲非、那嬈，還有樹上的毒蛇和窗外的槍手。」

「你給我好好躺著休息，別想案子。」姬揚清有些發惱。

宣成其實一直很喜歡看姬揚清吹鬍子瞪眼的樣子，但也不敢故意惹她生氣。韓星曜卻對姬揚清的「怒火」毫不在乎，一邊嘗試著抬動受傷的手臂，一邊懶洋洋地說：「其實是五件案子，越繽失蹤了，到現在都沒回來。」

姬揚清真的生氣了，惡狠狠咬著牙道：「一個兩個命都快沒了，還說案子！今天晚上，誰都不准再說案子的事！」

「六件。」許枚好像沒把姬揚清的警告當回事，微笑著盯著宣成，目光炯炯，「還有丁大少，他手腕上剛剛出現了一條短短的黑線，幸好姬法醫有克制此毒的特、效、藥。」

宣成覺得有些尷尬，把臉扭到一邊，心道：我不是有意瞞你，我也是今天上午才知道的。

「我有電蠍的解藥，怎麼了，很奇怪嗎？」姬揚清受不了許枚和宣成神神祕祕地打啞謎，氣沖沖地展開巴掌寬的皮帶，只見皮帶內側密密麻麻擠滿了三排筆桿粗細、一寸來高的扁扁小瓶。

「我有很多毒物的解藥，不下幾十種。毒藥更多，想嘗嘗？」

姬揚清現在這副狀態正是宣成最欣賞的，殺氣騰騰，但好像沒什麼威懾力，就像和主人撒氣的貓……

宣成一面胡思亂想，一面和許枚一起縮了縮脖子，連江蓼紅也躲到許枚身後——她也是「神祕兮兮」的人之一。認為自己被排斥在圈外的姬揚清對「神祕罪」深惡痛絕。

姬揚清「哼」了一聲，掃視眾人，一指丁慨，「小白臉，跟我走。」

丁慨正覺腹中熱氣騰騰，煎熬難耐，抖抖肩膀脫掉大氅，突然被一根水蔥似的手指點著眉心，不禁一個激靈，「啊……去哪？」

「去冰庫！老娘懶得給你鑿冰了，你給我直接躺到冰庫裡去，一會兒回來喝藥！」姬揚清殺氣十足，又一指許枚，「你也去，你不是有個很長的故事要講嗎？」

「呃……啊，稍等。」許枚一縮脖子，附到宣成耳邊道：「冰庫裡有一攤血跡，像是有人被砍了腦袋。」聲音不大不小，恰好能被圈子裡的所有人聽見。

宣成驚愕不已，大張著嘴巴說不出話來。

陸衍臉上終於浮現出一絲驚訝神色。

「砍了腦袋」這個詞太過血腥，陳菡嚇得連話都說不出了，這座農莊簡直是修羅地獄，明天說什麼也要離開，永遠不來了，去他的天藍釉花觚，老娘不看了。

韓星曜卻眨著大眼睛，滿臉興奮，好像斬首慘案只是舞臺上的一齣好戲。

許枚神神祕祕地笑了笑，被氣沖沖的姬揚清催促著去了冰庫。

江蓼紅一攤手，她這小暴脾氣一點沒變，還是這麼可愛。

筆筒

被姬揚清剝光衣服鎖在冰庫裡的丁慨發出陣陣淒厲的慘叫，倒也不是因為冷，而是滿地冰凍凝固的鮮血和牛羊屍體太過恐怖，從小養尊處優的丁大少從沒見過如此血腥惡臭的場面，而且姬揚清惡狠狠地命令他不准破壞一攤噴泉狀的血跡，「這可是人血，你如果把現場破壞了，我要你好看！」

不久前就有一個人躺在他旁邊的位置，被人一刀砍下腦袋，血流滿地，丁大少的內心幾乎是崩潰的。

守在冰庫外的姬揚清聽許枚講完了一個長長故事，抱著胳膊靠在樹上，說道：「嗯……這麼說有個能操控電蠍的撫陶師在找幾件瓷器，其中就包括你背上包袱裡的玉壺春瓶，季家小姐遇害的案子和百果莊的所謂綁架案都和這只瓶子有關，武雲非也是倒楣的受害者。至於丁家兄弟兩個，是因為那只郎窯紅觀音瓶被捲進來的。之前興雲鎮的杜家，是因為兩件豇豆紅釉瓷器慘遭滅門。」

許枚把背上的包袱抱在懷裡，點點頭道：「還有廚子胡三，他之所以能知道兒子的真實死因，是因為那個撫陶師看上了他院子裡的一只鈞釉花盆。」

姬揚清道：「這個撫陶師現在就在雲間農莊，或者說就在別墅裡，那隻螫傷丁慨的電蠍可能和他有關，對了，武雲非的筆筒為什麼藏在丁慨懷裡？我的意思是，他偷一個筆筒幹什麼？」

許枚道：「這就要問問丁大少了……他真的不要緊嗎？已經號了快一個小時了，不會凍死吧？」

姬揚清看看手錶道：「不能放他出來，否則他的腸胃臟器會被燒熟了——雹蠍毒和解毒藥都是大熱之物，那個撫陶師讓武雲非躺在盛滿冰的浴缸裡吃解藥就是這個道理。」

「燒熟……」許枚腦中浮現出紅彤彤的丁慨冒著焦熟香氣的樣子，波浪鼓似的搖搖頭，咧嘴道：「這些奇奇怪怪的毒，還真是……真是……真是超出了我對『毒』的認識，好像在聽神話故事一樣。」

「彼此彼此。」姬揚清幽幽地看了許枚一眼。

許枚一笑，摸摸鼻子道：「姬法醫……別怪我冒昧，你的這種……這種特殊的本事，我是說你對毒物、藥物的瞭解和治病救人的手段，都是誰教的？據我所知，捕門驗骨堂好像不擅長救人，甚至不擅長和活人打交道。我想問問……當時從秋家『帶走』你的是驗骨堂的哪位前輩？」

姬揚清臉色微微一變。

被「帶走」，是秋家收養孤兒一生中的頭等大事，也是頭等幸事。

秋夫人這輩子收養的孤兒沒有一百也有幾十，秋家能力有限，無法保證這些孩子一世生活無憂，所以每隔三年，秋夫人總會請一些奇奇怪怪的人到秋家老宅，這些人會挑一些孩子去學本事。那時挑中江蓼紅的，是一個長得很漂亮的唱戲老先生。

「老先生」和「漂亮」這兩個詞似乎根本不沾邊，但江蓼紅的師父成之玉就是這樣一個人，這位光緒年間便名動京城的乾旦，據說是進宮唱過《封神天榜》，演過狐妖妲己的。連臺本戲唱了七八天，竟沒人看得出這是一個年過四十的漢子，還有幾個小貝勒找到後臺一訴傾慕之情。

江蓼紅從未對世人隱瞞自己的師承，除了成之玉「聽泉師」的身分。

成之玉這個風流老優伶對古錢的瞭解可謂通達明徹，甚至能給《古泉匯》、《金石索》挑些瑕疵。長大成人的江蓼紅再次回到冉城，一場《救風塵》唱罷，整個冉城為之傾倒，時人稱其「如仙似魅」。

又過不久，冉城古玩行的人也都認識了這個紅角兒——她得空便逛古玩店，專門搜羅歷朝古錢，眼光之毒令人歎服，剜字改刻的絕手都在她手裡栽了跟頭。

江蓼紅和許枚談過姬揚清，兩人從小便是同床睡的，被各自的師父「帶走」十多年，再次回到冉城之後，彼此之間都多了些祕密。

許枚見姬揚清不回答，有些不甘心地繼續問道：「這些去秋家挑選孩子的人，都有『特殊』的本事嗎？」

「都有謀生手段，比如唱戲。」姬揚清有些不耐煩，似乎不想再繼續這個話題。

「再比如驗屍？」

「沒有，你覺得乾娘會請個仵作到家裡去？」

「所以那時帶走你的，並不是驗骨堂的前輩，你是後來才去的捕門？」

姬揚清似乎不想再繼續這個話題，指了指冰庫，「時間已經差不多了，關於筆筒盜竊案我還有話要問他。」

「這是強行轉移話題，不是說今晚不談案子的嗎？」許枚無奈地嘟囔著，費力地推開冰庫大門。

姬揚清把凍得牙關打顫的丁慨拖了出來，把揉成一團的衣服一股腦丟到丁慨軟乎乎的白肚子上，擰眉立目，聲色俱厲，「說！武雲非的筆筒怎麼在你身上？」

丁慨手忙腳亂地穿著衣服，渾身不停哆嗦，連伸了七八次腿，都沒把腳準確地套進褲筒裡。

「快……說！」姬揚清像一隻憤怒的俄羅斯貓，渾身散發著「我很凶」的氣場，她對這樣疲弱的男人向來沒什麼好臉色。

許枚憐憫地望著丁大少，搖搖頭道：「你坐在地下穿吧，身子穩當些。」

「髒……」丁慨委屈巴巴。

許枚翻了個白眼：矯情他媽哭矯情，矯情死了。

「你，偷了武雲非的筆筒。」姬揚清見丁慨笨手笨腳笨嘴笨舌，索性開始誘導，卻把「偷」字咬得很重。

丁慨一個激靈，連連否認。

「說、實、話。」姬揚清磨著白森森的牙齒，惡狠狠瞪著丁慨，手在腰間的小藥瓶上來回摸索，「見識過捕門逼供的手段嗎？」

丁慨見姬揚清取出一顆七彩斑斕的小藥丸，差點哭了出來。

「七七化骨丹，這是用七種毒草和七種毒蟲淬煉七七四十九天製成的劇毒，吃下去之後，人的骨頭就像冰雪遇到火一樣，化了；人的血就像水遇到土一樣，坨了；人的眼珠子就像人參果遇到金擊子一樣，掉……」

「我招！我招！」丁慨手腕上的黑線剛剛退去，對「毒」這個字容易過敏，露著白花花的肚子癱在地上，準備竹筒倒豆子。

還沒來得及詳細介紹七七化骨丹四十九種「功效」的姬揚清顯得有些掃興。

丁慨爬到許枚身後，笨手笨腳穿上衣服，稍稍緩了緩神，說道：「這筆筒可不是凡品，武雲非不識貨，就把這東西擺在書桌上的一摞帳本旁邊，裡面插著鋼筆、鉛筆還有尺子什麼的，有些地方還被鋼筆水染了。我想給他些錢把這個筆筒買下來，哪怕那兩個紫檀盒子和一個蘇繡罩子我不收錢也行。我在書房等了好一會兒，也不見他回來，只好先去客廳……」

「先把筆筒揣在懷裡才去的客廳。」姬揚清補充道。

丁慨臉一紅，訕訕地道：「我……我想等見了武雲非再把錢給他。」

許枚道：「所以從你來別墅直到現在，還沒和武雲非碰過面？」

丁慨連連點頭，「顧管事說武雲非應該在書房，他忙得陀螺似的，我也不好意思麻煩他帶我上樓，在客廳等了一會兒，翻了翻書，就自己先上去交貨了。」

許枚點點頭，又道：「那個筆筒我也沒細看，雕的好像是文人聚會場面吧？香山九老、西園雅集，還是春夜宴桃李園？」

那筆筒雕刻繁密深緻，天知道上面雕鏤的松竹山石縫隙中會不會還藏著別的什麼小東西。這件寶物自從丁慨懷裡掉出來，就那麼一直在地上滾著，沒人敢拿起來看，許枚向來惜命，當然也不會以身犯險，至於能克制毒物的姬揚清和膽大包天的韓星曜，純是對這東西不感興趣，只顧得瞧那隻罕見的蠍子。

丁慨如遇知音，連連點頭道：「正是正是，許老闆好眼力，這筆筒雕刻的正是『西園雅集圖』。雖未署名，但從雕工來看，應是馬國珍真跡無疑，也不知武雲非從哪兒弄來的。」

「噢！珂亭之作，那倒是要好好欣賞一下。」許枚眼睛一亮，搓了搓手。

丁慨本人也是鑒賞竹木器的名家，收藏不甚多，但件件精巧清雅，許枚對丁大少的品味還是非常佩服的。馬國珍是乾嘉時嘉定刻竹高手，心性超然，刀工深緻，圖景繁密，所刻山水、人物、花鳥、草蟲無一不精，無一不絕，雅趣盎然，鮮活動人。許枚閒時翻看《竹人錄》，讀到馬國珍所言「古人友鶴妻梅，我則妻與梅皆忘形爾」，不禁莞爾，「這人有趣。」讀至其病中「手執寒花一枝，且嗅且看，嬉嬉自若」，不由合卷長歎，「憨樂超然，安貧樂藝，真名士也。可惜至今未得見其真跡，遺憾，遺憾。」如今聽丁慨說起那只藏著蠍子的筆筒竟是馬國珍所刻，頓時心癢難耐，恨不能現在便回去撿起來把玩。

姬揚清不知道馬國珍是何許人也，卻對「交貨」兩字很感興趣，問道：「你說的『交貨』是什麼意思？就是那紫檀盒子和蘇繡罩子嗎？」

丁慨的「秀木居」專門製作精巧雅致的小盒、小匣，有書篋、妝奩、文盒、信匣，還有盛放名貴古玩的大小隨形的盒子和罩子，用的都是名貴木材和上好綢緞，工藝簡拙素雅，在冉城一帶很有些名氣。

「對，武雲非半個月前在我店裡訂了兩個盒子，吩咐我今天下午六點之前必須送來，他說有三件寶貝要在『賞寶會』上展示，沒個像樣的包裝可不成。」丁慨道。

「哪三件寶貝？」許枚搔著下巴想：除了天藍釉花觚和西王賞功金錢，武雲非手裡還有別的寶貝？

「一只花觚、一枚金錢，還有一塊這麼大的石板。」丁慨用手比畫出一個半米來高、一米來寬的大小。

許枚一怔，「石板？什麼樣的石板？」

丁慨凝神回想，眼神一陣迷離，翕動著嘴唇，陶醉道：「不是很大，但很美，尤其是那細細雕刻的圖畫，看一眼，魂都沉進去了。我不擅長鑒賞石刻，不過這石板給人的感覺實在震撼，應該是件真品。」說著他重重打了兩個噴嚏，吸溜著鼻涕瑟瑟發抖，形象全無。

許枚暗道：如此勾魂奪魄的魅力，大概是漢畫像石吧。

姬揚清嫌棄地瞥了丁慨一眼，搖著頭道：「行了，先回客廳，藥應該差不多了。」說著在丁慨驚恐的目光下她把那顆七七化骨丹丟進嘴裡：草莓、櫻桃、香蕉、蘋果、橘子、鳳梨、哈密瓜七種水果的混合果汁做的硬糖，好吃得不得了。

熬藥的小女僕被顧和趕回了宿舍。

丁慨愁眉苦臉地大口大口灌完了藥湯，苦得齜牙咧嘴。

姬揚清貼心地遞過一顆酸甜美味的七七化骨丹，丁慨想都不想便拒絕了。

沒有一個人離開圍繞沙發和茶几的藥粉圈子，或站或坐，大眼瞪小眼。

河對岸的狙擊手也偃旗息鼓，自打傷韓星曜後，就再也沒發出半點聲響。

刺骨的夜風從破碎的落地窗裡灌進來，發出嗚嗚的怪聲。

已經十點了，陳菡又累又怕，縮成一團靠在沙發一角。陸衍神色木然，活像一尊雕塑。韓星曜毫無顧忌地打著哈欠，不一會兒就傳染了陳菡和丁慨。

宣成正了正身子，開口道：「六件案子，加上冰庫裡出現的一攤血跡，現在……」

姬揚清生氣道：「你給我老老實實歇著，不准想案子！」

宣成扁扁嘴，像不肯認錯的小孩一樣別過頭去，咕噥道：「這時候誰能安心休息，閒著也是閒著，還不如說說案子，你看所有人的耳朵都豎起來了……」

許枚正捧著竹雕筆筒摸索玩賞，聽見這句委屈巴巴的抱怨，忍不住「噗」的一笑：警官還有這麼可愛的時候，嘟嘟囔囔的像鬧彆扭的小狗似的。

宣成見姬揚清瞪著一對圓眼，虎視眈眈地盯著自己，沒來由地紅了臉，輕輕把下巴埋在衣領裡，偷偷撩起眼皮看她生氣的樣子。

許枚清清嗓子，說道：「這幾件案子五花八門：毒殺、槍擊、斬首、失蹤……」

姬揚清又驚又怒地盯著許枚，伸手指了指，又看向江蓼紅：你不管管嗎？我明明不讓討論案子的！

江蓼紅卻一臉同意地望著許枚，連連點頭，看上去也在無聲地參與案情討論。

姬揚清認命地一抱胳膊，氣呼呼坐在沙發上。

許枚繼續道：「最奇怪的是武三爺的案子，這案子有三怪：場面詭異，手段麻煩，未見屍體，所以我們無法絕對確認武三爺是活是死，權且算是失蹤案吧。」

顧和身子一抖，顫聲道：「許老闆……您說三爺可能還活著？」

宣成搖頭，「可能性微乎其微，潤翠河水流速太快，武雲非幾乎不可能從急流中逃脫。」

許枚搖搖手指：「如果小船被鐵網截住了呢？」

宣成一愣，「鐵網明明被剪斷了，小船也不見了。」

許枚搖搖頭，微笑道：「我們看到小船從別墅窗外流過，便乘馬車北上，通過石橋來到潤翠河西岸，粗粗地看了那嬈遇害現場，取了馬匹，從草場沿河南下，趕到鐵網處，至少花了四五十分鐘的工夫。」

宣成點頭表示同意。

「如果小船被鐵網截住，武三爺用事先藏在手裡的小刀，割開被子和綁繩，攀著鐵網連人帶船挪到岸邊，取出藏在被子下的大鐵鉗，剪斷鐵絲網，讓小船順流而下，流入魔鬼灘，被碾成木屑。」

許枚道：「潤翠河水流速極快，甚至比我們縱馬奔馳的速度還要快，這艘無人操縱的小船從別墅外順流而下來到鐵網附近，二十分鐘足夠了。武三爺完全可能在我們趕到前完成這一切，丟掉鐵鉗，偷偷逃走。」

眾人聽得目瞪口呆，一片抽氣聲讓許枚非常有成就感。

顧和覺得許枚的推斷毫無道理，「可三爺為什麼要這麼做嚇唬我們？」

許枚一攤手，「也許是有什麼不得不詐死的原因，也許是躲避什麼人或事。」

宣成悶頭沉思片刻，說道：「這個想法雖然匪夷所思，但理論上確實能實現。」

許枚又道：「這當然只是一種假設，武三爺已經不幸身故的可能更大。如果武三爺真的是被人謀害的，我們首先要調查的是他今天下午的去向，他是什麼時候離開別墅的？是被人制伏後強制帶走，還是自己離開別墅，在某個隱蔽的地方被凶手襲擊的？」

宣成道：「凶手在別墅直接行凶很容易驚動別人，武雲非自己離開的可能更大。」

許枚也傾向於武雲非自己離開，順著思路問：「那麼，凶手襲擊武雲非的所謂『隱蔽的地方』可能在哪？」

宣成沒有任何線索，只好站在凶手的角度推測：「如果是凶手約武雲非出來見面，約在石橋附近最方便實施這個古怪的計畫。凶手在制伏武雲非後，直接把他拖到橋下，用被子裹住綁在船上，解開纜繩，讓小船順流而下。」

許枚道：「如果是這樣的話，凶手就不在我們這些人當中了。」

宣成點頭表示同意。

農莊的小船都在石橋下，用繩子固定在木樁上。小船流過別墅的時間是六點半，別墅到石橋的距離大約四里。

宣成低著頭盤算片刻，說道：「至於潤翠河水流速，我看過河中的落葉，水速在每秒六米左右，小船順流來到別墅附近，至多不過五六分鐘。當時小船從窗外經過是六點半，所以凶手在橋下解開纜繩的時間大約在六點二十五分。」

這個時間，在場的所有人都在客廳或餐廳裡，不可能去橋下解開纜繩。

江蓼紅突然道：「如果固定小船的纜繩是凶手加工過的，他身在別墅，也能控制小船的出發時間。」

「只要把纜繩剪成兩段，兩截斷口浸泡在水碗裡，放進冰庫，過上幾個小時，碗裡的水凍成了冰疙瘩，把兩截纜繩固定成了一根。再用這根纜繩把小船綁在木樁上，等冰塊化開，小船自然會被河水送去下游。凶手只要反覆做幾次實驗，計算好冰塊融化的時間，應該可以讓小船在他需要的時間出發，為自己製造不在場證明。」

宣成搖頭道：「不大可能，別忘了現在是冬天，外面氣溫很低，太陽下山後氣溫下降更快，到午夜已經逼近零度了，冰塊化開需要不少時間，甚至可能一整天都化不開。更重要的是，冰塊不可能在化開的同時消失乾淨，兩截纜繩斷脫之後，兩邊斷口上一定還有殘存的冰。只要我們去橋下稍作檢查，凶手的一番工夫就白費了。我讓你們回來時檢查橋下船塢，有注意到繩子嗎？」

「繩子是被利刃割斷的，斷口沒有冰。」江蓼紅不好意思地笑笑，「我只是突發奇想，隨口一說。看來嫌疑最大的還是失蹤的越績。」

顧和抹了把汗，衣服都濕透了，使用冰庫製造延時纜繩，反覆試驗把握時間，這些事好像只有他這個掌握著冰庫鑰匙的管事能做到。

許枚道：「除了越績之外，已經死去的武太太主僕也不是沒有可能，武太太的馬車沿小路北上，算起來……嗯，顧管事，農莊的馬車最快能跑多快？」

這些馬養尊處優，性子溫馴綿軟，拉起車來當然也優哉得很。

顧和汗顏道：「每個小時……按尋常速度，大概能跑十二三里，如果撒開了腿跑起來，最多也不過二十里吧，比人快不多少，甚至比練長跑的洋人要慢，和那種叫自行車的更是沒法比。其實也怪不得馬，農莊用的馬車雖然漂亮，但總歸還是木製老車，如果馬奔跑的速度太快，車裡的人會顛得散了架，車也可能會損毀，趕車的人不敢趕得太急。」

宣成道：「按最快速度來算，武太太的馬車從別墅走到石橋大概需要十分鐘，通過石橋到牧工宿舍附近大約也需要十分鐘。馬車和屍體在宿舍附近被發現，牧工無權打開馬廄，只好一路奔趕到別墅報信，怎麼都需要將近半個小時。而武太太離開別墅大約是五點半，牧工來報信是六點半多，也就是說，牧工發現停在宿舍附近的馬車和屍體，大約是六點左右，所以武太太主僕不可能在六點二十五分左右解開橋下的纜繩。她們應該和武雲非的死沒有關係。」

許枚撓撓頭，尷尬道：「呃……我算術學得不好。剛才只是突發奇想，隨口一說。」說著他朝江蓼紅擠擠眼睛。

宣成望著許枚和江蓼紅：不負責任的「突發奇想」是你們神棍和神婆的通病嗎？

他無奈道：「那嬈的案子我們先放到一邊。比她更早離開別墅、嫌疑也更大的是越繽。越繽出門『散步』大概是五點，如果他離開別墅便直奔石橋，一個小時怎麼也該走到了，他完全有可能在橋下把武雲非制伏，捆綁在船上，然後解開纜繩。」

顧和有些難以置信，「三爺就那麼乖乖任他擺布？」

武雲非是練過拳腳功夫的，不說別的，單那鐵塔似的身軀和鋼鉗子似的大手，就不是越繽這樣圓滾滾軟綿綿的小胖子能對付的。

許枚搔搔下巴，「也許當時武雲非失去了反抗能力。」

韓星曜嘿嘿笑了起來，「越繽要制伏武雲非並不難。」

「小傢伙，看來你很瞭解越繽。」許枚想起韓星曜之前對越繽的評價，狐疑地打量著這個少年，「你之前認識他？」

「認識談不上，對他的一些手段還是有些瞭解。」韓星曜眯著眼睛齜牙一笑，「越續行事歹毒，性子也霸道得很，在江湖上仇家不少，所以他無論走到哪裡，都隨身帶著一支烏木手杖，輕輕擰動手杖頂端的圓球，底端會噴射出比牙籤還細的管狀針頭，裡面是藥性極強的麻藥。」說著他打了個哈欠，見眾人一臉驚疑，「嘖」的一聲，鬆垮著肩膀道：「別這麼看著我呀，我說的都是真的。」

「這些事你從哪知道的？」江蔘紅奇道。

韓星曜眨眨眼，「小祕密。」

江蔘紅狐疑不已，還要繼續發問，韓星曜卻捂著胳膊「哎喲哎喲」地叫喚起來，顯然是不準備繼續回答任何問題。

宣成的眉頭習慣性地輕皺著，「如果越續真的有什麼遠端襲擊的武器，確實有可能制伏武雲非，那麼……」

許枚突然道：「不對，如果越續要用這種麻煩的手段殺死武雲非，有一件事必須要做——提前剪斷鐵網！」

之前，老陳明確說下午五點檢查時，鐵網還是完好的。

許枚仔細盤算著時間，「鐵網在今天下午五點後才被人剪斷，這麼一來，越續更不可能是凶手了。我們到別墅是五點左右，幾分鐘後越續出去『散步』。五點到六點半只有一個半小時，沒有任何腳力的越續不可能在這麼短的時間內去下游剪斷鐵絲網，再去上游制伏武雲非、放下小船，除非他會飛。對了顧管事，越續是什麼時候來的？今天有沒有離開過別墅，我是說，長時間的離開？」

「越老闆不是冉城本地人，今天一早便來了，是我駕馬車去車站接的他。今天早上我和三爺、太太一起進的城。」顧和道：「三爺去找許老闆，我去冉城汽車站接越老闆，我回到農莊已經是十點多了，那時三爺和太太還沒回來，我幫越老闆安排了飲食住宿，就去忙別的事。三爺今天中午回來之後心情非常好，臉色也比前些日子紅潤許多，知道越老闆來了，還拉著他到書房看了幾件寶貝。」

許枚搔搔下巴，且不說所謂發射毒針的手杖的說法是否可信，那鐵網距別墅足有十里遠，越繽那樣一個身材偏胖、腿腳不便的人，如果不借助特殊工具，很難在短時間內走個來回。而無論乘船還是騎馬，都不可能避開在潤翠河西岸放牧的牧工的眼睛。

宣成道：「那麼，我們換個角度。顧管事，你有沒有留意武雲非離開別墅的時間？或者說，你最後一次見到他是什麼時候？」

顧和努力回想道：「我最後一次見到三爺，是午睡起來之後，大概兩點左右吧，三爺吩咐我去冰庫把晚宴要用的羊羔肉取出來解凍，還讓我三點鐘去大路口接陸先生和丁大爺，四點半左右趕兩輛馬車去接您幾位。我記得……好像陸先生和丁大爺來的時候，三爺沒有出來迎客，那時候應該是三點半多。」

陸衍面無表情地點點頭。

「這之後我一直在後院，四點半左右出發去接各位客人，再沒上過樓。」

「所以武三爺離開別墅的時間你並不清楚。」

「對，我還以為三爺一直在書房。」

丁慨也咂著苦澀的嘴說：「他不在，書房的門虛掩著……」

一直悶聲不語的姬揚清橫了他一眼，小聲罵道：「小偷。」

丁慨一縮脖子，紅著臉低下頭。

宣成道：「所以，下午兩點之後，就再沒人知道武雲非的行蹤。對了，那些女僕呢？」

顧和搖搖頭：「今天一下午她們都在後院忙得團團亂轉，應該也沒注意到三爺離開。要不……我現在去問問？」

「我去，你一個大男人大半夜地敲人家幾個小姑娘的門可不像話。」姬揚清依然是一副氣呼呼的樣子，「噔噔噔」邁著大步去了後院。

宣成輕輕舒了口氣：她應該不是在生我的氣吧，這都主動去查案子了。

許枚暗自琢磨：武雲非辛辛苦苦籌辦了一場賞寶會，如果沒有非常重要的事，應該不會悄悄離開，這件「非常重要的事」，會不會和他手臂上的黑線有關？這可是性命攸關的事，如果對方命令武雲非離開別墅到什麼地方，武雲非只有乖乖聽話的分。

許枚看向宣成，兩人四目相對，一起點了點頭，又都擰起了眉毛：這傢伙要的是玉壺春瓶，他殺武雲非所為何來？為什麼用這麼麻煩的方法殺人？

江蓼紅突然道：「我們坐在這裡談案子，是真的想破案，還是想消磨時間，把今晚熬過去？」

宣成道：「當然是想破案。」

「那好，破案需要線索，可不是靠幾張嘴東拉西扯搞什麼邏輯分析。」江蓼紅站起身來，輕輕晃動著肩膀道：「我們去越繽和武雲非的房間看看，應該會有些收穫。」

「對，去他們的房間看看……」宣成兩臂一撐，想站起身來，卻覺一陣天旋地轉，一仰身子跌回沙發裡。

「警官你就別亂跑啦，小心姬法醫回來吃了你。」

宣成悶悶地吐了口氣，把身子軟軟地攤開。他很不適應這種無力感，明明自己才是緝凶查案的主力，現在卻要像懶貓一樣癱在沙發上，瞧著這個神棍和神婆玩偵探遊戲，真是讓人非常不爽。

天藍釉花觚

別墅二樓是客房，遠道而來的越縝就住在其中一間，管事顧和的房間在最北邊。至於別墅裡的其他僕人，都可憐兮兮地擠住在後院廚房對面低矮狹小的平房裡——後院的寬闊空間都讓給了存放肉食的巨大冰庫和豪華的廚房，武雲非夫婦都是無葷不歡的肉食動物。

越縝的房間非常整潔，被褥疊得方方正正，桌椅櫃子也擺得規規矩矩，床邊窗臺上擺著幾盆花草，窗臺下橫放著一只寬大的黑色皮包，桌上只有一支鋼筆，一沓只剩了半本的便箋，一架檯燈。

許枚打開皮包，忍不住輕輕「咦」了一聲，包裡只有幾件隨身的衣物和一枚黃紙信封，信封裡疊放著一幅拓片。許枚打開拓片，定睛看去，忍不住輕呼一聲，「難道武雲非的『石板』是這個？」

江蓼紅湊上前來，見紙上拓印的是一塊寬一米、高半米的「圖畫」，這塊長方形的畫面被規矩的線條劃分出三個方形畫幅，每個畫幅中都是細細的陰線刻繪的圖案。左邊一幅刻繪山水林木間，一男子手持長鋤，躬身掘土，身後女子懷抱嬰兒，神情哀戚；兩棵細瘦的高冠大樹後，似乎還是這一男一女，男人手提一只碩大的圓釜，女人懷抱嬰兒緊隨其後，臉帶笑意。中間畫幅刻一少年，拔劍刎頸，一武士拄刀立於一側，神色愴然；山林相隔，一老婦披髮跪於巨塚前，雲氣滾滾，草木飄搖，一片悽惶。右邊一圖於山石林木間刻一房屋，烈焰騰騰，燒毀屋舍，旁邊的一座房子非常奇怪，門戶大開，露出屋內場面，一個瘦弱男子趴在棺材上，哀哀哭泣，兩座房屋緊緊相鄰，那大火竟絲毫沒有燒到那停放棺柩的房屋上。畫中人物皆是秀美飄逸，衣衫纖薄，頗有仙人氣韻，樹木也是細長瘦高，樹冠或似層層摺扇，或似簇簇鳥羽，似乎是南國風物，山石如刀削斧剁，峻峭凌厲，空中雲氣飄飄，似有神靈隱伏其間。

許枚的驚歎聲一直沒停下，魔怔了似的，把拓片平鋪在地下，指點著道：「這三幅圖畫都是孝子故事，左邊是『郭巨埋兒得金』，一個歹毒如虎的所謂『孝子』，自己無能養不得老母妻兒，竟然要把兒子活埋省下口糧奉養老母，真的殘忍歹毒。中間是《搜神記》中的『眉間尺殺身報父仇』，可憐可敬的傻孩子，可憐可敬的江湖俠客，可憐可敬的干將莫邪。右邊是《後漢書》中『蔡順抱棺回火』的故事，蔡順亡母停靈在家，鄰居家遭了火災，救無可救，傻乎乎的蔡順只能趴在母親的棺材上大哭，結果，這火隔過了蔡順家，直接燒到下家去了，這種怪事我是不信的……」

恭恭敬敬守在門口的顧和忍不住探頭探腦，許枚問道：「顧管事，武三爺是不是有一個這樣的刻著圖畫的石板？」

顧和道：「有是有，但好像刻的不是這三個故事。」

許枚奇道：「那是什麼？」

「我記不清了，好像是有老萊子的故事吧。」顧和搖搖頭，「三爺那塊石板是從越老闆那兒買的，也許越老闆手裡還有一塊石板。」他指了指鋪在地上的拓片。

許枚一怔，搖頭道：「這個越繽啊，是想把一套東西拆開了賣高價呢。」

江蓼紅翻動被褥、抽屜，四處查看，一無所獲，只把桌上的便箋本抄在手裡。

別墅三樓的房間格局很寬敞，靠南的兩間分別是武雲非夫婦的臥室和所謂「藏寶室」，臥室只有那嬈一人住著，藏寶室裡堆滿了武雲非高價收購的「古董」。北邊是書房，分為裡外兩間，裡間是武雲非的臥室，擺著各式櫥櫃，還有一張豪華的大床，床上只有一個人的被褥。房間歐式裝潢，中式擺設，滿滿的土豪氣質，零星點綴著些「風雅」味道——牆上的書畫和窗臺的花草。

外間的書房家具不繁不簡，一張西式書桌、兩座書架、四座立櫃以及窗臺上和牆角的大大小小十來盆花草，頂上一盞大燈，將屋裡照得非常亮堂。桌上摞著幾疊文件、帳本，幾支鋼筆、鉛筆胡亂堆在墨水瓶旁邊。看來丁慨下手匆忙，沒能好好安置筆筒裡的零碎。

許枚翻著桌上的帳本、筆記，又拉開桌下的抽屜，無奈搖頭，都是些日常流水帳目，武雲非沒有寫日記和記備忘錄的習慣，他的行動軌跡也無從查起。

桌角放著一大一小兩只木盒，卻是實打實的紫檀，造型簡樸古拙，小中見大，盒子裡襯著乳白色錦緞，一看便是丁慨「秀木居」的手藝。木盒下面，壓著一塊疊得整整齊齊的月白色緞子，應該是為那塊「石板」做的罩子。

許枚捧起木盒，問道：「這是丁大少送來的盒子吧？那花觚、金錢在什麼地方？」

「在保險櫃裡，密碼只有三爺知道。」顧和道。

保險櫃藏在牆上一幅所謂鐵保行書立軸背後，顧和見畫軸微微凸起，悚然大驚，幾步趕上前去，輕輕掀開畫軸，見櫃門虛掩著，鎖孔鎖芯外面有數道劃痕，似乎被撬動過。

顧和的汗頓時把衣服浸透了，顫抖著摘下掛軸，打開櫃門，見武雲非的金條整整齊齊摞著，一根不少。

一只天藍釉花觚俏生生地端立在保險櫃裡，高半尺有餘，口徑略過三寸，形如喇叭，細頸修長下束，腰如小鼓，上下各有一周小小的乳釘，疏密有致，下脛外撇，圈足低淺，造型纖巧，「身材」曲線竟不可做一絲一毫之增減，著實的妙入毫顛。通體釉色如正午晴空般淺淺淡淡柔和如脂的藍，輕薄勻淨，令人不忍碰觸，生怕揉亂了那份恰到好處的柔和。

許枚凝視良久，輕輕吸了口氣，雙手將這件花觚捧起，亮出底足，但見圈足露胎，潔白細硬，外底施白釉，署「大清康熙年製」三行六字青花楷書款。

「真品無疑，真品無疑。這便是康熙官窯天藍釉了。」天藍釉初創於康熙，是藍釉中最淺最淡的，比之宋時天青，少了幾分清澈明淨，比之元明祭藍，也少了幾分深沉古雅，卻更柔和，更嫵媚，更可人，更撩人心魄，可遠觀，也可褻玩。

許枚看得如醉如癡，拇指輕輕拂過釉層，觸感膩潤如玉，忍不住舒適地輕吟一聲，「仙女面龐的肌膚莫過如此吧……哎呀媽呀！我的老天呀！」

江蓼紅和顧和眼瞧著許枚像被地雷炸著了似的跳起多高，一手死死攥著那天藍釉花觚，一手如觸電也似瘋狂地揮舞甩動，指尖一個小小的紅點「啪嗒」一聲狠狠摔在地上。

「要死了要死了！」許枚臉色慘白，顫抖著把天藍釉花觚放在桌上，扁著嘴舉起手來，「江老闆……我手上沒小眼兒吧？冒血的那種……」

「沒有啊，白白淨淨的。」江蓼紅也嚇壞了，不知道許枚為什麼突然抽風。

顧和盯著被許枚摔在地下，還在拚命掙扎蠕動的暗紅色小東西，倒吸一口涼氣，「電蠍？」

「嗯。」許枚委屈巴巴地應了一聲，壯著膽子端詳著自己的手，還好，手掌手指白潤如初，沒有被螫的傷口。

「花觚裡藏著一隻電蠍？」江蓼紅難以置信，從桌上抓起兩支筆，當作筷子把蠍子夾了起來，「摔懵了，老實得很。」

許枚定了定神，從桌上扯了一張白紙，幾下摺成一個帶蓋的小紙盒，「把牠放進來，這東西一旦緩醒過來可不是鬧著玩的，一會兒交給姬法醫保管妥當些。」

江蓼紅拾掇好蠍子，瞧著保險櫃上的撬痕道：「莫非是有人撬開保險櫃，把蠍子藏在花觚裡？」她見保險櫃裡一目可及，再沒有什麼可以藏納蛇蠍毒蟲的容器和縫隙，便小心地捧起花觚旁的一本帳簿，帳簿上記著些重要帳目，中間平平展展地夾著一幅墨拓，拓本一枚碩大的古錢，徑逾寸半，輪廓平闊，「西王賞功」四字端莊遒勁，平白透出一股殺氣。

江蓼紅手捧拓片，慨然道：「如此珍泉，世所罕見，若真是金質，可稱得天下絕珍了。民國二年上海程文龍得一柬吳『大泉五千』，泉界震動，程文龍由此得號『吳泉』，羅雪堂題其居室為『大泉五千之室』；李佐賢曾有一赫連勃勃所鑄『太夏真興』錢，後為羅雪堂所得，自號其居為『赫連泉舍』。武雲非若有一金質『西王賞功』，自號『西王居』、『黃虎舍』亦無不可……只是拓片雖在，錢哪裡去了？原物不在，真偽難斷。顧管事，你見過這枚古錢嗎？」

顧和渾身冒汗，「見過，那錢是金的，年初三爺去四川談生意時買來的，我之前常見三爺把玩，今天中午他還拿出來給越老闆看。」

江蓼紅驚道：「越繽？越繽是個全才，銅、瓷、玉、古錢、書畫、造像無一不通，他當然知道此泉珍貴，難道是他動了心思，盜走了西王賞功？」

許枚輕輕把花觚放回保險櫃，輕輕揉著手掌。

江蓼紅也放下拓片，問道：「武雲非的書房，誰都能進來嗎？」

顧和連連搖頭，「不是，不是，平日裡只有我能進來，尋常僕人是不許上三樓的，牧工更是連別墅都不許進來。至於太太……應該可以進書房吧。三爺對太太非常敬重，但太太似乎一直躲著三爺，我來農莊已經兩年多了，好像從沒見太太和三爺同房睡過，夫妻兩個過得像鄰居。」

「咦？這倒是怪事。」許枚奇道。

江蓼紅也覺得莫名其妙，難道這對夫妻只是做樣子給外人看？

顧和看看擺在桌角的木盒，點頭道：「三爺很歡迎收藏家來作客，比如越老闆，三爺拉著他在書房裡談了好久。丁大爺和三爺交情不錯，三爺在秀木居定做過不少盛放古玩的盒子，今天丁大爺來送盒子，我以為三爺人在書房，就讓他先上來，沒想到他這樣的身分，竟然會偷東西，偷的還是個普普通通的筆筒。」

許枚輕笑道：「這個筆筒可不普通，難道武雲非買得很便宜？」

顧和一愣，「那好像是太太家的舊物，三爺一直用它放筆。」

「牛嚼牡丹」、「月照溝渠」，許枚腦中頓時浮現出這麼兩個詞。

江蓼紅道：「對了，那個陸先生有沒有來過書房？」

除了江蓼紅，陸衍應該是對那枚金錢最感興趣的人。

顧和搖搖頭，歉然道：「不知道，今天下午我忙得團團轉，沒有時間照顧客人。」

江蓼紅環視四周，「這座書房所呈現的樣子……很安靜，很平和，不像有過激烈爭鬥，連保險櫃裡的東西都妥妥當當的，不像被翻動過……」說著她惋惜地歎了口氣，「除了那枚金錢。」

顧和臉色非常難看，主人遇害，財物失竊，他這個管事的職業生涯已經留下了抹不掉的污點。

「對了，石板……」許枚終於想起武雲非的另一件寶物。

窗臺底下，一張乳黃色的綢布蓋著一個橫長的板狀物。

許枚輕輕掀開綢布，一塊青灰色的石板赫然在目。

這是一塊平整光滑的青石，大約一米寬，四十公分高，厚十多公分。石板上以細線陰刻三幅圖像，山石樹木間，有飄逸如仙的人物或站或坐，或悲或喜，格局緊緻，刻繪繁密，幾無一處留白，風格、尺寸都和越繽房中的拓片分毫不差，只是畫面內容有所不同。許枚細細看過，左邊一幅畫是老萊子彩衣娛親，中間是原穀抬輿，右邊是丁蘭刻木，都是古代孝子故事。

許枚俯下身子，伸手輕輕撫摸著婉轉流暢的線條，好一陣才回了魂，輕輕一笑，「果然不是漢畫像石啊。這件東西，可把花觚和金錢都比下去了。」

江蓼紅奇道：「這不是漢畫像石還能是什麼？」

許枚笑道：「怕是北魏安魂石床的圍屏。」

可坐可臥。

「石床……圍屏……」江蓼紅腦中浮現出床榻的形狀，床腳低矮，床板寬闊，三面圍屏，可坐可臥。

許枚道：「魏人重孝、崇孝，常把孝子故事刻在先人葬具上，這只石床便是葬具，無棺無槨，將亡者屍體放在石床上，置於墓室中，封墓填土。可惜這裡只有一塊石床的圍屏石板，圍屏的其他石板和整座床榻不知哪裡去了，也許都在越縵千裡也未可知。這安魂石床珍罕之極，如果完好無缺，便是『國寶』二字也當之無愧了。」

江蓼紅俯下身子，輕輕撫摸石板，見左右兩側邊緣處皆有小塊鐵鏽堆結，不知何故。許枚道：「這石床圍屏是多塊石板拼接成的，相鄰石板間用鐵鋦扣合連接，在土中瘞埋千年，鐵鋦已經鏽蝕銷毀，只剩了這麼幾點鏽痕。」說著他一抬頭，正與江蓼紅四目相對，相視一笑，回頭道：「顧管事，能先迴避片刻嗎？」

顧和有些摸不著頭腦，「迴避？哦……好，好。」

許枚很是細心，「麻煩顧管事先回客廳看看，折騰一夜，大家都沒吃晚飯……」

「後廚有現成的點心，我這就去準備。」顧和答應著退了出去。

許枚站起身來，輕輕伸個懶腰，鎖上書房門，小聲道：「江老闆覺得凶手是誰？殺武雲非的凶手。」

江蓼紅走到書桌旁，拿起一支鋼筆，許枚笑了笑，也拿起一支鋼筆，兩人同時在手上寫寫畫畫，同時張開手掌，只見掌心都是一個「顧」字。

船的詭計

「怎麼辦，許老闆？凶手可剛剛被你放走。」江蓼紅輕輕倚靠著桌角問道。

許枚看看桌上的小鐘，小聲道：「如果姬法醫夠機靈，這時候應該已經找到武雲非的屍體了，我可不相信她自告奮勇跑到後院是去審那些可憐的小女僕。」

「屍體麼……那可算不得什麼證據。」

「這裡還有一位證人，也許它知道武雲非是怎麼離開別墅的。」許枚指了指保險櫃。

「怎麼，你還想讓瓷靈作證？」江蓼紅道。

「作證談不上，至少能理清思路。」

「咦？到現在許老闆的思路還是一團亂麻呀？」

「怎麼，想考考我？」許枚晃了晃手中的鋼筆。

江蓼紅一揚下巴，把手中的「顧」字抹掉，繼續塗寫，許枚卻在手上畫起畫來。兩人同時亮出手掌，江蓼紅手上寫著「武頭越身」四字，許枚手上則畫了一個小人，頭上還頂著一個人頭。

「看來我們想到一起去了。」許枚笑著放下鋼筆。

江蓼紅道：「如果我們的推斷正確，顧和、越繽應該是同謀，而且在這個計畫裡，顧和是策畫者，越繽是執行者，或者說……是犧牲品。」她拿出越繽房間的便箋本，從武雲非桌上挑了一支鉛筆，在第一張便箋上輕輕塗抹，沒塗幾下，便把鉛筆丟在一邊。

「這字的痕跡太深太完整了，不用鉛筆塗也能看得清清楚楚。」江蓼紅撣撣便箋，念道：「武三爺：今日下午六點，請到石橋一敘。此石珍罕，天下至寶也，切切獨來，毋為外人道。紛華記越繽上。」

許枚道：「越繽房間裡半點線索都沒有，只留下一幅拓片、一本便箋，還擺放在顯眼位置，第一張便箋殘留前頁字的痕跡如此深刻完整，生怕我們看不到似的。」

江蓼紅道：「越繽房間的『線索』清清楚楚地講了一個故事：越繽以交易石板為由，把武雲非騙到石橋附近，武雲非獨自赴約，遇襲受制。所有人都不知道武雲非是什麼時候離開別墅的，一句『切切獨來，毋為外人道』對武雲非的動向做出了很好的解釋：武雲非是獨自偷偷離開的，他是農莊的主人，要避開家僕和客人的眼睛悄悄出門應該不難做到。」

許枚道：「時間、地點、見面原因、見面雙方，幾句話交代得明明白白，這幾乎是能把越繽釘死的鐵證。」

江蓼紅覺得製造證據的人並不聰明：「這偽造『鐵證』的人很不專業，人在寫字時不會如此用力，以至於所有文字都能清清楚楚印在下層的紙上。偽造證據的人生怕做得太過刻意，沒敢直接把一張寫著約見信的便箋留在武雲非桌上，而是猶抱琵琶半遮面，在越繽桌上留下半沓便箋，又生怕查案的人看不到這個『線索』，故意把字痕造得很深，真是又蠢又聰明的傢伙。」

許枚笑道：「江老闆是怎麼懷疑到顧和的？」

江蓼紅道：「我只是把幾條線索串聯起來：冰庫裡的血跡，失蹤的越繽，還有裹住武雲非的被子。」

「噢？仔細說說。」許枚坐在武雲非桌前，兩手托腮，揚揚眉毛，抿嘴一笑，露出一副洗耳恭聽的可愛表情。

江蓼紅只覺得心突地一跳，不由自主道：「許老闆，我發現你越來越妖了。」

「妖？」許枚一陣發懵。

「對呀！」江蓼紅臉頰滾燙，「你現在這副樣子像勾魂狐狸一樣。」

許枚差點坐翻了椅子，還沒想好怎麼回話，江蓼紅已經開始滔滔不絕地分析案子，「武雲非的死狀，無疑是在模仿三年前死在魔鬼灘的谷嘉兒……」

「等等！」江蓼紅第一句話就讓許枚忍不住叫了起來，「你也知道谷嘉兒的案子？」

江蓼紅道：「當然，谷嘉兒是揚夢殊的弟子，也算是崑曲名角，我身在梨園行，對她的案子也有所耳聞。」

許枚汗顏道：「倒是我孤陋寡聞了。」

江蓼紅道：「這也難怪，報紙、廣播對這件案子幾乎沒有報導，知道案子具體情況的，除了現場目擊者，怕是沒幾個人，我也是從一個參加武雲非婚禮的同行那兒聽說的。谷嘉兒當時瞪著大眼睛躺在小船裡，從別墅的落地窗前匆匆而過，身上只穿著一件旗袍，兩手兩腿還在詭異地抽動，活像殭屍。」

許枚道：「我聽明白了，你是想說，和谷嘉兒的案子相比，武雲非身上多了一床被子。」

江蓼紅道：「對。凶手殺害武雲非的手段明顯是模仿谷嘉兒之死的場面，可為什麼要在武雲非身上蓋一床被子？今天的案子一件接著一件，又是毒殺，又是槍擊，又是失蹤，又是斬首，你發現了嗎，這些案子裡，『失蹤』的一共有三個人：武雲非、越繽、被斬首的人。」

「沒錯！」許枚連連點頭。

「那這三個人，會不會是一個人？我是說……會不會組合成一個人？」江蓼紅說得自己都激動起來，帶著顫音道：「還是你的一句話提醒了我，你說：『越繽身材滾圓，四肢粗短，腳步虛浮，怎麼可能制伏高他足足一頭的武雲非？』一頭啊，武雲非差不多比越繽高了整整一頭。如果把越繽的身體裹在被子裡，把武雲非的斷頭固定在越繽頭頂位置，裹在被子裡的越繽奮力掙扎，嗚嗚呻吟，當小船從落地窗外經過時，我們看到的就是身上裹著被子的武雲非正在努力掙扎的樣子。」

許枚亮出手掌上的畫，一個圓胖的小人，頭上還頂著一顆頭。

「就是這樣！」江蓼紅道：「你開始的推斷完全正確，當我們看到小船經過落地窗時，下游的鐵絲網還完好無損。當小船被鐵絲網截停時，用利刃破被而出的不是武雲非，而是越績。他剪斷了鐵網，讓載著被子和武雲非人頭的小船順流而下，駛入魔鬼灘。越績不過是在我們眼皮底下演了一場傀儡戲，偽造出武雲非在六點半還活著的假象，其實早在這之前，武雲非已經身首異處了。」

「那麼冰庫的血跡……」

「應該是武雲非被砍下頭顱的現場。武雲非身材壯碩，如果在這裡制伏他，把人拖到冰庫也是一件力氣活，還容易被人看到，最好的辦法是約他在冰庫見面。越績是客人，他沒道理約武雲非去冰庫，只有去取晚宴用肉的顧和最有可能，他完全可以上樓說『三爺，冰庫裡沒有存肉了』或者說『三爺，冰庫裡的肉都臭了』，總之他有不少說辭可以把武雲非引到冰庫。記得後院的樣子嗎？冰庫在北，後廚和僕人宿舍在南，武雲非從別墅進入冰庫不會經過後廚和僕人宿舍。南北院有一道高牆相隔，別墅後門打開後也會擋住通往後院南院的路，冰庫門向北開，在後廚準備晚宴的廚子和女僕視線幾乎被完全隔斷，根本看不到武雲非進入冰庫。

「冰庫裡有不少牛羊肉塊，顧和殺死武雲非後，把人頭丟出院牆，屍體用鐵板車推到牆角，壓在肉塊堆下面。五點左右，越績出門『散步』，先繞到後院北牆外，撿起人頭，一路趕到橋下，鑽進顧和早已為他準備好的『被窩』裡，用小刀割斷纜繩，把整個身體藏進被窩，再把武雲非的人頭頂在頭頂，一路掙扎著駛向下游。當然，人頭要固定妥當，捆綁被子的繩索不能太緊，否則越績鑽不進去，也不能太鬆，否則可能被我們發現異常。」

許枚聽得連連點頭，等江蓼紅一口氣說完，又問道：「顧和、越績，這兩個看起來全無關係的人怎麼會湊到一起，他們殺武雲非的動機是什麼？」

江蔘紅一歪頭，「這我可不知道。」

許枚搔著下巴道：「如果你的推測沒錯，在這個殺人計畫裡，越繽幹的是最苦、最累、最危險的活兒，最後還成了棄子，背了殺人的罪名，成了逃犯。他一個身家巨萬的富商，就甘心這麼受顧和支使擺布，實在有些說不通。」

「是呀，奇怪……」江蔘紅細細一想，也覺得有些不可思議，懵然地望著許枚，見他眼中柔光閃閃似有笑意，頓時了然，不禁惱道：「你早知道這裡面的門道，故意為難我是不是？」說著她伸手便掐。

許枚晃著腰來回躲閃，「我也只是推測，只是推測。」他變戲法似的一攤手，掌心躺著一只白瓷小藥瓶。

「這是什麼，是藥嗎？」江蔘紅見許枚私藏著看似是重要線索的東西，越發生氣，一把向許枚脅下掐去。

許枚「唉唉」叫著打開瓶蓋，把瓶子倒栽過來，上下晃動，「這是空的，是空的呀。」

「空的，這算什麼？」江蔘紅接過小瓶來回擺弄，看不出什麼特殊之處。

「鐵絲網四角分別固定在東西兩岸的兩棵樹上，我們趕到時，西岸樹幹上的固定鈕已經被人剪斷，離這棵樹沒幾步遠的地方，病懨懨地長著一棵小檜樹，這個塗滿螢粉的小瓶就丟在樹下，樹幹上一個拳頭大小的洞裡，還沾著螢光粉。」

「螢光粉？」武雲非書房的燈亮得刺眼，江蔘紅兩手捂著小瓶，透過指縫看去，小瓶通體泛著淡淡的綠光。

許枚繼續道：「這個小瓶子應該是被人藏在樹洞裡的。所以我『突發奇想』，會不會是顧和給越繽下了某種劇毒，要脅他為自己辦事，解藥就藏在那棵小樹的樹洞裡。越繽只有依照顧和的吩咐，完成這一切布置，才有機會得到解藥？越繽順著顧和的指示剪斷鐵網，找到了藏在樹洞裡的藥瓶，吃掉解藥後，把瓶子丟下，逃之夭夭。」

「果然是『奇想』……」江蓼紅覺得有些不大靠譜。

「別著急呀，我還沒說完。這棵藏著藥瓶的小檜樹上，藏著一條無常，差點要了我的命。」許枚後怕地縮縮脖子，「如果小檜樹上的這條無常，也是顧和放上去的……」

「他從來沒想過留下越繽的命。」江蓼紅震驚不已，「阿清說過，這種蛇機敏凶惡，越繽循著光亮去取藏在樹洞裡的『解藥』，一旦驚動了盤在樹上的無常，生還的機率……不對呀，你們沒有發現越繽的屍體，瓶子裡的藥也沒了，難道無常沒有攻擊越繽？」

許枚道：「越繽是個幸運兒，注意到我帶回來的那條死蛇了嗎？蛇的頸子下方有一塊小小的鼓包，也許在越繽取解藥的同時，一隻倒楣的麻雀或是松鼠落在了小檜樹上，成了無常的點心，正忙著吃晚飯的無常沒工夫去收拾這個在自己地盤搗亂的大傢伙，任由他取出藥瓶，吃下解藥，從容離開。」

江蓼紅搖頭道：「你寫小說的吧，還有這種巧事？」

許枚笑道：「突發奇想罷了。」

「等等！如果小檜樹上的無常是顧和放的，那咬死那嬈的無常呢？也是顧和幹的？無常這種稀罕貨應該不是誰都能弄到的。」

許枚讚許地笑笑，「那嬈傷在頷下，想想看，咬傷她的無常當時盤踞在哪裡？」

江蓼紅回想著那嬈的死狀，用手指抵住自己的下巴頦兒，「在……咽喉下方，胸口或是腹部？」

「對，再想想，這條無常是怎麼鑽進馬車的？」

「從車底的裂縫鑽進來的，裂縫口還掛著不少鱗片。」江蓼紅清楚地記得那條狹窄的裂縫和小的黑白鱗片。

許枚一拍手，「這正是奇怪的地方！如果這條無常通過裂縫從車底爬進車廂，被刮下的鱗片應該集中黏附在車底外的裂口兩側，而不是車廂內。」

江蓼紅一愣，「所以……我們發現的鱗片是無常爬出車廂時留下的？」

許枚搖頭，「也不是，趕車的女僕阿亮傷在後頸，無常在咬死那嬈後，直接從車門簾側縫無聲無息地鑽了出去，阿亮的後頸近在眼前，無常便毫不客氣地一口咬下，接下來就是那匹可憐的馬。咬死目所能及的三個『龐然大物』，等馬車停下之後，無常優哉游哉地離開了，馬車旁那條草色焦枯的弧線應該是無常的『腳印』。」

「這條無常既沒有通過這條裂縫爬進馬車，也沒有從裂縫離開！」

「對，無常這東西確實霸道，神擋殺神，佛擋殺佛，走的都是寬闊大道，才不走那種狹窄逼仄甚至能刮掉自己鱗片的小路。」許枚覺得自己簡直要對這種可怕的蛇生出一種敬畏感，「注意看過姬法醫抓回的那條無常嗎？身上的鱗片保存得非常完好，油亮飽滿有光澤，很少有脫落。」

「那掛在裂縫上的這些鱗片……」江蓼紅察覺到陰謀的味道。

「有人試圖掩藏無常進入車廂的真正途徑。」許枚目光炯炯，胸有成竹。

「真正途徑？」江蓼紅的頭皮微微發炸。

「那嬈死時身邊有什麼？」許枚像小學老師一樣引導江蓼紅思考。江蓼紅似乎開始享受這種賣關子式的解謎，「身邊有什麼……竹籃子，裝供品香燭的竹籃子……蛇藏在竹籃子裡！」

許枚繼續引導，「竹籃子掉落在那嬈腳邊，供品香燭滾了一地，姬法醫檢查屍體時，我仔細看過地上這些東西，其中大有文章。」

「這些東西……有什麼不對嗎？」江蓼紅仔細回想亂七八糟的車廂，蘋果、香梨、橘子、糕點、紙錢、白燭、燭臺、小銅爐、盤香、香盒、火柴以及苫蓋籃子的藍布，似乎沒有什麼特殊的東西。

「香盒，注意到那個香盒了嗎？」許枚道。

「香盒……對，有一個裝盤香的大漆描彩的香盒，筆筒那麼大。」

「就是這件東西，你不覺得奇怪嗎？」許枚見江蓼紅一臉茫然，微笑道：「盒蓋掉在那嬈腳邊，盒身滾在車廂一角，可這香盒是子母扣扣合的盒蓋，嚴絲合縫，就算掉在地上也不可能輕易脫落開。而且這個圓柱形的香盒有碗口粗細，七八寸長，裡面足能裝下四五十盤的盤香，可散落在車廂裡的盤香只有兩盤。」

「所以……香盒裡有寬裕空間，差不多能裝下一條拇指粗細、二尺來長的蛇！」江蓼紅恍然，「那嬈也許察覺了籃子裡有動靜，就揭開苫布，取出香盒，在她打開盒蓋的那一剎那，無常猛地躥了出來，一口咬在那嬈頷下要害。」

許枚道：「這便是我的猜測。也許這條凶悍的無常被人使了什麼手段，昏昏沉沉睡在香盒裡，馬車一路顛簸，攪了無常清夢，這個被揉成一團塞在香盒裡的傢伙躁動起來，抱著竹籃的那嬈聽見響動，打開了封印著惡魔的盒子。」

「太可怕了，以後我看到奇怪的盒子一定繞道走。」江蓼紅臉色微微發白，「所以那條細細的裂縫和鱗片都是凶手事先偽造的『線索』，那嬈上車時也沒有注意到。」

「車廂裡非常昏暗，這些鱗片比綠豆粒還小，裂縫又在車廂角落裡，那嬈沒注意到很正常。如果我的猜測正確，那為那嬈準備香燭供品的人就是凶手，而這個人……」

「就是顧和！」江蓼紅清楚地記得主僕二人的對話，因為她也很喜歡馨氳閣的檀香。

「所以，只要我們能證明香盒就是無常的藏身處，顧和就逃無可逃。對了，當時姬法醫用竹籃裝了無常，那些散落在馬車裡的香燭供果是誰收拾的？只要我們能在香盒裡找到無常的鱗片、分泌物……」

「不妙啊……」江蓼紅無奈，「這些東西都是顧和收拾的。」

「呃……」許枚好像被當頭澆了一盆涼水，苦笑著搖頭，「證據啊……沒有證據，我們所說的都是猜測，說得難聽些，是臆想。」

江蓼紅沉默半晌，說道：「如果我們的『臆想』沒錯，武雲非『失蹤』案、越繽失蹤案、那嬈毒殺案、冰庫斬首案和你們在小檜樹上遇到無常的事，都有了合理的解釋，那就只剩下……」

「槍擊案。」

三個賊

許枚無奈地抱著頭，「這可真是毫無頭緒，這莫名其妙的一槍，實在是毫無道理。」

「而且和其他幾件案子毫無關係。」

「奇怪……」

「詭異……」

「現在是子時了吧？」

「已經十一點五分了。」

「呼……」許枚輕輕搓著白玉似的手掌，拉開保險櫃門，輕輕捧出那只天藍釉花觚，觸手之處，一片淡淡的藍色軟軟地彌漫在手掌間，許枚只覺心頭一軟，好像捧起了一片虛無的天。

許枚回過神來時，感覺自己落在一個暖融融的懷抱裡，一個少年像小樹熊一樣兩腿兩手纏在許枚身上，嘻嘻直笑，「哇，你是撫陶師啊，好厲害，你們剛才說的我都聽到啦！砍頭，小船，毒蛇……」

「好好好，你先下來，先下來。」許枚小心地把少年從身上剝了下來。

這少年好動得很，蹦蹦跳跳地揮著手和江蓼紅打招呼，卻沒有做出什麼越禮的動作。江蓼紅饒有興趣地打量這個活潑的瓷靈：十六七歲少年的樣子，身量不高，圓臉蛋大眼睛，天生一副笑模樣，白膩膩的皮膚，頭髮隨意地綰在頂心，拖了一條長長的馬尾，鬢角戴著幾朵圓蓬蓬的藍色小花，一身長袍寬大舒展。江蓼紅從未見過這樣顏色質地的衣服，像裁下一片天披在身上，藍得淺淡輕薄，虛無飄逸。

天藍瓷靈毫不客氣地坐在武雲非的書桌上，輕輕晃著一對紋著青色花繡的赤足，笑吟吟道：「哥哥姐姐，有話要問我？」

江蓼紅噗嗤一笑：哥哥姐姐？你還真客氣呀。

許枚喜歡活潑的孩子，微笑道：「有些事要……」

「對了，我想起來了，我正生你的氣呢……」天藍瓷靈像是突然想起了什麼，立起眉毛，氣鼓鼓道：「哥哥你剛才說，他把我和小西都比下去了？憑什麼啊！他一個石頭疙瘩！」天藍瓷靈抱著胳膊皺起鼻子，衝著窗下的石板努了努嘴。

「呃……」許枚有些尷尬。

江蓼紅卻像觸電一樣驚叫出聲，「小西？你說的小西是……」

「和我住在一起的室友，悶悶的不會說話，腦門上有『西王賞功』四個字，我管他叫小西，這樣顯得親熱。」天藍瓷靈指了指保險櫃，「你們不是看到他的拓片了嗎？」

「他去哪了？」江蓼紅的聲音有些發顫。

「被一個人拿走了。」天藍瓷靈道：「那個人奇怪得很，捧著小西又哭又笑又親又吻的，看得我起了一身雞皮疙瘩。」

許枚暗道：這麼好的釉質還能起雞皮疙瘩？又不是夾砂陶器。

江蓼紅急切地問：「那人長什麼樣子？」

「他蒙著臉，我可看不清他的樣子，他親小西的時候還隔著一層黑面紗呢。」天藍瓷靈努力回憶，「對了，我好像聽到他說『嚮導找到了』。」

「嚮導？」江蓼紅莫名其妙。

許枚問道：「是不是他往你懷裡丟了一隻蠍子？」

「不是他，是……我不理你！」

「那你剛才還抱我，還說我好厲害……」

「我剛才忘了我在生你的氣……」

「你的蠍子可差點螫著我，我還沒生你的氣呢。」

「那不是我的蠍子，是有人丟到我懷裡的，我還一肚子氣呢，我是插花的，不是養蟲子的！太過分了！」

「就是嘛，太過分了，這個過分的傢伙是誰？」

「我怎麼知道！他戴著綠油油的妖怪面具，咔咔地撬我家房門，嚇死人了！」

「所以……」

「我沒敢正眼看他……」

「呀？你看不起我咋的？」天藍瓷靈氣呼呼地揮著拳頭衝了上來。許枚伸手抵住他的額頭，回頭道：「江老闆，看來有兩個賊闖入過武雲非的房間，一個撬開了保險櫃，在天藍釉花觚裡藏了一隻電蠍，一個則是偷走了西王賞功金錢，兩個傢伙都蒙著臉，一個戴著妖怪面具，一個戴著面紗。」

江蓼紅道：「加上來送盒子的丁大少一共有三個賊……也許還不止，小傢伙，今天有幾個人進過這間屋子？」

天藍瓷靈奮力揮舞著拳頭，被許枚修長的胳膊抵得遠遠的，不一會兒就沒了力氣，氣悶悶道：「我不和你一般見識，姐姐你剛才說什麼？」

「噗……我問有幾個人進過這間屋子，今天。」江蓼紅覺得這個瓷靈像個又呆又皮的小胡同串子。

「今天麼……那個黑大個兒，上午出去過一段時間，中午還請了一個胖墩墩的傢伙來看我和小西。他下午一直都在，他……死了是嗎？」天藍瓷靈突然悲傷起來，「他對我還是很好的，就是手粗糲了些，摸得我渾身疼……」

胖墩墩的傢伙應該是越續了，江蓼紅繼續問道：「除了黑大個兒和小胖子，還有誰進來過？」

「還有……還有那個管家，下午進來把黑大個兒叫走了。」

許枚和江蓼紅對視一眼：武雲非果然是被顧和叫走的。

天藍瓷靈抽抽鼻子，繼續說道：「那個管家說：『三爺，那個郎中又來了，他在冰庫等您，說要給您解藥。』黑大個像被踩了尾巴似的拉開門就衝出去了，然後……他就再也沒回來……」

「這個理由，根本容不得武雲非拒絕。」江蓼紅簡直有些佩服顧和。

「而且以這個理由叫武雲非去冰庫也不會引起懷疑，他上一次用解藥時躺在裝滿冰塊的浴缸裡，知道這種解藥需要在極寒環境下服用。」許枚點點頭，又問道：「之後呢，還有誰進來過？」

天藍瓷靈還在鬧脾氣，噘著嘴扭過頭去。

許枚擼起袖子想要扭他的耳朵：有些皮孩子不管教不行的。

江蓼紅忍著笑又把許枚的問題重複了一遍。

「黑大個兒剛走，那個撬門放蠍子的人就來了。當時我正想打個瞌睡，突然聽到一陣『劈啪劈啪』的腳步聲，然後就有人撬我家大門，『咔啦啦——咔啦啦——』的，沒等我反應過來，大門嘩的就被拉開了，一個綠油油的大臉呼一傢伙伸進來，盯著我看了好一陣子，把一隻紅紅的蠍子丟到我懷裡，媽的，嚇死老子……啊呀！你打我！」

「不許說髒話，這麼秀氣的孩子，哪學的一嘴大碴子味兒。」許枚抖抖隱隱作痛的手指：腦門真硬。

「我謝你啊！我就當你誇我了！」天藍瓷靈瞪著大眼睛，咬牙切齒道。

江蓼紅伸手揉揉天藍瓷靈的腦門，柔聲道：「在這個『妖怪』之後還有誰進來過？」

「嗯……」天藍瓷靈很享受漂亮姐姐的呵護，臉蛋紅撲撲，「還有那個戴著面紗的人，他看到我家大門開著還覺得很奇怪，鬼鬼祟祟地四處看了看，才把小西拿走。」

許枚暗道：看來這個戴面紗的人和「妖怪面具」不是一路的。

「過了沒一會兒，又有一個人進來，這個人沒打開我家大門，我也沒看到他的樣子。這個人應該是來找黑大個兒的，我聽見他叫了幾聲『武三爺』，還說『東西送來了』。」

這應該是丁慨了。

「這個人神經兮兮的，圍著屋子轉了幾圈，突然狠狠地抽了一口氣，然後絮絮叨叨地說：『天哪……媽呀……暴殄天物哪……』稀里嘩啦……」

「稀里嘩啦？」許枚氣道：「描述事實，不許藝術加工。」

江蔘紅笑個不停，「他沒有藝術加工，這『稀里嘩啦』應該是丁慨把筆筒裡的鋼筆尺子倒在桌上的聲音。」

「就是嘛，你理解水平有問題。」天藍瓷靈斜眼瞧著許枚，見他又勾起手指，哧溜一聲躲到江蔘紅身後。

「別怕，別怕，他不敢把你怎麼著的，你可是難得的寶貝。這個神經兮兮的傢伙離開之後，還有人進來嗎？」

「有啊。」

「誰呀？」

「你們啊。」

「唔……」江蔘紅哭笑不得，伸手一刮天藍瓷靈的鼻子，回頭道：「所以在武雲非離開後，我們來之前，一共有三個人進過這間屋子，最後一個是丁慨，前兩個不知道是什麼人。偷走金錢算是見獵心喜，那在花觚裡藏蠍子為的是什麼？」

許枚道：「武雲非今天本是要舉辦賞寶會的，這只花觚應該是鎮場子的三件寶物之一。喜愛瓷器的人，比如我，又比如陳菡，一定會拿起來仔細欣賞，當我們翻轉花觚看底足和款識時，這隻蠍子就會掉到我們托著口沿的手上。」

「這個面具妖怪的目標是你或是陳菡。」

「是我還是陳菡……他又不知道誰會當先拿起花觚，誤傷了其他人也說不定，除非……」

「除非賞寶時這個面具人也在現場，可以引導或是操控賞寶會的流程。」江蔘紅心又懸了起來，「今天這些客人，還真是各懷鬼胎。小傢伙，你還有沒有看到或者聽到什麼奇怪的事？」

「嗯……」天藍瓷靈歪著腦袋想了很久，搖搖頭道：「沒有了，最奇怪的事就是一個撫陶師居然說我比不上一塊石頭。」

江蓼紅直搖頭，「還是沒有關於狙擊手的線索。」

許枚輕輕歎氣，「我們也沒辦法讓瓷靈去指證顧和。」

「對了！」江蓼紅突然想到了什麼，「那個戴著妖怪面具的傢伙，一共放了幾隻蠍子？」

「一隻啊！還要幾隻？就這一隻在我懷裡亂爬都搔撥得我渾身癢癢難受死了，多來幾隻老子就直接升天了……」天藍瓷靈說著抱起胳膊滿身亂撓。

「不，我是說，他在你這裡藏了蠍子之後，有沒有去其他地方藏了別的蠍子，比如原本放在這裡的筆筒。」

「嗯……沒有，他關上我家大門之後，腳步聲是直接往窗戶那邊走的，應該直接翻出去了……」

許枚震驚不已，「這人是翻窗戶出去的？」

江蓼紅問：「他進來時也是走的窗戶？」

天藍瓷靈道：「對呀，我能聽見他的腳步聲，從窗戶那邊過來的。」

窗戶果然沒有上鎖，許枚輕輕拉開窗，見窗下便是波濤滾滾的潤翠河，窗外的牆上滿滿的全是爬山虎的藤蔓，大多數葉子已經變黃脫落，掛在藤上的已經十不存三。這些藤顯然從來沒有被清理過，密密層層，厚實凌亂。

牆的北半邊，幾乎全被爬山虎霸占，幸虧南邊還算乾淨，否則餐廳的落地窗都得被蓋住。武雲非書房和臥室的窗是硬生生撥開窗外的幾叢爬山虎，才留出了一個兩米見方的空間，否則連窗戶都打不開。

「爬窗戶進來的啊……」許枚望著窗下河水，對這個戴面具的傢伙由衷佩服，「這傢伙膽子不小啊，一個失手掉進潤翠河裡，那可是九死一生。」

「他有安全措施。」江蓼紅道：「還記得姓韓的小傢伙怎麼摸魚的嗎？」

「用繩子拴在腰上？」

「對，也許這個人爬上屋頂，腰裡拴了繩子，從上面墜下來。這窗戶附近一丁點兒痕跡都沒有，我們是不是上樓頂看看？剛才上樓時我留意看過，北邊的樓梯可以爬上樓頂。」

「這麼麻煩……他為什麼不走門？」許枚搞不懂這個妖怪面具的想法。

「也許他不知道武雲非離開時沒鎖門。」江蓼紅道。

「他可是帶著撬鎖工具來的，保險櫃都撬了，何況一個門？再說，他不知道武雲非離開時沒鎖門，又怎麼會知道他沒鎖窗？」許枚擰著眉毛想了想，又問道：「這幾個人分別是幾點來的？」

「我怎麼知道，我又沒有鐘錶。」天藍瓷靈道：「黑大個兒剛被管家叫走，戴妖怪面具的傢伙就進來了，戴面紗的和送貨的進來……怎麼也比戴面具的遲半個時辰吧，你們就更晚了……現在幾點啦？」

「十一點四十。」許枚看了看懷錶道。

「呀，正是月黑風高的時辰呢。」天藍瓷靈興致勃勃道：「我聽你們的意思，管家就是凶手吧？樓下是不是還有等著看我的客人，你就放心讓他們和一個殺人犯在一起？」

「放心，他如果敢輕舉妄動，會死得很難看。」許枚道：「我們能想到他是凶手，下面至少有兩個人也能想到。」

「哦……」天藍瓷靈眨著大眼睛，盯著許枚身上的包袱，向前湊了湊。

「我說，你也該回去了吧？」許枚屈起手指，輕輕敲著瓷靈的額頭，「對了，你也該有個新家了，就這麼光溜溜地坐在保險櫃裡，萬一被那些金條磕著碰著就不好了。」說著他打開丁慨帶來的木盒，「瞧，為你量身做的，內襯的線條嚴絲合縫，還墊著又厚實又柔軟的絲綢。」

「嗯，不錯……」天藍瓷靈滿意地點點頭，又轉過臉來瞧著許枚身上的包袱。

「你怎麼了？」許枚見他一副欲言又止的模樣，忍不住問道。

「你一直背著這個包袱幹什麼？包袱裡也是個盒子吧？」

「是，怎麼，想見見盒子裡的大姐姐？」許枚笑著解下包袱，打開包袱裡的欅木盒子，露出紅光灼灼的祭紅釉玉壺春瓶。

「我就不叫她起來了，你先打個招呼吧。」許枚背過手去，生怕碰著玉壺春瓶。

「我就說嘛，這個姐姐我曾見過的。」天藍瓷靈一拍手道。

「又胡說了，你何曾見過？」許枚笑著搖頭。

天藍瓷靈歪著頭想了想，「何曾見過……想不起來了，不過看著極是面善，心裡倒像是久別重逢的一般。」

江蓼紅哭笑不得，「演紅樓哪？你一個康熙年的管一個雍正年的叫姐姐？差著輩兒哎。」

許枚笑道：「他還管你叫姐姐呢，瓷靈主要看氣質，這孩子就是個半大娃兒，這祭紅釉玉壺春瓶的瓷靈可是個成熟穩重的大姑娘呢。好了，快回去吧小傢伙，我們也要去找那位顧管事好好聊聊了。」

「哦……好啊……」天藍瓷靈眼中光芒閃閃，有些欲言又止，「你破了案子，是不是就要把這個姐姐帶走了？」

許枚一怔，帶這只玉壺春瓶來，一是為了保住武雲非的命，二是為了當誘餌引出另一個撫陶師。現在武雲非死了，而且死得和電蠍毒毫無關聯，至於那個撫陶師，更是連半點馬腳都沒露出來，也許是還沒來得及施展計畫，就被一連串慘案折騰得焦頭爛額。

「是呀，等案子了結了，自然要把她帶回去的。」許枚也無暇多想，只想著先把眼前的案子處理妥當，再想辦法對付河對岸的狙擊手，抬手拍拍瓷靈的頭，「你快回去吧，時候不早了。」

天藍瓷靈扁了扁嘴，紅著臉道：「那個……你能把我也帶走嗎？黑大個兒已經死了，我是無主之物。」

許枚心動了，口中卻道：「你不屬於我，我不能不告而取。」

「你可以買，我很便宜的，只要十五塊大洋。」

「你說什麼？十五大洋？開什麼玩笑？」

「是真的，黑大個兒就是花了十五塊大洋把我買下的，從一個瘸腿老太監那兒買的。去年他一直把我丟在他的藏寶室，和一堆奇奇怪怪的瓶瓶罐罐住在一起，那些傢伙連魂兒都沒有，嚇死人了。直到上個月，一個怪人對他說我是真品，他才把我從藏寶室取出來，寶貝得不得了，還給我新房子住……」

「等等，等等……老太監！你說瘸腿老太監？」許枚大驚，忙打斷天藍瓷靈。

「對呀，怎麼啦？噢……你們沒見過太監吧？我跟你說啊，從前我在宮裡的時候……」

「不不不，我知道什麼是太監。」許枚心念急轉，「那個怪人是誰？」

「怪人嘛，當然是很怪的，穿一件大斗篷，連是男是女都看不出來，臉上捂得更嚴實，還穿著披風，戴著手套。這個人抱過我，我記得他一條手臂上有斑斑點點的傷疤，像被火星子燎過……」

許枚、江蓼紅面面相覷。這個撫陶師一個月前就來找過武雲非，目的應該就是眼前這個孩子。

「那個怪人有沒有問過你什麼問題？」許枚問。

「沒有，他捧著我看了看，說：『是真品，但我找的不是這個。』隨手他就把我放下了。」

「找的不是這個……難道他要找的是這個？」許枚指指祭紅釉玉壺春瓶。

「也許吧……」江蓼紅道：「現在不是想這些的時候。」

許枚點點頭，抬手一刮天藍瓷靈的鼻子，「我會帶你走的，你今晚什麼也別想，只管在新家好好睡覺。」

「嗯，好！」天藍瓷靈露出一個暖融融的笑容。

「不生我氣啦？」

「只要你帶我走，我就不生氣啦！」天藍瓷靈一吐舌頭，藍光閃爍，一只天藍釉花觚端坐在書桌上。

「你來吧，子時未過，我還不能碰他。」許枚輕輕推合祭紅釉玉壺春瓶的盒蓋，包裹整齊挎在肩上。

江蔘紅把天藍釉花觚放在丁慨送來的紫檀木盒裡，放回保險櫃，回頭道：「樓下安靜得很，對岸那個似乎也沒什麼動靜，顧和……」

「他應該不敢有什麼動作。」許枚一邊伸手拉開書房大門，一邊說道：「我們先去詐詐他，然後……啊！」

寒光閃爍，一點鋒芒應弦而至，直刺許枚胸口。

天啟通寶

顧和手中是一支翼展超過半米的歐洲機械弩，力道強勁，更甚手槍。顧和一臉陰沉地守在正對書房門的陰影中，見許枚一腳跨出門檻，手指一縮扣下扳機。

許枚是個貨真價實的高手，但如此處境，這一箭是不能避的，江蓼紅就在他身後，如果許枚閃身避開，這一箭足以把她柔軟的身軀洞穿。

讓顧和感到意外的是，箭枝沒有穿透許枚的身軀，入肉不過一寸，血花淋漓。許枚悶哼一聲，兩步退回房裡。江蓼紅抬手攬住許枚，順勢後退幾步，抄起桌上兩支沒有來得及蓋上筆帽的鋼筆，當飛鏢甩了出去。準頭不錯，命中率達到百分之五十，大步流星追殺進屋的顧和失去了一隻耳垂，慘叫著跌出門外。

「鋼……鋼筆？」顧和抓著血淋淋的金頭鋼筆，露出職業而優雅的笑容，「好功夫啊江老闆！」

「顧管事客氣了。」江蓼紅攙扶著臉色慘白的許枚，冷森森道：「你在門外偷聽我們說話？」

顧和取出一塊手帕，包紮著血淋淋的耳朵，「許老闆，剛才和你們說話的小孩在哪？你叫他回『新家』，『新家』是哪？或者說，是什麼？」

「你猜。」許枚穩穩地護著肩上的包袱，展顏一笑，鮮血白牙，儒雅而猙獰。

「你不是普通人，你也學過法術對吧？」顧和優雅地抬起弩，對著許枚，轉念一想，又瞄準了許枚身邊的江蓼紅——這個女人才更危險，那支打著旋攢向面門的鋼筆讓他感覺死神就在身邊，「你們剛才說的那些話，雖然未必全對，但也猜了個八九不離十，讓我渾身直冒冷汗，不能再留著你們了。」

「殺了我們，你怎麼和樓下的人解釋？」江蓼紅手中還藏著一支鋼筆，一邊說著話，一邊悄悄褪下筆帽。

「總有辦法解釋的，不殺你們麻煩更大！」顧和突然煩躁起來，「我只想殺掉武雲非和那嬈這對狗男女，然後全身而退，你們可以不那麼多事的。」

「你是農莊的管事，要殺死武雲非和那嬈，有很多方便有效的手段，為什麼選了那麼一個古怪的方法？」江蓼紅把鋼筆壓在腕下，問道：「你和谷嘉兒什麼關係？」

「我叫谷禾。」顧和微笑道：「我要用同樣的方法送武雲非上路。江老闆，你知道嗎，當你說出用冰塊連接纜繩製造不在場證明的時候，我汗都下來了，武雲非殺死我妹妹之後，就是用這個法子炮製不在場證明的。我原本也想這麼幹，江老闆的『突發奇想』，就是我原定的計畫。」

「谷嘉兒是你妹妹？我可從不知道她有一個在香港的哥哥。」江蓼紅側了側身子，找了一個刁鑽隱蔽的角度，只要等到合適的機會，就能劃出一個順暢的弧線，把鋼筆射入顧和咽喉。

「當然，武雲非和那嬈也不知道。」顧和道。

許枚卻品味到顧和話中的另一層意思，「原定計畫？你後來為什麼改變計畫？」

「一位仙童指點。」顧和悠然神往。

「哦……我本想問問仙童是誰，但是……還是先把你收拾掉，把我的傷口包紮好，然後再繼續這個有趣的話題吧。顧管事，你射我的那一箭，應該沒毒吧？」許枚忍痛微笑，「我到現在都沒有酥麻的感覺。」

「沒毒，那又如何？收拾掉我？」顧和笑著抬了抬手中的弩，「說什麼大話，如果不是忌憚江老闆壓在手腕下的那支鋼筆，你們現在已經是死人了。」

「放下弩箭，我會給你解毒，否則你會立刻變成死人。」

是姬揚清的聲音。顧和再次體會到了被死神摟住肩膀的感覺。這個女人就站在身後五六步遠的樓梯上，他竟然毫無察覺。尤其可怕的是，這個女人對毒物的瞭解似乎並不亞於那位「高人」，聽她話中的意思，彷彿已經做了什麼。

顧和雖然微胖，身手卻異常靈敏，姬揚清話一出口，弩箭已經掉轉方向，猝然擊發。

姬揚清冷汗直流，一尺來長的弩箭就釘在她脖頸旁的牆上，嗡嗡顫抖，如果不是顧和情急之下失了準頭，最先變成死人的是她。

「你……你就沒注意到……你手背上的黑點嗎？」姬揚清努力做出一副勝券在握的樣子，聲音卻微微發抖。

「手背……」在顧和回身射擊的剎那，江蓼紅手中的鋼筆已經打了出去，沒有一擊封喉，而是在肩窩上鑽了一個窟窿──幕後「仙童」的事還沒問清楚，得留活口。

當姬揚清出現在走廊的時候，陷入雙線作戰的顧和已經註定了敗局，肩上咕咕冒血，握著弩的手臂軟軟地垂著，手背上果然有幾點黑斑，「你……什麼時候下的毒？你也是仙人吧，用毒的本事不比他差……」

姬揚清壯著膽子上前一腳踢開弩，給顧和上了手銬，「我沒那本事隔空下毒，我只是看到你手上沾著幾點鋼筆濺出來的墨水。」

「阿清你也有手銬啊？」江蓼紅的心暫時放回肚子裡，扶著許枚走出書房。

「挎著銬子有範兒，這是我頭一次用。」姬揚清迅速搜了顧和的身，繳獲了幾包稀罕的毒藥和解毒藥，「看來我們有必要好好談談，這些東西是怎麼來的。」

陳菡嚇得渾身發抖，顧和這麼一個謙恭儒雅的老好人，竟然會舉刀砍下武雲非的人頭！現在陳菡看誰都像壞人，尤其是被反剪雙手銬在大門把手上的顧和，臉上仍然掛著一副優雅的笑容，令人毛骨悚然。

掛在門把手上的那條無常已經被姬揚清收了起來，那只巨大的機械弩被丟在茶几上。許枚躺在宣成身邊，胸口插著一支黑幽幽的箭，隨著呼吸上下起伏。宣成扭動脖子望著許枚，露出一個難兄難弟的笑容。

「你的呼吸噴到我了。」許枚艱難地抬起手來，把宣成的臉撥到一邊。

「你們兩個誰都不准動！」姬揚清做出一副惡狠狠的樣子，又一把拍掉韓星曜伸向機械弩的手，一瞪眼道：「你也一樣！」

宣成歎了口氣，「現在，有幾件案子？」

姬揚清險些背過氣去，「還說案子？」她一指許枚，「這就是查案子的下場！」

「還是六件。」許枚輕輕吸著氣道：「武雲非『失蹤』案、越繽失蹤案、冰庫斬首案、檜樹懸蛇案，這些其實是一件案子，除此之外，還有那嬈毒殺案、筆筒藏蠍案、花觚藏蠍案、金錢失竊案和槍手狙擊案，那嬈也是顧和殺的，所以現在還有四件案子無解。」

姬揚清懶得發火了，呼呼喘著粗氣表示自己很憤怒，一把撕開許枚的衣服，準備拔箭，「咦？噢……原來如此。」

許枚胸口藏著一枚銅錢，雙翼倒鉤箭鏃恰恰射在錢眼當中，鏃翼最寬處遠比錢眼要寬，所以這一箭沒能穿透許枚的身體，翼尾倒鉤當然也沒能射入體內。坐在牆角的顧和眼珠子都要瞪出來了，「嘿」地慘笑一聲，「許老闆，命不該絕啊。」

「你啊閉嘴！」姬揚清回頭怒罵一聲，輕輕撕開銅錢下的內衣，仔細檢查傷口，「還好，血液鮮紅沒有異色，凝固情況也很正常，箭上沒毒，也沒傷著要害，這便好……嘿……」

許枚、江蓼紅聽著姬揚清的話，漸漸放下心來，誰知姬揚清話音未落，猛一翻手腕，一手按著許枚胸口，一手握住箭桿，迅速提起，箭鏃應聲而出，銅錢應手而落，鮮血突地一冒，一小撮淡黃色的藥粉已經填入傷口，剛才為韓星曜包紮手臂剩下的繃帶一圈一圈斜繞在許枚身上。

這一連串動作行雲流水乾淨俐落，許枚呆了兩秒鐘，才「啊」叫出聲來，肩並肩坐著的宣成也狠狠嚇了一跳。

姬揚清停止包紮的動作，「許老闆，肌肉很結實呀。」

「呃……啊？」許枚臉騰地紅了。

「姐姐，你來包紮吧，你男人被我摸了一通，你還沒摸過吧？這不合適。」姬揚清拉過江蓼紅的手道：「就像這樣，對，緊著些，多纏幾層……」

「別……別這樣，這麼多人看著。」江蓼紅手指碰到許枚胸口，感覺像觸電似的，卻又有些捨不得彈開，鮮血和著汗水薄薄地敷在肌肉上，這種手感，真是……真是……

「沒人看著，快包吧。」姬揚清渾不在乎。

陸衍雙目微閉，如木雕泥塑；丁慨把自己裹在大氅裡，頭埋在胸前；陳菡木木地用手掩著臉，手指很不明顯地分開一條縫；韓星曜大大方方地瞪著眼睛，一副欣賞好戲的樣子。

「小子，扭過去，少兒不宜。」姬揚清道。

「包紮傷口而已，哪有少兒不宜？？」宣成無奈，「你腦袋裡都在想些什麼，快少說兩句吧，你看他們兩個頭上都冒煙了。」

江蓼紅腦中一片混亂，一手不輕不重地按著許枚胸口，一手一圈一圈緊緊地繞著繃帶。許枚原本臉色雪白，一旦害羞後變色非常明顯，比如現在，從腦門到脖子都是紅色，兩眼直直地盯著湊在身前的江蓼紅，一眨不眨，不知在想些什麼。

「姐姐，可以啦，他傷得不重，不用包成這樣。」姬揚清及時制止了江蓼紅。

「包得像線滾子一樣。」韓星曜忍著笑指點著許枚。

「閉嘴。」姬揚清拿起剩下不多的繃帶，去處理顧和的傷口。

江蓼紅臉上紅暈稍褪，輕輕為許枚整好衣服，拿起滾落在沙發上的銅錢，「你什麼時候在懷裡藏了個銅錢？嗯，是天啟通寶……啊！啊啊啊！」

「嚇死人了姐姐，你怎麼啦？」正給顧和包紮傷口的姬揚清手一抖，扯得顧和「嘶嘶」吸氣。

「天啟通寶……」陸衍終於睜開眼睛，慢悠悠道：「什麼天啟通寶？」

姬揚清自幼在秋家長大，也算通讀經史，「是明朝錢吧，那個木匠皇帝的錢？」

陸衍看向姬揚清，區區明代天啟錢，絕不會讓她如此失態，哪怕背十、背十一兩的大錢也不行，何況她手中銅錢綠鏽斑駁，是徑不及寸的小錢，莫非是背「奉旨」的開爐錢？

陳菡、丁慨也是好古的人，都悄悄豎起耳朵。

「歷史上以天啟為年號的，可不止朱由校一個。」江蓼紅道。

陸衍一怔，隨即輕輕頷首，「是了，除了熹宗皇帝，天完皇帝徐壽輝也以『天啟』為年號，一年便罷。原來是天完天啟，這錢珍罕難得，不下於西王賞功，許老闆好運氣。」

許枚暗道：確實好運氣，否則我已經升天了。

元末紅巾軍首領徐壽輝借彌勒教之勢，披靡一時，在湖北蘄水縣登基稱帝，國號「天完」。這個還算有些手段的布販子，和元軍拉拉扯扯打了十年，荼毒楚地，最後被部下權臣陳友諒殺死，天完國搖身一變，成了陳友諒的大義政權。「天啟」，是徐壽輝這個土皇帝的第三個年號。說也可憐，徐壽輝的四個年號，史上都曾被重複使用過。提到「治平」，人們只會想到宋英宗，談到「太平」，都說是遼聖宗的年號，說起「天定」，只道大理末代皇帝段興智曾用過，至於「天啟」，最有名的當然是木匠皇帝朱由校，以至於一些藏界人物都不知道徐壽輝鑄造過天啟通寶。

明代天啟通寶存世極多，一些不入流的藏家得到天完天啟通寶後，以為是明代天啟，常不甚珍愛，棄如敝屣，比如武雲非。嘉、道年間，藏家馬愛林與姜怡亭在路上偶遇，互問最近可有所獲。姜怡亭取出一面精美的唐代銅鏡，向馬愛林炫耀。馬愛林也拿出一枚「天啟通寶」大錢，但神色頹然，似乎對這枚錢不大在意。姜怡亭是大行家，立刻提出用銅鏡換銅錢。馬愛林以為自己抄了大便宜，哪有不同意的道理。後來，他知道自己用來換銅鏡的是一枚珍貴的「天完天啟」，氣得大叫，「怡亭給我！」

江蓼紅講完馬愛林的小故事，眾人都被這枚小小的銅錢吸引住了。

「這錢……你從哪來的？」江蓼紅捧著被箭鏃傷了內郭，微微變形發翘的天啟通寶，愛不釋手。

「剛撿的。」許枚笑道。

「哪裡撿的！」江蓼紅大驚。

「在馬車旁邊，阿亮屍體附近的草叢裡，沒想到這個隨手撿來的小東西救了我的命。」許枚微笑。

「這會不會是那嬈或者阿亮的東西？」江蓼紅駭異不已。

「不知道，她們可不像藏泉家。」許枚搖搖頭。

「我們是不是先聊聊案子？」宣成氣色好了很多，眼看著一個小小的銅錢帶飄了話題，想努力糾正回來。

「嗯，說案子，說案子。」許枚瞧瞧銬在門把手上的顧和，笑道：「看過西方的偵探故事嗎？凶手被抓到之後，應該痛心疾首地把自己的作案動機和經過詳詳細細地說一遍，顧管事應該瞭解這一套流程吧。」

「哦，是這樣啊，可是……說我是凶手，你們有證據嗎？」顧和依然笑得從容。

仙童

姬揚清道：「冰庫裡，東南牆角的一大堆牛肉下面，壓著一具屍體，看身形、衣著都和武雲非分毫不差，最關鍵的是，屍體的手臂上有一道逼近腋下的黑線。我能確定，這就是武雲非的屍體。」

「怎麼，到現在你還不承認？」許枚也不急不緩。

「承認，我當然承認，雖然一具屍體並不能證明什麼。武雲非和那嬈都是我殺的，包括阿亮，至於越繽……算他走運吧。」顧和承認得很乾淨。

「你妹妹谷嘉兒，真是武雲非殺的？」雖然只是聽說，但江蓼紅對當年的詭異慘案印象很深。

「對，我來雲間農莊應徵管事，就是為了查清妹妹的死因，然後報仇。」顧和平靜如水，「那嬈三年沒有和武雲非同床，你們猜為什麼？」

「婚禮當晚，那嬈的父親那二爺突發心病去世，那嬈為父守孝，三年不得行周公之禮。」宣成曾關注過谷嘉兒的案子，對一些不很祕密的祕密還算瞭解。

「這只是她的說辭罷了，那嬈不喜歡男人。她老子的死只是為她不接觸男人提供了一個藉口。」顧和冷笑一聲，「這三年她和那個阿亮『行周公之禮』的次數，可不比武雲非逛窯子的次數少，可笑武雲非這傻子還蒙在鼓裡，對這個『孝順』的女人非常敬重，買來的所謂『古董』還送了不少擺在她的臥室裡，簡直可笑。對了，許老闆，你們還沒來得及去她的臥室吧？床下的被褥裡，藏著兩根角先生呢。」

許枚有些意外，「所以你妹妹……」

「我妹妹……很愛那嬈。」顧和眼中蒙了一層薄薄的淚水，「她寫給我的信，全是這個和她一起唱過《牡丹亭》的『俊小生』，她叫那嬈『夢梅』，那嬈叫她『麗娘』。後來，她來信說，她的『夢梅』要成親了，她們再也不能在一起了，你知道嗎，那封信被眼淚洇濕了，字都是糊的。我回了三四封信勸她，戲臺上虛情假意，當不得真……」

「這……假鳳虛凰之事，古已有之，如果兩人你情我願，倒也不必刻意棒打鴛鴦。」許枚過著傳統的小日子，思想卻開明得很。

「她卻抄了書裡的一段詞來回我，說：『每日那些曲文排場，皆是真正溫存體貼之事，故此二人就瘋了，雖不做戲，尋常飲食起坐，兩個人你恩我愛，已是斷不得了。』」顧和無奈苦笑，「她說，她和『夢梅』商量得妥妥當當的，成婚當晚，把那男人灌醉，兩人私奔。我嚇壞了，立刻動身回冉城，看到的卻是妹妹的『夢梅』為她立的衣冠塚，還有警察局的結案書，意外身亡。宣探長，你知道那個閻克明收了武雲非多少錢嗎？一百大洋，武雲非買一件假古董，都要花個兩三百，在他眼裡，我妹妹的命還不如那些破銅爛鐵值錢。」

宣成無話可說。三年前的冉城警察局，糜爛得像一塊發霉的南豆腐。

「武雲非做得非常乾淨，我明裡暗裡查了兩年，如果不是他喝醉說漏了嘴，我都想不到用冰凍纜繩製造不在場證明的法子。」顧和望著江蓼紅，「如果當時江老闆也在場，武雲非就沒那麼容易脫罪了。」

「等一下，武雲非既然不知道那嬈玩這套假鳳虛凰的遊戲，為什麼他要殺谷嘉兒？」江蓼紅覺得武雲非雖然長得惡了些，但性子並不算凶狠。

顧和神色淒苦，「為什麼？沒有什麼為什麼，那天晚上那嬈喝得酩酊大醉，被阿亮帶錯了路，領到了另一座房間，我妹妹按約定去新房找她時，被獸性大發的武雲非給……給……揉搓死了。」

「揉搓」兩字說來簡單，想來可怕至極，江蓼紅、姬揚清只覺渾身發麻，陳菡捂著耳朵不想繼續往下聽。

許枚長長歎了口氣，「凶手是武雲非，那嬈罪不至死。」

「罪不至死？」顧和仰天怪笑，「冰凍纜繩的法子，是她想出來的，冰塊是她找的，當時武雲非可沒有冰庫的鑰匙，那四隻老鼠，也是她從廚房的夾子上找來的！就為了護著她這個不明不白的丈夫，護著那家的面子。武雲非對這個『深明大義』的女人感激涕零！」

「等一下。」宣成沉聲道：「谷嘉兒的死並不是蓄意謀殺，而是誤殺，武雲非和那嬈製造不在場證明的時間很倉卒。我看過案卷，在餐廳宴飲的賓客發現載著谷嘉兒的小船從落地窗經過，是半夜十一點，那時武雲非和那嬈就在宴會廳。那嬈和武雲非完成合巹禮的時間是晚上七點，離開宴會廳是八點，他們要完成姦殺谷嘉兒、冰凍纜繩、把屍體運到四里外的橋下，再回到宴會廳，甚至還要等凍著纜繩的冰塊化開，讓小船順流而下。兩個半小時的工夫，夠嗎？三年前的今天，晚上十一點的氣溫也逼近零度了吧？」

顧和被「姦殺」兩字狠狠刺痛，呆了片刻，才說道：「所以啊，他們並沒有把纜繩的兩節斷口凍在冰塊裡，而是把兩截纜繩繫在一根竹筷粗細的冰條兩端，化開細細的冰條，只需要不到一個小時。至於把屍體運到橋下，太簡單了，他們有馬車，二十分鐘的時間足夠了。」

「那四隻老鼠是什麼意思？」宣成又問。

「他們要造出我妹妹在十一點還活著的假象，在她的兩隻袖口、兩隻褲腿裡各縫了一隻活老鼠，所以當時看到我妹妹的所有客人都說她像吸了鴉片似的，倒在船上『奇怪地抽搐』。警察局就是根據這些證詞，說我妹妹在抽了煙後神志不清，離開別墅一路走到小橋下，意外倒在船上，又意外解開纜繩，嘿嘿，都是意外，都是他娘的意外！」顧和對警察局深惡痛絕。

「你一開始打算這麼對付武雲非？冰凍纜繩，縫幾隻老鼠，然後和我們這些客人一起看到小船從窗口經過？」許枚問道。

顧和自嘲地笑笑，「是呀，我原本是這麼想的。如果真這麼做了，估計當場就被江老闆識破了吧？各位可不是三年前的閻克明，來農莊吃喝一通，揣著一百塊大洋揚長而去。」

「好了，是時候說說那位指點你的『仙童』了。」許枚握了握拳頭。

顧和臉上浮現出濃濃的崇敬、景仰，像是膜拜佛陀的僧侶，「好，你們想知道什麼？」

「名字，相貌，還有他為你提供的殺人計畫。」宣成問得很直接。

「他說他叫喬七，人稱鴆公子。」顧和話一出口，癱在沙發上的許枚、宣成差點蹦起來。

「你什麼時候見到他的？」宣成急問。

「大概半個月前吧。」顧和道：「他的法術簡直太神奇了，談笑之間，那個閻探長就在我面前化作一攤血水，來吃這攤血水的螞蟻和老鼠，也一個個融化了。他的白骨『滋滋』地冒著黃煙，他讓我把骨頭丟在池塘裡，池子裡的魚都翻了肚子……」

陳菡捂著胸口不住地乾嘔，丁慨覺得渾身發冷，用熊皮大氅把自己完全裹了起來，看上去像一個巨大的絨球擺在沙發上。

姬揚清顫聲道：「你這些天一直在查閻探長失蹤的案子……」

宣成目眥欲裂，顫抖著點頭，「閻探長是喬七殺的？」

顧和露出一副無限敬仰的神色，「是呀，我當時便覺得，這個孩子，一定是哪位上仙座下的仙童吧，《封神榜》裡的『紅水陣』、『化血陣』應該就有這樣的威力。」

許枚覺得難以置信，「可是……喬七應該早就被捕門逮捕了，你能確定他是喬七嗎？」

顧和道：「他自報家門，還幫我做了一直以來想做而不敢做的事，我沒有理由懷疑他。再說，這樣一個神仙似的人物，何必編個假名來唬我？」

「你知不知道，閻探長去年就上調到保定去做總探長了，他這次來冉城，就是為了重新調查你妹妹的案子！」宣成一旦生氣起來，會釋放出一種令人恐怖的氣場，饒是顧和淡定從容，也不由得生出一種莫名的懼意。

「哦，我知道。」顧和定了定神道：「他偷偷爬進我妹妹生前住過的小院子，我還以為進了賊。」

「你知道？他告訴你了？那你還任由喬七殺了他？」宣成周身寒氣四溢，顧和渾身寒毛直豎，挪了挪身子。

「他還沒來得及和我說話，在跳下牆頭的那一刻，他的身體已經開始融化了。」顧和回想起半個月前的詭異場面，不禁悠然神往，「是仙童告訴我的。」

顧和說，仙童在逃出捕門之前，聽到有人在談雲間農莊的案子。

有個年老的聲音說：「既然你要去雲間農莊抓越繽，不如索性把三年前的命案一併查查，如此明顯的謀殺案，閻克明得出意外身亡的結論，簡直是砸捕門的招牌！」

一個年紀小的聲音說：「誰的爛攤子誰去收拾，我才不給閻克明那老傢伙擦屁股，一件普通的謀殺案，交給他們緝凶堂就好，我們隱堂不必插手。」

顧和對「仙童」的一言一行記憶猶新，講述起來繪聲繪色，連「仙童」模擬那一老一少的談話語氣都學得惟妙惟肖。

「逃出捕門？」

「隱堂？」

「抓越繽？」

許枚、宣成、姬揚清被顧和這一番話震得目瞪口呆。

「等……等一下，我捋捋……」許枚最先回過神來，「喬七逃出了捕門，他偷聽到一個隱堂年輕弟子要來雲間農莊抓越繽，閻克明重回冉城不是出於自願，而是捕門高層勒令他重新調查谷嘉兒的案子。」

「對，仙童就是這麼說的。」顧和點頭。

陸衍突然抬起頭來，「捕門赫赫威名，天下盡知，但世人皆知捕門六堂，這『隱堂』是什麼？」

宣成聲音冰冷，「此事不足為外人道。」他又一指顧和，道：「你繼續。」

陸衍面無表情，垂下頭去。

顧和伸開雙腿，擺出一個極其不雅但非常舒服的姿勢靠在門上，繼續他的故事，「仙童聽完我的殺人計畫後，笑得直不起腰來……」

「哈哈哈哈！我不是說了嘛，開賞寶會那天，鶴童那個小雜碎也會去，你這小伎倆他用膝蓋想想都能破解！還冰凍纜繩，還縫老鼠……哈哈，虧你想得出來，鶴童鬼精鬼精的，可不是閻克明這種蠢貨。」蹲坐在光禿禿的槐樹橫枝上的少年笑得直冒淚花，看著顧和就像看著一隻愚蠢的土撥鼠。

「仙童……仙童教我！」顧和恭順地跪在地上，旁邊的小池塘裡滿是翻著肚皮的魚鱉。

「哈哈哈，仙童？對對對，我是仙童，怕了吧？」月光灑在少年赤裸的身軀上，肌肉翻捲的細小鞭痕交錯層疊，結著藍紫色的疤痕，妖異無比，背在身後的箱子沉甸甸的，泛著淡淡的柔光。

「仙童教我，仙童教我！」顧和匍匐在地，叩頭不止。

「教你？可以啊，但你也要幫我一個忙。」少年啞著嗓子道。

「您說，只要弟子能做到，一定萬死不辭。」顧和把頭埋在地上，無比虔誠。

「先不急，你先給我說說農莊和武雲非。」少年很久沒有設計殺人計畫了，興致勃勃地摩拳擦掌。

「農莊在冉城東邊，中間是潤翠河，東邊是……」

「不不不，不是這個，雲間農莊什麼樣子我知道，你說說農莊都有些什麼人，還有武雲非是個什麼情況，還有……對了，你一定要用他殺死你妹妹的方式殺掉他嗎？」

「是，我一定要讓他粉身碎骨！我必須在十一月二十五日動手，那天是我妹妹的忌日，也是武雲非辦賞寶會的日子，有許多客人可以為我作證，而且……如果那天我不動手的話，武雲非就要死在別人手裡了。」

「咦，有意思，這話怎麼講？」

「有人給武雲非下了毒，十一月二十五日就是毒發的日子。」

「下毒？還是延遲發作的毒？」少年興奮不已。

「對，這毒說來奇怪，一條黑線鑽在手臂上，不痛不癢，每天往上躥一寸左右。」

「喔？電蠍！」少年眼中光華閃閃，像是打聽到了久違的老朋友的消息。

顧和不知道電蠍是什麼，繼續道：「今天早上，下毒的人找上門來，給了武雲非一粒藥丸，讓他躺在裝滿冰塊的浴缸裡吃下去，說是能延緩毒發時間，但如果武雲非在十一月二十五日，也就是三天後的晚上還沒有交出他要的瓶子，就會毒發身亡。」

少年興奮地吹了個口哨。

顧和自顧自地說著，漸漸有些癲狂，「我可不知道武雲非能不能拿到那個什麼瓶子，我必須在他毒發之前親自殺死他！我要他當著所有客人的面漂過，我要告訴所有人，他武雲非的報應來了，當年被他害死的谷嘉兒索命來了！武雲非在潤翠河上加了鐵網，嘿嘿，這不要緊，我會想辦法早早剪掉這個礙事的東西，至於每天去下游巡視的牧工，我可是管事，我有一百種辦法拖住他們……」

「河上有鐵網？在什麼地方？」

「潤翠河下游，離別墅十里左右，鐵網後就是魔鬼灘。」

「每天有牧工巡視？」

「對，每天下午五點，我到時會安排他們去做些別的事……」

「不不不，這會引人懷疑的，我有個更好的辦法，保管不讓人懷疑到你頭上，想不想聽？」少年望著顧和期待的眼神，突然咯咯咯地笑了起來，「這個武雲非呀，這個武雲非還真有意思！三件案子都和他有關係！」他見顧和一臉茫然，笑道：「不明白？你妹妹的案子是他幹的，越繽的案子他也牽扯其中，還有我的那位『生意夥伴』，用一隻小小的蠍子讓武雲非聽命於他。」

「你的……生意夥伴？」

「對呀，武雲非中的是電蠍毒，這是我之前賣給一位『生意夥伴』的『貨』，看來他玩得得心應手啊。」少年滿意地點點頭，「好了，不說這個，知道你的計畫裡最要命的缺陷是什麼？」

「請仙童賜教！」顧和又把頭埋了下去。

「你和武雲非處境不同，三年前的潤翠河上沒有那道鐵絲網，武雲非只需要提前安頓好能自動解開的纜繩，就可以輕鬆製造不在場證明。你需要提前剪斷鐵絲網，還不能讓巡視的牧工發現。」少年在樹上擺動雙腿，「有我在，這可太好辦啦。牧工巡視的時間是五點，你只要五點之後剪斷鐵網不就好啦？」

「這……這來不及啊仙童……」

「來得及，會有人幫你剪斷鐵網的，他也會幫你製造一個更真實的、活著的武雲非……」少年齜著牙，笑得燦爛無比。

鵺公子喬七

「那個『仙童』的計畫，就是讓越繽藏在被子底下，頂著武雲非的頭做出掙扎的樣子？」許枚道。

「沒錯，真是天才的計畫。」顧和已經被上了手銬，仍然對「仙童」的設計讚歎不已，「他連把武雲非引到冰庫的說辭都想好了，果然是仙家弟子，出手不凡。」

「那嬈的死呢？也是他設計的？」

「對，我和仙童說了，那嬈每年的今天都要假惺惺去祭拜我妹妹，仙童隨手從背後的挎包裡拿出一條無常，又送了我一套復仇計畫。這簡直太完美了，一夜之間，兩個仇人全部授首，真是太完美了。」

「那阿亮呢？她可是無辜的。」

「無辜？那天晚上是她醉酒誤事，領著那嬈走錯了房間！現在可好，她取代了我妹妹，成了新的『麗娘』，她死得不冤！」

許枚搖頭歎氣，「你已經瘋了。」

「我是瘋了，從我拿到閻克明的調查結果時就瘋了。」顧和毫不忌諱道。

宣成對瘋子毫無憐憫之意，冷冰冰問道：「你們怎麼控制越繽的？」

顧和道：「很簡單，越繽這傢伙，造的孽可不比武雲非少，許老闆，還記得你們看到的拓片和石板嗎？」

「記得，怎麼？」

「那是一個完整的石床。你說的沒錯，越繽打算拆開來賣高價。仙童說，他偷聽到那個鶴童和一個老人談話，石床的構件都在越縝手裡，他卻告訴武雲非構件自出土時便流散四方，他打算走遍全國，一件一件買回來。武雲非這傻子還真信他，準備花大價錢湊齊這件國寶。這回越縝帶來的拓片，就是想試試武雲非能出到什麼價。」

「我不明白，這石床和你控制越縝有什麼關係？」

「越縝為了這張石床，用他的烏木手杖殺了三個人。」

「殺人？」許枚駭然，「他為一張石床殺人？」

「沒錯，越縝自以為做得神不知鬼不覺，不知怎麼被那個鶴童知道了。」顧和道：「鶴童向那個老人報告越縝殺人經過的時候，剛剛逃出捕門水牢的仙童就在窗下水塘裡聽著，越縝的作案過程他聽得一清二楚。」

「他又告訴了你，讓你以此要脅越縝？」

「對。今天早上去車站接越縝的是我，這一路上，我把他的作案過程詳詳細細地說了一遍。我從沒見過一個人可以流那麼多汗，他身子確實太虛了。」顧和想起越縝慌張的樣子，不禁發笑，「仙童是個穩重的人，他覺得拿住一個人的痛腳不足以要脅他為我賣命，所以又給了我一枚小針，叫『子午令』，我把小針藏在衣領上，氣急敗壞的越縝揪著我的領子叫囂著要幹掉我的時候，毒針刺破了他的手掌。當然，越縝也想用那根手杖對付我，但我早有準備，先下手為強，奪了手杖。」

「明白了，越縝為了保命，不得不聽從你的安排。」許枚道：「好毒的心思，你也沒想留下他的命對吧？」

「仙童這麼吩咐的，我當然照辦。」

顧和說得眉飛色舞。

越縝知道捕門盯上了他，嚇得不知如何是好。顧和依著仙童的吩咐，給越縝出了個「詐死」的主意，帶著他從車站一路趕到郵局，先給越繽家裡拍了一封電報，讓家人把紛華記的所有資產轉移到日本，再雇人把店裡的古玩細軟偷偷運走。這樣越繽就可以放心地「死」了。

顧和讓越繽到了時間假稱「散步」，離開別墅。先到後院牆外撿了武雲非的人頭，一路走到石橋下，再把衣服脫下扯碎，撿尖石子劃破手臂，在路邊和衣服上留下鮮血，之後把石子遠遠丟開。還要在血跡旁邊撒下顧和早早準備好的狼毛，脫下一隻鞋子丟在河邊，偽造出被狼追趕不小心跌進河裡的樣子。之後把武雲非的頭頂在頭上。

「對了，為了防止越繽掙扎時武雲非的頭滾到一邊，我在船艙底倒釘了一枚釘尖朝上的釘子，越繽直接把武雲非的頭插在釘子上就好……」

江蓼紅聽得起了一身雞皮疙瘩，不由自主地抱住許枚的胳膊。

「那只半米多長的大鉗子就藏在被窩裡，越繽身上還帶著一把我為他準備的小刀。他上了小船，把武雲非的頭固定好，割斷纜繩，就只需要躲在被子裡一路掙扎著等到小船停下就好。」顧和略帶幾分得意地笑笑，「我告訴他，解藥和離開農莊的盤纏就藏在鐵網附近的岸上。照我的吩咐剪斷鐵網後，去找一個發光的樹洞。」

「你不怕他不剪鐵網，直接吃了解藥逃走？」許枚問道。

「他不敢，一旦我被抓了，他詐死的事也得露餡，捕門還要繼續抓他。」顧和儼然對仙童的計畫非常佩服，「當然，按照仙童的計畫，越繽是吃不到解藥的，他早就在那棵樹上安排了一條無常。不過沒關係，那只發光的藥瓶裡不是『子午令』的解藥，而是普通的藿香水，這個鐘點，越繽應該已經毒發身亡了。」

顧和終於說完了全部計畫，口乾舌燥地靠在門上，閉著眼回味一天驚心動魄的復仇，喃喃道：「沒想到啊，憑空出現的一隻電蟖，把姬法醫引到了冰庫，發現了武雲非的血和屍體，一定是仙童的『生意夥伴』坑了我，別人不可能有電蠍……」

宣成半閉著眼睛，在腦中細細整理了一遍案情，緩緩問道：「喬七要你幫什麼忙？」

顧和搖搖頭，「我不能說出仙童的計畫，而且，我不和死人廢話。」

「死人」二字一出口，眾人的心都揪了起來。

許枚小心翼翼道：「這話什麼意思？難道喬七就在農莊？或者……就在別墅裡？」

顧和微笑不答，算是默認。

許枚道：「這麼說，他打算把我們都殺掉？」

顧和搖頭，「他原本只打算對付一個人，現在可不一定了，你們知道得太多。」

宣成臉色非常難看，「對岸的狙擊手就是喬七？」

姬揚清連連搖頭，「喬七綽號『鴆公子』，以用毒著稱，從沒聽說他會使用狙擊步槍。」

顧和像精神分裂的賭徒一樣哈哈大笑，也不知在笑什麼。

陳菡昏過去了，一個能頃刻間把人化作血水的妖怪就潛伏在農莊裡，這直接摧毀了她心裡緊緊繃著的最後一根弦。丁慨也昏過去了，中過兩次電蠍毒的丁大少對「毒」這個字怕到了骨頭裡，江湖上赫赫有名的用毒高手就在附近，這簡直是世界上最恐怖的事。

姬揚清扶著陳菡躺在沙發上，昏過去也好，這個從小養尊處優的可憐姑娘一晚上被嚇得可不輕，安安靜靜地睡一會兒對她有好處。至於丁慨，沒人知道他昏過去，因為丁大少用熊皮大氅把自己裹了起來，誰會知道一個巨大的毛團子是睡是醒。

「怎麼辦？」姬揚清實在忍不住，終於又問出了這三個字，「我們要對付的可不止喬七，還有他的『生意夥伴』，那個買電蠍的人。」說著她在陸衍、陳菡、韓星曜和一坨黑色毛團子之間來回掃視。

「也許他知道。」許枚指指狂笑不止的顧和。

「不對勁！」姬揚清臉色大變，幾步趕到顧和身邊，「別笑了！再笑會死的。」她甩手便是一個耳光。

顧和的笑聲越發尖利，笑得所有人毛骨悚然，終於發出一聲雞鳴似的尖笑，腦袋一歪，大張著嘴巴做出一個怪異的表情。

「沒救了。」姬揚清歎了口氣，抬手合上顧和的眼睛。

「是……是毒？」江蓼紅顫聲道。

「是。」姬揚清沮喪地站起身來，「喬七就在這裡。」

許枚抬眼在眾人臉上一一掃過，「顧和剛才說，他見到的喬七是什麼樣子？」

宣成道：「赤著身子，坐在樹上。」說著他眼神一冷，盯著韓星曜。

韓星曜一縮肩膀，「哥哥，別這麼看著我，怪嚇人的。我光著身子是因為衣服掉到了河裡，喬七光著身子是因為在水牢裡被剝光了。他有潔癖，眼光又高得離譜，普通衣服一概看不上眼，從捕門逃走以後晝伏夜出，不見光，也不見人，在找到合心合意乾淨漂亮的衣服之前，他不會讓普通衣服玷污自己的身體……」

「你怎麼知道他在水牢裡被剝光了？你怎麼知道他有潔癖？你怎麼知道他眼光高？」許枚大驚。

「這個……」韓星曜尷尬地撓撓頭，「說漏嘴啦。」

「漏得太多啦！你是漏勺嗎？」許枚哭笑不得。

「篤篤篤」，有人在敲客廳的門，眾人心弦繃得又緊又硬，被這突如其來的三聲悶響嚇得不輕。

「有……有人敲門哎。」韓星曜道。

「你給我站得遠遠的，站到牆角去。」江蓼紅從茶几上拿起弩箭，指著韓星曜。韓星曜聽話得很，老老實實地去牆角罰站。

「誰？」宣成應聲。

「我……」門外的聲音聽起來年紀很小，「我叫韓星曜，是武三爺的客人，抱歉來得遲了。快開門吧，外面好冷。」

屋外的少年凍得瑟瑟發抖，屋裡眾人一陣沉默。

「那什麼……他不是我。」韓星曜終於有些急了。

「那你是你嗎？」許枚道。

宣成歎了口氣，晃晃悠悠站起身來，從腰間的槍套裡拔出手槍，「咔嗒」一聲上了膛。

「你要幹什麼？」姬揚清有些發慌。

宣成抬手一槍，門鎖插銷粉碎。

陳菡一個激靈，猛地坐了起來。旁邊的黑色毛球顫了顫，顯然也恢復了意識。

「請進。」宣成道。

「你們……擋著門呢。」門外的少年小心翼翼道。

「使勁推吧，有一具屍體靠在門上。」宣成道。

門外的少年愣了半晌，用力把客廳門推開，顧和的屍體側倒在地上。

「這個……」少年小心地抬腳進屋，輕輕把門掩上，「這位大哥，為什麼拿槍指著我？」他一眼瞧見沙發上碩大的黑色毛球，大驚道：「這是什麼，啊，還會動！是熊嗎？你們怎麼不開燈？」

「為了防你。」許枚盯著少年扛在肩上的狙擊步槍道。

「哦……那我現在已經進來了，不用再防著我了吧？」少年趁著半黑的燈光四下看看，找到了門口的開關，按了下去，客廳裡頓時亮堂起來。

許枚細細打量這少年，見他身材瘦高，臉色蒼白，眉毛又彎又長，細細的眼睛半瞇著，眼角一顆淚痣，一身乾淨柔軟的白衣，翩翩如鶴，唯一的缺陷就是額頭上一道深深的舊疤。

「他是你打傷的？」許枚指指被江蓼紅用弩箭逼在牆角的韓星曜。

「哈，你在這兒？剛才沒瞧見。」少年端起狙擊槍，瞄準韓星曜，「受死吧喬七。」

「砰！」

宣成抬手一槍，少年雙手發麻，狙擊槍應聲落地。

「我說過狙擊槍近戰不占優勢。」宣成道。

少年低頭看看槍管歪在一邊的狙擊步槍，一攤手道：「好吧，反正我就搞到一顆子彈，這是個空殼子。」

江蓼紅扣著機械弩扳機的手有些發顫，「你是喬七？」

韓星曜無奈道：「我是韓星曜，他才是喬七。我說緝凶堂的哥哥，這個姐姐拿弩指著我，你是不是也先拿槍控制住他？這樣我們兩個都跑不掉，對吧？」

「有道理。」宣成舉槍指著少年胸口，「『韓星曜』是什麼人？」

「捕門鶴童。」少年驕傲地一挺胸脯，「看來這裡發生了很多事，有死有傷。」

許枚看看韓星曜，又看看剛進門的少年，問道：「你們有什麼辦法可以證明自己的身分？」

少年道：「用不著證明，我是來找一個叫越繽的人，矮胖子，腿腳不利索。」說著他一指沙發上的黑色毛球，「你們還沒告訴我那是個什麼？」

「是一隻膽小鬼。」姬揚清道：「不用理他，他不是越繽。如果你是隱堂鶴童，身上應該帶著一件信物。」

「哦……你是說鶴形玉佩嗎？」少年點點頭，從懷裡取出一枚小巧的玉佩，潔白瑩潤，一隻大鳥展翅高翔，長頸昂起，上面站著一隻小鳥，振翅垂首，親吻大鳥頭部。

「巧了，我也有一個。」韓星曜也從懷裡摸出一塊玉佩，比那白衣少年的簡拙許多，薄薄的小玉片雕琢成仙鶴的樣子，通體灰綠，微有黃色瑕斑，鶴斂翅垂首，通體雙陰線浮刻紋飾。

「哦嗚……」許枚盯著兩枚玉佩，笑得很無奈，「我不懂玉，不過這兩個看起來……都是真品哦。」

甕中捉鼈

韓星曜歎了口氣，「刺啦」一聲扯開衣服，露出胸膛，伸手抹了一把繃帶上滲出的血，塗抹在心口，一扁嘴道：「血都乾了，姐姐你射我一箭吧……」

「不用了。」江蓼紅調轉弩箭，扣下扳機，那白衣少年猝不及防，側身一閃，弩箭貼著他的左臂擦過，釘在門上，鋒利的鏃翼割破了雪白的衣裳，在皮肉上留下一道淺淺的紅痕。

「喬七。」江蓼紅道：「站著別動。」

「咦，為什麼說我是喬七？」少年踉蹌一步，站穩身子，不解地望著江蓼紅。

宣成手中槍指著這少年的眉心，「捕門隱堂，鶴鹿二童，胸口都有見血顯現的紋身，這個祕密只有捕門高層才知道。」

「哦……這樣啊，可是再怎麼說也該給我們兩個都放點血，試驗一下吧，就憑他一個假惺惺的動作能判定他就是鶴童韓星曜嗎？」

「不用了，你的玉佩是假的。」許枚忍不住笑出聲來，「鹿童的玉佩我見過，是一塊商周時期的片狀南陽玉大角鹿，質地風格和他這塊大同小異。」

「怎麼了？我這塊玉質地太好，還是雕琢太精？」白衣少年嫌棄地瞟了一眼韓星曜略顯寒酸的玉鶴，捧著自己的玉佩仔細觀察，「也許南壽臣更偏愛我一些，給我的玉佩更漂亮。你知道這件東西值多少錢嗎？」

南壽臣三字出口，二人身分豁然明朗。

「鶴童是不會直呼隱堂堂主大名的。」許枚道。

「哦，好吧，不過你還沒告訴我，你是怎麼看出玉佩有問題的？質地不對，年份不足還是雕工有問題？」

「不不不，這些都是次要的，關鍵在於……這根本就不是玉鶴，而是一幅『獵鵝圖』。」許枚忍俊不禁，「不學無術的小可憐，連天鵝和仙鶴都分不清，哈哈哈……」

江蓼紅道：「你的玉佩雕的根本不是小鳥和白鶴嬉戲，而是海東青捕食大天鵝。那隻小鳥是凶狠的海東青，牠不是在親吻磨蹭『仙鶴』的頭頸，而是要啄開天鵝的頭，這小東西最喜歡吃的就是鵝腦。」

許枚道：「這塊小小的玉佩可了不得，這是遼代皇帝圍獵天鵝的場面。」

「是嗎？」喬七興致盎然地把玩著玉佩，「哪有皇帝？」

韓星曜輕咳一聲，抑揚頓挫地背誦，「皇帝正月上旬起牙帳，約六十日方至。天鵝未至，卓帳冰上，鑿冰取魚，冰泮，乃縱鷹鶻捕鵝雁。晨出暮歸，從事弋獵……」

「我聽不懂，說人話，小雜碎。」喬七毫不客氣地打斷。

已經證明身分的韓星曜繼續搖頭晃腦，透著幾分小得意，「皇帝冠巾，衣時服，繫玉束帶，於上風望之，有鵝之處舉旗，探騎馳報，遠泊鳴鼓。鵝驚騰起，左右圍騎皆舉幟麾之。五坊擎進海東青鶻，拜授皇帝放之，鶻擎鵝墜，勢力不加，排立近者，舉錐刺鵝，取腦以飼鶻。教鶻人例賞銀絹。皇帝得頭鵝，薦朝，群臣各獻酒果，舉樂。更相酬酢，致賀語，皆插鵝毛於首以為樂。」他輕輕吐了一口氣，笑道：「這就是遼帝春捺鉢馭使海東青鶻捕獵天鵝的流程，你這塊玉雕的是正在捕殺天鵝的海東青，那隻小鳥才是主角。」

喬七輕哼一聲，「酸文腐字令人生厭。」

最喜歡掉書袋的許枚解釋道：「契丹女真，秋冬違寒，春夏避暑，四時各有行在之所。春日行營，遼曰春捺鉢，金曰春水，弋獵宴樂以為禮，那段話出自《遼史》，才不是什麼酸文腐字。哎小傢伙，這麼說你一眼就看出來他的玉佩不對，為什麼還要往胸前塗血證明身分？」

韓星曜道：「我是怕你們不認得這塊玉。」說著他指點眾人道：「玩瓷器的，玩古錢的，玩金子的，還有……玩竹子木頭的。」

許枚無奈，「我們又不是傻子，再怎麼蠢也分得清天鵝和仙鶴。」

喬七一窒，「你說我是傻子？氣死人了！我就想問那個古董店老闆要一隻玉鶴，他挨了百八十個耳刮子，才給了我這麼個東西，上當了上當了，看來我毒死他全家並不過分……」

許枚聽得毛骨悚然，「毒死他全家？」

「怎麼啦？這很正常，他罵我，他那個兒子還要去報警。」喬七晃晃肩膀，「我只是想要一隻玉鶴，扮鶴童玩玩。」

「為什麼要冒充我？」韓星曜終於動了氣。

「好玩啊！」喬七咯咯直笑。

宣成用手指輕輕觸碰著扳機，警告喬七不要太囂張，畢竟沙發上有一位女士又嚇暈過去了，「說說吧，你和顧和的交易。」

「你這是在審我？好吧，我交代，我替他設計殺人，他替我找人。」喬七道。

「找什麼人？」

「找他。」喬七一指韓星曜，「鶴童每次來審我的時候，都戴著各種稀奇古怪的面具，我不知道他長什麼樣子，只能清清楚楚看到他脖子上有一顆黑痣。」

韓星曜摸摸自己的脖子，那顆小痣不到綠豆大，他看得還真仔細。

「我這次是專程來狩獵你的，但說實話，我是有些怕你，你這小雜碎手段太強，小爺不是你的對手。在徹底制服你之前，我可不敢傻乎乎地跑到別墅來送死，畢竟你拷打了我幾個月，我的模樣你太熟了。」喬七搖頭歎氣，看來對鶴童還是有些畏懼。

「呀呵？你現在怎麼敢大模大樣地來敲門？」韓星曜非常不喜歡成為獵物的感覺。

「別急呀，繼續聽我說。」喬七慢條斯理道：「我扭斷水牢閘門逃了出來，可身上的毒沒解……」

「你也會中毒？」許枚覺得不可思議。

喬七幽怨地盯著韓星曜，「鹿童、鶴童這兩個雜碎抓到我之後，把我辛苦煉製的奇毒『融腑』用在我身上，還把解藥都藏了起來。」

韓星曜道：「怕你逃走，以其人之道還治其人之身。」

喬七一攤手道：「可我還是逃了，隔三岔五一頓毒打我可吃不消。我在被抓之前，把一只藥箱子藏在一個祕密山洞裡，可惜這裡面沒有『融腑』的解藥，所以呀，我必須找你要解藥呢。」

「做夢，我不會給你的。」韓星曜道。

喬七點點頭，「我知道，所以我要先給你下毒，我們來做個交易，你給我『融腑』的解藥，我給你電蠍的解藥。」

韓星曜大驚，「電蠍？」他忙抬起受傷的胳膊，只見手腕上一條短短的黑線若隱若現。

喬七笑道：「看來已經開始生效了。我讓顧和替我注意一個脖子上有痣的人，引他坐到靠窗的位子上，再給他一把酥糖，我的狙擊手會迅速打傷這個拿到酥糖的人，子彈是淬了電蠍毒的。你這傢伙對毒非常敏感，直接在食物裡下毒成功的機率不大，否則我會直接讓顧和給你一把劇毒的糖，眼看著你吃下去。」

韓星曜輕笑道：「謝謝了，糖的味道很不錯。」

喬七也笑道：「不客氣，其實我的計畫還是出了一點意外，狙擊手還沒來得及開槍，載著武雲非……啊不，是載著越繽和武雲非腦袋的小船就漂過來了，所有人一窩蜂地擠到窗口，倒把你擠到後面去了，如果不是你後來又到餐廳拿筷子，狙擊手還真沒辦法打傷你。」

「你的狙擊手呢？還在外面？」宣成對可能存在的威脅十分警惕。

「不不不，他的使命已經完成了，而且我把他從張大帥的軍營綁出來的時候，他槍裡只有一顆子彈，現在帶著他也是累贅，所以……」他殘忍地笑了笑，做出一個割喉的手勢。

「你太狠毒了！」宣成怒不可遏，渾身迸發出令人難以抵禦的煞氣。

喬七心中一凜，連退幾步，「緝凶堂還有這樣的高手，真是長見識了，我還以為都是閻克明那樣的草包呢。」

「為什麼殺閻克明？」畢竟是緝凶堂的同門，就算再草包，也不能任人殘殺，宣成並不打算文明地逮捕喬七，已經在盤算著從哪個角度捏斷他的腿骨。

「啊，是這麼回事，我原本是想要控制閻克明替我鎖定鶴童的，他不是也要來農莊查谷嘉兒的案子嗎？我打聽到閻克明回了冉城，還打算去谷嘉兒之前住過的房子找線索。我早早地藏在樹上，想看看這個草包長什麼模樣，沒想到先來的是顧和，他有那個院子的鑰匙。

「我聽著顧和在谷嘉兒的牌位前婆婆媽媽地說武雲非不是人，那娣也不是人，閻克明更不是人，還說打算報仇，打算以其人之道還治其人之身什麼的……我突然覺得，讓他來當我的指示標更有意思！所以先幫他幹掉了翻牆進來的『不是人』的閻克明，沒想到這傢伙以為我是神仙，哈哈哈哈神仙！他還叫我仙童，哈哈哈哈太好玩了！」喬七指著顧和的屍體哈哈大笑。

「顧和也是你殺的？」宣成齒縫中迸出殺意。

「對，我半個小時前就來了，一直在門後面偷聽你們說話，如果他說得太多，我可能就沒法演『鶴童』了，看不到小雜碎氣急敗壞的表情，那多無趣？所以，我讓一隻小可愛從門縫裡鑽進來，在他的後脖子上咬了一口。」喬七說著抬起手腕，一條扁扁的小蟲在虎口處扭來扭去，「他死得很開心，大仇得報，還是哈哈大笑著離開這個醜陋的世界。」

「你這個魔鬼！」宣成努力壓抑著自己的怒意。

「多謝誇獎。」喬七衝韓星曜一伸手，「拿來吧，用『融腑』的解藥換『電蠍』的解藥。」

「就不。」韓星曜一扭頭，把喬七晾在一邊。

「你確定不換？電蠍毒發作可是很慘很慘的。」喬七循循善誘。

許枚覺得喬七的淡定囂張有些不對勁，問道：「現在我們人多，你只有一個人，我們完全可以先把你抓住，酷刑拷打逼你交出電蠍毒的解藥。」

「哦，你們打算以多欺少呀。」喬七嘿嘿一笑，「你確定，你們人多？」

許枚一怔，「你……還帶了幫手？」

「不不不，一大幫人潛入農莊目標太大。」喬七笑著搖頭。

宣成又驚又怒，「你對那些無辜的牧工做了什麼?!」

喬七讚歎不已，「緝凶堂果然有高手啊，這麼快就知道我的幫手是誰啦！」說著他吹了個口哨。

喬七嗓音沙啞，吹起口哨卻清脆響亮，像百靈鳥的聲音。

木工老陳提著一把柴刀走了進來，看到顧和的屍體和滿屋子血淋淋的人，嚇得兩腿打顫，在他身後是幾十個年輕牧工，手裡提著各式各樣的「兵器」，鋤頭、鎬頭、叉子、鏟子、馬鞭、柴刀，還有摟草料的耙子、卸了底座的鍘草刀，實在沒趁手兵器的在木棍上楔了幾根釘子當狼牙棒，還有的翻牆跳進後院，把女僕和廚子全部拿下，堵住了客廳通向後院的門。所有人都靜悄悄的，等著喬七發號施令，便一舉衝進客廳。

混鬥

「怎麼樣，這就叫甕中捉鼈、關門打狗。幾位，是不是先把對著我的槍和箭移開，我看著眼暈。」喬七大模大樣地坐在沙發上，一歪身子靠著毛茸茸的大黑球，輕輕蹭了蹭，感覺很軟很舒服，而且還在不停地發抖，有按摩的功效。

老陳輕輕跪在地上，顫抖著舉起手臂，手腕上一條短短的黑線。老陳咚咚地磕著頭，嗚嗚哭著說：「對不起，對不起，他要什麼，求你們給他吧……不然……不然……」

「不然他們會衝進來，把你們砍成肉醬！」喬七笑得異常囂張，「啊對了，留著那個小的別砍，你們的解藥也得由他提供。」

許枚駭然，「你們幾十個人都中了毒？」

老陳又愧又怕，把頭杵在地上不肯作聲，只是「嗚嗚」地抽泣。

喬七扳著指頭算道：「老的小的一共五十三個牧工，化了三個不聽話的，現在還有整整五十個，你的槍一共能裝八發子彈，打開門鎖用掉一發，打掉狙擊槍用掉一發，還剩六發子彈，那個姐姐的弩匣麼……最多也就能裝五發弩箭，桌上撂著一根帶血的，門上釘著一根險些兒傷了我的，最多還剩三支箭，就算你們百發百中，只能幹掉我九個戰士，剩下四十個人足夠切碎你們了。」

韓星曜道：「你沒打算救他們所有人，我繳獲的電蠍毒解藥一共只有不到二十顆。」

喬七興奮道：「我知道啊！大家聽好了，一會兒真殺起來，都給我用勁兒地砍，兵刃上見了血的，才能拿到解藥！」

韓星曜像看傻子似的看著喬七，歎了口氣，去摸腰間的手銬。

「你幹什麼呢？贏的是我！」喬七莫名其妙。

「正在給你做按摩的那個毛球球，在兩個多小時之前也中了電蠍毒，然後毒解了，你猜為什麼？」

許枚指指裹在大氅裡瑟瑟發抖的丁慨。

「為什麼？」喬七又驚又怒，狠狠地拍了大毛球兩巴掌，「噢……我明白了，是你吧，我的『生意夥伴』，我給你的解藥本來就沒幾顆，我還以為你已經用完了，沒想到你還留著一顆，跑到這兒來拆我的台！」

老陳滿懷希望地抬起頭，聽到「本來就沒幾顆」，又黯然低下頭去。

許枚搖搖頭，「不不不，好像很多呢，對吧姬法醫？我記得你那個小玻璃瓶滿滿當當的裡面全是米粒大小的黃色藥丸。」

沉默良久的姬揚清終於抬起頭來，聲如蚊蚋，「一……一會兒……大家排著隊，去……去冰庫，吃解藥……我瓶裡的藥不夠五十粒，沒吃到藥的……明天和我回冉城，我……再想辦法配藥，我有方子……」

「阿清，你怎麼了？你抖什麼？」江蓼紅覺得姬揚清的聲音微微發抖，訝然回頭。

喬七看到姬揚清捧在手裡的小瓶，也不廢話，趁著江蓼紅分神的工夫，身子一晃。

宣成隨即扣下扳機，喬七拳鋒已經擊中江蓼紅的右手腕，弩箭脫手，子彈擊中門框，木屑紛飛。不等喬七一招使盡，江蓼紅左掌自下而上斜切已至，「喀啦」一聲悶響，喬七的左顎骨微微錯位，悶哼一聲側身閃開。

江蓼紅一招未畢，後招已到，一拳直擊喬七面門，喬七恨叱一聲，猛地扯開衣裳，鈕扣崩落，懷中一條黑白兩色的閃電直刺江蓼紅咽喉，正是無常。江蓼紅大驚，猛地向後仰身，那無常卻像木棍一樣直挺挺落在地上，卻是許枚一把抄起那支傷過自己的弩箭，揚手擲出，正中無常大口，貫透全身，箭鏃自尾下鑽出。

幾乎同時，宣成再度扣下扳機，喬七身法快得出奇，縱身一躍輕輕躲開子彈，凌空扶正下顎，輕輕落在沙發旁。不知從何處伸出一支手杖，喬七「啊喲」一聲，絆了個跟頭，側身躲過韓星曜奔雷也似的一腳，一骨碌爬起來，指著木呆呆的陸衍大罵，「你誰啊，一動不動的像個泥胎，我剛還以為你死的呢！」

陸衍默默地拄著手杖，不理不睬，喬七無暇拿他撒氣，埋頭躲開韓星曜橫掃一掌，抬手反擊。

許枚、宣成、江蓼紅都看得呆了。喬七武功之高，江湖罕見，此時竟然被韓星曜輕描淡寫地完全壓制，連喬七抽空打出的幾支毒針、毒鏢、毒蜘蛛都被隨手接下輕輕放在茶几上，這個捕門鶴童若出江湖走綠林，怕是沒幾個人能治得住他！難怪囂張如喬七，都親口承認不是鶴童對手。

許枚小聲道：「這孩子太強了，我可不是他的對手，你們呢？」

江蓼紅道：「你問哪個？」

許枚道：「好的那個。」

江蓼紅道：「合我們兩人之力，也許有四成勝算。」

宣成道：「加上我，有八成……」

話音未落，喬七肚子上重重挨了一腳，踉踉蹌蹌跌出七八步遠，把跪在地上呆呆發愣的老陳都撞了個跟頭，喬七被老陳的腦門撞到麻筋，酥痛難忍，暴怒之下一掌削向老陳脖頸，老陳昏昏慘慘，避無可避，眼看便要斃於掌下。

宣成無法可想，只得扣下扳機，「砰」的一聲，火光閃動，子彈出膛，射向喬七眉心。

宣成指肚觸動扳機的當口，蹲坐在一旁的姬揚清居然毫無徵兆地大步躍出，劈頭蓋臉抱住被嚇得直愣神的喬七，尖叫著撲倒在地。宣成也愣住了，眼看著出膛的子彈穿過姬揚清的身體，一道血線飆了出去，不由得手腳一軟。

姬揚清兩手死死扣著喬七，那顆子彈從姬揚清肩窩穿出，打碎了喬七肩胛，喬七痛得嘶聲慘叫。姬揚清與喬七臉貼著臉，輕輕在他耳邊說了一句話，喬七頓時安靜下來，奮力掙脫姬揚清的懷抱，努力看清她的臉。

「阿清！」江蓼紅大叫一聲，兩步趕上前，抱起姬揚清。

「咔嚓」，韓星曜扭過喬七雙手，戴上手銬。因牽動傷口，喬七痛得大叫。

「輕些，別弄疼他……」姬揚清軟軟地伏在江蓼紅懷裡，渾身是汗。

宣成腦中一片混亂，手臂顫抖著抬不起來，臉色白得像老牆皮。

「快給她包紮傷口啊！」許枚一巴掌拍在宣成後腦，宣成一把丟開手槍，手忙腳亂去捂姬揚清的傷口。

「繃帶……」姬揚清虛弱地提醒。

宣成一把抄起桌上的繃帶。

「止血藥，我右邊口袋裡……」

宣成把手探進姬揚清的馬褲口袋，只覺溫熱柔軟，臉頓時紅了。

「衣服……」

宣成的手停在姬揚清衣領前，顫抖不住。

「快……」

宣成一咬牙，輕輕去解姬揚清領口的扣子。

「直接扯吧！解什麼解！」姬揚清惱了，「剛才老娘給你解毒是嘴對嘴餵的雨蒸花，咱們兩個已經不純潔了！」

宣成汗如雨下，「刺啦」一聲扯開衣服。

「藥上多了，省著點用！」

宣成哆嗦著蓋上藥瓶。

「繃帶從腋下走，不要纏到脖子那邊！」

宣成忙褪下繃帶。

「把衣服拉起來些，不准讓別人看見……」

宣成臉紅到了脖根。

「幸虧沒有傷了骨頭，否則我咬死你。」

宣成繫好繃帶，抹了把汗，整個人像虛脫了一樣，還沒把氣喘勻，被姬揚清一頭撲在懷裡，腦門上的汗又迸了出來。

「不准動，我累了，靠一會兒。」

宣成坐得比廟裡的菩薩還老實。

所有牧工擁在門口，臉色不善地盯著宣成。

許枚拾起被宣成丟掉的手槍，小聲問江蓼紅，「姬法醫認得喬七？」

江蓼紅也奇怪不已，「我也不知道，從沒聽她說過。你傷口疼嗎？要不要在我懷裡靠一會兒？」

許枚臉也紅得看不成了。

喬七好容易從震驚中緩醒過來，定定地望著姬揚清，突然「嗚嗚」地哭了起來。

「法醫姐姐，他是你什麼人？」韓星曜無法理解姬揚清的奮力一撲。

姬揚清搖搖頭，「我累了，容我養好傷，回捕門解釋。姐姐、許老闆，這些牧工中的電蠍毒，就麻煩你們了。」

許枚接過解藥瓶，突然問道：「鴆公子，武雲非那只竹雕筆筒和天藍釉花觚裡的電蠍，也是你放的？別哭啦！快回答我。」

「不是。」喬七瞬間止住了哭聲。

「那便是你的生意夥伴了，他在這裡嗎？」許枚像剝橘子皮一樣一把剝開丁慨的熊皮大氅，「好好看清楚，這裡的人。」

「不在，那個女人滿臉白癬，癬上摞著麻子，麻子上還留著鬍子。」喬七突然露出一個詭異的笑容，「我不回隱堂，帶我去緝凶堂吧，我可是殺人凶手呢！」

「你說了不算。」宣成硬邦邦地頂了回去。

韓星曜撿起還剩下的一丁點繃帶，粗暴地給喬七包紮傷口，喬七慘叫不止，像是故意叫給姬揚清聽。姬揚清把頭埋在宣成懷裡，緊緊閉著眼睛，充耳不聞……

許枚有些發懵。女人？滿臉白癬，癬上摞著麻子，麻子上還有鬍子，這還有人模樣嗎？一定是化過裝的吧……

石床案

喬七被暫時關押在冉城警察局的死囚牢裡，渾身上下加了十八道鎖，連吃飯都是獄警去餵的。沒有人願意去伺候這個小魔王，據說他下毒的手段出神入化，連捕門的水牢都困不住他，一旦他養好了傷動起殺性，最先遭殃的就是伺候他的人。後來，宣成建議警察局長出臺了一道命令，每週破案率最低的警察要去伺候喬七三天，如果弄虛作假陽奉陰違，直接進監獄為這個小魔王服務半個月。冉城警察局的破案率和破案品質大大提高。

宣成體內的毒已經除淨了，許枚的箭傷也好了七七八八，兩人坐在冉城最貴的茶館「晴窗小舍」，包了一個雅間，點了一壺茶，幾樣小點心，舒舒坦坦地聽著大廳裡咿咿呀呀的小曲。窗外飄飄搖搖下著小雪，剛一落地便化作水點，對乾冷的冉城來說，這一點濕潤已經非常難得了。

「來，警官，嘗嘗這茶。」許枚為宣成斟了一盞茶，茶色瑩亮，清氣撲鼻。

「這裡的茶不便宜吧？」宣成輕輕抿了一口，茶很香，但具體好在何處，也說不出個所以然。

許枚笑道：「『瓦銚煮春雪，淡香生古瓷。晴窗分乳後，寒夜客來時。』這晴窗小舍最好的茶，積的往年梅花瓣兒裡盛的雪煮的，你說貴也不貴？」

宣成皺眉，「就衝著這份矯情也值回茶錢，這茶館裡不知養了幾個妙玉。」

許枚大笑，「警官也是看過《紅樓夢》的，不過也對，你連《金瓶梅》都看過。」

「咳咳咳……說正事！」宣成又窘又氣。

「好好，說正事，警官你吃點心，這是豆腐皮包子。」許枚把一盤點心推到宣成面前，「正主沒來怎麼說正事，我們是來聽鶴童講越續的案子的。」

窗外伸進一隻小手，抓起還冒著熱氣的包子，許枚、宣成嚇了一跳。

韓星曜把包子叼進嘴裡，掀起窗戶鑽進屋來，「哇，真暖和。」

「來，韓公子坐。」許枚招呼著韓星曜在靠窗的位子上坐下，斟了一盞茶。

「喬七應該沒說謊，那個生意夥伴和他見面時就是那麼一副尊容，十成是化過裝的。」韓星曜道：「喬七也見怪不怪，行走江湖的，總有些不願被人知道、看到的祕密。」

許枚點點頭，「至少知道了那傢伙是個女人。」

宣成道：「不一定，容貌是假的，性別也未必就是真的。」

許枚頹然，抓起一個包子，在手裡掂來掂去。

韓星曜也有些喪氣，「我在潤翠河邊找到了越續製造假象的衣服、鞋子和狼毛，他的屍體是在下游附近的亂石灘找到的，死狀極慘，也算罪有應得了。」

「對了，你既然知道越續為了石床害死三條人命，為什麼不直接抓他？」許枚問道。

韓星曜道：「我沒有證據。你從瓷靈那兒知道有人殺人放火，能直接去抓嗎？抓了會認嗎？我得先接近他，套話找證據，還不能驚了他。」

許枚奇道：「沒有證據，你怎麼知道越續殺人？」

韓星曜喝盡盞中茶，「許老闆既然是隱堂的顧問，一定知道隱堂是幹什麼的。」

許枚道：「當然知道，追查一些『人識不可知，人力不可為』的案子，也就是透過一些特殊管道，從『不是人』的證人那裡獲得破案線索。但隱堂行事神祕，我只和南先生打過交道，對鶴童、鹿童的能力一無所知。」

宣成早就懵了，「等一下！顧問是怎麼回事？」

韓星曜道：「你也知道，隱堂只有三個人，而古物靈千奇百怪，什麼都有，瓷器、玉石、錢幣、竹木、金銀、紙墨、織繡都有凝聚匠人心血者，凡如此類，皆有其靈，通靈者可以和靈交流，獲得訊息，捕門隱堂就是為了獲取這些訊息，偵破奇案懸案而設立的。古器之靈，青銅為尊，所以歷代隱堂都由能與『吉金仙』交流的『永寶師』執掌。」

「吉金仙？永寶師？這名字奇怪。」宣成雖是捕門中人，卻從未聽人說起有關捕門起源的事。

韓星曜道：「古以祭祀為吉禮，故稱銅鑄之禮樂宴享之祭器為『吉金』，這『吉金仙』就是青銅禮器之靈。」

許枚也道：「鐘鼎銘文常自謂『吉金』，我曾見一楚鼎，有銘曰『擇其吉金，鑄其昌鼎，永寶用之』……」

韓星曜道：「對，青銅鐘鼎彝器銘文末尾常有『永寶用之』、『永寶用享』或是『其子子孫孫永寶用』，或簡寫作『其子孫永用』，意思是希望這件禮器能夠永世流傳，後世子孫也一如既往地銘記和珍愛祖先的功德與榮耀，『永寶師』之稱便由來於此。」

宣成努力理解其中的意思，點了點頭，「所以南先生是永寶師。」

韓星曜點頭，「正是。」

許枚忍不住笑出聲來，「小傢伙，聽你這麼一本正經地說話，還真有些不習慣。」

韓星曜打個哈欠，又恢復了懶洋洋的樣子，「我也不習慣。」

宣成又問道：「那顧問是怎麼回事？」

韓星曜道：「類似於天庭的二郎神，聽調不聽宣，我和鹿童就類似於哪吒，玉帝老兒一道聖旨，我們就得衝鋒陷陣降妖捉怪，死亡率很高，一般都是通靈能力比較廢，但頭腦機敏、拳腳硬實的傻小子。」說著他歎了口氣，自己倒了一盞茶，繼續道：「這些顧問，有弄玉先生、水墨公子、竹木郎君、聽泉師、撫陶師、鍊金師、牽絲女，也許還有我不知道的奇人異士，有案則發函求教，無案則任其逍遙。這些人的聯繫方式都由堂主掌握，我和鹿童無權過問，除非堂主讓我們參與有關案件的調查。」

「撫陶師……原來你是隱堂顧問，你瞞得我好苦！」宣成瞪著許枚，臉色不善，「我說你怎麼知道隱堂堂主的名字叫南壽臣！」

韓星曜道：「『撫陶師』是通靈師中極珍貴的，稀少程度僅次於鍊金師，可謂百年難遇。」

「鍊金師？顧名思義，應該是能和黃金器物對話的人吧？鍊金師稀少可貴我能理解，陶瓷這東西遍地都是，撫陶師有什麼可貴之處？」宣成不解。

許枚笑得十分愜意。

韓星曜道：「周身金木水火土五行皆通之人，才有與古瓷器通靈的可能。」

許枚道：「瓷，以土為胎，以金、水為釉，以木生火燒製，故而上品瓷器，兼具五行之靈，金、玉、木、墨誰能相較？」

宣成非常嫌棄許枚一臉自豪的樣子，「看不出你還是個稀罕物件兒。」

「你才是物件兒。」許枚輕輕打了宣成一拳，「現在知道了吧，為什麼當我聽說世上有另一個撫陶師時驚訝如斯。」

宣成點頭，又問道：「話扯遠了，既然隱堂是專為通靈者成立的，那你和鹿童也有通靈能力吧？越繽殺人的事，也是古器物靈告訴你的？」

韓星曜道：「對，我是『玩石童子』，越繽行凶殺人、運走石床，墓中的一盞石燈全看到了。」

許枚一驚，看向韓星曜的眼神頓時多了幾分憐憫。

「頑石童子……」宣成不解。

「玩，把玩的玩。」韓星曜解釋道：「我能和石雕、石刻的器物靈交流。」

宣成道：「比如石窟佛像？」

韓星曜笑道：「石窟佛像恰恰是無法通靈的，銅佛金佛也一樣，被人當作神塑造出來，千百年來高高在上慣了，是不屑於和我們這些人交流的。」

許枚點頭，「我試著去喚醒一件德化窯觀音像，徒勞無功。」

韓星曜道：「明白我有多廢了吧？我只能和石雕、石刻的小物件交流，這樣的東西出現在案發現場的機率小得可憐。鹿童是『煙孩兒』，比我還強些……」

宣成生怕話題又被帶偏，忙道：「且不說鹿童，那個石燈是……」

「墓中隨葬之物，越續沒看上眼，隨手丟在墓室裡了。」

宣成大奇，「這麼說凶案發生在一座古墓裡？」

韓星曜笑道：「別把古墓想得多可怕，那座墓的構造簡單得很，一條墓道，兩扇墓門，一座墓室，僅此而已。洛陽城郊的三個小乞兒挖地洞烤叫花雞的時候，在一個巨大的墓穴裡發現了這只石床。三個無家可歸的缺德小子鳩占鵲巢，把墓主人的屍骨用草席裹了，在墓穴外隨便挖了個坑埋了。他們三個美滋滋地把塌了頂見了光的墓室用草席子一蓋，當成了自己的家，每天偷雞摸狗地過日子，直到越續發現了這座北魏元氏宗親的墓穴。」

「嚯！還是皇族墓！」許枚驚歎道：「難怪有如此精美的安魂石床。」

韓星曜繼續道：「三個小孩每晚就睡在這座巨大的石床上，他們還在床上墊了厚厚的稻草，鋪著不知從哪偷來的褥子，床頭還種了一盆花，就種在一隻隨葬的陶罐裡……」

許枚哭笑不得，「還怪有生活情趣的嘿！」

韓星曜道：「所以呀，當越繽提出用三隻燒雞換石床的時候，三個孩子果斷拒絕了，越繽當然不願和幾個小乞丐多費口舌，扭動手杖機關，將他們一一殺死，找來自己的夥計運走了石棺床，床下的石燈和陶罐被他留在墓室裡，越繽這樣的豪商還看不上這些普通貨色。」

「罪不容誅！」宣成怒道。

許枚長歎道：「一座石床，三條人命，真是人間慘事。」

韓星曜繼續道：「我從得到石燈的證詞後，就千方百計地調查越繽的消息，這才知道他把石床的一塊圍屏賣給了武雲非，還打算去參加賞寶會。我把案情彙報給堂主，打算去一趟雲間農莊，沒想到當時喬七就在窗外水池裡。」

許枚不忍皇室東園祕器四散零落，忙問道：「那石床的其他構件呢？可找到了？」

韓星曜道：「找到了，越繽的家人和夥計剛剛接到電報，還沒來得及把越繽的古董珍玩裝箱運走，捕門偵資堂的人已經到了。」

許枚慶幸萬分，「那就好，那就好。」

韓星曜道：「許老闆給武雲非的父親寄了三百大洋，就為了那只天藍釉花觚？」

許枚臉微微一紅道：「他不想再住在盈溢別墅了，託我把他帶走，我不能白拿人家的東西。」

韓星曜道：「江老闆還拿了一幅拓片？」

許枚道：「對，西王賞功的拓片，那枚珍貴的金錢不知落到誰的手裡。」

宣成補充道：「在筆筒和花觚裡藏電蠍的犯人也沒找到。」

韓星曜打個哈欠，「好了好了，別聊案子了，你們好好聽聽小曲兒，放鬆一下，我還得去看看越繽的那些夥計被審得怎麼樣了，這些年越繽做的黑心買賣可不少，紛華記的那些夥計都是幫凶。夥計，再上兩盤豆腐皮包子，打包帶走，他們結帳！」

許枚推開窗戶，眼望提著包子的韓星曜蹦蹦跳跳轉過街口，消失在人群中，輕輕歎了口氣。

「怎麼了？」宣成見許枚神色古怪，忙問道。

許枚道：「鶴童、鹿童都活不過二十歲，可憐的孩子。」

宣成大驚，「這話怎麼說？」

許枚道：「玉，石之美者。玉就是一種特殊的石頭，玩石童子若能平安長大，就會成為弄玉先生，但是……能長成弄玉先生的玩石童子，五感必有一缺，現在擔任隱堂顧問的弄玉先生是個聾子。」

「可韓星曜非常健康！」

「健康的玩石童子註定在二十歲前夭折。」許枚無奈歎息。

宣成怔忡良久，又問道：「那鹿童呢，煙孩兒？」

許枚道：「《天工開物》中說：『凡墨，燒煙，凝質而為之。』無論松煙墨還是油煙墨，都需要燒煙而成，上品古墨價值高昂，不亞於名瓷美玉，我店裡有一方明代貢墨，貴得很呢。這『煙孩兒』能與古代精製墨丸、墨錠通靈，若能平安長大，會成為『水墨公子』，可通書畫之靈。」

「能活到二十歲的是極少數吧？」

「是啊，能平安長大的煙孩兒，五感必有一缺，現在做顧問的水墨公子，沒有嗅覺。」許枚努力回想道：「我記得鹿童那孩子……至少能看能聽能說，應該也有觸覺，嗅覺麼……若是他當真沒有嗅覺的話，鐵拐張和獨眼趙可造大孽了，他們殺了一個未來的水墨公子。」

宣成突然有些傷感，「你說……他們自己知道嗎？這個註定的命數。」

許枚道：「應該知道吧，這也不算什麼祕密……」

宣成沉默良久，突然說道：「若光去雲間農莊仔仔細細地調查了三天，在武雲非書房地板上發現了赤腳的足跡，很不清晰，從窗口到保險櫃，又從保險櫃到窗口。」

許枚一怔，「怎麼突然說這個？」

宣成道：「你也幫我參詳參詳，但願……真相和我所想的不一樣。你再看這個。」說著他又取出一張紙條，「這是在武雲非屍體的衣服口袋裡找到的。」

許枚接過紙條，見上面寫著一句話：「武三爺，今天下午三點，到冰庫服食解藥。」筆跡凌亂稚拙，像是左手寫的。

許枚盯著紙條思索片刻，「這應該不是顧和寫的，天藍瓷靈說他是直接到書房叫武雲非去冰庫的。」

「那會是誰寫的呢？」

「喬七的生意夥伴？但是……他應該沒有去冰庫和武雲非見面，否則會撞見顧和行凶。」

「所以，這個『生意夥伴』寫下紙條的目的，是在三點左右把武雲非從書房調走，自己從窗戶潛入書房，撬開保險櫃，把蠍子藏在花觚裡。你覺得，這個人是誰。」

「是誰……」許枚揉著眉頭沉思良久，突然抬起頭來，震驚得無以復加。

西王賞功

賞花賞雪是江蓼紅的休閒消遣，姬揚清是頭一回來。

冉城這座梅園很大，紅、黃、白三色梅花或成片鋪種，或點綴怪石亭閣之間，獨具情調。冬雪初降，梅花也只是枝頭的點點小苞，偌大的梅園不過三三兩兩的歇腳客，竟是一個遊人也不見。

江蓼紅拉著姬揚清坐在小亭裡，倚在吳王靠上。一莖梅枝透過山石的孔洞，探入亭中，難得的是，枝頭一點花苞，竟然早早地吐出了淡淡的粉色。

「傷可好徹底了？」江蓼紅遞給姬揚清一只白銅小手爐。

「好透了，我今天是騎自行車來的。」姬揚清輕輕活動著肩膀道。

「那好，你跪下，我要審你。」江蓼紅道。

姬揚清輕哼一聲，「瞧瞧，紅丫頭瘋了，審我什麼？」

江蓼紅道：「好個女法醫！好個驗骨堂的高手，瞧你做的都是些什麼傻事，你只實說罷。」

姬揚清眼神閃爍，「我何曾做什麼？你不過要捏我的錯兒罷了，你倒說出來我聽聽。」

江蓼紅來氣：「行啦！我不和你演什麼『蘭言解疑癖』了，老實交代，你為什麼替那個小魔頭擋槍，沒頭沒腦撲過去，萬一傷著要害怎麼辦！這段時間你在養傷，我忍著沒好意思問，還不敢告訴乾娘，你今天必須老老實實給我交代清楚！」

姬揚清早知道江蓼紅叫她出來「賞花」的目的，「我也不瞞你，當年帶走我的是孫杏慈。」

「孫杏慈？醫毒雙絕孫杏慈？這個人……總有快十多年沒在江湖上現身了。」江蓼紅驚道。

姬揚清道：「她死了，被人殺死了。」

江蓼紅又是一驚，「醫術精湛，天下景仰，毒學高深，江湖震懼，救人無數，殺人如麻。這樣的人物，誰能殺得了她？」

姬揚清眼圈微紅，「那人要殺的是我，她為我擋了一槍。我為她兒子擋一槍，也算報答她了。」

「喬七是孫杏慈的兒子？」江蓼紅驚呆了。

「準確地說，是其中一個孫杏慈的兒子。」姬揚清放下暖手爐，從口袋裡取出一張照片，「這個是姐姐『醫』，這個是妹妹『毒』，喬七是『醫』的兒子。」

照片上是兩個美貌少婦，五官身形一模一樣，「醫」懷中抱著一個四五歲的小男孩，眉清目秀，穿一件五毒肚兜；「毒」拿著一只漂亮的小風車，正在逗孩子玩。恐怖的是，那肚兜上的五毒似乎不是繡上去的，而是活物：那隻蜘蛛已經結了網，蟾蜍也爬到了孩子身上，黑白花的小無常昂起頭來，正朝那笑得一臉純真的孩子吐著信子，風車上還趴著一隻六條腿的怪蟲，只看照片都令人渾身起雞皮疙瘩。

「孫杏慈有兩個？」江湖皆道孫杏慈性格變幻無常，時而慈悲如菩薩，時而狠毒如羅剎，原來竟是姐妹兩人，這可是爆炸性的內幕消息，不由得江蓼紅不驚。

「對，『醫』行善無數，『毒』殺人如麻。」姬揚清道。

「這孩子就是喬七？」江蓼紅看到那孩子眼角那顆月牙形的淚痣。

「就是他。」姬揚清摩挲著照片道：「『醫』善於用各種毒藥來治病，比如砒霜可治瘧疾、癰疽，馬錢子可通絡止痛、散結消腫，夾竹桃強心利尿、祛痰殺蟲，眼鏡蛇可祛風通絡，蜈蚣可治驚癇風搐。我學的就是這些，到十五歲上，已經可以自己開方子治病救人了。『醫』很欣賞我的才華，在我十六歲生日那天，『醫』為我舉辦了成年禮，還送了我整整一瓶『雨蒸花』。『醫』性子孤僻，住得也隱祕，來參加我成年禮的只有『毒』，還有『醫』的好朋友程堂主。那天晚上，我收治了一個病人，卻沒能治好他。」

江蓼紅靜靜地聽著，只覺得姬揚清語調平緩而哀傷，全然不是平時天雷地火的樣子。

「病人心力衰竭，幾無可救，我剛剛被長輩們誇獎了一整天，心氣正高，如果這人救不回來，那豈不是丟人現眼？我一時心急，加大了夾竹桃的用量，結果……結果他當晚就死透了。」

「啊……」江蓼紅輕呼一聲。

「他的副官帶兵圍了院子，無論人畜，一概殺絕，大火吞沒了『醫』辛苦營建的山莊，幾個僕人有的被燒成焦炭，有的被亂槍打死，還有的是被活活嚇死的。『醫』六歲的孩子撲在我的懷裡，一顆炮彈在離我們三丈遠的地方炸開，孩子的額頭被飛濺的彈片刮出一道深深的傷口，我也被炸傷了一條腿。後來『毒』抱著孩子大開殺戒，那些士兵像放在火爐裡的黃油一樣融化，那個副官像瘋了一樣命人把炮彈砸進『毒』和孩子藏身的藥房，連梁柱磚瓦都被燒熔了。程堂主拉著我跳進地窖裡。那是我第一次看到『醫』殺人，弓弩、飛針、鉤網，還有隱藏在石縫裡的幾百條無常。天亮時，衝進山莊的士兵已經沒有了活口，程堂主抱著我走出地窖，藏在假山後的副官突然跳出來朝我開槍，披頭散髮的『醫』擋在我身前，那顆子彈穿透了她的身體，打傷了我的手臂……」

姬揚清不顧寒冷，捲起衣袖，手臂上果然有一處舊傷。

「『醫』臨死前對我說，不要學醫了。程堂主覺得可惜，建議跟他當法醫。『醫』點點頭，望著被炮火轟碎的藥房嚥了氣。那個副官在滿地屍體裡搜尋子彈，被幾十條無常纏在身上，死得五顏六色。我以為『毒』和孩子已經被火炮炸得粉碎，便只收殮了『醫』和山莊僕人，又放了一把火，把山莊燒成了白地。然後跟著程堂主來到驗骨堂，我是個不稱職的大夫，更適合和屍體打交道。」

姬揚清一席話說完，口乾舌燥，折下一截梅枝，舔著上面的雪。

江蓼紅好容易才回了魂，那一晚的驚心動魄用這樣平淡如水的語調娓娓道出，更令人毛骨悚然：「額頭上的傷疤，眼角的淚痣……」

「還有他笑起來的樣子，他說話的口音，他用的毒……他一定是孫杏慈的孩子，被『毒』撫養大的孩子。」姬揚清有些嗚咽，「我為他擋了一槍，可他罪太重了……對了，他年紀小，還不到二十歲，是不是能寬宥……」

「怕是很難……」江蓼紅艱難地說了一句實話。

姬揚清黯然垂首，把梅花枝咬得粉碎。

「宣探長來問過你了嗎？」江蓼紅小心地問。

「天天來看我，給我送過燉豬蹄、烏雞湯、羊肉湯、桂圓粳米粥、紅棗銀耳粥，同一個病房的病人都以為我是個坐月子的。」

「都是他自己做的？」

「有的是他做的，有的是買的。」

「你怎麼分辨出來的？」

「齁嗓子的一定是他自己做的。」

「不對……我是想問，他就不問你為什麼幫喬七擋槍？」

「他問來著，我不知怎麼和他說，他抓耳撓腮半個月了。」

「也是可憐，要不我去替你說？」

「別，還是我自己去吧。」

「他在晴窗小舍喝茶聽小曲，你現在去還能趕上。」

「姐姐陪我吧？我騎車帶你。」

「嗯……也行，我還沒坐過自行車呢。」

這場初雪下得不大，但氣息綿長，入夜之後，地面上也漸漸白了起來。

陳菡趁著雪色偷偷溜進了容悅樓，陸衍正捧著那枚西王賞功金錢，在燈下細細欣賞。

「老頭子，猜猜我是誰。」陳菡從背後遮住了陸衍的眼睛

「小妮子，又淘氣了。」陸衍的聲音渾厚而充滿慈愛，輕輕握住陳菡的手，緩緩回過頭來。陳菡兩瓣紅馥馥的嘴唇已經貼在他的額頭。

「我想你了。」陳菡親吻著陸衍略顯乾枯的眼皮、面頰，最後在乾澀的嘴唇上輕輕一啄。

「我也想你。」陸衍道。

陳菡像小貓一樣坐在陸衍懷裡，伸手拿起西王賞功，仔細端詳。

陸衍輕輕撫摸著陳菡的手臂，歎了口氣，「是我害你攪進這場是非。」

陳菡笑道：「這話說得虧心，明明是我表姐表弟逼你去做那些事。」

陸衍笑了笑，撫著陳菡的頭髮道：「你說，那個在花觚裡藏電蠍的，到底是什麼人？我們才是喬七的生意夥伴。」

陳菡把頭靠在陸衍肩上，軟綿綿道：「不知道，不過那個花觚不是我們需要的，乾隆接到孫士毅密奏時，這只花觚並不在身邊，關於西賊沉寶的消息，它一無所知。」

陸衍輕輕握住陳菡拈著金錢的手，癡癡笑道：「有了它，我們就不需要從這些瓷器那裡打聽西王沉銀的消息了，這枚金錢是武雲非從四川買到的，只要問清楚它自何處現身，我們就能知道西賊藏銀之處，請回被掠走的諸王金寶……」

陳菡神色淒苦，泫然欲泣，「所以我們不需要去找那些瓷器對不對？也不需要我了對不對？」

陸衍一時慌得不知如何是好，「我……我哪能不需要你！你是我心尖兒上那塊最紅的肉，你是我的命！」

陳菡紅著眼圈在陸衍胸口蹭了蹭。

陸衍親吻著陳菡的額頭，「別胡思亂想，我這輩子註定是你的人了。」

陳菡輕輕「哼」了一聲，把金錢放回桌上，一欠身子吹熄了蠟燭。

三年前的真相

江蓼紅從葉公山那裡取回精心修補過的天啟通寶。回到家裡後，細細做了幾幅拓片，將錢輕輕擦拭乾淨，把玩了整整一晚。二更鼓過，才回到裡屋，打開一人多高的櫃子。這櫃子密密麻麻層層疊疊擺著大大小小的木盒，有不少還是在丁慨秀木居定做的，專放最珍貴的古錢。

江蓼紅取出一個扁扁的木盒，回到書桌前，輕輕打開。這一盒都是元末諸雄所鑄錢幣，韓林兒龍鳳通寶、張士誠天佑通寶、徐壽輝天定通寶、陳友諒大義通寶，單單缺了徐壽輝的天啟通寶。

江蓼紅手撫銅錢，心中別是一般滋味，「天知道你怎麼會掉落在草場上，你一定和兩個可憐的女人有什麼關係吧。」說著她歎了口氣，蓋上盒子，放回櫃中。

「咦？她怎麼不問問我？我有一肚子話要說呢，她們那天的推理有問題，阿亮可不是什麼無辜者！」天啟通寶吵吵嚷嚷，江蓼紅卻已經離開了書房。

「什麼推理？」龍鳳通寶打了個哈欠，隨口一問。

見總算有了聽眾，天啟通寶興匆匆地打開了話匣子，「那個顧管事，還以為幫武雲非設局的是那家小姐，其實不是啊！」

龍鳳通寶一頭霧水，你說的都是些什麼？

「嘿，我給你從頭講啊！」天啟通寶眉飛色舞，「那家小姐和一個唱崑曲的小戲子有磨鏡之好。還有個叫阿亮的姑娘，從七八歲便伺候那小姐，兩人同吃同住十多年，早就對小姐有那種想法啦。」

「喔！這可真刺激。」龍鳳通寶對這種事情很有興趣，一下子睏意全無。

天佑通寶冷冷地「哼」了一聲，小聲嘟囔一句：「無聊。」它拉過盒子裡的綢緞蓋在身上，繼續打瞌睡。

天啟通寶說得唾沫橫飛：「聽說那家老爺做了一個局，要把小姐嫁給一個傻大黑粗的後生，小姐是個心慌膽怯的姑娘，長這麼大，從來沒對老爺說過一個不字，打算就這麼認命，那小戲子可不答應，一來二去，攛掇著小姐和她私奔呢！」

「哇哇哇！這女娃了不得！」龍鳳通寶恨不得抓一把瓜子來邊嗑邊聽。

「可不是嘛！那家小姐雖然生了一副好皮囊，卻是個最沒主見的疲沓性子，全由著那小戲子打點安排。小戲子不知從哪裡搞到的迷香，偷偷攙在洞房的薰爐裡面，成親當晚入洞房，不是都要先喝一杯合巹酒嗎？小姐那只鳳杯裡事先塗抹了迷香的解藥，姑爺那只龍杯裡可沒有……」

「啊，可憐的姑爺。」龍鳳通寶憐憫地歎了口氣。

「什麼呀，最可憐的是那個小戲子！」天啟通寶道：「她掐算好了時間，去洞房接那小姐私奔，結果那小姐不在房裡，那個黑旋風似的新姑爺也沒暈過去，眼睛紅撲撲的，像瘋狗似的，一把摟住小戲子，兩下扯了衣服，嘁哩喀喳一頓那個……」

「哪個？」龍鳳通寶有些不高興，最精彩刺激的情節被「那個」兩字一語略過。

「就是……就是……」天啟通寶「嘿嘿」壞笑，一捏嗓子唱了起來，「『兩情濃，銷金帳裡鏖戰，一霎時魂靈兒不見，我和你波翻浪滾，香汗交流，淚滴一似珍珠串，枕頭兒不知墜在那邊……』」

裝睡的天佑通寶終於忍不了了，大怒道：「你從哪聽來這些污穢不堪的淫詞豔曲！」

天啟通寶笑道：「我們是什麼？」

「錢。」天佑通寶傲然道：「古錢。」

「就是嘛，人常說『金錢如糞土』，好嘛，都拿咱當糞土了，聽幾句污穢詞曲，也算邪門對歪道，王八燉老鱉，青蛙配蛤蟆。」天啟通寶也不知從哪學來這麼多氣死人的俏皮話。

天佑通寶氣得直翻白眼，龍鳳通寶卻急不可耐地催促道：「然後呢，然後呢，『那個』之後呢？」

「小戲子挨不住新姑爺，腰都給擰斷了。」天啟通寶說罷，愴然長歎。

「哎呀，可憐，可憐。」龍鳳通寶也沒想到敢想敢做的小戲子落了這麼個結局，唏噓不已，又問道：「這也怪了，怎麼那小姐不在新房，迷香也沒起作用。」

天啟通寶終於說到了戲核，神祕兮兮道：「這事兒吧，被阿亮知道了，這丫頭，頭頂長瘡腳底流膿，整個人都壞透了。那天晚上，她把小姐攙扶到另一個房間，說是先讓她醒醒酒。小姐這人耳根子軟，禁不住勸，被那些個客人你一杯我一杯的灌了不少，的確喝得有些暈乎，就依著阿亮的話，在那間屋裡小坐了一陣子。她哪知道，阿亮早把小戲子攙了迷香的香薰拿到這個房間啦，那小姐坐了沒十分鐘，就趴在桌上睡著了。」

龍鳳通寶哭笑不得，「這小姐缺心眼子。」

天啟通寶深以為然，「我一直這麼覺得。」

「哎，那姑爺怎麼回事，怎麼好端端的把小戲子給禍害了？」龍鳳通寶還是對「那個」非常關注。

「嗨，阿亮在新房的香薰裡加了催情藥，還是最毒最烈的催情藥！」天啟通寶終於說到了最關鍵的地方，呼吸也急促起來，「小戲子當時沒死透，倒是新姑爺一場折騰血氣上頭昏過去了。小戲子渾身是血爬出門求救，等在門外的就是阿亮，你說這丫頭心多黑呀，操起一條繩子，直接把小戲子給勒死了！」

龍鳳通寶聽得頭皮發麻，一個勁地吸涼氣，「她親手殺人啦？一個小丫頭，居然敢親手殺人！」久不作聲的大義通寶陰陽怪氣道：「朱重八的八世孫兒，差點被幾個宮女勒死，女人狠起來，膽氣可比男人壯得多。」

天啟通寶見又多了一個聽眾，益發興致高昂，「誰說不是呢，這丫頭殺了小戲子之後，先把姑爺叫醒，跟他說『你酒後姦殺了一個小戲子』，姑爺當時就嚇尿褲了……」

龍鳳通寶笑道：「這男人也忒傻忒膽小。」

天啟通寶道：「誰說不是呢，被一個小丫頭玩弄於股掌之間。這丫頭早就設計好了一個『不在場證明』給新姑爺，她在冰庫……」

「哎，等等，你不是說這個阿亮也愛上了那家小姐麼，我如果是她，索性去衙門把這個姑爺告了，一男一女兩個情敵，一個喪命一個償命，那小姐唯她一人獨享，豈不美哉？」龍鳳通寶的想法確實夠陰暗。

「你不懂，那小姐四體不勤五穀不分，如果沒了姑爺，誰來養她？坐吃山空可不是長久之道。」天啟通寶道。

「你不是說還有個那老爺嗎？」龍鳳通寶聽故事非常認真。

「嘿，這丫頭恨透了拿小姐當彩頭騙錢的那老爺，在小姐睡著之後，先溜到那老爺的書房，在他的茶水裡下了藥！第二天人們發現那老爺的時候，人已經死透了，抱著錢箱子死的，看來老頭喝茶的時候在數錢。」天啟通寶又拋出一個重磅炸彈。

龍鳳通寶驚得連連叫天，「我的天，我的老天！她殺了兩個人！」

天啟通寶嘿嘿直笑，「知道這丫頭的厲害了吧？」

「厲害厲害，心狠手黑，主人一家被她玩得團團轉。」龍鳳通寶迫不及待地問，「你快說說那個不在場證明。」

「不急不急，你知道她殺那老爺除了洩恨，還有什麼目的？」天啟通寶神祕兮兮地問。

「什麼目的……」龍鳳通寶絞盡腦汁，死活想不出來。

「父母死，為人子者守孝三年，忌房事。」大義通寶陰惻惻地一笑，「好算計，好算計，那老爺一死，那小姐至少三年無法和新姑爺圓房，這個阿亮，還真是毒得很。」

「老哥聰明！」天啟通寶連聲喝采，「啊不對，大義通寶啊……比我小著幾歲，還是叫你老弟吧。」

龍鳳通寶咋舌不已，「這個丫頭太可怕了！哎對了，你剛才說的那個不在場證明，是怎麼回事？」提到「不在場證明」，天啟通寶興奮得無以復加，「這可是最神的！她假託小姐之命，說『小姐剛才來新房，看到屍體，嚇得一佛出世二佛升天，先躲到隔壁房間去了，她吩咐您先去冰庫削一條細細長長的冰，我到廚房捉幾隻老鼠……』天怎麼亮了？咦，小美人兒你來啦！」

江蓼紅打開盒子，取出天啟通寶托在手裡，「你還真是個碎嘴子，吵死了。」

「你都聽到啦？你也沒想到三年前的真相是這樣吧，所有事情都是一個小小的女僕搞出來的。」天啟通寶得意揚揚，「我喜歡你這個震驚的表情，小美人兒。」

江蓼紅確實被驚到了，半晌才道：「這些事，你是怎麼知道的？」

天啟通寶道：「阿亮拿我當香囊扣子，我一直掛在她腰上。」

江蓼紅一怔，「原來真是她的，也罷，我會給她的家人寄些錢去。」

「你還真是個老實人。」天啟通寶咕噥兩句，又滿懷期待道：「你打算為我花多少錢？」

江蓼紅道：「嗯……先不忙說這個，我要送你去捕門隱堂顧問成先生那裡，你得一字不落地把這案子說清楚。」

江蓼紅帶著天啟通寶出了門，那只盛放元末諸雄鑄錢的盒子又被放回了櫃子，龍鳳通寶抓耳撓腮輾轉反側，「你倒是把話說完再走啊！不在場證明是怎麼回事呀，要老鼠和冰條幹什麼哪……」

第二章　澆黃

金二哥憤怒到了極點，戟指著眼前三個斜膀歪胯的涎皮少年，身體不受控制地瑟瑟發抖，「婁先生對我們全鎮的人有恩！你們……你們竟然偷他的遺物！」

燕鎮很小，鎮上的人也少得可憐，日出而作，日落而息，一日三餐，子午兩覺，日子實在平淡無聊，難得有這麼一場精彩的戲碼，街上的人都停住了腳步，津津有味地看著暴怒的金二哥。

三個少年穿著俗氣的綾羅衫子和時髦的小西裝，一看便知是有錢人家的少爺，為首的一個嘻嘻直笑，「金木匠，說我們偷東西，你可得有證據。把你的髒手撒開，弄壞了少爺的衣裳你賠得起嗎？」

這少年是鎮長肖振章家最得寵的小兒子，大名肖搏望，諢號「小霸王」，年紀雖小，卻長得虎背熊腰，像個成年壯漢。肖搏望讀過半年詩書，練過兩月拳腳，是鎮上難得的「文武全才」，「吃、喝、嫖、賭、抽」五毒已嘗試其三，倒也不是小霸王潔身自好，實在是因為小鎮上沒有能供他「嫖」和「抽」的場所。為此，肖公子曾攛掇老爹引進青樓和煙館，繁榮小鎮經濟，被肖振章罵得狗血淋頭。他委實沒了辦法，只好去縣城嘗試賭博的滋味，結果輸得一塌糊塗，便再也不敢賭了。

「你要證據，好！我給你證據！」金二哥從口袋裡掏出一個扇墜，怒沖沖瞪著肖搏望身後的瘦高少年，「這是你掉在婁先生家的扇墜，我去打掃時看到的！」

「哎呀……」瘦高少年把沒了扇墜的扇子塞進袖口，弱聲弱氣道：「這既然是證據，理應交給警察吧？」

「對，拿來給我。」一個穿著警服、挎著警棍的歪嘴撥開人群，一把從金二哥手裡拿過扇墜，裝模作樣地看了看，問道：「你確定這是胡公子的扇墜？」

那瘦高少年叫胡勵，是燕鎮警察派出所所長胡得安的兒子。

「確定，確定！你問問鎮上的人，大家都見過他晃著那把扇子招搖過市！」金二哥使勁點頭，滿眼熱切地望著那歪嘴警察。

歪嘴笑了，「哦，既然是胡公子的，那我使物歸原主了。」

說著歪嘴把扇墜遞給一臉陰笑的胡勵，「公子，您收好，可別再給不三不四的人偷了去，隨意陷害你。」

金二哥氣得差點中了風，顫巍巍指著歪嘴，「你……你……你……」半天說不出一句整話。

「你你你你什麼呀？」歪嘴用警棍捅捅金二哥的肩膀，惡聲惡氣道：「還有證據嗎，沒有的話趕緊把路讓開，堵塞交通了知道不？你瞧那邊的牛車馬車都過不去了。」

道路很寬，牛車和馬車的主人都是停下來看熱鬧的，一聽歪嘴這話，生怕這齣好戲就這麼落幕，忙把車趕到一邊的岔路裡，跑過來繼續看戲。

「我還有證據！」金二哥好容易緩過氣來，指著年紀最小的少年道：「婁先生家窗臺下面，有你的鞋印，你的小牛皮鞋是冉城買的，鎮上只此一雙！」

那少年叫單曉貴，是鎮上大富商單老八的兒子，年紀比肖胡二人小得多，過了年才滿十三歲，自己全無主見，只是喜歡跟著肖搏望和胡勵一起調皮闖禍，面對金二哥的指控，一下子慌了手腳，嚇得直往後躲。

「哎呀，曉貴今天穿的只是一雙普通的布鞋呀。」胡勵輕輕搖著扇子，睜眼說瞎話。

肖搏望隨手從路邊的鞋攤上抄起一雙小尺碼的黑緞子布鞋，塞到單曉貴手裡，「拿著，這是你的鞋。」

肖搏望又回頭瞧著鞋攤老闆道：「老頭兒，這是單公子昨天從你這兒買的鞋，對吧？」

「對對對，是單公子買的，是單公子買的。」鞋攤老闆陪著笑臉點頭哈腰，肚子裡卻在罵娘：早知道把攤子挪到一邊去了，為了這麼個看熱鬧的好位子，白白丟了一雙黑緞子鞋！都怪金二哥，好端端的說什麼鞋印，這鞋錢得問他要！

單曉貴手忙腳亂地換了布鞋，高檔的小牛皮鞋隨手拋在馬路上，一身西裝配著老式布鞋，要多奇怪有多奇怪。

歪嘴用警棍挑著小皮鞋，舉到金二哥面前，「喏，你看到的鞋印就這樣的吧？小偷逃得匆忙，把鞋丟在路上了，我就當證物先收回派出所啦。」

金二哥差點吐血，哆嗦好一陣，才帶著哭腔道：「婁先生他……對我們全鎮有恩呀！」

歪嘴冷笑兩聲，拎著皮鞋轉身離開。

勝負已分，金二哥輸得一敗塗地。

熱鬧沒了，人群散得很快，鞋匠終究沒好意思問金二哥要那雙鞋錢，小心翼翼地收了攤子，遠遠挪開。

金二哥佝僂著身子站在道路中央，滿臉悲苦。

三個惡少嘻皮笑臉地圍著金二哥不肯走。

「金木匠，你這就叫『蚍蜉撼大樹，可笑不自量』。」胡勵笑得一臉陰險。

「對嘛，你就是個匹夫，別不自量力了。」肖搏望只讀過半年書，還不知道什麼叫「蚍蜉」，卻知道同音的「匹夫」是罵人的話，戲詞裡常見。

金二哥仍然不肯認輸，倔強地揚起頭，「從今天開始，我就住在婁先生家，守著那些東西……」

胡勵大笑，「這是非法入侵他人住宅，我讓我爸抓你。」

「不許我去守著，倒許你們去偷！」金二哥憋屈至極，強壓著伸手揍人的衝動道：「婁先生臨終前給過我鑰匙的，讓我每個星期去打掃他的屋子。」

肖搏望點戳著金二哥的胸口，「所以呀，你每個星期只能去一次。再說，婁太監鰥寡孤獨，如今死都死了，那一屋子東西留給誰去？你們幾家和他關係親近的裝清高不肯要，還不如讓少爺笑納了。」

金二哥梗著脖子道：「婁先生說過，那些東西要留給冉城的一個姑娘，他畫過那姑娘的像，我會去冉城找到她。」

「哎喲，難不成是婁太監沒閹乾淨，在冉城留了種？」肖搏望放肆地大笑。

金二哥攥了攥拳頭，強忍著揮拳揍人的衝動，咬牙切齒地啐了一口唾沫，佝僂著身子離開了。他可不敢真的動手揍人，這三個少年任誰都吃不起他一拳頭，真把人打壞了，好容易得來的太平日子可就沒了。

單曉貴目送金二哥乾枯的身影鑽進一條小巷，拍拍胸口道：「嚇死我了，這個軟了吧唧的木匠凶起來好嚇人。肖哥，咱還繼續偷嗎？」

肖搏望滿不在乎，「當然偷啦！這麼刺激好玩的事，我已經上癮了，而且這事兒有賺頭哇，上次我們只拿了一個小獅子，足足賣了五十塊大洋呢，比我爹一年的薪水都高！這筆錢足夠咱逍遙一陣子的，我老爹太摳，給的那點錢根本不夠花。」

單曉貴道：「就是因為這個我才害怕，一個落魄老太監家裡，怎麼會有這麼值錢的東西？」

胡勵道：「大清都亡了十年了，那個小皇帝還住在宮裡，那些宮女太監的薪俸少得可憐，有幾個不偷東西的？這些一定是婁太監從宮裡偷出來的皇家寶物。」

肖搏望一擺手，「管他呢，咱們今天晚上再幹一票，婁太監一塊硯臺就能換兩股泉水，他家裡一定還有不少寶物。」

胡勵搖搖頭，「先緩幾天，等金木匠這陣子瘋勁兒過去了再動手。他是婁太監的鄰居，兩家院子就隔著一條小巷，我們一不小心就會驚動他，到時被他堵在屋裡，臉上可不好看。」

老太監的遺物是無主的寶藏，胡勵當然也不想就此收手，他早就想在小鎮上開一家屬於自己的鎖匠鋪，可他那個派出所所長老爹並不富裕，微薄的薪水加上貪污受賄的那點大洋，剛剛夠養活他那九個姨太太，早就盼著分家定居的胡勵希望攢下一筆足夠他開鎖匠鋪的錢，和那個遲早死在女人肚皮上的老爹分開住。

「還得等幾天啊……」肖搏望一天不闖禍，就覺得渾身難受。

「十天半個月吧。」胡勵是能耐得住性子的。

「這麼久啊……」肖搏望有些耐不住性子，「去偷老太監家的寶貝不是你出的主意嗎，怎麼這會兒你先怯了？」

還魂夜

肖搏望的偷竊癮上了頭，迫不及待地想要再次品嘗那種刺激的感覺，抓耳撓腮熬了不到一個星期，便威逼利誘地拉著胡勵、單曉貴一起溜出了家門，趁著月黑風高，偷偷翻進了婁太監的院子。

院子很老舊，但是兩年前新翻修過，小而整潔，四面石牆，幾座房屋，院牆外一棵霸道的老柏樹如重雲怪傘，蔭蔽了小半個院子。寒冷的夜風時起時停，不知何處飄來的乾枯的楊樹葉子，刺啦啦剮蹭地面，聲音時斷時續，聽得人直起雞皮疙瘩。

「這回我想把那張虎皮搞到手，那可是正經的好東西，給一個老太監當褥子太糟蹋了。」肖搏望摩拳擦掌，他非常喜歡看《水滸傳》、《大隋唐》——當然不是看書，小霸王認不全書上的字。燕鎮每逢紅白喜事、店鋪開業，總會去縣城請走江湖的戲班子來搭臺表演，肖搏望非常喜歡看戲，戲臺上宋江、單雄信這樣的巨寇，都有一張巨大的虎皮交椅，霸氣十足。肖搏望也心心念念想有一張屬於自己的虎皮，這樣就可以把自己的房間改名叫「忠義堂」或是「二賢莊」。

胡勵第六感很強，四下看著黑黢黢的院子，胸中忽然湧起一種難以名狀的不安，「隨便揣件小東西，趕緊走，虎皮太大太重，不好拿。」

「沒關係，我帶了包袱，可以兜著走。」肖搏望拍拍鼓起的胸脯，懷裡揣著一張巨大的包袱皮。

單曉貴身子一抖，「真要拿虎皮啊……如果這事兒被吳潼知道了怎麼辦？」

肖搏望沉默了。

吳潼是獵戶吳烈的兒子，兩年前，鎮外那片樹林裡來了一隻吊睛白額虎，肖振章請鎮上唯一的獵戶吳烈去對付那隻吃了十多個行腳客的老虎。吳烈一身好本領，曾經制伏過發狂的野牛和凶狠的豹子，沒想到這次大意失手，成了老虎的點心。十五歲的吳潼安葬了父親殘骸，在吳烈頭七那天，背著弓箭出了家門，當晚便拖著一隻巨大的老虎回了鎮子。

肖振章當著全鎮百姓的面舉辦了慶功儀式，誇讚吳潼是「當代武松」，卻換來少年一句冷冰冰的「虎皮有主了」。本想在慶功儀式後強買虎皮的肖振章尷尬不已，眼看著吳潼把漂亮的虎皮交給了來參加慶功儀式的婁太監，肖振章不好當眾發作，只得忍氣吞聲。事後，幾個被肖家雇來找吳潼麻煩的地痞都被敲碎了髕骨，丟在警察局門口，其中一個正是傳授肖摶望拳腳功夫的武師。

「咱們……咱們別讓他知道不就行啦？」肖摶望非常懼怕那個魔鬼一樣的小獵戶，但實在眼饞那張金燦燦的虎皮，咬著牙推了推胡勵，「快撬鎖，別耽擱工夫。」

單曉貴總感覺有人盯著自己，縮著肩膀躲在肖摶望身後，緊張地四處張望，他還記得婁太監養著一隻老白貓，又猾又凶，非常嚇人。

胡勵取出一個小布包，裡面是大大小小十多種開鎖工具，一條四寸長的蛇頭彈簧絲用來對付婁太監家的大銅鎖非常趁手，「咦？插不進去……這鎖怎麼……鎖眼裡被灌了膠！這是怎麼回事？」

「討人厭的金木匠，肯定是他幹的！」肖摶望壓著嗓子罵了一句，一指窗戶，「還有窗戶，咱們把窗戶撬了！」

胡勵用彈簧絲捅了捅窗戶外面的鎖，「這個鎖也灌了膠，如果要進屋，只有強行破窗，金木匠家的院子和這裡只隔著一條小巷，如果搞出動靜很容易驚動他……啊？」

屋裡毫無徵兆地亮了起來，好像有兩點微弱的火光忽忽閃爍，透過窗戶紙，依稀能辨別是在堂屋正中，那是供奉著婁太監靈位的地方。

胡勵嚇得後退兩步，撞在光禿禿的葡萄架上，痛得連聲呻吟。

「那是什麼！」窗戶紙很薄，肖摶望也看到了兩點突突跳動的光亮。

單曉貴抖得像鵪鶉，兩手拉著肖摶望，帶著哭腔道：「肖哥，咱們走吧，老太監鬧鬼了！」

「鬧……鬧個屁鬼，這一定是金木匠耍的花招！」肖摶望的聲音也有些發尖，瞪著一雙圓溜溜的三白眼，好半天才壯起膽，邁著顫抖的步子走到窗前，用唾沫沾濕了手指，輕輕杵開了窗戶紙。

堂屋正中是一張靈案，供著「婁子善」的靈牌，靈牌前是一個銅香爐，兩邊是各一只燭臺，燭臺上插著兩桿粗大的白色蠟燭，燭焰靜靜地燒著，燭淚滿滿地積在燭臺托碗裡。燭臺旁的花觚裡插著幾枝乾枯的梅花，前面五只小碟，盛著幾樣點心水果，一個瘦小的老人背對著窗戶站在桌前，穿一身寬大的曳地灰袍，靜靜地望著供桌和靈牌。

肖搏望只覺得渾身的血都要凍住了，這老人的背影分明就是已經死去的婁太監，不可能是金木匠假扮的，金木匠的身材比婁太監高大得多，婁太監瘦小得像個孩子。

「阿勵……阿勵……你來看看那是誰……」肖搏望的聲音像是從嗓子眼裡擠出來的。

「裡面有人？」胡勵也出了一身白毛汗，湊到肖搏望戳的小孔前，定睛向屋裡看去。只見那瘦小佝僂的老人正在靈案前輕輕走動，腿腳有些不方便，走得遲緩蹣跚，不知怎麼的，像是突然惱火起來，一揮手，把桌角的一碟點心掃到地上，瓷碟摔得粉碎。胡勵清楚地看到，那老人的左手少了一根手指。

胡勵一個激靈，連退幾步跌坐在地，心中驚疑不定：「婁……婁太監？」

肖搏望僵硬地點點頭，「你也覺得是他？」

胡勵輕輕拍著起伏不定的胸口，定了定神，「不會的！他在我們眼前死的，頭被你砸出那麼大一個窟窿，不可能活下來！」

「我沒說他還活著，我是說，這個會不會是……」

「這世上沒有鬼！」胡勵斬釘截鐵道：「曉貴，你看看……別抖了，爬起來看看！」

單曉貴不怕肖搏望，卻對陰險狡猾的胡勵怕到了骨頭裡，胡勵一發話，他不敢不聽，老老實實從地上爬了起來，把眼睛湊在窗紙上。透過小孔看去，那矮小的老人僵硬地在供桌前走來走去，忽地停住腳步，猛然回頭，一張枯瘦腐爛的側臉被單曉貴看了個正著，太陽穴到額角間有一處深深的凹陷，裡面還藏著幾隻肉乎乎的蛆蟲。

單曉貴褲襠頓時濕了，被掐住脖子的雞似的尖聲慘叫，「是他！是他！他腦袋上有個洞，肖哥用硯臺砸的洞！婁太監回魂了！婁太監……」

「閉嘴！」胡勵一個耳光打得單曉貴翻了個筋斗，靠在葡萄架下半晌回不過氣。

「媽的……阿勵扶我一把，腿轉筋了。」小霸王肖搏望靠在窗臺下，無助地伸著手。

「走，這兒不能待了。」胡勵咬著牙一把拖起肖搏望，又在單曉貴屁股上狠狠踢了一腳，壓著嗓子吼道：「走！快走！」

圍爐夜談

冉城這場雪斷斷續續下了兩天，路面難得地白了，樹梢上、房頂上也存了薄薄的一層雪，拙齋沒有壁爐，許枚在書房裡擺了一個巨大的六足銅炭盆，扣著銅絲薰籠。書桌上、博古架上擺著大大小小彝器珍玩，靜坐其間，很有幾分「圍爐博古」的味道。許枚對小悟越來越滿意了，去睡覺前還知道替他把火盆點好，孩子真有眼色。

祭紅瓷靈一襲紅袍，靜靜端坐在紅木繡墩上，天藍瓷靈托著腮笑吟吟地望著她，一副呆相。

許枚坐在書桌前，歉然道：「讓姑娘隨我白白辛苦了一遭，在我背上顛簸震盪，實在過意不去。」

祭紅瓷靈微微垂首，「許先生哪裡話，那櫸木盒子內芯隨形而製，又襯了厚厚的綢緞，我嵌置其中，無論如何搖晃顛簸，都不會磕碰損傷。何況許先生這回風塵僕僕一路血汗，也是為了查清利用三太太謀算我的幕後真凶，是為我勞心勞力，也是……也是為了季小姐……」說著她站起身來，盈盈下拜。

許枚肅然，「職責使然，姑娘不需如此，快坐，快坐。」

祭紅瓷靈斂裾坐下，問道：「季小姐的哥哥和妹妹現在可好？」

許枚道：「他們都很好，季嵐肚子裡的孩子已經打掉了，楊之霽帶著季世元去了一趟上海，見到了楊小姐，他們母子都不願再來冉城，那對可憐的兄妹應該不會再見面了。知道這場孽緣的人，除了我們，只有季家姐妹和楊小姐母子，這件事必須瞞季世元一輩子。」

祭紅瓷靈點點頭，「這很好，有些祕密不該被揭開。」

許枚愣了愣，覺得祭紅瓷靈似乎意有所指，一時有些捉摸不透，試探地問：「你一定也知道什麼祕密吧，否則不會有人用盡手段要得到你。」求問祕密，這才是許枚喚醒兩個瓷靈的目的。

祭紅瓷靈道：「我是宮中陳設，聽到過太多祕密，大到軍政國情，小到後宮繾綣，還有些凶煞煞血淋淋的，不知先生要問的是什麼？」

許枚也是毫無頭緒，畢竟那撫陶師還沒有接觸過祭紅瓷靈。常設宮禁，祭紅瓷靈肚裡的祕密多不勝數，對方要從她身上得到什麼，實在無從揣測。許枚目前所知道的對方唯一接觸過的瓷靈，是那個戾氣十足的郎紅，可她現在尚未脫離「生命危險」，不能輕易喚醒。豇豆紅剛出興雲鎮便被截下，也沒有和那撫陶師打過交道，鈞釉花盆落在對方手裡下落不明，許枚無緣得見。

許枚轉過臉來，望著唯一和那撫陶師接觸過且落在自己手裡的天藍瓷靈。

天藍瓷靈晃著雙腳坐在一只明式官帽椅上，望著祭紅瓷靈，笑得一臉癡呆。

許枚暗暗好笑，對祭紅瓷靈道：「我這屋裡竟有個呆雁。」

祭紅瓷靈一怔，知道許枚玩笑，還是忍不住好奇道：「寒冬時節，哪會有雁？」

許枚道：「我才要捉牠，牠就『忒兒』一聲飛了。」許枚口裡說著，順手拿一支玉柄拂塵一甩，天藍瓷靈不防，正打在眼上，「哎喲」了一聲，惱道：「誰呀！」

許枚一揚拂塵作勢要打，天藍瓷靈精乖得很，「哧溜」一聲鑽到桌子下面。

「小子，出來，我不打你。」許枚瞇著眼睛「吱扭吱扭」攥著雪白瑩潤的拂塵柄。

天藍瓷靈鼓著腮道：「我不信，你這傢伙下手可狠呢！」

許枚氣道：「你再不出來我掀桌子啦！」

「你敢！」天藍瓷靈牢牢扳住桌腿，瞪著眼呼呼喘氣。

祭紅瓷靈低頭瞧著天藍瓷靈和許枚淘氣，忍不住抿嘴一笑，被偷眼瞧她的天藍瓷靈看個正著，小傢伙登時癡了，一時沒防備，許枚趁機提住他脖領子一把將他拖了出來。

「姐姐，你笑起來真漂亮。」天藍瓷靈被許枚按到椅子上，回過頭來嘻皮笑臉。

祭紅瓷靈忙正襟危坐，臉微微發紅，看向天藍瓷靈的眼神中帶著一絲嗔怪。

天藍瓷靈有些發慌，不知哪句話惹漂亮姐姐不高興了。

許枚一甩拂塵，問道：「那個把你從垃圾堆裡挑出來的傢伙，就沒問過你什麼話？他就沒……我和你說話呢，看著我，小色狼！」

天藍瓷靈一個激靈，「你才是色狼！」他見祭紅瓷靈羞得滿臉嬌紅，心中又氣又急。

許枚輕輕擰著拂塵道：「『空色皆寂滅』，若此說來，何人不色？」

天藍瓷靈懵了，「你說啥？」

「老老實實回答我問題，沒見過這麼皮的孩子。」許枚一瞪眼道：「回答我的問題，那傢伙就沒問過你什麼？」

天藍瓷靈一噘嘴道：「沒有，他只說了一句『是真品，但我找的不是這個』，就把我撂下了。我不是早就說過了嗎……」

「他沒有讓你顯出靈體？」

「沒有，當時是白天，他還戴著手套。」

許枚點點頭，「他說『我找的不是這個』……他一定在找什麼東西，他找到了武雲非，又拿起了你，說明他知道武雲非有一件天藍釉花觚，所以來到雲間農莊。他要找的那件瓷器一定有什麼特殊的標記，也許是一道沖線，也許是一點飛皮，也許是款識的橫豎撇捺稍有參差，所以當他見到你時，有些失望……」

天藍瓷靈搖頭道：「他遠遠看到我的時候，就歎了一口氣，很失落的樣子。那麼遠的距離，他應該看不到這些細節。」

「看不到細節……」許枚低頭沉思，「他只是粗粗看到你的身影，就知道你不是他要找的……奇怪了，他為什麼到雲間農莊去找武雲非，他得到的是什麼樣的線索？他就沒再說別的什麼？」

天藍瓷靈仔細回想，搖搖頭，「他話很少，倒是那黑大個兒很熱情……對了，當時黑大個兒帶他走進藏寶室，遠遠指著我說：『您看，那邊第三排架子左上角的，就是那老太監換給我的康熙官窯，瞧它多小啊，只有一巴掌高。』我小怎麼啦，那些又大又俗氣的我還看不上呢……呃，我不是說你們，你們可不俗氣，我說的是黑大個兒藏寶室裡那些沒有靈的東西。」天藍瓷靈尷尬地看看許枚書房多寶格上一對碩大雄渾的康熙青花將軍罐。

「『那老太監換給我的康熙官窯……』」許枚念叨著武雲非的話，似有所悟，「也許，他要找的是經這老太監的手散出去的瓷器。」

祭紅瓷靈抬起頭來，「老公公姓婁，名子善，缺了一根手指，腿也有些瘸。」

「對對對，就是他。」天藍瓷靈興奮地望著祭紅瓷靈，「姐姐也是被他偷出皇宮的吧？我就說嘛，我們肯定見過，沒準兒就是在那老太監的包袱裡。他用絲綢裹著我們，我隔著經緯縫隙看了你一眼，從此再沒忘記你美麗的容顏，還有大海的聲音，你聽到了嗎？老太監把我們帶出宮的時候……」

祭紅瓷靈莞爾一笑，「我是被揣在懷裡的，不在包袱裡。」天藍瓷靈有些尷尬，小臉通紅，強咬著牙道：「那……那也是見過的，我記得姐姐的樣子！」

許枚忙問道：「你們知道這個婁子善住在什麼地方嗎？」

祭紅瓷靈輕輕搖頭，「我在宮裡從未見過婁公公，只記得他把我們帶出宮後，就再未進過宮，一直在京郊生活。他在京郊有座房子，我們被他和一個叫福綠的人帶出宮，一直藏在婁公公家床底的地磚下面，聽不到也看不到上面的動靜。直到兩年前，婁公公接到家鄉的來信，從北京動身回家時才把我們掘出來。」

「福綠……京郊的宅子……」許枚思索片刻，又問道：「你們是哪年被他偷出宮的？」

「民國五年。」祭紅瓷靈道。

「喔，清已經亡了。」

「對，但宣統皇帝還住在宮裡，尊號不廢，宗廟陵寢祭祀不絕，皇家私產由民國保護，侍衛、宮女、太監也留了不少在宮裡伺候。」

「嗯，這便是所謂『優待條件』嘛。婁子善也是留在宮裡伺候小皇帝的？」

「應該是吧……」祭紅瓷靈蹙著眉沉吟片刻，點了點頭。

「那福綠是什麼人？」

「也是宮裡的公公，他常偷宮裡的金玉珠寶出去賣。」祭紅瓷靈說著歎了口氣，「這年月呀，宮裡傷人縱火的都有，至於賭錢、抽大煙、偷東西，都算得極平常的事兒了，太監溜門撬鎖的偷，大臣抵押標賣去借，還有厚著臉皮求小皇帝賞賜的，宮裡的古玩奇珍，實在有不少流落到外面了。」

許枚點點頭，「這話不假，北京琉璃廠哪家店裡沒有宮裡的東西？這兩年地安門街上新開了不少古玩鋪子，我去北京時也常去那邊轉轉，這些古玩鋪有些是太監開的，有些是內務府官員家開的，說是明目張膽也不為過。對了，婁子善現在還在北京嗎？」

祭紅瓷靈搖搖頭，「應該不在了吧，大概兩年前，婁公公從京城動身回老家，途經冉城時，盤費用盡，身患重病倒在街頭，他的腿就是那時候壞的……」

天藍瓷靈道：「我記得有個好心人收留了他，還給他做飯、治病。」

祭紅瓷靈點點頭：「那人姓胡，是個大戶人家的廚子，叫什麼我不知道。婁公公養好腿傷後，感念那位胡先生的恩德，見胡先生家院子裡養鳳仙花的陶土盆被頑皮孩子打碎了，那棵已經出了苞的鳳仙花被丟在牆角，無處安種，便從包袱裡取出一只花盆，送給胡先生。胡先生以為那只是個漂亮些的瓷盆，值不了多少錢，便沒再推辭。」

許枚驚叫出聲，「釣釉花盆？」

祭紅瓷靈奇道：「先生見過那花盆？」

許枚搖頭道：「我見過那位胡先生。」

祭紅瓷靈喜道：「胡先生是個大善人，他現在可好？」

胡三當然不好，兒子慘遭丁忱夫婦殺害，自己也被許枚親手送進監獄。

「好，他很好，只是最近離開了冉城，回關中老家去了。」許枚微笑道。

祭紅瓷靈見許枚神色有差，也不再多問什麼，只點頭道：「那便好。」

天藍瓷靈直撓頭，「姐姐，你怎麼記得這麼清楚，我當時昏頭昏腦的什麼都沒看到，他們說的話也記不清了。」

祭紅瓷靈道：「婁公公原本是要把我送給胡先生的，胡先生見我神貌不俗，還落著『大清雍正年製』的款，知道我身價貴重，不肯收下，婁公公便把我放在枕邊，沒有收回包袱裡。」

「收回包袱？姐姐你果然也被裹在包袱裡，我就說嘛，你這種又胖又鼓的大肚子玉壺春瓶，塞在胸口整個人就像鴿子似的，太顯眼了……」天藍瓷靈話沒說完，只見祭紅瓷靈又羞又惱地瞪著他，頓時慌了手腳，「不不不，我不是說你肚子大，不是……玉壺春瓶肚子越大越美啊……」

許枚拍著桌子「哈哈」直笑，祭紅瓷靈粉面通紅，「許先生……」

「好好好，不笑了不笑了，我們說正事，胡先生救了妻子善，這之後呢？」

祭紅瓷靈見許枚彎著眉毛繃著嘴，一副憋笑的樣子，臉上嬌紅更甚，頭也垂得更低，「之後……之後他就離開了冉城……」說著她輕輕抬眼瞪著天藍瓷靈，「在離開之前，他好像用一件不知什麼東西，換了一架價值十五塊大洋的馬車。」

「是我哎，是我！他用我換的馬車，所以說我值十五塊大洋呢！」天藍瓷靈興匆匆舉著手道：「原來姐姐也記著我哪！」

祭紅瓷靈幽幽道：「我當時也被收起來了，誰知道拿來換馬車的是哪個。」

天藍瓷靈很傷心地把臉埋在胳膊裡：看來姐姐真的生氣了。

許枚拿起書桌上的一個藍皮本子，遞給祭紅瓷靈，說道：「這是季小姐的日記本，她從小就有寫日記的習慣，我託季嵐小姐找到了她兩年前的日記本，上面不清不楚地記著她買下你的事。」

祭紅瓷靈不明白何謂「不清不楚」，接過日記本，柔聲道謝，翻開摺住一角的那一頁，突然怔住了。

自左向右橫向書寫的文字看起來有些不習慣，但季鴻字跡娟秀瀟灑，看起來賞心悅目：

那老先生衣衫髒舊，兩鬢蒼蒼，背有些駝，腿腳也不靈便，一路氣喘吁吁地趕到我家門口。我看得出來，他的眼神中有一種不甘心，望著我家的大門猶豫，然後苦笑。這種眼神很奇怪，不像普通窮苦人面對我或是爸爸時的怯懼、嫉妒、討好、退避、清高，反而透著一種虎落平陽的味道，有些輕蔑，我從沒見過這樣的眼神。那只瓷瓶很美，價格應該也不便宜，那位老人說，他是要拿這瓷瓶去變賣的，好湊足回家的資費。我給了他十塊大洋，這是我當時能拿出的最多的數額，應該足夠這位老先生回到那個溝谷縱橫的小鎮，也足夠他生活一段時日。

我不知道救下他是對是錯，他是一個小……

這段日記無頭無尾，前頁、後頁都被人撕去了，撕得很不整齊。季鴻是個善良的姑娘，這頁日記的最後一句話實在不合常理。

許枚仔細檢查過撕扯的茬口，非常新，像是剛剛撕下的，他問過季嵐，季嵐也覺得奇怪。「有人在我來之前偷偷潛入過季小姐的房間！」當時許枚的話讓季嵐渾身直冒雞皮疙瘩，季世元驚弓之鳥似的又雇了二十個護院武師，他不能再失去一個女兒了。

祭紅瓷靈輕輕低下頭，伸手拂過日記本上端莊俊秀的文字，說道：「我也不知這前後兩頁寫了些什麼，我只記得那天婁公公打算出城，他抱著我去了一個古玩店，想要換些回家的盤纏，結果一個小男孩把我偷走了。」

許枚大驚，這可是季鴻從未對他說起過的，殘存的一頁日記裡也沒提到。

「那個小男孩手腳很靈活，但身子骨很弱，好像還受了傷，我被他抱在懷裡，能感覺到他在喘氣，是那種忍著疼痛的喘氣。」祭紅瓷靈回想著，輕輕笑道：「他也是小孩子心性，想把我送給他的救命恩人季小姐。」

許枚臉一黑，「小男孩，救命恩人，兩年前？我好像知道這個可惡的小鬼是誰了，日記裡的最後一句話也可以理解了，季鴻在後悔救了一個小偷。」

祭紅瓷靈道：「那孩子好像是個混跡江湖的俠客，受傷落難，被季小姐所救，卻不知如何報答，在大街上看到婁公公手中的我，於是……」

許枚奇道：「奇怪，那小鬼的手段神鬼莫測，看日記的內容，婁子善似乎有所察覺，還一路追了過去。」

祭紅瓷靈道：「我不知道婁公公是如何察覺的，只記得季小姐狠狠地罵了那孩子一頓，然後給了婁公公十塊大洋，婁公公笑得很……很慈祥，像是看到一個做了可笑傻事的孩子，對季小姐說了一句『不客氣』，拿著十塊大洋離開了。」

如果是一個普通的漂亮瓷瓶，十塊大洋算是天價，在兩年前的季鴻看來，這就是一個落魄老人家裡為數不多可以用來典當的普通漂亮物件。老太監那句「不客氣」指的是，看在你又傻又善良的分上，這個價值三百塊的瓷瓶，就十塊錢賣給你吧。

「離開……知道他去哪兒嗎？那個溝谷縱橫中的小鎮在什麼地方？」許枚忙問。

「土什麼鎮。」天藍瓷靈搶著說道：「我聽他說過好多次這個地名。」

「到底是土什麼鎮？」許枚黑著臉問，「聽過好多次還能聽漏一個字，果然是個呆子。」

祭紅瓷靈道：「土坡鎮，我也只是聽婁公公說過這個地方，具體在哪兒我就不知道了。民國五年夏天，婁公公在京郊救過一群被軍隊追殺的落難者，叫黑……黑什麼，當時我們都被藏在裡屋的箱子裡，聽不清他們說的話，只隱約聽到婁公公讓他們去土坡鎮避難，還說陸……陸什麼派出的殺手找不到那裡。」

天藍瓷靈嘻嘻笑道：「姐姐也有好多名兒記不清楚呀。」

祭紅瓷靈沒好氣地「哼」了一聲。

許枚道：「知道小鎮的名字，總有個可查的線索。」說著他側耳聽聽後院的打鬧聲，笑道：「兩位可以先回去了，我要去處理一個鬧騰的小鬼。」

小悟非常憤怒，逆雪這個混蛋連自己藏在枕頭下面的牛肉乾都偷走了，還有那個裝著糖果的小布兜，被那小子抱在懷裡翻來翻去，老闆從雲間農莊帶回來的幾塊蜜滋樓的酥糖就裝在裡面，他一直沒捨得吃呢！

坐在小悟臥室房梁上的逆雪果然從布兜裡翻出了一塊包裝精緻的糖果，「咦」的一聲，笑嘻嘻道：「小子，你挺有錢啊，蜜滋樓的糖果我都沒吃過。」

「還給我，那是老闆給我的！」小悟氣沖沖道：「你下來！」

逆雪輕輕剝開糖紙，壞笑道：「你上來！」

「你下來！」

「你上來！」

「你下來！把糖還給我！」

「你上來！啊嗚，這糖的味道真是不錯，奶油脆皮，鳳梨果汁……啊，最裡面還有巧克力夾心……」

「你……你……你給我下來！」

「你爬上來呀，我再看看這袋子裡面還有什麼……花生酥、糖炒栗子、瓜子……啊，蜜滋樓的糖還有好幾塊呢……哎喲！」

逆雪正在做鬼臉欺負小悟，突然被一顆從窗戶飛進來的雪球拍在臉上，慘叫著栽下房梁，手裡還緊緊握著零食兜子。

「誰呀！誰丟的雪球？」逆雪氣急敗壞地站起身來，抬眼看見推門進來的許枚，一抱腦袋便要往床下鑽，被許枚提著脖領子揪了出來。

小悟奪下零食兜子，解氣地揮揮拳頭，「老闆揍他！」

「最近怎麼這麼多欠收拾的皮孩子！」許枚拖著逆雪丟在地上，「我問你，兩年前，你是不是偷了一個老太監的瓷瓶送給季小姐？」

「你怎麼知道？我已經撕下來……呃？你說他是太監？」逆雪大驚，一拍手道：「哦！我說他怎麼沒鬍子！」

「髒心爛肺的小賊偷，連太監的東西都偷。」小悟罵道。

「你才髒心爛肺，我是看那老頭尖嘴猴腮鬼鬼祟祟不像好人，再說，他穿得破破爛爛，怎麼可能有那麼漂亮的瓶子，一定是他偷來的，我這雙火眼金睛，看賊一看一個準兒。」逆雪咬著牙不肯認錯。

許枚暗道：還真是偷來的，從皇宮大內偷出來的。

逆雪掏出兩張皺巴巴的紙擦了擦臉上的雪和嘴角的糖渣，被許枚一把捉住手腕，按在床上好一頓揍，「我叫你不學好，我叫你偷東西！還偷到我頭上了，真是膽大包天！」

小悟嚇了一跳，不知道老闆怎麼突然發起脾氣。

逆雪吱哇亂叫地掙扎，「我……我是怕你拿到這個本子去給警察看啊，就把寫到我的那兩頁撕下來了。」

小悟撿起逆雪擦臉的紙，丈二和尚摸不著頭腦，「這紙像是從什麼本子上撕下來的，可是上面沒有寫字呀。」

許枚扭著逆雪耳朵道：「那兩頁寫過日記的紙呢？」

「燒掉啦，在你進書房前就放到火盆裡燒掉啦！」逆雪疼得眼淚汪汪，「我想著來後院偷他兩塊紅豆糕，就從本子後面撕了兩頁白紙，打算包點心用……」

小悟倒吸一口涼氣：幸好我睡覺前把紅豆糕吃完了，否則又得落到這賊娃子手裡。

許枚氣得在逆雪後腦勺上抽了兩巴掌，「誰要交給警察啦！這裡面可能有線索，一件大案的線索知道嗎？你最好還記得裡面寫了什麼，否則我現在就報警。」

「我除了自個兒的名字，認識的字不超過十個……」逆雪委屈巴巴，眼中滑過一絲好奇，「許老闆，那天的日記裡，是不是有關於妖怪的線索？你又要去捉妖是吧，那老頭是個妖怪？我就說嘛，陰里陰氣的一看就不像活人……啊！」

「男孩子嘴這麼碎。」許枚在逆雪頭上敲了一個栗暴，「你毀掉了我的線索，必須幫我辦一件事，一天之後，我需要知道土坡鎮的具體位置，否則我就去報警。」

「土坡鎮？你是說土坡鎮？」

「怎麼，你知道？」

「許老闆你是不是傻啦？土坡鎮是諢名，那地方正式名字叫燕鎮，說起來還歸冉城管呢。」

許枚愣了愣，一拍額頭道：「噢，我說這名字有些耳熟，那裡有個燕龍泉，北有燕鎮，南有龍鎮。冉城下轄魚蟾縣，魚蟾縣下轄十來座鄉鎮，其中便有這燕鎮。」說著他無奈搖頭，「魚蟾縣雖說是冉城所轄，但全縣都在窮山惡嶺之中，道路崎嶇難行，彎路極多，還需要盤山過嶺，到冉城足有一整天車程。燕鎮那地方更是偏遠，我長這麼大，還從沒去過，看來這次免不了要走一趟了。」

小悟每天困在店裡，早有些無聊了，一聽許枚要出遠門，忍不住道：「老闆，我也想去。」

許枚道：「好，好，咱們都去。」

說著他一指逆雪，「罰你給我看店。」

初到燕鎮

小悟熟練地從樹林裡捉到了一隻松鼠，並殘忍地從樹洞裡奪走了松鼠辛苦積存下的過冬口糧，望著松鼠屈辱絕望的眼神，有些不忍心地摸了摸牠的大尾巴，「好啦，等老闆辦完事，帶你回冉城，給你買栗子吃。」

許枚和江蓼紅已經大半天沒吃過東西了，在這種半荒涼的地方覓食果腹本就不是他們的特長。小悟把松子、核桃分成三份，想了想，又從自己那一份裡抓了一小撮分給松鼠。

三頭驢子趁主人吃松子的工夫，也低下頭啃食著松林裡枯黃的野草。

「這小傢伙真有本事，連松鼠的小金庫都能找到。」江蓼紅抬頭望著光禿禿沒剩幾顆松果的委靡松樹，輕輕拍了拍小悟的頭。

許枚下了毛驢，細細品嚼著松子，輕輕皺眉，「冉城今冬極旱，只飄了一場連地皮都沒下濕的小雪，這山北的魚蟾縣本就乾旱，今年尤甚，中秋以來至少有兩個月不見雨水了，連松子都沒一點油性。」

江蓼紅嗔道：「還挑剔什麼，孩子能找到吃的已經很不容易了。要不是你濫發善心把乾糧送給那些乞丐，咱們也不至於餓肚子。」

許枚訕訕笑道：「我以為走不多遠就能找到村莊和鎮子，可以拿錢買到乾糧，沒想到他們竟然不肯賣吃食給我們，是我疏忽了。『枯骨塞途，繞車而過，殘喘呼救，望地而斃。』當年的『丁戊奇荒』對他們的影響太深，那種飢餓的恐懼感已經深深印在晉陝豫百姓的骨頭裡，代代相傳，哪怕是短時的旱情，也會讓他們瘋狂地囤積糧食，這時候錢在他們眼裡，遠不及一個窩頭重要。」

江蓼紅聽到「丁戌奇荒」四個字，心中也是一顫。四十年前那場幾乎毀滅華北的災難，讓每個地裡刨食的百姓對食物由衷地崇拜，兩個月不見雨雪，對剛剛種下的冬麥極為不利，這已經足夠喚醒多數人心中傳承兩三代的恐懼。

許枚三人找到燕鎮時已經是下午五點多，小鎮在一片山谷之中，支離破碎的溝壑切割出一片難得的平坦土地。鎮外有一片灰濛濛的樹林，一條窄窄的河道從小鎮旁流過，這時節天氣還沒冷到家，淺淺的河水竟然被凍住了。許枚搖搖頭，這裡的乾旱情況不容樂觀。

燕鎮有個很高的牌坊門，幾個看起來穿得還算不錯的人眼巴巴地在門前候著，一見許枚三人，為首一個略顯富態的中年男人大步迎了上來，謙和地脫下禮帽，問道：「先生可是捕門的上差？」

許枚對「上差」一詞非常不適應，擰著眉毛打量這個男人，見他四十來歲，穿一套厚實的灰色呢子西裝，稀疏的頭髮油膩膩地貼在頭皮上，唇上蓄著濃密的一字鬍，兩條細細的眼睛裡滿是熱切和哀傷，這個奇怪神色頓時令許枚心中湧出一種不好的預感。

江蓼紅也非常意外，「捕門？這麼說有捕門的人要來？」

那中年男人一愣，「幾位不是捕門的人？」

江蓼紅不假思索道：「是，他是。」說著她一指許枚。

這話不假，許枚是捕門隱堂的顧問。

那中年男人望著許枚，露出一絲苦澀的笑容，「上差……」他看看許枚的氣質裝扮，改口道：「先生，我是燕鎮的鎮長，肖振章。」

「敝姓許……」許枚不知道這些人打的什麼主意，隨口應了一句。

一個穿著警服的瘦高個滿臉堆笑迎了上來，「許先生一路辛苦，鄙人胡得安，是燕鎮派出所所長，那個歪嘴毛六就是我派去的，他沒和您一道回來嗎？」胡得安精瘦精瘦，眼窩塌陷，腳步虛浮，說幾句話便呼呼喘氣。

燕鎮只有三個警察，一個歪嘴，一個獨眼，還有所長胡得安。

「沒有。」許枚不明就裡，含含糊糊地應了一句。

「這小子真沒禮數。」胡得安一臉慚愧，「這回真要勞煩許先生了，這案子實在蹊蹺，又是太監鬧鬼，又是虎皮殺人，肖鎮長的小公子慘遭殺害，燕鎮首富單八爺的兒子也嚇得大病一場，我家孩兒也整日戰戰兢兢。如果不是縣警察局的上差提醒我們去請捕門的人，我們還真不知這事該怎麼辦了……」

許枚對「太監」兩字格外敏感，不禁脫口而出，「太監？婁太監？婁子善？」

胡得安連連點頭，「對對對，就是他，歪嘴都和您說了吧？這老太監死了快一年了，不知怎麼鬧起鬼來，我們實在沒轍，只好請上面幫忙。」

許枚得知婁太監已死，心中失望至極，搖頭長歎。

「這個婁太監怎麼死的？」江蓼紅問。

「自己失足摔倒死的。」胡得安道。

「自己摔死的？」許枚臉色有些難看。

「許先生，這案子很難辦嗎？」喪子不久的肖振章眼圈發紅，巴巴地望著許枚。

「哦，不是……」許枚仔細回味胡得安剛才的話，感覺婁子善的死並不簡單，如果真是意外摔死的魂靈作祟，為什麼要對鎮長家的兒子下毒手。

肖振章揉揉眼睛，努力擠出一副笑臉，「許先生和太太一路辛苦，我們先去醉仙樓，為二位接風洗塵，順便說說婁太監鬧鬼的事。」

「太太」兩字說得謹小慎微，肖振章眼光雖毒，卻有些把不準江蓼紅和許枚的關係，只覺得三人有些像一對年輕夫婦帶著隨侍的家童，又只這女子氣質不俗，與那許先生如雙峰並峙、二水同流，全然不像尋常人家的小婦人如攀緣藤蔓般唯唯諾諾、依夫而存的樣子。

江蓼紅聽見這句「太太」，笑得有些羞澀，偷眼看向許枚，正與他四目相對，兩人眼中都是惴惴探問之色，臉上也都是一片紅暈，呆了剎那，又同時展顏一笑。

「太太」便「太太」吧，也沒什麼不好。

宴無好宴

醉仙樓是燕鎮富豪單老八的產業，這個圓得像球一樣的矮胖子親自操辦了一桌豐盛的宴席，看得許枚和江蓼紅目瞪口呆：這裡不是快鬧旱災了嗎？這些乳豬、山雞、大蝦、螃蟹，都是從哪兒弄來的？

更令人稱奇的是醉仙樓雅間的桌椅家具，木料雖不是絕頂上乘，但造型端莊厚重，舒展大氣，椅背、桌圍又有精細繁密的紋飾，極盡富麗華美。

許枚眼前一亮，讚道：「好木作，不知是出自哪位名家之手？」

「金二哥，鎮上的木匠。」單老八費力地把肥胖的身軀塞進扶手椅裡，結實的木椅子被壓得吱吱直響，「兩位上差一路辛苦，小店略備薄酒，不成敬意。」

肖振章、胡得安和幾個士紳、掌櫃也堆出一副熱情的笑臉，呼喝著倒酒上菜，還叫來了鎮上唯一會彈琵琶唱曲的姑娘獻藝助興。

許枚一向不喜歡酒桌上的杯來盞去，江蓼紅也很討厭滿桌油膩膩的笑臉，但應酬嘛，誰不會呀，人家安排下這麼豐盛的酒席，總不好擺張臭臉吧，你有來言，我有去語，一句真話，三句奉承，總歸不過那一套辭令。

許枚暗暗搖頭，幸虧早就交代過小悟一些事情，和這些腦滿腸肥的傢伙耗一個晚上，估計什麼都問不出來。

小悟還沒有上席的資格，拿著行李先去了醉仙樓二樓的客房，一個比他年紀還小的夥計已經打掃好了兩個豪華的套間，給小悟送來一份晚飯：冒著頂的一碗大米，一碗土豆熬白菜，一條小草魚，一隻油汪汪的雞腿。

「哇！」小悟兩眼放光，暗道：捕門的招牌真是好用，連我這樣的小跟班都有這麼好的待遇。

小悟見那小夥計盯著雞腿直嚥口水，眼珠一轉，笑咪咪道：「兄弟，吃了嗎？」

小夥計把眼睛從雞腿上挪開，搖搖頭，「沒有……」

「一起吃吧。」小悟拉著小夥計坐下，把雞腿塞到他手裡，問道：「你叫什麼名字？」

「我叫丁未……」小夥計捧著雞腿，眼珠子都要瞪出來了。

「丁未？這名字有意思。」

「啊……我姓丁，是丁未年生的，我爹不會取名字，就叫我丁未了。」小夥計捧著雞腿不敢下口，哈喇子都快從嘴角溢出來了。

「快吃吧。」小悟端起米飯，在碗裡澆了兩勺用肉湯熬得酥爛的土豆白菜，邊吃邊說，「我叫小悟，乙巳年生的，比你大兩歲……快吃呀，那麼客氣幹嘛，咱都是給人當夥計的，別那麼見外。」

丁未小臉通紅，眼睛瞪得溜圓，吞了口唾沫，「啊嗚」一口咬下去，燉得軟軟鹹鹹的一塊雞肉在嘴裡嚼來嚼去，滋滋地吸吮著肉裡的湯汁，好一陣都捨不得嚥下去。

小悟看得好笑，轉念一想，去年這時候，我如果能吃到雞腿，怕是比他還沒出息。

「謝謝……謝謝小悟哥哥。」丁未好容易嚥下一塊雞腿肉，紅著臉連聲道謝。

小悟慢悠悠地吃著米飯，壓低了聲音問道：「哎，我問你哦，這裡太監鬧鬼的事兒是真的嗎？」

丁未話多嘴碎，最喜歡侃天說地，一聽小悟這話，頓時來了興致，神祕兮兮道：「一點也不假，婁爺爺死後變成了鬼，附身在他的虎皮褥子上，把鎮上的小霸王活活撓死了。小霸王你知道吧，就是肖鎮長家的小兒子。」

小悟大奇，「那個太監怎麼死的？」婁了善的死因是許枚交代一定要問清楚的事。

丁未道：「聽說是不小心跌倒，頭撞到桌角上死的，警察把屍體從院子裡抬出去的時候我也去看來著，頭上老大一個血窟窿，嚇死人了。」丁未不願讓婁太監血肉模糊的慘狀影響自己吃雞腿的心情，努力搖了搖頭，輕輕念了句「阿彌陀佛，無量天尊」，把那幅血腥的畫面趕出腦袋。

小悟夾了一筷子魚肉，輕輕挑著魚刺道：「我還以為是冤鬼復仇呢，既然是自己不小心撞死的，為什麼要去找那個小霸王的麻煩？」

丁未輕輕撕咬著雞腿上的油皮，含糊不清地說：「一個月前，小霸王拉著胡所長的兒子胡勵和我們老闆的兒子單曉貴一起去婁家偷那張虎皮，正好碰到婁爺爺回魂，聽說他們看得真真兒的——婁爺爺就站在自己的靈位前面，皮肉都腐爛了，腦袋上一個血窟窿，還有蛆……哎呀，我怎麼又說這麼倒胃口的話。」丁未在自己嘴上輕輕打了兩巴掌，「小悟哥哥你快吃飯，就當沒聽到我胡說八道。」

小悟扒著米飯道：「連死人的東西都偷，沽該被鬼纏上。」他心中卻惴惴不定：逆雪那個小賊也偷過老太監的東西，不會也被他纏上吧？嗯……應該不會，那可是兩年前的事了，老太監記不記得還兩說，再說季小姐已經花十塊大洋把這事兒擺平了，老太監沒道理再去作妖。

丁未見小悟臉色有些不對，以為他被嚇到了，忙安慰道：「小悟哥哥別怕，上個月肖鎮長和胡所長已經請道士做過驅鬼的法事，老闆還請了一個大法師來打旱骨樁……」說著他好像犯睏似的，長長地打了個哈欠。

「打旱骨樁？」小悟不解，「這是什麼道法？」

不怪小悟不知道，「打旱骨樁」本是山東、河南一帶風俗，當發生旱災時，總會出現幾個裝神弄鬼的巫師神婆，掐算出某個下葬不久的亡者化作「旱魃」，便要聚眾掘墳開棺，碎屍萬段，這種惡習在明代風行，清代則簡化為乾脆利索的開棺焚屍。

丁未介紹過何謂「打旱骨樁」，小悟嚇出一身冷汗，「挫骨揚灰啊，這不就是鞭屍嗎？」

丁未有些犯睏，揉著眼睛道：「唔……就是鞭屍。」

小悟道：「你們老闆可夠陰損的。」

丁未忍著睏意道：「老闆說打旱骨樁一舉兩得，既能解除旱情，還能消滅厲鬼。」

「我呸。」小悟吐出一根魚刺，順便表達不屑和憤怒，「這老小子除旱是假，除鬼是真，他是看那個小霸王完蛋了，害怕自家兒子也被老太監弄死。」

丁未有些犯睏，使勁晃了晃腦袋，點頭道：「對對對，鎮上的人都這麼說，可肖鎮長和胡所長非常支持老闆。老闆託人從山東請了一位姓王的大師來，昨天剛到，就住在我們店裡，長得可醜了，滿頭都是癩瘡，他的驢也可醜了，毛都禿了。」

小悟聽見「癩瘡」，終於泛起了噁心，把魚肉和米飯推得遠遠的，歎了口氣道：「那個『大師』準備什麼時候打旱骨樁？」

「今天啊。」丁未半瞇著眼大口吃雞腿，含含糊糊道：「王大師掐算好的吉時是今天晚上七點，下午五點來鐘他就從店裡出去了，還送了我一小串炮仗。」丁未喜孜孜地拍了拍口袋，炮仗這東西在燕鎮可是稀罕玩意，平時鎮上的人辦喜事搞慶典，還得去縣城買炮。

「七點？」小悟大驚道：「現在幾點了？」

丁未看看窗外月色道：「應該六點多了吧，小悟哥哥，你家先生是捕門的差人吧，能讓他想辦法保住婁爺爺的屍體嗎？婁爺爺是個大好人。」

「你是故意和我說這些的？」小悟狐疑地盯著丁未。

丁未點了點頭，「打旱骨樁的事一個月前就定下來了，肖鎮長還特意發了布告、出了公文，一會兒肖鎮長、胡所長和我們老闆都要去墳地給這個大師捧場……」說著他揉揉眼睛，感覺越來越睏了，眼皮不住地打架。

小悟一揮拳頭，「我這就去告訴老闆。」

丁未撓撓頭，說話也有些含糊，「唔……但是……我們老闆說，捕門來的差人可能會喝大了，還吩咐我提前把床鋪好，把被窩用小暖爐燻好，在屋裡點好安神香，還要準備一盒印泥……小悟哥哥，你怎麼了？」

小悟眼睛瞪得溜圓，頭髮都豎起來了，「他們要對老闆做什麼？老闆！」他把桌子一推，大叫著跑了出去。

丁未「嘿嘿」一笑，站起來想追，卻覺得渾身發倦，手腳酥軟，眼皮好像有千斤重，一屁股跌回椅子上，仰面朝天打起瞌睡。

許枚端著酒杯輕輕搖晃，伸出舌頭淺淺舔了舔，笑道：「這種廉價蒙汗藥效果很差，味道卻很重，你們也太捨不得下本兒啦。」

肖振章被江蓼紅把腦袋按在乳豬肚子裡，「嗷嗷」慘叫著痛罵胡得安，「你從哪買的藥！我給了你五塊大洋，你就買來這狗屁玩意？」

胡得安扁平乾瘦的臉被江蓼紅另一隻手按在魚湯裡，燙得滿臉通紅，嘴裡「咕嘟咕嘟」吐著泡泡，不知道在說些什麼。

許枚踏著一張椅子堵住包間大門，單老八和幾個富戶一把鼻涕一把淚地向「上差」表忠心，七嘴八舌把所有的屎盆子都扣到了肖振章和胡得安頭上。

肖振章氣得七竅生煙，大罵道：「單老八！別忘了你兒子那天也去了婁子善家，他要報仇，你兒子也跑不了！」

胡得安瘋狂地從魚湯盆裡抬起頭來，怒吼道：「報什麼仇？不就是偷了點東西，他至於變成厲鬼殺人嗎！他至於……唔，咕嘟咕嘟……」話沒說完，他又被江蓼紅一把按了下去。

單老八身子直哆嗦，小雞啄米似的點著肥肉層疊的碩大頭顱，「對對對，孩子們只是偷了點東西，罪不至死，婁子善做鬼害人，咱們滅了他的惡屍，也是替天行道，除鬼安良……」

「除鬼？」許枚莫名其妙，還沒來得及問個明白，便聽見門外樓道傳來一聲撕心裂肺的呼喊。

「老闆——」一路狂奔而來的小悟飛身而起，凌空一腳踢開了雅間大門，瀟灑地衝進了包間。大門發出「撲通」一聲，木地板縫隙裡的塵土蕩得滿樓道都是。

半大男孩子腿腳健壯，卯足渾身力氣的一腳力道著實不小，正在雅間裡堵著門的許枚被這一聲「老闆」嚇了一跳，緊接著被轟然破開的房門推了出去，一個踉蹌撲倒在地，幸好有軟乎乎的單老八充當墊子，否則大有破相之虞。

「老闆！呃……老闆？」小悟見許枚撲在一個油膩膩的胖子身上，也吃了一驚，又見江蓼紅一手摁著一個「嗷嗷」亂叫的官兒，頓時懵住了。

打旱骨樁

金二哥兩眼赤紅，一手拿著鋸子，一手拿著斧子，像鎮宅獅子一樣擋在婁子善墓前。

小鎮的居民陸陸續續向鎮外土坡下的墳場圍了過來，打旱骨樁需要「聚眾」，也就是要攏人氣兒，畢竟墳場陰氣太重，夤夜作法是有危險的。所以肖振章下了死命令，除了下不了床喘不了氣兒的，鎮上所有人必須到場。王大師還出了個餿主意，所有來「聚人氣」的人，都不能騎馬坐車，無論是貧是富，一概步行，以表虔誠。

燕鎮雖然小得可憐，但幾百人還是有的，墳地周圍被圍得滿滿當當，一些調皮的少年還爬到了樹上。墳地周圍有不少茂密的松柏，小些的松樹有尺許粗，唯有一棵足足幾人合抱粗細的參天巨樹，橫枝生得也高，輕易爬不上去，少年們便都坐在小松樹上，津津有味地看著亂烘烘的人群。

一個獨眼警察手持警棍維持現場秩序，肖家的幾個護院家丁手持鐵鍬、鎬頭、繩索圍在墳墓周圍。金二哥氣勢洶洶地坐在墳前，滿臉慷慨悲壯之色，血紅的眼睛慢吞吞地掃過小鎮居民的臉，沒有人願意和他對視，這個木匠看向每個人的眼神，都像在看要吃東郭先生的狼。

滿頭癩瘡的王大師絲毫沒把金二哥放在眼裡。這個又臭又硬的木匠跑來阻斷佛爺施法，純屬自找沒趣。佛爺可是單八爺請來的，肖鎮長還特意發了公文，請佛爺施法求雨，佛爺這是在為政府做事。

王大師的驢車停在墳地旁邊，滿滿地堆了一車的煙花炮仗，車上一個小小的箱子，裡面是各種稀奇古怪的法器。王大師慢條斯理地擺好了香爐、燭臺、祭品、旗幡、炮仗，從懷裡掏出一個洋氣的懷錶，看了看時間道：「阿彌陀佛，已經七點了，哪位是能作主的？貧僧要開始作法。」

獨眼警察直撓頭，「怪了，鎮長和所長怎麼還不來，灌醉幾個捕門的差人有那麼難嗎？」

王大師道：「作法的時辰可不能錯過，這樣吧，貧僧先祭風水塔，放鎮魂炮，等肖鎮長和胡所長到了，再掘墳開棺。」

「好好好，您掂量著辦。」獨眼看看守在墳前的金二哥，又看看他手中閃著寒光的斧子和鋸子，不由自主地打了個冷顫：我可不敢下令開棺，誰知道這傢伙發起瘋來會幹出什麼事，還是先把這些零碎活兒幹了，等當官的來了再拾掇這瘋子。

燕鎮外的風水塔是一座明代古塔，共六層，高二十五米，磚瓦古舊，縫隙裡滿是枯黃的野草。這座塔至少一年沒有進去過人了，一來是因為扣鎖塔門的大鐵鎖已經鏽蝕壞死，無法打開，二來今年夏天大雷雨打壞塔剎，磚石零落，砸傷人畜，自此無人敢近。古塔每一層有四個小小的半圓窗，每個半圓窗上擺著一盆絹花，層層雪白的花瓣都塗了厚厚的螢光塗料，夜晚望去，好像每扇窗上點了一盞明燈。可惜的是，古塔封鎖將近一年，絹花無人清理打掃，顯得有些灰頭土臉。

王大師素來惜命，當然不敢靠近隨時可能掉落磚石的古塔，只是在墳地隔著一條寬近百米的巨大深溝處遙遙設祭。燕鎮之所以被叫作土坡鎮，就是因為鎮外到處都是大大小小的土坡和溝壑，連鎮子都蓋在一片高坡上。

王大師點起三桿巨香，一手揮舞著戒刀，一手掐訣念咒，面向巨塔，高聲喝道：「咄！元始安鎮，普告萬靈。嶽瀆真官，土地祇靈。左社右稷，不得妄驚。回向正道，內外澄清。各安方位，備守壇庭。太上有命，搜捕邪精。護法神王，保衛誦經。皈依大道，元亨利貞。」他一邊念著咒語，一面揮手指向古塔，腳下踏著罡步，袈裟呼呼舞動。

燕鎮百姓不懂他念叨的是什麼，但覺得這個大和尚舞跳得不錯，只是滿頭癩瘡有點噁心人。

王大師跳完了舞，喘著粗氣拿起一桿香，捂著耳朵去點炮仗。

「等等！」金二哥突然大喝一聲，王大師嚇得手一抖，一截香頭掉在乾巴巴的地面上。

「你剛才說這些炮仗是做什麼用的？」金二哥用斧子指著王大師問。

王大師一腆肚子，「此乃鎮魂炮，壓懾厲鬼所用。」

金二哥冷哼一聲，用斧子指點著堆成一座小山的各種炮仗，「你說的厲鬼是誰？」

王大師搖頭晃腦，「誰做鬼害人，便是誰咯。」

「不准點！」金二哥幾步趕到炮仗堆前，惡狠狠地張開雙手攔住。

獨眼警察心裡罵娘，眼珠一轉，陰陰笑道：「金木匠，你是怕這鎮魂炮傷了婁太監的陰魂？」

金二哥冷哼一聲。

獨眼「嘿嘿」冷笑，「你之前不是一直嚷嚷著，婁太監是個好人，他的靈魂已經升天了，不可能化作厲鬼害人，怎麼，又要改口嗎？」說著他輕輕邁開腳步，牽著金二哥的目光，悄悄給王大師遞了個眼色，又繼續陰陽怪氣地挖苦金二哥。

王大師也是個鬼精鬼精的江湖騙子，趁著金二哥面紅耳赤和獨眼爭執的時機，偷偷伸長了胳膊把香頭杵在火撚上，一時間電閃雷鳴，火樹銀花。

醉仙樓的豪華雅間裡一片狼藉，幾個嚇得屁滾尿流的富戶已經被趕了出去，只剩下鼻青眼腫的肖振章、胡得安和瑟瑟發抖的單老八。

許枚聽了小悟的情報和肖振章三人的供述，仔細梳理了一下自己莫名其妙被下藥的原因，「你們三家的孩子意圖入室行竊，被所謂『還魂』的婁子善撞個正著。不久之後，肖家公子在鎮外的樹林裡遇害，疑似被猛獸抓傷，失血而死。三位懷疑是婁家的虎皮顯靈殺人，準備藉打旱骨樁之名，毀掉婁子善的屍骨，以此鎮壓厲鬼。而魚蟾縣警察局長建議肖鎮長向捕門求助，肖鎮長無奈之下，只好派歪嘴警察去冉城公幹。昨天晚上，歪嘴打回電話，說捕門派出的差人將在今晚趕到燕鎮，而今天正是那妖僧算好的打旱骨樁的日子。你們打定了主意要先把婁子善的屍體毀掉，又怕捕門來人阻攔，所以打算先把我們『灌醉』。」

胡得安垂頭喪氣，肖振章咬牙切齒，單老八縮頭縮腦，都不吭聲。

江蓼紅奇道：「這打旱骨樁是什麼？」

許枚冷笑，「愚民邪術罷了。《蓬窗類記》有載：『愚民遭亢旱，輒指新葬屍骸為旱魃，必聚眾發掘，磔爛以禱，名曰打旱骨樁。沿習已久，奸詐往往藉以報私仇，孝子慈孫莫能禦。蓋以禳旱為名，愚民相扇起，蟻集瓦合，固難禁也。』其中最精妙的一筆莫過於這句『奸詐往往藉以報私仇』。三位安排妖僧打旱骨樁，或是為子報仇，或是為兒消災，不過是藉著禳旱求雨的由頭，來毀掉婁子善的屍體。」

江蓼紅一雙美目在三人臉上來回掃視，「我們是來查惡鬼殺人案的，少不得要仔細詢問婁子善還魂的前因後果，也免不了去墳地調查，他們毀屍的惡行瞞不住，這一壺藥酒的目的，不是怕我們阻攔，而是要拉我們下水。」

單老八見全盤安排都露了餡，早嚇得六神無主，哆哆嗦嗦道：「我……我只是聽他們……」

「閉嘴！打旱骨樁還不是你的主意？」肖振章大聲怒喝。

江蓼紅繼續道：「我們喝下藥酒，一覺睡到大天亮，等我們醒來之後，也許會因掘墳戮屍一事向你們發難，這時你們會一臉無辜地說：『打旱骨樁的事，是得到兩位上差同意的。』我們以為自己酒醉誤事，追悔莫及，但已經被你們綁上賊船，只好自認倒楣，替你們瞞下私毀墳墓的勾當。你吩咐小夥計準備的印泥，也許就是要用我們的私章在同意打旱骨樁的文書上簽押。」

肖振章冷笑一聲，「私章？我們倒沒想到，拿印泥只是想讓兩位上差按個手印而已。」說著他恨恨地咬牙，「俗話說做人留一線，日後好相見，兩位上差下手這麼重，話也說得如此直白通透……哼，兩位有沒有想過，你們離開燕鎮後，丁未那個多嘴的小畜生是個什麼下場！」

小悟大怒，「嘿呀，你這個偷墳掘墓的昏官，還想挾私報復是怎麼著？」說著他一擼袖子便要上前給這個鎮長一點顏色看看，反正現在的身分是「上差」，不用怕這個芝麻綠豆大的小官。

許枚攔住小悟，對肖振章三人說道：「帶我們去墳地，現在剛到七點，事情還有挽回的餘地。」

話音未落，一個滿身風塵的歪嘴警察鬼鬼祟祟地把頭伸進屋來，戰戰兢兢道：「鎮長，所長，捕門的上差到了，我不小心說漏了嘴，她直接去了墳地……」

包間裡的幾人都愣住了，被趕出去的一群富戶躲在樓梯下面探頭探腦。

肖振章突然跳了起來，氣急敗壞地指著許枚，「你們是假的！來人，來人啊！把他們給我拿下，死活不論！」

江蓼紅一巴掌抽在肖振章腦瓜頂上，瞪著眼道：「如假包換，帶我們去墳地，見見那個捕門上差。」

「你……你這潑婦敢打本鎮長！」肖振章氣急敗壞，卻被江蓼紅繞到身後，一把扼住喉嚨，把一顆吃剩的松子塞進了嘴裡。肖振章猝不及防，咕嚕一聲嚥了下去。

「你……你這妖婦給我吃了什麼？」肖振章感覺一個圓圓硬硬的東西滑進了肚子，驚恐不已，對江蓼紅的稱呼已經從「潑婦」變成了「妖婦」。

許枚福至心靈，知道江蓼紅的打算，便笑著說：「肖振章，你最好不要急著對我們動手，這種劇毒的解藥不在我身上，如果我們有個三長兩短，這世上就再沒人知道解藥藏在哪兒了。你瞧，胡所長可沒把你的命放在心上，我話沒說完，他已經凶神惡煞地開了好幾槍了。」

胡得安趁江蓼紅作弄肖振章，悄悄拔出手槍，對著江蓼紅的胸口連扣幾下扳機。肖振章氣得臉色煞白，指著胡得安破口大罵。

「別費勁了，剛才把你按在湯盆裡的時候，我已經把保險關了。」江蓼紅飛起一腳，正踢在胡得安手腕上，小鎮上登記在冊的唯一一把手槍「吧唧」一聲砸在單老八軟乎乎的屁股上，彈了起來。埋著腦袋想要偷偷爬出去的單老八「嗷」的一聲慘叫，趴在地上直哼哼。

許枚接住彈起的手槍，打開保險，指點著胡得安的腦袋，「走吧，墳地。」

再發命案

墳地的炮仗山已經成了一片紅紙白灰，金二哥被肖家的家丁一棍打翻在地，用兩把鐵鍬死死按住，嘴也被不知從何處撿來的一塊破抹布頭塞住，眼睜睜地看著王大師點燃了最後幾根粗大的炮仗。漂亮的煙花沖天而起，「砰」地炸開，真是「墮地忽驚星彩散，飛空旋作雨聲來」，圍觀的小鎮居民連聲驚歎，他們已經很久沒看到這麼精彩的煙火表演了。

王大師很享受此起彼伏的喝采，得意揚揚手舞足蹈，念念有詞，「五星鎮彩，光照玄冥。千神萬聖，護我真靈。巨天猛獸，制伏五兵。五天魔鬼，亡身滅形。所在之處，萬神奉迎。急急如律令。」

王大師身材魁梧，圓頭大耳，抑揚頓挫地掐訣念咒，袈裟隨風獵獵擺動，一副得道高僧的氣派。圍觀的小鎮居民看向他的眼神越發恭敬崇拜，王大師也益形得意，念咒的聲音更為洪亮動聽。

突然有人越眾而出，朗聲道：「『五星鎮彩，光照玄冥。千神萬聖，護我真靈。』這是道家除魔咒語，大師出身釋家，修行佛法，為什麼要用道家的咒語除魔？」

王大師心裡「咯噔」一聲，忙回頭看去，只見一個穿著男款皮夾克的年輕女子分開人群走了出來，似笑非笑地瞧了自己一眼，又轉眼去看法臺和祭壇，神情輕慢，好像全沒把這位大師放在眼裡。

王大師輕輕一咬牙，停下旋轉跳躍的腳步，高深莫測地笑了笑，「紅花白藕青荷葉，三教原來是一家。貧僧雖出身佛家，但借用道家符咒鎮壓惡鬼，有何不可？」

那女子卻笑道：「不知大師修的是禪宗、密宗、天臺宗，還是淨土宗、三論宗？」

王大師哪知道自己修的是什麼宗派，眼珠轉了幾轉，一咬牙道：「是除魔宗！」

「佛家還有這麼個宗派嗎？你先使些手段，把腳下的幾個魔物趕走，給我們開開眼界。」女子指指王大師腳下幾個猙獰恐怖的蛇蠍。

王大師低頭一看，頓時尿了褲子。

那條毒蛇黑白分明，昂著頭吐著信子，一副隨時準備開飯的樣子；幾隻小蠍子已經開始向他的僧鞋上爬了；一隻色彩斑斕的巴掌大蜘蛛毛茸茸地掛在褲腿上，輕輕晃動著筷子粗的腿，看起來十分愜意。

王大師從小就怕蟲子，喉中「嗷嘍」一聲，直挺挺昏倒在地，倒把滿地蛇蠍嚇了一跳，這傢伙滿身尿臊氣，實在噁心，不好下嘴。

圍觀的小鎮居民和肖府家丁一個個臉色慘白，騷動著四下散開，聚在外圍的人不知道裡面發生了什麼事，還一個勁地往裡擠。

調戲王大師的女子也很意外，這個大和尚也太不經嚇了，無奈地搖搖頭，運足力氣高聲喝道：「安——靜！我是冉城警察局法醫姬揚清，捕門驗骨堂弟子，奉命調查土坡鎮還魂殺人案。」姬揚清中氣十足，嗓音清脆，這一嗓子如鳶飛戾天，繞雲三轉，高亢悅耳，眾人頓時安靜下來，默默地望著這位女法醫，不多一會兒，又開始竊竊私語。

「法醫？就是仵作吧，好好一個姑娘，怎麼幹了這個？」

「哎，我聽說是洋仵作，用的是洋鬼子那套手段。」

「是嗎？就是用小孩的心肝眼睛煉丹的那套法術？」

「嘿，他李大媽，你說的那是洋教士，二十年前都被毓賢殺絕了。」

「這個捕門是什麼東西？」

「難說，也許是捉鬼的。」

「我看是練拳的，當年的神槍門、烈拳門，不都是打拳練武的嗎？」

「不對不對，我看像練法術的，你瞧瞧那些毒蟲，可都不像凡間貨色，三兩下就把大和尚鎮住了。」

「那些東西八成是蠱，我三姨夫的四舅母是雲南人，和我說過這個。」

姬揚清聽得頭大，輕輕咳嗽兩聲，正要說話，忽見外圍一陣騷亂，人群被那歪嘴警察粗暴地分開，許枚、江蓼紅一人押著一個穿著體面的傢伙走了進來。

「上差！你可得救救我們鎮長和所長啊，他們被兩個匪徒劫持啦！」歪嘴哭天搶地地撲到姬揚清腳邊。

「喲，是阿清呀。」江蓼紅笑道：「這下也不用多費口水解釋了。」

姬揚清也驚奇不已，「姐姐？許老闆？你們怎麼在這兒？」

肖振章、胡得安只覺頭暈目眩：壞了，壞了，他們是真的，而且是一夥兒的！

金二哥癱坐在墳包前，望著眼前一幕，錯愕不已，在他原本的計畫裡，這些捕門上差是不應該出現的。

許枚推開肖振章，清清嗓子，說道：「我們是為婁子善的案子來的，這件案子……」

「所長！所長啊……公子出事啦！」許枚話沒說完，只聽人群外傳來幾聲淒厲的慘叫，一個家童模樣的半大孩子跌跌撞撞地穿過人群，「撲通」一聲跪在胡得安面前，哭哭啼啼道：「公子死了，被風水塔的花盆砸死了！」這孩子嚇得不輕，抱著胡得安的腿一個勁地發抖，邊說邊乾嘔。

眾人回頭遙遙望向深溝對岸的古塔，只見塔上五樓窗戶中的一點螢光已經消失不見，看來砸死胡勵的便是放在那裡的花盆了。

胡得安當時就傻了，圍觀人群也轟的一聲炸了，許枚、江蓼紅、姬揚清面面相覷，半晌無言，只有金二哥抱著墓碑，扯掉嘴裡的抹布，仰天長呼，「報——應——啊！」

圍觀的人群中，有人長長地歎了口氣，「來了個法醫啊……那可麻煩了……」

胡勵的屍體倒在古塔西面，離那道深溝不遠，肖府的家丁把七八個燈籠湊了過去。胡得安不遠不近地看了一眼，仰面朝天昏倒在地。

肖振章頭上冷汗直冒，「這是婁太監幹的！」

姬揚清冷冷道：「混帳話！」

肖振章急道：「今晚晴好無風，附近也沒有人鳥，花盆穩穩當當地擺在窗口，怎麼好端端地就掉了下來，還正好砸在胡勵頭上？這花盆是兩年前婁太監花錢找石匠秦猛定做的，說是要粉飾古塔，為自己積功德……」

「退開。」姬揚清懶得和肖振章多費口舌，蹲在胡勵屍體旁，取出一套奇怪的工具。

肖振章見姬揚清用一支細小的手電筒照著胡勵頭上半凝固的鮮血，忍不住一陣噁心，戰戰兢兢問道：「上差，您要幹什麼？」

姬揚清撥開胡勵的眼瞼，「驗屍。」

姬揚清用鑷子輕輕按壓著凹陷的後腦，見頭皮軟乎乎血淋淋地塌著，搖頭道：「這花盆分量不輕啊，顱骨粉碎……」

肖振章乾嘔幾聲，想要再問些什麼，卻實在看不得胡勵的慘狀，只得遠遠退開，眼巴巴地望著江蓼紅。

江蓼紅當然知道他在想什麼，悄悄捅了捅姬揚清，小聲道：「阿清，給我一顆瀉火藥。」

姬揚清莫名其妙，「我這藥力道可大，悠著點吃。」話雖如此，她還是取了一粒藥丸塞到江蓼紅手裡。

江蓼紅把藥丸交給肖振章，「喏，解藥，回去再吃，這裡沒有茅廁。」

「茅廁？」肖振章都快哭出來了，「一定要用這種方法排毒嗎？」

江蓼紅正色道：「當然，這是特效藥。」

圍觀的小鎮居民早已被驅散，單老八也火急火燎地回家看兒子去了，只剩下歪嘴、獨眼兩個警察手忙腳亂地照顧昏厥的胡得安。一群手執鎬鍬棍棒的家丁圍成一團，保護著肖振章。許枚和江蓼紅把胡勵的小家童拉到幾棵老松樹後，衝小悟招招手：要從小孩子嘴裡套話，還是小孩子最有辦法。

鬼神之力

小悟抱著胳膊，上下打量著小家童，笑咪咪道：「這位兄弟，怎麼稱呼？貴庚幾何？」

小悟一副江湖客的調調，小家童覺得非常新奇，江蓼紅也錯愕不已，許枚笑了笑，拉江蓼紅退到一邊。

小家童定了定神，學著小悟的「成熟」語氣道：「在下元寶，貴庚……不貴，十二歲。」

小悟很想糾正一下不能這麼回答「貴庚」，卻見元寶身體還在不由自主地瑟瑟發抖，忍不住笑道：「嚇壞了吧？來，吃松子。」說著他從懷裡取出一捧松子，被小悟捉住的那隻松鼠也嗅到了味道，從他袖籠裡鑽了出來。

「咦？」元寶很喜歡毛茸茸的小東西，見那小松鼠笨手笨腳地爬到小悟掌心大快朵頤，心中一軟，漸漸回了魂。

「要玩玩嗎？」小悟托著松鼠放在元寶手裡，伸出手指輕輕揉了揉松鼠的腦袋。

元寶雙手捧著松鼠，小聲道：「謝謝哥哥，哎……」松鼠惦記著小悟手裡的松子，兩腳在元寶掌心一蹬，跳回小悟肩上，順著胳膊爬了下來。

小悟咯咯一笑，「這傢伙真饞，你拿幾顆松子餵牠。」

元寶接過一顆松子，輕輕剝開，順手塞進自己嘴裡，嚼了兩下，才反應過來這是要拿來誘惑松鼠的，臉通地紅了。

小悟笑得發顫，聽見元寶肚裡「咕嚕嚕」直響，索性把藏在懷裡的一小包松子都掏了出來，「你和牠一起吃。」

「謝謝哥哥……」元寶倒也不客氣，盤腿坐在樹下剝松子，自己一顆松鼠一顆，吃得飛快。

「你沒吃晚飯？」小悟見元寶已經安定下來，便開始問話。

「沒有，我一直在等少爺回家吃飯，可是他一直沒回來，我出來找他，結果……」元寶小聲說著，又想起胡勵腦袋開花的樣子，忍不住打了個哆嗦。

「你家少爺怎麼會跑到風水塔來，他幾時出門的？」小悟坐在樹根上，也從袋子裡揀出松子來邊吃邊問。

「少爺不到四點就出門了，說是出去取什麼東西，五點左右就回來，吃過晚飯後還要去墳地看看那個法力高強的大師怎麼打旱骨樁，少爺覺得這種法術一定非常好玩……」

小悟暗暗好笑，法力高強？那個被蛇嚇暈的大和尚？

元寶繼續道：「我五點左右把晚飯端進少爺屋裡，一直等到快六點都沒見少爺回來，飯都涼了。」

小悟又問道：「胡勵出門取東西？」

元寶搖搖頭，「我也不知道，少爺最近在家裡做什麼事兒都小心翼翼神祕兮兮，好像生怕驚動在後院打麻將的九位太太。」

「嚯！胡所長身體不錯啊！」小悟望著不遠處瘦得小雞子似的胡得安，忍不住「噗噗」直笑，見元寶扁著嘴一臉不高興，忙收起笑容，問道：「胡勵出門之前說過要去哪兒嗎？」

元寶直搖頭，「沒有。」

「那你是怎麼找到這兒來的？」

「跟著阿黃呀。」元寶指了指縮在一棵小松樹後的狗。

那隻小狗看起來剛斷奶不久，有些膽小，見到處都是生人，嚇得躲在樹後面不肯出來，望著元寶「哼哼唧唧」。元寶招了招手，「嘖嘖嘖」地喚了幾聲，那小狗才小心翼翼地慢慢跑了出來。

元寶揉著小狗的頭，揀了幾顆剝好的松子餵牠。

「阿黃帶著我一路向南，出了鎮子，我還以為少爺直接來墳地看戲了，可從鎮上到墳地有兩三條小路，阿黃帶我走的是最繞遠的一條大路。這條大路是給牛車馬車修的，從北邊最平坦的緩坡下面兜了一個大圈子，比小路遠出三四倍。少爺是步行出門的，按說不會繞這麼遠。」

小悟爬上一塊大石頭，四處望了望，風水塔東邊的一條土路修得平整寬闊，足以供車馬通行，但沿著這條路到深溝對岸的墳地，需要繞開深溝，遠遠兜一個大圈子，步行的人確實沒有必要繞這麼遠。

「阿黃帶著我走到風水塔附近，突然凶巴巴地叫了幾聲，瘋瘋癲癲地跑到塔後面，我跟過去一看……」元寶說到此處，忍不住打了個哆嗦。

小悟學著許枚的樣子搔搔下巴，「胡勵繞這麼遠做什麼？他找了一輛馬車？」

元寶搖頭，「鎮上滿共也沒幾輛馬車，鎮長還不讓大家乘馬車去墳地。」

小悟撓頭道：「這可怪了，胡勵是四點出門的，還說過要在五點前回家吃飯，走大路一個小時步行來回是不可能的。」

元寶急道：「少爺臨走前真是那麼說的，一定是路上出了什麼岔子！」

許枚找獨眼警察要了一支手電筒，圍著胡勵的屍體和風水塔四處打轉。

風水塔四面，一周矮小的土牆圍成了寬敞的院子，年深日久，多處坍塌，西面臨溝的牆幾乎全部塌毀。土牆東面靠近道路處有一個院門。

小院裡整齊密實地鋪著一層青磚，據肖振章說是妻子善捐錢鋪設的。去年老太監出錢買了幾窯新磚，修補了鎮子裡不少破損的路面牆體，剩下的磚塊都鋪在風水塔下這個土牆圍成的小院裡，實在用不掉的都堆在小院一角。

風水塔高六層，每層四面開窗，本該有二十四盆螢光絹花，現在只剩了二十三盆，五層西窗漆黑一片，原本擺放在窗前的花盆落在胡勵頭顱旁，盆中的鵝卵石散落一地，絹花也掉在一邊。

許枚拾起絹花，見花莖是一條細細的老竹枝做的，三片塗了螢光的綠色厚絹做葉子，竹枝頂端是一朵重瓣花，看起來好像一株厚墩墩的鬱金香，十二個白色的花瓣上也塗著螢光料，在夜裡看確實漂亮。這種花許枚在冉城見過，兩三年前非常流行，一般用在富戶祭典，祠觀寺廟也用來粉飾神佛，但螢光絹花夜裡看著漂亮，白天看其醜無比，再加上流言瘋傳螢光粉有毒，所以這花流行了不到一年，便迅速消失了。冉城各處的寺觀和冥紙鋪子都把這個據傳有毒的醜東西焚燒銷毀，各路作坊工廠也再不生產。

許枚蹲下身子，用手電筒照著砸死胡勵的花盆，見盆底有一個小孔。花盆是用光潤的白色石料雕成的，上面還盤著一條穿梭於雲氣間的飛龍。高浮雕的龍身纏在花盆上，龍頭是圓雕，高高昂起，怪眼圓睜，血口大張，凶煞霸道。龍鱗、龍鬚都雕琢得精到細緻，可惜一隻龍角摔斷了，許枚打著手電筒四處尋找，在胡勵屍體旁找到一截龍角，轉身捧起花盆，拼對斷茬，嚴絲合縫。

「奇怪……」許枚喃喃道。

姬揚清道：「你也發現了吧，花盆上的血已經乾了，地上的血也是。」

「怎麼回事？」江蓼紅也湊過來問。

姬揚清吩咐歪嘴和獨眼把屍體抬回派出所，拉著許枚和江蓼紅走到風水塔後，小聲說道：「胡勵的死亡時間是下午五點左右，可那假和尚祭塔時，塔西面從上到下的六層窗口都亮著螢光，在墳地的所有人都看到了。」

王大師祭風水塔的時間是晚上七點，當時這個「凶器」還好端端地擺在塔上，一個沒有生命的石頭花盆，總不可能五點跳下去把人砸死，又趕在七點前飛回塔上站崗。

江蓼紅覺得凶器另有其物，指了指堆在土牆一角的磚塊道：「胡勵真的是被這個花盆砸死的嗎，會不會是其他東西，比如磚塊？」

姬揚清道：「花盆底棱尖角和胡勵頭頂傷口完全吻合，花盆沾染的鮮血噴濺形狀也非常自然。胡勵身上沒有其他傷口，也沒有綁痕和用藥跡象，是猝然受擊，當場斃命。屍體倒在塔下用磚塊鋪成的地面上，頭部附近的幾塊磚上非常自然地淌著流溢出的血，不像作假，他確實是在塔下被花盆砸死的。」

許枚思前想後，說道：「我想這案子有三種解釋：第一，七點前後，這個花盆還好端端地擺在風水塔上，砸死胡勵的另有其物。」

「我非常確信，凶器就是這個花盆。」姬揚清道。

「第二種解釋，胡勵是七點以後才被花盆砸死的。」

「胡勵死於五點左右，這已經是保守的說法了，他的死亡時間應該是在五點之前，這個毫無疑問。」

「那便只有第三種解釋了，其實花盆五點左右就落下來了，有人使了障眼法，讓大家在七點之後也能看到塔上的螢光，這是為了混淆胡勵的死亡時間，但他沒想到小鎮上來了一位法醫。」許枚道。

姬揚清覺得「障眼法」這三個字籠統含糊，輕輕一咧嘴，「障眼法？什麼樣的障眼法？」

許枚開始胡思亂想，「也許凶手操縱螢火蟲聚集在風水塔五層窗口，或者訓練鸚鵡鴿子之類聽話的鳥，身上塗滿螢光粉停在窗口……」

姬揚清有心狠狠捶許枚兩拳，「這季節哪有螢火蟲？」

江蓼紅也哭笑不得，「你抬頭看看這塔，從一層到六層的花盆擺放得整整齊齊，幾乎在一條直線上，凶手如果要操控鳥來冒充螢光絹花，鳥停的位置稍有偏差，望向風水塔的人一定會發現異樣。凶手要訓練一隻這麼聽話的鳥，免不了常在風水塔實地練習，這裡雖然偏僻，但也不至於全無人跡，如果被人撞見，豈不早早地露了餡？」

許枚嘿嘿一笑，「我只是突發奇想。」

姬揚清橫了許枚一眼，又說道：「剛才肖振章的話也不是沒有道理，這種石頭花盆雖然不大，但又寬又扁，分量很重，花盆裡的『土』全是沉甸甸的白色鵝卵石，放在窗臺上非常穩當，如果沒有足夠的外力，不可能從塔上掉下去。」

許枚抬頭望著高塔道：「更難辦的是，凶手不僅要操縱花盆掉下來，還要準確砸在胡勵頭上，胡勵身上沒有綁痕，也沒有下藥痕跡，怎麼可能老老實實站在塔下等著花盆來砸？我仔細觀察過這座古塔，塔上有厚厚的積灰和雜草，沒有攀爬過的痕跡，塔門緊鎖，窗口窄小，人無法進入塔內，胡勵的死好像不是人力可為，也不像意外，倒像是……鬼神作祟。」

姬揚清忍不住犯愁，「又是鬼神作祟。胡勵、肖搏望、單曉貴這三個頑劣小子，都曾潛入婁子善家偷竊，現在肖搏望和胡勵死於非命，只剩單曉貴了。」

江蓼紅道：「聽說這孩子已經被嚇病了？」

姬揚清道：「我聽那歪嘴警察說，單曉貴被肖搏望的死嚇掉了魂，成天做噩夢，單老八把孩子鎖在家裡，裡裡外外十多把鎖，二十多個人守著，凶手縱有通天本領，也奈何他不得。」

許枚聽了，臉色頓時沉了下來，「如果被重重保護的單曉貴也死了，婁子善在燕鎮百姓心裡，可真要成神了。」

姬揚清倒吸一口涼氣，「走，去單家。」

幻香田黃

單老八跪在地下抱著姬揚清的大腿不肯起來，哭哭啼啼的令人心煩，姬揚清連哄帶嚇，好容易把這個愛子心切的大富豪請了出去。

單曉貴屋裡的各種神像，都是單老八花了大價錢請回來的，佛祖、三清和各路菩薩、羅漢、真人、天尊格外齊全，其他如文武財神、關聖帝君、托塔天王、哪吒太子、齊天大聖、天蓬元帥、碧霞元君、嫦娥仙子、城隍爺、土地公、閻君、龍王、媽祖、鍾馗之類無一不有，還有些許枚也叫不出名字的外國神，香氣繚繞，燭火薰天。

單曉貴抱著一隻巨大的布偶坐在床上瑟瑟發抖，眼裡噙著淚，可憐巴巴地望著姬揚清，「你們是捕門的人？胡勵也被婁太監殺死了？」

許枚看單曉貴這副模樣，後悔沒把小悟帶來。

江蓼紅笑得格外溫柔，欠身坐在床沿上，輕輕拍拍單曉貴的頭，「瞧，多招人疼的孩子。別怕，胡勵是自己走路不小心，被風水塔上的落石砸壞了，不是婁太監殺死的，這世上沒有鬼。」

單曉貴不信，「可肖哥是被虎皮抓死的，虎皮，死老虎的皮……」

江蓼紅對肖摶望的案子一無所知，只覺得虎皮殺人純屬荒誕無稽，抬頭看向姬揚清，她就是為這案子來的。

姬揚清卻盯著擺在托塔天王父子神像前的香爐，輕輕提了提鼻子，伸手掐斷了香頭，又湊到嫦娥和豬八戒的神像前，凝神嗅著香氣。

「阿清？」江蓼紅不知道姬揚清在搞什麼名堂。

許枚道：「香有問題？」

姬揚清回頭望著單曉貴，「有些香裡攙了致幻的藥物，但還不致命。小子，有人盯上你了，你最近常做噩夢吧？」

單曉貴聽了這話，反倒不怕了，一把丟開布偶道：「你說的是……壞人？活人？」

「當然，死人可不會害人。」姬揚清又掐掉了元始天尊神像前的香頭，說道：「你這裡至少有七八炷香被人動過手腳，香是從哪買的？」

單曉貴也記不大清楚，撓著頭道：「有的是從集市上買的，還有的是請神像的時候人家送的……哦，你掐掉的這幾炷都是我爸派人在鎮裡買的，這些香比較粗，味道也好。」

「瞧，線索這就來了。」姬揚清取了幾炷殘香，從佛祖蓮花座下抽了一張符紙包好，「明天去找那個賣香的人談談。」

單曉貴卻輕輕吁了口氣，心弦也鬆了下來，軟軟地靠在枕頭上，「多謝先生提醒，只要沒有鬼來纏我，我便不怕……」他好像突然想起了什麼，一咕嚕坐起身來，瞪著眼道：「不對呀，那天我真的看見婁太監回魂了，肖哥也確實是被虎皮殺死的！這不可能是人幹的呀！」

姬揚清拉過一把椅子，坐在單曉貴面前，「仔細說說吧，你們看到的所謂太監還魂和虎皮殺人。」那個到冉城求援的歪嘴警察說話顛三倒四，且有誇大其詞之嫌，姬揚清覺得親自詢問當事人很有必要。

性命攸關，單曉貴不得不「老實交代」，把「還魂夜」的事詳詳細細一字不落地說了一遍。單曉貴記性本就很好，當晚的事離奇可怖，印象更是深刻，一番話說得詳盡無遺，只是隱去了胡勵那句「他在我們眼前死的」和他自己那句「肖哥用硯臺砸的洞」。

許枚和江蓼紅聽得渾身直冒雞皮疙瘩，江蓼紅湊在許枚耳邊，小聲道：「是靈嗎？」

許枚苦著臉搖頭，「我可沒聽說過皮肉潰爛、爬滿肉蛆的靈。」

姬揚清事先聽歪嘴說過案子，對之後發生的事多少有些瞭解，繼續問道：「我聽那歪嘴說，胡勵不相信婁太監回魂，還找了幾個大人來，破門而入。」

單曉貴點點頭，說道：「胡勵從來不信鬼神，可他當時也嚇著了，等跑出院子才回過神來，吩咐肖哥去找幾個護院家丁，還拉著我守在院門外，怕那『裝神弄鬼』的人跑了。過了不到半個小時，肖哥帶了五六個人來，提著大刀棍子砸了門鎖進屋去看，婁太監已經消失了。可蠟燭確實亮著，壁爐裡的火也燒得旺旺的，被婁太監打碎的碟子和點心還在地上，我們當時看到的一定真真切切地發生過。那房門是用大銅鎖鎖住的，鎖眼裡還灌了膠，窗戶也是裡外都上著鎖，煙囪只有胳膊粗，活人根本不可能出去！」單曉貴越說越害怕，焦躁地在床上滾來滾去，「你們這些大人都說世上沒有鬼，可我眼睜睜看到滿臉是蛆的婁太監……婁太監的貓凌空站著，喜鵲在天上亂飛亂叫，這都是異象，厲鬼現身的異象……」

許枚心中一動，忙問道：「等等！貓和喜鵲是怎麼回事，你仔細說說。」

單曉貴抱著布偶蜷縮在床角，囁嚅著道：「婁太監養了一隻白貓，鬧鬼那天晚上，我看見，那隻貓懸空站在婁太監家房頂和院子外面的大樹之間，只停了一下，就跳回到房頂了，可我確實看到牠懸空了幾秒鐘，一定是婁太監的靈魂抱著牠。那些喜鵲也不知怎麼了，都夜裡十二點了，還不肯回巢，在天上亂飛亂叫。」

許枚搔著下巴道：「有意思，這隻貓也許是破案關鍵，只有你看到嗎？」

「只有我看到，但我和胡勵說過，他凶巴巴的，不讓我告訴別人。」

「胡勵……這小子有些意思。」許枚思索著道。

姬揚清問道：「你們偷了什麼東西？」

單曉貴瞳孔一縮，緊緊地抱了抱布偶，吞吞吐吐道：「什麼也沒偷著……」

「第一次偷的是什麼？」姬揚清問，「胡勵丟下扇墜，你留下腳印的那次。」

「就是……一個小獅子，只有……差不多這麼大。」單曉貴比出一個兩寸來長的大小。

「什麼模樣？」許枚問道。

「就是一隻獅子呀，臥著，圓胖圓胖的……」

「我是問材質，是石，是木，是瓷，或是銅鑄的？可有文字？」

「應該是石頭吧，上面沒寫字。」

「什麼樣的石頭，你仔細描述一下。」

單曉貴努力想了想，說道：「黃澄澄的，像橘子……不對，比橘子色淺……像是南方的那種叫枇杷的果子，顏色柔柔的，有點透明，又不是很透明，半透半不透，又潤又細，一看便知道是好東西，那老太監放在抽屜裡的……」

許枚「嚯」的一聲，「你們倒是識貨，這東西也許是一件田黃小鎮紙，二寸來長的獅子，怎麼也有二三兩重，你們把東西賣掉了？」

「賣掉了，胡勵拿著小獅子去了魚蟾縣城，賣了五十塊大洋。」單曉貴小聲道。

門外傳來長長的抽氣聲，除了身軀雄壯的單老八，別人怕是沒有這肺活量。

姬揚清最煩聽牆角的猥瑣傢伙，一拍桌子道：「進來！」

單老八陪著笑臉，弓著身子，小心翼翼地用肩膀推開門，端著一個茶盤走了進來，「三位上差勞碌多時，想來也渴了，我沏了壺茶，想給您三位送進來。剛走到門口，正巧聽到這逆子說『五十塊大洋』，忍不住譁然作聲，請上差包涵。」說著他把茶盤放在桌上，殷勤地倒了盞茶。

茶葉已經泡得發脹沉底，茶水也不冒熱氣了，單老八有些尷尬，偷聽的時間有點長。

單曉貴見父親進來，嚇得差點哭出來，一個勁地往床角縮。

單老八狠狠地瞪了單曉貴一眼，壓著火氣道：「小兔崽子，你不是說那東西只賣了三塊大洋嗎？」

單曉貴把身子縮成一團，帶著哭腔道：「是肖哥和胡勵讓我這麼說的。」

「錢呢！」單老八氣咻咻地問。

「他們分了我五塊，剩下的他們兩個分了，肖哥要去城裡嘗嘗女人的味道，胡勵要自己攢錢開個鎖匠鋪，躲開他那九個小媽……」

單老八痛心疾首，「五十大洋呀，他們只分你五塊？」

許枚火上澆油，「胡勵賣虧了，他如果拿著小獅子到冉城去賣，三個鎖匠鋪也開起來了。」

單老八又抽了口涼氣，惡狠狠地瞪著單曉貴。單曉貴嚇得連大氣都不敢出，單老八對兒子極為疼愛，但在錢的問題上從不含糊。

許枚見單曉貴眼淚汪汪實在可憐，笑著安慰道：「覬覦虎皮的肖搏望死在虎爪下，賣掉石鎮紙的胡勵被石花盆砸死，你只是個小跟班，就算婁太監真的化作厲鬼，也不會與你為難。」

單老八雖然惱恨單曉貴謊報收入，但總歸還是疼愛兒子的，忙問道：「上差，那些香，我剛才聽到……」

許枚一擺手，「鬼神害人可不會用這種小兒科的法子，香是從哪買的？」

「從傅先生那裡買的，鎮子最南邊的那條小街，掛著藍布棉門簾的那家，門面不大，您到了那條街，循著檀香味兒就找到了。」單老八詳詳細細地說了傅家地址，陪著笑道：「天這麼晚了，傅家香鋪早打烊了，三位上差可否賞光，在我家裡住下，有人費盡心機要對我兒下手，我怕那凶徒今晚……」

「可以。」許枚一口答應，「可我的夥計還在你的醉仙樓。」

「這個好辦，我這就打發馬車去接。」單老八鬆了口氣。

「我也去。」姬揚清道：「既然有順風車，不妨帶我去一趟派出所，把婁子善和肖搏望這幾件案子的卷宗取來，晚上得空看看。」

「是是是，上差想得周全，上差辛苦。」單老八點頭哈腰地奉承。

虎皮古硯

單老八是燕鎮首富，家中院落龐大，房舍極多，客房也裝飾得富麗堂皇。單家的不少家具也是金二哥打的，雕鏤繁密，結構精巧，工藝上乘，用料也不差，若在冉城，這樣一屋子家具少說值幾十塊大洋。

許枚對金二哥越發感興趣，他絕對不是普通的木匠，一鑿一斧妙到巔毫，連木材的紋理疤瘤都能兼顧巧用，對木材的瞭解可說登峰造極。這樣的人物，竟然躲在一個偏僻的彈丸小鎮，還對一個偷盜宮中寶物的老太監敬愛如斯，實在奇怪。

被小悟強行拉來的丁未哈欠連天，姬揚清把案卷放在桌上，從腰帶裡取出幾枚醒神的藥丸，「張嘴，這藥量可不輕。」

小悟有些不好意思，「我也不知道雞腿上有蒙汗藥。」

「雞腿真香，謝謝小悟哥哥，我可好久沒吃過雞腿了。」丁未吞了藥丸，咧著嘴傻笑。

「傻小子……」小悟嘀咕著罵了一句，「哎，把你剛才和我說的再講一遍，虎皮、吳潼，還有婁太監和泉水的事。老闆，這些事兒您可一定得聽，太精彩了！」

「好哇！」丁未立刻來了精神。

吳潼孤身入林，射殺猛虎，還當眾折了鎮長的面子，這份身手膽魄，本就傳奇。丁未是個閒不住嘴的，多少還有些人來瘋，一粒藥丸下肚，精神抖擻，小說書先生似的，張牙舞爪，口沫橫飛，吳潼神箭射虎為父報仇的故事被他說得一波三折，跌宕起伏，肖家父子覬覦虎皮的醜態也不吝口水詳加描述。

江蓼紅聽得眉飛色舞，拉著丁未不肯鬆手，「你想學說書嗎？我介紹你去冉城做學徒。」

「真的哇！」丁未高興得幾乎跳起來，「我早就不想當酒館夥計了，更不想跟我爹學打鐵，我最喜歡評書，尤其是《三俠劍》……」

「學說書的事容後再說。」姬揚清翻開虎皮案的卷宗，瞧著丁未，「燕鎮只有一位鐵匠。」

「對，這麼小的鎮子可容不下兩座鐵匠鋪。」丁未自豪地揚起頭，「而且我爹的手藝沒得說，多細的活兒都能打。」

「虎皮殺人案的目擊者，就是鐵匠丁追。」姬揚清指點著卷宗裡夾著的問訊筆錄，「那天他去程家村送一批新打好的刀剪，當天下午趕回燕鎮時，看到小路旁的樹林裡有猛虎傷人。」

丁未臉上透著自豪，「也不算目擊者啦，我爹只是隔著林子看到一個會動的黃黑相間的東西，聽到幾聲慘叫和老虎的吼聲。他膽子可小了，哪敢細看細聽啊，屁滾尿流地一路逃回鎮子，鎮上的人還以為林子裡又鬧老虎了，都嚇得不敢出門，連肖鎮長都腆著臉親自去請吳潼捉虎。吳潼帶著歪嘴和獨眼去了林子裡，兜兜轉轉找到太陽下山，連老虎腳印都沒發現，卻看到一棵樹皮上掛著幾根虎毛，樹下就是小霸王被撓得亂七八糟的屍體。屍體抬出來時我看到了，做了好幾天噩夢。」

「等等，」姬揚清突然打斷，「你仔細描述一下肖搏望的屍體。」

「哎呀，可慘呢，頭上、臉上、胸前、胳膊上、腿上，到處都是虎爪道子，喉嚨被一爪子撓斷了，都看到骨頭了。」

姬揚清翻著卷宗裡的勘驗紀錄，和丁未所說基本不差，不禁奇怪道：「渾身爪痕，卻沒有牙印？」

丁未使勁點頭，表示自己不會記錯。

姬揚清道：「我聽歪嘴說起這案子時，還以為是有人蓄養猛獸傷人，假託虎皮顯靈，可猛虎傷人，多為捕獵果腹，一般是撲躍而出，以前爪撕捉要害，咬斷咽喉，乾淨俐落，務求一擊致命，然後咬食胸腹肉厚處。肖搏望再怎樣掙扎，也不會全身都是抓痕，卻不見齒印，這老虎殺死人後一口不吃便走了，由此可見殺人的絕不是猛獸。」

丁未壓低了嗓子，神祕兮兮道：「更可怕的是，當天晚上婁爺爺的幾個鄰居聽到他院子裡傳來虎嘯聲，嚇得一夜沒敢出門，第二天一早便跑去報案。婁爺爺的屋子自從鬧鬼之後便一直封著門窗，警察去的時候，發現臥室的窗戶不知什麼時候被猛力破開，吳潼送的那張虎皮還好好地鋪在床上，虎爪上沾著早乾透的血，小霸王常戴在脖子上的小玉墜就掛在老虎的左前爪上！當時整個鎮子都炸鍋了，所有人都說，婁爺爺的鬼魂附在虎皮上，撞破窗戶，一路飛到樹林中，殺死了偷他東西的小霸王。」

「荒誕無稽，這世上根本沒鬼。」姬揚清把堂而皇之寫著「虎皮殺人」的卷宗拍在桌上。

許枚卻有些奇怪，「吳潼和婁子善關係很好嗎？竟然當著全鎮人的面折了鎮長的面子，把虎皮交給一個老太監。」

丁未道：「吳伯伯是婁爺爺幫著發送的，吳潼自然念著他的好。」

許枚又問道：「那個叫金二哥的木匠也受過婁太監的恩惠？」金二哥聽到胡勵的死訊時放聲大笑，令許枚印象深刻。

丁未道：「對呀，金二伯去年害過一場大病，是婁爺爺從冉城買來一種很貴的洋藥救了他的命。」

「你叫他婁爺爺，看來你家和婁太監處得不錯。」

「對！」丁未使勁點頭，「去年夏天我發疹子，是婁爺爺從縣城請來醫生救了我。」

許枚道：「看來這婁子善人如其名，真是個大善人。」

丁未道：「是活菩薩，我們全鎮的人都欠著婁爺爺好大的人情。如果沒有他，我們怕是早就渴死了，連附近的幾個村子都得絕收。」說著他又端起了說書先生的架式，江蓼紅眼前一亮，看來小傢伙又要說一段傳奇故事了。

「兩年前婁爺爺千里迢迢從北京回燕鎮，不是思鄉心切，也不是興起而為，而是為了拿一件曠世奇珍給燕鎮換救命的水源。可憐他一把年紀，一人一驢，帶著一大包古董珍玩一路南下，這一路山高道險，奸惡之輩遍布林野，可謂是逢山有怪，遇嶺藏魔……」

「好好說話！」姬揚清沒有聽「婁太監南遊記」的興致，打斷了抑揚頓挫的丁未。

丁未縮了縮脖子，他本想在江蓼紅面前顯顯嘴皮子，好叫這個漂亮姐姐送自己去冉城學說書，沒想到被這個凶巴巴的女人壞了好事。

最喜歡聽書的小悟也有些失望，在姬揚清背後揮了揮拳頭，隨後便驚恐地發現一隻巨大的蠍子爬到了自己腳面上，嚇得「嗷」一聲躥上了桌子。

江蓼紅笑著安慰丁未幾句，說道：「現在是問案，你揀重要的說，可不能胡編亂造、誇大其詞。」

丁未垂下腦袋，委屈地扁了扁嘴，老老實實地說起了兩年前的故事。

原來在魚蟾縣南邊偏遠山坳裡有一口燕龍泉，水量豐沛，水質也好。若是正常年景，附近村鎮吃水灌溉，全仗這口泉水供應，可是一遇旱年，燕龍泉水量驟減，泉水南北兩岸的農民、鎮民為爭水屢起糾紛，每每械鬥而鬧出人命，兩年前的爭水械鬥尤為慘烈。

魚蟾縣新上任的苟縣長要根除舊弊，「調解」糾紛，仿效古時晉祠分水故事，在燕龍泉邊支了一口滾沸的油鍋，鍋裡放了八枚銅錢，代表燕龍泉的八股泉水。北岸以燕鎮為首，南岸以龍鎮為首，兩鎮各下轄幾座村莊，兩方鎮長被苟縣長點了名，伸手去油鍋裡搶銅錢，哪位鎮長能當眾從鍋裡取出幾枚銅錢，以後就分幾股泉水，判定之後，永免爭執。

燕鎮的肖鎮長是畏頭畏尾的膽小鬼，站在油鍋旁遲遲不敢伸手，龍鎮的呂鎮長卻是個身長力壯的愣頭青，大手一伸，油鍋裡的八枚銅錢全被他一把抓了去，燕鎮和燕龍泉北岸的幾個村子就此斷了水。

苟縣長出身北洋，滿身軍閥做派，令出必行，不容違逆，而且最恨膽小怯懦之人，跑到縣政府哭窮的肖振章被一頓亂棍打了出去。

江蓼紅哭笑不得，「我只當晉祠分水是山西民間傳說，沒想到真有當官的做這種傻事，百姓還當真履行這種可笑的契約。」

許枚歎道：「世間無稽事，遠比戲本裡寫的更荒誕。許多地方都流傳著分水故事，但再如何荒唐，也不過是一邊分三成水，一邊分七成水，像苟縣長這樣直接斷了一方水源的，簡直是混蛋至極。」

丁未一拍大腿，「說得太對啦，苟縣長就是個混蛋！水源一斷，燕鎮的人少說搬走了六成，幸好婁爺爺及時從北京趕回來，送給苟縣長一件古玩，硬討了兩股泉水給北岸，這才解了鎮上的水荒。」

大旱之年能憑一件古玩換取兩股泉水，簡直匪夷所思，許枚驚奇不已，忙問道：「是什麼樣的古玩？」

丁未對古玩實在不瞭解，撓著頭道：「聽說是一個硯臺，皇帝用過的古代硯臺，可值錢了。」

許枚有些失望，原來不是瓷器。

「有個小道消息，那個硯臺已經成精了，能變成人形！」丁未眨著眼睛道。

此言一出，滿座皆驚，江蓼紅、姬揚清、小悟都眼巴巴地看著許枚，等他給出一個解釋。

許枚也駭異不已，硯臺現出人形，這分明就是石精，玩石童子很難活過二十歲，婁子善一個垂暮老人，斷不會是玩石童子，怎麼可能讓硯臺現出靈體？

丁未說得興起，沒有注意到幾人神色異樣，繼續道：「硯臺成精只是最沒趣的一個說法，還有人說，那個硯臺上刻著一幅藏寶圖，只要參透藏在其中的祕密，就能找到曾九帥從長毛賊那兒繳獲的寶物。我爹聽縣城裡的人說，只要擦一擦那個硯臺，硯池裡就會冒出來一個梳著小辮的大胖藍妖精，滿足硯臺主人三個願望。還有人說婁爺爺在硯臺上塗了迷魂藥，苟縣長一拿到硯臺便著了魔，婁爺爺說什麼，他便做什麼。龍鎮的人還說婁爺爺是苟縣長失散多年的親爹，那塊硯臺就是父子相認的信物……」

許枚拍拍胸口，原來都是些市井傳言，一個比一個不靠譜，硯臺成精的說法應該也不可信。

丁未至少聽說了二十多個關於硯臺的傳說，正講得口沫橫飛，突然聽見幾聲「咕嚕咕嚕」的怪響，頓時愣住了，「你們……都沒吃飯啊？」

許枚拍拍肚子，「那麼豐盛的一頓晚飯，一口沒吃就糟蹋了。都怪江老闆，多鮮的乳豬和鯉魚呀，噗嗤噗嗤就把肖振章和胡得安的腦袋攮進去了。」

江蓼紅捂著咕咕亂叫的肚子，紅著臉啐道：「呸，酒裡全是蒙汗藥，誰知道那些菜裡有沒有古怪。」

姬揚清一把推開門，提著在門外偷聽的單老八的脖領子把人拖了進來，摸出兩個銀毫子道：「準備些飯菜來，不必多豐盛，頂飽就行。」

「哎喲，哎喲，您跟我客氣什麼，想吃什麼隨便點，不收錢。」單老八笑得像兒子房間裡供的彌勒佛。

「知道，這錢是給你買跌打藥用的，我最討厭鬼鬼祟祟聽牆角的人。」姬揚清說著舉起了拳頭。

「哎喲，哎喲……」單老八抱著頭滿屋亂竄。

「嚷什麼，我還沒打呢。」

「我不偷聽了，不偷聽了，我這就去準備飯菜。」單老八一溜煙跑了出去。

這一晚上過得很太平，單曉貴難得的沒有做噩夢，丁未第一次睡在老闆家客房的軟床上，舒服得直哼哼。姬揚清吃過夜宵後又出了門，胡勵的屍體還停在派出所那個狹小的停屍房，需要進一步勘驗。江蓼紅和許枚一人捧著一本卷宗，看得哭笑不得，小鎮派出所勘驗之粗糙，結論之草率，比之前清衙門有過之而無不及。

姬揚清問起許枚二人來燕鎮的目的，許枚毫無隱晦，詳詳細細地說了，姬揚清焦躁地拍著額頭，「如果這兩件案子和撫陶師扯上關係，那可真難辦了。」

江蓼紅問道：「宣隊長怎麼沒來？」

姬揚清道：「有個偵資堂的師弟來了冉城，請他幫忙查一件案子，具體情況我也不清楚，好像和四川那邊有關。」

江蓼紅一愣，西王賞功便是張獻忠在四川鑄的錢。

許枚翻著妻子善「意外身亡」案的卷宗，像是突然想到了什麼，怔怔地出神。

夜裡一兩點鐘，天上飄飄搖搖地下起了小雪粒子，夾著些冷冷的雨點，這場雨夾雪實在不大，下了兩三個小時便放了晴，儘管如此，也讓燕鎮的百姓喜極而泣，這場久旱總算是終結了。

王大師可憐兮兮地睡在拘留室，望著鐵窗外的雪花，搖著頭自言自語，「這不會是我求來的雨吧？

難道打旱骨樁真的有用？不對呀，棺材都沒開呢！不過……我原本就沒打算開棺呀，我還想著放完煙火就假裝佛祖上身，阻止這幫傢伙掘墳呢。」

燕鎮的百姓可沒有感念王大師的意思，一個驅魔高僧怎麼可能連幾條小蛇、幾隻小蠍子都對付不了，一看就是江湖騙子。

木偶繡娘

次日一早，街上行人還不多，許枚、江蓼紅和姬揚清走進鎮上唯一一家香燭鋪。鋪子很小，製香、售香全靠老闆傅全帶著兒子傅寶操持，店裡一個櫃臺，店門邊還支了一個小攤。姬揚清取出從單曉貴房間拔下的香段，拍拍抱著小木偶坐在門口打盹的傅寶，「小傢伙，別睡啦，看看，這是你家的香嗎？」

傅寶年幼貪睡，一大早便被老爹拖起來看攤子，火氣正足，揉揉眼睛，沒好氣地嘟囔道：「誰呀，這麼早，喲……漂亮阿姨……啊！」

「叫姐姐。」姬揚清在傅寶頭上輕輕點了一指頭，一把奪過傅寶手裡精緻的小猴子木偶，咬著牙問道：「看看清楚，這是你家的香嗎？」

傅寶打了個哈欠，接過香擺弄幾下，輕輕嗅了嗅道：「樣子倒是很像，可我家的香沒這麼衝的味道，也沒有這些雜七雜八的小粒粒，我爹製香很講究的。把孫悟空還給我。」

姬揚清拿的那炷香和擺在攤子上一小束一小束的香粗細、顏色幾乎一樣，但確實有些微微凸起的小顆粒。許枚從攤上拿起一束香，輕輕嗅了嗅，只覺香氣清幽，沁人心脾，果然講究得很，連馨氳閣也沒有這樣好的香，當下便掏錢買了三束，傅寶開心地收了錢，又朝姬揚清一伸手，「姐姐，把孫悟空還給我。」

姬揚清覺得這聲奶聲奶氣的「姐姐」格外順耳，笑咪咪地把孫悟空木偶還了回去。

江蓼紅盯著木偶，臉色大變。

許枚小聲問道：「怎麼了，江老闆？」

江蓼紅搖搖頭，「沒什麼。」

姬揚清拍拍傅寶的腦袋，問道：「小傢伙，單家老爺來買過你家的香嗎？」

傅寶笑道：「那個大胖子嗎？他買得可多啦！」

「最近呢，最近他來買過嗎？」

「買過，買了二十幾束呢，供神仙用的，聽說他兒子天天做噩夢，活該，誰讓他兒子偷婁爺爺的東西，婁爺爺是大好人，他救了我們全鎮的人……」

「咳咳……」傅寶話沒說完，傅全便咳嗽著迎出店來，輕輕拍著傅寶的腦袋，笑吟吟地打量著上門的客人，「三位是捕門的差人吧？昨晚在墳地遠遠地見過。」

傅全三十來歲年紀，身材修長，眉目舒展，很有幾分書生相，長衫外罩著圍裙，細瘦的手指上沾著些香料粉末。

許枚仔細打量傅全，又低頭看看傅寶，忍不住「咦」了一聲，這父子二人的衣服雖不是名貴面料，但裁剪縫紉精緻至極，幾乎連針腳都看不到。傅全的長衫舒展得體，圍裙貼在身上，全然不顯粗俗，倒莫名透出幾分清雅氣，傅寶的五彩小衣裳更是不吝工本，各色絲線劈成四分六分，襯著各色衣料，細細繡了花卉瓜瓞，豔而不俗，極是養眼。最奇的是傅寶頭上的虎頭帽，那虎眼、虎口都是細細地用絲線繡著，活靈活現，機警可愛，好像下一秒就會嗷嗚嗷嗚叫上兩聲。

傅全見許枚盯著傅寶的帽子，微笑道：「拙荊有幾分女紅手藝，您見笑了。」

許枚道：「談何見笑？尊夫人的女紅手藝天下少有，我平生僅見，這小小的土坡鎮果然是臥虎藏龍之地。」

「謬讚了，謬讚了。」傅全溫和地笑道。

江蓼紅卻死死盯著傅寶手裡的木偶，聲音發顫，「那……那個孫悟空，也是尊夫人做的嗎？」

小木偶毛髮纖細，服色鮮亮，手指關節、眼皮嘴唇都能活動自如，雕製得實在精巧。

傅全搖頭道：「拙荊可沒這樣的手藝。」

「是誰做的？」江蓼紅急問，聲音都破了，嚇得傅寶一個激靈，緊緊地把孫悟空抱在懷裡，生怕給江蓼紅搶了去。

許枚、姬揚清有些摸不著頭腦，很少見江蓼紅這樣失態，這只小木偶很特別嗎？

「小鎮上只有一個木匠。」傅全含含糊糊地應了一句。

江蓼紅喜不自勝，連聲道：「好，好，我知道了，謝謝傅先生。」

傅全滿懷戒備地打量江蓼紅，不知她葫蘆裡賣的什麼藥。

許枚輕輕一拉江蓼紅的袖子，小聲道：「江老闆，你這是怎麼了？」

江蓼紅湊在許枚耳邊道：「等見了金木匠，自有分曉，原來『金二哥』這名字是這麼回事。」

許枚莫名其妙，「你也學會賣關子啦？」

「跟你學的。」江蓼紅緊緊攥著衣角，滿臉興奮之色。

姬揚清把致幻香遞給傅全，「傅老闆，你看看這香。」

傅全說著接過香來，笑道：「這不是我家的，香中有雜質，阿寶能看得出來。不過這人手藝倒是巧，和我的香有七八分相似，若是趁著在外面看攤子的阿寶打瞌睡，玩一手偷梁換柱，把一束有雜質的香放在我家攤子上，倒也不是不可能，對吧阿寶？」

「對對對……」傅寶連連點頭，「我最愛打瞌睡了，經常有人趁我不注意順走一束兩束的……」

許枚撥弄著傅寶的虎頭帽，笑道：「時常丟貨，你爹還讓你看攤兒啊？」

傅寶紅著臉強辯道：「我爹不在乎！」

傅全輕輕拉過傅寶，微笑道：「回去找你娘，秦石匠的衣裳做好了，你拿著送一趟，把錢收了。」

傅寶答應一聲，蹦蹦跳跳回屋去了，不一會便捧著一個小包袱出來，一溜煙沿街跑了出去。

傅全輕輕嗅著香，說道：「裡面攙了些奇奇怪怪的藥物，我也不知道是什麼，怕是幫不了幾位的忙。」他拱了拱手，施施然回店裡去了。

許枚笑道：「這傅先生，倒像是備好了說辭等著我們似的。」

江蓼紅望著香燭鋪繡工精細的門簾道：「這小鎮確實不簡單，這製香先生可不像尋常人物，那個沒露面的夫人也不是普通繡娘，她這樣的女紅，若在京津江浙，早被人捧上天了，可她竟然躲在這又窮又破的小鎮給人縫補衣服掙辛苦錢。」

姬揚清有些犯愁，「這裡的人個個透著古怪。」

「先去鬧鬼的房子看看吧，那地方更古怪。」許枚道。

婁子善家離香燭鋪不遠，藏在一處偏僻的小巷裡，磚牆尚新，院裡院外幾棵側柏，雖不甚高，卻粗壯得很，葉子也長得密實，樹上架著一個喜鵲窩。院子不算小，卻只有正對院門的一座大屋子和院子東、西、南三角的茅廁、柴房、廚灶間。院裡一張躺椅，一只小桌，一個葡萄架，幾盆已經凋落的花草，一隻趴在牆頭曬太陽的乾乾淨淨大白貓。

大門沒有上鎖，門上貼的封條還完好無損，虎皮案調查結束後應該還沒有人從正門進去過。門兩側是兩扇寬闊的窗子，左側的封著，右側的已經被撞壞，還沒有修補過，那張虎皮應該就是撞破這扇窗衝出去的。許枚撕下門上的封條，走進屋中，見房屋格局不大，一座正廳，左右兩間偏屋，是書房和臥室，那張虎皮就鋪在臥室的床上。

正屋中一張靈案，上面是婁太監的牌位，用遒勁的柳體字鐫刻著「婁子善」的名字，填著金漆；靈前擺著幾只小碟子，碟子裡的糕點已經長黴變質，餿臭難聞；香爐裡的香早已燃盡，姬揚清撚了一撮香灰，只覺綿軟柔和，和單曉貴臥室裡那些正常的香灰一樣，應該也是傅全店裡買的。燭臺上的蠟燭已經燒盡，殘存的一點撚子翹在燭臺上，蠟油滾下燭臺，堆積成扭曲畸形的結塊。桌角的一只碟子在地上摔得粉碎，幾顆小果子滾在地上，早已乾枯萎縮，應該就是單曉貴所說的被還魂的婁子善掃落的一碟點心。

姬揚清仔細觀察著屋裡的布置，只覺一切簡拙樸素，看起來是個再平常不過的小鎮人家，似乎看不出什麼異常，也不知線索在何處，不禁有些頭大，「帶著小若光來就好了。」說著她搖搖頭，逕自走進臥室去看虎皮。

江蓼紅抬頭看著房梁，希望能找到上梁時掛的銅錢。

許枚笑道：「上梁時用紅布把銅錢裹在梁上，是江浙一帶風俗，我們這邊不多。」

江蓼紅搖頭道：「房梁掛錢壓勝祈福的風俗各地皆有，我在北京近郊便見過不少，只是不裹紅布，只把錢放在梁上。還有些地方在房子主梁上畫八卦，用幾個銅錢綴在下邊，還有用小釘穿過錢孔釘在梁上的，這邊風俗我不瞭解，且先找找看吧。」

許枚笑了笑，拿起桌上的幾只瓷碟瓷碗看了看，都是新近燒造的粗瓷，毫無靈氣，在正廳四處轉了轉，也找不到什麼線索，正往書房去，突然「咦」的一聲，看到了客廳的取暖壁爐，巨大的爐膛上面一道煙囪，把煙氣送向屋外。

「對了，這裡是唯一連通外界的管道，還魂的妻子善只可能通過這裡離開。」許枚俯身去看滿是灰燼和煙燻火燎痕跡的壁爐，只見爐膛中的柴似乎被燒得非常徹底，不由心中一動，許枚感覺抓住了什麼，又有些模糊難明，一邊低頭思量著，一邊慢悠悠走進書房。

書房陳設簡單，一座書櫃，一個書架，一張桌子，一只座椅，再無他物。桌椅都是極普通的木料，但簡拙古雅，方圓內斂，雖不事雕琢，卻似是蘊含著極為複雜的情致韻味。

許枚自語道：「這不是木匠手筆，是文人工夫。」說著他輕輕坐在椅子上，無意識一低頭，看到桌下地磚縫隙裡卡著一只乾癟的小橘子，是觀賞金橘。

許枚俯身撿起金橘，四下看了看，屋裡沒有金橘樹。書桌上擺著筆墨紙張，鎮尺水盂，還有些顏料、朱砂，都很普通，桌角有一塊方形印痕，應該是放過什麼東西，印痕上的桌面有些微微起皺，像是被水浸過，還不止一次，桌子是用材質粗鬆的軟木做的，一旦遭水浸泡會有明顯變形。

許枚伸手撫摸著方形印痕，自言自語道：「這裡也許放過什麼方形的東西，後來被人拿走了。這桌上沒有硯臺……可是硯臺底下的桌面怎麼會皺成這個樣子？」他輕輕彎下腰，藉著從窗紙透進的光線，斜斜地看向桌面，只見這塊方形印痕中心處若有若無的有一個指甲蓋大小的圓形痕跡。

許枚心中一動，從筆筒裡抽出一把小銅尺子，量了量這塊印痕的大小，長八寸、寬六寸，中心的小圓孔直徑五分。

「真有這麼巧？」許枚皺著眉直起腰來，一個不小心撞到了書櫃門上，櫃門吱呀一聲打開，幾張畫紙飄飄悠悠掉在地上。

許枚撿起畫紙，頓時愣住了，畫上的女子瓜子臉蛋，眉清目秀，腦後梳一條馬尾，穿著湖藍色學生裝，巧笑嫣然，明豔動人。

「季鴻？」許枚忍不住叫出聲來。

書櫃裡滿滿地塞著幾摞未經裝裱的畫，足有三百多張，除了三十來幅花鳥小品、清供雜陳，其他的都是季鴻的小像，有些是黑白線稿，大都是上色稿，或站或坐，或喜或嗔，無一例外地落著「婁子善寫於某年某月」的款，還有些提著詩句，從時間上來看，都是近兩年畫的，粗粗算下來，婁子善平均兩天便要為季鴻畫一幅小像。

「婁子善……對季鴻……」許枚只覺得渾身直冒雞皮疙瘩，「不可能吧，他年紀那麼大了，又是個太監……」

江蓼紅聽見許枚那聲驚叫，也來到書房，見許枚攤了一桌子半舊的畫，不禁奇道：「這是什麼？」江蓼紅隨手拿起一張，仔細看了看，笑道：「『婁子善寫於民國九年八月十九』……這婁子善畫技不錯呀，瞧這姑娘，好像要從畫裡走出來似的……這姑娘好像有些眼熟。」

「這是季小姐。」許枚仔細端詳著一幅設色小像道：「我給你看過她的照片。」

「季小姐……季鴻？這些都是？」江蓼紅翻著滿桌畫稿，渾身寒毛直豎，「婁太監存的什麼心思？」

「不知道。」許枚也覺得這些畫透著詭異，搖頭道：「季小姐應該從沒來過燕鎮，這些畫也許是婁子善憑記憶畫的，這老傢伙還出著自己的喜好給季小姐畫了些奇奇怪怪的衣服，瞧，這幅畫的是旗裝，這個穿著皮大氅，還有穿白紗裙的……」

許枚在小小的書房裡四處翻找，希望找到一些可以證明妻子善和季鴻關係的線索，可小小的書房四壁空曠，一目了然，除了這些詭異的畫，再無可以下手調查的地方。

許枚搖搖頭，「可惜那個喜歡蟲子的小傢伙不在。」

檢查臥室的姬揚清突然叫了起來，「姐姐，許老闆，你們來看這虎皮！」

射虎飼貓

臥室和書房一般大小，陳設同樣簡單，桌、椅、箱、櫃，還有一張小床，床上鋪著巨大的虎皮，油亮厚實，斑斕奪目。

姬揚清道：「這張虎皮非常完整，除了剝皮時剖開肚子之外，完全沒有其他傷處，吳潼到底是怎麼殺死老虎的，像武松一樣用拳頭活活打死嗎？或者是用毒、用繩子？」

江蓼紅伸手撫摸著巨大的虎頭道：「昨晚丁未講過，老虎是被吳潼一發三箭射死的，老虎身上應該有三個箭孔。」

姬揚清翻動著虎皮道：「沒有，一個都沒有！」

許枚指指老虎的兩眼和大嘴，「誰說沒有，這不就是嗎？」

姬揚清驚呆了，「一發三箭，射進老虎的眼窩和嘴裡？」

許枚一攤手道：「只有這個解釋了。」

姬揚清覺得不可思議，「不可能，不可能，世上哪有這樣神的箭法？獵戶用的弓箭，又不是狙擊槍。」

許枚道：「大千世界，無奇不有，李廣飛箭穿石，長孫晟一箭雙雕，紀昌懸犛射蝨，今人聽來哪個不是荒誕不經？」

姬揚清托著虎頭道：「不僅是準頭，力道也要控制得非常準確，力道若是不足，箭鏃堪堪刺破眼球和嗓子，只會令老虎越發瘋狂，陷獵手於險境；如果力道狠了，箭頭穿破老虎後腦後頸，這虎皮就不完美了。只有力道恰到好處，下面一箭斷舌封喉，上面兩箭穿目入腦，立時致命，才能保留一張完整的虎皮，可這樣精準的力度，情急之下怎麼可能做到？」

「他確實做到了。燕鎮有一流的木匠、一流的箭手、一流的製香人、一流的女紅，幾百人的小鎮子，竟然聚集了這麼多頂尖的人物，還個個不聲不響沒沒無名，真是奇了。」許枚突然想到祭紅盜靈曾說過妻子善救下的一批被稱作「黑什麼」的落難者，不由心中一動。

江蓼紅盯著老虎的牙齒和爪子，突然說道：「虎掌有血。」

姬揚清莫名其妙，「當然，這張虎皮也許是殺害肖搏望的凶器。」

江蓼紅托起巨大的虎爪，輕輕晃著，「不，我是說，只有虎掌、虎爪上有血。虎皮其他地方的毛都乾淨淨，一丁點血都沒沾到，如果是這虎皮把人抓撓致死，胸前、頷下怎麼也該濺到些血跡吧。」

許枚立刻明白了江蓼紅的意思，「這虎皮不僅不是凶手，連凶器都不是。肖搏望身上的傷口不是虎爪造成的。」

姬揚清恍然道：「這些血跡都是偽造的。所謂虎皮殺人，不過是個模模糊糊的虎影，一聲莫名其妙的虎嘯，一具遍體鱗傷的屍體和一張指爪帶血的虎皮共同勾畫出的一個似是而非的結論。這虎掌上的血跡是偽造的，當時虎爪上鉤著肖搏望的玉佩，應該也是凶手掛上去的。我們來得太遲，肖搏望已經入葬，只能先推測他是被某種爪狀利器殺死的。」

許枚拍拍老虎的爪子，「所以嘛，根本沒有什麼虎皮殺人，更沒有人蓄養猛獸，虎皮也沒有離開過這張床，一切都是有人故弄玄虛，搞出些蹩腳的把戲糊弄人。」

姬揚清搖搖頭，「凶手應該是拿走過虎皮的，丁鐵匠隔著樹林看到過模模糊糊的虎影。不過那幾聲虎嘯……」

江蓼紅神色黯淡，輕不可聞地說了一句，「如果是他，模仿虎嘯輕而易舉。」

「什麼？」姬揚清沒有聽清。

江蓼紅搖了搖頭，「沒什麼……」

許枚想起江蓼紅看到傅寶手中木偶時的異狀，仔細琢磨那句「模仿虎嘯輕而易舉」，心念一動，頓覺醍醐灌頂、甘露灑心，一把握住江蓼紅的手，顫聲道：「江老闆，你覺得是他？」

江蓼紅心有靈犀，點了點頭。

許枚「嗨」的一聲，揮著手臂走出臥室，在客廳踱來踱去，興匆匆道：「難怪呢，難怪呢，我還當那天金沁看花了眼。」

「金沁？」姬揚清覺得這個名字非常熟悉，稍一回想道：「百果莊那個演木偶戲的孩子？」

「對！」許枚道：「婁子善還魂的案子，我又突發奇想了……」說著他轉身跑了出去，抬頭望著屋頂和老柏樹之間的空處，「單曉貴說的應該就是這裡，屋頂，樹枝，貓……煙囪！那邊，大樹那邊是誰家的院子？」

姬揚清道：「我看過卷宗，那邊院子住的是金二哥，發現婁子善屍體的就是他。」

「嗯，有些意思了。」許枚微笑著去抱臥在牆上的大白貓。

許枚平日裡很受小動物歡迎，無論是貓、狗、烏龜甚至牛馬，都很享受被許枚撫摸的感覺，江蓼紅的小花被許枚揉弄時，還會很沒出息地發出「嚶嚶」的聲音，連從百果莊帶回的兩隻紅子都會在許枚餵食時在他手上蹭來蹭去撒歡求抱，可婁子善的貓似乎對許枚很不友好，拱起脊背，長毛直豎，「哈」的一聲低吼，三躥兩蹦，撲到院外的老柏樹上，藉著樹枝縱身一躍，進了金二哥家的院子。

「好難得碰到個討厭許老闆的小東西。」江蓼紅見許枚吃癟，忍不住好笑。

「可惡的小毛團子。」許枚「吱吱」磨牙，望著金二哥家的牆頭道：「這貓體態渾圓，毛色油亮，顯然在婁子善死後還有人精心餵養，牠一受驚便往金二哥家的院子躥，應該已經對那個新家產生了歸屬感。」

六指如意

婁子善家和金二哥家之間隔著一條一丈來寬的土路，凹凸不平，陰暗潮濕，路中間還杵著一棵巨大的柏樹，平時少有人走，說是路，其實只是一處間隙而已。

金二哥家的院子不算大，門虛掩著，金二哥坐著一只小馬紮，正在院子裡挑揀木料，聽見許枚敲門，頭也不回道：「進來。」

許枚三人推開門走了進去，見小小院子裡堆放著大大小小的木材，小山似的。許枚粗粗看了一眼，見這些木料都不很名貴，最好的便是酸枝，還有些榆木、柏木、櫸木、核桃木、銀杏木和一些許枚叫不出名字的料子。

金二哥站起身來，在圍裙上抹了抹手，神情有些冷漠。

姬揚清打量金二哥一眼，說道：「我們是……」

「捕門的人，昨天在墳地見過了，坐吧。」三人在隔壁院子裡的動靜不大不小，金二哥也隱約聽到，他指指院子裡隨意擺著的幾個小凳，不輕不重地「哼」了一聲。那隻白貓蹲坐在金二哥腳邊，警惕地甩著尾巴。

「好像人和貓都不太歡迎我們……」許枚打量著金二哥，見他年紀並不很老，背微微有些駝，兩臂的肌肉把衣袖撐得鼓鼓的，腰帶上別了一只掛著小銅錢的煙袋，穿著一雙舊黑布鞋子，看起來就像個普普通通的木匠，很難想像那些精華內斂的家具和精巧別致的木偶是出自他手。

江蓼紅怔怔地盯著金二哥，呼吸漸漸急促起來。

「有什麼事？」金二哥一手把貓抱在懷裡，硬邦邦地問。

「你是木偶師，還進宮演過木偶戲，對吧？」江蓼紅突然問道。

金二哥頓時變了臉色，伸手去摸埋在一堆小塊木料下的斧子。

「你姓錢（錢），叫錢異，化名作『金二戈』，便是拆開了你的姓氏，又把『戈』化作同音字『哥』，聽來便像個工匠的諢稱。」江蓼紅盯著金二哥滿是陳年勒痕的手指，聲音難以自已地微微顫抖，「你有個綽號，叫六指如意，你父親曾是清宮造辦處木作的師傅，你沒有繼承錢老師傅的木作手藝，卻劍走偏鋒，把小巧精緻的木偶活計做到了極致，二十多歲時便被稱作『天下第一木偶師』。」

姬揚清的下巴都要掉下來了，這個「金二哥」的左右雙手，確實都有六根靈活自如的手指。

江蓼紅見錢異警惕地握著斧子，渾身肌肉緊繃，忙放緩了語氣道：「你雕製木偶、操縱木偶和擬聲表演的工夫天下無敵，光緒甲辰年那萬壽節一場『舌戰群儒』，全靠你一人一幕，操縱二十八個木偶行走坐臥，模擬二十八種聲音激辯爭論，撤幕之後，只見一人在座，滿場皆驚。當時我就在後臺，我師傅抱著我透過大幕縫隙看你的木偶戲，我當時便嚇著了，想不到世上還有這樣厲害的木偶師。可惜我只進過一次宮，也只看過你一場戲，聽師父說你演的《李逵背母》、《周處除害》聞名京師，我心心念念想去看一場，卻一直沒機會。」

「原來是你。」錢異的身體稍稍鬆弛下來，卻不肯丟掉手裡的斧子，瞇起眼睛上下打量著江蓼紅，難得地露出一絲似真似假的笑意，「成之玉的小徒弟都長成大姑娘了，也是，二十年了，你師父可好？」

江蓼紅躬身施禮，「好，身子健朗，日子也過得順遂。」

「那便好，故人消息難得，平安信更是難得。」錢異點點頭，又問道：「你怎麼認出我的，我的模樣可變了不少，頭髮花白了，還滿臉皺紋。」

「我剛才去了傅家的香燭鋪，看到傅先生兒子拿著一只木偶，那種木偶我認得。」

「喔，那是我做的。」

「還有……你煙袋上掛著的那枚銅錢，是我師傅送您的。」江蓼紅道：「我認得那枚打了四個小眼兒的鎏金乾封泉寶，唐錢之中，乾封泉寶也算難得。」

「哦？怎麼個難得法，你師父當時可說這東西不值幾個錢。」

江蓼紅道：「這是唐高宗乾封元年鑄的虛價錢，幣值等同於十枚開元通寶錢，鑄行不久便搞得物價飛漲，故此乾封二年便停鑄了。乾封泉寶存世不多，這種鎏金的是帝王賞賜臣工所用，更是萬中無一。師父曾見一個老八旗用它穿了小銀鏈子，墜著小鑷子小錐子掛在身上，便順手買了下來，後來又嫌它被今人打了孔，失了氣場，便……」

「便送給我啦？這老傢伙，把自個兒嫌棄的東西送我，虧我還念著他的好。」錢異搖頭笑了笑，語調驀地沉了下來，「你們來查肖搏望的案子？」

江蓼紅還沒說話，許枚便笑吟吟迎了上去，「要在木偶臉上做出潰爛和傷痕，需要注意些什麼？」

錢異的臉頓時垮了下來，「你這後生什麼意思？」

「這個小鎮上的一些人，都有些特別的工夫，所以這裡發生的案子不能以常理揣度，一些特別的作案手段，需要特別的技巧來完成，比如還魂的婁子善。籌畫這場木偶戲的人百密一疏，忘了一個不穩定因素，就是這隻白貓。」許枚指了指錢異懷裡的貓道：「婁子善還魂的那天晚上，單曉貴看到它凌空站著。」

錢異心一沉：那天晚上明顯感覺到手中的牽絲線劇烈晃動，險些沒能順利地把木偶送進壁爐，原來是這小東西跳上了懸空的絲線。

許枚繼續道：「我是打心眼兒裡不相信什麼還魂鬧鬼的，可血肉模糊的婁子善確確實實從一座密室中消失了。門窗緊鎖，院子外面還有人守著，婁子善是怎麼逃出密室的？剛才在婁家，我看到靈案不遠處有個連通煙囪的壁爐，這才想明白，『還魂』的婁子善根本不用『逃走』，他只要『消失』就可以了，活人不能消失，但用火油浸過的木偶可以。只要把它送進爐膛，不過幾分鐘就會化為灰燼。單曉貴也說過，當肖搏望帶著家丁破門而入時，壁爐燒得正旺。

「可人偶怎麼動起來呢？我突然想起單曉貴說過的懸空站著的貓，當晚在婁子善家的屋頂和那棵老柏樹之間，一定有什麼看不見的支撐物，很有可能是幾股繃得緊緊的線。當時天已經黑透了，單曉貴看不到絲線，只看到了這隻白貓。在老柏樹上築巢的喜鵲在空中亂飛亂叫，應該是發現巢穴附近有幾股絲線來回滑動，嚇得不敢回巢。我思前想後，只有這個結論能解釋所有問題，但要操縱一個行動自如毫無破綻的木偶，談何容易，我心中遲疑不定，直到江老闆叫出『六指如意』的名號，一切疑惑豁然消解。」

「名頭太響真不是什麼好事。」錢異歎了口氣。

江蓼紅也明白過來，「房梁上有一些被細絲線勒過的痕跡，這是牽引木偶的絲線繞過房梁做轉折，有人……」說著她有些惴惴地看了錢異一眼，「有人在那三個孩子來婁子善家之前，就在屋裡放好了木偶，幾根絲線繞過橫梁，線端的指環從煙囪遞出去，穿過柏樹，所以操縱木偶的人所在的地方，就是……就是……」

錢異微笑道：「從婁先生家煙囪出來，穿過柏樹，便是我家院子了。丫頭，你看得不夠細緻，絲線並不全是通過房梁做轉折的，還有桌腿、窗格，畢竟是一個等身木偶，全身上下二百多個關節，要做到活靈活現可不容易，五六十根線呀，拉錯一根，就能被人看出破綻，一處勁道使不足，木偶就走不到壁爐裡，難，難啊……哦對了，你剛才說面部的疤痕和腐朽妝容對吧？驢皮熬汁，彩料融合，只要工夫到了，一筆一刷，足以亂真。」

「錢先生手段高妙，晚生佩服。」許枚作揖道：「還有一件事我想不明白，那三個孩子發現屋中突然亮起火光，這是怎麼辦到的？操控泡過火油的木偶去點蠟燭和壁爐非常危險。」

「蠟燭早就點著了，只是在上面扣了兩個黑色的硬紙板罩子，罩子頂上有個扣環，連著絲線，絲線和木偶線一起繞過房梁，通過壁爐的煙囪牽入我的院子。罩子比蠟燭大得多，不會被火苗燒到，等聽到那三個小畜生進了院子，我便拉動絲線，把紙罩提起，在外面的人看來，好像是蠟燭突然被點著了。三個小畜生被嚇走之後，我再操縱木偶走進壁爐，木偶的手指尖裹著火柴的磷頭，在壁爐牆上一擦就著。」

許枚點點頭，「我第一次見到承認得這麼痛快的人。」

錢異心中有氣，暗道：誰知道來查案的是成之玉的徒弟，我這些手段成之玉再熟悉不過，我還能怎麼瞞她？口中卻道：「承認什麼？」

許枚無奈，「怎麼一轉眼就改口了？裝神弄鬼嚇唬那三個孩子的就是你。」

錢異丟下斧子，點起煙來，吧嗒吧嗒抽了兩口道：「我剛才說的都是夢話，說我裝神弄鬼，你有證據嗎？單曉貴一句莫名其妙的話和房梁上的幾條絲線痕跡能證明什麼？你們這些上差上官，不去管橫行霸道的惡少，倒來我這裡逼供，我看那個嚇走他們的人是做了一件好事，給那三個小惡霸一點教訓。」

許枚失笑道：「我幾時逼供了？那三個孩子不過偷了件東西，罪不至死吧？」

錢異道：「我可沒殺他們！」

江蓼紅見許枚把話說僵了，忙挪開話題道：「錢先生多年沒有現身了，怎麼在這麼偏僻的地方安家？」

錢異對江蓼紅還是有笑臉的，搖搖頭道：「給洪憲皇帝演木偶戲，唱了一齣《斬王莽》，差點吃了槍子，不敢再拋頭露面嘍。」

許枚暗道：全國四處討袁，搞得袁世凱焦頭爛額，你給他演《斬王莽》，確實有諷喻詛咒、擊鼓罵曹之嫌，不怪袁世凱要殺你。

江蓼紅道：「袁世凱五年前便死了，錢先生若想二次出世，可以來冉城找我。」

錢異搖頭歎息：「罷了，沒興致了，我發現我老子傳授的那套做家具的活計很有意思，比做木偶和演木偶戲更見工夫，我這下半輩子，打算子承父業，和這些桌椅板凳打交道……」

許枚順著錢異的話頭道：「我看婁太監家裡一些桌椅床櫃實在不俗，應該也是錢先生的手藝，這些家具大巧不工、氣完神足，境界上倒比醉仙樓和單家那些雕工繁縟的更勝一籌，是用了十足的心思在裡面的。看得出來，您對婁太監存著十足的敬愛。」他不等錢異說話，又繼續道：「錢先生手持利斧，端坐墓前，和妖僧惡奴對峙，這份膽色令人欽佩，冒昧地問一句，錢先生和婁太監是朋友故舊，還是沾親帶血？」

「我和婁先生不過善鄰之交。婁先生獻寶換水，對全鎮有恩，也是我的救命恩人。」錢異沉著嗓子說。

「哦……古玩換水源，確實是一則傳奇故事，錢先生可知道婁太監獻給荀縣長的是什麼寶貝？」許枚對那件換了兩股泉水的神祕硯臺很感興趣。

錢異臉一黑，眼珠快速搖擺幾下，「不過一方硯臺罷了，我不懂，那是讀書人的玩意。」

許枚不死心，追問道：「錢先生和婁太監既然是近鄰，關係也素來親善，可曾見過這硯臺？」

「沒見過。」錢異沉著臉搖頭。

許枚還要再繼續追問，卻聽「吱呀」一聲，有人把院門推開了。

一個濃眉大眼的少年不急不緩走了進來，沉靜得像一塊冰，「金二伯，把這雞燉了補補身子，今年冬天旱，山裡的雞也不肥實，將就吃吧。」他聲音低沉，和他的年紀全然不搭，但聽起來格外舒服。

少年身材高大，膚色黝黑，戴著麂皮帽子，穿一身粗布衣裳，外面套著一件厚實的豹皮小坎肩，腰後戴著箭壺，腰帶兩側晃蕩蕩地掛著兩隻野兔、一隻野雞——身上都是拇指粗細的貫通傷。一張巨大的弓斜挎在少年肩膀上，沉甸甸地壓得骨骼吱吱作響，許枚心頭巨震：鐵胎弓！這年頭還有能使鐵胎弓的神箭手？

「瞧你這孩子，這怎麼好意思？」錢異微笑著拱了拱手，接過野雞道：「你稍等等，我進屋取錢。」

「不用了，金二伯。」少年很不擅長客氣辭讓，轉身便要走。

「吳潼？」許枚叫了一聲。

那少年輕輕「嗯」了一聲，回頭瞧了許枚一眼，生怕錢異取出錢來，不再理睬許枚，埋著頭快步離開。

「這小鬼真沒禮貌！」許枚道。

江蓼紅道：「卻有些市井孤俠的味道。」

姬揚清抬腳便走，「追上他，那隻老虎的事我一定要問個清楚，我不相信世上有比狙擊槍還精準的射術。」

錢異取錢出來，院子裡已經空無一人。

「他們不抓我去見官嗎，怎麼沒聲沒影地走了？」錢異攥著銅板，眉宇間塗了一層悲壯氣息，「捕門啊……捕門的差人不是那麼好糊弄的。」

妻子善的大白貓蹭著錢異的腿，喵喵直叫，錢異抱起貓，輕輕撫摸著油亮的長毛道：「又餓啦？真是能吃，今天給你吃些好的，燻魚怎麼樣？也不知我還能餵你幾次……」他絮絮叨叨地說著，推門進屋。

牆角擺著一只不大不小的盤子，滿滿的全是油污，依稀可見油潤的黃色，那是妻子善拿來餵貓的盤子。

獵戶石匠

吳潼走不多遠，進了轉角處的一座院子，這裡是一座小鋪面，附近卻沒什麼人家，孤零零的一個木牌匾，寫著「秦記石作」，看來是一個石匠作坊。

姬揚清道：「秦記……對了，風水塔的花盆都是婁子善在這裡定做的。」

吳潼像是知道三人要跟來，進院時沒有鎖門。許枚敲敲虛掩的房門，聽見裡面一個破鑼似的嗓子喊道：「門沒鎖！」那人嘴裡有些含混，像是在吃東西。

石匠的院子裡當然堆滿了各種各樣的石料，顯得有些淩亂。小鎮的石匠很少有大活兒，院裡堆著的不過是些拴馬石和石臼、石杵、石坐墩之類。院子結構和婁子善、錢異家的大同小異，只是在房屋門側搭著一個小竹棚子，棚子下敦實的木桌上放著幾塊精巧的文房小物件，石硯、石鎮紙之類。

屋門也沒關，許枚推門進屋，頓時呆住了。

房間暖融融的，旺旺地點著壁爐，桌椅家具擺得整整齊齊，最可人的是牆根下、窗臺上、床頭邊，都擺著各式各樣的花草，綠意融融，宛如春日。水仙開得最好，金黃雪白的花一簇簇地點在高挺的長莖綠葉間，嬌嫩喜人，其他如文竹、小蠟梅，個個鮮亮壯實，生氣勃勃，只有一棵金橘落果嚴重，滿樹濃綠，卻沒剩幾顆橘子。

石匠秦猛身量不高，其貌不揚，白髮斑斑，渾身肌肉卻像鋼打鐵鑄一樣，幾乎要撐破衣服，很有幾分武館老師傅的派頭。剛剛送來衣裳的傅賨坐在石匠秦猛腿上吃著核桃，秦猛鐵鉗似的手輕輕一捏，核桃的皮便「叭」地碎裂，傅賨手巧，幾下便剝出兩瓣完整的核桃仁，一瓣自己吃，一瓣塞進秦石匠嘴裡，一老一小吃得不亦樂乎。吳潼坐在秦猛對面，慢條斯理地把兩隻被一箭穿腦的野兔子放在桌上，一隻是給秦猛的，一隻是給傅家的。三個人都沒搭理捕門上差的意思。

許枚輕輕一拱手，「這位小哥可是吳潼？」

吳潼輕輕點頭，不經意地摸了摸箭壺，「有事？」

「那隻老虎你是怎麼殺死的？」姬揚清開門見山。

「一發三箭，射死的。」

「虎皮上沒有箭孔。」

「射進眼睛裡、嘴裡，虎皮上自然沒有孔。」

吳潼所說與許枚推測絲毫不差，姬揚清瞠目結舌，「吹牛吧？」

吳潼冷「哼」一聲，起身便要走。

許枚緊追兩步，問道：「能把你的弓給我看看嗎？這年頭鐵胎弓可不多見了。」

「不能。」吳潼很寶貝那張弓，面色迅速沉了下去，不再多說什麼，冷著臉離開了。

許枚望著吳潼的背影，自言自語道：「也不知這弓的射程有多遠，少說有二三百步吧。」

秦猛盯著許枚，臉色很不好看，「你到底是來查什麼案子的？」

「婁子善還魂，虎皮殺人，還有昨晚的石花盆殺人。」許枚回過頭來，與秦猛四目相對，「鎮上應該只有一家石匠作坊吧？」

秦猛拍拍傅寶的頭，「拎上兔子回家，那邊竹簍子裡有些核桃，你帶些回去。」

「嗯，謝謝秦爺爺！」傅寶把兔子挎在脖子上，用衣襟兜著滿滿的核桃，開心地走了。

「我知道你想問什麼，風水塔上的石盆是我兩年前做的。」秦猛大馬金刀地坐著，渾身肌肉緊繃，活像山門前的金剛。

許枚四下看看，笑道：「水仙種得極好，桌上那盆文竹更是不俗，綠葉層疊，翠莖挺拔，真有一派蒼松氣概。這些花盆也是您親手雕的？」說著他捧起那盆文竹，仔細端詳。

秦猛點點頭。

花盆都是很普通的青石材質，打磨得光滑細膩，深深淺淺雕刻著古雅圖案，或是梅蘭竹菊，或是古松仙鶴，精巧些的還雕著仙翁童子、麒麟瑞獸，刀工簡單古拙，不過寥寥數刀，人物草木，氣韻皆成。

許枚捧起那盆金橘，「這個最近剛換了盆吧？金橘這東西很嬌貴，剛入冬時最容易落果，可不能隨意換盆。」

秦猛僵硬地點頭，「受教了。」

許枚話鋒一轉，「如果讓您重新雕製一個盤龍花盆，應該不難吧？」

秦猛冷笑一聲，「怎麼，懷疑砸死胡勵的花盆是我新做的？你去院子裡看看，所有大塊石料都是青色的，兩年前雕盤龍花盆的乳白色石料，一年前便絕了根，你若還能找來一塊足夠雕造花盆的大料，我管你叫爺爺！」

許枚一愣，瞧瞧捧在手裡的金橘，花盆果然是青灰色，秦猛屋裡那些花盆，老舊些的都發白，新近雕製的都發青，堆放在院子裡的石料幾乎都是青色的，白色石料只有些舊年留下的一兩寸大的細碎邊角料。砸死胡勵的花盆是漂亮的乳白色，絕不可能是新近雕成的。

「哦……石料沒有了啊，看來，砸死胡勵的確實是風水塔上的舊花盆，哦不，是兩年前雕的舊花盆。」許枚神祕兮兮地眨眨眼，見秦猛臉色極不好看，忙放下金橘，笑嘻嘻道：「不打擾了，告辭，告辭。」

二十五個花盆

從秦猛家出來，走過兩個街口，臨街有一座小小茶館，三人挑了靠窗的位子坐下，點了一壺綠茶，幾樣點心。

許枚為江蓼紅和姬揚清斟了茶，又把一碟叫不出名字的小麵點推到兩人面前，「山西的麵點最好，這個應該是棗泥豆沙餡的，來嘗嘗。」

三人調查了半個上午，確實有些乏了，正需要一些點心磨牙。

江蓼紅很喜歡山西麵點這份粗獷實在的勁頭，捏著一隻兔子形狀的豆包吃得慢條斯理。姬揚清卻有些急躁，灌了兩大口茶，把噎人的核桃糕沖下肚，抱怨道：「吳潼、六指如意、秦石匠，還有那個不溫不火的傅先生，這幾個人好像都對我們存著十足的防備，說話陰陽怪氣的，藏著掖著，實在可疑，我可真不喜歡和這些活人打交道。」

江蓼紅笑道：「查案可急不得，我們這一上午收穫不小，還魂案已經算是破了，虎皮案也多少有些眉目……」

許枚突然道：「虎皮案……六指如意也許是涉案人。」

江蓼紅一怔，「為什麼？」

許枚道：「虎嘯啊！我記得你說過，六指如意最擅長的是《李逵背母》和《周處除害》，這兩齣戲裡老虎都是重要角色。」

江蓼紅點點頭，「《李逵背母》和《周處除害》都有人虎大戰的情節，木偶師要演好這兩場戲，必須學會模仿虎嘯。」說著她心裡一陣難過，「妻子善還魂說白了不過是一場惡作劇，訓誡一場便也罷了，可肖搏望的案子是人命案，一旦六指如意牽涉其中，免不了一場牢獄之災。」

「我只是隨口一說，沒什麼證據，先不談他了。」許枚輕輕抿了一口熱茶，轉移了話題，「還記得砸死胡勵的那個花盆吧，盆底有個小孔。」

姬揚清道：「花盆底下都有氣孔，石花盆雖然漂亮，卻不如陶土的透氣，氣孔還要大些。」

許枚道：「當然，盜花盆也一樣。可那些花盆並不是種花用的，是婁子善專為風水塔訂製的盛放絹花的器皿，完全沒有開孔的必要。」

姬揚清覺得許枚有些多心，「也許是秦石匠做普通花盆做順了手，隨手在盆底打了孔。」

許枚搖搖頭道：「這花盆的奇怪之處可不止這小孔，還記得吧，盆上那條龍的角梢斷了。」

姬揚清有些糊塗，「這有什麼可奇怪的？龍身是浮雕，龍頭是圓雕，這龍角還不如筷子粗，從五層高樓墜落下來，難免會摔斷。」

許枚從袖子裡掏出一截龍角，「這是我在胡勵屍體旁找到的。」

江蓼紅似乎明白許枚心中所想，用帕子擦了擦手，接過龍角把玩一番，說道：「這龍角光滑圓潤，除了根部斷茬，其他地方連磕碰的斑痕都沒有，這種石料多少有些酥脆，斷裂的龍角與地面磚塊磕碰，應該會有些撞擊、劃損的痕跡。」

許枚連連點頭，「心有靈犀，這正是我要說的。」

姬揚清神色凝重起來，「花盆表面也沒有與地面撞擊留下的痕跡，這說明……花盆也不是從塔上墜落下來的。凶手力氣很大，他用手拎著花盆，高高掄起，砸死了胡勵，又把花盆、石子和絹花放在屍體旁邊，偽造成花盆從塔上落下的樣子。」

許枚點點頭，稍稍整理思路，說道：「昨天提取證物時我試著比對過，龍角和龍頭的斷茬幾乎嚴絲合縫，色澤材質也一模一樣。這種白石料乾淨得很，紋路極淺極細，幾不可見，但細看之下還是有些小紋理，這截龍角和龍頭的紋理無法對接，所以它並不是從砸死胡勵的花盆上斷落的。凶手在用花盆砸死胡勵之後，又丟了一截精細雕琢了斷茬的龍角在現場。」

江蓼紅和姬揚清都有些發懵，這凶手的行為實在太詭異了，原來的龍角哪去了，為什麼沒有留在現場？凶手為什麼要偽造一截龍角？是秦猛幹的嗎？這和胡勵被殺有什麼關係？

許枚見兩人滿面疑色，笑道：「很有意思，對吧？我還在婁子善書桌下的磚縫裡，找到一個乾枯的小金橘，書桌一角還有一個方形的印痕，我量過尺寸，橫八寸、縱六寸。」說著他從口袋裡掏出一只金橘，放在桌上。

許枚的話題轉得有些快，江蓼紅和姬揚清差點跟不上他的思路。

許枚繼續道：「隆冬少花時節，置金橘盆景於几案，金黃濃綠，賞心悅目。只是剛入冬時容易落果，我想婁子善的書桌上應該擺過一盆金橘，不久前被人端走了。」

「總不會是肖搏望那三個小惡霸幹的吧，金橘又不值錢……噢！」姬揚清隨口說著，突然想到秦猛綠意濃濃的屋子，驚道：「秦猛屋裡有一盆金橘，落果很嚴重！」

許枚微笑道：「沒錯，種金橘的花盆也是新近雕刻的，紋路茬口還新得劃手，秦猛是個很會養花的人，怎麼會趕在冬天給金橘換盆？」

江蓼紅漸漸跟上了許枚的思路，「他要拿種金橘的舊花盆用作他途，又不捨得把金橘丟掉，只好換了一個新盆種上，卻不可避免地傷了金橘的根脈，落了不少果子。」

許枚道：「姬法醫，砸死胡勵的花盆有多大？」

姬揚清早吩咐歪嘴、獨眼記錄過凶器的尺寸，稍一回想，說道：「長二十六點五公分，寬二十公分，高十五公分，四壁厚三點五公分，底厚兩公分……哦！六寸，八寸！」

許枚笑著點頭：「太巧了不是嗎？二十六點五公分差不多是八寸，二十公分正是六寸，砸死胡勵的花盆和婁子善書桌上的印痕大小完全一致。我們是不是可以這樣推測，秦猛雕造婁子善訂製的二十四個花盆時，失手雕斷了一個幾乎完工的花盆的龍角。婁子善見那花盆工藝精湛，不忍心秦猛把它拆解成其他小件，便開口要下。秦猛知道婁子善要拿這個花盆回家種花，便貼心地在花盆底下鑿了一個氣孔，又另外雕了一個完好的花盆。」

江蓼紅順著許枚的思路道：「兩年前秦猛一共雕了二十五個一模一樣的花盆，其中二十四個盛了絹花，擺在風水塔上，剩下一個殘品被妻子善拿回家種了金橘。」

許枚拈著龍角道：「所以殺死胡勵的凶器並不是風水塔五層西窗的花盆，而是妻子善拿來種金橘的殘壞花盆。大塊的白色石料雖然已經斷了根，但往年殘剩的邊角料還有，選塊稍大些的來雕龍角應該不難。秦猛雕了一截龍角放在胡勵屍體旁，就是要給我們營造一種假象：在從風水塔五層落下之前，這個花盆是完好無缺的。」

姬揚清感覺案子漸漸明晰起來，不由讚道：「厲害呀許老闆，且不管你的推測是對是錯，單憑這節龍角，足夠傳秦猛去派出所了。」

許枚卻像是胸有成竹，「先不要驚動秦猛，麻煩姬法醫去查查近五年內搬到燕鎮的人有多少，我和江老闆要去風水塔看看，對了，還要準備些紙墨。」

「近五年……查這個做什麼？你去案發現場為什麼要帶紙墨？」姬揚清被許枚的跳躍思維折騰得沒了脾氣。

「證實一個更加大膽的猜想，那個王大帥還沒放走吧？」

「沒有，我吩咐歪嘴把他關在派出所了，因為昨晚我驗屍時發現了一個大祕密。」姬揚清也學會了賣關子。

重返現場

白天看風水塔，遠沒有夜裡那樣神祕華美，殺風景的正是幾盆灰頭土臉的慘白絹花。塔下青磚鋪成的地面上，胡勵的鮮血已經乾透，黑沉沉的格外恐怖。

一層的窗戶並不高，身材高些的人伸長胳膊便能搆到。

許枚踮起腳尖，小心翼翼地從窗口捧了一盆絹花下來，輕輕吹了吹花瓣上的塵土，「嚯，這東西夜裡看著漂亮，現在看起來也普普通通，還有些髒舊。」

「咦，盆底沒有孔！」江蓼紅撫摸著光滑平整的盆底道：「如果砸死胡勵的是兩年前雕壞的花盆，那原本放在風水塔五層窗口的花盆哪去了？阿清說昨晚七點王大師祭塔時窗口還亮著，不要再說什麼螢火蟲和鳥之類的玩笑話，當時花盆一定還在。」

許枚望著四面高低起伏的土坡溝壑道：「所以，凶手只能想辦法讓花盆在七點之後消失，比如……把花盆推進塔裡。塔門已經封死，窗口非常狹小，任何人都無法進入這座磚塔，花盆掉進塔裡，等於藏入一個人不可往的封閉空間，非常安全。」

「五層窗口足有六丈高，凶手用什麼手段可以……」江蓼紅像是突然想到了什麼，幾步走到深溝邊，望著遠處墳地旁的老柏樹道：「你說，那棵樹有多高？」

此時太陽正好，高高低低的墳包旁邊，粗壯的巨柏綠蔥蔥地舒展著枝葉。

「那是古柏，總也有二三百歲了，墳地那邊地勢比這裡稍高，樹梢的水平位置不比風水塔低。」

許枚笑著問道：「你想到了誰？」

「吳潼。」江蓼紅道：「這座小鎮臥虎藏龍，身懷絕技者比比皆是，如果凶手是這些人當中的一個或幾個，就不能再用尋常的思路去推敲他們的殺人手段。吳潼射術驚人，能開鐵胎弓，他當然可以辦到一些常人力不可及的事。也許他昨晚就藏在樹上，彎弓搭箭，把花盆射進了塔裡？」

許枚大笑道：「心有靈犀呀江老闆！」

江蓼紅輕輕打了許枚一拳，又說道：「如果吳潼、秦猛都參與了謀殺胡勵，那直接凶手是誰？胡勵的死亡事件是昨天下午五點，當時這些人應該還在鎮裡，準備出發來墳地『聚人氣』。」

「別急，你先看看這攤血。」許枚指著胡勵的血跡道。

「這有什麼好看的？」江蓼紅很討厭血，皺著鼻子躲得遠遠的。

許枚笑了笑，從懷裡摸出一顆核桃，丟在地下，那核桃輕輕顛了幾顛，骨碌碌向風水塔滾去。

江蓼紅莫名其妙，「什麼意思？」

許枚笑道：「核桃為什麼會滾過去？」

江蓼紅一怔，隨即驚叫道：「坡度！從風水塔到院子西牆斷壁的地面有一個輕微的坡度，風水塔的位置稍低，牆根那裡略高些，可是這攤血跡……血是從低處流向高處的，這太不合理了。」

許枚道：「胡勵離開家的時間是昨天下午四點左右，我們剛才從小鎮沿大路步行到風水塔這裡，足足用了一個半小時。可胡勵在五點左右就死了，就算他離開家門就直奔風水塔，也無法在被殺之前趕到，所以胡勵被殺的現場並不在這裡。」

「也許在他來的路上？」

「不，我想他從沒想過要來風水塔，他和元寶說過要回家吃晚飯的，就算他出門辦事多花了點時間，趕不及吃晚飯便直接趕去墳地，也不該選這條比小路足足遠了三四倍的大路。胡勵四點出門時的目的地應該是鎮子裡的某個地方，他要去取一件東西，還是不能被人知道的東西，所以才會瞞著九個小媽。胡勵一去不回，也許他在鎮子裡就被人用那件斷了龍角的花盆砸死了，然後移屍到這裡。」

「移屍？從鎮子裡移屍到這裡？當時鎮裡鎮外各條小路上縷縷行行都是趕去墳地的人，拖著屍體走在路上難免被人發現，再說，這地上的血跡……這……阿清說血跡很正常，至少在不考慮坡度的情況下很正常。」

「所以我讓她去問問近五年來搬到鎮上的都有誰。」

「什麼意思？」

「走吧，咱們去墳地看看，我好久沒爬樹了。」

「爬樹幹什麼？」

「吳潼來墳地『聚人氣』，總不能背著他的鐵胎弓吧，那太惹眼了。他只能事先把弓箭藏在樹上，到時早早來到墳地，占據樹上最好的『制高點』。墳地這場鬧劇結束後，他不敢背著弓下樹回鎮子，只能趁半夜或是凌晨偷偷回來拿。上午我們見到吳潼時，他是背著弓箭的，應該是今天凌晨偷偷去過墳地，上樹取了弓箭，還去林子裡打了些野雞兔子。」

「昨天夜裡飄了些雨夾雪，墳地泥濘不堪，他半夜爬樹的話，一定會在樹上留下泥腳印。」江蓼紅心有靈犀，立刻明白了許枚的意思。

墳地南邊的柏樹確實很高大，許枚用一根小木棍戳戳樹下的腳印道：「腳印有些深，應該是早上四五點鐘雨雪下透的時候來的，他取了弓箭後，直接去林子裡打獵了。」

江蓼紅圍著樹幹轉了幾圈，「這棵樹最高最壯，橫枝粗大，足夠托住吳潼的身子。瞧，樹幹上還有泥腳印，應該是他早上爬樹取弓時留下的。」

「我上去看看，如果能找到他放弓的位置，就可以對照一下和風水塔的高度。」許枚挽起袖子，輕巧熟練地爬到樹上，還小心地避開了吳潼留下的泥腳印。

江蓼紅看得驚愕不已，「許老闆，你爬樹的本事從哪兒學的？」

「小時候我家的貓經常卡在樹上下不來，我為了救牠，不得不學會爬樹。」許枚一邊爬著，一邊留心著泥腳印的走向，「嗯……爬到這裡轉向橫枝，哦……這有個舊鳥窩，弓箭應該是藏在這裡。這條橫枝位置很高，樹葉又濃又密，還有鳥窩托著，踏實得很，但普通孩子爬樹不敢爬到這麼個高度，太險了。」

江蓼紅仰著頭，透過層層枝葉望著像猴子一樣攀著樹枝的許枚，擔心道：「就是啊許老闆，快下來吧，弓箭藏在鳥窩裡，留不下什麼痕跡的。」

「誰說的？」許枚伸手在鳥窩旁的幾根樹枝上輕輕揪了幾下，江蓼紅的視線被重重枝葉擋住，看不清許枚在做什麼。

「記得吳潼的豹皮小坎肩吧……」許枚小心地蹬踏著樹枝往下走，一隻手裡好像捏著什麼東西。

「記得，小夥子穿著那身豹皮，威風凜凜。」江蓼紅見許枚在橫七豎八的樹枝間左右騰挪，心懸得老高，生怕他一腳踩空。

許枚好容易下到了一個相對安全的位置，本想施展功夫跳下去，低頭看看樹下濕乎乎的泥地，終於放棄了這個打算。許老闆還是很愛乾淨的，老老實實地抱著樹幹挪了下來，亮出捏在手裡的線索，「瞧，這是什麼？」

「一撮毛，還是獸毛。」江蓼紅驚道：「又粗又硬，是大猛獸的毛。」

「大猛獸可不會爬到那麼高的地方。」

「是吳潼坎肩上的豹毛？」

「很有可能，被樹枝刮了這麼大一撮毛下來，在坎肩上一定能找到破損處。」許枚從墳頭撿起一片未燒盡的紙錢，小心地把豹毛包了起來，「走，我們去風水塔。」

「啊？還要去風水塔？」

「剛才我忘了一件事，二樓的絹花有幾個花瓣來著？」

「誰能看清啊？二樓那麼高！」

「那有幾片葉子呢？」

「好像……四片？」

「但一樓的花只有三片葉子。好不好啦江老闆，陪我去取一個二樓的花。」

「怎麼取？我可構不著，磚塔無處借力，你徒手可爬不上去。」

「知道，我折一條樹枝，把花鉤下來。」

「你是為了折樹枝才來墳地的嗎？」

「也是為了來找吳潼的腳印……對了，還要拓一個腳印回去和吳潼的鞋底做比對。」

「我說呢，原來紙和墨是幹這個用的。」

許枚和江蓼紅精疲力竭地回到單老八家，已經是下午四點鐘了。單老八體貼地送來下午茶和點心，乖乖退了出去。

姬揚清把一摞霉味沖天的卷宗推到許枚面前，好奇地眨著眼睛，「我還是沒想明白許老闆為什麼讓我查這個，雖然這一查確實查出不少門道。五年前搬到鎮上的人不少，香燭鋪的傅全夫婦、秦猛、錢異、吳家父子和鐵匠丁追都是那時候搬來的，這裡還有不少陌生的名字，郎中趙淺言、廚師魏嘉、銀匠方洵美。十多年前燕鎮這一帶遭了匪災，附近村鎮的人死傷不少，逃亡離散的更多。民國五年，政府新派了縣長、鎮長，管理縣鎮，整頓戶籍，有不少黑戶趁這機會搬到鎮裡，落了戶口。」

「那為什麼要查五年前的事？」江蓼紅也沒跟上許枚的思路。

許枚喝了口茶，嚥下豆包道：「祭紅瓷靈說過，婁子善在五年前救下了幾個被軍隊追殺的落難者，指點他們到燕鎮藏身。我想這些落難者就在五年前搬到鎮上的人當中。婁子善對全鎮的人有恩，對這些落難者更是恩重如山。」

「落難者……」江蓼紅道：「殺死胡勵和肖搏望的是這些落難者？」

許枚道：「我只是猜測，婁子善還魂案、肖搏望被殺案、胡勵被殺案、單曉貴中毒案，這四件案子的嫌疑人都是五年前搬到燕鎮的。」

「動機呢？」

「婁子善是他們的救命恩人，也許他們想守住這老太監的遺物。」許枚也摸不透凶手殺肖搏望和胡勵的動機，他們只不過偷了一個值錢的小鎮紙。

江蓼紅道：「婁子善是刑餘之人，沒有後代，他們守著這些遺物能留給誰？」

姬揚清覺得案子越查越複雜了，苦著臉問道：「你剛才說，這些落難者被軍隊追殺，那個瓷靈有沒有說他們是什麼人？」

許枚道：「五年前，也就是民國五年，洪憲稱帝，天下討袁。」

「不會吧，這些小人物怎麼會和袁世凱扯上關係？對了，六指如意演了一場影射袁世凱稱帝的木偶戲，也許袁世凱為這事追殺他……」姬揚清說著搖了搖頭，「不對，不對，檔案裡寫得很清楚，木匠金二哥是民國五年十一月搬到燕鎮的，可袁世凱在六月就死了。」

許枚笑道：「這些人的身分，我大致有個猜測，但只是突發奇想，沒有證據。倒是胡勵的案子基本想明白了……」

「真的？凶手是誰，秦猛嗎？」姬揚清忙問道。

「我還不知道打死胡勵的人是誰。」許枚一攤手。

姬揚清一把攀住江蓼紅的胳膊，「姐姐，讓我打他一頓吧。」

江蓼紅笑道：「你可打不過他。」

姬揚清氣哼哼地瞪了許枚一眼，「我知道凶手是誰。」

許枚道：「那太好了，把相關的人都請到風水塔吧，秦猛、吳潼、六指如意，對了，還有傅全的老婆，雖然她並沒有直接參與殺人。」

「沒有『直接』參與殺人……」姬揚清重重地咬了「直接」二字，「傅全的老婆我們見都沒見過，她怎麼會和胡勵的案子扯上關係？如果你要傳傅全我倒不奇怪，他是單曉貴那案子的第一嫌疑人。」

「那就請傅全也過來吧，但傅全的老婆是必須要帶到的。」許枚神祕地笑了笑，又道：「把那個倒楣的王大師也請去，肖鎮長和胡所長就不要請了。」

姬揚清咬牙切齒，「一套一套地賣關子，遲早被人揍死。」

許枚道：「還要麻煩姬法醫在風水塔的院子裡多藏些小蛇小蠍子什麼的，一旦凶手暴起傷人，可以隨時把他控制住……啊！」

江蓼紅恨恨地掐著許枚脅下的軟肉，「這才剛回來，又要往風水塔跑，這一天就跟著你遛腿了，坐科練功都沒這麼累過。」

許枚嘶嘶吸著涼氣，「江老闆，咱們是有驢子的。」

江蓼紅加重了手上的勁，「剛才去風水塔的時候為什麼不騎？」

許枚好容易掙了出來，委屈道：「我也沒想到去風水塔要繞那麼遠的路……」

塔下解謎

太陽已經下山了，天邊濃濃鋪著幾團暗紅色的雲，風水塔上的絹花微微泛起綠光，傅全夫婦、秦猛、錢異、吳潼、王大師和許枚、江蓼紅、姬揚清站在院裡，九雙眼睛盯著骨碌碌滾過乾涸血跡的核桃，臉上表情千姿百態，格外精彩。傅全當前而立，直面許枚，其他幾人成眾星拱月之勢站在傅全身後，好像是以傅全為首。

「大家都是聰明人，應該明白我是什麼意思。」許枚用幾塊磚頭在塔簷下壘起一座小小的檯子，演說者似的站在上面。

「先生想說什麼？」傅全輕輕攬著妻子孟氏的腰，平靜地問。

孟氏看起來有些病弱，臉色蒼白，四肢細瘦，但容貌嬌美，蹙著眉頭柔柔弱弱地靠在傅全身上，很有幾分西子捧心的味道。

許枚沒有回答傅全的問題，眼睛從在場眾人臉上慢慢掃過，微笑道：「各位，知道自己為什麼被請來嗎？」

眾人屏氣凝神，警惕地望著許枚。

江蓼紅渾身的寒毛倒豎，這些「匠人」身上莫名迸出濃烈的殺氣，壓得人幾乎窒息。

「各位別緊張。」許枚也感覺到了恐怖的壓迫感，索性把話挑明，「關於胡勵被殺的案子，我有些問題要向各位請教。」

秦猛冷森森道：「胡家小子死時，我們都在墳地看這假和尚出洋相，我有不少證人。」

在全鎮百姓面前出洋相的王大師孤零零站在一邊，撩起眼皮瞧了秦猛一眼，罵罵咧咧地嘀咕了幾句。

許枚笑道：「這是當然，七點左右各位都在墳地，也都找了證人。但姬法醫仔細檢查過胡勵的屍體，他的死亡時間是下午五點。」說著他指了指滾到塔基處的核桃，「案發現場也不在這裡。小院子的地磚只是平平整整地鋪在地上，沒有用水泥抹砌過，就像是……像是一幅方方正正的完整拼圖，有幾塊『拼圖』被人換過了，換成了同樣大小的帶血的『拼圖』，但這些偷換『拼圖』的人沒有想到，看似平整的小院地面是有坡度的。那麼請問，昨天下午五點，各位身在何處，可有人證？」

「五點？」傅全微笑道：「姬法醫驗差了吧？胡公子是被風水塔上的花盆砸死的，昨晚七點時花盆還好端端擺在塔上，大家都看到了，對吧，各位？」

許枚搖搖頭，「不不不，砸死胡勵的，不是風水塔上的花盆，這一點秦石匠應該很清楚。」

秦猛一翻白眼，「放你娘的屁！」

傅全道：「許先生是想說秦石匠新雕了一個花盆？」

「當然不是，我知道大塊白色石料已經沒有了。砸死胡勵的花盆是兩年前雕好的，或者說，是兩年前雕壞的，雕毀了一根龍角。這只殘次品沒能擺進風水塔，被妻子善討了回去，種了一盆小金橘。」許枚道：「砸死胡勵的花盆非常完整，只有那條穿雲飛龍缺了一根角，斷角就掉在胡勵屍體旁邊。奇怪的是，花盆上、斷角上，都沒有墜落造成的擦痕，斷角雖與龍頭嚴絲合縫，但細看之下，石頭的紋理對應不上。各位，明白我的意思嗎？」

傅全瞇起眼睛，「請許先生明示。」

「有人弄巧成拙，畫蛇添足。」許枚說著瞧了秦猛一眼，「他生怕花盆上缺了龍角，惹人懷疑，所以用剩下的白石碎料雕了一截龍角，連斷茬處都雕得一絲不苟。也就是說，凶手掄起缺角花盆砸死胡勵，把花盆和龍角放在塔下，又零零散散撒了些石子。」

秦猛重重「哼」了一聲道：「你可別忘了，現場還掉著一枝絹花，這絹花是兩年前從縣城買的，現在別說縣城，連冉城都買不到！這土坡鎮上上下下，連一寸螢光料子都找不出來！」

許枚點點頭，「當然，金……還是叫錢先生吧，辛辛苦苦去了一趟冉城，不也沒能買到這種螢光料子嗎？」

一直沉默不語的錢異駭然作色，「你怎麼知道？不……你胡說些什麼？」

「咦？上個月去冉城溫峪湖碼頭附近的一座冥紙鋪子買布料的不是錢先生嗎？」許枚故作驚訝，他清楚記得，從春實島坐船回冉城時，金沁說看到「六指如意」從一個冥紙鋪出來，一晃眼便不見了。這些塗了螢光粉的布料，正是由各大冥紙香燭鋪子出售，用作祭祀、禮佛的。金沁在船上看到「六指如意」的事，江蓼紅記得清清楚楚，卻怎麼也沒能把逛冥紙鋪的「六指如意」和眼前的絹花聯繫起來。此時聽許枚說起，不由寒毛直豎，百果莊的案子過去已經快一個月了，難道這些人在一個月前就已經開始謀畫針對胡勵的謀殺了嗎？

錢異想破腦袋也想不出，許枚怎麼會知道自己一個月前去過冉城，只覺得這個不溫不火的捕門差人好像能掐會算，一時心慌意亂，冷汗直流。

許枚怕打草驚蛇，點到即止，神祕莫測地笑了笑，回身踩著磚塊，取下風水塔一層窗口的一個花盆，抽出花枝道：「瞧，這花有四片葉子，十二個花瓣，一層的四株絹花都是如此。」

孟氏臉色微變，緊緊攥著傅全的手，骨節發白。

許枚繼續道：「掉在胡勵屍體旁邊的那朵絹花有四片葉子、十二個花瓣。可我今天下午用樹枝鉤下來一棵二層的絹花，奇怪的是，這些花都是五片葉子、十五個花瓣。」許枚說著取出一朵花瓣稍顯密實的絹花道：「風水塔上的二十四盆絹花原本都是五片葉子、十五個花瓣，有人為了多造出一朵絹花，從一層的四朵絹花上各拆下一片葉子、三個花瓣，又尋了一條細竹枝來，拼湊出一朵四片葉子、十二個花瓣的絹花。這個人女紅手藝絕好，除了花萼處的綠色絲線稍新了些，這些絹花上連一點拆解縫綴的痕跡都看不出來，真是巧奪天工。」

孟氏膽小，不等許枚說完，瘦弱的身子已經抖得像篩糠一樣。

傅全臉色沉了下來，緊緊抱住孟氏的肩膀，冷冷道：「哦，許先生是說，花盆和絹花都是假的。」

「沒錯，石子也是假的，凶手從一層的四個花盆裡各抓了一把石子，撒在地上。瞧，二樓的花盆裡石子滿滿地都快溢出來了，一樓的花盆裡石子都不是很滿。」

「造假人是誰？」傅全直接問出了最要命的問題。

許枚沒有直接回答，說道：「婁子善很喜歡畫畫。」

傅全一點頭，「對，那又如何？」

許枚道：「他的書櫃裡塞著好多畫，我一張一張細細看過，大都是一個女孩子的畫像，還有些花鳥草蟲、文房清供之類的小品，其中一幅畫的是他的書桌，桌角擺著一個石雕花盆，盆裡種著金橘。」他指了指花盆，「畫上的花盆和這個一模一樣，只是盆上的穿雲龍斷了一隻角。對了秦石匠，我記得你家裡有一盆金橘，花盆嶄新嶄新的，橘樹也落了不少果。」

姬揚清氣呼呼地瞪著許枚，這傢伙又私藏證據！

這確實冤枉許枚了，婁子善的書櫃裡一摞一摞的幾乎全是季鴻的畫像，哪有什麼花盆橘樹，許枚只不過是杜撰出一幅寫生畫，想詐一詐秦猛。

秦猛有些慌，求助似的看了傅全一眼，傅全道：「許先生，畫又不是照片，胸有丘壑，筆下生花，落在畫紙上的東西常與實際千差萬別，那幅畫也許是婁先生興之所至，信筆塗鴉，算不得證據。」

許枚無奈，「傅先生這就有些胡攪蠻纏了，好，就算畫是婁子善的藝術創作，但那溜光水滑的花盆和龍角怎麼解釋？一點磕碰劃擦都沒有，絕不可能是從二十米高的塔上掉下來的。」

傅全沒有回答，反問了許枚一個問題，「如果這個花盆是凶手帶來的，那塔上的花盆哪裡去了？寬扁的石盆穩穩當當擺在離地二十米高的窗口上，任誰也沒辦法把它藏起來。」

「傅先生問到點子上了，有兩個人配合得天衣無縫，讓花盆無聲無息地消失了。」許枚指了指耷拉著腦袋站在遠處的王大師，「昨晚墳地的那齣鬧劇，這個傢伙是全場的焦點，所有人的目光都隨著他的『法事』左右遊走，他念咒祭塔，幾百雙眼睛都看向風水塔，所以幾百個人證都能拍著胸脯打包票，篤定昨晚七點花盆還好好地擺在塔上；他點燃煙花，所有人都仰著脖子看向東方、南方的天空，沒人顧得上回頭去看深溝西邊的風水塔。有個藏在樹上的人趁這個機會，拈弓搭箭，把擺在窗口的花盆射進了塔裡。」

「許先生在說《水滸》吧？」傅全失笑道：「哪有這麼神乎其技的箭法，小李廣還是龐萬春？」

「一發三箭，穿目貫喉，立斃猛虎，這箭法比花榮龐萬春也不遑多讓。」

「你是在說我？」一直沉默的吳潼終於開了口，聲音低沉渾厚，格外好聽。

「昨晚下了一場雨，墳地旁的大柏樹下有幾個腳印，也許是射落花盆的人今天凌晨回去取藏在樹上的弓時留下的。我已經把腳印拓下來了，要不要來比對一下？對了，那棵樹高處的橫枝上還掛著幾縷豹毛，豹子雖然會爬樹，但爬不了那麼高，這幾縷豹毛一定是穿著豹皮衣的人爬樹時留下的。」

吳潼的豹皮坎肩上還留著一個醒目的刮痕。

「瞧這孩子，衣裳破了怎麼不拿來讓你嬸給補補？」傅全嗔怪地拍拍吳潼的肩膀，說道：「前天我家那頑皮小子把風箏掛在樹上了，攛掇著吳潼上樹取風箏，應該就是那時候把衣裳刮破的。」

吳潼悶悶地點了點頭道：「是。」

「大冬天跑到墳地附近來放風箏？」許枚知道傅全在扯謊。

「小戶人家的孩子，頑皮慣了。」傅全臉不紅心不跳。

「好，那樹下的腳印怎麼解釋，雨是昨晚才下的。」

「腳印可不是指紋，腳一樣大的人很多，許先生看到的腳印未必是吳潼留下的。」傅全的防守滴水不漏。

許枚無奈，深深吸了口氣，指著剛才被自己丟在地上的核桃和胡勵的血跡道：「血跡流向和地面坡度不符，這裡不是案發現場。」

血跡異常，傅全無可辯駁，只好點了點頭。

「花盆底下有孔，周身四處卻沒有磕碰痕跡，龍頭、龍角的石紋也無法對應，這個『凶器』是被人做過手腳的。」

花盆確實破綻百出，傅全輕輕歎了口氣。

「胡勵死於五點，這是法醫結論，由不得你們不信。」

傅全笑了笑，「那我只好信了。」

「一樓的四朵絹花比樓上的略顯單薄，明顯被人拆解過。」

傅全臉色微變，「許先生到底打算說什麼？」

「我打算說說胡勵遇害的經過。」許枚又站回了用磚頭堆成的「講臺」，清清嗓子道：「昨天下午四點左右，胡勵離開家，來到鎮裡的某個地方，要和某個人見面，取某件東西，這個人現在應該就在這裡。我不知道胡勵要見誰，更不知道他要取什麼東西，只知道他在五點之前被凶手用那個雕著飛龍的花盆砸死。凶手……或者說凶手們，等血跡乾涸之後——大概在六點左右吧——把胡勵的屍體轉移到了風水塔下，為了混淆視線，還把案發現場的地磚也搬到了這座院子，替換掉了這裡原本的地磚——鎮裡許多小巷小院的鋪地方磚和風水塔下的地磚都是婁太監買回的同批磚，形狀大小一模一樣，可以彼此替換。凶手一個人當然無法完成同時移動屍體和『現場』這樣巨大的工程。昨晚六點左右，鎮裡鎮外的街道上到處都是往墳地走的人，要怎麼在眾目睽睽之下把屍體運出鎮子，需要一輛馬車，至少是驢車，對吧王大師？」

縮著脖子站在遠處的王大師又被點名，一下子慌了神，「啊？什麼？車怎麼啦？」

「昨晚在墳地附近只停著一輛車，就是你拉香燭、法器和炮仗的小驢車。」許枚道：「你離開鎮子時，胡勵的屍體和那些磚塊就藏在炮仗下面。」

「你……你胡說！」王大師急得滿面通紅。

姬揚清突然道：「我在胡勵衣服上發現一些炮藥的粉末，還是煙火花炮用的黃沫子。」

「炮……炮藥？」王大師頓時慌了，小鎮上平日裡可見不著炮仗，辦紅事辦白事都要去縣城裡買炮，至於煙火、花炮，更是多年不可一遇，近來載著炮仗來過燕鎮的，只有他這個做法事的假和尚。

許枚、江蓼紅恍然，原來姬揚清驗屍時發現的「大祕密」是炮藥粉末。

傅全輕歎一聲，閉口不語。燕鎮的馬車、驢車總共也沒幾輛，王大師生怕轉移屍體被人看到，建議肖振章不許鎮上百姓坐車騎馬去墳地，所以昨天下午離開小鎮的車只有王大師那輛滿載煙花炮仗的驢車，而風水塔正是趕駕驢車去墳地必經之路。在胡勵身上發現炮藥，足夠捕門傳喚王大師了。

許枚繼續道：「王大師駕著驢車來到這裡，先把染血的磚塊鋪在風水塔西邊的地面上，替換下來的磚塊或是丟進溝裡，或是堆到牆角。在鋪好地磚後，再把胡勵的屍體、花盆、石子、絹花小心地擺放好，駕著驢車繞過深溝，來到墳地，裝模作樣地祭塔、放煙火，掩護吳潼射落花盆。

「你們不知道姬法醫會來，更不知道胡家的書童元寶會早早地發現屍體，按照你們的計畫，胡勵的屍體應該在第二天，至少是當天半夜才會被發現。冷風吹了幾個小時，小鎮也沒有專業的法醫，很難準確判斷死亡時間。而王大師拼湊出的所謂案發現場，乍一看的確像是塔上花盆掉下砸死了胡勵，所以胡勵的死亡時間只能被判定為七點之後，而七點之後的這段時間，每一個參與謀殺的人都在墳地。」說著他彎下腰，摳起一塊染血的地磚，只見磚下的地面乾乾淨淨，沒有下滲的血跡。

「各位……」許枚把磚塊放回原處，望著初上中天的月亮道：「用花盆打死胡勵的是誰？胡勵要去見的人又是誰？他要找這個人取什麼東西？老實交代了吧。」

「你瞧誰力氣最大？」傅全抬起頭來，露出一個詭異的笑容。

「秦石匠？」許枚一驚，「打死胡勵的是你？他找你幹什麼？」

秦猛見傅全坦然承認，也不慌不懼，只是抱著胳膊連連冷笑。

「胡勵要取硯，但不是找他。」傅全衝吳潼和秦猛做了個手勢。

吳潼一言不發，拈弓搭箭，對準了許枚。秦猛寬大的衣袖裡滑出一柄沉甸甸的金瓜小錘，虎視眈眈地盯著江蓼紅和姬揚清。

「抱歉，我不能讓三位離開，我們這些人，一輩子殺人放火，好容易得來的太平日子，可不能被幾個差人破壞掉。」傅全道。

「這麼說胡勵要見的人是你，他要找你取……取硯臺？」許枚立刻想到了婁子善換取水源的古硯。

「他要見的是我。」錢異神色淒然，慢悠悠走上前道：「我那套木偶戲，胡勵早就看穿了。他一直忍著不說，直到我殺了肖搏望，才拿著『證據』上門威脅。」

「肖搏望真是你殺的？」許枚驚道：「為什麼？他還不到二十歲，只是個頑劣過頭的孩子。」

「如果只是偷東西，嚇唬嚇唬就好了，所以我費盡心機，準備了一場木偶戲，每天注意著婁先生家院子的動向。沒過幾天，這三個小畜生果然來了。」錢異眼中怒火熊熊，咬牙切齒道：「就是那場木偶戲，嚇得單曉貴說走了嘴！我親耳聽到他說，肖搏望用硯臺砸死了婁先生。」

許枚心頭巨震，他千辛萬苦尋找的婁子善，竟然死在一個小無賴手裡！

姬揚清恍然大悟，「你們殺肖搏望和胡勵是為了替婁子善報仇！」

錢異咬牙道：「當然，婁先生對我們有恩！」

許枚細細一琢磨錢異的話，疑念更甚，「聽你話裡的意思，胡勵早就知道你會殺肖搏望。」

「他知道我在附近演木偶戲，當然也知道我聽見了單曉貴的話。怪我自作主張，沒有和傅先生商量，自己去丁鐵匠店裡定做了兩隻鐵爪，把肖搏望引到樹林裡殺了，又趁夜拉破婁先生臥室的木窗，在虎皮上塗了些血。」

「等一下，你沒把虎皮拿出婁家？」

「沒有，我殺人用的是鐵爪，不是虎皮。」

「那丁鐵匠看到的虎影……丁鐵匠是你的同夥！對啊，我早該想到的，他也是五年前搬來的。」

許枚想起了卷宗裡的紀錄，「丁鐵匠自稱『目擊』老虎傷人的時間是下午六點，這應該不是你殺肖搏望的時間。」

「對，我五點就把那小畜生殺了，六點左右去街邊的茶館喝茶，還故意和夥計爭執了幾句。丁鐵匠回到鎮裡，四處和人說看到猛虎吃人，等謠言散開，肖振章去請吳潼捉虎時，已經是晚上八點了。」

「胡勵抓到了你殺肖搏望的把柄？」

「他一直在暗中監視我，我殺死肖搏望，把兩隻鐵爪拿到鐵匠鋪熔掉，當時丁鐵匠不在，我把虎爪交給丁未。丁未對我和丁鐵匠的計畫毫不知情，我也不能對他多說什麼，誰知那孩子疏忽大意，把這些要命的東西隨手放在櫃臺上，轉臉就被胡勵偷走了。胡勵把一隻鐵爪留在家裡，拿著另一隻鐵爪找到了我，逼我交出婁先生的硯臺，我實在沒了主意，只好來找傅先生商量。」

許枚奇道：「胡勵要那硯臺做什麼？換錢嗎？」

傅全搖搖頭，「也許吧。吳潼，秦大哥，動手。」

「慢慢慢……」許枚連忙攔住，「你看，反正你們已經打算殺人滅口了是吧，那讓我們做個明白鬼有什麼不好？我還有幾個問題……」

「可我不想回答，惡人死於話多。」傅全搖搖頭，「你們太奇怪了，捕門的差人和普通的警察真的很不一樣，死到臨頭，毫無懼色。那兩個女人也很奇怪，女人到了生死關頭，應該是這樣才對。」說著他拍了拍縮在他懷裡瑟瑟發抖的孟氏。

孟氏不敢見血，緊緊地閉著眼睛，小聲念著佛，卻沒有阻止傅全的意思。

姬揚清冷笑一聲，「在把你們嘴裡的話掏乾淨之前，還不能傷了你們。」

傅全臉色變了變，點頭道：「好，好，好，虎落平陽，龍游淺水，世道變了，幾個差役走卒，竟不把我們放在眼裡，若在當年，若在當年……」

說著傅全搖頭冷笑，「吳潼，動手。」

太貨六銖

令出，弦響，箭到，許枚一擰腰桿跳下磚臺，拇指粗的羽箭「嘣」的一聲釘在風水塔上，半截箭杆都插了進去。「平明尋白羽，沒在石稜中」，李廣飛箭穿石的可怕射術也莫過於此。

許枚駭然變色，不等足尖著地，又是一聲弦響，羽箭挾風雷之勢，劈面而至。許枚凌空轉身，手在風水塔一層窗口輕輕一搭，箭桿錯身而過，塔簷磚塊應聲而碎，粉屑四濺。許枚揮袖撣落撲面而來的碎渣，翻身落地，向塔後跑去。不等他拔腿起步，吳潼第三箭已經發出，竹筷粗細的狼牙箭，比前者輕捷迅猛，來速也快出一倍。許枚大驚失色，腳腕一崴，險些跌倒，好在有這幾步踉蹌，才躲過了直刺後腦的一箭。

「小兔崽子什麼來路……」許枚汗如雨下，呼呼喘著粗氣，自言自語道：「真小看了你們，除了捕門鶴童，還沒見過這麼凶的小鬼……」他揚聲道：「江老闆，姬法醫，沒事吧？」

「沒事！」江蓼紅應了一聲。

「姬法醫，你的布置怎麼沒有生效啊！蛇呢？蠍子呢？快叫牠們出來啊！」許枚急問。

秦猛鬚髮戟張，一只鴨蛋大的小銅錘舞得「呼呼」作響，像一團暗褐色的旋風，把江蓼紅和姬揚清團團裹住。江蓼紅手無寸鐵，護著姬揚清躲閃退避，像一隻銜著小魚穿風破浪的翠鳥。

姬揚清苦不堪言，事先布置在風水塔周圍的蠍子和蛇好像都病了似的，一個個又疲又軟，勉強從磚縫裡鑽出來，便懶洋洋地攤開身子曬月亮，掛在塔簷下的幾隻蜘蛛索性趴在網上呼呼大睡。姬揚清恨得咬牙切齒，那個傅全只不過點了一炷細細的香插在磚縫裡，竟然把那些最凶最狠的毒物治得服服帖帖，這種神奇的香她見所未見。

「昨天見識過姬法醫的手段，實在不敢大意。」傅全回頭瞧了瞧王大師。

王大師最怕的就是這些毒物，嚇得靠在土牆上，扯著嗓子喊，「大哥！你還等什麼？快把那些要命的東西弄死！」

傅全輕輕拿起一條「無常」，豔羨不已，「不能殺，不能殺，這種小蛇實在太難得了，如果五年前我手裡有這樣的東西，蔡鍔一定活不了，可惜……」

「黑刺！」許枚記得祭紅瓷靈曾說過那些落難者是「黑什麼」，又聽傅全提起蔡鍔，頓時篤定無疑，大聲道：「你們是袁世凱的黑刺！」

傅全陰惻惻地一笑，「許先生，人太聰明活不久的！吳潼，秦大哥，速戰速決。」

吳潼一把抽出三根長箭，搭在弓上，溜著土牆邊繞向塔後，腳步輕盈，起落無聲。

許枚暗暗叫苦，腳腕扭傷，再想躲避吳潼神怕鬼愁的巨箭，難比登天。

秦猛卻感覺自己被江蓼紅遛著兜圈子，氣得哇哇大叫：「這娘們滑不溜手……大哥幫我！」

傅全一攤手道：「我可不會武。」說著他拍了拍孟氏的肩膀。

孟氏悄悄轉過臉，閃電似的一抬手，一枚縫衣針無聲無息地射進了秦猛銅錘舞出的風牆。

姬揚清只見白光一閃，嚇得失聲大叫：「姐姐！」

孟氏輕輕歎了口氣，又把臉埋進傅全懷裡。

江蓼紅感覺渾身的血都要凍住了，這一針來得不急不緩，卻讓身處風浪中心的人避無可避，電光石火間，必須要在中錘和中針之間做出選擇。

錢異淒然長歎，痛苦地轉過身去，不忍看故人弟子慘死的樣子。

江蓼紅厲聲恨叱，手一揚，「錚」的一聲，一枚小小的銅錢撞在錘上，頓時扭曲變形，遠遠地彈射出去。

這輕輕一撞，並不能對沉重的錘勢造成什麼影響，卻足以讓秦猛稍作遲疑，下一錘的速度也會稍有遲滯，哪怕只慢半秒，也足以讓江蓼紅和姬揚清獲得一線生機。緩緩襲來的縫衣針貼著江蓼紅的太陽穴擦了過去，銅錘把姬揚清胸前的銅扣掃落，叮叮噹噹掉了一地，皮夾克敞開了口子，寒風灌進懷裡，姬揚清感覺自己的胸膛被豁開了似的，嚇得失聲尖叫。

「我會死在這裡嗎？」許枚見吳潼的影子漸漸向自己逼近，輕輕歎了口氣，從一層塔簷下摘了一隻無精打采的蜘蛛當暗器，打起十二分精神準備應戰。

吳潼的影子突然頓住了，「吧嗒」一聲，把鐵胎弓丟在地上，屈膝跪倒，雙手掩面，緊接著便是一陣嗚嗚咽咽的哭聲。許枚一愣，接著悲從中來，眼淚奪眶而出，想要開口，卻一句話也說不出來。錢異哭得最慘，捶胸頓足，號啕失聲。孟氏伏在傅全懷裡無聲啜泣，傅全不知怎麼的，眼角淚珠滾滾，連鼻涕也淌了下來。王大師癱在牆角，哭得像酒醉一樣，連怒目金剛似的秦猛也咧開嘴，嗚哇嗚哇地捶地號哭，那柄可怕的銅錘早就「鐺啷啷」地滾在一旁。

被銅錘彈飛的小錢懸在空中，陀螺似的滴溜溜直轉，玉箸篆體「太貨六銖」四字勻稱韌健，面背內外廓挺拔規矩，文郭相照，精美大氣。

姬揚清抹著眼淚癱在地上，被江蓼紅連拖帶拽拉到風水塔後面。許枚淚眼婆娑，抬起頭來望著江蓼紅，一副委屈巴巴的樣子。

江蓼紅捋了捋被汗水黏在額頭上的碎髮，氣喘吁吁道：「我有什麼辦法？泉音外散，波及範圍可不是我能控制的。」

說著江蓼紅取出一枚巨大的銅錢，塞進姬揚清手裡，「拿著，深呼吸，穩住心神。」

姬揚清哭得像花貓似的，捧著銅錢低頭看去，見這錢黃澄澄的泛著柔光，圓形方孔，外郭寬闊，正面「吉祥如意」，背面「富貴雙全」，文字犀利工整，精緻可愛。

「這……這是什麼？」姬揚清抽抽搭搭地問。

許枚見姬揚清拿到這枚「吉語錢」，已經能順利說話，忙一把拉住江蓼紅的手，指了指自己涕淚橫流的臉。

江蓼紅從自己隨身的荷包上解下一枚稍小些的銅錢，正面「金玉滿堂」，背面「長命富貴」，微微泛著棠梨色，文字深峻端莊。

許枚忙不迭地把錢握在手裡，

姬揚清被號喪似的場面嚇到了，「姐姐，這到底是怎麼回事？所有人都哭得說不出話！」

「泉音。」江蓼紅輕輕抓著姬揚清的手，「你是知道的。」

「那不是只有你能聽到嗎？」姬揚清緊緊攥著銅錢問。

「古錢遭到重擊，泉音的精魂氣韻……或者說『氣場』，被秦猛一錘打了出來，凡是能聽到那記敲擊聲的地方，都會被這枚古錢的氣場感染。」江蓼紅解釋道。

「氣場？古錢的氣場就是讓人痛哭流涕？」姬揚清震驚不已。

「不，只是那枚錢，太貨六銖。」江蓼紅從風水塔後探出頭去，見傅全、錢異等人一個個或站或跪，號哭不止。那枚太貨六銖凌空飛轉，絲毫沒有要停下來的意思。

「太貨六銖？」姬揚清從來沒聽說過這類古錢。

江蓼紅道：「這是南陳宣帝所鑄的錢，存世不少，這錢的重量和五銖錢差不多，但一枚卻當十枚五銖用，搞得金融崩潰，民怨沸騰，詛咒四起，說這錢上的『六』字好像一個兩腳撇開、雙手扠腰、當街站立的人，而『太』字兩點如一行淚下，正如當時哭喪者作扠腰站立之狀，坊間還傳說『太貨六銖錢，扠腰哭天子』。可怕的是，太貨六銖鑄行不久，陳宣帝果真死了，這錢便不再流通。太貨六銖自出世以來便受萬民詛咒，大為不祥，恐怖的『扠腰哭天子』的氣場，足以讓聞其聲者痛苦難抑，悲從中來，無力他顧，任人宰割。」說著她抬起左臂，露出手腕上戴著的一枚小小的「天下太平」吉語錢，輕輕撥弄著說，「這些壓勝錢上都是喜氣十足的吉祥話，貼身帶著，能驅邪避祟，也能中和喪氣。」

姬揚清聽得心驚肉跳，緊緊握著那枚壓勝錢道：「你們聽泉師太可怕了！」

江蓼紅歎了口氣，「散盡氣場，這枚太貨六銖也就廢了，不到萬不得已，我絕不會用這招。孟氏那一針真的把我嚇到了，這些人到底什麼來路，你剛才說的『黑刺』是什麼？」

許枚道：「黑刺是宣統年間成立的祕密殺手組織，曾謀畫過多次駭人聽聞的刺殺，後來被袁世凱收歸麾下。江湖傳言，吳祿貞、宋教仁、林述慶、張文光，還有陸榮廷的兒子陸裕勳，都是被黑刺設計謀殺的。袁世凱死後，這群神祕刺客就莫名其妙地銷聲匿跡。聽說是陸榮廷祕密派人進京剿殺，將黑刺一網打盡，也有人說是黎元洪玩了一齣『火燒慶功樓』，把黑刺全部燒死，還有人說黑刺逃到東北，投奔了張作霖，被雪藏起來，眾說紛紜，莫衷一是。傅全剛才提到蔡鍔，說的是民國四年十二月黑刺在雲南蒙自的一次失敗的刺殺行動。」

「民國四年……那時候吳潼才多大？」江蓼紅對黑刺也有所耳聞，但吳潼年齡太小，和自宣統年間便開始攪動風雲的暗殺組織對不上號。

許枚道：「吳潼未必是黑刺，他可怕的箭術傳自他的父親，那個被老虎咬死的『獵戶』。」

江蓼紅抬頭看了看懸在空中的太貨六銖，又瞧瞧風水塔前哭得脫了力的黑刺，說道：「錢的轉速已經慢下來了，再等十五分鐘左右他們就能開口說話，只是哭得太狠，嗓子會變啞。」

姬揚清道：「我先去把他們手腳捆住，哎呀，沒有繩子……」

江蓼紅一擺手，「別出去，他們現在力氣未盡，再過十五分鐘，連捆都不必捆了，他們已經把渾身力氣哭個乾淨，少說三五天爬不起來。」

姬揚清打了個哆嗦，「姐姐，這種可怕的錢存世的不多吧？」

江蓼紅拍拍她的肩膀，「想開點，太貨六銖存世量很大。」

黑刺石界

天已經黑透了，薄雲遮月，寒風又起。

許枚跛著腳，廢了好大力氣才把六個癱軟的黑刺拖到風水塔下，整整齊齊堆成一排，看起來好像碼在窗臺上等著曬乾的柿子。

江蓼紅滿懷哀戚地收了太貨六銖的「屍體」，恨恨地撿起秦猛的銅錘，運足力氣丟進深溝。秦猛淚眼朦朧，拚盡全身力氣罵了一句「妖女」，癱在地上呼呼喘氣。

許枚抱著胳膊，在黑刺們身前踱來踱去，「老老實實回答我的問題，我可以保證，絕不會讓肖、胡兩家隨意折辱你們。」

眾黑刺七倒八歪地互相偎依著，抬起眼皮漠然地望著許枚。

許枚歎了口氣，「你們涉嫌謀殺，必須接受制裁。可一旦我們離開燕鎮，妻子善的墳塋、房屋、財產無人看守……」

傅全貼著塔壁仰起頭來，怨恨地望著許枚，「你想說什麼？」

許枚道：「我可以妥善安置婁太監的屍體，還有……丁未和傅寶。」

傅全灰暗的眼中閃過一線光芒，躊躇良久，歎了口氣道：「你想問什麼？」

許枚從懷裡取出一張照片，「她和妻子善有什麼關係？」

那是季鴻的照片，來燕鎮前許枚特意問季嵐要的，他希望妻子善看到照片，能想起在冉城買下玉壺春瓶的善良姑娘。

傅全心頭大震，盯著照片看了好久，努力揚起頭問道：「你怎麼會有她的照片？她是誰？」

「婁子善少說為她畫了三百幅小像，你們竟然不知道她是誰？」許枚奇道。

眾黑刺聞言大驚，一個個艱難地伸長脖子。

許枚貼心地拿著照片在眾人眼前一一展示，收穫了一片驚訝的吸氣聲，只有王大師沒心沒肺地翻了個白眼，他之前從沒來過燕鎮，更沒見過照片裡的姑娘。

傅全怔忡良久，歎道：「婁先生從沒說過她是誰，我們只常見他畫這女子的肖像，畫好之後，念念有詞地親吻、摩挲……」

江蓼紅、姬揚清聽得寒毛直豎，婁子善悲憫慈祥的形象頓時轟然崩塌。

王大師苦笑，「嘿，原來那個婁先生是個老色鬼。」

傅全道：「不是的，婁先生……是仙人。」

王大師搖著頭直歎氣，「哪有這麼猥瑣的仙人？咱為了這麼個傢伙搭上性命，值得嗎？」

許枚奇道：「看來你沒見過婁子善？」

王大師「嘿」的一聲道：「可不是嘛，我連他的面兒都沒見過，可最苦最累的活兒全是我幹，你說我冤不冤。」

傅全歉然道：「是我害了你，不該叫你來這裡。」

王大師豪爽地笑了笑，「大哥這話說得見外了。」

許枚見機問道：「王大師不是單老八請來的？」

王大師又翻了個白眼，「當然，那老胖子請來的假和尚早被老子剁碎了。」

許枚點頭道：「哦……這就對上了，你冒用王大師的身分來到燕鎮，是為了配合鎮上的黑刺殺死胡勵，為六指如意擺脫危機。」

王大師冷哼一聲，「沒錯，這年月還在江湖上摸爬滾打的黑刺就剩我一個了，這個忙只有我能幫。」

「你和鎮上的黑刺一直有聯繫？」

「五年前我們走散了，直到去年大哥才聯繫到我。」王大師道。

「你真名叫什麼？」

「張三。」

「他是我拉來幫忙的，籌謀布局的人是我。」傅全努力正了正身子，肅然道：「許先生，如果你能保證婁先生的財產房舍不受肖、胡兩家侵奪，我可以把事情原原本本地講給你聽。」

許枚正色道：「我可以保證。」

姬揚清也道：「如果肖振章和胡得安私吞亡者財產，捕門偵資堂絕不會放過他們。」

傅全點點頭，長長吁了口氣，開始講五年前的故事。

玄妙奇詭的江湖手段，只適合躲在黑暗中伺機刺殺，一旦和全副武裝的熱兵器較起勁來，半點便宜都占不到。二十個黑刺已經有十五個死於非命，癩頭張三中了幾槍，和眾人走散，不知是生是死，剩下幾個遍體鱗傷的漏網之魚拖家帶口逃竄月餘，終於被陸榮廷派出的殺手小隊包圍在京郊的一座院子裡，末路窮途，只待引頸就戮。

院子空蕩蕩的，只住著一個矮小乾瘦的老太監，荷槍實彈的士兵把院子搜了個遍，一個黑刺都沒抓到，恨恨地教訓了老太監一頓，撓著頭離開了。

婁子善挨了幾記槍托，咳聲歎氣地掙起身子，撣了撣身上的灰土，稍稍整理了被翻得亂七八糟的房間，小心翼翼地捧著一塊硯臺走進裡屋。他反鎖房門，拉好窗簾，端坐在小桌前，調整呼吸，顫巍巍地伸出枯瘦的手掌，把灰綠色的硯臺從上到下摸了個遍，當他放下硯臺的一瞬，周身已是水波粼粼，海風颯颯。

黑刺們蜷縮在海中幾塊巨大的礁石上，一個個臉色慘白，精神恍惚。眼前的場景太過詭異，灰綠色的海水、灰綠色的山石、灰綠色的大和雲朵，還有灰綠色的巨大蝙蝠在頭頂盤旋飛舞，那個把他們藏在家裡的老太監揉著腰桿站在不遠處的另一塊礁石上，滿面悲憫之色，好像這個灰綠色的仙境正是由他操控的。

傅全總領黑刺數年，心性堅韌，見這老太監似無惡意，壯著膽子上前打招呼。

妻子善擺了擺手，打量著渾身是血的一群黑刺，搖頭道：「作孽喲，這些扛槍的好狠的心，連女人和孩子都傷成這樣，你們隨我出來，我這裡有些止血藥。」

傅全只覺眼前一花，灰綠色的仙境驟然消失，自己正站在一間狹小的書房裡。環視四周，眾黑刺都是一臉茫然，年幼的吳潼撲在父親懷裡，瑟瑟發抖；人稱「大力神」的秦猛咧著大嘴嗚嗚直哭，邊哭邊說「有鬼」；丁未年紀更小，還不記事，懵懵懂懂伏在父親背上，昏昏欲睡，丁追小心地把兒子放在一張靠背椅上，脫下外衣蓋在他身上。「六指如意」錢異是最無辜的，他不是黑刺，只是一個木偶師，還是遭到袁世凱厭棄的木偶師，可他的表妹是黑刺的核心成員，還不可救藥地愛上了黑刺的首腦傅全，生下了傅寶。六指如意無奈之下，只好跟著黑刺一路亡命。

妻子善把一塊灰綠色的硯臺放在桌上，蹣跚地推開房門，走了出去。

傅全藉著燭光看清了硯臺的紋飾，嚇得手腳冰涼，這塊硯臺上淺淺的浮雕，正是眾人剛才所在之處——大海巨礁，蝙蝠祥雲。傅全清楚地記得自己剛才踏著的礁石形狀，和硯臺上的一模一樣。

「出來吧，別擠在這小屋裡。」妻子善燒了一盆熱水，取了乾淨的毛巾和止血藥，招招手喚眾人出來，「你們先把衣裳脫了，洗洗傷口。」他又對孟氏道：「那姑娘，你留在屋裡別出來，我再去打一盆水來，你自己包紮，孩子先給你男人抱著。」

孟氏低頭擦著眼淚，蚊子似的嗡嗡道謝。

傅全小心地接過襁褓，見傅寶睡得昏天黑地，小臉紅撲撲的，忍不住挑起嘴角，在傅寶軟嫩嫩的額頭上輕輕一啄，傅寶哼唧兩聲，伸了伸胳膊，換了個姿勢繼續睡。

吳烈也疼惜兒子，只是手法粗糙了些，兩下把吳潼的上衣脫個精光，用毛巾浸了熱水，為他擦洗身上的鮮血臭汗，吳潼疼得齜牙咧嘴，強忍著沒有流下淚。

錢異受傷最輕，簡單包紮了傷口，又給渾身是血的秦猛擦洗上藥。

「你們的衣裳又髒又破，都要不得了，我的衣裳太瘦小，你們穿不上，先將就休息一晚，明天我去給你們買幾件估衣來穿。」妻子善又打了一盆熱水，端給躲在小書房裡的孟氏，輕輕關上房門，望著傅全道：「你是主事的吧，我聽剛才的兵說你們是……黑刺？」

錢異手一抖，秦猛疼得「嘶嘶」吸氣。

「你別慌，當心把他傷口的皮肉扯壞了。」妻子善擺了擺手，「罷了，我不問了，一個兩個遍體鱗傷還帶著婦孺，能是什麼壞人哪……這世道喲……」說著他站起身來，抱了幾床被褥鋪在地上，「我這鋪蓋可不多，先照顧女人、孩子和重傷號，你們幾個男人，靠在椅子上將就一晚，明天我送你們出城。」

傅全抿了抿嘴，說道：「不勞煩先生了，城裡城外到處都是陸榮廷的殺手，還有黎元洪的軍隊。」

妻子善道：「你看到那塊硯臺了吧？」

傅全點點頭，小心地問：「你會幻術？」

妻子善搖搖頭，「不，你們剛才真的到了那個硯臺裡，我可以用這個法子送你們出城。」

聽傅全說到這裡，許枚終於按捺不住，演講似的揮舞著手臂道：「石界！果然是『石界』！妻子善是玩石童子！」

江蓼紅也驚駭不已，「玩石童子能活到二十歲便算是難得了，婁子善的年紀……」

傅全遲疑片刻，猶疑道：「六十歲總是有的，七十歲也有些像……應該不到八十歲，但也不好說……」

許枚奇道：「你們和他同處五年，難道連他的年紀都不知道？」

傅全道：「我們和婁先生只做了兩年鄰居。他用硯臺把我們送出城後，指點我們到他的老家燕鎮避難，自己又回了北京城。那時候袁大總統剛剛去世，天下大亂，燕鎮被兵禍洗了幾遍，鎮上的人死走逃亡，十去六七，鎮長也捲錢跑了，但好在陸榮廷的手伸不到這裡。我們到了鎮上，各自買房置產，安定下來。」

許枚「哦」了一聲道：「我想起來了，婁子善是兩年前才從北京回來的。」

傅全道：「是我給婁先生去了信，說了鎮上斷水的情況。」

江蓼紅疑道：「北京……他為什麼留下？」

許枚笑道：「北京四九城，何等富庶繁華，和這小小的土坡鎮一個在天，一個在地，婁子善又沒有得罪哪路軍閥，何必跟著黑刺一起來這窮鄉僻壤吃苦頭？」

「不……」江蓼紅道：「我是說，婁子善解決了燕鎮的水荒後，為什麼沒有回到北京的宅院，而是留在這裡？」

許枚一怔，看向傅全。

傅全搖頭道：「不知道，我們也問過婁先生，他不肯說，有一次被吳潼問得急了，氣呼呼地說了一句：『回北京我會死的，他不會放過我。』」

「『他』是誰？」許枚急問。

「婁先生從沒說過。」傅全遺憾地搖頭，「我不止一次表示過可以替他除掉對方，他卻總說『是我先信在先』。」

許枚敲敲腦門，無奈地笑笑，「這老太監身上藏著不少祕密，可惜嘴巴太緊……對了，肖摶望為什麼要殺婁子善？」

傅全苦笑道：「我不知道。」

「胡勵要的是什麼樣的硯臺？你們給他了嗎？」

「胡勵要的是肖摶望砸死婁先生的硯臺。」傅全道：「就是那塊福山壽海，婁先生最愛的古硯，一直擺在他的書桌上。」

「你們把硯臺交給胡勵了嗎？」許枚道。

「那塊硯臺不見了，有人在桌角上塗了些血，所以胡得安斷定婁先生是頭撞在桌角上死的。」錢異怒沖沖地啐了一口，「連我這個木匠都看得出桌角上那點血跡不是磕碰噴濺所致，胡得安這個王八蛋竟然按意外結了案！」

許枚道：「這麼說是有人拿走了硯臺，偽造了現場，但胡勵並不知情。」

傅全點頭，「沒錯。」

「拿走硯臺的是什麼人？」

「不知道，但一定不是鎮上的人。」傅全低頭看看倒在懷裡的孟氏，「婁先生養的貓爪子上掛著一條細細的衣物纖維，拙荊仔細看過，是非常高級的蘇州料子，土坡鎮沒人穿這個。婁先生遇害的那幾天，鎮上的人沒見過外地人，這個偷偷潛入婁先生家偷走硯臺的包庇犯，好像會隱形似的，來無影去無蹤，我們無力追查。如果不是錢兄那一場神出鬼沒的木偶戲嚇得單曉貴說漏了嘴，我們幾乎要認為那個神祕人才是殺害婁先生的凶手。」

姬揚清聽得頭大，「怎麼又多出一個神祕人來？」

許枚又問道：「凶案現場是婁子善家的書房，那案發時間是……」

傅全道：「今年正月二十夜裡，鎮上沒有法醫，具體時間無法判斷。」

「大半夜的，肖搏望跑去婁子善家做什麼？」

傅全搖搖頭，「不知道。」

許枚氣得直跳，「殺人動機不明，凶器無故丟失，疑犯行蹤未定，只憑單曉貴慌亂間喊出的一句話，你們就殺了肖搏望？」

錢異臉上紅一陣白一陣，辯解道：「我看單曉貴不像說謊，肖搏望和胡勵也沒有反駁他，只是讓他閉嘴……對了，那天胡勵也親口說過，殺婁先生的就是肖搏望……」

傅全毫無愧意，坦然道：「殺便殺了，解釋什麼？」

許枚搖搖頭，又問道：「胡勵要那個硯臺做什麼？」

傅全道：「為了換錢，那是清宮舊藏古硯，價值不菲。」

許枚一挑眉毛，「你確定他不知道婁子善能用這些硯臺做些別的什麼？」

「當然，除了苟縣長，婁先生從未在任何人面前施展過法術。」傅全道。

「原來如此！難怪一個硯臺能換到兩股泉水。」許枚恍然大悟，「那是個什麼樣的硯臺，顏色、大小、鐫刻文字……呀……我怎麼……」話沒說完，許枚突然感覺身體一陣酥軟，踉蹌幾步，軟綿綿側身跌倒。

傅全抬起頭來，詭笑道：「許先生不會以為我只帶著對付小蟲的香吧？」他用眼神指向卡在磚縫裡的幾個哧哧冒煙的小球。

許枚艱難地回頭，見江蓼紅、姬揚清互相攙扶著癱坐在地上，兩人的位置離小球更近，被驟然噴發的煙霧撲個正著，幾乎昏厥過去。江蓼紅見機得快，一把拉著姬揚清閃到一邊，饒是如此，也狠狠地吸了兩大口毒煙，頓時泄了力氣，跌作一團呼呼喘氣。

姬揚清好容易換上一口氣來，望著腳邊迅速燃燒消失的小球，震駭不已，「軟骨香……定時自燃……」

「姬法醫好眼力，認識這東西的人可不多。」傅全望著漸漸消散的白煙，點頭微笑，「我們鼻孔裡都塗著藥膏，不受軟骨香的影響。」

「傅先生是要和我們賭一把，看誰先緩過來？」許枚奮力掙起身子，冷幽幽地盯著傅全，陰溝翻船，這回他是真的惱了。

「不，我沒想賭。」傅全微笑道：「有一個黑刺還沒到。」

許枚一愣，驚道：「丁鐵匠！」

江蓼紅撐起身子，喘息著，「我……我早想說了，我們……漏了一個……黑刺……」

傅全殘忍地笑著，「出發之前，我去找過丁追，吩咐他兩個小時後來風水塔看看情況，帶上他慣用的鐵錘。」說著他抬頭看看行至中天的月亮，笑道：「算算時間，丁追也該到了，許先生，我等不及看你腦漿迸裂的樣子。」

許枚惱道：「你一直在拖延時間，等著軟骨香自燃。」

傅全點點頭，「沒錯。」

「你剛才對我說的話是真是假？」

「我沒必要對一個將死之人說假話。」

許枚艱難地把身子挪到江蓼紅身邊，回頭道：「傅先生，我們來賭一賭，是你的丁鐵匠先到，還是我的小夥計先到。」

傅全笑道：「哦，我忘了，你還有個小夥計。好，我賭了。」

許枚歎道：「傅先生，這一賭你可不占優勢，你聽，院牆外的腳步聲沉重遲緩，來人是沒有練過武的……」

話音未落，一大一小兩個圓溜溜血淋淋的東西滾進了院子。

大屠殺

許枚驚恐地瞪圓了眼睛，傅全也嚇得手腳冰涼，滾進院子的分明是兩顆人頭，藉著朦朧月色依稀可以看清，一個是鐵匠丁追，一個是小碎嘴丁未。

院子裡的所有人都呆住了，傅全渾身顫抖，攥著拳頭說不出話，孟氏嚶嚀一聲，把臉埋在傅全胸口。

吳澾呼吸急促，喉中像噎住了似的發出「呵呵」怪聲，不知是驚是怒。

錢異眼窩淺，淚水一下子冒了出來，顫聲嘶喊道：「丁……丁大哥……丁大哥！」他身子歪在地上想要匍匐過去，可手腳酥軟，半分力氣也使不出。

秦猛脾氣火爆，眼睛都瞪出了血，撕扯著嗓子吼道：「誰？是誰幹的！我殺了你，我殺了你！」

傅全好容易穩住心神，盯著許枚連聲冷笑，「看不出來，你的小夥計竟有如此手段。」

「不是他，我的夥計是個普通孩子，絕不敢殺人。」許枚心中一陣翻江倒海，努力回想著到底算漏了誰。

江蓼紅望著丁未的人頭，心中一陣痛惜，眼圈微微泛紅。

許枚努力抬起頭，蹭著江蓼紅的鬢角道：「沒事的，江老闆……別哭，別哭……有我在……」

江蓼紅歎了口氣，噓噓喘著氣道：「連孩子都殺……別放過他，許老闆，別放過這個人……」

姬揚清跌倒的地方離院門最近，兩顆人頭恰好滾到離她不足三尺的地方，姬揚清雖然見多了千奇百怪的屍體，但乍見兩顆人頭自黑暗中無聲無息地悠悠滾來，也嚇得心驚肉跳，好容易定下神來，不自禁開始觀察近在咫尺的丁未的首級。這一看之下，頓時驚叫出聲：「呀！這孩子的頭頂心有一個彈孔，頷下被子彈穿透，整個下顎都碎了，我記得鎮上只有一把手槍。」

許枚大驚，「胡得安？」他心念一轉，急問道：「傅先生，胡勵上門要脅錢先生是在一個月前，可他直到昨天才去取硯，這一個月的工夫你們是怎麼應付他的？」

傅全黑著臉不說話，直勾勾盯著土坯小院的大門。

「每隔幾天，金木匠便交出一塊硯臺，看來那老太監從皇宮偷出的名硯真不少，可他們一直沒有交出肖摶望打死婁太監的那塊古硯。」胡得安乾瘦的身影緩緩走進院子，好奇地打量著橫七豎八癱倒在地的黑刺，惡狠狠道：「我早就覺得你們有古怪，這麼多身懷絕技的匠人五年前同時搬進燕鎮，還都和那個老太監走得特別近，你們到底是什麼人？」

胡得安來得遲，沒有聽到許枚的推理，更沒有看到凌空旋轉的太貨六銖，也不明白為什麼所有人都像被抽了骨頭似的倒在地上，但他知道眼下的情況對自己非常有利。

傅全望著胡得安，從牙縫裡擠出一句話，「丁追父子是你殺的。」

胡得安獰笑道：「對呀！」

「為什麼？」

胡得安臉色冷了下來，「我兒子是在去找金木匠取硯臺時出的事，凶手不可能是別人，只能是這個心狠手辣的木匠。」他抬起細瘦的胳膊，毫無徵兆地扣響了扳機，錢異額頭被爆出一個大洞，鮮血腦漿噴了傅全一臉，傅全頓時懵了。

胡得安吹了吹發熱的槍口，詭笑著欣賞眾人震驚的神色，繼續道：「丁鐵匠是金木匠的幫凶，那兩隻鐵爪是他打的，後來又被阿勵從他店裡順走，他當然知道阿勵勒索金木匠的事，所以，他也可能是殺害我兒子的凶手，寧可錯殺，不可放過。當然，在殺他之前，我必須先殺掉他那個喳喳亂叫的小崽子，讓他也嘗嘗失去兒子的滋味。」

胡得安說完一番強詞奪理的殺人邏輯，眾人才從錢異的慘死中回過神來，傅全雙眼赤紅，顫抖著說不出話；孟氏早嚇傻了，軟泥似的縮在傅全懷裡；吳潼呼吸急促，涕淚齊流，牙咬得「咯吱吱」直響。江蓼紅眼見六指如意被殺，心中大急，「啊呀！」一聲驚叫，感覺心口像被什麼東西堵住了，這可是聞名天下的木偶師，再怎樣也不該是這樣的下場。

秦猛瘋了似的努力仰著頭，破口大罵，「胡得安，你不得好死！你……」

「砰——」

秦猛話還沒說完，胡得安便扣下扳機，子彈射入秦猛的大嘴，震斷了兩顆門牙，又在後腦破出一個杯口大的血洞。

「聒噪！」胡得安走到秦猛屍體旁，瞧著汩汩流動的血，眼神迷離，「昨天我便注意到，阿勵的血跡竟然是從低處向高處流的，這太不合常理了，他一定是在鎮裡遇害的，鎮裡不少地方都鋪著和這裡一樣的地磚。凶手把屍體和『現場』一起搬到了這裡，好算計，好算計呀！至於那花盆是怎麼掉下來的，我一直沒想明白，但是……」胡得安轉過身子，用槍指著王大師的胸膛道：「能把阿勵的屍體從鎮上搬到這裡的，只有你。」說罷，他扣響扳機，子彈擊穿了王大師的心臟，透背而出，血如泉湧。

轉眼工夫，已經有三個人中槍慘死，風水塔下血流成河。

傅全知道生機已絕，只是緊緊抱著嚇昏過去的孟氏，閉目垂首，一言不發。吳潼雖然身手了得，但畢竟年紀尚小，被秦猛腦後噴出的鮮血撲了一臉，早已心神崩摧，作聲不得。

胡得安用槍點指著三人道：「你們……我實在想不通，為什麼這三個人也被叫到這裡，許先生，能給我個解釋嗎？」

「他們和胡勵的案子毫無關係，叫他們來只是想問問關於那張虎皮的事。」許枚必須說謊，胡得安槍裡至少還有兩發子彈，如果事先在槍膛裡壓一顆子彈，剛好可以殺死傅全夫婦和吳潼。

「哦……虎皮，沒錯，老虎是這小獵戶打的，傅家老婆把虎皮裁成了褥子。」胡得安點點頭，「這麼說你們和我兒子的死沒關係，但是……你們看到我剛才殺人了吧？私自處決犯人可是重罪，不能被別人知道……」

「胡所長！胡勵要那些硯臺幹什麼？」胡得安已經陷入瘋狂，許枚必須說些什麼來阻止他的屠殺。

「不愧是捕門上差，落到這步田地還想著案子。」胡得安笑了笑，我為刀俎，人為魚肉，讓魚肉死個明白也不是不行，「我兒子把那隻小獅子拿到魚蟾縣去賣，那個黑心店主給了他五十塊大洋，這事你知道吧？」

許枚點點頭。

「我兒子剛出店門，那店主就把小獅子賣給一個從冉城來魚蟾縣采風的作家。我兒子當時就在門外，透過窗縫，眼睜睜地看著那店主把小獅子賣了六百大洋，六百大洋呀！我多少年的薪水啊！」

許枚點點頭，「如果真是田黃，這個價還算合理。」

胡得安繼續道：「陪那作家一起來魚蟾縣的還有冉城的一個報社主編，最喜歡收藏古硯，花了五百大洋，買下那店裡的一塊端硯。我兒了看得清清楚楚，那『五百大洋』和肖搏望砸死婁太監的硯臺幾乎一模一樣，方形的，灰綠色，底下是一個斜坡，還刻著些小字。」

「抄手硯。」許枚道。

「管他什麼硯，那可是五百大洋！」

「三個孩子第二次去婁太監家偷東西時，肖搏望的目標是虎皮，胡勵想要的是那塊硯臺。」胡得安點點頭，「沒錯，那天晚上肖家的家丁破門而入，金木匠的木偶已經被燒成了灰，肖搏望嚇破了膽，沒敢拿那張虎皮。阿勵翻遍了婁太監的書房，一塊硯臺都沒找到，可他們偷小獅子的那天，清清楚楚看到書櫃裡藏著好多塊硯臺，都用綢緞包著，一塊一塊摞在書櫃最底層。」他用槍指指錢異的屍體，「這木匠怕他們再去偷東西，把婁太監家裡值錢玩意都拿走藏了起來，幸好他腦袋發熱殺了肖搏望，否則我兒子還真沒辦法從他手裡搞來那些硯臺。」

「硯臺都在你家裡？」

「沒錯，有些比阿勵在古玩店看到的還要漂亮，一定更值錢。」胡得安哀傷地歎氣，「硯臺還沒來得及換成錢，阿勵卻沒了。」

「砸死婁子善的那塊硯臺……」

「他們一直沒交出來。」胡得安用腳撥動著錢異血肉模糊的腦袋說，「昨天下午阿勵興匆匆地告訴我，金木匠讓他去取最後一塊硯臺，一定是肖搏望砸死婁太監的那一塊，可阿勵這一去就再沒能回來。」說著他重重一腳踩在錢異胸口，踏斷了五六根肋骨，「咯嘣咯嘣」的骨骼斷裂聲聽得人心驚膽裂。

姬揚清實在按捺不住，高聲喝道：「住手！胡得安，你是警察！私自處決犯人，毀辱屍體，你……」

「閉嘴，小娘們兒。」胡得安用槍點指著姬揚清道：「你以為你們這些所謂『上差』還能活著離開嗎？」

姬揚清瞳孔一縮，「你要幹什麼？」

胡得安撿起被許枚丟在一邊的鐵胎弓，用力拉了拉弓弦，紋絲未動，笑著丟到一邊，又撿起箭壺，抽出幾根拇指粗的長箭，笑道：「殺人凶手負嵎頑抗，用弓箭殺害捕門上差，燕鎮派出所所長胡得安臨危不亂，開槍擊斃……一、二、三、四、五、六，六名凶徒，以及虎皮殺人案的幫凶丁追、丁未。」

姬揚清七竅生煙，「胡得安，你好大膽子！」

「多謝誇獎。」胡得安說著走到風水塔前，用力拔了拔釘在塔上的箭，又是紋絲未動，搖頭笑笑，「看來剛才打得很凶啊，我生怕制不住你們，還帶了一顆手榴彈，當年匪亂留下的，我一直保存著。」

江蓼紅湊到許枚耳邊，「許老闆，還有後手嗎？這個人已經瘋了。」

許枚搖搖頭，「我只希望小悟別來。」

「阿清，還有能用的小蟲子嗎？」江蓼紅小聲問道。

「沒了，都被那個傢伙一炷香廢掉了。」姬揚清從未感覺如此無助，場面已經徹底失控，沒有人能制得住胡得安了。

胡得安卻突然呆住了，屈指一彈釘在磚塔上的箭，猛地轉身，盯著許枚道：「你沒說實話吧？」

許枚心一涼，「你……什麼意思？」

胡得安冷笑道：「如果你叫吳潼來只是為了問問獵虎的事，為什麼會和他打鬥得如此激烈？這一箭如果射到人身上，銅頭鐵臂也得鑽個窟窿。」說著他舉槍對準吳潼，「如果這一箭射到窗口的花盆上，足夠把花盆推進塔裡。」話音未落，胡得安已經扣下扳機，吳潼胸口中彈，血花四濺，剛剛努力掙起的身體像麻袋一樣重重砸在地上，屍身下迅速漫溢開一片血泊。

許枚終於按捺不住，怒吼道：「胡得安！」

「哎。」胡得安笑得非常滿足，「原來是這樣，原來是這樣啊，花盆是假的，那花也是假的了，能做出一模一樣的絹花，這裁縫的手藝堪稱絕妙。」他也不再多說什麼，直接向孟氏的胸口開了槍。傅全拚盡最後的力氣撲到孟氏身前，子彈擊中他的後心，屍體軟軟地落在孟氏懷裡，孟氏捧著傅全的臉，淚如泉湧，嘴唇無聲地一張一合。

胡得安搖頭歎道：「好個情深義重的傅先生。傅夫人，你先好好品味一下喪夫之痛，我先送三位上差上路。」說著把槍插進槍套，攥著一支拇指粗的箭走到許枚三人身前，獰笑道：「誰先死？」

許枚望著寒森森的箭鏃，心焦如焚。

江蓼紅再無法可想，閉上眼睛，小聲道：「許老闆，肖振章叫我許太太，你生氣嗎？」

「不氣。」許枚道。

「高興嗎？」江蓼紅又問。

「高興。」許枚閉上眼，用頭頂輕輕蹭了蹭江蓼紅的鬢角，正要再說些什麼，忽聽姬揚清虛弱的驚叫：「啊！貓，貓！」緊接著胡得安也像受了驚的野豬似的發出一聲痛呼，夾雜著「喵嗷嗚——」的尖利嘶吼。

許枚睜開眼睛，只見胡得安頭上趴著一個又圓又胖的白乎乎東西，嘶叫著亂抓亂咬。胡得安臉上被抓出幾個大口子，眼睛也被垂下的毛茸茸大尾巴擋得嚴嚴實實，頓時失了方寸，跳舞似的跌跌撞撞，一個不小心撞在風水塔上，痛得嗷嗷直叫。那白色的東西卻「喵嗚」一聲，縱身躍下，輕巧地踏在青磚地面上，回過頭去，對著襲全胡得安身邊的少年嘶嘶怒叫。

小悟在院牆外已經躲了三四分鐘了，眼見胡得安開槍殺人，嚇得魂飛膽喪，哪敢進去逞英雄，又見這瘋子操著長箭向許枚走去，這才發了急，把抱在懷裡的妻子善的貓拋了出去。小悟的構想非常大膽，凶悍的老貓糊住胡得安的臉，自己悄悄跑到他身邊，把槍偷到手。可想是一回事，做起來又是一回事，小悟畢竟不是妙手空空的飛賊，又從沒摸過槍，伸手抓住槍套的那一剎那，已經被胡得安一把攥住了手腕子。

胡得安撞得眼冒金星，正滿肚冒火，忽見一隻黑手伸了過來，頓時大怒，一手捉住小悟的腕子，一手用箭重重刺了下去。小悟力氣不弱，但瘦弱的胡得安如瘋如狂，乾枯的手指鐵鉗似的，小悟被攥得筋骨生疼，一時掙脫不出，著實吃了一箭。小臂上血流如注，小悟忍不住「哇」的一聲慘叫，眼淚也滾了下來。

許枚的心情好像失控的竄天猴一樣，眼見小悟飛貓制敵，心中大喜若狂，又見他伸手盜槍，緊張得渾身冒汗，此時見他被擒受傷，一顆心頓時沉入谷底。

「小王八蛋！」胡得安也著實嚇得不輕，一手擒著小悟汩汩流血的手腕，一手丟開箭枝，從槍套裡取出手槍，頂在小悟太陽穴，咬著牙道：「我倒忘了，還有你這麼個小東西，好呀，我先送你上……上……日昂……昂……」

話沒說完，胡得安的舌頭突然打了結似的，在嘴裡亂翻亂繞，時快時慢，發出令人驚悚的「日昂」聲，兩排牙齒也漸漸不受控制，噗嗤噗嗤把那條不安分的舌頭咬得粉碎，黑紫色的血漿碎肉順著嘴角流了出來，身體硬邦邦地仰天而倒，鋼箍似的手爪還牢牢攥著小悟的手腕。

小悟早嚇得尿了褲子，拚命掙扎著要把手腕奪回來。

「把……把他的手指掰斷……」姬揚清奮力轉過頭來，喘息著指點小悟，「他中的是……是岳王蛛的毒，渾身像木頭一樣僵硬，你掙……是掙不脫的。」

原來胡得安剛才被大白貓糊在臉上，一頭撞向風水塔，塔簷下掛著姬揚清事先埋伏的岳王蛛，雖然被傅全的香迷得昏昏睡去，但一身毒性還在，胡得安一頭撞碎了岳王蛛圓球似的身體，毒液順著被貓抓撓出的傷口滲入血中，沒過幾分鐘便發作致死。

小悟咬了咬牙，一發狠掰斷了胡得安兩根手指，把手臂抽了出來。

「我腰帶裡有槍傷藥，還有……雨燕花。」姬揚清招呼著小悟，「我手動不了，你來……」

貓食盤

雨燕花的效果很不錯，許枚、江蓼紅、姬揚清三人已經能抬動手臂，屈直腿腳。胡得安雖然沒死透，但已是血流滿地，靈識盡失，無法救治，姬揚清當然不會浪費一顆雨燕花替他解岳王蛛的毒。

「小悟，我後腰那裡有一包寧神藥，你拿出來，給她吃三粒。」姬揚清抬手指指抱著傅全屍體發呆的孟氏。

小悟一直控制著自己不要看風水塔，傅全、錢異、秦猛、吳潼、王大師的屍體橫七豎八倒在塔下，鮮血腦漿在塔下低窪處匯成一片暗紅色的血泊。丁追、丁未兩顆人頭在血泊邊緣處，一個仰面望天，一個俯首向地，如此場景，只要看一眼便覺得渾身發冷，腸胃翻覆。

孟氏抱著傅全坐在屍體堆裡，眼神空洞，臉色慘白，連嘴唇都失去了血色，像個塗著白蠟的木頭人。

小悟取了藥，躡手躡腳地走到血泊邊緣，望著丁未的首級，心裡一陣難過，雙掌合十拜了兩拜，提著心吊著膽屏著息踮著腳，慢悠悠向風水塔走去，孟氏卻突然抬頭說話了。

「我的孩子，帶他去個太平的地方。」

「哇！」小悟嚇得蹦起三尺來高，轉身便跑，「老闆，那女人詐屍啦！」

「站住，人家還活著哪！」許枚也吃了一驚，這是他第一次聽到孟氏開口說話。

「對哦……」小悟扁了扁嘴，轉身回去給孟氏餵藥。

「帶我的孩子去個太平的地方……」孟氏重複著剛才的話，頭上滾下大顆大顆的汗珠，「找個好人家收留他。」

「自己的孩子自己養。」江蓼紅看不得孟氏這副交託後事的樣子，把臉扭向風水塔，撐起身子道：「你只是縫了幾枝絹花，你甚至……你甚至可以說，是別人拿了四枝絹花來，讓你拆解下葉片花瓣，拼成五枝花，你對謀殺案的事毫不知情……」江蓼紅這晚看多了血淋淋的慘事，心早痛得化了，不忍心讓傅寶沒了父親，又眼睜睜看著母親入獄。

姬揚清望著孟氏，突然道：「她不對勁。」

許枚也道：「小悟，把她懷裡那男人的屍體推開。」

小悟應了聲「是」，兩步跨過吳潼和秦猛的屍體，走到孟氏身邊，用力推開傅全的屍體，定睛一看，大驚道：「老闆，她被槍打中了！」

胡得安的最後一顆子彈射穿了傅全的身體後，又打入孟氏腹中。

姬揚清罵了一句髒話，抬起胳膊朝小悟招了招手，「把我扶過去，我的胳膊能動了，腿上還沒力氣。」

小悟在血泊裡趟了幾遭，鞋襪已經被血水浸濕，一隻手半攙半拖，好容易把姬揚清扶到孟氏身邊，累得呼呼喘氣。姬揚清的手臂已經能活動自如，兩把抽出靴筒裡藏著的小鉗子、小鑷子和針線，又從腰帶裡取出麻醉藥和止血藥，開始為孟氏做手術。

臨時充當護士的小悟怎麼看怎麼覺得奇怪。病人靠風水塔坐著，小腹肌肉裡嵌著一顆子彈，醫生側著身子躺著，鑷子、鉗子、藥瓶和針線在十指間翻飛舞動，口中喃喃地說著話，「你得活，你可不能死了，你還有個兒子呢，這地方別住了，帶上孩子去冉城，聽到了嗎……」

那隻凶悍的大白貓在院子裡來回溜達，許枚撐起身子，招了招手，「嘖嘖嘖」喚了幾聲，大白貓扭過頭來，輕蔑地看了許枚一眼，晃晃悠悠走到江蓼紅身邊，盤起身子臥下，長長地打了個哈欠。

「看來牠喜歡我。」江蓼紅恢復了些力氣，坐起身子，輕輕撫摸著貓頭。

「你們帶牠走吧。」孟氏翕動著嘴唇，小聲道：「這是婁先生的貓，這些日子一直是哥哥養著，牠有個食盤，你們一併帶上，沒這食盤牠不肯吃東西。」

江蓼紅點點頭，「好。」

許枚道：「這傢伙還怪挑剔的，對了，小悟，你怎麼會和牠在一起？」

小悟道：「我看到牠在街上溜達，順手買了幾塊魚片給牠，牠就一路跟著我過來了。」

許枚道：「瞧，這不是沒有食盤也肯吃東西嗎？」

當許枚看到貓食盤的時候，心疼得「唉喲唉喲」叫了兩聲，便抱著不肯鬆手了，江蓼紅取了水來，細細擦洗這油膩膩的盤子。

此時已經天光大亮，肖振章、單老八和鎮上的百姓都被昨夜風水塔的慘案震得魂飛膽裂，姬揚清拖著還不很靈便的腿腳去了鎮政府，用鎮上唯一一部電話聯繫了冉城警察局，前前後後十條人命的大案子，鎮上和縣城可管不了，只能先徵用肖家的家丁把屍體抬回鎮裡，等冉城派專人來處理。

江蓼紅洗乾淨了貓食盤，用手帕擦乾淨，許枚便迫不及待地抱在懷裡，輕輕摩挲，被大白貓拿來當盤子的是一只康熙官窯澆黃釉盤，薄胎圈足，撇口弧腹，盤心及外壁滿施柔潤的黃釉，外底則是糯米紙也似的白釉，中心雙圈內寫兩行六字青花款「大清康熙年製」。

許枚捧著瓷盤，咬著牙歎氣道：「可惜，太可惜了，我現在不得不承認貓是有靈性的，霸著這個康熙官窯澆黃釉的盤子自個兒用，這是要過一把當皇帝的癮。清宮則例有定，皇太后與皇后用裡外黃釉器，皇貴妃用黃釉白裡器，貴妃用黃地綠龍器，嬪妃用藍地黃龍器，貴人用綠地紫龍器，常在用綠地紅龍器。這盤子裡外黃釉，當是級別最高的宮中用器，保不準哪位太后、皇后用過呢。」

「嬌黃？」江蓼紅對瓷器不甚瞭解，只覺得這名字有些怪，稍想了想，又問道：「是嬌媚的嬌？是了，看這釉色確實嬌柔可人。」

「是澆淋之澆，乃謂其以澆淋之法施釉，不過澆黃釉色調柔美，恬淡嬌嫩，也有人稱其嬌黃，你瞧……」說著他把瓷盤捧起，輕輕傾斜，「一眼看去，釉色油潤細膩，好像融了雞油似的，還有人叫它雞油黃。」

「雞油黃這名字不好，如肉如脂的，一聽便覺得油膩，澆淋之澆聽來普通，還是嬌媚之嬌最好。」江蓼紅道。

許枚笑了笑，「這還不是最好的澆黃，康熙澆黃乃仿明代弘治澆黃而燒製，那弘治澆黃釉色啊……」許枚說著，眼神迷離起來，好似沉浸在釉色中，「不似宣、成兩朝淺淡細薄，也不似正、嘉、隆、萬般濃郁深沉，那真是深淺適中，濃淡得宜，增之則長，減之則短。這康熙仿燒弘治澆黃已算妙品，但比之弘治澆黃還略有不及。前清黃釉之絕巔，當是雍正淡黃，色如檸檬，柔嫩之極，可惜存世甚少。」

「這瓷盤有靈吧？你這麼說它不及弘治、雍正，它可要傷心生氣的。」江蓼紅道。

「當然有靈，一定有靈。」許枚輕輕撫摸著澆黃釉盤道：「明清兩朝以黃釉簋、簠、豆、尊、爵祭祀地壇，那可是禮器，靈氣充溢……」

「可這只是個盤子。」江蓼紅道。

「那也是有靈的。」許枚道。

「我們可以問它一些事。」江蓼紅道：「比如季小姐，比如玩石童子，還有……那個帶走砸死婁子善的硯臺的人。」

許枚神色也凝重起來，輕輕把澆黃釉盤放回桌上，「天快黑吧，我迫不及待了。」

賞畫

這一天過得很慢，姬揚清在停屍房裡焦頭爛額，江蓼紅小心地守著處在崩潰邊緣的孟氏母子，許枚坐在婁子善的書房裡，一張一張地翻看著婁子善的畫，之前看得倉卒，還有近一百幅沒有看完。除了季鴻的畫像，還有十幾幅清供，畫的不外乎是文房、瓶花、果蔬、屋舍。昨天來時許枚被幾百幅季鴻的小像嚇著了，沒注意這些畫，此時拿起細細端詳，忍不住點頭讚歎，「這個婁太監，畫技實在高明。」

畫卷旁都題著古人詩句，許枚拿起一幅疊得皺巴巴的畫，念道：「無媒徑路草蕭蕭，自古雲林遠市朝。公道世間唯白髮，貴人頭上不曾饒。嗯……這是杜牧的《送隱者》。」他又拿起一幅，「陵陽北郭隱，身世兩忘者。蓬蒿三畝居，寬於一天下。樽酒對不酌，默與玄相話。人生自不足，愛歎遭逢寡。還是杜牧的詩，《贈宣州元處士》。」許枚又拿起一幅橫張，「更憐垂綸叟，靜若沙上鷺。一論白雲心，千里滄洲趣。蘆中夜火盡，浦口秋山曙。歎息分枝禽，何時更相遇？這是節了一段錢起的《藍田溪與漁者宿》。」他放下畫紙，搔著下巴自言自語，「這些詩都和隱者有關，是婁子善在感歎自己的命運嗎？『歎息分枝禽，何時更相遇』、『人生自不足，愛歎遭逢寡』、『公道世間唯白髮』，一身奇術，滿腹才華，卻不得不淪落至此，他在京城到底得罪了什麼人物？」

許枚百思無果，順手拿起一幅描畫精細的季鴻小像，「飛花時節，垂楊巷陌，東風庭院。重簾尚如昔，但窺簾人遠。葉底歌鶯梁上燕，一聲聲伴人幽怨。相思了無益，悔當初相見。」這張小像上題寫著朱彝尊的《憶少年》。畫中的季鴻穿一身淡粉色小衫，藕荷色碎褶齊膝短裙，馬尾辮垂在肩上，抱著一只玉壺春瓶，站在一座宅院大門外。一個鬼頭鬼腦的小男孩從門裡探出頭來，一臉的委屈。季鴻身前站著一個少年，身材不高，衣服也不算光鮮，像是剛剛劇烈地跑動過，正兩手扶著膝蓋，呼呼喘氣。

「畫得真好。」許枚讚歎不已，指點著畫自言自語，「這是季家院子，這是季鴻，這是逆雪，這是……這是逆雪偷了玉壺春瓶，被婁子善一路追到季公館的場面，這少年莫非是婁子善！」許枚定睛細看，見那少年左手缺了一根手指，不禁歎道：「看來婁子善是真的愛上了季鴻，把自己畫成少年模樣，也好與她般配，這真是……真是『相思了無益，悔當初相見』，紅顏白髮，真不知這相思起自何處。」

許枚放下畫，正要翻下一幅，突然注意到題在畫角的一行小字：「庚申二月婁子善再寫見伊人事。」

「再寫……」許枚皺起眉頭，「這麼說婁子善畫過兩幅他與季鴻相見的場面，這是第二幅。」他把剩下的畫迅速翻過，「沒有啊……第一幅哪兒去了呢……」

許枚把婁子善的書房、堂屋和臥室都翻了個底兒掉，終究是沒找見那幅畫，卻在臥室衣櫃裡發現一些奇怪的東西。衣櫃底層的一個破舊小手帕，仔細包裹著一枚長命鎖，鎖不大，工藝也糙，銅皮鎏銀，要多不值錢有多不值錢，可鎖後背縫隙裡刻著一行小字：「光緒庚子，張記為婁氏百歲製。」

「光緒庚子……如果這姓婁的孩子是光緒庚子年過百天，算來今年是二十歲，這孩子……也許是婁子善的旁系晚輩吧。」許枚沒有在意，把長命鎖包好，塞回衣櫃，「如果能找到這孩子，倒是可以把婁子善的遺物交給他……哎呀……」許枚一個不小心，碰掉了擺在最上層的一件褻褲，許枚伸手拾起，有意無意地看了一眼，頓時呆住了：這褻褲上沾著早已乾透的精斑。

「這是誰的小衣？」許枚拎著褻褲一角丟回衣櫃，心中一陣翻江倒海，「婁太監是刑餘之人，又是年邁老者，哪會有這東西沾在褻褲上？難道……那長命鎖的主人和婁子善住在一起？」他正自驚疑，忽聽外面有人呼喊，是歪嘴警察。

歪嘴從胡家書房裡找到了胡勵敲詐去的六塊硯臺，硯臺都不小，分量也沉，歪嘴費了牛勁好容易提回派出所，姬揚清卻不懂這些清雅玩意，只顧忙著寫屍檢報告，隨口吩咐歪嘴把硯臺給許枚送來。歪嘴哼哧哼哧提著一大包沉甸甸的硯臺找到許枚，無論如何也不想再拿走了。

許枚關好衣櫃，來到堂屋，收過硯臺，打發歪嘴離開。

「都是好硯啊！」許枚提著硯臺來到書房，打開包袱，眼睛頓時直了，「宋代抄手端硯，這個是明代的月池端硯，還有這個背十二星柱的，側邊有乾隆御題……再瞧瞧這魚子歙硯，看看這款……噠，項元汴！還有這個小些的是……噢，高鳳翰！我的天啊，這些硯臺任選一塊，何止幾百大洋啊！呸呸呸，這些東西不能用阿堵物來衡量……」

許枚雖然不是古硯藏家，但乍見到這麼多珍奇古硯，還是有些興奮得喘不過氣來，好容易穩住心神，細細回想婁子善身上的古怪事，有些豁然明悟的感覺，「這些名硯靈氣充沛，婁子善在苟縣長面前喚醒了石精，甚至是打開了石界，帶他走進了硯裡的一方天地，苟縣長以為硯臺是神物，這才不惜得罪龍鎮百姓，硬生生撥了兩股泉水給燕鎮。對了，丁未說的硯臺能化作人形的傳言也未必不可信。」

許枚這邊有所發現，江蓼紅那裡也從漸漸回了魂的孟氏口中問到了一些故事，原來傅全、錢異等人不僅謀畫殺死胡勵，還在準備盜取被胡勵勒索去的那些硯臺。黑刺們視婁子善為神，這個老人善良寬厚、慈和兼愛、古道熱腸，沒架子，會法術，救人於危難，急人之所急，這都是「神」的特徵。在燕鎮的這些日子，一輩子刀頭舔血的黑刺感受到了難得的平靜舒適，深感這都是神的恩賜。

黑刺們從未指責錢異和丁追殺死肖搏望，雖然虎皮殺人的計畫有些莽撞粗糙，但為神復仇這事，換了誰都會沉不住氣。所有黑刺都知道，錢異是不想把更多的人牽扯進來，畢竟平靜舒適的生活得來不易，暴躁的秦猛也只是埋怨了錢異幾句，怪他沒把這麼重要的事告訴自己，害得他錯失了親手錘殺肖搏望的機會。

錢異被胡勵勒索，不得已向其他黑刺求助，傅全臨危不亂，迅速制定了滅口的計畫。黑刺們當然不會甘心把屬於神的硯臺交給胡勵，交出硯臺只是謀殺胡勵的步驟，他們要花很長的時間籌畫準備，也需要一個合適的時機，不得不交出一些硯臺來拖住胡勵，只要有值錢的古硯釣著胃口，貪婪的胡勵便不會告發錢異和丁追。在傅全的計畫中，胡勵被殺之後，胡得安一定會大辦喪事，到時可以趁機溜進胡家宅院，尋找那些硯臺，若有必要，可以炸了胡家。傅全年輕文弱，之所以成為黑刺首領，除了神鬼莫測的製香手段，精通炸藥調配也是重要原因。

孟氏說得斷斷續續，顛倒含糊，饒是如此，也讓江蓼紅聽得心驚膽戰，後怕不已。

「和我們去冉城吧，以你的手藝，不愁把孩子養大。」江蓼紅輕輕拍著孟氏的肩膀，孟氏低頭望著哭累了睡在母親懷裡的傅寶，輕輕點頭。

澆黃

夜晚的小鎮非常安靜，也許是昨晚發生的事太過駭人，從八點之後就沒人在街上走動了，酒館、茶館、點心鋪也早早地打了烊，到處都靜悄悄的，連麻雀和烏鴉都很少出聲，只有胡家那幾個爭搶家產的姨太太吵得喧天震地四鄰不安。

忙碌一整天的姬揚清已經很累了，但一想到能親眼看看變成人形的瓷器，還是強忍著睏意等到了子時。

許枚坐在妻子善的書桌前，展示那幅「庚申二月妻子善再寫見伊人事」和衣櫃裡的褻褲、長命鎖，還有那幾塊珍貴的硯臺。

姬揚清攥著長命鎖道：「難道真有個年輕人和妻子善一起住？」

「我有個更大膽的想法。」許枚看了看懷錶道：「算了，先不說這個，已經十一點了，準備好了嗎，姬法醫？」說著他舉起白玉般剔透瑩潤的手掌。

「我的天，許老闆你的手變好看了，像是塗了雪花膏。」姬揚清驚呼道。

「雪花膏？這說法倒是第一次聽到。」許枚哭笑不得，輕輕觸摸放在書桌上的澆黃釉盤，頃刻間一片柔柔的油油的黃色霧靄滾滾騰騰，滿溢了小小的書房，轉瞬間便消失散盡，只見一個身披黃袍的少年垂衣拱手，端坐桌上。

許枚仔細打量澆黃瓷靈，見他面如銀盤，長眉細眼，鼻如垂膽，小嘴厚唇，肌膚白膩，稍稍有些雙下巴，一身右衽廣袖黃袍，黃得不濃不淡，隱隱泛著光澤，黃袍下露出白緞褲子和繡著稀疏藍色的白靴，渾身上下透著雍容的皇家氣派。許枚一眼看去，便覺得「貴氣逼人」四字說的就是他。

姬揚清激動地拉著江蓼紅，「變成人了，真的變成人了！還是個白白嫩嫩的小胖子，好可愛……」

「放肆！」小胖子跳下桌子，氣沖沖指著姬揚清道：「民婦無禮，你說誰小胖子？」

「喲，小胖子還有點脾氣。」姬揚清倒是一點都不害怕，伸手戳了戳澆黃瓷靈白胖白胖的腮幫子，「油油的，你也擦了雪花膏？」

「難怪叫雞油黃。」江蓼紅也忍不住伸出兩根指頭抹擦那張圓圓的胖臉。

「你……你們大膽！」澆黃瓷靈大怒，「我要打你們板子！」

「這沒良心的小胖子，你那一身油乎乎的貓食污垢可是我給你洗掉的，洗壞了我一塊好帕子。」江蓼紅笑著逗弄澆黃瓷靈。

「給我洗衣服是你的榮幸！」澆黃瓷靈很不習慣承人情，更不希望那段當貓食盤的不堪過往被人提起，白胖的臉脹得通紅。

許枚幽幽地瞧著江蓼紅和姬揚清，「你們倒是很不見外啊，這可是瓷靈，哪能像你們這麼調戲？應該像這樣……」說著他伸手撫摸著小胖子的雙下巴，一托一放，一托一放，這下巴圓潤柔軟有彈性，許枚也實在按捺不住玩一把的欲望。

「啊！」澆黃瓷靈像觸電一樣跳了起來，縮在牆角戰戰兢兢，眼淚汪汪，「你們都是壞人，都是壞人！我招誰惹誰啦？先是被偷出宮去，又被帶到這種鳥不拉屎的地方餵貓，現在又被撫陶師凌辱，我可是皇后用過的，皇后知道嗎？」

「好好好，你先坐。」許枚也覺得小胖子太可憐了，搬過椅子招了招手，「我有些話要問你，關於這個老太監，還有他的硯臺。」

「哼！」澆黃瓷靈噘著嘴扭過頭去。

「這麼說你不肯配合了？」江蓼紅笑了笑，推門出去，不一會兒抱著那隻大白貓回來，「開飯了，找找你的飯盤在哪。」

先前大白貓被江蓼紅放在院子裡，牠百無聊賴地溜達了一會兒，跳上待慣了的牆頭，軟乎乎地臥下，正睡得昏昏沉沉，突然被抱進屋子，舉到了一個小胖子面前。大白貓懵懵懂懂，不知道剛認下的新主人想幹什麼，但聞到這小胖子身上有些熟悉的味道，忍不住舔了舔嘴唇，「喵喵」地叫了兩聲。

澆黃瓷靈「哇」地失聲慘叫，揮著胳膊擋著臉道：「拿走拿走，快把牠拿走！我招，你問什麼我全招。」

許枚有些鬱卒，好好的一身帝王氣質，被一隻貓徹徹底底毀掉了。

江蓼紅餵大白貓吃了一塊小魚片，把牠放出屋去，澆黃瓷靈老老實實坐在椅子上，接受「審問」。

「放輕鬆些，這不是審問，只是聊天。」許枚道。

「哼，想問什麼就問吧。」澆黃瓷靈鼓著胖胖的腮幫子，一臉的不情願。

許枚笑著拍拍他的肩膀，來回踱著步道：「先說說你被盜出宮的經歷，那是什麼時候的事，和你一起被盜的都有誰？」

澆黃瓷靈哼唧幾聲，想了想道：「什麼時候……那時候大清已經亡了，可小皇帝還在宮裡住著，那些年時間不是有好多沒了生計的太監宮女偷宮裡的東西出去賣嗎？這個叫婁子善的老傢伙反其道而行，踅摸了一套太監的衣服，偷偷混進宮去……」

「等一下！」澆黃瓷靈一開口就拋出一個爆炸性的消息，許枚頓時驚著了，「你是說，婁子善不是宮裡的太監？」

「當然不是啦，他是個擺攤賣舊物雜貨的老頭子，啊對了，他對古代硯臺非常在行，常去給一些開古玩店的大掌櫃當參謀，在圈子裡還算有些名氣。」澆黃瓷靈道：「我聽這姓婁的和人說過，他十四歲時就給一個叫曾雲極的少掌櫃掌眼看硯臺……」

「曾雲極這人我聽說過……等等，曾雲極今年才不到三十歲！」江蓼紅變了臉色，「我記得他是曾督軍家的二公子，專玩文房清供，他開始接觸古玩應該是在六七年前，如果婁子善十四歲便給曾雲極看硯，那滿打滿算，婁子善今年只有二十歲上下。」

澆黃瓷靈搖搖頭，「不對不對，那老傢伙滿臉皺紋，怎麼也有六七十了吧。」

許枚卻連連點頭，「對上了，這下可全對上了，玩石童子的壽命、長命鎖上刻的年份、褻褲上的髒東西，還有那份『相思了無益』。如果長命鎖是婁子善自己戴的，他應該生於光緒庚子年，今年二十一歲，被殺時二十歲，他十四歲時是民國三年，正是曾雲極初入古玩行，急需行家引路的時候。救下黑刺時他只有十六歲，難怪傅全說他身材又瘦又小，根本是個小孩子嘛。」

姬揚清也驚訝不已，「這病極罕見，我曾聽『醫』說過。」

江蓼紅覺得毛骨悚然，「這是一種病？」

姬揚清點頭道：「對，但這病太過少見，至今也沒個名字，『醫』這輩子也只見過一次，這病一旦發作，皮膚會迅速鬆弛老化，年輕人甚至孩子都會在幾個月甚至一年之內變成七八十歲老人的容貌，再無治癒的可能。我當年偷偷去看『醫』收治的那個只有三十歲的病人，嚇得幾天沒睡好覺，生怕自己也變成那樣。」

許枚道：「他沒有鬍子，是因為還沒到長鬍子的年紀。頂著一張滿是皺紋卻沒有鬍鬚的臉，常人看來確實像個太監。」

姬揚清道：「婁子善多大年紀，是不是太監，都需要開棺驗屍一探究竟。我正打算仔細檢查他顱骨上的傷口，看看是不是真的像案卷上寫的那樣，『頭部傷口和桌角完全吻合，實為意外撲跌撞傷致死』。」說著她搖頭自嘲，「真有意思，前天阻止開墳的是我，今天打算挖墳的也是我。」

許枚有些遲疑，「開棺驗屍……這固然能落個妥當結論，只怕孟氏反對。」

江蓼紅道：「我會試著說服她……嗨，這樣吧，我和許老闆明天帶著孟氏先回冉城，阿清在燕鎮多留幾天，開棺驗屍。」

姬揚清點頭道：「好，冉城警察局的人明天就到，後面的事我來安排。」

「其實啊……」澆黃瓷靈慢吞吞地說，「用不著驗屍看傷口，我告訴你們就行。」澆黃瓷靈突然發現自己幾句話就能讓這三個傢伙大驚失色，七嘴八舌討論出一大堆莫名其妙的東西，頓時覺得很有成就感，迫不及待地打算再拋出幾個重磅消息，「婁子善這個老……這個小傢伙死了兩回！」

許枚三人的心又被這小胖子勾起來了，「什麼叫死了兩回？」

「嗯，咳咳……」澆黃瓷靈清清嗓子，抬手環指書房，「他死的那天晚上，這裡來了三撥人。現在快進臘月了吧，那時候還在正月裡，天氣比現在還冷，婁子善吃了飯，正在屋裡畫畫兒，大概剛進亥時吧，有個穿著黑色大皮袍的傢伙像鬼一樣推門進來，連聲兒都沒有，給我嚇了一跳，還有那隻死貓，嚇得鑽到書桌底下去了。婁子善一見這人，當時身子就垮了，埋著頭跪在地上，耗子似的爬到那人腳下，磕頭如搗蒜，一邊磕頭一邊叫『饒命』，還一個勁兒地說他錯了，他不想死。」

許枚三人面面相覷，許枚問道：「這人什麼來路，長什麼模樣？」

澆黃瓷靈道：「那人戴著厚厚的皮帽子，帽簷壓得很低，臉上還裹著大圍巾，只露出眼睛那一條縫，我可看不到他長什麼模樣。」

姬揚清道：「聽這架式，婁子善得罪過這個人。」

澆黃瓷靈道：「可不是嘛，這話說來可長了。」說著他把腿盤到了椅子上，一副老太太準備嘮長嗑的樣子。

許枚臉一黑，「下來，你是黃釉瓷，要有皇家氣派懂嗎？皇家氣派！」

「哼！」澆黃瓷靈鼓了鼓腮，慢吞吞地正襟危坐。

許枚滿意地點了點頭，「繼續說。」

「說到哪兒了……哦對了，婁子善不是常幫人掌眼瞧硯臺嗎？要說他怎麼得罪那個人，還得從他替人看硯說起。說來也怪，什麼端硯、歙硯、洮河硯、松花硯，他都能一眼辨出真偽，只有看澄泥硯屢屢走眼。五年前婁子善給人看硯出了岔子，害一個督軍老爺虧了幾百大洋，那督軍拿住他苦打了一頓，讓他十天內搞來一塊貨真價實的明代澄泥硯，否則就拆了他的骨頭。婁子善沒了辦法，搞來一套太監的衣裳，還有假辮子，花重金結識了一個偷東西出來賣的太監，叫福綠。婁子善好說歹說請這福綠替他帶一塊硯臺進宮，放在一處藏寶的庫房裡，第二天再帶這塊硯臺出宮，丟進婁子善家的院子。其實婁子善自個兒就穿著太監的衣服，藏在那塊硯臺裡！」說著他眨了眨細長的眼睛，等著看許枚三人吃驚的表情。

許枚平靜地點點頭，「嗯，他藏進了石界，婁子善這招屢試不爽。」

江蓼紅也道：「藏在石硯裡混進宮去，偷宮裡的澄泥硯，這可真是個好想法。」

許枚又道：「他不會鑒別澄泥硯，倒也情有可原。端硯、歙硯、洮河硯、松花硯都是各地珍貴硯石琢磨而成，那澄泥硯是用河泥淘洗澄結而成，如石如玉，呵可生津，但本質實為陶器。婁子善是玩石童子，可通石中之靈，面對澄泥之器，當然抓瞎。」

「你們怎麼……怎麼一點都不吃驚？」澆黃瓷靈有些掃興。

許枚拍拍他胖乎乎的頭，「繼續說，婁子善進了宮，然後呢？」

「然後……然後就偷了一塊硯臺出去啊，不對，他帶回家的硯臺可不止一塊，足有七八塊呢！喏，就是這些。」澆黃瓷靈指了指放在桌上的硯臺，「我記得他拿出去九塊，這裡只有六塊了。」

許枚道：「這便對了，一塊澄泥硯給督軍，一塊拿去換了泉水，一塊被肖搏望抄起來砸了他的腦袋，又被人帶走了。」

「咦？你們知道啊？」澆黃瓷靈道：「說得一點沒錯，第二撥進來的人是三個小孩，那個最壯的小子用書桌上的硯臺敲了婁子善的腦門。」

「原來肖搏望是第二撥……你繼續說，婁子善怎麼得罪那個黑袍人？」

「他拿出一塊宋代澄泥硯給了督軍，剩下的都自個兒藏了起來，這個傢伙倒是不貪，沒有偷拿宮裡的其他寶貝，只是對硯臺愛得死去活來，一時沒把持住，就把這幾塊古硯順了出來，事後還自責了好久。」澆黃瓷靈道。

「對了！」許枚突然問道：「婁子善進宮前的事你是怎麼知道的，你不是被婁子善偷出宮的？」

「不是啊，我是被福綠偷出宮，賣給婁子善的。」澆黃瓷靈道：「這傢伙對瓷器一竅不通，要不是為了結識福綠，才不會買下我！」說著他氣鼓鼓地一抱胳膊，「福綠也是個蠢貨，他只知道金玉珠寶值錢，從沒把我們瓷器看在眼裡，平日裡他偷的都是些金盞金杯、東珠白玉，那天不知怎麼的順手把我也抄了出去，婁子善花五塊大洋買下我，福綠還高興得什麼似的。」

「五塊大洋？」許枚忍不住笑。

「哼！」澆黃瓷靈又泛起了彆扭，「是這兩個傢伙不識寶，狗眼看瓷低。還有那隻臭貓，從婁子善買下我的那天起，牠就特別喜歡在我身上嗅嗅蹭蹭，那時候牠只有一巴掌大，還經常躺在我懷裡睡覺，我可是給太后用的餐具，不是貓窩！」澆黃瓷靈被勾起了傷心事，悲憤不已，兩眼含淚，「婁子善看那貓喜歡我，就把我擺在牆角，在我懷裡鋪了一塊小氈子，做成了一個真正的貓窩！他明知道我是宮裡的盤子！這樣我很容易被貓搞碎的，這幾年我一直徘徊在生死邊緣！」

「真是過分，這婁子善太欺負瓷了，簡直暴殄天物，煮鶴焚琴。」許枚安慰幾句，又問道：「那個黑袍人怎麼還沒出場？」

澆黃瓷靈抹抹眼淚，嘟囔道：「這不就該出場了嘛，督軍這事過去不到一個月，那個黑衣人就押著福綠找上了門，逼婁子善進宮去偷幾件瓷器，聽說他們好像要從瓷器上找什麼祕密……」

「什麼祕密？」許枚終於震驚了，他辛辛苦苦來燕鎮，就是為了這個祕密。

「我也不知道，那天我身上盤著一隻貓呢，暖烘烘的正好睡覺。」

「可惡！」許枚咬著牙去捏小胖子軟乎乎的臉。

「那人怎麼認識福綠的？」江蓼紅問。

澆黃瓷靈躲開許枚的魔掌，躲在椅子背後說：「那人是福綠的老主顧，他好像在四處搜羅從清宮流出的瓷器和金器，琉璃廠和地安街是最常去的，見了宮裡盜出的金器瓷器，價格談妥的便買下，實在談不妥的也未必要買，只是會押下些錢物，想要把那件東西『拿去看看』，搞得京城古玩行莫名其妙，流言四起。這人像是生怕被人記住似的，有一段時間收斂了不少。那天晚上他突然押著福綠找到了婁子善在京郊的住處，張口便叫他『玩石童子』，可把婁子善嚇得不輕。」

許枚道：「這人能看出婁子善的身分，不簡單哪。」

「可不是嘛，就他那副尊容，連我都看不出他是個半大孩子，聽見黑袍人叫他『童子』，還覺得奇怪。」澆黃瓷靈道：「福綠這傢伙嘴碎，好死不死把婁子善託他帶硯臺進宮的事對這個常買他金器的老主顧說了，沒想到這老主顧當時就喜孜孜地翻了臉，兩下把福綠摁倒在地，押著他來找婁子善，逼他故技重施，去偷倦勤齋的瓷器，通過硯臺帶出來。」

「倦勤齋？」許枚驚道：「倦勤齋在寧壽宮，是乾隆皇帝退位後頤養天年的地方。」

江蓼紅也道：「聽說這倦勤齋集中西之妙，聚天下珍寶，豪奢至極。」

許枚連連點頭，「不錯，不錯，據說倦勤齋中古玩珍寶無計其數，宋代汝官哥鈞，明代永宣成嘉乃至清代雍乾兩朝妙品，無一不包，還有歷代名家書畫，商周鼎彝，漢唐美玉，竹木牙角，各類書典……」

「對了，那人從金器那裡得到消息……」江蓼紅對這句話尤其在意，「是什麼樣的消息，是刻在金器上的圖畫文字還是說……他們能喚醒『金英』。」

正絮絮叨叨的許枚悚然一驚，「喚醒金英？鍊金師？」

姬揚清拍著額頭道：「金英又是什麼東西？」

許枚道：「和瓷靈一樣的東西，是金器的精魂。難道那黑袍人是個鍊金師？」

江蓼紅思索著道：「不是沒有這個可能，這人在地安街和琉璃廠找的是瓷器和金器，撫陶師……鍊金師……那天在雲間農莊，有一枚西王賞功金錢不見了。」

「對，對，鍊金師，撫陶師……」許枚摇著下巴沉吟片刻，又問道：「婁子善答應進宮去偷倦勤齋的瓷器？」

「答應啦。」澆黃瓷靈道：「他不敢不答應，那人在他和福祿身上都下了毒，說什麼……一道黑線，還說幾天之內偷不來瓷器，那條黑線會要了他們的命。」

許枚點點頭，「電蠍毒，這就全對上了。可他要金器幹什麼，我可從沒聽說過一個人既是撫陶師又是鍊金師。然後呢，他們還說了些什麼？」

「然後……我睡得迷迷糊糊，沒再聽到什麼，總之婁子善和福祿確實進宮去偷了不少瓷器，只不過沒把偷來的瓷器全交給那個怪人。」

「沒有全交出去？他們偷了多少？」

澆黃瓷靈道：「按那怪人吩咐的，每間屋子拿了兩三件，用幾個大包袱裹了，藏進硯臺裡帶出來，然後在婁子善家裡裝盒打包，塞進一個大箱子裡。福綠雇了一輛馬車，婁子善親自趕著車送到那怪人指定的地方，一手交瓷器，一手交解藥。他們拿出來的那些瓷器我都看到過，有不少是老前輩，官窯的瓶，哥窯的洗，定窯的三足爐，鈞窯的出戟尊，還有宣窯青花葵口碗，成窯五彩高足盅，比我年紀稍小些的豇豆紅太白尊、郎窯觀音瓶、天藍小花觚，雍正朝的祭紅玉壺春瓶，乾隆朝的青花抱月瓶、洋彩橄欖瓶、冬青五管瓶、霽青描金撇口瓶……」

澆黃瓷靈終於如願以償地看到了許枚驚訝得快要抽過去的表情，他每說一件，許枚便「呵——」地倒吸一口涼氣，說到最後幾乎要翻了白眼。

江蓼紅也在翻白眼，重重地在許枚胳膊上擰了一把，嫌棄道：「有點出息行不行，撫陶師。」

許枚揉著胳膊齜牙咧嘴，「這些東西，他們留下多少，交出去多少？」

澆黃瓷靈道：「大部分都交出去了，也拿到了解藥。婁子善怕事，沒想自己留下這些瓷器，只從倦勤齋順了一件田黃小獅子出來，據為己有，愛得什麼似的。可那個福綠貪得無厭，硬要私藏幾件瓷器，他也不敢明目張膽地帶走，只是悄悄藏在婁子善家，說等風頭過去再來一件一件取走。」

「他取走了嗎？」

「他只取了兩件豇豆紅的小文房，好像賣給了一個姓杜的。」澆黃瓷靈努力回想著說，「後來也不知怎麼的，這個福綠神祕失蹤了，婁子善找宮裡宮外的人都問過，死活打聽不出福綠的下落。後來幾個被人追殺的江湖人逃到了婁子善家，被他用一塊硯臺送出京城，在這個小鎮落了腳。」說著他伸手遙指錢異家的方向，「隔壁那家木匠就是被他救下的，鎮上還有好幾戶人家，什麼打獵的、打鐵的、縫衣服的、刻石頭的……」

許枚道：「那福綠呢，就再沒出現過？」

澆黃瓷靈搖搖頭，「他死了，兩年前死的，屍體漂在京城城外一條小河溝裡。婁子善可嚇壞了，還以為是那怪人回來找他們算帳，正巧這時候被他救下的江湖人來了信，說燕鎮的水源被人奪了去，一多半住戶都逃荒走了。婁子善又急又怕，連夜收拾東西，買了一輛小驢車出了京城，福綠留下的瓷器和他那些寶貝硯臺都有單獨的錦盒木盒容身，我居然被他塞在衣箱裡，哼……」澆黃瓷靈想起自己不公正的遭遇，氣得咬牙切齒。

「燕鎮很偏僻，可那個黑袍人還是追到了這裡。」許枚歎了口氣。

澆黃瓷靈道：「沒錯，婁子善是前年回到燕鎮的，那黑袍人是今年正月二十那天找到他的，逼婁子善交出被福綠私藏的瓷器。」

「福綠私藏瓷器的事終究露餡了。」

澆黃瓷靈點點頭，說道：「那黑袍人說福綠不是他殺的，是在逃跑時失足落水，只要婁子善老老實實交出瓷器，他絕不會出手傷人。」

許枚歎了口氣，「他哪還拿得出來呀……」

澆黃瓷靈回想起那天的場景，打了個哆嗦道：「那個黑袍人見婁子善一件瓷器都交不出，氣得渾身發抖，又害怕驚動鄰居，不敢大聲喝罵。他兩隻眼睛紅殷殷的，一手攥著婁子善的脖子把他提了起來，從他的袖口裡鑽出一隻紅色小蠍子，在婁子善的脖子上狠狠地螫了一下……」

姬揚清驚道：「電蠍傷人，多在手腳肢端，直接螫在頸部要害，怕是不到一個小時就會致命。」

「對，那個黑袍人也是這麼說的，他逼婁子善寫下那些瓷器的去向，何時何地賣給或送給了誰，婁子善用那塊從宮裡偷出來的福山壽海端硯研了墨塊，老老實實把那幾件瓷器的去向寫了下來……不對，他寫得不『老實』，我聽見那個黑袍人拿著他寫好的清單惡狠狠地念了一遍：『豇豆紅器兩件，福綠取走，賣於興雲鎮杜士遼；永樂甜白釉瓶一件，售與北京鳴古齋；宋鈞釉一件，贈予冉城耍子街胡三；郎紅器一件，售與冉城丁氏；天藍釉器一件，與冉城雲間農莊武氏換馬車一輛。就這些，沒了？』妻子善說：『沒了，就這些。』黑袍人冷笑幾聲，抬手指著掛在牆上的一幅畫，那是妻子善畫的。」澆黃瓷靈說著指了指被許枚取出來放在桌上的「庚申二月妻子善再寫見伊人事」，說道：「那幅畫和這幅一樣，那是他剛來燕鎮不久便畫好的，後來又畫了這幅，兩相比較，還是覺得第一幅更好，便把這幅新畫好的收在書櫃裡。妻子善每天對著牆上的畫犯花癡，還嘟嘟囔囔地念詩，什麼『平生不會相思，才會相思，便害相思』，還有什麼『一日不見兮，思之如狂』，什麼『直道相思了無益，未妨惆悵是清狂』，哎喲，聽得我渾身起雞皮疙瘩，當時我可不知道他是個小夥子，還一直嫌棄這老傢伙為老不尊。」

「看來妻子善原本想瞞下季鴻和那件玉壺春瓶的事，可牆上的畫出賣了他。」許枚歎了口氣，「只要去冉城稍作調查，不難知道這畫上的院子就是季公館，妻子善對季鴻的心思……他應該會極力阻止這個可怕的黑袍人去找季鴻。」

「對呀，黑袍人要把那幅畫帶走，妻子善抱著他的腿低聲下氣地哀求，被黑袍人一把推開，腦袋撞在桌角上，昏死過去了。那黑袍人『哎呀』一聲，像是有些後悔，伸手試了試妻子善的鼻息，才鬆了口氣。他取了牆上的畫，在妻子善嘴裡塞了一顆藥丸便離開了，臨走還把門窗打開，好像打算把妻子善凍成冰棒，當時可是正月啊，滴水成冰呢！」

「不，他是要為妻子善解毒。」許枚道：「當時妻子善還活著。」

「對，他還活著，可黑袍人走後不到一個小時，鎮上的三個小惡少來了，這是第二撥人。」澆黃瓷靈道：「這三個小子好像是剛從魚蟾縣的賭場回來，輸了不少錢，路過妻子善家的院子，看到院門大開著，便想著進屋偷些東西彌補損失，沒想到剛剛摸進屋裡，就看到仰面朝天躺在地下的妻子善，那個年紀最小的孩子當時就嚇得尿了褲子。」

「應該是單曉貴。」許枚道。

「對對對，我想起來了，那個最壯的孩子叫他『曉貴』。」澆黃瓷靈道：「那個瘦高瘦高的孩子膽最大，心也最毒，遇著這種場面，一不救人，二不逃命，一心只想著偷東西。可他剛剛打開書櫃，婁子善就喊著痛直挺挺坐了起來，那個最壯的孩子嚇得慌了手腳，抄起桌上的硯臺就砸了過去。這傢伙力氣真不小，婁子善的腦漿都被砸了出來，當時就嚥氣了。」澆黃瓷靈說到此處，忍不住身體一顫，「這下那瘦高個也沒了偷東西的心思，三個人一溜煙兒跑了。」

許枚歎道：「看來肖搏望死得不冤，婁子善確實是被他殺死的。」

澆黃瓷靈道：「可這三個孩子逃走之後，又來了一個人，渾身上下也捂得嚴嚴實實的，進屋前還敲了敲門，叫了幾聲『婁先生』，聽聲音年紀不大，是個年輕後生，估計正在變嗓。」

「正在變嗓的小孩啊……」許枚搔著下巴，若有所思。

澆黃瓷靈繼續道：「這小後生看到婁子善的屍體，沮喪得捶胸頓足，好一陣才緩過神來。他膽子倒是挺大，蹲在地上仔細檢查婁子善的屍體，又拾起那塊硯臺左顛右倒地看。就在這時候，那個姓金的木匠聽到響動趕了過來，站在院門口喊『婁先生』。那小後生聽到聲音，一閃身就躲到了書房門後。金木匠喊了幾聲不見回應，在門外道了聲『告罪』，進屋來看，正看到婁子善的屍體，當時就嚇傻了，大呼小叫地跑出去報官。那小後生便趁機跑了，臨跑之前和那隻老貓撞了個滿懷，衣襬上被貓撓了一爪子。」

「這麼說那塊福山壽海硯在這個少年手裡。」許枚道。

「對，他還捲走了婁子善掛在牆上的兩幅書法。」澆黃瓷靈撓撓頭，「我也納悶兒啊，婁子善的字又不值錢，他要那東西幹什麼？看到這兩幅字的時候他還興高采烈地揮著手，說：『果然是這樣，果然是這樣……』」

許枚也疑惑不解，「果然哪樣？你還記得兩幅書法的內容嗎？」

澆黃瓷靈搖頭道：「記不清了，好像都是古人詩句，東牆那張豎軸好像有『侯家五鼎……甕中春色……』這麼幾句；南牆是『兀兀……行行，窮賤……豪貴』什麼的。」

許枚苦思半晌，實在想不出這是哪位古人詞句，只好作罷。

澆黃瓷靈道：「過了沒多一會兒，那木匠帶了警察過來，亂烘烘折騰了一晚上，後來婁子善的屍首還是這木匠和幾個要好的鄰居幫著發送的，我和那隻貓也被抱到了木匠家裡。」說著他眨眨眼睛，「這個木匠可不是什麼簡單人物，他會做木偶，還會演木偶戲，前陣子他在家裡偷偷地做了一個和婁子善一模一樣的木偶，看得我心驚肉跳的……」

「嗯，這些我知道。」許枚擺擺手打斷了澆黃瓷靈，問道：「關於那個黑袍人和拿走硯臺的年輕人，你還能想起什麼？」

澆黃瓷靈噘了噘嘴，「想不起什麼了。」

許枚歎了口氣，「好，你先回去吧。」

澆黃瓷靈忙道：「別急啊，你會帶我走的，對吧？」

「對，我帶你去冉城，我在那裡有一個古玩店。」

「你不會再拿我餵貓了對吧？」

「當然不會，我會把你放在博古架上，我的夥計會時常給你掃塵。」

「太好了！」小胖子興高采烈地揮了揮胳膊，騰騰黃霧驟起驟落，一隻齊齊整整的澆黃釉盤擺在椅子上。

許枚抱起瓷盤，輕輕拂拭著道：「看來那個黑袍人就是我們要找的撫陶師……可他又能從金器上得到訊息……」

「會不會是兩個人？」江蓼紅道。

「一個撫陶師，一個鍊金師？有可能，有可能，這兩人是同夥，一個出頭露面，一個背後操持。」許枚思索著道：「他們要倦勤齋的瓷器，倦勤齋是乾隆養老的地方，嘉、道兩朝也有使用。這兩人也許在調查一件舊事，所以要把倦勤齋中的瓷器找來查問。」

江蓼紅搖搖頭，「可這件『舊事』還是一團霧水。」

許枚道：「只有等老葉修好那件郎紅了。」

「他修好了。」窗外有人說話，聲音不高不低，正好傳到三人耳中。

許枚嚇得險些把手裡的瓷盤丟出去，江蓼紅反應極快，飛起一腳挑開窗戶，姬揚清袖中竄出一條小蛇，凌空曲折，直飛窗外。

窗外那人反應極快，迅速抽身退步，躲開挑起的木窗，順勢一偏頭，避過小蛇，掀起風衣的帽子，解下圍巾，沉聲道：「是我。」

「呀，警官？」許枚藉著屋中燭光看清了窗外來人的臉。

姬揚清後怕不已，「神神祕祕地搞什麼鬼，真給蛇咬了可怎麼辦？幸好我手下留情，否則你早躺那兒了！」

宣成輕輕哼唧兩聲，快步繞到正門，穿過堂屋走進書房，望著許枚輕輕歎氣。

「怎麼了警官？」許枚心一沉。

宣成遞給許枚一張紙條，「那個『老葉』修好了你的瓷瓶，到拙齋找你，見門緊鎖著，門縫裡插著一張紙條。」

「你的夥計在我手裡，十二月二十八日拿你手裡的五件瓷器——康熙豇豆紅太白尊和柳葉瓶、郎紅觀音尊、天藍釉花觚和雍正祭紅釉玉壺春瓶——去冉城東門外贖人。」

紙條上的內容簡單粗暴，卻看得許枚直冒冷汗。

「小悟明明就在這裡，你還有別的夥計？」姬揚清問道。

「逆雪，那個小神偷。」許枚心中焦急，頓足道：「是我連累了他，我不該讓他給我看店的。」

「逆雪……這小孩是捕門通緝令上的要犯。」宣成微微一驚，「原來替你辦事的『高人』就是他。」

江蓼紅見許枚心焦，忙寬慰道：「不怕，既然這綁匪讓你用瓷瓶贖人，想來不至於壞了逆雪性命。」

許枚道：「離十二月二十八日不剩兩天了，要趕緊想法子應付才是。」

宣成道：「我們一道回去，我接到阿清的電話，帶了不少人手過來，足夠應付這邊的案子。」

「好，好……」許枚有些恍神，怔怔地點頭，「回去先叫出郎紅瓷靈來問問，看那廝到底有什麼陰謀。」

江蓼紅道：「對，先搞清楚他的目的，到時也好見招拆招。」

姬揚清卻愣愣地瞧著宣成，「你剛才叫我什麼？」

「阿……啊……我聽江老闆總這麼叫你，你不喜歡便算了。」宣成俊臉通紅。

「沒不喜歡，湊合著聽。」姬揚清小聲嘟囔一句，又問道：「你帶來的人呢？我有好多事要交代給他們，有驗骨堂的人跟來嗎？」

「有。」宣成點頭，「都趕去派出所了。」

姬揚清道：「我會聯繫肖振章給他們安排住處，我們幾時動身回冉城？」

「明天一早。」宣成看看窗外月色，「辛苦你了。」

「不辛苦。」姬揚清揉揉眉頭，長長地打了個哈欠。

第三章　瓷境

冉城的布局好像一座棋盤，橫平豎直，條理規矩，沄沄河堂堂正正地從城市中心穿過，河道寬闊筆直、水流平緩，商船、客船來往不絕，人聲鼎沸，汽笛長鳴，夾雜著呼兒嘿呦的號子聲，從早到晚，片刻不停。夾河商鋪林立，遊人如織，置身其間，恍然有走進了《清明上河圖》的感覺。

冉城東城牆外便是集櫻湖，沄沄河水穿城而出，四平八穩地轉了一個小彎，平平靜靜地注入湖中。集櫻湖水面開闊，霧氣騰騰，湖岸遍植櫻樹，若在晚春時節，落英繽紛，沿岸湖面上便密密層層地鋪滿了櫻花瓣，隨浪沉浮，遠遠看去，好像一片緋色的海。湖心則是綠水漣漪，煙波浩渺，白鳥翔集，青魚騰躍，有孤嶼小洲隱現於波光翻覆之間，又好似另一番世界。

來冉城的人，再怎麼忙，也要乘著沄沄河上的渡船，來集英湖遊賞一番，春時觀花，夏日垂釣，秋節賞月，冬季看雪，一年四時往來不絕。遊人多了，賣小吃小玩物的商販便多了，客棧酒樓茶肆也自然多了，冉城東門外這片小天地，倒比城裡還要熱鬧。

這時已是隆冬，雖然沒有下雪，但集櫻湖上數月不散的冬霧也是一大奇觀，天垂大霧，籠罩全湖，二百步外，不辨人畜，乘一小船閒遊湖上，如穿梭雲海，置身仙境，雖是天寒地凍，但遊湖賞霧的客人卻不見少。碼頭附近聚集了不少划著遊船的艄公，船又細又小，划得也很慢，艄公們習慣了眼前一片茫昧，也習慣了聽著竹篙船槳擊水聲判斷前後左右的來船。

枳花樓位置絕好，正處在沄沄河注入集櫻湖前的轉彎處，彎彎河水抱著這座排場的客棧，前門外是河水，後門外是湖水，無論住在枳花樓的哪座客房，一推開窗，便能看到如詩如畫的好景致。客人夜裡肚子餓了也不用叫小二準備飯菜，只要開窗隨手招呼一聲，賣驢肉火燒、牛肉包子、粽子、糕點、茶葉蛋的走街小販便一窩蜂似的聚到窗下，枳花樓貼心地在每間客房裡備了長繩竹籃，客人想吃什麼，便指點吆喝幾聲，在籃子裡放些銅板垂下去，等著小販把美味的小吃放在籃子裡，提上來慢慢享用。日子長了，枳花樓貪睡的小二來福也習慣了夜裡不再巴巴地等著伺候客人，打烊關門後便鑽進被窩呼呼大睡，漫漫冬夜，最合適鑽在暖暖的被窩裡一覺睡到大天亮。

可北京來的米老闆是個難伺候的傢伙，這個細皮嫩肉的潔癖老紳士對街邊小吃嗤之以鼻，頤指氣使地吩咐來福晚上十一點半送一份夜宵來，要一壺普洱茶、三塊榛子酥，還有半籠枳花樓的特色素蒸餃。

滿腹幽怨的來福打著哈欠備好了米老闆的夜宵，提著竹編的食盒晃晃悠悠上了二樓。米老闆住的是天字號房，房門虛掩著，電燈的光亮從門縫裡透了出來，屋裡隱約有人在說話，聲音軟軟的格外好聽，這可不是米老闆的聲音，那老傢伙說起話來像狐狸叫。

「難道這老不修招了窯姐或是兔爺來？」來福躡手躡腳湊到門邊，正要沒羞沒臊聽牆根，屋裡忽地傳出「撲」的一聲沉沉悶響，緊接著滾滾白霧彌散開來，充盈滿屋，透過門縫噴了來福一臉。

「媽呀！」來福嚇得手一哆嗦，食盒掉在腳上，險些把腳趾甲蓋砸翻，來福不敢大聲喊叫，捂著嘴貼牆坐下，眼中淚花滾滾。

白霧漸漸散去，樓道裡安安靜靜，米老闆屋裡也好像什麼都沒發生過，只有空氣中還留著淡淡的甜香。

來福壯起膽子，閉一眼睜一眼透過門縫向屋裡看去，只見米老闆張著大嘴半躺在靠窗的躺椅上，舌頭耷拉在外面，大肚皮上下起伏，不知是昏是睡。裝著行李的皮箱大開著攤在床上，衣物散落一床。

來福心中一驚，嘀咕道：「莫不是進賊了吧？剛才那一股白霧難道是迷香？可怎麼冷幽幽甜絲絲的那麼好聞？」

天字號客房寬敞豪華，除了架子床、大躺椅，還有全套桌椅箱櫃，有大半間屋子不在來福視線範圍內。來福一側身子，輕輕推門進屋，扭頭向側面一望，頓時愣住了。

一個身穿黑色長袍、頭戴黑色氈帽的人站在桌邊，正饒有興趣地打量著一個坐在桌上的白衣少年。

黑衣人渾身裹得嚴嚴實實，只露出一雙眼睛，顯得十分怪異，那白衣少年更是惹眼，膚色白膩，眉眼修長，唇紅齒白，俊美可愛，烏黑的長髮隨意綰著一個髻，用白玉簪子別住，貼身穿著薄薄的乳白色衣裳，大袖長裙，滿飾線描纏枝蓮花——這蓮花紋飾的線條沒什麼顏色，只是比白衣更薄更透，隱約露著肌膚。腰裡用白絛束縛，赤著雙腳，一腿盤在桌上，一腿垂在桌下，輕輕晃著，手裡抱著一個青花瓷碗，正饒有興趣地觀賞。

來福從未見過這樣又仙又媚的少年，心裡頓時空了，站在門前傻傻發愣。

那少年展顏一笑，露出兩排白玉也似的齊整小牙，「你這孩子，怎麼木頭人似的？」說著他抬手打了個響指。

來福一個激靈回了魂，不自禁地後退兩步，瞧瞧那白衣少年，又瞧瞧那黑衣人，壯著膽子道：「你們是什麼人？你們把米老闆怎麼了？你怎麼穿著古代的衣服？」

白衣少年「噗嗤」一笑，臉頰上綻開一對酒窩，「我倒也想換件衣服，可惜喲，怕是這輩子只能穿這麼一件啦。」

來福聽得莫名其妙，這人是有什麼怪癖嗎？難道這衣服是長在他身上的？

那黑衣人悶不作聲，長袍翻捲，亮出一柄白森森的匕首，悠悠邁著大步，向來福走來，步態不急不緩，像是準備慢慢享用小羚羊的優雅獅子。

「你要幹什麼！」來福嚇壞了，聲音打顫，連連後退。

那黑衣人眼中煞氣十足，奪人心魄，像看死人一樣瞧著來福的頭頸要害，好像在考慮該從什麼地方下刀。來福與他對視一眼，便覺神魂俱懾，腿也軟軟地轉了筋，心裡只有一個念頭：他要殺我，他不打算讓我活，我要逃，不逃一定會死……心中念想著，腳下磕磕絆絆退了出去，一個不小心，腳跟撞在門檻上，翻著跟頭跌出門外，順勢擰著腰身掙扎起來，也顧不得回頭去看，埋著腦袋連滾帶爬向樓下跑去。

枳花樓二樓是價格昂貴的天字號房，住客不多，隔音卻極好。來福嚇得忘了叫喊，一路跑到樓下，和店掌櫃錢譽撞了個滿懷，哆哆嗦嗦比手畫腳地說了好一通，好容易才把剛剛所見說清楚。

錢譽最看重店鋪聲譽，一聽天字號房遭了賊，頓時急得滿頭冒汗，忙吆喝著趕來福出門報警，自己帶了幾個睡得迷迷糊糊的夥計拿著菜刀鐵鏟到天字號房捉賊。

一群烏合之眾浩浩蕩蕩上了樓，站在米老闆的房間門口向裡望去，屋裡安安靜靜，好像什麼事也沒發生似的，哪有什麼黑衣怪人，哪有什麼古裝少年，只有米老闆躺在窗前的椅子上，喝著窗外颼颼的小寒風呼呼大睡。床上皮箱散亂，桌上擺著一只小口豐肩的白釉梅瓶，一只葵口深腹的青花魚藻紋碗，在燈下泛著瑩瑩寶光。

錢譽望著大開著的窗戶，聽著窗下小販的驚叫和巡警的警哨聲，心裡一陣發慌。

這天本該值夜班的宣成和姬揚清都不在警察局，而是坐在拙齋後院的書房，盯著許枚叫出的六個瓷靈發愣。

豇豆紅柳葉瓶似醒非醒，半躺在紅木椅上，懷裡抱著太白尊，一派溫馨甜蜜，江蓼紅按捺不住，伸手捏了捏小瓷靈的臉蛋。

祭紅正襟危坐，旁邊是托著腮癡癡地看著她的天藍，祭紅瓷靈被他看得渾身不自在，很克制地輕輕「哼」了一聲。

郎紅剛剛恢復了神采，披散著滿頭白髮，蹺著腿坐在許枚正對面，渾身散發著濃濃的血腥氣。小悟對郎紅瓷靈有心理陰影，遠遠地躲在許枚身後，不敢正眼去看這個白髮妖女。

澆黃瓷靈左看右看，點點頭道：「除了兩個老前輩，其他的都在這裡了。」

許枚道：「那兩個老前輩，一個是宋代鈞窯葵口花盆，一個是永樂甜白釉梅瓶。」

澆黃瓷靈點頭道：「對，永樂梅瓶婁子善在北京時便賣出去了，他身上的錢不多，急著籌集回燕鎮的路費，就挑了一件瓷器賣給了鳴古齋那個姓米的老闆，鈞窯花盆在冉城送給了一個姓胡的廚子，那廚子救過婁子善的命。」

許枚點點頭，望著眼前的幾個瓷靈，慨然道：「我竟不知道，你們都是倦勤齋的陳設，了不起，真的了不起。」

天藍釉花觚瓷靈睇著眼睛瞧了許枚一眼，「那是啊，天家富貴造極於倦勤齋，那地方雖然不大，但從天到地，從裡到外，沒有一處不是巧於化境，妙入毫巔。家具大都是紫檀的，還有黑漆描金、漆地嵌螺鈿的小細作，牆上除了壁畫、貼落，還有紫檀、雕漆、琺瑯邊框的掛屏，至於陳設玩物，更是多不勝數，什麼商鼎周彝，漢玉宋瓷，全是最精巧最珍貴的。說實在的，我們在那地方可算不得什麼，你知道嗎，我待的那屋裡花觚就好幾件，我旁邊擺著的是一個乾隆年仿定窯的花觚，這倒沒什麼，斜對個兒還有個成化朝的哥釉，那氣場，那釉色，嘿……」

「囉唆。」郎紅瓷靈淡淡瞥了眼天藍瓷靈一眼，悠悠道：「沒錯，你在那地方確實算不得什麼，細小寡淡，非今非古，還不及那些乾隆朝的洋彩惹眼。」

「嗨呀？」天藍瓷靈惱了，正要反唇相稽，卻聽許枚道：「好了好了，綁匪約定的期限是明天，我們的時間可不多。」

眾瓷靈都是一驚，天藍瓷靈大呼小叫道：「綁匪？你怎麼成天淨遇到些殺人綁架之類的事？」

許枚歎了口氣，「有人綁了我的一個小朋友，要我把你們幾位交出去贖他。」

天藍瓷靈一愣，「要我們？這綁匪是什麼來路？」

「對，要你們，」許枚道：「這個人你應該不陌生，在雲間農莊他還抱過你。」

「噢……」天藍瓷靈回想起來，「你說的是那個穿一身黑的怪人。可他明明說過，他要找的不是我。」

祭紅瓷靈身子一顫，「許先生，這綁匪就是挾制三太太的撫陶師？」

郎紅瓷靈恨恨道：「是那個手腕上有疤的人！這賊廝害我靈氣消散，我饒不了他！」

豇豆紅柳葉瓶迷迷糊糊地抬起頭，「你們說的是誰，我怎麼不知道？」

娃娃臉太白尊仰起頭蹭蹭姐姐的下巴，可憐巴巴地瞧著許枚，奶聲奶氣道：「叔叔，你不會把我們交給壞人吧？」

許枚瞧著小瓷靈的可愛模樣，心都要化了，一疊聲道：「不會不會，叔叔怎麼捨得把你交出去呢？不過……你們總要配合我演一場戲，把我的小朋友救回來。」

豇豆紅姐弟乖乖點頭，許枚瞇眼一笑，又看向郎紅瓷靈，「在這之前，我必須先知道這個人找你們有什麼目的。」

郎紅瓷靈一揚眉毛，「你問我？」

許枚點點頭，問道：「他在丁家都和你說過什麼？」

「他說過什麼……」郎紅瓷靈抱著胳膊想了想，說道：「他問我……是不是倦勤齋的陳設，還問我光緒十七年秋天，有沒有聽到光緒皇帝和四川來的密探說什麼……什麼……我忘了，他說話有些含糊，不陰不陽的，很奇怪。那光緒皇帝性子死沉，滿臉喪氣，到倦勤齋總也沒多少次，我可從不記得聽他和什麼密探說過這些事。」

「光緒十七年……」許枚凝神沉思，「他要打聽三十年前的事。」

「不止這個，他還提到乾隆，問我乾隆六十年孫士毅怎樣怎樣，嘿嘿，乾隆皇帝排排場場地修了倦勤齋，可一天都沒來住過。我掰著指頭算過，倦勤齋建成之後，他滿打滿算來過八回，不是來吟詩看花，就是來閒玩聽戲的，我可從沒聽他在那兒和什麼人談過正事。」

許枚聽得全無頭緒，連連皺眉。

郎紅瓷靈思索著繼續說道：「他還提到五六個名字，孫士毅、彭山、江口、陳泰初、裕瑞……也許還有，我記不得了。那人見我說不出個一，當時便有些急了，尖聲尖氣地催我仔細想想，我一問三不知，他軟磨硬泡地糾纏我大半個時辰，好容易灰了心，讓我恢復原形。那一晚上可把我折騰得夠嗆，那人也倦了，偏巧這時候丁家大少爺揮著刀衝進來要和他拚命。結果你都知道了，那傢伙挨了一刀，我也成了之前那副鬼樣子。」

小悟暗道：你現在不也是一副鬼樣子……

許枚一頭霧水，瞧瞧坐在一邊的江蓼紅、宣成、姬揚清。宣成和姬揚清也是莫名其妙，一個歪頭，一個攤手，表示完全聽不懂她在說些什麼。

江蓼紅沉吟道：「他提到了四川，還提到了孫士毅、裕瑞，這兩人都是一朝要員，封疆大吏，孫士毅在乾隆末年曾做過四川總督，裕瑞是旗人，咸豐年鬧長毛的時候也做過四川總督，沒多久便被撤了職。看來這個撫陶師所謀之事和四川有關。」

許枚點點頭，「沒錯，四川……其他幾個人江老闆可聽說過？」

江蓼紅搖搖頭，「陳泰初、彭山、江口……這三人我從沒聽說過，應該不是什麼顯赫人物。」

姬揚清道：「後面兩個名字好奇怪啊，『彭山』還像個人名兒，這個『江口』怎麼聽都不像是人的名字，哪會有人起名字叫『口』，是不是你聽錯了？這人其實叫江孔，或是江偶、江柳、江守、江斗、江苟？」

郎紅瓷靈輕輕翻了個白眼，沒好氣道：「我可不會聽錯。」

「咦，你這白毛丫頭還有些性子。」姬揚清輕輕一笑，又問道：「那這個『江口』會不會是滿洲人，或者是蒙人？」

江蓼紅道：「不像，滿蒙也沒有這樣奇怪的名字，四川……莫不是羌族、彝族？」

許枚撓撓頭，看向宣成，「警官有什麼想法？」

宣成稍一遲疑，說道：「四川。」

許枚一愣，「四川，怎麼了？」

宣成道：「有件事，不知道和這次綁架有沒有關係。你們去燕鎮那天，有四川偵資堂的弟子來找我，說近些日子四川市面上平白出現大量金銀，通過各種官私管道和銀行帳戶，流向冉城陳家。」

許枚一皺眉，「陳家？哪個陳家？」

宣成道：「冉城數得上號的有幾個陳家？她家那位小姐咱們都見過。」

許枚有些摸不著頭腦，「陳菡？自從雲間農莊那案子之後，可有大半個月沒見過她了。四川出現大量金銀流向陳家……這個『大量』是多少？」

宣成道：「具體數額我不清楚，偵資堂那位師弟沒有細說。不知這件事和那撫陶師有沒有關係，如果有關的話……那位陳小姐的嫌疑可不小，她是瓷器收藏大行家。」

許枚搔搔下巴，「好吧……我們先來理一下線索，有這麼兩個時間：乾隆六十年、光緒十七年；還有幾個名字：孫士毅、裕瑞、陳泰初、彭山、江口；另外，那撫陶師所謀之事應該和四川有關。」

宣成頭疼不已，「這算什麼線索？」

姬揚清也道：「只有幾個時間，幾個名字，這根本沒法去查那個撫陶師的目的。」

許枚也犯愁道：「孫士毅是乾隆年的四川總督，裕瑞坐鎮四川是咸豐初年，可那傢伙怎麼一上來就問瓷靈光緒十七年的事，這之間有什麼關係？」

祭紅瓷靈遲疑片刻，說道：「許先生，也許真的有些關係。」

江口沉寶

「什麼？」許枚一驚。

祭紅瓷靈道：「光緒十七年倦勤齋大修，光緒皇帝在修成後來過一次，具體日子我記不清了。那天天氣很好，皇帝興致也不錯，在倦勤齋四處走走看看，在一層東次間小坐了一會兒。我是東次間的陳設，親見一個小太監來說，咸豐皇爺派去四川的人回來了，還說有什麼消息，裕瑞未曾上報的消息。光緒皇帝也不很在意，只淡淡說了一句：『西賊末路草寇，能有幾個銀兩？都是做些無用之事，讓他去西面戲臺那兒候著。』」

「西賊？」許枚奇道：「怎麼又和張獻忠扯上關係了？」

姬揚清卻有些奇怪，「皇帝屋裡還有戲臺？」

祭紅瓷靈道：「對，倦勤齋西面有一座小戲臺，是一個攢尖頂的小方亭，修得極是精緻，戲臺對面上下兩層樓都設了面向戲臺的房間，房裡有坐榻，是給皇帝看戲用的，乾隆皇帝曾在那兒看過南府的太監演岔曲。」

天藍瓷靈揮著手道：「哎，我聽到過，單弦兒八角鼓，好聽極了。我在西梢間，那兒離著戲臺近，聽得可清楚呢。」

「那你有沒有聽到光緒皇帝和那個四川來人說了些什麼？」許枚忙問。

「沒……沒有。」天藍瓷靈撓撓頭，「我只記得那天昇平署的太監來唱了幾嗓子小戲，還聽見光緒皇帝和什麼人嘰嘰咕咕，他們說話的聲音很小，我聽不清楚，好像光緒皇帝說了一句『知道了，你去辦吧』。」

許枚看向眾瓷靈，「你們誰還聽到過光緒皇帝和那人的談話？」

豇豆紅姐弟齊齊搖頭，「我們在東梢間，離著戲臺最遠。」

郎紅瓷靈也道：「我說過了，我什麼都沒聽到。」

澆黃瓷靈一攤手，「可別問我，我從沒進過倦勤齋……」

江蓼紅突然想起什麼，獨自念叨著，「四川……張獻忠……彭山……江口……」突然她一拍巴掌道：「嗨呀，江口，彭山江口！要連起來讀，這根本不是人名！江口鎮是四川彭山縣治下的一座小鎮，就在錦江和武陽江交會處。順治三年，張獻忠撤離成都，帶著滿載金銀財寶的船隊沿江東去，被明將楊展阻截，在彭山江口激戰一場，張獻忠大敗，損失慘重，那些運寶的貨船也被擊沉不少。張獻忠見東去無望，夾著尾巴逃回成都。那撫陶師提到彭山江口是地名，不是人名。」

「我明白了，他要尋寶。」許枚道：「『石龍對石虎，金銀萬萬五。誰人識得破，買下成都府。』自從張獻忠事敗之後，四川便開始流傳這麼一首民謠，據說這民謠就是尋找張獻忠寶藏的謎語，只要參透其中機密，就能找到這筆足以『買下成都府』的寶藏。」

江蓼紅一歪頭道：「咦？我怎麼聽說是『石牛對石鼓』？」

宣成道：「我小時聽老人講是『石公對石母』。」

姬揚清道：「這個我也知道，好像是『石刀對石斧』。」

小悟插嘴道：「我聽說書先生說，是『石臼對石杵』。」

許枚無奈一笑，「這些所謂謎語怕都是好事者編排出來博人眼球的。魔王末路，移江藏寶，這樣的故事本就精彩傳奇，被說書先生市井閒漢傳來傳去，把哪裡的民謠附會到張獻忠頭上，以訛傳訛二百多年，不知衍生出多少版本，也不知多少人把這謎語當了真。」

宣成道：「尋寶謎語未必可靠，那張獻忠藏寶確有其事嗎？」

許枚道：「這個應該不假。」說著他起身踏著小凳子，在書架上翻翻找找，不時拋下一兩本小書冊。

「我這兒有李馥榮《灩澦囊》、吳偉業《鹿樵紀聞》、彭遵泗《蜀碧》、沈荀蔚《蜀難敘略》和劉景伯《蜀龜鑑》。記載張獻忠屠戮四川、劫掠財富、沉銀江底的官私史冊林林總總不下幾十種，不少是蜀難親歷者所見所聞，我想這批寶藏是切切實實存在的，但是嘛……」他又翻開一本費密的《荒書》，指點著書頁道：「瞧這句話：『後漁人得之，楊展始取以養兵，故上南為饒。』這筆沉江寶藏大部分都被楊展撈走，屯田養兵，消化掉了。」說著他把書遞給小悟。

宣成瞧著一排一排頂天立地的巨大書架，感慨道：「你這裡可以開圖書館。」

許枚笑道：「我這裡都是些閒書，有小說故事，有稗官野史，還有這些筆記雜談，那最小的一架是漢唐著作，旁邊是宋金元的，這裡幾架是明清的，後面是近些年的雜誌畫冊，最裡面還有些貨真價實的宋明古本，就是沒有正經的孔孟程朱，也沒有德先生賽先生……」

小悟接著許枚一本本遞下來的書，忍不住問道：「老闆，這個張獻忠是什麼人？他哪來這麼多錢？把錢撈走的楊展又是誰？」

許枚道：「張獻忠啊……算得一個亂世梟雄吧。據說此人生得黃面虎頷，性子狡譎酷烈，本是延綏鎮一個邊兵，明末陝西大亂時趁勢而起，自稱八大王。」

小悟一咧嘴，「八大王，口氣好大。」

許枚笑道：「這張獻忠確實勇略雙全，野心勃勃，率軍取鳳陽、焚皇陵、陷襄陽、克武昌、破長沙、入成都，一路燒殺屠戮，劫掠無窮，連殺襄王、楚王、瑞王，逼死蜀王，在成都建大西國，登基稱帝，年號大順。可惜此人一副梟雄肚腸，只知攻戰，不善經營，雖有心治川，卻不得其法。不過三年光景，把個天府之國搞得民疲糧絕，他不得不沿江東走，想要出川入楚，結果先被明將楊展擊潰，無奈回師成都，之後又率兵北上，被入川清軍狙殺，一命嗚呼。」

江蓼紅道：「古來草莽豪傑，哪有能成事的？陳勝吳廣、王薄翟讓、鍾相楊么、西王闖王，一個個摧枯拉朽萬夫莫當，到頭來都不過是為他人作嫁衣裳罷了。」

「善破不善立，能鎮不能撫，施威不施恩，終免不了一敗塗地。」許枚一語道出草莽英雄的命門，繼續道：「張獻忠轉戰湘鄂巴蜀富庶之地，劫掠財物無計其數，湘王、楚王、瑞王、吉王、蜀王數代經營盡入其囊中，累累幾萬萬。更可怕的是，他不許治下軍民私藏金銀，私藏三兩者斬，藏十兩者剝皮。」

小悟聽得打了個哆嗦。

許枚又道：「至於楊展，崇禎年間是『督師輔臣』楊嗣昌麾下參將，明亡後屯兵犍為，南明弘光、隆武時連破張獻忠，永曆時又屢破清軍，威震川蜀，可惜此人性子粗疏，竟被屬下謀殺，一代名將，死得無聲無息。」

小悟道：「那張獻忠的金銀財寶全都被楊展用掉了嗎？」

許枚搖搖頭，「這卻未必，楊展得到的不過是江口之戰中沉沒的幾百船金銀，張獻忠所掠財物可遠遠不止這些。再說，江口之戰激烈殘酷，幾百艘滿載寶物的船散沉江底，楊展怕是也沒撈乾淨。蜀難百多年後，附近漁人商賈還常在江水中或灘塗上拾到零星金飾、銀簪和銅錢，對吧江老闆？」

江蓼紅點頭道：「沒錯，川人沿江撿拾到大順通寶的事可不算新聞。」

姬揚清不解道：「大順通寶？我記得李自成才是大順皇帝吧？」

江蓼紅道：「李自成國號大順，年號永昌，張獻忠國號大西，年號大順。歷代王朝鑄錢以年號為錢文者多，以國號為錢文者少，這大順通寶便是以年號為錢文的。大順皇帝李自成也以年號為錢文，鑄造永昌通寶。」

姬揚清聽得嘴角直抽，「難為姐姐你能記住這些東西。對了，武雲非那枚西王賞功不也是張獻忠鑄的錢麼，那算年號還是國號？」

江蓼紅道：「西王賞功以王號為名，不是流通交易所用，是張獻忠鑄來賞賜麾下功臣將士的，只能算作是一種特殊的獎牌，或者是紀念幣。」

小悟催促著許枚，「老闆老闆，聽你剛才那意思，那個張獻忠的銀子沒有全都沉在江口吧，他敗走之後又去了哪兒？」

許枚道：「沒錯，江口所沉應該只是在戰鬥中被楊展擊毀的運寶船，戰鬥中隨船沉沒的金銀財寶，應該遠遠不到『買下成都府』的數額。張獻忠兵敗江口，率主力和其他運寶船逃回成都，又率軍北上和入川清軍交戰，在北上之前……」他翻開《鹿樵紀聞》道：「瞧這句話：『又用法移錦江，涸其流，穿數刃，實以精金及他珍寶累萬萬，下土石築之，然後決堤放水，名曰錮金。』」

眾人圍上前來看著書頁，嘖嘖連聲，無他，只因為「又用法移錦江」的前一句話衝擊力太強——「其下爭以多殺為功，首級重不可舉，男子割勢，婦人各取陰肉，或割乳頭，驗功之所，積成丘阜。」

「真是個變態，太可恨了。」姬揚清起了一身雞皮疙瘩。

許枚臉一紅，合上書頁道：「清初文人提及蜀難，總不免對張獻忠血腥屠殺川中軍民之事大書特書，讀來令人毛骨悚然。我看來嘛，張獻忠屠殺無算確有其事，可有些詭怪駭人的殺人理由和殺人手段，倒也未可盡信。諸多史冊，我看獨有費燕峰《荒書》最是翔實精到，『屠山屠野盡一省而屠之，至千里無煙，空如大漠』一句之筆力，足抵得他書洋洋千字詭怪之語。」

姬揚清道：「那移江藏寶的記載又有幾成可信？」

許枚又翻揀起幾本小書冊道：「《蜀碧》、《蜀難敘略》裡的記載和《鹿樵紀聞》幾乎一致，都是先移改錦江河道，再把金銀珠寶埋在原本的河道之下，又恢復河水故道，淹沒寶藏，殺光民夫。哦，還有《平寇志》也是……」他翻開書頁，指點著道：「『用法移錦江而涸其流，下穿數仞，實以黃金寶玉累億萬，殺人夫，下土石填之，然後決堤放水，名曰水藏。』幾處記載大同小異，總該有些可信。」

江蓼紅道：「也未必，明清筆記抄襲成風，風聞之事堂皇入冊者也不在少數，怕是這幾家互相抄引也未可知。」

許枚哂道：「這倒是很有可能。」

宣成隨手翻著書冊，仔細琢磨著郎紅瓷靈和許枚、江蓼紅的話，頭疼道：「所以……這個撫陶師的目的是張獻忠的寶藏？」

許枚道：「咸豐時安排在四川的密探，光緒十七年突然回京奏報有關張獻忠沉銀的事。從咸豐到光緒十七年，其間至少有三十年光景，這個密探年紀應該不小了，他可能確實查到了張獻忠藏寶的地點，也明明白白地對光緒皇帝說了，光緒皇帝卻不甚在意……嗨，這是當然的嘛，那時候的小皇帝年輕有為朝氣蓬勃，一心洋務興國發展實業，對這些陳芝麻爛穀子的傳聞舊事當然不放在心上。可那撫陶師不知從何處得到有關這場密談的消息，他對這筆寶藏垂涎覬覦，但光緒皇帝已經死去多年，那個密探或是已經辭世，或是失蹤藏匿，所以那撫陶師希望找到倦勤齋中聽到過這場談話的瓷器，通過它們打探張獻忠寶藏的消息。」

「這便說得通了。」宣成點點頭，又思索片刻，說道：「也許他已經通過什麼手段打聽到了這批寶藏的消息，祕密取走了寶藏，折轉變賣，匯入冉城陳家。」

「陳家……」許枚心中奇怪，「難道真的是陳小姐？不對啊，我見過她的手腕，並沒有什麼星星點點的傷疤。」

江蓼紅也道：「陳家這筆橫財也許和張獻忠的寶藏無關，如果那個撫陶師已經得到了寶藏，他還急著要這些瓷器做什麼？」

「不對，不對……」許枚背著手走來走去，「還有孫士毅，還有陳泰初，這兩個人和這些寶藏又有什麼關係？」他又問郎紅瓷靈，「你說那人問你孫士毅在乾隆六十年的事，對吧？」

郎紅瓷靈一點頭，「沒錯，但乾隆六十年老皇帝沒來過倦勤齋，那個什麼孫士毅，我之前從沒聽說過，陳泰初也是。」

「我要去一趟北京。」許枚道。

「去北京幹什麼？」宣成不解。

「去清史館，查清實錄。」許枚道。

「那可怎麼來得及，明天就是綁匪約定的時間了。」宣成瞧著許枚，輕輕一皺眉道：「你別是有什麼奇怪的法術吧？縱地金光術還是神行甲馬？」

許枚神祕一笑，「瓷境而已，明天中午之前，我一定趕回來。」

竹林七賢

「你現在就動身？」宣成搞不明白瓷境怎麼會有日行千里的功能，看了看錶道：「快十二點半了。」

「子時可快過去了，我得趕緊出發。」許枚對眾瓷靈作揖道：「多謝各位，明天午時我便回來，到時還要勞煩幾位和我走一遭。」

祭紅瓷靈一點頭，「全聽許先生安排。」

天藍瓷靈擠眉弄眼地笑笑，「姐姐去，我便一道去。」

豇豆紅姐弟一個迷迷糊糊，一個乖巧可愛，但對許枚的話言聽計從。

郎紅瓷靈伸了個懶腰，也不多廢話，逕自變了回去，一副任君擺布的態度。

澆黃瓷靈左看右看，托著胖乎乎的下巴道：「好像沒我什麼事嘛，我又不是倦勤齋的陳設。」

許枚笑道：「對，明天你就留在家裡，哪兒也不用去。」

說著許枚抖抖長衫，戴了禮帽，走到會客室，回身招呼著小悟，「你來，把那個瓷罐取下來。」

小悟抬頭看去，見許枚抬手指著一隻小而粗壯的瓷罐，侈口高領，豐肩弧腹，肩有雙耳，釉色青黃，沿肩一周不疏不密點飾著兩排青色、褐色的斑點，罐腹用纖細的紅褐色線條勾畫了三個人物，一個以手撫琴，一個垂首凝神，一個舉杯狂飲，三人都是長衣大袖，峨冠短鬚，姿態慵懶，又各有特色，恍如竹林高士神思在這半尺來高的小罐之間，足見這數筆勾繪，著實簡而不俗，大有丘壑。三人並未占滿罐身的空間，罐的另一側以褐色彩題詩一首：「耳根得聽琴初暢，心地忘機酒半酣。若使啟期兼解醉，應言四樂不言三。」詩後還有五字：「七賢第三祖」。字體豪放遒勁，別有韻味。

小悟取了瓷罐，放在桌上，江蓼紅湊上前道：「這東西我記得，你去湖南那次帶回來的。」

許枚點頭道：「長沙石渚湖畔，那裡是一片規模驚人的窯場。去年我讀到唐人李群玉的《石渚》詩：『古岸陶為器，高林盡一焚。焰紅湘浦口，煙濁洞庭雲。回野煤飛亂，遙空爆響聞。地形穿鑿勢，恐到祝融墳。』從詩中所寫來看，這裡有一座唐代古窯場，也許是岳州一系，我便約了小篁一路遊山玩水到了湖南，果然收穫頗豐，其中最妙的便是這個小罐。那裡的瓷器和岳州窯截然有別，不只是青瓷，還有些釉下彩繪的花鳥雲氣詩文警句，令人目眩神迷。我和小篁在一個老農家休息時，見他家桌腳下放著兩個瓷罐，那老農說是水田裡刨出來的。那兩個罐子一個是『七賢第二祖』，畫著山濤、阮咸，一個便是這『七賢第三祖』，瞧，這撫琴的是嵇康，飲酒的是劉伶，靜思的是向秀。應該還有個『七賢第一祖』，畫著阮籍、王戎，可惜不曾找到，我和小篁一人買下一個罐子，他在北京，我在冉城。」

姬揚清瞧著瓷罐上的人物詩句，忍不住問道：「這個『第三祖』是什麼意思？」

許枚道：「應該是『第三組』，組別之組，窯工識字不多，難免在瓷器上寫些錯字白字。」

宣成看了看錶：「十二點四十了，你怎麼去北京，用這罐子？還有，小篁是誰？」

許枚眨眨眼道：「谷之篁，是個弄玉先生，捕門隱堂的顧問，不是外人。」

宣成一愣，「弄玉先生？」

「對，可以和『玉精』交流。」說著許枚走到桌邊，觀賞著瓷罐道：「三個瓷罐共同組成的竹林七賢集會的場景，算是一個完整瓷境，我從嵇康身邊走進去，從山濤那裡走出來，自然就到了谷之篁家裡，只是免不了狠狠嚇小篁一跳。那只『七賢第二祖』的瓷罐他一直放在臥房窗前的小几上，而且那小子有裸睡的習慣。」

宣成動容道：「這豈不是一扇穿越空間的大門？」

許枚眯眼笑道：「厲不厲害？」

宣成冷汗涔涔，警惕地盯著許枚，「如果用這法子殺人……」

「我可不會用瓷境幹這麼缺德的事。」許枚正色道：「明天上午如果有什麼事，你們多費心。還有，不要把我離開冉城的事告訴別人，警察局的人也不行。」

「好……」宣成僵硬地點點頭。

姬揚清好奇道：「許老闆，你能進清史館大庫？」

許枚道：「谷之篁有足夠的面子，他和趙爾巽關係不錯。」說著他伸出左手，摸向那竹林七賢圖瓷罐。

「等一下。」江蓼紅叫住許枚，伸手攥住他的右手食指，「我和你一道去，總能有個幫襯。」

許枚點頭一笑，反手握住江蓼紅的手掌，回頭道：「警官，不管能不能查到東西，我明天午時一定趕回來。小悟，你可看好這罐子，千萬不能給磕著碰著，一旦瓷境破滅，我可就回不來啦。」

小悟使勁點頭，「放心吧老闆，逆雪的小命可就掛在你身上呢，你可一定要回來。」

許枚拍拍小悟的頭，右手挽著江蓼紅，左手觸及瓷罐，只見清氣隱隱，眨眼工夫，兩人皆已不見。

小悟頭一次見到老闆在眼前消失，難以置信地揉了揉眼睛，「哇……老闆進了這個罐子裡？」

姬揚清圍著瓷罐轉了一圈，突然道：「你們說……如果我們現在搖一搖這個罐子，姐姐和許老闆會不會以為瓷境裡面地震了？」

「你要幹什麼！」小悟急了，忙擋在姬揚清身前，「你躲遠遠的，別過來！」

「我說說而已嘛，小傢伙還挺護主的。」姬揚清笑了笑，「你要是真的擔心你老闆，還不如趕緊去拜拜佛燒燒香，他要去的是清史館，那地方在紫禁城東華門附近，邪氣得很。」

「邪氣？」小悟吞了口唾沫。

「對呀，那地方原本是前清的國史館，民國三年袁世凱糾集趙爾巽那一幫清室遺老成立清史館，在那裡編修清史。」

「那……那有什麼邪氣？」

「清史館和清史館大庫都在東華門附近，東華門是陰門、鬼門，聽說清朝皇帝迎靈送殯都走的東華門，連門上的門釘都是八九七十二的陰數。那地方每到子時，陰風慘慘，鬼氣森森……」姬揚清神祕兮兮道。

「啊……」小悟的小舌頭一陣發顫。

宣成無奈，「好了，別逗孩子了，都是子虛烏有的說法……誰！」

「啊！」小悟本就被姬揚清嚇得夠嗆，宣成這一句「誰」殺氣十足，小悟一下沒忍住，叫出了聲。

「我……」衛若光敲了敲拙齋外面店面的門，「東門外枳花樓出了一件怪事。」

弄玉先生

江蓼紅睜開眼睛，只見四周一片朦朧，天上濛濛霧氣，地上淺淺草茵，都是青中泛黃的顏色，忍不住心裡一陣煩惡，忽覺手掌暖暖的，耳邊傳來一陣柔柔的氣息，吹得耳肉一陣酥癢，「江老闆，瞧，那就是竹林七賢。」

江蓼紅心中一蕩，忙定了定神，「哦……哦，竹林七賢……」

許枚拉著江蓼紅的手向前走去，指點著一個端坐撫琴的高大男子道：「這便是嵇康了。」

江蓼紅抬眼看去，只見眼前男子闊面美髯，豐神俊秀，瞑目撫琴，金聲玉應，引人神往，身邊六人或站或坐，或長嘯或飲酒，或沉思或彈阮，放逸瀟灑，悠然酣暢，只是膚色衣裳還是黯淡的青黃色，只有身體輪廓五官面目是褐色的線條。七人像是全然沒注意到許枚和江蓼紅的到來，只顧自得其樂。

江蓼紅望著眼前七人，心中一動，問道：「許老闆，你說你的瓷罐上畫的是嵇康、向秀、劉伶三人，谷之篁那只瓷罐上畫的是山濤、阮咸，那麼剩下的王戎、阮籍應該就畫在另一只瓷罐上了，你從山濤、阮咸身邊走出瓷境，能到谷之篁家，那從王戎、阮籍身邊出去，豈不是能到收藏另一只瓷罐的人家裡？」

許枚苦笑道：「我何嘗沒試過，從王戎、阮籍身邊出去，差點窒息而死，那只瓷罐還被深埋在土裡，未見天日。」

江蓼紅一吐舌頭，「好險。」

「走吧，我們時間不多了。」許枚牽著江蓼紅，閃過飄浮在天空的詩句，走到彈阮的阮咸身邊，柔聲道：「江老闆，閉眼。」

江蓼紅心裡酥酥的，乖乖閉上眼睛，依稀感覺身邊氣流浮動，忍不住抱住許枚的胳膊。

「好了，江老闆，可以睜開眼啦。」許枚輕輕握了握江蓼紅的手。

江蓼紅緩緩呼了口氣，睜開眼睛，只見四周黑黢黢的，身後似乎有朦朦朧朧的月光，眼前依稀是古色古香的桌椅家具，似乎全是明代風格，不由得心中一緊，使勁攥了攥許枚的手，「許……許老闆，我們現在在什麼年代？」

「江老闆，痛……」許枚小聲吸著氣，「我們在谷之篁家裡，這小子的情兒是個死有錢死有錢的竹木郎君，愛他愛得死去活來，足足送了他一屋子的明式家具。」

「竹木郎君和弄玉先生？他們是……斷袖？」

「不是，那個竹木郎君是個姑娘，年紀比小篁稍大些，成日家笑嘻嘻的，沒心沒肺，活得像小女娃兒似的。」許枚道。

這裡是一間清幽雅致的寬敞臥房，兩人身後是一座圓窗，窗外雪壓芭蕉，月影招搖，屋裡靠窗擺著一張明式黃花梨榻，上面放著一張小案，案上便是那只「七賢第二祖」的瓷罐。許枚、江蓼紅從瓷境中出來，直接踩在了榻上。

許枚輕輕一努嘴，低聲笑道：「江老闆，這裡就是谷之篁臥室的外間，喏，那個屏風後面就是裡間。」

「咱們就這麼過去……不好吧？你不是說他喜歡……那樣睡……」

「不怕，從小光屁股長大的兄弟，沒什麼好見外的。」許枚拉著江蓼紅的手，繞到屏風後。

江蓼紅臉上一陣發燙，心裡喜孜孜的：呀，「光屁股」這樣粗俗的詞當著我的面兒隨口就說出來了，一點避諱的意思都沒有，他是真拿我當自家人啦……

屏風後是一個開闊的空間，排場的架子床上躺著一個漂亮的年輕人，鼻梁高挺，嘴角上翹，閉著眼睛，輕輕細細地打著鼾，錦緞棉被鬆鬆軟軟地蓋著半截身子，露出白玉似的肩和臂膀。

江蓼紅半遮著眼睛，暗道：呀，好個英俊……不對，不能用「英俊」這個詞，應該是好個漂亮的小公子。常聽師傅說，這世上的弄玉先生雖然極少，但個個豐神俊秀溫潤如玉，看來果然不假。

「喂，小篁，醒醒，幫哥個忙。」許枚推了推谷之篁的肩膀。

「嗯……」谷之篁睡得很沉，許枚使勁推了好幾下，才迷迷糊糊睜開眼。

「快點起來，哥有急事。」

「誰呀，煩死了……」谷之篁嘟囔幾聲，坐起身子揉揉眼睛，看清了眼前那張臉，破口便罵，「你怎麼進來的？哦……我明白啦，瓷境是吧？明兒我就把那罐子埋土裡去，我讓你私闖民……嗯？啊！」谷之篁話沒說完，一眼看見許枚身後的江蓼紅，頓時嚇得一佛出世二佛升天，拉起被子把自己裹了個嚴實，「孫賊，你怎麼蔫不出溜把一女人帶我屋來了？快出去快出去！要了親命了真是……」

江蓼紅險些笑出聲來，這個溫潤公子敢情就是個睡美人，醒過來張嘴就是一口不饒人的京片子，分明是個小胡同串子嘛。

史前神鷹

「哥你太沒六兒了啊，你要再辦這麼缺德的事兒，別怪哥們兒跟你掰面兒。」谷之篁穿了一件繫著盤扣的月白色對襟褂子，下穿著淺藍色長褲，鬆鬆散散挽起褲腳，趿拉著一雙小鴨子形狀的黃絨絨毛拖鞋，耷拉著身子癱坐在客廳的明式圈椅上打哈欠，不中不西，不古不今，懶懶散散，歪歪斜斜，睡眼惺忪，欠揍無比，要不是那張傾國傾城的臉蛋，江蓼紅實在忍不住要打他一頓。

「小篁啊，不是哥哥說你，這大冷天的光溜溜地睡覺，小心凍著。」許枚笑得像一隻狐狸。

「要你管！」谷之篁臉一紅，咬牙切齒道：「有事兒說事兒，別老跟我甩這片兒湯話！笑得賤不嗖嗖的樣兒，真想給你一大耳貼子……我說這姐姐誰啊？怎麼老盯著我抿嘴兒，想笑就笑唄，小爺這身兒有那麼招笑嗎？」

「這位是江蓼紅江老闆。」許枚介紹道。

「喲，嫂子！」谷之篁愣了愣，立刻滿臉堆歡，「嫂子好，咱可得多親近親近，俗話說『好吃不過餃子，好玩……』啊呸呸呸，應該是俗話說『老嫂子比母，小叔子是……』也不對呀，我這輩兒怎麼還下去了……」

「你……叫我嫂子？」江蓼紅心跳得飛快，「是誰讓你這麼叫的？」

「我哥呀，去年他來北京的時候，我把他灌醉了，他就……哎喲我娘喲……」谷之篁話沒說完，腦瓜頂就挨了許枚一拳頭，疼得淚花直冒，咬著牙道：「嘿呀孫賊，你當著我說了那麼些肉麻話，還不想我告訴嫂子嗎？」

「哥哥有件正事兒請你幫忙。」許枚俊臉通紅，擰著拳頭，從牙縫裡擠著話道：「關係到一件案子，幾條人命。」

「案子？好哇！這陣子在家閒得五脊六獸的，正愁沒案子辦呢。」谷之篁是個閒不住的性子，好久沒接到隱堂的委託，正閒得發慌，一聽有案子辦，頓時來了精神，把嫂子的話題忘到了腦後，興致勃勃道：「案發現場發現古玉了？你帶來了嗎？」

「啊不不不，和古玉沒關係，我是想去清史館大庫查查實錄。」許枚道：「現在就去，我的時間不多，綁匪要我明天中午用幾件瓷器交換人質，在冉城東門外。」

谷之篁聽得直發愣，「清史館？綁匪？瓷器？人質？你那邊兒又出什麼么蛾子了？」

許枚道：「一言難盡，我的時間可不多。」

「行，這忙我幫，不過這麼好玩兒的事兒你得帶上我，最近隱堂那老傢伙讓我追查逃獄的『幻面』，昨兒來了電話，說他可能就在冉城。」谷之篁起身道。

「等一下，幻面？那個自稱有易容之能的變裝高手？」許枚驚道。

「對呀，就是他。」谷之篁道：「前陣子他逃獄之後，到京西無縫山莊搶走了那匹『柔雲緞』，隱堂的牽絲女瘋了，可巧她在新疆趕不回來，我不是正好在北京嘛，這活兒就落到我頭上了。」

「你不是說你最近很閒嗎？」

「幻面跑了，我這裡斷了線索，可不就閒下來了嘛。」

「斷了線索就想別的法兒查呀，你就是懶。」許枚無奈，「一個神出鬼沒的撫陶師，再加上幻面這種江湖老怪，冉城怕是要亂成一鍋粥了……他搶柔雲緞幹什麼？」

「我哪知道？」谷之篁道：「還是你這邊的案子比較有意思，清史館大庫晚麼晌兒就關了門了，等著，我把我壓箱底兒的幾件寶貝給翻哧出來，咱飛進去。」

谷之篁壓箱底兒的寶貝是兩隻小玉鷹，圓頭圓腦，圓身圓翅，腆著肚子，展著一雙翅膀，一個色澤青綠，扁體白瑕，一個綠中透黃，翅沿上帶著幾絲紅色斑痕，質地滋潤，小巧可愛。

「這東西可不好得著。」谷之篁輕輕撫弄著玉鷹道：「我八歲那年跟著我家老爺子去喀喇沁王府作客，遇著王府上一個日本師傅，那師傅喜歡山山水水的滿世界轉悠，還帶著我到烏蘭哈達去玩。那時候我淘啊，自個兒跑到山溝溝裡，掉進一個大石頭堆成的古墓裡面，我醒過來的時候，正趴在一個骷髏架子上，當時就給我嚇急眼了，亂抓亂喊地把骷髏架子旁邊這兩個小玉鷹拿在手裡，後來我喊得脫了勁兒，迷迷糊糊睡著了。那日木師傅的人直到天擦黑兒才找著我……嘿，得嘞！」

谷之篁掌中迸出一片淺淡的光，青黃交織，柔和悅目，好像即將消逝的彩虹似的，美妙虛幻，轉瞬即逝，兩隻小小的玉鷹突然活了過來，毛茸茸的，在谷之篁掌心飛騰跳動，撒歡打滾，親暱地蹭來蹭去。

「咱們騎著牠們飛進東華門。」谷之篁用手指輕輕撥弄著小玉鷹胖乎乎的腦袋道。

「誰騎誰呀？」江蓼紅瞧這兩隻麻雀大小的玉鷹，不知該哭該笑。

「沒事兒，能變大。」谷之篁推開窗戶，一揚手把兩隻小玉鷹拋了出去，只聽「咚」「咚」兩聲悶響，兩隻巨大的胖鳥把谷之篁的院子擠得滿滿當當，仰著脖子咕咕直叫。

「好肥啊！」江蓼紅和許枚在窗口探頭探腦，「怎麼是咕咕叫的？貓頭鷹似的。」

「也許牠們原本就是貓頭鷹吧，瞧牠們頭上還豎著兩隻貓兒似的小耳朵呢。」谷之篁走到院子裡，招招手道：「來來來，我坐這隻小的，你們坐那隻大的，咱這就走。」

「這麼大兩隻鳥兒滿天亂飛，太惹眼了。」江蓼紅有些擔心。

「不怕，你先上去。」谷之篁道。

許枚笑咪咪地托著江蓼紅上了鳥背，自己坐在後面，輕輕將她抱住，「別害怕，一會兒可能會有非常奇妙的事情發生。」

江蓼紅被許枚兩條結實的臂膀穩穩抱著，只覺踏實無比，紅著臉輕輕點頭，輕不可聞地「嗯」了一聲。

谷之篁也上了鳥背，輕輕打了個響指，江蓼紅便覺周遭景物飛速變大，眨眼工夫，院子裡那座小小假山如同萬仞高峰，立地沖天，幾株芭蕉大葉龐然，遮天蔽月，院牆、房屋更是高入雲霄，宛如絕壁。

「這……」江蓼紅目瞪口呆，望著坐在牆角的一隻比自己大出好多倍的瑟瑟發抖的老鼠，「我們變小了？」

谷之篁道：「沒錯，現在這鳥兒和小麻雀一樣大，我們就像蛐蛐一樣。」不等江蓼紅回過神來，谷之篁便展開雙臂道：「走起！」

一綠一黃兩隻小鷹乘風而起，江蓼紅只覺周身狂風大作，嚇得緊閉雙眼，不自禁向後一傾身子，靠在許枚懷裡。

許枚緊了緊手臂，把江蓼紅牢牢抱住，湊在她耳邊輕輕安慰道：「不怕不怕，江老闆，你睜開眼瞧瞧，八臂哪吒城就在我們腳下呢。」

江蓼紅睜開眼睛，見身已在雲月之間，抬眼星光熠熠，四顧夜幕沉沉，低頭看去，只見北京四九城百街千巷大小屋舍，鱗次櫛比密密層層，彌散著濃濃的紅塵煙火氣息。又飛不多時，只見幾條大道筆直寬闊，環繞重重紅牆黃瓦，恢宏壯觀，撼人心魄，正是紫禁城。

「瞧，那裡是東華門，右手邊就是清史館大庫，前清歷朝實錄都存在裡邊，這鐘點裡面沒人，咱們偷偷進去。」谷之篁輕輕吹個口哨，兩隻小鷹一側身子，斜衝而下，直奔東華門。

甜白魚藻

米培軒迷迷糊糊的還沒完全清醒，錢譽和來福七嘴八舌地圍著宣成介紹情況。姬揚清給幾個中毒的便衣警察服了解藥，吩咐兩個小警察把他們浸到冰冷的集櫻湖裡。

宣成低頭瞧瞧放在桌上的兩件瓷器，沮然道：「是我疏忽了，我也沒想到你們會直接和這傢伙對上。」

衛若光道：「當時兄弟們聽到樓下賣小吃的小販叫嚷，趕來看時，正和那個黑衣人撞個對臉，又聽到那些小販亂烘烘地嚷著說看到這人從枳花樓客房窗口跳下來，錢老闆也站在窗口大叫抓賊。兄弟們沒多想，直接和他交了手，等我趕到，人已經躺了一地，那黑衣人也不見了……」

「米老闆只是中了迷香，兄弟們中的都是電蠍毒。」姬揚清道。

宣成輕輕捧起白釉梅瓶，回頭問來福，「你看到的白衣少年，衣裳的顏色是不是和這個瓷瓶特別像？」

「對對對！」來福連連點頭。

「當時你沒看到這只瓷瓶吧？」

「沒有，我一進門就看到那孩子捧著碗直愣愣地瞧著。」來福道。

「等錢掌櫃進來的時候，那黑衣人和白衣少年已經不在房間裡了，可樓下的小販只看到那黑衣人跳了出去。」宣成道。

姬揚清順著宣成的話道：「房間裡還多出一只白色的瓶子。」

錢譽點點頭，怯怯地瞧了那瓷瓶一眼，小心翼翼問道：「二位警爺，你們……什麼意思？」

「沒什麼。」宣成道：「你們先下樓休息，我有些問題要問米老闆。」

「啊……」米培軒恍惚間聽到有人在叫自己，迷迷糊糊抬起頭來。

錢譽招呼了來福，下樓去了。

「嗚古齋的米老闆？」宣成還記得澆黃瓷靈的話，婁子善把從倦勤齋盜出的永樂甜白釉梅瓶賣給了北京嗚古齋的米老闆，他可不認得永樂甜白是什麼樣子，但知道這種小口豐肩的高大瓷瓶就是梅瓶。

「是……是我……警爺恕罪，身子軟得厲害，站……站不起來。」米培軒仰面朝天癱在躺椅上，努力扭過頭喘息著道。

「這只梅瓶是不是一個姓婁的老太監賣給你的？」宣成問道。

米培軒臉一紅，「是。可是這……這年月……宮裡的……太……太監……偷東西出來賣……算……算不得什麼……」

姬揚清聽不得米培軒這樣喘呼呼地說話，取了一粒暗紅色的藥丸塞進他嘴裡，問道：「你有丟什麼東西嗎？」

「沒丟，東西都在，那人好像只把這兩件瓷器從我的箱子裡拿了出來，既沒帶走，也沒傷著碰著。」一顆藥丸下肚，米培軒的舌頭當下便利索了，驚道：「警爺，您這藥可神啦。」

「你來冉城做什麼？」宣成問道。

米培軒道：「我接到了一封信，有個老主顧前半年兒在我店裡看上了這件梅瓶，當時價格不是沒談妥嘛，生意就沒做成。可這老主顧心裡一直念著這東西，上禮拜我接到他的信，請我帶著這只梅瓶和我店裡的一只宣窯青花魚藻紋葵口碗來一趟冉城，他在信裡寫了一個讓我非常滿意的價格，還附上了一張支票作為定金。」

「寄信人有寫名字嗎？」宣成忙問。

「彭殤，寄信人的名字叫彭殤，就是『齊彭殤為妄作』的『彭殤』。」米培軒道：「我收到信時還奇怪，我不認得一個叫『彭殤』的人，看了信才知道，他就是今年在我店裡看過梅瓶的客人。」

「今年什麼時候？」

「大概四月吧。」米培軒道：「這人怪得很，一身黑色長袍，戴著大簷帽，繫著長圍巾，渾身上下裹得嚴嚴實實的，可我看得出來，他是真喜歡這只梅瓶，可惜最後價格沒談攏。對了，這只宣德青花魚藻紋葵口碗他也看過，喜歡是喜歡，卻不像對這梅瓶似的抱著不肯撒手。」

「之後呢？他再沒去過你店裡？或者……他有沒有在半夜子時去過你店裡？」

「沒有，誰會在子時逛古玩店。」米培軒奇怪地看著宣成，突然「哦」的一聲，「對了，後來我店裡遭過賊，有一天早上我開門，正瞧見那只甜白釉梅瓶在櫃臺大桌上擺著，可我前一天打烊的時候明明把幾件值錢的寶貝都鎖在保險櫃裡了。」

「有人夜裡闖進了鳴古齋。」

「怪就怪在這兒了，這個人撬開了保險櫃，可一件寶貝都沒拿走，還留了一張紙條，提醒我窗鎖不結實，保險櫃密碼太簡單，還建議我把幾件最值錢的東西存在銀行。」

「這賊還……很熱心啊。」姬揚清道。

「誰說不是呢，我這人最聽話，第二天就到銀行開了保險櫃。」米培軒後怕不已，「沒過幾天，我的店果然又被人撬了，連保險櫃的鎖都被劈成兩半，幸虧裡邊兒的東西都存銀行了，否則我非得跳河不可。」

宣成有些奇怪，「有兩個賊盯上了你的保險櫃，一個文雅些，一個很暴力。」

姬揚清道：「也許這兩個賊都是衝著這個梅瓶去的。」

「那寫信的彭殤是誰，剛才那個黑衣人又是誰？」宣成沉吟道：「他既然已經來過了，為什麼沒有帶走甜白釉梅瓶和這個什麼葵碗？」

「葵口碗。」米老闆道：「瞧，這碗的口做成十等分的連弧花瓣的形狀，像將開未開的秋葵花似的。」

宣成捧起瓷碗，只覺釉面如脂，瑩白滋潤，青花深沉濃豔，濃重處猶如鐵鏽斑點，底部雙圈內書「大明宣德年製」六字楷書款，外壁繪蓮花荷葉、浮萍水藻，鯖、鮊、鰱、鱖四尾游魚穿行其間，碗心也繪有蓮花、水藻及兩尾游魚，一尾躬身騰躍，一尾潛於水底。青花線條柔韌，魚藻花葉栩栩如生，畫面布局疏密得當，青花用色濃淡相宜，未畫一筆水波、一道水痕，但把這碗捧在手中，望著水藻花葉柔軟招搖，心中便覺得好像捧了一片靜靜的蓮池。宣成不懂瓷器，但望著這只瓷碗，便覺荷香水汽、蓮葉游魚，似乎就在眼前，滿腹焦灼漸漸散去，長長吁了口氣，輕輕放下瓷碗，問道：「彭殤和你約在何時何地見面？」

米老闆道：「具體幾點信裡倒也沒有明說，只說請我明天一早帶著這兩件瓷器，到集櫻湖中的蒹葭小館作客，對了，信封裡還有從北京到冉城的火車票。我今天晚上八點來鐘才到冉城，湖裡的渡船都歇了，我打算明兒一早再上島……哦，過了十二點，已經到『明天』了。」

宣成一愣，暗道：彭殤很可能就是綁架逆雪的撫陶師，可交換人質的時間是明天……是今天中午，地點在冉城東門外。難道這人買下這兩件瓷器後會立刻坐船上岸，再去取那五件瓷器？這也太匆忙了，他到底打的什麼主意？

姬揚清道：「這個彭殤既然租下了蒹葭小館，我們不妨先去找桂五爺問問情況。」

宣成不抱太大希望，點頭道：「好……」

蒹葭小館的主人是個落魄旗人，人稱桂五爺，自清亡之後便丟了飯碗，幸好祖上在集櫻湖中的小洲上留下一座不大的院子，一些文人雅士商人政客名媛閨秀時常租下那座小院辦些小聚會，桂五爺靠著源源不斷的小筆租金倒還活得滋潤。桂五爺性子綿軟，一見警察夤夜上門，立刻低頭彎腰端茶遞水，態度客氣得不得了，可對那個神祕租客的相貌特徵卻說不出個所以然。

「他穿著一身黑，臉上還戴著面具，我是真沒看清他的模樣，可他的聲音怪怪的，像是掐著嗓子說話。對了，他掏錢的時候，我瞧見他手背上有一些傷疤，星星點點的，小豆粒兒似的。」桂五爺給出的訊息價值不大，但足夠判定租下蒹葭小館的就是綁架逆雪的撫陶師。

「怎麼辦，要不要連夜上島看看？」姬揚清道。

宣成搖搖頭，「蒹葭別墅建在那座不知名的小洲上，那地方到處都是一人多高的蘆葦，視野非常不好，貿然上島容易遭人暗算。若光，派一隊人守住碼頭，兩隊人環繞湖岸巡視，明天每一艘離開碼頭的船都要盤查登記，從湖上回來的船更要仔細檢查，如果有泅水上岸的，直接抓了，必要時可以開槍，不能擊斃，我倒要看看這傢伙耍的什麼花招。」

皇家密檔

許枚和江蓼紅瞧著如山如海的清宮實錄和起居注，吞了口唾沫。

「哥，你不是時間不多嗎，別愼著了，趕緊開始吧。」谷之篁打了個哈欠，「我在牆根兒底下眯一會兒，查好了叫我。」

「回來，幫忙。」許枚提著谷之篁的脖領子把人拎了回來。

「哥，我睏，你瞧我兩眼都不聚神兒了。」谷之篁可憐巴巴道。

「別跟我套瓷，沒用。」許枚道。

谷之篁哭喪著臉，一邊小雞啄米地打著瞌睡，一邊翻著許枚遞過來的文宗顯皇帝實錄，老老實實地翻查。

江蓼紅找到了高宗純皇帝實錄，直接抽出最後兩本，「那人問的是乾隆六十年的事，前面的應該都不必看了吧。」

「不必看了，我們時間也不多。」許枚要查光緒十七年的那次會談，沒有去拿德宗景皇帝實錄，而是把起居注搬了下來。

「倦勤齋在後宮，四川來的那人又是個密探，無論實錄還是起居注，應該多半不會記載吧。」許枚不抱什麼希望，但還是坐下來翻開了起居注。

過不多一會兒，江蓼紅那邊便有了發現，興匆匆招著手道：「許老闆，瞧這裡！」

「有發現？」許枚忙湊過去，見江蓼紅找到的是乾隆六十年二月的一道諭旨。

諭軍機大臣等：據孫士毅奏，四川彭山縣江口自上年起至本年正月止，撈獲銀三千餘兩等語，此事從未見奏明，今日問倭什布方知之，所辦殊為失體。江口地方，如果遇有餉銀沉溺等事，自應令地方官實力撈獲，以重帑項，若並非官項，止係江中間有行旅往來沉失銀兩，或於沙中淘摸零星銀砂，附近貧民或在彼撈揀，亦不過沙裡淘金，藉資糊口，又何值派官打撈，與細民爭利？況國家帑藏充盈，又豈在此錙銖之數？而派員督辦人工等項，轉滋糜費。且江水長落靡常，忽有忽無，豈能作為定制？或遇該處小民撈獲銀兩，其中倘有爭競訐告之事，再秉公剖辦，自屬可行。今以大江深水中無定處所，小民相沿撈取零星銀兩，忽歸官辦，成何體制？孫士毅係讀書人，尚有見識，不應如此錙銖較利。著傳諭該署督：此項銀兩，竟毋庸派員經理，以便民利而符體制。

許枚看罷，搖頭笑道：「『何值派官打撈，與細民爭利？況國家帑藏充盈，又豈在此錙銖之數？』嘿，乾隆皇帝還真是大氣，看不上從江口打撈的這幾千兩銀子，還教訓孫士毅『不應如此錙銖較利』，瞧瞧，這便是所謂『康乾盛世』的煌煌氣度，再看看眼下，可惜喲……」

江蓼紅道：「孫士毅奏報的這些從彭山江口打撈起的銀子，應該就是張獻忠的沉銀吧？如果真像乾隆皇帝認為的行旅往來沉失銀兩或小民於沙中淘摸零星銀砂，孫士毅這個封疆大吏不會如此看重，也不會辛苦寫了奏本上報皇帝。」

許枚道：「孫士毅經營四川，不會不知道張獻忠沉銀的傳說，他在奏本裡應該對乾隆皇帝說明過這件事，可乾隆皇帝的諭旨裡對張獻忠隻字未提，這倒怪了。」

「不過乾隆皇帝所說不錯，國家帑藏充盈，江口所沉的金銀不過是楊展指縫裡流剩的小數目，為這些錢派員督辦，實在不值。」江蓼紅道：「可孫士毅為什麼如此看重這些銀子？」

「嫂子沒有仔細看乾隆五十九年的諭旨吧？」谷之篁鬼頭鬼腦地鑽了過來，俊美得不像話的臉上滿是欠打的小得意，「看乾隆五十九年正月這一條。」

諭軍機大臣曰：孫士毅奏撈獲沉溺銅鉛數目一摺，內稱川省有雲南委員和費顏，在巫山縣大磨灘、庫套子灘，共沉銅十萬一千七百餘觔，大磨灘已獲一千七百十二觔，庫套子灘無獲等語。銅鉛沉溺，自應即時設法打撈，以期盡數撈獲。今該委員所解銅觔，沉溺十萬一千七百餘觔，而撈獲之數僅止百分之一，自係該地方官不能督率水摸人等實力打撈，並或任聽伊等將銅觔潛匿水底，過後盜賣，以致日久無獲。昨因水摸等偷撈銅觔，必在沿江鋪戶銷售，降旨令督撫等務須實力查察，杜絕弊端。今巫山縣地方沉銅無獲，自必有此等情弊，此係惠齡任內之事，可見該撫於此等事不過視為具文，並未督率地方官認真查辦，實屬怠玩，惠齡著傳旨申飭。仍著孫士毅即嚴飭所屬，趕緊設法打撈，並遵照節降諭旨，嚴密查察水摸人等，毋任有偷撈盜賣情弊，以期沉銅速行報獲，方為妥善。

「有一批官家的銅鉛船沉溺在四川巫山縣，足有十萬多斤，可撈起的只有一千多斤，乾隆皇帝斷定是那些負責打撈的『水摸人』悄悄把銅藏在水底，打算事後撈出來賣給江邊鋪戶。這可是與國爭利，乾隆皇帝惱了，把惠齡訓斥了一通，又把打撈沉溺銅鉛的任務交給了孫士毅。」谷之篁眉飛色舞地胡猜道：「我猜這一年孫士毅一無所獲，又拿那幫瞞上欺下的『水摸人』毫無辦法，這才把目光轉移到傳說中彭山江口的沉銀上，希望打撈這批金銀來填補那批沉沒在巫山的銅鉛，可乾隆皇帝不同意。」

江蓼紅道：「奇怪，沉沒銅鉛惹得乾隆皇帝又是傳旨申飭，又是嚴密查察，可江口那批真金白銀他怎麼全不放在心上？那裡已經撈出了三千兩銀子呀，也許還有更多。」

谷之篁道：「嗨，還不都是面子問題。刁民私盜官銅，官府與民爭利，都是大損顏面的事，乾隆這個老皇帝最看重的就是他那張老臉。」

許枚點點頭，「沒錯，這個『十全老人』最好面子……我不是讓你去查咸豐朝的實錄嗎？你翻乾隆的實錄做什麼？」

「咸豐朝那個我早查到啦，喏，咸豐三年，短命鬼皇帝交代裕瑞的事。」谷之篁道：「乾隆沒看上的這些金銀，道光、咸豐爺兒倆可是饞得眼都紅了。」

諭軍機大臣等：柏葰等奏，據編修陳泰初呈稱，《明史》及《四川省志》均載明末流寇張獻忠，窖有金銀數千萬於錦江之下，並稱嘗目見彭眉居民撈得獻忠遺棄之銀，其色黑暗。又聞曾經查出歸官，尚存藩庫，有案可核。道光十八年，曾派道員履勘，以未能確指其處，是以中止等語。著裕瑞按照所呈各情形，悉心訪查，是否能知其處，設法撈掘，博採輿論，酌量籌辦。

許枚歎道：「內有髮撚，外有列強，咸豐皇帝勒緊褲腰帶籌錢賠款、剿匪，他太爺爺看不上的錙銖之利，在他眼裡卻成了救命稻草。裕瑞找到這些金銀了嗎？」

谷之篁撓撓頭，「我不知道啊……」

「繼續查。」許枚道。

「慢著。」江蓼紅指著書頁上一個名字道：「許老闆你看，陳泰初，郎紅瓷靈提到過這個名字。這裡還寫著他親眼見到彭山百姓撈出張獻忠『遺棄』的銀子，這些銀子應該是張獻忠和楊展交戰時沉沒在江口的。」

許枚連連點頭，「沒錯，陳泰初提到兩批金銀，一批是張獻忠『窖有金銀數千萬於錦江之下』，一批是他親見百姓自江口撈起的『獻忠遺棄之銀』。咸豐皇帝得了陳泰初的消息，才安排裕瑞訪查撈掘。」

江蓼紅道：「乾隆朝實錄應該不會有什麼線索了。咸豐三年的實錄提到道光十八年有人去找過張獻忠的寶藏，我去查查道光朝的實錄。」

「好的，辛苦江老闆。」許枚拋出一個溫和的微笑，又拍拍谷之篁的肩膀，「兄弟，你任務很重啊，也許重要的線索都藏在這幾本咸豐朝的實錄裡。」

谷之篁苦著臉道：「你要使喚我當苦力，好歹把案子給我講講啊。」

「好。」許枚一邊翻著光緒皇帝的起居注，一邊有一句沒一句地說起了案子，谷之篁也一邊翻著咸豐朝實錄，一邊有一搭沒一搭地聽著問著，好像沒過多久，粗大的蠟燭就只剩一攤白蠟油，燭撚兒栽倒，燭火也熄了。

江蓼紅放下道光朝實錄，搖搖頭道：「道光十八年，一條關於張獻忠沉銀的記載都沒有。」說著她起身去添蠟燭，卻見屋外朦朦朧朧地透進光來。

「天快亮了。」許枚丟下光緒皇帝起居注，歎道：「光緒皇帝每天不是到儀鸞殿請安，就是去畫舫齋辦公，閒事雜事幾乎一筆都沒記，也沒怎麼提到紫禁城寧壽宮的倦勤齋。只有這裡有一筆，光緒二十二年十一月審結了一起盜竊案，寧壽宮效力柏唐阿崇林夥同宮外刁民常順盜竊寧壽宮的物件，也許偷的就是倦勤齋的東西，那地方不常有人進去，容易下手。後來這幾個小偷被抓住咔嚓了事，還連累管理寧壽宮事務的內務府大臣吃了處置。」

江蓼紅道：「這事倒是新奇，光緒二十二年……也就是二十五年前的事，難保和那撫陶師沒有關係。」

許枚惋惜道：「可惜起居注裡沒有記載這些小偷拿走的是什麼東西，我們也不好隨便猜測。」

許枚又推了推哈欠連天的谷之篁，「你那邊呢？」

谷之篁撓撓頭，「張獻忠的寶藏沒了下文，那個陳泰初的名字也沒再出現過，但這位四川總督裕瑞，真的忒可憐了！喏，湖北剿匪缺造船銀子，咸豐皇帝『著裕瑞即設法籌撥銀十萬兩，趕緊解赴湖北，以濟要需，毋稍延誤』；湖南曾國藩缺餉，咸豐皇帝又吩咐裕瑞『立即設措銀數萬兩派委妥員飛速解交湖南應用』；再瞧這裡，『陝兵出境，前赴襄樊防剿，請飭四川籌餉協濟』；還有這條，『皖省需餉緊急，請飭四川撥銀二十萬兩』，咸豐皇帝『諭令裕瑞酌看地方情形，力能籌解若干』，結果裕瑞可憐巴巴地湊了四萬兩解去廬州。這個裕瑞太慘了喲，咸豐皇帝一點都不體恤他，湖南、湖北、陝西、安徽這些地方剿長毛，只要缺錢都朝他伸手，他還都辦成了，他四川哪來那麼多錢？」

許枚、江蓼紅對視一眼：咸豐皇帝每次向裕瑞要的都不是小數目，裕瑞居然都能應付妥帖，難道他真的找到了張獻忠的寶藏？

谷之篁繼續道：「長毛被剿滅之後，咸豐皇帝以受賄的罪名把裕瑞撤了職，連同他的兩個親信，建昌道員俞文詔、宜賓知縣徐繼鏞都一併革職。裕瑞從天府之國的總督，一竿子被打到遠疆去做喀喇沙爾辦事大臣，後來遷了喀什噶爾辦事大臣，又升到葉爾羌參贊大臣，可總歸逃不脫西北黃沙之地，時不時地剿匪平亂，還要和亂烘烘的浩罕國打交道。」

江蓼紅奇道：「真的好慘，難道裕瑞得罪了咸豐皇帝？」

谷之篁搖頭道：「這就不知道了，皇帝給人穿小鞋這事可不會白紙黑字兒寫在實錄裡。」

「這些個白紙黑字啊，都是表面文章，血淋淋真相都藏在字面底下呢。」許枚站起身來，伸了個懶腰，「有紙筆嗎？我要把找到的這些線索抄錄下來，帶回冉城。」

谷之篁揉著膝蓋站起身來，「這地方紙筆多得是，你等著，我去找找。你還查別的東西嗎？天一亮那些個老傢伙可就來啦，到時候少不得要說些軟話支應一番，我可懶得和他們掰扯。」

「抄完就走，不多待了。」許枚揉揉眼睛，「我也快睏死了，一會兒得去你家補補覺，等到午時再從瓷境回冉城。」

「行。」谷之篁撓撓頭，「那我一會兒給你們預備一張床還是兩張床？」

許枚迷迷糊糊地打了個哈欠，「一張就夠了……啊！不對，我我我我我口誤，兩張，要兩張！兩個房間！」

江蓼紅臉紅得像火炭，頭上吱吱冒煙。

許枚羞得滿頭大汗，「江老闆，我我我不是那個意思，我這個人很正派的……」

谷之篁笑得眼睛瞇成了縫，「哎呀，有時候不用那麼正派啦。」

「兔崽子給我閉嘴！」

「你倆的臉就像法國餐廳裡的番茄一樣，哎喲，酸酸甜甜紅紅嫩嫩的，一張床就一張床吧，哎別動手呀，你再打我可喊人了啊，那些個老古董可快到了……」

照片驚魂

枳花樓是冉城東門外最高最大視野最好的建築，宣成占據了三樓把邊的房間當作臨時指揮所，西、南、北三面都有窗戶，西窗外可遠眺冉城東城門，南窗下是熙熙攘攘的街道，北窗下是集櫻湖，探出頭去向右邊看，能看到停滿小船的碼頭。

小悟被衛若光連夜接到了枳花樓，那只竹林七賢的瓷罐也一併帶去，綁匪索要的幾件瓷器都被收入盒子，藏進一只上鎖的箱子裡。

宣成幾乎一夜沒睡，撒出人去把東門外的住戶商鋪摸排了一通，一上午不是聽各路人馬回報情況，就是盯著熙熙攘攘的街道發呆。

將近午時，東門外的街道上已經是比肩接踵，人頭攢動，一眼望去花花綠綠熙熙攘攘，令人眼花撩亂。各種煎炒烹炸的小吃香味在街上彌漫，勾得人饞蟲大動，吆喝聲叫賣聲討價還價聲打情罵俏聲混成一團，吵吵鬧鬧惹人頭疼，在這種地方做交易，無論對哪一方都很不方便。

姬揚清推開北窗，探出身子望著碼頭，見一些小船已經開始接待遊湖的客人，忍不住嘟囔道：「大冬天裡，乾冷乾冷的又不下雪，湖上霧騰騰的有什麼好看的，這些人真是閒得慌。」

離午時還早，小悟已經緊張得口乾舌燥，不時抬眼去看桌上的青瓷小罐。

衛若光推門進來，把一張表格遞給宣成，「這是今天上午到目前為止所有租過遊湖小船的客人名字、艄公名字、租船時間和返回時間，我標紅的幾個是租小船去蒹葭小館的遊客，這幾個名字你應該都不陌生，艄公把他們送到小館便回來了，好像要等到晚飯後才去接人。」

宣成瞧著名單，忍不住「咦」的一聲，姬揚清也湊過來看，忍不住道：「是他們？月初去雲間農莊參加賞寶會的人。」

宣成道：「陳菡、陸衍、丁慨、韓星曜，這些人怎麼又聚到一起？還有這個……米培軒，他什麼時候跑出去的？」

衛若光道：「一大早就出門了，死活勸不住，還說如果咱們耽誤了他的生意，他就找上面的人搞死我們，他在北京有的是門路。」

姬揚清冷笑道：「要錢不要命，昨天已經著了迷香的道兒，今天還巴巴地羊入虎口，真是不知死活。」

宣成走到北窗前，望著茫茫湖面和隱現於霧氣間的小洲樓閣道：「這些人都已經去了蒹葭小館，那一會兒來交換人質的會是誰？」

姬揚清一愣，「咦？聽你這意思，那個撫陶師就在已經去蒹葭小館的這些人當中？」

宣成點點頭，「準確地說，應該是在那天去過武雲非家的人當中。」

姬揚清點頭道：「對哦，那天的情況和今天很像，中毒的武雲非是『人質』，祭紅釉玉壺春瓶是『贖金』，交易地點在雲間農莊。可當天晚上又是毒蛇又是蠍子又是狙擊手，連『人質』都被砍了腦袋，『綁匪』和許老闆的交易自然無法進行，綁匪也沒有露出真面目。」

宣成道：「雲間農莊的事結束後，我派人監視過這些人，陸衍早早地離開了冉城，陳菡和丁慨也安安分分地做生意搞交際，至少從表面上看，這些人都沒什麼可疑的地方。至於喬七……他被鶴童帶回了捕門，現在關押在隱堂的祕密囚室，據上面傳來的消息，從他嘴裡沒問出什麼有用的線索。」

姬揚清臉色微微發白，咬咬嘴唇，問道：「那……判了嗎？」

宣成搖搖頭，「還沒，但是……」

「必死無疑吧……」姬揚清歎了口氣，「槍決還是絞決？」

「說不好……」宣成眼神閃爍，努力岔開話題，「喬七應該和今天的綁架案無關，陳菡的手臂上沒有疤痕，丁慨曾刺傷過那個撫陶師，鶴童是玩石童子，無法和瓷器交流，所以嫌疑最大的就只有……」

「陸衍，那個收藏古代金銀器的古板先生？」姬揚清道：「那個穿一身黃的小胖子瓷靈曾說過，當時有個怪人在北京專買從宮裡流出的金器和瓷器，陸衍就是收藏古代金銀器的大行家。」

宣成點點頭，「陸衍的嫌疑很大，可他已經去了蒹葭小館。」

衛若光道：「我親眼見他上了船，往湖心去了，碼頭和湖岸邊都有我們的人守著，沒有任何死角，一旦有人乘船或游水上岸，我會立刻得到消息。」說著他瞧了姬揚清一眼，小心翼翼道：「還有，我在碼頭遇到鶴童了，他和米培軒坐了一艘船去蒹葭小館。鶴童還託我帶了個紙條，說是交給你和許老闆的，我不小心看到了紙條上的內容……」說著衛若光從小風衣的口袋裡取出一張皺巴巴的紙條交給宣成。

宣成接過紙條，倒吸一口涼氣，「喬七被劫走了？什麼時候的事？」

「不知道，鶴童沒說。」衛若光搖搖頭。

「鶴童也是被彭殤約到蒹葭小館的。」宣成盯著紙條，變了臉色，「這個彭殤說他知道喬七的下落！」

「啊……」姬揚清臉色又青又白，咬著牙說不出話。

宣成心中隱隱覺得哪裡不對，還沒來得及細想，便聽小悟「哇」的一聲叫了出來，「有霧，有光！老闆要回來啦！」

宣成、姬揚清忙回頭看去，只見那只青釉瓷罐周身籠罩著一層薄薄的青黃色，柔和淺淡，如光如霧，不過數秒工夫，光霧騰騰而起，盈溢滿屋，轉瞬即滅，只見許枚、江蓼紅和一個漂亮的年輕人站在擺放青釉瓷罐的小桌邊。

「呼……這是哪兒？」許枚輕輕吐了口氣，四下瞧瞧，問道：「今天上午沒出什麼事吧？」

「這裡是枳花樓，今天上午倒是很太平，可昨天晚上這裡出了一樁怪事。」宣成道：「查到有用的消息了嗎？這位是……」

「查到些東西，也不一定有用沒用。」許枚晃晃抄錄下的幾頁實錄，拍拍谷之篁的肩膀，「這位是……」許枚四下看看，見屋中只有宣成、姬揚清、衛若光、小悟四人，便放心道：「這位是隱堂顧問，弄玉先生谷之篁，明面兒上的身分是坐擁祖產混吃等死的無業遊民。」

谷之篁生氣道：「什麼叫無業遊民，小爺這叫隱於市井，安樂浮生，這是一種修行懂嗎？」說著谷之篁探頭探腦四下亂瞧，晃晃悠悠在桌邊坐下，抄起茶壺斟了一杯茶，「涼了啊，茶這東西可不敢喝涼的，隔夜的更要不得，看這地方應該是個客棧吧，夥計，夥計呢？」

他一眼瞧見短衣短褂的小悟，招招手道：「來一壺雀舌。」

小悟有些生氣，「我不是這兒的夥計。」

許枚揍了谷之篁一拳，回頭問道：「警官，昨天晚上出了什麼事？」

宣成道：「昨晚子時，似乎有瓷靈出現了，鳴古齋米老闆帶著那只甜白釉梅瓶住在枳花樓。」

「鳴古齋的米老闆？甜白釉梅瓶？」許枚驚道：「這下經婁子善手散賣出去的幾件瓷器算是聚齊

了！」

「沒錯，昨晚那撫陶師來過了，還把瓷靈搞了出來。」宣成把來福、錢譽的所見所聞和米培軒的遭遇詳詳細細地複述了一遍，包括被劫走的喬七和蒹葭小館的神祕租客。

許枚聽得驚愕不已，望著窗外煙波浩渺的集櫻湖，「陳菡、陸衍、丁慨、鶴童還有那個米老闆都去了蒹葭小館？」

江蓼紅憂心忡忡，「陳家莫名流入大量資金已經很可疑了，那個陸衍更是疑點重重，鶴童身手雖好，畢竟是個孩子，如果那個撫陶師真在這些人當中，只怕他應付不來。」

許枚道：「還有那個米老闆，我之前從沒聽說過這麼個人物。」

谷之篁嘿嘿笑道：「不用擔心這傢伙，他的店面不大，名氣也不高，眼光就那麼回事兒，一身矯情的臭毛病，還是個見錢眼開的主兒，沒什麼特殊門道。」

許枚道：「我倒不擔心他有什麼特殊門道，我是奇怪那只宣窯青花碗。那個撫陶師窮盡手段要找的都是婁子善和福綠從倦勤齋偷出去的瓷器，記得澆黃瓷靈說過，婁子善替福綠藏下的瓷器一共七件，目前也都有了下落，宣窯青花碗應該不在其中。」

宣成道：「米培軒說過，彭殤對那只青花碗並不如何看重。」

谷之篁嘖嘖幾聲，「米培軒還真捨得，那只宣德青花魚藻紋碗我見過，是他鳴古齋的鎮店之寶，平時寶貝得什麼似的，連碰都不讓人碰，這回居然巴巴地跑了幾百里路給人送到冉城，看來那個彭殤開出的價不低。」

許枚皺皺眉頭，「彭殤……綁架犯……」他摸出懷錶看了看，「十一點二十，午時已經到了，如果彭殤真的是那個綁架犯，他也該從蒹葭小館回來交換人質了。」

衛若光道：「湖岸四周到處都是警察局的人，有可疑的人上岸我們這邊會第一時間得到消息。」

話音未落，便聽門外有人喊報告，不是碼頭的便衣，而是一個巡街的小警察，手裡捧著一枚信封。

「這是街邊拉二胡的老郝送來的，今天早上有人給了他十塊大洋，吩咐他一聽見城裡的鐘樓敲過十一點，就把這幾張照片交給巡街的警察。」小巡警拿著照片，聲音微微發顫，腿也一個勁哆嗦，「老郝是個瞎子，不知道那人長什麼模樣，也看不到照片。」

「這孩子怎麼嚇成這樣？」許枚心中湧起一種不祥的預感，「照片很嚇人嗎？」

三張照片被塞在一個牛皮紙信封裡，封皮上貼著四個從報紙上剪下的文字：「交易開始。」第一張照片便讓許枚心疼不已，可憐的逆雪滿身血污，光著脊梁被捆在一只巨大的木椅上，憤恨地盯著拍照的人，身後窗戶打開，冷風嗖嗖地灌進屋裡，吹得逆雪寬鬆的褲子蕩起波紋。

小悟急道：「老闆，他會凍死的！」

許枚心急不已，又見一張摺成四摺的報紙貼在逆雪左肩上，報頭清楚地寫著十二月二十八日，正是今天的日期。

「照片是今天早上拍的，《冉城日報》每天早上六點上市，報童把報紙賣到城外，怎麼也在七點之後，拍下照片再沖洗出來，至少要兩三個小時，他把照片交給拉二胡的老郝，最早也在九點之後，甚至可能是十點之後……那些去蒹葭小館的人是幾點上的船？」許枚問道。

衛若光道：「米培軒和鶴童是九點半左右上的船，丁慨是十點，陸衍十點二十，陳菡最晚，十點半才上船。」

許枚搖搖頭，「時間都很晚，沒辦法做排除。」

宣成攥著第二張照片，臉色慘白，「這個瘋子，這個瘋子！」照片上赫然是一個定時炸彈，照片後是用從報紙上剪下的字拼成的一句話：「按我的吩咐做，交易結束後，我會告訴你們所有炸彈的位置。」

「所有炸彈……」許枚臉也青了，「他藏了不止一顆炸彈。」

第三張照片是一座小小的民房，小門小院，青磚灰瓦，滿牆斑痕，遍地青苔，門板伶仃，窗紙殘破，看起來已經很久沒有住過人了。照片背面依然是剪字拼句：「於此處恭候大駕。」

「這是什麼地方？」許枚急問。

「就在這附近，沄沄河北岸靠近集櫻湖的地方有好多前清時的舊房子，後來集櫻湖漲過幾次水，那些房子被沖泡得不成樣子，已經空置好久了。」衛若光展開地圖，「從磚瓦式樣和地面牆面苔蘚附著情況來看，這是最老的一批房子，應該就在東城牆外靠近湖邊的地方。」

交易循蹤

綁匪黑衣黑帽，裹得嚴嚴實實，悠悠然地坐在院子裡的石磨盤上，拿出懷錶看了看時間，喉中發出一陣古怪的笑聲，擰著嗓子道：「十一點四十，來得不算慢，我要的瓷器帶來了嗎？」

「瓷器就在這裡，要驗驗貨嗎？」許枚拍了拍箱子。

「你，把箱子拿過來。」綁匪指了指小悟，「東面屋頂上，東南牆後面，西邊路口和北邊房簷底下那幾支對著我腦袋的槍，趁早收了吧，炸彈和人質都沒個下落，你們真敢開槍嗎？」

許枚把小悟擋在身後，抱著箱子上前幾步，「我來。」

「不不不，你太危險，這裡只有他最合適。」綁匪發出一陣刺耳的怪笑。

「嘿，孫賊，往這兒瞧，我怎麼樣？」谷之篁招了招手，「我不危險，我可乖了。」

「你管誰叫孫子？」綁匪氣呼呼指著小悟，跺著腳道：「就他，就他，別人都不行！你們還要不要那個人質啦？再磨蹭滿城的炸彈可全炸了啊！」

「好，我來。」小悟大步向前，「老闆，把箱子給我吧。」

「當心。」許枚小心地把木箱遞到小悟懷裡，輕輕拍拍他的頭，瞇眼望著綁匪，「你如果敢對這孩子下黑手，你的腦袋會立刻變成一團爛肉。」

「放心，我要的只是這些瓷器。」綁匪四下瞧瞧，無奈笑道：「你們還是把槍收起來吧，我很不喜歡這種隨時會挨槍子兒的感覺。」說著他解開衣裳，露出綁在腰上的炸彈，「如果我心跳加速或停止，這兩排炸彈會立刻爆炸，方圓二十米之內，誰都跑不了。」

宣成瞧著兩排杯口粗細的金屬管，冷汗涔涔。

谷之篁罵道：「嘿，你啊就一瘋子，為了幾件瓷器至於嗎？」

江蓼紅收起了扣在手中的太貨六銖，人在傷神痛哭時心跳的頻率一定會發生變化，這綁匪現在是個玻璃人兒，磕不得碰不得，悲不得怒不得。

綁匪瞧著眾人臉上的表情，滿意地笑了笑，衝小悟招招手，「把箱子放這兒，對，打開，一個一個小盒子打開，把瓷器拿出來……腿別抖，站好……手也別抖，拿穩了，這些瓷器比你的命都值錢知道嗎？對，拿起來我瞧瞧，拿近點兒……別遞給我，我現在不能碰它，嗯……沒錯，是真品，下一個……」

衛若光趁綁匪驗貨的工夫，湊到許枚、宣成耳邊，小聲道：「這裡不是關押人質的地方，今天早上刮的是西北風，從照片上窗口位置和人質褲子被風吹動的皺褶來看，窗戶是向西開的，這座房子沒有西向的窗口。」

許枚一咬牙，揚聲道：「朋友，你要的瓷器我帶來了，我的人呢？」

「放心，死不了，那小子身體結實得很……這件沒問題，下一件……」綁匪慢悠悠道：「他就在這附近，不過你們最好別到處亂闖，走錯地方被炸得粉身碎骨可別怨我……嗯，這件沒問題，最後一件。」

「你一共放了多少炸彈？」宣成強忍著怒火問。

「哦，我想想，好像是七個……或者八個吧，一會兒我會給你一張圖紙，你照著圖一個一個拆唄，嗯，瓷器沒問題了許老闆，我就笑納啦。」綁匪滿意地點點頭，吩咐小悟，「好了，把瓷器都裝盒裝箱。」他又從袖口裡取出一張紙來，兩下摺成一個紙飛機，哈了哈氣，向許枚丟了出去，「接好了，這是炸彈分布圖，背面是人質的位置，我走啦！」

「你給我站住！」許枚一肚子火，「你就這麼走了？」

「當然，瓷器我拿到了，人質和炸彈的位置也告訴你了，咱們的交易已經結束了……你不會還想抓我吧？這可就太不地道了。」綁匪聳聳肩膀，「那個小子已經凍得差不多了，你們再不去救人就可以買棺材了。哦對了，還有那些藏在酒樓茶館戲樓裡的炸彈，都是有拆除時限的，如果十二點半之前沒有拆除，冉城的棺材鋪和香燭店會發一筆橫財。我走啦，別跟來哦，我這個人容易緊張，一緊張就心跳加速，我可是要往人堆兒裡走的，一旦我身上的炸彈響了，嘿嘿……」

「找人，拆彈。」宣成渾身顫抖著把圖紙塞到衛若光手裡，衛若光迅速點了藏在院外小巷裡的十幾個便衣和巡警，乾淨俐落地把任務分派下去。

「能問幾個問題嗎？」許枚上前兩步道：「光緒二十二年寧壽宮失竊案和你有沒有關係？你租下蒹葭小館請那些人過去打算做什麼？你費盡心機收集這些瓷器，是想找張獻忠的寶藏，還是另有目的？」

「盜竊案？寶藏？」綁匪莫名其妙，「什麼跟什麼呀！你們別想拖延時間！」說著他抱緊了箱子，轉身就走。

姬揚清追上幾步問道：「喬七是你劫走的嗎，他在哪兒？」

「我不知道！別來問我。」綁匪腳步停了停，拔腿就跑。

「哎，你站住！」許枚眼睜睜望著綁匪從小院破舊的後門離開，急道：「警官你怎麼不追？不能就這麼讓他走了！」

宣成道：「他跑不了，浤浤河北岸這片居民區至少有三十個便衣。」

江蓼紅擔憂道：「這裡密密麻麻的總有上千座民房，五步一街十步一巷，有多少人也照應不過來。」

衛若光伸長胳膊捅了捅小悟的肚子。

「討厭！你怎麼有事兒不說話，就知道動手動腳的？」小悟一把推開衛若光的手道：「你給我的那些粉面兒都撒在他的袍子下襬和鞋子上了，他應該沒注意到。」

衛若光紅著臉「哼」了一聲，回頭道：「把狗牽來吧。」

宣成見許枚、江蓼紅滿臉疑惑，便解釋道：「這些『循蹤粉』專用來追蹤機敏狡猾的嫌犯，都是細小的灰色粉末，人的視覺嗅覺幾乎無法捕捉到，但經過特訓的警犬對這種怪味非常敏感，瞧，牠已經按捺不住了。」

一個小警察費力地拉扯著一隻看起來比他還壯的巨大狼狗，憋得臉紅脖子粗。那大狼狗肩寬背厚，肌肉暴突，渾身黑色短毛油亮油亮，血盆大口，獠牙如鉤，「呼哧呼哧」喘著粗氣，拖著小警察在剛才綁匪站過的地方來回打轉，又黑又長的鼻子湊在地上嗅來嗅去，「汪汪」叫了兩聲，兩步躥到小悟身前，齜著尖牙拱起脊背，等著主人一聲令下，準備撲上去制伏這個犯人。

小悟從沒見過如此巨大的狗，嚇得魂飛魄散，躲在許枚身後不敢露頭。

江蓼紅也被這獅子一樣的大狗嚇著了，一疊聲道：「快拉走，快拉走！我的天啊，你們警察局還養著這種怪物，嚇死人了。」

許枚一手攬著江蓼紅的肩膀，一手拍拍小悟的頭，遠遠退到一邊，他很喜歡小動物，但是眼前這種東西明顯不在「小動物」的範疇之內。

「不是他，是另一個人。」衛若光拍拍大狼狗的頭，指向小院後門，大狼狗暴吠一聲，呼地躥了出去，拉著牽引繩的小警察被拖得雙腳離地，失聲慘叫。

逆雪的線索

逆雪從未受過如此屈辱，滿口答應著給許老闆看兩天房子，卻忍不住偷偷跑到城東的集市上玩，結果被江湖上最下三爛的迷香放倒，成了那個可惡的黑衣人勒索許老闆的人質，還給人揍得血葫蘆似的，剝光衣服捆在椅子上拍照，一世英名毀於一旦。

一想到自己狼狽無比的照片可能被許枚、江蓼紅、小悟甚至還有警察局的人傳閱研究，逆雪便羞惱到幾乎昏厥過去，原本還盼著許老闆能趕來救命，現在只想著自己凍死了事，免得到時候被人嘲笑。

雖然已經是正午時分，但黑衣人囚禁逆雪的屋子沒有向陽的窗戶，又陰又潮，西北風颼颼裹著濕冷水汽灌進屋裡，刀子似的切割著逆雪遍布傷痕的身體，逆雪已經開始感覺身上有些發熱了，這是非常危險的徵兆。

「我快死了吧……」逆雪呼吸漸漸微弱，口中吐出的氣息也失去了熱度，努力轉動著脖子四下看著，只見滿目殘磚破瓦，朽門殘窗，連房梁上的老鼠都又瘦又小，無精打采。

「想不到我會死在這種鳥不下蛋的老房子裡。」逆雪努力活動著被緊緊捆縛在身後的手腕，伸出兩根纖長的手指，從破舊的木椅開裂的縫隙中夾出一件薄片狀的東西，輕輕揉捏，「這是個什麼東西？石頭、銀子、玉、玻璃？嗨……不管了，先握在手裡當線索吧，等許老闆發現我的屍體時，一定能注意到這個片片，也許能循著線索抓到那個畜生，為我報仇。」這是他和綁匪扭打時從對方衣袋裡摸出的一件小玩意，還沒來得及看到底是什麼東西，就被五花大綁捆在椅子上，只好先把「線索」藏在椅背後的裂縫中。

「小子，好手段。」黑衣人站在窗口，冷笑著瞧逆雪費力地從椅背縫隙裡摳出一塊青色薄片，「別藏了，交出來吧。」

「你……你……」逆雪早凍得說不出話，只是本能地把薄片緊緊攥在手裡。

黑衣人也不多廢話，快步走進屋裡，把抱在懷裡的大箱子小心地擱在地上，轉身便是一掌，重重斬在逆雪肩上，逆雪整條胳膊都酥了，薄片從指縫裡滑了出來，黑衣人一把抄住。

「我要的東西已經拿到手了，過不了多久，警察就會找到這個地方，你這條小命算是保住了。」黑衣人笑著掂了掂把薄片揣在口袋裡，好心地關上了窗戶，轉身抱起箱子離開小屋，用腳掩上房門。

「線索沒了！」逆雪恨得咬牙切齒，心裡卻多少浮起一絲慶幸：許老闆還是念著我的，可這麼大的人情我怎麼還，那些瓷器每一件都比我還值錢……咦？這人怎麼停在院子裡不走了？

逆雪飛賊出身，對人的腳步聲有一種近乎本能的敏感。黑衣人穿著硬底靴子，走在院子裡的石板路上咯噠咯噠聲音不小，逆雪忙著大悲大喜，耳朵也沒閒著，清楚地聽到黑衣人離開小屋，走到院子中間，停住了腳步。

「他怎麼不動了？」黑衣人停下腳步足足五分鐘了，逆雪滿腹狐疑，努力想扭過頭看看窗外，但身子被牢牢綁在巨大的木椅上，半點動彈不得，屋門和窗戶也被黑衣人大發慈悲關了個嚴實。

「吱呀」一聲，小院破舊變形的院門被人推開，一個怯怯的聲音小聲喚著：「先生，您在嗎？您……喲，這個小杯子果然在這兒，真漂亮呢，瞧這小雞小花小娃娃，還有這麼多字，可惜喲，它們認得我，我不認得它們，嗯……不對不對，我認得好幾個呢，這個是『人』，這個是『之』，這是『分』，還有『去』、『中』、『日』、『心』、『不』……」

逆雪豎起耳朵，只聽見這人鬼鬼祟祟絮絮叨叨踏著小碎步走到院子裡，停了片刻，又急匆匆地走了出去。

「這又是什麼人？什麼先生？什麼杯子？什麼字？」逆雪的腦袋一團漿糊似的，「那個黑衣人呢？他怎麼不和這個人說話？」

緊閉門窗的小屋漸漸暖了起來，逆雪也稍稍恢復了精神，努力扭動著身子試圖拖動椅子撞開房門，看看院子裡的情況，奈何椅子又大又重，逆雪兩腳搆不著地面，折騰得氣喘吁吁，椅子才挪動了一尺來遠。逆雪身上被繩子磨得鮮血淋淋，癱下身子，咬牙切齒地咒罵，「可惡，這什麼鬼椅子，這麼高……嗯？外面又怎麼了，亂烘烘的？好像還有狗，聽起來這狗個頭不小，呼哧呼哧的……是警察局的人嗎？」

搜救逆雪的便衣和緊追著狼狗的大隊人馬在小院外會合，衛若光拍拍大狼狗的頭，看看便衣手裡的圖紙，又瞧瞧破舊的小院子，狐疑道：「綁匪又回到他關押人質的地方做什麼？」

「直接推門進去吧，我們在巷子裡吵吵嚷嚷的，裡面有人的話早就聽到了。」許枚一把推開院門，探頭瞧了瞧，見四下無人，便大大方方地走了進去。

大狼狗幾步撲到院中殘破的水井前，兩隻前爪撲在井沿上，搖頭擺尾，汪汪直叫。

「從井裡走了？」許枚奇道。

屋裡的逆雪聽到許枚的聲音，心中一陣狂喜，失聲叫道：「許老闆，是你嗎？」

許枚一驚，忙應道：「是我！」

「他還活著！」小悟兩步跑到房門前，伸手便要推門，許枚一把拉住他，「小心機關。」許枚揚聲問道：「裡面什麼情況？」

「沒有機關，光光淨淨的。」逆雪忍不住帶了哭腔。

小悟放下心來，又生起了玩笑的心思，「哎呀，哭鼻子啦？」說著他湊到窗前，透過一片開裂翻卷的窗紙向屋裡看去，正瞧見逆雪鮮血淋漓的後肩不住地聳動，忍不住「哎呀」一聲，回頭道：「老闆，他被打壞了，全身都是血！」

宣成走到門邊，一手握槍，一手輕輕推動房門。

「吱呀」一聲，破木門板晃悠悠敞開，沒有什麼機關暗算，也沒有伏兵刺客，屋裡光徒四壁，一目了然。

逆雪見了宣成，沒來由一陣害怕，忍不住向後縮了縮身子，又見許枚、小悟、江蓼紅隨後進來，忍不住鼻子發酸，眼圈也紅了。

雞缸杯

米培軒不敢和韓星曜走得太近，他第六感很強烈，總感覺這個懶洋洋笑咪咪的孩子身上散發著一種狠厲的氣息。韓星曜卻很喜歡往米老闆身邊湊，還總絮絮叨叨地問東問西，不停地攛掇著米老闆把永樂甜白釉梅瓶和宣德青花魚藻紋碗拿出來觀賞。

「不急在這一會兒，等到了蒹葭小館，見了主顧，我自然會把寶貝請出來。」米培軒忍無可忍，緊緊地抱著皮箱道。

韓星曜倒是很好說話，笑著「嗯」了一聲，掰著手中的小糕點去餵湖裡的魚。

小船速度不算慢，不到二十分鐘已經停靠在蘆葦叢生的無名小洲旁，上岸後沿著一道石板小路走不多久，便是蒹葭小館了。

蒹葭小館果如其名，小小的房舍，小小的院子，青磚黛瓦，白皮矮牆，四周是密密層層的蘆葦，黃葉乾枯，白穗招搖，隨風颯颯作響，整座小洲籠罩在一片薄薄的霧氣中，恍如仙境，好像下一刻便會有一個長鬚飄飄的仙人手持竹杖走出小館，騰雲而去。

韓星曜沒有走水濛濛的石板路，追著幾隻麻雀跑進蘆葦叢中，愜意地伸了個懶腰，縱聲吟唱，「摧折不自守，秋風吹若何。暫時花戴雪，幾處葉沉波。體弱春風早，叢長夜露多。江湖後搖落，亦恐歲蹉跎。」

杜甫的《蒹葭》悲涼傷感，韓星曜軟軟的少年聲音念來很有些「童子佩觿」的違和感，米培軒聽得直搖頭，暗道：小小年紀傷春悲秋感慨人生歲月，老氣橫秋得令人生厭。

小館大門敞開著，米培軒提著箱子走上門前石階，輕輕敲了敲門扇，「主人可在？鳴古齋米培軒拜訪。」

院子裡靜悄悄的，無人應答，只有幾隻凍得瑟瑟發抖的水鳥蓬鬆著一身羽毛探了探頭，又縮回院角的小假山縫裡。

「彭先生可在？」米培軒又叫了幾聲，不見人回話，只見院子裡冷冷清清、乾乾淨淨，房屋木門開了一條小小的縫隙，依稀有乳白色的煙霧彌散出來。

「別喊啦，門又沒關，進去瞧瞧。」韓星曜銜著一枝葦稈，徑直走進院子，四處轉了轉，搖頭道：「這地方倒是清靜，你的主顧呢？這兒不像有人住過，一點兒煙火氣都沒有。」說著他走到正屋前，推開屋門，慢吞吞喊了一句，「沒人吧，進來了啊……」

屋裡乾乾淨淨，只有幾件簡單雅致的桌椅，木料考究，做工古樸，桌上幾件小巧精緻的竹木清供，一隻棠梨色獅子蓋鏤空銅香薰，透出嫋嫋濛濛的白色霧氣。桌邊地上擺著一只大瓷缸，不是什麼古董珍玩，只是個普普通通的養龜容器，裡面盛著大半缸水，游動著兩隻銅錢大小的烏龜。

「可能主人還沒到吧。」米培軒把箱子放在桌上，四下瞧瞧，自言自語道。

「不對，主人沒來的話，這香是誰點的，還怪好聞的。」韓星曜湊到香薰前，輕輕嗅著香氣，掀開爐蓋道：「瞧，香都燒透了，這裡的主人至少一個小時前就到了，這個……這香不對勁……」韓星曜話沒說完，便覺一陣頭暈目眩，忙伸手去扶桌角，卻扶了個空，重重一跤跌在桌下，當場昏死過去。

米培軒大吃一驚，「這孩子怎麼了？」他忙上前去看，沒走兩步，便覺腿腳發軟，兩眼發花，直挺挺撲倒在地。

許枚仔細聽著逆雪的描述，眉頭緊鎖，「這麼說綁匪確實回來過，可你沒聽到他走出院子，過了不到十分鐘，又來了一個大字不識一籮筐的傢伙，還有一個什麼小杯子，畫著小孩小雞小花什麼的，還題著好多字？」

逆雪被姬揚清打了幾針痲藥，穿針引線地縫合傷口，聽見許枚問話，有氣無力地抬起頭道：「沒錯，可我沒看見什麼小杯子，都是聽後來的那個人說的。」

江蓼紅聽著逆雪的描述，腦中勾畫著小杯的樣子，越聽越驚，與許枚對視一眼，齊聲道：「雞缸杯？」

谷之篁道：「不對吧，雞缸杯我見過，上面沒小孩兒，也沒見題字呀。」

許枚道：「我說的可不是成化鬥彩雞缸杯，那東西罕見至極，堪稱無價珍寶……等等！你見過？你在哪兒見過？」

「就……就在你店裡呀。」谷之篁嚇了一跳，「你店裡不就有嗎？青花繪成山石，線描牡丹，填紅綠兩色彩，紅的又濃又豔，綠的淺淺潤潤，看得我心癢癢的，更妙的是那對雄牝雙雞，一昂首一低伏，三隻小雞圍在牝雞身邊，一眼看去，便覺毛茸茸暖洋洋的，眼睛都移不開了。我好說歹說軟磨硬泡，口水都說乾了，你就是不肯賣給我，小氣的傢伙。」

「我店裡那只是康熙朝的仿品。」許枚歎道：「康雍兩朝仿燒成窯鬥彩器物不少，雞缸杯有之，天字罐亦有之，模仿雖好，但比之成窯真品，情致神髓遠不能及。」

「那勻給我唄。」

「一邊玩兒去。」許枚捶了谷之篁一拳，繼續道：「至於畫著小孩，題著詩句的，是乾隆粉彩的摹古創新之作，底款是『大清乾隆仿古』六字篆書，意在仿成化，但卻半點成化的味道也沒有。我之前曾見過一兩件，小孩光光的腦袋，頂心梳著一個小髽髻，小臉蛋粉潤潤的，穿著淡紫色的衫子，一腳抬著，一手揚著，好像在逗弄面前那大公雞，身形神態傳神絕妙，至於那牡丹、山石、雄雞、子母雞，處處描繪精美，筆觸細膩，連葉脈羽毛都細細畫了出來，用彩也甚是考究，豔而不俗，實在精巧可愛。不過這庭園小景雖是鮮活喜人，卻少了成窯那份恬靜淡泊之感，滿據留白之處的乾隆御題詩句更顯敗筆，卻極是符合乾隆皇帝的胃口。」

江蓼紅道：「杯上題字那人只認出幾個字，能確定是乾隆題雞缸杯的御製詩嗎？」

許枚點了點頭，頗有信心地回道：「應該不假，那人依次讀出了『人』、『之』、『分』、『去』、『中』、『日』、『心』、『不』幾個最簡單的字，應該全是出自乾隆御製詩：

李唐越器人間無，趙宋官窯晨星看。殷周鼎彝世頗多，堅脆之質於焉辨。堅樸脆巧久暫分，立德踐行義可玩。朱明去此弗甚遙，宣成雅具時猶見。寒芒秀采總稱珍，就中雞缸最為冠。牡丹麗日春風和，牝雞逐隊雄雞絢。金尾鐵距首昂藏，怒勢如聽賈昌喚。良工物態肖無遺，趨華風氣隨時變。我獨警心在齊詩，不敢耽安興以晏。

宣成好像聽見自己的名字，抬頭瞧了許枚一眼，許枚「噗」地一笑，「宣、成兩朝瓷器冠絕明代，清人但提及明瓷，不得不提警官這名字呢。」

姬揚清一邊給逆雪上藥包紮，一邊豎著耳朵聽著許枚幾人談話，忍不住道：「是瓷境吧，綁匪走進了『雞缸杯』的瓷境裡，所以循蹤粉的氣味到這座院子裡便消失了。隨後來的那個人也許是幫凶，也許只是拿錢辦事，遵照綁匪的吩咐把杯子帶到一個安全的地方，綁匪再伺機離開瓷境，帶著許老闆的幾件瓷器逃之夭夭。這個人既沒有那身扎眼的黑袍，身上也沒有循蹤粉的氣味，無論是警犬還是附近的便衣看到他都不會覺得奇怪，他完全可以大搖大擺地從這片迷宮似的小巷離開。」

江蓼紅也道：「撫陶師可以在子午兩時進出瓷境，綁匪選在午時交易就是為了在拿到瓷器後通過瓷境逃走，我們現在要找的不是一個拿著箱子的大活人，而是一只兩寸來高的小杯子。」

宣成立刻回頭吩咐道：「若光，出去問問我們的便衣，有沒有在這附近看到可疑的人。」

不到十五分鐘，衛若光便拉著一個胖一瘦兩個便衣回來，「這地方又陰又潮，沒什麼人住，今天上午出現在這附近的人一共有八個，都是早上出工路過這裡的小販和船工，只有一個人比較奇怪。你詳細說說。」

那精瘦精瘦的便衣應了一聲，說道：「大概半個小時前，我看到一個穿著破棉衣的光頭大個子，揣著手低著頭，從這附近的一條小巷跑過去，那人頭上有胎記，非常好認。」

那矮胖矮胖的便衣道：「我昨天晚上一直守在碼頭，常在集櫻湖上跑船拉客的幾個艄公我都一個一個查問過。那個人叫王三兒，打小就在集櫻湖上撐船，腦袋光光的，從腦門到左臉下面有一大片烏青色的胎記，撐著一艘又窄又舊的小舢舨，沒事就揣著手蹲在碼頭上。遊客見他長得嚇人，船也邋遢，很少有雇他的，我看他憨憨的也怪有意思，就拉著他聊了幾句。這個王三兒家住在沄沄河南邊，離這不近，而且這時候他應該在碼頭附近的麵攤吃午飯，或是守在碼頭等著拉客，按說不會出現在這附近。」

許枚摸出懷錶看了看，「十二點二十了，我們去碼頭附近看看，也許這個王三兒已經帶著雞缸杯去了集櫻湖。」

宣成點頭道：「很有可能，米老闆已經帶著他的兩件瓷器去了蒹葭小館。」

碼頭邊滿滿停著遊湖的小船，中午遊湖的人不多，午歇的艄公橫七豎八地撇下篙子，裹著厚厚的棉衣縮在船艙裡抽旱煙，或是三三兩兩上岸吃飯買東西。湖岸邊滿是提著籃子挑著擔子賣小吃的，十二點半剛過，正是生意最紅火的時候，條件好些的撐了小棚子，點著小爐子，熱騰騰煙氣繚繞，油香四溢。

「王三兒剛才撐著船去了湖裡。」衛若光派出人去問了一圈，好容易打聽到了王三兒的消息，「這裡的小船拉的都是遊湖賞霧的客人，艄公也習慣了優哉游哉地划船，幾個艄公見王三兒撐著空船划得像飛似的，覺得奇怪，便喊著他問了幾句，他也沒回話。」

「可不是嘛。」一個老艄公滋滋地嘬著煙袋道：「王三兒這孩子今天奇怪得緊，見了人也不打招呼，冷冰冰的怪嚇人的。大概十一點來鐘吧，我見他從湖上回來，空空的小船划得飛快，一上岸就直奔那邊小巷裡的茅廁，敢情是鬧肚子了。」

一個年輕的艄公道：「那時候我也在茅廁，好像見他把一個漂亮的小杯子丟到茅廁後面的乾草堆子裡了。」

「我也看到了，我還想繞到後面去撿來著。」黑頭黑臉的胖艄公不好意思地撓撓頭，「等我繞到堆乾草的小旮旯裡，正撞見一個穿一身黑的傢伙走出來，嚇了我一跳。我趴在乾草垛子裡翻了好一陣子，連個瓷片片都沒找到，那小杯子肯定是給那個穿黑袍子的傢伙撿走了。」

「什麼樣的小杯子？」許枚問道。

「小小的，薄薄的，畫著小孩小雞，漂亮極了，一看就是有錢人家的物件兒，十之八九是哪個忘了帶錢的客人抵給王三兒的船費。」胖艄公瞎猜道：「王三兒可能是中邪了，這麼漂亮的小杯子說扔就扔。剛才我見他又急吼吼地划船到湖上去了，划得跟飛似的，也不怕撞著。」

「有意思……」許枚瞇著眼向湖面上看去，只見白霧騰騰，雲氣渺渺，二百米之外便看不甚清，無奈向東北方向一指，「蒹葭小館好像在那個方向。」

江蓼紅道：「對，蒹葭小館離碼頭只有一公里多，但集櫻湖冬天霧氣太重，遠處的景物裹在雲裡似的，模模糊糊看不真切……那個是王三兒嗎？」她抬手一指湖面，只見一艘小船撥雲透霧，慢慢悠悠向湖邊駛來。小船不過一丈來長，三尺來寬，無篷無艙，船頭站著一個艄公，身材高壯，粗手大腳，光光的腦袋，自額前至臉頰下一大片烏青。

「錯不了，就是他。」衛若光招呼著幾個便衣上碼頭截人，不多一會兒工夫，戰戰兢兢的王三兒就被幾個人高馬大的便衣反剪著胳膊，推推搡搡押到宣成面前，幾個在碼頭歇晌的艄公一見這架式，都遠遠撐船躲開。

王三兒個子不小，手腳也粗壯，此時卻像知道自己犯了錯似的，掙也不敢掙，偷偷抬頭瞧了宣成一眼，只覺冷氣逼人，凜然如煞，嚇得激靈靈打了個冷顫，深深埋下頭去，小聲叫著，「饒命……饒命……」

許枚打量著王三兒，暗道：這人性子不硬，拿下口供應該不難。正要說話，卻見宣成、江蓼紅、衛若光、谷之篁像非洲草原上的狐獴似的，目瞪口呆地伸著脖子，遠遠望著湖面，下意識地轉頭看去，只見濃濃霧氣之中，滾滾黑煙沖天而起，湖面上隱然可見幾點火光。

「著火了！那是蒹葭小館的方向！」姬揚清驚道。

「你放的火？」許枚驚駭地望著王三兒。

王三兒把頭埋得更低，「我……我就是去放杯子的……累了，抽……抽了根煙……」

「你把煙頭丟進蘆葦叢了？」江蓼紅氣得跳腳，「冬天的蘆葦見火就著，你這是……你這是縱火！」

「我不是故意的……」王三兒有氣無力地為自己開脫。

「把船都租下來，附近的盆、桶、罐子，能拿多少就拿多少，能去多少人就去多少人，到了蒹葭小館，救人為上，救火次之。」宣成沉著臉吩咐道：「把這個王三兒押回去先審著，他和這案子脫不了關係。」

魚藻之境

米培軒覺得周身一片滾熱，被人丟進了蒸籠似的，連氣都有些喘不上來，萬般痛苦之下，手舞足蹈地掙扎起來，一頭撞在桌腿上，「啊喲」一聲，猛然醒轉。

「我……我這是……對了，我暈過去了，那香……啊！」米培軒迷迷糊糊坐起身來，只見四周橫七豎八地躺了四個人，緊挨他躺著的是韓星曜，不遠處還有兩男一女，看穿著打扮都是上流社會的人物。更可怕的是，小館四周的蘆葦都被點燃，火光沖天，「劈劈啵啵」焦灼刺耳，滾滾濃煙從門縫窗縫裡透進屋來，嗆得人口乾舌焦。米老闆嚇得一佛出世二佛升天，他聽人說過，死在火災中的人有一多半不是燒死的，而是嗆死的。

「孩子，醒醒……醒醒啊……」米培軒使勁搖晃著韓星曜的身體，帶著哭腔道：「著火啦，火都燒進房子來了，醒醒啊……」

「嗯……哎喲……」韓星曜痛苦地呻吟一聲，迷迷糊糊睜開眼睛，「香……香有問題……哎呀！著火啦！」他一個鯉魚打挺跳將來，兩步躥到門前，伸手一拉，「門被鎖住了。」

「窗戶……窗戶也打不開……」米培軒被煙燻得兩眼紅腫，淚花滾滾。

「該死，這些門窗用的都是西洋彈簧鎖，沒有鑰匙根本打不開！」韓星曜急得直跺腳，一個不小心踩到了像死鱷魚一樣趴在門檻下的丁慨。

「嗷！」丁慨慘叫一聲，揉著屁股滿地亂滾，腦袋不偏不倚地撞在陸衍後腰眼上，陸衍悶哼一聲，擰身躍起，迅速站穩身形，凝神四顧。

丁慨眼淚汪汪抬起頭，「你是……陸先生？你是容悅樓的陸先生吧，你會功夫？」

陸衍冷哼一聲，屏住呼吸，扶起倒在窗下的陳菡，用力掐住她的人中。

「啊喲！」陳菡昏睡不深，痛叫一聲，緩醒過來，還沒明白發生了什麼事，便被濃煙燻得咳嗽不止，軟綿綿跌在陸衍懷裡。

「你們也收到了請柬？」韓星曜掏出一塊手帕，在桌邊養著烏龜的大瓷缸裡浸了浸，蒙在臉上，悶聲悶氣道：「這裡有些水，味道不太好聞，但能救命，都帶著手帕嗎……嗯？」

水缸裡赫然躺著一件口如花瓣的青花碗，韓星曜撓撓頭：「米老闆，這是你的東西嗎？」

米培軒一邊掏著手帕，一邊湊到大瓷缸前，定睛一看，頓時叫了起來，「是我的是我的，宣德青花魚藻紋碗，怎麼跑到這裡來了？」

米培軒回頭看看桌上，見皮箱的扣鎖已被人暴力破開，掀著蓋子斜放在桌上，箱子裡空無一物，失聲慘叫道：「我的永樂甜白釉梅瓶哪去了？」

陳菡聽到米培軒喊出兩件瓷器的名字，眼睛亮了亮，望向米老闆，迷迷糊糊道：「是……咳咳……是你？」

陳菡還沒完全醒過神來，嘴裡含含糊糊的，咬字不清，米培軒當然沒聽到她在說什麼，陸衍卻聽得清清楚楚，悄悄拍拍陳菡的後背，小聲道：「別說話。」

「奇怪，這是誰幹的？」韓星曜伸手去撈沉在缸底的青花碗，「請你來的那個傢伙，就是要買這兩件東西吧？咳咳……梅瓶和碗……咳咳……」

「對，他信裡說得明明白白，還付了定金。」米培軒一邊咳嗽，一邊小心地接過瓷碗，「可他為什麼要把這碗丟在水缸裡？咳咳……這可是千金難求的寶貝。還有我的梅瓶，他藏到哪兒去了？」

「別管什麼梅瓶了！」丁慨哭哭啼啼道：「這麼點水能管什麼用啊，咳咳……再這麼耗下去，我們都得被煙燻死！」

兩丈見方的小屋裡已經滿是濃煙，咳嗽聲此起彼伏。

「把……咳咳……把門撞開吧！」米培軒道：「咱們一股腦衝出去，也許還能掙條活路。」

「不成的。」陸衍聽著外面「劈劈啪啪」的火燒蘆葦聲，悶聲悶氣道：「這外面密密麻麻的都是乾蘆葦，火勢沖天，衝出去只有死路一條。」

韓星曜也快哭了，「衝出去會變成燒雞，留在這兒會變成燻肉，怎麼都是個死，還不如留個體面些的全屍，咳咳……」他話音未落，便覺一股熱浪劈面而來，抬頭望著窗格，慘然道：「這下好了，想得個全屍怕也不可能了，咳咳咳……火已經從窗縫裡鑽進來了，過不了十五分鐘，這座屋子就會整個兒被大火吞掉，我們都會變成焦炭……咳咳……別擔心，在這之前，我們已經活活嗆死了……咳咳……」

米培軒心涼透了，「我們……真的沒活路了？」

韓星曜被抽了骨頭似的跌坐在地，「我沒辦法了，到底是誰要殺我們？又是迷香，又是大火，你們到底得罪誰啦？」

丁慨涕淚齊下，屎尿橫流，嗚咽著道：「咱們……咱們都去雲間農莊作過客……」

韓星曜捂著鼻子指指米培軒，「那他呢？」

米培軒抱著瓷碗縮在牆角，不住地念著「阿彌陀佛」。

陸衍扶著陳菡的肩膀，雙手稍稍緊了緊，陳菡吃痛，輕輕呻吟一聲，聲如蚊蚋，「老傢伙，你幹什麼？」

陸衍湊在陳菡耳邊，輕不可聞地吩咐幾句，陳菡咬咬嘴唇，點了點頭，抬起手看看手錶道：「快一點了，猶豫不得，先保住性命再說吧。」

韓星曜見二人擠眉弄眼地咬耳朵，不禁奇怪道：「陸先生，陳小姐，你們說什麼呢？」

陳菡掙扎著站起來，走到米培軒身前，一伸手道：「宣德青花魚藻紋碗，給我。」

「啊？」米培軒抱緊了碗，「想得倒美，我要和我的寶貝死在一起。」

「蠢貨！」陳菡手起一掌，重重斬在米培軒頸側，米培軒兩眼一翻，當場昏死過去。

「都到水缸這裡來。」陳菡招呼著韓星曜，「你過來，把碗放到水缸裡。」

「姐姐，你也練過？」韓星曜驚訝不已。

「別廢話，我時間不多，快把碗放進水缸裡！咳咳……快！」

「哦……是，是。」陳菡好像變了個人似的，周身散發出一種凜然莫測的強大氣場，韓星曜嚇得連退兩步，乖乖依著陳菡的吩咐掰開米培軒的手指，把宣德青花魚藻紋碗放進水缸。

陳菡滿意地點點頭，又一指丁慨，「你，把衣服脫了，用水浸透，把水缸包住……算了，你滿身屎尿，太噁心，還是你來吧。」她又指了指韓星曜。

「好……姐姐你要幹什麼？」韓星曜脫下外衣，吸滿了水，把水缸嚴嚴實實地包住。

「都把手指伸出來。」陳菡攥著米老闆的一根手指，把他拖到水缸前，指點著陸衍、韓星曜和丁慨，「你們三個，都拉住我的左手。」

陸衍一言不發，伸手拉住陳菡。

韓星曜死到臨頭還不忘開玩笑，「姐姐，這可不算我占你的便宜。」他見陳菡臉色不善，輕輕一吐舌頭，拉住她的手指。

丁慨兩腳發軟，連滾帶爬地把身子挪到水缸前，抬手拉住陳菡手腕，戰戰兢兢道：「陳……陳小姐，你打算幹什麼？」

陳菡嫌惡地屏住呼吸，喝道：「閉嘴！把眼也閉上！拉緊了別鬆手。」

「是是是，我閉嘴，我閉眼。」丁慨嚇得一哆嗦，緊緊閉上眼睛。

陳菡輕叱一聲，右手探入水缸，在宣德青花魚藻紋碗上輕輕撫摸，眾人只覺得周身熱氣驟然消散，恍如置身煙雨江南，周身水汽濛濛，荷香淡淡，濤聲輕淺，喉頭潤朗，肌膚幽涼，實在快意無比。

韓星曜年紀小性子急，實在按捺不住，偷偷睜開眼睛，正瞧見一條凶猛的藍色大鱖魚噘著厚厚的嘴唇向自己衝殺過來，嚇得大叫一聲，一把撒開陳菡，連連後退，「魚在天上飛啊！鬼啊！」

他一眼瞧見身邊有一支藍色蓮苞，伸手要去取來做武器，卻抓了個空，正驚愕之際，那隻大魚竟從他的身上穿了過去，韓星曜頓時懵了，「姐……姐姐，這是什麼地方？」

「別大驚小怪的，我們在水底。」陳菡鬆開米老闆和陸衍的手，又使勁掙脫了丁慨，活動著手腕道。

丁慨昏昏慘慘，聽見陳菡的話，大吃一驚，正要睜眼，早被陳菡一掌拍在腦門，喉中「咯嘍」一聲，當場昏厥過去。

「你幹什麼！」韓星曜大驚。

「沒什麼，丁慨和米培軒不是古物通靈師，不該看到眼前這幅水底小景。」陳菡道。

「水底……」韓星曜四下看著，只見周身水藻招搖，蓮花盛放，巨大的魚懸浮於花藻之間，愜意地搖頭擺尾，目之所見，淨是濃豔的藍色。韓星曜試著呼氣吸氣，絲毫感覺不到溺水的痛苦，伸手四下撥弄，也感覺不到水的浮力。

「捕門鶴童，你是個聰明孩子，應該明白我們在哪兒吧？」陳菡道。

「這就是……瓷境？我們在那只碗裡？」韓星曜震驚無比，呆呆地望著陳菡。

「沒錯，人在瓷境中，是無法觸碰所見人物情景的，這裡的蓮花、慈菇、水藻、游魚，都看得摸不得，瓷碗上未著一筆，但情景畢見的水也是一樣。」陳菡道。

「你……你是撫陶師？」韓星曜渾身的肌肉迅速緊張起來，身體皮鞭似的繃緊，「你是……除了許老闆之外的那個撫陶師？」

陳菡猶豫片刻，說道：「這世上未必只有一個兩個撫陶師，只是捕門孤陋寡聞而已。」

「你……你把袖子挽起來。」韓星曜緊緊盯著陳菡的手臂。

陳菡歎了口氣，捲起兩隻袖管，露出雪白如藕的小臂，「你要看什麼？我胳膊上什麼都沒有，就這麼一塊手錶，我爸爸從瑞士帶回來的。」

「沒……沒有傷疤？」韓星曜腦袋一陣大亂，他明明記得許枚和宣成說過，那個躲在幕後搜集瓷器的撫陶師手臂上有星星點點的疤狀斑痕。

「我一不打架二不做苦力，手上怎麼會有疤？」陳菡笑道：「小弟弟，你是拿我當壞人了吧？放心，我和你家顧問許老闆是很好的朋友，我還是他店裡的老主顧。」

「那他呢？」韓星曜一指陸衍，「你為什麼不把他打暈？」

陸衍無聲冷笑，笑得韓星曜寒毛直豎。

「你別笑了，你到底是什麼人？」韓星曜側移幾步，和陸衍拉開距離，「你們之前就認識？你早就知道她是撫陶師對不對？你……你也把袖子挽起來！」

陸衍哂然一笑，挽起衣袖，古銅色的手臂如鋼打鐵鑄也似，「看清楚了嗎？沒有傷疤。」

「嗯……」韓星曜警惕地挪動著腳步，和陳菡、陸衍拉開距離，「你們來蒹葭小館幹什麼？」

「我收到了一封請柬。」陳菡從懷裡取出一摺巴掌大的淡青色硬質花箋道：「有個自稱『彭殤』的人請我來看一件瓷器，還在請柬裡夾著這件東西的照片，說是有心出售，瞧，就是這個。」說著他打開請柬，遞過一張黑白照片。

「這是……」韓星曜沒敢上前去接，伸著脖子看了看道：「是個高腳杯？」

陳菡笑道：「這叫靶盞，叫高足杯也沒錯。照片拍得非常清晰，勾畫紋飾的筆鋒筆勢，點染堆垛的深色斑塊都看得清清楚楚，從纏枝蓮花和梵文的排布構圖來看，十之八九是乾隆官窯真品，我一看到照片便動了心。可今天我按照約定的時間來到蒹葭小館時，連這個彭殤的面兒都沒見著，就迷迷糊糊地睡了過去。」

「哦……」韓星曜不懂瓷器，撓撓頭，又一指陸衍，「那你呢？你來這兒幹什麼？」

陸衍很不習慣被一個半大孩子頤指氣使地當犯人一樣質問，冷笑一聲，不陰不陽道：「我也是被這個彭殤騙來的，他請我來看一只唐代鎏金銀碗。你來做什麼？」

韓星曜悶聲悶氣道：「彭殤說他知道喬七的下落，讓我來蒹葭小館找他。」

陸衍一怔，「喬七？」

陳菡驚道：「他不是已經被抓住了嗎？那個法醫還為他擋了一槍。」

「喬七被人劫走了。」韓星曜垂頭喪氣道：「上面讓我抓他，活要見人，死要見屍。」

陸衍沉吟片刻，走到丁慨身邊，在他衣袋裡翻翻找找，果然從上衣內揣裡翻出一份請柬，請柬裡夾著一張照片，照片上是一只竹雕筆筒。

陳菡接過照片，面露懼色，「看來這個彭殤對我們非常瞭解，知道我們最想要的是什麼，我喜歡瓷器，你喜歡金器，丁慨喜歡竹木，這孩子為喬七的事焦頭爛額，米培軒……」

「他是來賣那兩件瓷器的，永樂甜白釉梅瓶和這個青花魚藻紋碗。」韓星曜道：「買主應該就是彭殤，他允諾了一個非常可觀的價位，又支付了一筆定金，米老闆這個財迷就上趕著跑來送貨了。對了姐姐，你之前見過米老闆嗎？你怎麼知道他叫米培軒？還有，新仿的瓷器是沒有瓷靈和瓷境的吧，你都沒仔細看過這只青花瓷碗，就吩咐我把它浸在水缸裡，難道你早就知道這只碗是真品，可以救命？可我看米老闆剛才的反應，他好像並不認識你。」

陳菡愣住了，呆了半晌，搖頭笑笑，「小弟弟，太聰明的人容易給自己惹來麻煩的。」

神龍飛渡

大大小小的渡船遊船瘋了也似駛向蒹葭小館，湖面上開了鍋似的，槳影橫飛，水花亂濺。

「嘿，這慢勁兒，你們這兒連汽船都沒有嗎？這得到什麼時候呀！」谷之篁性子急，眼見小遊船像老牛拉破車似的往湖中心磨蹭，急得直跳。

許枚也心急如焚，見谷之篁不住地擠眉弄眼，知道他又起了鬼心思，忙伸手一拉宣成，小聲道：「警官，幫個忙，吸引一下大家的注意……」他在宣成耳邊嘰嘰咕咕。

江蓼紅也湊過來道：「為了保證戲劇效果，還得在語氣上雕琢一下……」她也湊在宣成耳邊講戲。

宣成怒道：「我不！太傻了！」

「我能在五分鐘內滅火。」谷之篁誇下海口。

宣成一愣，掙扎片刻，一咬牙道：「好，如果滅不了火，我揍死你們！」

「嗯嗯嗯。」谷之篁使勁點頭。

宣成臉憋得通紅，仰面望天，艱難地抬起手臂，指著被霧氣裹得嚴嚴實實的太陽，像第一次看到雪的南方人似的滿懷驚訝道：「哎呀呀！你們看那是什麼？」語氣被他雕琢得格外地道。

湖面上頓時安靜了，姬揚清、衛若光渾身直冒雞皮疙瘩，警察局老老少少的便衣、巡警也覺得背後一股涼氣直衝頂心，一個個傻愣愣地望著宣成，順著他高舉的手臂仰頭看去，只見天上一片朦朧。

「你看見什麼了？」姬揚清莫名其妙。

「就……就……看就對了。」宣成臉紅得幾乎要滴出血來，渾身僵直，保持著指天誓日的姿勢。

「什麼呀……」姬揚清瞇著被太陽刺痛的眼睛滿天亂掃，「是鳥嗎？是蟲子？到底是什麼呀……哎呀划船的別停下，繼續划……」

許枚、江蓼紅藏在船尾，眼巴巴盯著谷之篁解下隨身佩玉，托在掌心。

「這是戰國古玉吧？」江蓼紅道。

「嫂子好眼力。」谷之篁道：「戰國玉瓏，我小時候從山西買的。」

那玉瓏是一條薄片狀的龍形玉佩，有一巴掌大小，龍體捲曲成S形，色澤青綠柔和，小而捲曲的背翼和尾巴微微帶著白色的沁斑，通體滿飾勾雲、卷雲紋飾，密密層層，繁而不亂。

谷之篁四下看看，見眾人不是盯著宣成就是盯著太陽，忍不住笑道：「這冷臉兒警察，這回可是窩頭翻個兒——現了大眼了。」

「少跟這兒咧咧，快動手。」許枚催促道：「已經十二點四十多了。」

「好好好，動手動手。」谷之篁把玉瓏托在掌心，輕輕念叨幾句，「一會兒你可使勁兒往下潛，千萬別露頭啊……」谷之篁一手捧住玉瓏，輕輕放在湖水裡，那玉瓏在水面上搖擺幾下，直直向下沉去，眨眼工夫便看不見了。

谷之篁衝著許枚、江蓼紅一招手，「哥，嫂子，狠狠地吸一大口氣，咱們下水，小心些，別驚動他人。」

「下水？」江蓼紅愣住了。

「別怕，龍在水下游得很快的。」谷之篁眨眨眼睛，悄無聲息地鑽進水裡。

許枚扶著江蓼紅，溫言道：「別怕，別怕，弄玉先生上天入地，全靠這些古玉幻化的靈獸，穩妥得很。」

江蓼紅一咬嘴唇道：「你抱著我，我就不怕。」話一出口，她臉便騰地紅了。

「好啊，我抱著你。」許枚一手摟住江蓼紅的腰，輕輕從船尾滑入水中，悄然無聲。

宣成餘光瞟見三人偷偷下水，心裡也驚疑不定，又見眾人直勾勾瞧著自己，頓覺臉上一陣發燒，咬牙切齒道：「看什麼看！快划船！」

江蓼紅雖懂水性，但從沒在數丈深的湖底極速潛行，更沒騎過龍這種傳說中的靈獸，嚇得緊緊抱著許枚的腰，努力屏著呼吸，不敢抬頭。

巨龍潛於湖底，穿波破浪，疾行如電，水底魚蝦龜蟹從沒見過如此巨大的怪物，一個個嚇得魂飛魄散，紛紛逃跑，不時地有反應慢半拍的小魚小蝦撞在三位乘客身上，江蓼紅幾次驚得要喊，都硬生生忍了下來。

「江老闆，睜開眼吧。」許枚笑著轉過身來，拍拍江蓼紅的臉頰，「瞧你，臉都憋紅了，快透透氣，咱已經不在水裡了。」

江蓼紅小心地睜開眼，只見許枚滿臉含笑湊在面前，頭髮濕淋淋地垂在雪白的額頭上，頭頂趴著一隻螺螄，耳垂上夾著一隻螃蟹，肩上還掛著長長的水草，要多狼狽有多狼狽。

「噗……」江蓼紅忍不住笑出聲來。

「乖，別動，咱們在天上呢。」許枚從江蓼紅領口裡抽出一條白鱔。

江蓼紅吃了一驚，向下望去，只見雲浪滾滾，霧氣騰騰，白茫茫不辨天日，腳下濃煙沖天而起，火光映日，烈烈有聲，自己三人正騎在一條青綠色的巨龍身上，在火場上空盤旋飛騰。

「我們已經到了？」江蓼紅驚奇不已，「從碼頭到蒹葭小館足有三四里水路，我們潛到水下最多半分鐘吧？我水性不太好，憋氣超過半分鐘便扛不住。」

「哈哈哈哈……」谷之篁騎在龍頸上，張牙舞爪縱聲大笑，「這可是龍，在水下游得比魚雷還快。」

「你可別得意忘形了。」許枚道：「下面的人不會看到我們吧？可別再像上回那樣被人當成哪吒。」

谷之篁道：「不會不會，我們在雲層裡，再說下面霧那麼濃，人的視線很差，那些小船才剛出碼頭，絕看不了這麼遠的。」說著谷之篁一扳龍角，跳到巨大的龍頭上，深吸一口氣，縱聲長嘯：「雲——起！」

「當成哪吒？」江蓼紅莫名其妙，又見周身雲氣已開始變黑變濃，心中有些發怵，緊緊地貼在許枚懷裡，問道：「什麼時候的事？」

許枚笑道：「五六年前了吧。小篁，那時候你多大？」

谷之篁手扶龍角，歪著頭想了想道：「十八歲，我記得那年袁世凱剛死，我家老頭子去福建跑茶葉生意，我也跟著一道去玩……對了，那次哥你也跟著去了呀，你要去德化看白瓷，還買回一個貼塑蟠螭的小瓶和一只塑著小獅子的瓷印章，又白又潤，漂亮極了。」

許枚笑道：「對，就是那回，當時正是七月，這小子熱得熬不住，趁著夜半無人偷偷跳到海裡獵鯊魚撿海螺，不知腦袋裡哪根筋搭錯了，騎著玉龍上天下海。他玩得倒是痛快，可沒想到那天正好是那座海港小鎮的午夜龍王祭，附近的漁民海客都在海邊高崖上的龍王殿祈雨，主祭的道士祭文還沒念完，就瞧見一個天仙似的小後生騎著一條龍從雲層裡翻了出來，嚇得「嗷」一嗓子就昏過去了，緊接著電閃雷鳴，狂風大作，暴雨傾盆，波濤翻覆。從那之後，龍王廟就被改成了哪吒廟，我去廟裡看過，哪吒塑像頂著一頭寸把長的短髮，光光的膀子上披著綠色長綾，我笑得眼淚都出來了，被看廟的道士一頓好罵，說我褻瀆神靈。」

「綠色長綾？」江蓼紅奇道：「哪吒像一般都披著紅綾吧？」

「他騎著龍從海裡竄上天的時候，身上掛了一條又寬又長的海帶，在崖頂的人遠遠看去，好像披著一條綠色長綾似的。」許枚笑著說。

谷之篁皺皺鼻子，「那個小海窪子又荒又窄，海浪也凶，我哪知道旁邊的山頂上有個廟啊。」

谷之篁見四周烏雲翻墨，藏雷隱電，浩浩蕩蕩，遮天蔽日，滿意地拍拍龍頭道：「成了。」說完他抖擻丹田大喝一聲，「雨！來！」

話音剛落，一道驚雷轟然炸響，繼而雨似瓢潑，傾天而下，小小一片天地之間，電尾燒黑雲，雨腳飛銀線，霹靂轟鳴，乾坤變色，熊熊燃燒的蘆葦小洲好像被裹在銀河飛瀑裡，眨眼之間，大火便被滔天雨勢死死壓制。

江蓼紅驚道：「你怎麼把雨求來的？」

谷之篁道：「這裡雲層本就重，厚厚地積著不少水。」他輕輕拍了拍龍頭，「當然，還有這玉瓏的功勞。《說文》有云：『瓏，禱旱玉。』玉瓏乃是古人求雨禳旱所用，我這只玉瓏乃故絳所出，是三晉祭祀汾澮水神之物，靈氣充溢，求來這樣一場雨還不是小菜一碟。對了，還沒到五分鐘吧？」

「從我們出發到現在，最多兩分鐘。」許枚透過被大雨衝破的霧氣向下看去，見小洲上一片焦黑，原本繁茂的蘆葦已經灰飛煙滅，只有蒹葭小館結構牆體還完好，歎了口氣道：「我們下去。」

洪武通寶

谷之篁輕輕一按龍角，那青色飛龍輕吟一聲，倏然急轉直下，撲向蒹葭小館。

「啊——」江蓼紅嚇得失聲驚叫，許枚順勢抱住，微笑著安慰道：「不怕不怕，江老闆，這龍乖巧得很，瞧，這不是穩穩地落地了嗎？」

「我……我再不陪你們坐這些嚇人的東西了。」江蓼紅好容易滑下龍背，只覺腹中一陣翻江倒海，乾嘔幾聲，軟綿綿靠在許枚身上，有氣無力道：「快，把龍收了，一會兒警察局的人該到了。」

蘆葦蕩已被燒作一片焦土，驟雨之下，火勢盡消，只有零零星星的幾點火苗軟軟地浮動，蒹葭小館梁柱牢固，沒有被大火燒塌，但牆壁已被燻得焦黑，磚瓦門窗也燒得面目全非。

許枚輕輕拍著江蓼紅的背，摸出濕淋淋的懷錶看了看，「十二點五十三分。」

「哥你真有意思，這時候還顧得上操心時間。」谷之篁收了玉瓏，仍化作一只龍形玉佩掛在腰間。

江蓼紅道：「他只是想到了那傢伙逃生的唯一去處。」

許枚笑道：「知我者江老闆也。」

谷之篁莫名其妙，「什麼意思？」

許枚道：「綁匪藏在雞缸杯的瓷境裡，吩咐王三兒把杯子放在蒹葭小館，打算走出瓷境，和被他邀請到小館的幾位客人見面。不料王三兒丟下煙頭點燃了小洲上的蘆葦，沒多一會兒工夫，大火便把蒹葭小館團團包圍，綁匪情急之下，只好……」

「只好再藏進瓷境！」谷之篁立刻明白了許枚的意思，「進出瓷境的時間只有子午兩時，要把他揪出來，必須在一點之前找到那只雞缸杯。」

「也許是米培軒帶來的魚藻紋碗。」許枚面帶憂色，「要順利進出瓷境，必須保證圖景依託的瓷器完好無損，如果綁匪藏身的瓷器在大火中被燒毀……」

「他就出不來了對吧？」江蓼紅心驚肉跳，「這太可怕了，陷入一片沒有實體的虛無空間，孤獨終老。」

「但願那些無辜的客人沒事。」許枚收了懷錶，輕輕攥著江蓼紅的手，走向焦黑的蒹葭小館。

「還有五六分鐘，我們分頭找。」谷之篁性子急，腳步也快，一腳撥開燒得變形的門板，走進院子，環視一周，不見人影，抬腳便踢向大門緊鎖的正屋。

「砰——」

「哎呀！這門造這麼結實防誰呀！」

屋門出奇牢固，震得谷之篁腿腳生疼。

「我來。」江蓼紅飛起一腳，「喀啦」一聲，厚重的門板應聲而斷。

「嫂……嫂子。」谷之篁目瞪口呆，戰戰兢兢地拉拉許枚的袖子，「哥，嫂子是活李元霸！」

「你才活李元霸，你瞧她頭上的是什麼？」許枚道。

谷之篁抬頭一看，只見一枚碩大的銅錢懸在江蓼紅頭頂一尺來高的空中，滴溜溜亂轉。

「這是……」谷之篁一愣，恍然道：「我想起來了，聽泉師可以操控那些一折百、一折千的大面值古錢，千倍百倍地提升自己的力量和速度。嫂子你頭上那枚是什麼？直百五銖？大泉五百？大泉當千？」

「沒那麼誇張，新莽三國折十折百折千錢大都是重量不足數的虛值錢，金玉其外敗絮其中，靈力雖好，功效卻差。算得實有所值的大錢多在宋金元明，大都是折二折三，最多不過折五折十罷了。」江蓼紅收了頭頂的銅錢，谷之篁湊過去看，只見錢徑寸半，內外周郭平整厚重，沉甸甸的甚是壓手，「洪武通寶」四字端正壯闊，背穿右側有「五錢」兩字。

「洪武通寶，其制五等：當十、當五、當三、當二、當一，背文分別是十一兩、五錢、三錢、二錢、一錢，當十重一兩，當五重五錢，當三、當二、當一重量順減，分別是三錢、二錢、一錢，重量折算實打實，絕非新莽魏晉虛值大錢可比。只有這種分量實在的大錢，才能成倍提升聽泉師的力量和速度，我功力不足，操控這枚當五錢已經是極限，至於能十倍提升戰鬥實力的當十大錢，我是用不來的。洪武年號乃取洪大武事之意，用來提升戰力最合適。」江蓼紅收好洪武通寶，見許枚站在屋中的書桌旁，直勾勾盯著一個圓胖的大瓷缸。

江蓼紅瞧瞧瓷缸，疑道：「許老闆，這缸是個新傢伙吧？」

「是……」許枚笑了笑，「把碗藏在水裡，這倒是個好主意，這麼一來，任憑大火怎麼燒，也燒不到他藏身的瓷境了。」

江蓼紅吃了一驚，忙向水缸中看去，只見那宣德青花魚藻紋碗端端正正擺在缸底，兩隻小烏龜在水中游來游去，不時地用小腦袋撞撞碗上畫著的魚，看來是有些餓了。

許枚看看懷錶，「嗯……現在是十二點五十七分，來得及。」

他回頭吩咐道：「江老闆，小篁，一會兒如果有什麼人自個兒從這缸裡出來，千萬防著些，別被他逃了。」

「好，知道了。」江蓼紅祭起洪武通寶，「五倍的速度和力量，見神殺神，見佛殺佛。」

「好，千萬當心。」許枚微微一笑，把手伸入水中，只見柔光水汽騰騰而起，忽閃忽滅，許枚身影已然不見。

金聲玉應

陳菡瞧瞧韓星曜，詭異地笑笑，「鶴童是吧？捕門隱堂神通廣大，我佩服得很，可這世上有些事情，不是你們該管的。」

韓星曜攥緊了拳頭，「你要幹什麼？」

陳涵笑了笑，還沒說話，忽聽遠處水藻後有人叫道：「十二點五十八分了，再不出去，就得等到子時啦！」

陳菡的心險些從嘴裡跳出來，急回頭看時，卻見許枚一臉焦急地撥開水藻，一疊聲地催促道：「火已經撲滅了，我這裡打開了瓷境，快跟我出去，喲，那兩人怎麼了？還活著吧？」說著他指指米培軒和丁慨。

「活著……」陳菡僵硬地點點頭。

「把他們拖過來，快點，還有一分多鐘，我開的門在水藻這邊……」許枚一把提起丁慨的腳腕，粗暴地拖走。

韓星曜輕輕吁了口氣，一把提起米培軒的脖領子，兩步跑到許枚身邊，指著陳菡道：「許老闆，那個女人是撫陶師！」

「嗯。」許枚愣了愣，微笑著拍拍韓星曜的頭，「乖，先出去再說。」他又衝陳菡、陸衍招了招手，「陳小姐，陸先生，快過來呀！」

陳菡臉色難看之極，冷笑道：「不勞許老闆費心。」她抬手在虛空中一抹，蓮花游魚之間好似開了一扇月亮門，門外半濁半清的水，依稀可見一隻巨大的烏龜探頭探腦。陳菡一手拉住陸衍，喝聲：「走！」兩道身影急閃而出，那月亮門隨之不見。

「我們也走吧，把眼閉上。」許枚一手拉住韓星曜、丁慨、米培軒三人手指，一手抹開瓷境，悠悠然走了出去。

韓星曜瞪大了眼睛，想要看清楚進出瓷境的那一剎那到底發生了什麼，可那一瞬間的空間轉換好像凝固了時間，也凍結了人耳目口鼻對周遭訊息的識別讀取能力，等韓星曜回過神來，已被許枚攔腰抱著放在桌上。

「我怎麼了？」

「我叫你閉眼的，小孩子別這麼好奇，坐穩了，別摔下來。」許枚輕輕一敲韓星曜的頭，繼續興致勃勃地欣賞眼前這場奇妙紛呈的戰鬥。

韓星曜懵懵懂懂搖搖腦袋，「我在做夢吧？」

蒹葭小館的屋頂已經被掀飛了，一條青綠色的巨龍盤旋咆哮，小洲上空剛剛消散的烏雲再度凝聚，雲層中雷電隱隱，狂雨欲來。兩隻金光閃閃的鳳凰振翅高翔，在空中劃出一道漂亮的弧線，周身金焰騰騰，穿雲而上，又急轉直下，撲向行雲步雨的青龍。一龍兩鳳在雲霧間翻飛騰躍惡鬥不止，青黃相映，灼灼耀目，小洲上空風雲變色，雷火交加，龍吟鳳鳴激越清揚，攝人心魄。

韓星曜早看傻了，瞧瞧不遠處拳腳相加的谷之篁和陸衍，拚命撕拽著許枚的衣袖，「許老闆，弄玉先生和錸金師！上面在打，下面也在打。」

「不覺得那邊更精彩嗎？」許枚似笑非笑地望著哭爹喊娘的陳菡。

陳菡身手本就算不得多好，拚盡全力扛下江蓼紅一拳，兩隻胳膊便沒了知覺，痛得傻在當場，呆了片刻，轉身便跑。陳菡身子輕巧，騰挪奔跑速度極快，一邊跑著，一邊回頭叫喊：「老傢伙，快走！用你的摩羯魚從水裡走！」她聲音帶了哭腔，顯然疼得不輕。

許枚搖頭暗笑：摩羯魚？多半是遼金時摩羯形的金簪金耳墜吧。這裡可是有一條龍啊，小小一條怪魚，在水裡哪是龍的對手，再說，你確定自己能逃到水邊嗎？

韓星曜見陳菡狼狽落敗，忍不住好笑，「一點也不精彩，完全是一邊倒的局面。」

江蓼紅見陳菡逃走，輕輕冷笑，抬眼望著焦黑的蘆葦叢間一條泥濘小路，稍一舒展腰肢，細細吐納，也不見如何動作，只見一道紅影如矢鏃般激射而出，飆發電舉，風走雲馳，只一眨眼工夫，已擋在陳菡身前兩丈處，斂步擰身，卸去衝勁，抬起手臂，五指箕張。

陳菡只覺一陣疾風貼身而過，還沒回過神來，便見一道人影擋在身前，頓時嚇得失聲大喊，腳下收足不住，重重撞了上去。陳菡身子雖輕，但一路疾奔而來，衝擊著實不小，江蓼紅眼疾手快，一手扣住陳菡肩窩，一手抓住手腕，扭身側步，將她的整個身體揚在半空，呼地轉了大半個圈。陳菡哪曾被人這樣貓捉老鼠似的揉捏，早嚇得骨軟筋酥，毫無反抗之力，尖叫著重重摔落在雨水澆透的蘆葦灰燼裡，撞得滿面泥灰，當場昏死過去。

「江老闆，辛苦了！」許枚揮著手喊道。

韓星曜早看傻了，結結巴巴道：「這……這也太快了……」

許枚定了定神，笑道：「神行太保戴宗知道嗎？」

「知道啊。」

「他為什麼跑那麼快？」

「他有神行甲馬，好像是一種符吧。」

「不不不，戴宗是聽泉師，他的所謂神行甲馬不是什麼符咒，而是一枚大錢。」

韓星曜狐疑地看著許枚，「騙人的吧？《水滸傳》裡不是這麼說的，而且……啊！鳳凰！鳳凰撲下來了！」韓星曜話沒說完，只見空中又生變故，原來陸衍見陳菡淒慘落敗，心中大急，留下一隻金鳳糾纏青龍，另一隻雷行電落般俯衝而下，氣勢洶洶直取江蓼紅，未至半途，便被一青一黃兩隻胖乎乎的大鳥截住，只好撲騰著翅膀纏鬥啄咬。

「那是什麼？好難看的鳥，肥嘟嘟的……」韓星曜嫌棄地瞧著兩隻胖鳥。

「噓——」許枚捂住韓星曜的嘴，「那兩個小胖子可是這位弄玉先生壓箱底的寶貝，心愛得什麼似的，可別給他聽見你說這兩寶貝的壞話。」

韓星曜看看天上，又看看地下，失望地歎了口氣。

「你歎什麼氣？」許枚奇道。

「沒有羽毛落下來，如果能撿一根鳳凰羽毛回去，那多好玩。」韓星曜嘀咕道。

許枚笑道：「回去我送你幾根藍孔雀的翎毛。」

江蓼紅拖著昏迷的陳菡回到四分五裂的蒹葭小館，面露疑色，「許老闆，她胳膊上沒有傷疤，可我剛才明明看到她拉著陸衍乘著一道水汽走出瓷境，她應該是個撫陶師吧？」

「這個錯不了，我剛才親眼見她打開瓷境。」許枚也有些奇怪，瞧著陳菡潔白光滑的手臂，低頭沉思，又抓住她的手掌揉捏端詳。

「快鬆手！你這算乘人之危調戲婦女。」江蓼紅見許枚如此動作，微微著惱，一把奪過陳菡的手，捲下衣袖道：「眼下這場面怎麼收拾？警察局的人眼看就到了。」

許枚笑道：「這事吧……其實簡單得很，金靈是靠鍊金師操控的，只要封閉鍊金師的神智，這兩隻鳳凰自然會現出原形。」

「封閉神智……」江蓼紅愣了愣，「把他敲暈就行吧？」

「可以這麼理解。」

「嗯，我看看哪個比較合適……」江蓼紅在滿地殘磚碎瓦裡翻翻揀揀，抓起一塊非常趁手的板磚，「這個怎麼樣？」

許枚嚇得一抖，「這個有點大……你可收著點力道，那可是鍊金師，比撫陶師還要稀罕的鍊金師，隱堂已經七十多年沒有請到鍊金師了，可別一磚頭給打廢了。」

「放心吧。」江蓼紅隨口答應著，瞇著眼瞧了瞧扭作一團的陸衍和谷之篁，輕喝一聲，「著！」她一揚手把磚頭拋了出去，「啪」的一記悶響，正與谷之篁激戰的陸衍應聲而倒。

「乾脆利索。」許枚一挑大拇指。

韓星曜嚇得直嚥口水，「沒羽箭張清啊！」

谷之篁嚇得臉都綠了，一塊方頭方腦的灰濛濛東西飛速旋轉著擦著自己的耳朵飛了過來，重重拍在這個老學究似的鍊金師臉上，鼻梁和牙齒斷裂的聲音清晰可聞，令人毛骨悚然。

「太嚇人了！一個大活人嘎嘣一聲就直挺挺地撂在那兒了。」谷之篁抱著頭滿地亂蹦，「嫂子，你這要是偏上一寸，我的耳朵可就沒了！」

江蓼紅輕輕一吐舌頭，合掌垂首，歉然一笑，如海棠垂苞，明媚動人，谷之篁一見之下，滿腹委屈頓時散了，紅著臉嘰咕幾聲，收了青龍玉鳥。

兩隻金鳳早已神光盡消，化作兩支小小的金簪墜落在泥灰裡。

「快去把那兩隻小鳳凰撿起來！」許枚招呼著道：「我都聽見船槳拍水的聲音了。」

「從咱們出發到現在至少十五分鐘了，他們來得好慢。」谷之篁拾起鳳簪，輕輕抹去泥灰，細細端詳，見那兩支簪子都只有一掌長短，簪頭鳳凰不過寸許，金色純正，雕鏤掐累工藝精到，勾喙細目，卷翎大翅，細羽長尾，處處清晰可辨。

「好漂亮啊！簪子的主人怎麼也是個明代藩王的妃子。」谷之篁把玩著金簪，愛不釋手。

「把簪子收好，這是證物，要上交隱堂的。」許枚捲起陸衍衣袖，擰起眉毛，「怪了，他胳膊上也沒有傷疤。」

江蓼紅指指昏迷的丁慨和米培軒，「他們呢？」

許枚搖搖頭，「我剛才看過，也沒有。」

「那可怪了……」江蓼紅又看向韓星曜。

「怎麼可能是我！」韓星曜挽起袖子，舉著光溜溜的胳膊道：「我是被那個女人帶進瓷境的，她就是撫陶師！」

許枚沉吟半晌，「嗯……這倒也未必無法解釋，在進入瓷境之前，你有注意過陳小姐的手嗎？她的手……怎麼說呢，是不是比常人的手白嫩許多？」

「沒有吧……」韓星曜搖搖頭，「進入瓷境後我注意看過她的手和胳膊，倒也沒覺得有什麼特殊之處，畢竟是個養尊處優的嬌小姐，手比常人乾淨漂亮些也正常。」

許枚點點頭，「好，等到今晚子時，一切便可見分曉。」

「怎麼還要等到子時？這兩人明顯就是同夥，女的是撫陶師，男的是鍊金師，他們半個月前都去過雲間農莊，許老闆一直在找的撫陶師一定就是她。」韓星曜有些著急，望著陸陸續續靠岸的小船，指了指昏厥的陳菡和陸衍，「這兩人交給普通警察來審不合適，還是盡快把他們帶回隱堂比較穩妥，也許喬七被劫的事也和他們有關。」

「嘿……原來你是急著要抓喬七。這個且先不急，我還有一些事情要問他們，如果你今晚有空，可以一道過來參與審訊。」許枚笑道：「放心，我不會把隱堂的事透露給普通警察的，這兩位除外。」說著他指了指火急火燎跳上岸的宣成和姬揚清，又衝江蓼紅招招手，「江老闆，咱們去把那個東西挖出來。」

「什麼東西？」江蓼紅順著許枚的手指看去，只見院子一角的泥土地裡露出一片瑩潤的白色，忍不住奇道：「那是……」

「應該是被埋在土裡的甜白釉梅瓶，被剛才那場暴雨沖了出來。」許枚蹲在牆角，小心地撥開泥土，輕輕撫摸著白潤的釉面道。

來救火的警察一個個嚇得手腳發軟，剛才天上莫名其妙湧起一團黑沉沉的雲，狂風呼嘯，雷電交加，集櫻湖上從來沒有起過如此駭人的風浪，這些小小的遊船足有五六分鐘無法移動前行。更可怕的是隨之而來的暴雨，精準無比地把蒹葭小館所在的蘆葦洲團團裹住，銀白的雨柱好像銀河決堤從天眼裡傾倒下來，水聲轟然宛如雷震。操船的艄公、警察一個個嚇得手腳冰涼，宣成無奈之下只得先下令停船，他們是去救火的，眼下這場面，多大的火都用不著救了。

這場怪雨來得急去得也快，不到三五分鐘便漸漸停了，只是小洲還裹在雲氣當中，朦朦朧朧看不真切。宣成眼力極好，極目望去，只見遠處雲端似乎有什麼東西在騰躍廝鬥，在濃濃雲浪中翻覆不止，忍不住心中暗罵：這些神棍神婆，到底想搞出多大動靜！

「剛才的大雨不會是姐姐和許老闆幹的吧？」姬揚清早注意到許枚和江蓼紅不見了，湊在宣成身邊小聲問道：「你臉色很不好看，又看到什麼了？」

「神仙打架。」宣成咬牙切齒道：「吩咐大家把船開慢些，緩緩地靠過去就好，他們應該知道該怎麼把握使用巫術的尺度。」

用不著宣成吩咐，所有小船都划得很慢，身處重霧之中，眼前一片迷濛，天知道剛才那場暴雨裡會不會藏著什麼可怕的東西，幾個被拉來划船的艄公幾次想掉轉船頭回去，被同船的警察連哄帶嚇，硬逼著撐篙遞槳，盲人摸石頭過河似的慢悠悠划著，連大氣也不敢出，竟莫名帶起了一種恐怖的氣氛。漸漸的，整支船隊便沒有人再說話，安靜得好像插滿了草人的借箭船，姬揚清不由自主地心中發怵，緊緊靠在宣成身邊，不敢說話。

小船好容易三三兩兩靠住了小洲，眼前的情狀更是把艄公警察們驚得手腳發涼，昔日密密叢叢的枯葦全部化作灰燼，遍地焦土被大水泡成了黑泥，整座小洲光禿禿的，一目盡望，蒹葭小館的屋頂已經不知去向，只剩焦黑的牆壁梁柱和滿地殘木碎瓦。小館廢墟旁的五個人，一個站著，四個躺著，韓星曜手裡提著米培軒的大皮箱，箱子裡是永樂甜白釉梅瓶和宣德青花碗。至於許枚、江蓼紅、谷之篁三個所謂神棍神婆，早偷偷繞到小洲後一處土坡下，從水底走了，否則無法解釋這三個和大家一起坐船從碼頭出發的人怎麼會提前出現在小洲上。

「人都活著。」姬揚清指指昏迷不醒的陳菡和陸衍，「他們怎麼都被捆著？」

「這個女人是撫陶師。」韓星曜把宣成和姬揚清拉到一邊，手舞足蹈地把剛才發生的事說了一遍，從青花瓷境到龍鳳大戰，還有江蓼紅恐怖的戰鬥力和陳菡、陸衍光滑乾淨的手臂。宣成、姬揚清聽得直打愣，沒等仔細詢問，又見衛若光小臉煞白地跑過來，指著身後的蒹葭小館道：「這地方不對勁，我看過房頂和梁柱的斷痕，根本不是被大火燒塌的，我從沒見過這種斷痕，像是……像是被什麼詭異的力量生生撕扯開的，太嚇人了！」

「好了好了，回去再說。」姬揚清拍拍衛若光的肩膀，「瞧給孩子嚇得，姐姐他們瘋起來真是沒輕沒重，尤其是那個一臉少爺相的傢伙，那條龍一定是他搞出來的，真是……真是好羨慕啊！」

「有什麼可羨慕的？」宣成黑著臉道：「若光留下，帶人清理現場，其他人回去。」

「好……」衛若光點點頭，看著漆黑慘澹的蒹葭小館，輕輕歎了口氣。

「注意找找那個什麼雞缸杯，也許只剩些殘片了。」宣成歎了口氣，「不知那一箱瓷器怎麼樣了。」

王三兒的屍體

江蓼紅快手快腳地洗了個熱水澡，換了一身乾淨衣服，急匆匆趕去拙齋。她看得出來，許枚表面上淡然如初，可心裡早就如油鍋滾沸也似，五件瓷器不知所蹤，任誰也無法從容處之。

許枚換了一身淡青色的長衫，半斜著身子坐在紅木椅上，臉色還算不錯，江蓼紅稍稍放下心來，遞上隨身帶來的食盒。從昨晚到現在，從北京到冉城，大半天的工夫粒米未進，鐵打的身子也扛不住，江蓼紅特意買了許枚最喜歡的幾樣小菜，又足份足量地買了不少肉餅、餑餑、蒸餃，還包了一隻燒雞。許枚果然餓了，也顧不得什麼客套禮節，伸手捏起一個蒸餃塞進嘴裡，嚼得滿嘴流油，還不忘招呼：「江老闆、小篁、姬法醫，一起吃，這是魚羊館的蒸餃吧，果然名不虛傳，下禮拜我過生日的時候還要吃這個。」

姬揚清和江蓼紅前後腳到的拙齋，還帶來了一個好消息，「城裡的炸彈都順利拆除了，其實那些東西根本稱不上炸彈，只是勁兒大些的炮仗。」

「我就說嘛，這年頭哪那麼容易搞來炸彈，李大帥對軍火管控嚴得出奇，在他的地頭私製私賣炸彈槍枝都是死罪。」江蓼紅道。

「還有個壞消息。」姬揚清臉色陰沉，「王三兒死了。」

「死了？」許枚一個激靈坐直了身子，江蓼紅也驚愕不已。

「是我們大意了，這個王三兒身長力大，一旦掙扎起來，我們留在岸上的兩個小巡警根本制不住他，被他逃進沄沄河北岸的小巷裡，七繞八繞地把人追丟了。等他們好容易找到王三兒的時候，人已經斷了氣。」姬揚清懊惱無比，取出初步檢驗屍體的紀錄道：「從現場來看，王三兒是在快速奔跑時被地上一塊凸起的石頭絆倒，一頭撞在身前巷子轉角的『泰山石敢當』石牌上，腦漿迸裂，當場斃命。」

「吃飯的時候怎麼說這個……」谷之篁肚子餓得咕咕叫，扯下一隻雞翅正啃得高興，便聽到「腦漿迸裂」四個字，噁心得直咧嘴，一隻手捂著耳朵，一隻手抓著雞翅繼續啃著，「太影響食欲了，果然不能和法醫同桌吃飯。」

姬揚清白了谷之篁一眼，這傢伙穿著許老闆的水白色衣裳，扣子都沒繫全，怎麼看怎麼像個兔兒爺。

許枚歎了口氣，問道：「陳小姐和陸先生怎麼樣了？」

「分開關押在警察局偏院的臨時監室。」姬揚清道：「人已經醒了，嘴咬得死緊，一句話都不肯說。」

「丁大少和米老闆呢？」

「都安頓在警察局後面的小旅社，有便衣保護。」姬揚清道：「米培軒的兩件瓷器還存在警察局，那只雞缸杯沒找到，應該不在蒹葭小館，至於綁匪拿走的那箱瓷器，目前還沒有下落。」

「嗯……」許枚大口咬著蒸餃，含含糊糊地應了一句。

「你就些菜。」江蓼紅怕許枚心焦，忙把一盤蝦仁炒蛋推到他面前，她記得許枚最愛吃蝦。

「江老闆也吃。」許枚撕下一隻雞腿遞給江蓼紅。

谷之篁有些不解，「為什麼要安排便衣，綁匪不是已經抓住了嗎？」

「因為王三兒死得蹊蹺。」姬揚清輕輕抖了抖屍體檢驗紀錄，說道：「王三兒逃進那片小巷之前，撞翻了一個賣胭脂的姑娘，還踩破了一個水粉盒子，可巡捕發現的那具屍體鞋面上沒有紅色污漬。」

「嗯？這倒怪了。」許枚夾著蝦仁炒蛋，筷子停不下來，「屍體確實是王三兒嗎？」

「已經請集櫻湖的艄公認過屍體，確認是王三兒無疑。王三兒雖然蓬頭垢面，但臉上的胎記非常顯眼，他們決計不會認錯的。」姬揚清翻著紀錄道：「幾個艄公還說，王三兒幾天前和街邊潑皮爭鬥，被人打傷了右臂，那屍體的右臂上確實有一大塊瘀青。」

「那麼……從巡警手中逃走，撞到賣胭脂的姑娘的人，恐怕不是王三兒了。」許枚拍拍肚子道。

谷之篁仔細琢磨著許枚的話，突然瞳孔一縮，猛地站起身來。

「淡定點，坐下吃飯，把嘴裡的雞翅嚥下去。」許枚擺擺手，又道：「姬法醫，拜託你件事兒，去請桂五爺畫一幅畫吧。」

「畫畫？畫什麼？」姬揚清莫名其妙。

「畫他看到的所謂『星星點點的傷疤』。」許枚道。

「傷疤……那個撫陶師手臂上的傷疤？」姬揚清道：「對了，陳菡的手臂乾乾淨淨的，她是你們要找的人嗎？」

「也許不全是吧。」許枚道。

臂？」

「不全是？」姬揚清越聽越糊塗，「對了，被綁架的那孩子怎麼樣了，他有沒有注意到綁匪的手

「在後面睡得昏天黑地的，小悟陪著呢。」許枚笑了笑，「寒冬臘月的，誰不是裹得嚴嚴實實，哪那麼容易看到別人的手臂？麻煩姬法醫和警官說一聲，去城外找個僻靜些的院子，今晚子時，我有些話想說，還有些事要問。」

「這個容易，城外小王村有捕門的辦事站，那地方倒是僻靜，就是有些破舊。」姬揚清道。

「對了，有些東西你們有必要先熟悉一下，我辛辛苦苦從北京抄回來的線索，字潦草了點，將就看吧。」許枚回身從窗臺上抄起一摞紙，上面密密麻麻地抄寫著清實錄中的線索。

姬揚清咧了咧嘴，「我忙得很，還是拿回去給他看吧。」她話音未落，肚子也「咕嚕嚕」叫了起來，「給我撕個雞腿，蒸餃也要，還有那個西葫蘆餡兒的蒸而炸，餓死我了……」

捕門在每座大城市都設有辦事站，說白了就是應急避禍的堡壘，是為了應對一些諸如兵災、匪亂、水旱之類的突發事件而準備的。鑰匙由這座城市職權最高的捕門弟子保管，平時很少有人進去，在外人看來就像一座廢棄的院子一樣，只是這院子圍牆高得嚇人，門上的鎖也大得過分。冉城這幾年還算太平，城外的辦事站已經很久無人踏足，房屋家具都積了厚厚的灰，姬揚清雇了幾個力巴，花了半下午的工夫，把這座不大不小的院子裡裡外外打掃了一遍，除了擺滿刑具的地窖。

許枚下午吃得有些撐，晚上只喝了些小米粥，笑咪咪看著坐在對面狼吞虎嚥的逆雪。許枚很喜歡看正長身體的半大孩子大口吃飯的模樣，這才是生活該有的樣子，像扎了根的筍似的充滿活力，只是眼前這只筍模樣慘了些，渾身上下裹滿了繃帶，透著絲絲苦澀的藥味。

「那綁架犯這兩天沒給你吃飯啊，嗝……」谷之篁眼瞧著逆雪扁扁的小肚子漸漸鼓脹，忍不住替

他打了個嗝。

「唔……沒有……」逆雪接過小悟遞來的包子，大口大口吃著，「連水都沒給我喝過，這兩天被他下了藥，一直暈暈乎乎的倒也不覺得難受，可這一覺起來腸胃就餓抽抽了。」

「先緩緩吧，別吃得太狠了。」江蓼紅把幾盤油汪汪的大肉撤了下去。

「姐姐……」逆雪委屈巴巴地扭著身子。

「嗨呀，你倒是挺會撒嬌的啊。」小悟滿臉嫌棄，挪著身子坐遠了些。

「我有個消息，拿來換肉吃好不好？我……啊！」逆雪盯著江蓼紅手中的肉盤子，話沒說完，腦門上就挨了許枚一記栗暴。

「你還敢隱瞞情報？」許枚探著身子，作勢要擰逆雪的耳朵。

「別……別……」逆雪欠著許枚好大人情，也不敢在嘴上耍橫，連連躲閃著告饒道：「我之前是忘了說，剛才突然想起來的。那傢伙把我綁在椅子上的時候，我迷迷糊糊的還有些意識，使了些花巧手法，從他身上摸走了一個東西，平平扁扁的，上面還有些花紋，也不知是什麼。我本想把這東西藏好了當線索，誰知那傢伙鬼得很，趁我鬆神兒的工夫把線索奪走了。」

許枚來了興致，「那東西摸起來手感怎麼樣？形狀、大小、厚薄、重量？」

「形狀……不是很規則，大概兩寸來長，一寸來寬，薄薄的一個片片，光光潤潤的很好摸，不是很重，可能是打磨過的瓷片或者是石片、玉片，也可能是玻璃、水晶什麼的。」逆雪道。

「把你摸到的東西畫下來。」許枚說著把肉盤子推到逆雪面前，「快些畫，畫完再吃，我一會兒有事要出門。小悟去熬碗山楂水，給他消消食。」

故事的最初

許枚、江蓼紅、谷之篁三人趕到捕門辦事站時已經是晚上十點。辦事站在城外十里處的小王村外，牆高門厚，看起來比村裡的地主大院還要氣派，只是裝飾簡樸了些，院子裡只有一座寬敞的堂屋，灰濛濛的毫無美感，村民都傳說這是前清哪位王爺謀反藏兵的地方。

宣成、姬揚清、衛若光、韓星曜四人已經到了，陳菡和陸衍戴著手銬坐在又糙又硬的木椅子上，一臉陰沉地望著許枚三人。

「這地方也太素淨了些，山洞似的。」谷之篁是頭一次到捕門的辦事站來，好奇地四處打量。

「實用為上，顧不得其他。」宣成道。

「哦……」谷之篁點點頭。

「你確實能聽到我說話。」宣成望著谷之篁，又瞧瞧許枚，「我中午見到你時便覺得奇怪，他明明說過你是聾子，可你的聽說能力似乎和常人沒什麼區別。」

「誰……我呸，哥你這嘴有點兒欠啊，誰是聾子啊！我只有一隻耳朵聽不見而已，另一隻好好兒的。」谷之篁怒視許枚。

「好吧，半拉聾子。」許枚一聳肩，不理會谷之篁張牙舞爪，微笑著打量在場眾人，開門見山道：「各位久等了，關於這半年多來幾件涉及瓷靈的案子，我有些看法想請各位一道斟酌。」

宣成也不多話，指了指身後刷著鍋底灰的木頭黑板。

「哈，黑板、粉筆，你們這辦事站還預備著這些東西，這裡不會是村裡的私塾改造的吧？」許枚捏著粉筆道。

「有這些東西，討論案子更方便。」姬揚清道。

「方便，方便極了。」許枚抬手在黑板上寫下「一九一六」，說道：「這件案子要從五年前說起，把瓷靈攪入這場是非的有兩個重要人物，一個叫福綠，是宮裡的太監，一個叫婁子善，是個玩石童子。」說著他看了韓星曜一眼。

許枚聲音不急不緩，不軟不硬，從容儒雅極是好聽，眾人或站或坐，靜靜地望著黑板。

「這些消息，是從婁子善家中一個沒被你注意到的瓷靈那裡聽來的，康熙官窯澆黃釉盤。」許枚似笑非笑地看了陳菡一眼，繼續道：「清朝雖亡，但現在宣統皇帝還住在紫禁城，宮禁當中留用著不少大大小小的太監。這些太監偷賣宮中寶物已成慣常之事，地安街、琉璃廠的古玩鋪子，時常能看到宮中流出的名瓷美玉。福綠就是偷賣寶物的太監之一，他不懂瓷器字畫，卻知道黃金珠寶值錢，時常偷些宮裡的金盤金碗、珍珠寶石出來賣，因此結識了一個專門搜買宮中流散黃金、瓷器的神祕人物，還對這個人說起了他親身經歷的一件怪事，這件怪事便要從婁子善身上談起。」許枚說著在黑板上寫下了「福綠」、「婁子善」、「神祕人」。

「婁子善是個玩石童子，靠替人掌眼看硯看印為生，有一回替督軍老爺看澄泥硯走了眼，被那督軍逼著拿一塊貨真價實的宋代澄泥來賠。婁子善情急之下扮作太監模樣，花了大價錢請福綠帶一塊石硯進宮，放入建福宮庫房，次日再帶這硯臺出去。現在我們知道，婁子善自己其實便藏在那塊石硯的石界當中，是要趁夜盜取建福宮皮藏的硯臺。」許枚在「婁子善」名字下方又補上了「玩石童子」四個字。

宣成、谷之篁、衛若光雖然對燕鎮的案子有大致瞭解，但從未聽澆黃瓷靈詳細說過婁子善的故事，韓星曜對這案子非常陌生，但對玩石童子很感興趣，瞪著大眼睛瞧著許枚端端正正的粉筆字，呆呆地出神。

「福綠是個口風不緊的人，在和神祕人交易金器時，不小心把婁子善請他帶硯進宮的事說了出來，那神祕人當即用電蠍控制了福綠和婁子善，逼他們進宮去偷倦勤齋的瓷器。」許枚說著瞧了瞧陳菡、陸衍，繼續道：「這人倒也不算貪心，只讓婁子善從倦勤齋每間房中各取一兩件瓷器，藏進石界帶出宮來，換取電蠍的解藥。婁子善是個老實人，可福綠貪得無厭，沒有把當晚偷出的全部瓷器交給神祕人，自己悄悄昧下了七件，藏在婁子善家，打算等風頭過了，再偷偷拿出來換錢。這七件瓷器分別是北宋鈞窯花盆、永樂甜白釉梅瓶、康熙豇豆紅太白尊、康熙豇豆紅柳葉瓶、康熙郎窯紅觀音瓶、康熙天藍釉花觚、雍正祭紅釉玉壺春瓶。」許枚說著瞧了瞧宣成提來的大皮箱，那只永樂甜白釉梅瓶就安安穩穩地躺在箱子裡。

「到了一九一八年，福綠取走了兩件豇豆紅賣給了興雲鎮的杜士遼。」許枚說著又在黑板上寫下了「一九一八」，說道：「正是在這一年，神祕人察覺到福綠私藏了幾件瓷器，大怒之下找福綠算帳，福綠在逃跑時失足落水而死。婁子善得知福綠死訊，驚慌不已，偷偷帶著剩下的幾件瓷器離開北京，逃回老家燕鎮。在途經冉城期間，先後把鈞窯花盆送給了對他有救命之恩的廚子胡三，用天藍釉花觚從武雲非手裡換了一輛馬車，把祭紅釉玉壺春瓶送給了季鴻小姐，還把郎紅觀音瓶賣給丁家換了些盤纏路費，如此一來，福綠當年藏起的七件瓷器全部散了出去。」

谷之篁扳著指頭數了數，「嗯……後來倒有五件落到了你手裡。」

許枚點頭歎道：「可惜現在又不知落到何處。」說著他在黑板上寫下了「一九二一年一月」，說道：「可惜婁子善終究沒能逃脫神祕人的魔掌，今年一月二十日，神祕人找到了燕鎮，逼婁子善交出那幾件瓷器。婁子善無奈之下，只好把那些瓷器的去向一一寫明，只隱瞞了祭紅釉玉壺春瓶的去向。婁子善對季鴻小姐有些特別的意思，不希望這個凶神惡煞的神祕人去找她的麻煩，沒想到他掛在牆上的一幅畫出賣了那只玉壺春瓶的去向。婁子善情急之下和神祕人爭執起來，被他打暈。在此之後，又有兩撥人來過婁子善家，這容我稍後再說。這個神祕人在得到這七件瓷器的下落之後，立刻開始調查、尋找，我們這半年來遇到的幾件案子，背後都有他的影子。」許枚說得口渴，摸出隨身揣著的蘆柑剝著吃。

宣成道：「興雲鎮杜家滅門案、季家三太太被劫案、丁家老宅鬧鬼案、丁忱遇害案、百果莊綁架案和雲間農莊的一連串案子，都牽涉到這幾件瓷器。」

許枚點點頭，「沒錯，從這些案子的兇手或是涉案人所述情況來看，這個神祕人應該是撫陶師無疑，他通過從喬七處購買的電蠍來控制、脅迫一些黑道人物或是瓷器的所有者，或勒索，或搶奪，或騙取，或偷竊，先後接觸到其中四件瓷器：鳴古齋的永樂甜白釉梅瓶、丁家老爺子高價買下的郎窯紅觀音瓶、武雲非手中的天藍釉花觚和胡三用來養花的北宋鈞窯花盆。」說著在黑板上寫下幾個時間：

四月，夜探鳴古齋，接觸甜白釉梅瓶。
五月，脅迫破家狐狸婁雨仙潛入季家，謀盜祭紅釉玉壺春瓶。
六月，告知胡三其子死因，騙取鈞窯花盆。
七月，策畫興雲鎮杜家滅門案，謀奪豇豆紅太白尊、柳葉瓶失敗。
八月，助丁忱繼承丁家遺產，進入丁老爺藏寶庫取得郎窯紅觀音瓶。
九月，婁雨仙、雷猛事敗被捕；月底，丁忱被殺，榮蕚潛入丁家老宅，欲殺秋夫人。
十月，百果莊綁架案，欲騙取祭紅釉玉壺春瓶；月底，造訪雲間農莊，接觸天藍釉花觚。
十一月，脅迫武雲非到拙齋購買玉壺春瓶。
十二月，綁架逆雪。

「從這些案子來看，這個神祕人為得到這些瓷器可謂處心積慮費盡周折，我不禁好奇，他要這些瓷器做什麼？」許枚邊寫邊說，「一定不是為了賣掉換錢，否則大可讓婁子善把倦勤齋搬空。他是撫陶師，可以和瓷靈交流，也可以進出瓷境，他要這些瓷器，一定是為了從它們身上得到某些消息。」他轉身盯著陳菡，輕輕歎了口氣，問道：「陳小姐，你到底要找什麼？」

陳菡聽著粉筆與黑板摩擦的沙沙聲響和許枚不急不緩的講述，正恍惚頹喪默然無語，突然被許枚點名提問，猛的一個激靈，抬起頭來，愣了片刻，才冷笑道：「許老闆，你怎麼確定我就是你要找的撫陶師？」

許枚看了看懷錶，「這且不急，子時一到便有分曉。」

陳菡聽了，恨恨咬牙。

許枚笑道：「陳小姐不肯說？那好，我試著說說看，有不對的地方，請陳小姐指正。」說著他拿起粉筆，「哎呀，黑板都被寫滿了，這可怎麼辦？先把這些擦掉吧……」

「不用擦，這邊有黑炭筆，可以寫在牆上。」宣成跟著許枚的思路腦筋飛轉，生怕擦去這條時間線，自己的思路便斷了。

「那我就不客氣了。」許枚捏起拇指粗的炭筆，直接在黑板旁的舊牆皮上寫下幾個人名地名：彭山江口、孫士毅、裕瑞、陳泰初。

星星點點的傷疤

「那只郎紅觀音瓶一度在我手裡，也許你以為她已經散盡靈氣香消玉殞，幸好我認識這世上最好的繕寶師，及時修補好了她的傷口，護住了她的靈氣。」許枚放下炭筆，擦了擦手道：「你和她說過的話，她雖然未必都記得，但七零八碎的也說了不少，這幾個名字你應該不陌生吧？直說吧，你們要找的是不是張獻忠的寶藏？」

陳菡呼吸急促起來，一直瞑目入定的陸衍也睜開了眼睛。

宣成拿出許枚從北京抄錄回的線索，說道：「乾隆六十年，四川總督孫士毅曾向乾隆奏報，有人在彭山江口處打撈起三千兩白銀。到咸豐年間，翰林編修陳泰初曾親眼見過江口漁人打撈起零星銀兩，咸豐皇帝聞訊派四川總督裕瑞察訪打撈，最終一無所獲。你所提到的人名、地名都和張獻忠沉銀藏寶有關。」

陳菡輕輕冷笑一聲。

宣成眼中寒芒暴露，盯著陳菡道：「這些天從四川流入陳家的大批銀錢，陳小姐能否給我一個合理的解釋？」

陳菡渾身寒毛直豎，挪了挪身子道：「無可奉告。」

許枚道：「那位撫陶師曾問郎紅瓷靈，光緒十七年秋天，是否聽到光緒皇帝在倦勤齋和四川來的密探說了什麼消息。至少可以確定一點，那位處心積慮尋找這些瓷器的撫陶師，確實是在打聽和四川有關的事。」許枚似笑非笑地瞧著陳菡，「可惜郎紅瓷靈對光緒十七年的那場談話一無所知，倒是陳小姐費盡心機也沒能得到的祭紅瓷靈，依稀聽到了這麼一句話，那位從四川回來的密探，帶來了『裕瑞未曾上報的消息』。」

陳菡立刻坐直了身子，陸衍眼中也閃過一絲異樣的神采，許枚笑了笑說：「二位別急，據祭紅瓷靈說，當時光緒皇帝正在聽昇平署的太監唱小戲，環境嘈雜得很，那密探具體說了什麼，她並沒有聽得十分明白。她只聽到光緒皇帝不鹹不淡地吩咐那密探自去辦理，好像並沒有把這批財富放在心上，但『裕瑞未曾上報的消息』這句話卻大有文章。」

宣成翻著許枚抄回的文獻，問道：「你特意抄下咸豐皇帝多次獅子大開口向裕瑞要錢，是想說……」

「也許裕瑞真的找到了張獻忠北上之前埋在成都附近的大批金銀，卻沒有奏報咸豐皇帝，而是私自昧了下來！」許枚也說得興奮起來，「江口激戰沉沒銀船並不是張獻忠劫掠所得的全部財富，即是如此，也足以供給楊展屯田養兵發展壯大。之後二百年間江口一帶零星金銀屢見不鮮，到乾隆年間還能撈出白銀三千兩，可見沉銀之多。江口戰損之銀尚且如此，那張獻忠移江藏寶該有多少金銀財富，我簡直無法想像，但是……」許枚說著接過宣成遞來的一摞抄錄，繼續道：「咸豐年間舉全國兵勇剿滅太平天國，軍餉拮据，咸豐皇帝多次向裕瑞伸手要錢，動輒數萬兩數十萬兩，我猜咸豐皇帝似乎已經察覺到了裕瑞私瞞寶藏，幾次索要軍餉都是有意試探。

「長毛滅後不久，咸豐便以受賄之罪把裕瑞撤了職，這對君臣為這批寶藏明裡暗裡地鬥了幾個回合，最終也沒個結果。咸豐皇帝派去四川的密探足夠盡職盡責，苦苦察訪三十年，終於在光緒十七年帶回了有關這批寶藏的消息，可惜物是人非，咸豐早已駕崩，皇帝換了兩茬，光緒皇帝一心發展洋務，對這筆二百年前的寶藏並不如何上心。但又過了三十年，不知從何處得知此事的一位撫陶師和一位鍊金師，卻處心積慮要尋找這筆寶藏。請問，二位是從哪裡得到有關光緒十七年這場密談的消息？」

話音剛落，只聽遠處隱隱約約傳來幾聲梆子響，依稀能聽到有人操著鄉音拖著長音念叨著「子時三更，平安無事」，悠悠揚揚傳遍全村。

「打更了。」許枚意味深長地望了陳菡一眼，回頭道：「先不急回答問題。江老闆，你來把陳小姐的衣袖捲起來。」

「好。」江蓼紅不知許枚打的什麼主意，上前捋起陳菡衣袖，頓時驚叫出聲，「這是什麼？」

眾人圍上前來，只見陳菡雪藕似的左臂上零零星星地分布著幾十塊大小不一、形狀也很不規則的「疤痕」，像是被水噴濺上去的形狀，而且這些「疤痕」的顏色、質感和平常的傷疤完全不同，光滑平坦，未見凸起凹陷，像是淡淡的碧璽鑲嵌平脫，散布在雪白的和田玉上，手腕處密集細小宛如細碎火星，越向上越大而疏朗，像焰火迸發的一瞬。

陳菡恨叱一聲，奪回手臂，手銬嘩嘩直響。

「這些疤跡只有在子時才會顯露出來？」姬揚清從未見過這種形態的傷疤，驚異不已。

「這玩意兒比你的手還玄乎。」谷之篁捧起許枚的手掌，和陳菡的手臂放在一起，「瞧，色兒都是潤潤柔柔的，怪漂亮的。」

「果然如我所想。撫陶師和其他古物通靈師不同，只有在子午兩時才能與古瓷溝通：子午二時可進出瓷境，只在子時才能召喚瓷靈，條件非常苛刻。每到子時，撫陶師的身體會發生一些變化，比如我的手。」許枚說著舉起左手，手掌較平時更加潔白細膩，似乎還泛著淡淡柔光，指甲粉潤通透，與陳菡手臂上傷疤的顏色非常相似，「我以為那個撫陶師和我一樣，每到子時手掌會起變化，所以在雲間農莊慘案連發的那天夜裡，我注意過在場每一個人的手，沒有發現任何異常。但那個脅迫武雲非購買玉壺春瓶的撫陶師當時一定就在那座客廳裡，否則他不可能在八點之前如約交出解藥換取玉壺春瓶。那之後我一直在想，也許是我的思路太狹隘了，畢竟我長這麼大，從沒見過除我之外的撫陶師，也許那個撫陶師和我不同，她的身體在子時會發生一些其他變化，這時我突然想到了那些

『星星點點的傷疤』。」說著他向宣成一點頭。

宣成會意，吩咐衛若光拿出兩幅畫，說道：「我們聽四個『人』提到過那撫陶師手臂上有星星點點的傷疤。其中兩個是受她蠱惑的凶手：胡三、桑悅；兩個是他曾接觸過的瓷靈：郎紅、天藍。我之前曾審問過胡三和桑悅，他們看到這些傷疤的時間都是子時——那個撫陶師是夜裡十一點之後突然登門，告知他們親人遇害真相的。這兩幅畫就是胡三和桑悅憑記憶畫出的他們見到的所謂『傷疤』，和陳小姐手臂上的疤痕非常相似，尤其桑悅這幅畫還仔細上了色。」

桑悅畫的是一團豆粒大的斑點，密密麻麻擠在一處，粉潤潤非常亮眼，他還特意將底色的白紙用水彩敷染，塗成潤膩的肉白，像極了陳菡的膚色。胡三的畫就粗糙許多，只是用鉛筆在紙上畫出一些圓圈，也是豆粒大小，湊成一團，旁邊潦草地寫著「粉色，很好看」。

許枚拿起桑悅的畫，輕輕一撢道：「陳小姐，陸先生，二位還不肯承認嗎？你們費盡心機要從這些瓷器上打聽什麼消息？」

「許老闆不是已經查到了嗎？張獻忠移江藏寶，裕瑞中飽私囊。密探苦苦調查三十年，終於查到了被裕瑞私吞的寶藏，在倦勤齋和光緒皇帝進行了一場密談。」陳菡道：「我們就是衝著那些寶藏去的。」

「但從四川流入陳家的錢財遠遠不夠民謠中所說『買下成都府』的數額。」宣成道。

「當然，大部分寶藏已經被裕瑞拿去支援各省剿匪，消耗掉了。」陳菡道。

「你說謊！」韓星曜衝口便道。

陳菡輕笑一聲，「事到如今，我還有什麼可以隱瞞的？」

「你怎麼了？」姬揚清見韓星曜臉色有些發白，忙伸手去探他的額頭。

「我……我沒事。」韓星曜躲開姬揚清的手，狠狠地瞪了陳菡一眼，「你……你倒是說說，那個裕……裕什麼把財寶藏到哪兒了？」

陳菡坦然道：「就在成都城外的一處山坳裡，我記得路線，可以畫一幅地圖。」

「這個倒是不急。」許枚道：「回到剛才的問題，你們怎麼知道，那位密探和光緒皇帝在倦勤齋說過這批寶藏的下落？」

曾叔祖陳泰初

陳菡向黑板上的三個名字一努嘴，「陳泰初是我的曾叔祖，也是咸豐皇帝安排在四川尋寶的密探，當然，咸豐皇帝要的可不是沉沒在江口的那點零散銀兩，他要的是張獻忠移江埋藏的大筆寶藏。」

許枚驚道：「陳泰初？你的曾叔祖？這我倒是真沒想到！」

「苦苦調查三十年，曾叔祖在光緒十七年進宮奏報時已經年近八旬，之後不久便去世了，光緒皇帝沒有繼續派人追查寶藏下落，曾叔祖也沒有留下關於那筆寶藏的任何消息。」陳菡輕歎一聲，抬頭望著陸衍，「曾叔祖的弟子不甘心老師三十年的辛苦付諸流水，在光緒二十二年策畫了一場行動。」

許枚驚道：「寧壽宮盜寶案？」

陳菡大為意外，「許老闆真的查到不少東西。」

許枚忙問道：「這個弟子是誰？」

陸衍輕輕抬頭，沉聲道：「是我。」

許枚大驚：「陸先生？當時你才多大？」

「十九歲。」陸衍道。

「你們盜走了什麼東西？」

「陸續幾次，只拿出倦勤齋的一些尋常金器罷了，它們對老師和光緒皇帝的那場談話一無所知。」陸衍輕輕一歎，神色惆悵，「清廷還是有些厲害人物，盜寶的事沒多久便敗露了，常順、崇林被斬首示眾，從光緒二十二年到前清滅亡，那些大內密探一直在追查我的下落，整整十六年，我一直東躲西藏不敢露頭。」

許枚整理思路，又問道：「你們已經找到那筆寶藏了，對吧。」

陳菡道：「當然，你們不是已經知道了嗎？就是從四川流入陳家的那筆錢。」

「你怎麼查到的？那個鈞窯花盆還是……」許枚說著指了指盛著甜白釉梅瓶的皮箱，陳菡苦苦尋找的瓷器當中，沒有接觸過的只有這兩件。

「都不是，它們什麼都不知道，福綠和婁了善之前交給我的那幾十件瓷器也是一問三不知，唯一一個知道些消息的，看來只有許老闆你手中的祭紅了，可笑我這一番辛苦全然無用，到頭來還被捕門盯上。」陳菡搖頭苦笑，「我們得到裕瑞藏寶處的消息和瓷靈全無關係。今年六月川中大雨，有個牧人在成都城外的龍泉山撿到一枚被大水沖出山坳的西王賞功金錢，這牧人也不懂金錢的價值，只知道這是金子，便拿著錢到集市上去賣，等我們聞訊趕去時，這錢已經被一個外地人買走了。後來我們多方打聽才知道，這枚西王賞功已經落到了當時在成都談生意的武雲非手裡。」

「就是他準備在賞寶會上展示的西王賞功？」許枚問道。

「沒錯，那錢是我偷走的，我們就是從它那裡得到了這批寶藏的消息。」陸衍大大方方地承認了，「裕瑞在咸豐三年確實找到了張獻忠埋藏起來的一批金銀，但數額並不很大，想來也不是寶藏的全部。裕瑞把這些金銀偷藏在深山中的一座古洞裡，本以為能瞞過世人耳目，沒想到還是被咸豐皇帝察覺，多次盤剝索要，滿洞財寶散去大半。我們最後只找到十幾箱銀錠、金錢、金銀首飾和踩扁的金銀器皿，箱子都被山中雨水泡得霉爛朽壞，那西王賞功金錢就是順著山澗流水沖到山下牧場的。」

「你們那天去雲間農莊，是為了這枚金錢。」許枚道。

「為了這枚金錢，也為了你許老闆手裡的玉壺春瓶。」陳菡道：「反正要去雲間農莊一趟，何不一口氣兒把事都辦了？」

許枚指點著黑板上的時間線道：「你們之前曾來過雲間農莊對吧？今年十月，你們接觸過那只天藍釉花觚。」

陳菡道：「沒錯，那只鈞窯花盆曾對我說過，曾叔祖到倦勤齋密會光緒時，小皇帝手裡正把玩著一只康熙天藍釉蘋果尊，一邊聽戲，一邊聽曾叔祖奏報。」

「蘋果尊？」許枚一怔。

「沒錯，之前在燕鎮，婁子善寫下了經他手散賣出去的幾件瓷器的去向，其中有這麼一句：『天藍釉器一件，與雲間農莊武氏換馬車一輛。』我大喜過望，當即喬裝改扮去雲間農莊找武雲非，可當我看到他用馬車換來的那件天藍釉時，心中失望之極，這根本不是蘋果尊，而是一只花觚。」

「也許婁子善當時並沒有把那只蘋果尊盜出倦勤齋。」許枚道。

「也許吧。」陳菡沮喪歎息，又抬頭看看陸衍，「我離開農莊後不久，他就打聽到了那枚金錢的消息，我也從在百果莊安置的兩只鼻煙壺盜靈那裡知道，祭紅釉玉壺春瓶在你許老闆手裡。」

「你們給武雲非下了電蠍毒，逼他去拙齋買那只玉壺春瓶。」

「沒錯，我把電蠍藏在那只雕著園林人物的竹筆筒裡。武雲非當時正要策畫辦賞寶會，還要在報紙上介紹他手中的三件寶物，少不得要動筆寫些東西，只要他從筆筒裡取筆，就會無聲無息地中招。」

陳菡道。

許枚點點頭，捏著半截粉筆在黑板前思索半晌，又回頭問道：「當晚在武雲非的別墅一共出現了兩隻電蠍，一隻藏在筆筒裡，還傷了丁大少。」

「沒錯，那是我幹的。」陳菡乾脆承認了，「你們那天看到筆筒裡爬出的蠍子精神委靡，就是因為在半個月內連續螫了兩次人的緣故。」

「還有一隻藏在天藍釉花觚裡。」

「許老闆……」陳菡靜默片刻，悠悠道：「你確實查到了不少事情，但有些事不是我們做的。」

陳菡舉起雙手指了指黑板。

許枚像是早有所悟，點頭微笑，「我知道，陳小姐和陸先生的手段非常柔和，而我們遭遇的一些案子酷烈非常，不像是二位的手筆。」他在黑板上勾勾畫畫，「你們盡量不去傷害一些無辜者，想從甜白釉梅瓶那裡打聽消息時，便趁子時偷偷潛入鳴古齋，還留下字條提醒米老闆把值錢的寶貝存進銀行；想找天藍釉蘋果尊時，便光明正大地扮作鑒寶專家登門拜訪武雲非；想騙季嵐拿姐姐當年買下的玉壺春瓶救人，便假扮仙人將她帶入瓷境，還搭上了一對價值不菲的手鐲……」

「嘿……」陳菡笑了笑，「我還怪喜歡那靦腆丫頭的，文文弱弱實在招人疼。」

許枚點頭道：「確實，季嵐和她姐姐季鴻，各有惹人憐愛之處。」

陳菡聽到季鴻的名字，神色黯淡下去，「季鴻的死我有責任，我只是用電蠍控制了破家狐狸婁雨仙，讓她迷惑季世元，藉機去找季家買下的那只玉壺春瓶，誰知婁雨仙眼看時限將到，任務無法完成，便和雷猛、方小翠搞出一套假綁架的把戲，還連累季小姐丟了性命。」

許枚搖搖頭，「這些黑道人物個個心狠手辣，你很難控制他們的辦事手段。」

陳菡沮喪道：「所以，在那之後，我就不再挾制這些黑道人物替我辦事了，丁家的事是我自己去辦的，百果莊和雲間農莊也是，只是把電皦用在丁大少、洪瓔和武雲非身上，心裡多少有些過意不去。」

興雲鎮的亂局

宣成突然道：「那杜士遼呢？你的那些黑道人物可是把杜家滿門殺得乾乾淨淨，雞犬不留。還有榮蕁，他揣著利刃上門去要秋夫人的命，如果不是和胡三的計畫撞了車，一世行善的秋夫人怕是要斷送在他手裡。」

「我根本不認識什麼榮蕁，至於杜士遼……」陳菡皺著眉頭，盯著許枚在黑板上寫下的時間線，「注意到了嗎許老闆，我今年一月就從婁子善那裡知道了這些瓷器的下落，可直到四月才有所動作。」

「我也覺得奇怪，這中間的兩個月你們幹什麼去了？」許枚奇道。

「去興雲鎮找杜士遼。」陳菡道：「我們二月初就去了杜家，當時只想著花錢收下那兩件豇豆紅，誰知杜士遼那老兵痞貪得無厭，價格要得頂天高，話也說得難聽至極。我們實在氣不過，嗆了他幾句，憤然告辭。可那杜士遼霸道慣了，竟要對我們動粗，他家的家丁奴僕都是配著槍的，我們無奈之下，只好和他動了手。」

「你們子時登門，也難怪杜士遼要做防備。」許枚道。

「是……嗯？你怎麼知道我們是子時去的？」陳菡驚道。

許枚笑了笑，「我是捕門隱堂顧問，你們與杜士遼手下爭執時且戰且退，在杜士遼的書房裡喚醒了一只乾隆官窯豆青釉葫蘆瓶的瓷靈，一個仙氣飄飄的青衫道士驟然現身，著實把杜士遼和他的家丁嚇著了，連槍都忘了開。從那天之後，瓷器成仙的故事就在興雲鎮流傳開來，越傳越玄乎，還有說書先生把這件事編成小段在茶館裡大說特說。後來這件事兒被隱堂堂主知道了，老頭兒氣得跳腳，託我去興雲鎮走一趟，查查所謂瓷器成仙到底是怎麼回事。」

宣成早就懷疑許枚去興雲鎮的目的，此時終於聽他親口承認，「果然，那天你是專程去調查杜士遼的。」

許枚道：「沒錯，但我在杜家沒查到什麼有價值的線索。杜士遼疑心極重，嘴裡也沒一句實話，搞得我掃興不已，也沒了查案的心思。興雲鎮景致不錯，我鎮裡鎮外溜溜達達逛了幾天，還隨意找了些人閒聊打問，發現瓷器成仙的故事已經不那麼火熱了。茶館裡說書先生的素材換了一茬又一茬，街頭巷尾也沒什麼人談論這件事。畢竟瓷靈的存在背離大多數人的認知，親眼見過瓷靈現身的也沒幾個人。事情過去幾個月，人們的興致自然淡了下去，連親眼見過瓷靈的杜家家丁都開始懷疑自己的眼睛，以為那天看到的是兩個妖人搞的魔術戲法。我無法確認是否真的有撫陶師存在，也懶得繼續追查，雇了小船準備離開，卻在山中遇到了被人追殺的小悟，還親歷了鹿童被害的案子。」

許枚看向韓星曜，「鹿童去興雲鎮做什麼？他怎麼會假扮喬七混在那些黑道人物當中？咦……你怎麼了，身子不舒服？」

韓星曜臉色有些不大好看，勉強笑了笑道：「沒什麼……鹿童和我是堂主派去配合許老闆的，杜士遼手裡有不少槍，堂主怕許老闆勢單力孤應付不來，可我們趕到興雲鎮時，許老闆已經離開了杜家。我們無意間查到鴆公子喬七在興雲鎮出沒，便合力把他擒住，狠狠拷問了一遭，喬七扛不住刑，痛痛快快招了。他受一位『合作夥伴』之託，引著幾個被下了電蠍毒的倒楣蛋去杜家燒殺搶掠……」

「胡說。」陳菡怒道：「我從來沒讓這些人殺人放火。」

「可他們確實那麼做了。」宣成道：「鐵拐張、獨眼趙、海饕餮三人都是受你挾制的黑道人物，你控制它們的毒物就是從喬七那裡買到的電蠍。」

「這我承認。」陳菡道：「我們在杜士遼家吃了那麼大的虧，我還受了傷，這口氣我可嚥不下，想找喬七幫忙給杜士遼點顏色瞧瞧。可喬七玩心太大，自作主張控制了幾個黑道人物。我哪和這麼凶的人打過交道，一下子沒了主意，只好把他們帶進瓷境，裝神弄鬼地好好嚇唬了一番。」

「你讓他們去杜士遼家是要……」

「狠狠揍那個杜士遼一頓，再把兩件豇豆紅搶來。」陳菡道：「殺人放火純粹是喬七自作主張，我從沒讓他們這麼幹！」

許枚又轉向韓星曜，韓星曜一攤手道：「喬七可從不知道什麼瓷境的事。他只交代他的那位生意夥伴改變了指令，他正準備和這些人一道去血洗杜家。鹿童一聽就急了，讓我押著喬七先回隱堂，他假扮喬七去阻止那三個惡棍。」

許枚歎道：「鹿童是個善良的孩子，可惜了……他叫什麼名字？」

韓星曜眉峰一顫，眼圈有些發紅，「鹿童叫梁月溶，大我一歲。他……是個特別好的人，有危險的活兒搶著做，有好吃的總讓給我。」說著他怨毒地瞪了陳菡一眼，「我恨死你了！」

陳菡咬著牙道：「不是我！這些混帳事都是喬七幹的！」

宣成指著許枚寫在黑板上的時間線，「這些事，哪些不是你幹的？」

「杜家的事，是喬七擅自改變了我的指令。」陳菡望著黑板道：「還有那個什麼榮萼，我從沒聽說過這個人，今天的綁架案我也毫不知情，還有雲間農莊花觚裡的那隻蠍子。」

宣成道：「杜家的事且先不說。榮萼是丁家的花匠，他中了電蠍毒，雲間農莊也出現了另外一隻電蠍，還有今天這起綁架案的綁匪，他也能嫺熟地使用電蠍傷人。」
「電蠍？」陳菡驚訝不已，「今天的綁匪也有電蠍？」
「沒錯，看來除你之外，還有一個會操控電蠍的人對這些瓷器有興趣。」宣成道。
「喬七。」陳菡急道：「一定是他，我們第一次做交易時他牙還沒長齊，那時候他已經能抓著一把電蠍在手裡玩了。」
許枚道：「喬七可不懂瓷器。」
許枚轉身拿起炭筆走到牆邊：「我們先來梳理一下今天這起綁架案。」說著他在黑板上的「神祕人」下面寫下「撫陶師」三個字。
「撫陶師？」陳菡冷笑，「你怎麼能確定這案子是撫陶師做的？」
「因為瓷靈。」宣成指了指米老闆的皮箱，「昨天晚上，有個裹得嚴嚴實實的黑衣人潛入了枳花樓天字號房間，迷暈了住在那裡的米老闆。來送飯的枳花樓夥計看到那黑衣人和一個穿著一身乳白色古裝的少年說話。當他叫人回來之後，那黑衣人和白衣少年已經不知去向，桌上擺著一只甜白釉梅瓶，可之前那夥計來時，並沒有看到這只梅瓶。」
「這……」陳菡心中茫然，抬頭看向許枚。
「不是我，甜白瓷靈現身時我和警官在一起。」許枚道。
「也不是我，昨晚我一直在家。」陳菡急道：「難道還有一個撫陶師？」
「也許吧。」許枚笑了笑，「這位撫陶師莫名其妙地迷暈了米老闆，喚醒了甜白瓷靈，又大搖大擺地離開。」
「黑衣人是從枳花樓的窗戶跳出去的，樓下的小販被他嚇得不輕，在附近巡邏的警察也被他用電蠍傷了不少。」宣成道：「這是一個會用電蠍傷人的撫陶師。」

「他的行動非常張揚粗率，不僅讓小夥計看到了瓷靈，還大張旗鼓地用電蠍傷了警察。」許枚又在黑板上寫下「電蠍」二字。

「真不是我！」陳菡有些急了。

「陳小姐先別激動。」許枚笑著安慰道：「我們假設你就是綁匪，推演一下這個局是否成立。」

陳菡有氣無力地「哼」了一聲。

許枚的推演

許枚清清嗓子，一邊用炭筆在牆皮上寫著時間線，一邊說道：「十二月二十六日，逆雪被人綁架，綁匪——先假設是陳小姐，要求我今天，也就是十二月二十八日中午在冉城東門外用其指定的幾件瓷器交換人質，但沒有指定具體的交換時間和地點。

「今天一早，綁匪將幾張照片交給了街邊拉二胡的瞎子老郝，吩咐他聽見十一點鐘聲後把照片交給警察。隨後陳小姐在集櫻湖邊露面，讓所有人都知道她乘船去了位於湖心的蒹葭小館，同時她早在蒹葭小館安排了迷香，陸續趕去赴約的客人都中招昏迷。中午十一點，她進入乾隆粉彩雞缸杯的瓷境，候在蒹葭小館附近的王三兒帶著雞缸杯划船趕回碼頭，把這件價值連城的寶物丟在茅廁後的一堆乾草上，換裝成綁匪的陳小姐走出瓷境，趕去交易地點。

「十一點二十左右，巡警接到老郝送來的照片，我們按照照片上的指示，趕去湖邊一片廢棄民房，當我們趕到時，已經是十一點四十了。大概十二點左右，渾身綁滿炸彈的綁匪驗完了『貨』，抱著那箱瓷器一路跑到了囚禁逆雪的院子，奪回被逆雪從他身上盜走的一件片狀小飾品，藏入雞缸杯瓷境。隨後趕來的王三兒拿走了雞缸杯，大搖大擺地當著巡警和便衣的面離開了那片小巷，划著小船趕去蒹葭小館。這時已經過了十二點半，中了迷香的客人們也陸續醒來，綁匪裝作沉沉昏睡的樣子被客人們叫醒，如果不是王三兒丟下煙頭點燃了蘆葦，陳小姐撫陶師的身分絕不會暴露。十二點五十左右，我們騎著玉龍趕到蒹葭小館，後面發生的事就不用我多說了吧？」

「我是真的中了迷香！」陳菡都快哭出來了，「我整個上午都睡在蒹葭小館，一覺醒來已經快一點了！」

韓星曜「嗤」的一聲道：「被抓個現行還敢抵賴。」

許枚輕輕搖頭，微笑道：「也許她說的是真的，如果陳小姐確實是綁匪，有幾點實在說不通：她前後兩次用來藏身的乾隆粉彩雞缸杯哪去了？蒹葭小館的迷香是誰點的？她昨晚為什麼要潛入米老闆房間去看那只梅瓶？最重要的是……」許枚接過衛若光遞來的一幅畫，「這是桂五爺畫下的彭殤的疤痕，這位老八旗畫技不錯，精到地畫出了彭殤的整條小臂，臂上的疤點又小又密，但和陳小姐的『傷疤』不大一樣。」

江蓼紅接過畫來，仔細端詳，點點頭道：「還真是，陳小姐手臂上的斑痕自手腕向上逐漸增大，手腕處只有豆粒大小，到手肘處卻足有指肚大，這畫上的斑痕從上到下一水兒的全是小粒子，看著怪瘆人的。」

「對！我不是彭殤，我是被彭殤約到蒹葭小館的！」陳菡抓住救命稻草似的叫喊道：「他寄給我的照片和信就在我家裡，你們可以去查。」

「你可以自己給自己寫信啊。」韓星曜道。

「你……」陳菡氣結。

許枚笑了笑，輕輕塗掉寫在牆上的關鍵字「撫陶師」，說道：「如果這個化名彭殤的綁匪並不是我要找的撫陶師，有很多奇怪的現象就能解釋通了。」

這話把眾人都說糊塗了。

江蓼紅道：「不對吧，如果他不是撫陶師，怎麼可能從關押逆雪的院子裡消失？」

「他沒有消失，他是光明正大走出院子的。」谷之篁咬著牙道：「我早該想到的，可惜直到下午聽了法醫姐姐的話才意識到……」

江蓼紅、姬揚清聽得一頭霧水，姬揚清問道：「什麼想到沒想到的？我下午說什麼了？」

「王三兒的案子。」谷之篁道：「昨兒在北京，我給哥和嫂子說過，我在追捕『幻面』。」

姬揚清猛然驚覺，「你是說……我們在碼頭抓到的王三兒是幻面扮的？」

谷之篁道：「很有可能，你不是說過嘛，王三兒逃走時撞翻了一個賣胭脂的姑娘，還踩破了水粉盒子，可巡捕發現的那具屍體的鞋上沒有紅色污漬。」

「沒錯，他的鞋子非常乾淨。」姬揚清道：「但去認屍的艄公非常確定死者就是王三兒，還找到了他幾天前和人爭鬥留下的傷痕。」

谷之篁道：「這不是明擺著的嗎，在碼頭上被抓後逃走的，是假的王三兒，後來發現的屍體才是真的。這個冒牌貨逃進那片迷宮似的小胡同裡，把事先藏在那兒的真王三兒殺了，自己逃之夭夭。這個冒牌貨能頂著一張假臉騙過碼頭上的所有艄公警察，十有八九就是幻面，這傢伙的化妝術出神入化，幾乎有易容的效果，連聲音都千變萬化，學男像男學女像女，被綁架的那孩子聽到的綁匪和王三兒，很可能就是幻面一個人演的獨腳戲。」

江蓼紅道：「他先抱著箱子在逆雪面前現身，然後離開屋子，關上屋門，在院子裡演了一場獨腳戲？」

許枚道：「沒錯，他描述雞缸杯的那番話是故意說給逆雪聽的，為了給我們造成一個錯誤印象：綁匪是個撫陶師，他藏進了雞缸杯的瓷境，因而逃脫了警察的追蹤。還有，他帶去廁所的雞缸杯裡面也沒藏著人，王三兒又不是缺心眼，怎麼會當著那麼多艄公的面把雞缸杯丟出去？」

宣成也道：「他之所以選在午時做交易，就是為了讓『撫陶師通過瓷境消失』的假象更加合理。」

「沒錯。」許枚點頭道：「綁匪不知道那個撫陶師是誰，但知道這個人一定在當天去過雲間農莊的人當中，所以他化名彭殤，把這些人全部請到蒹葭小館，他知道這個替罪羊到時一定會現身。」

「一定會現身？為什麼？」陳菡不解。

「大火把蒹葭小館團團裹住，這個撫陶師只能藏進瓷境逃命。彭殤事先在蒹葭小館裡擺了一隻盛滿水的大缸，還特意吩咐米老闆帶來那只宣德青花魚藻紋碗，就是為了給陷入絕境的撫陶師提供一個逃命的辦法。」

「火是幻面故意放的！」陳菡驚道：「好狠啊！為了逼我現身替他背黑鍋，這麼毒辣的法子也想得出來！」說著她輕輕一皺眉，「不對呀許老闆，如果彭殤不是撫陶師，那昨晚的甜白瓷靈是怎麼回事？」

「哈哈哈哈！」許枚放聲大笑，「陳小姐，你仔細看過米老闆那只甜白釉梅瓶嗎？」

陳菡道：「當然仔細看過，我還叫醒他問了一些問題。」

「不不不，不是說你夜闖鳴古齋那次。」許枚道：「你仔細看過米老闆這次帶來冉城的梅瓶嗎？」

「這個……倒是沒有。」陳菡回憶著道：「我蘇醒之後，只看見那只宣德青花魚藻紋碗在水缸裡泡著。」

許枚笑著打開皮箱，毫無顧忌地雙手捧出甜白釉梅瓶，「陳小姐，請看。」

「不必看了，必假無疑。」子時未過，被許枚捧在手中的梅瓶竟然毫無反應，陳菡心中頓時了然，「米培軒黑了心，帶了一件假貨來。」

宣成道：「所以昨晚枳花樓夥計看到的白衣少年不是瓷靈，是活人假扮的。」

「雖是假貨，但仿得絕好，我也是看了好久才看出破綻。」許枚道。

「沒錯。」許枚又在黑板上補充了幾個關鍵字，「這麼多案子辦下來，我們對這個一直躲在暗處的黑手產生了這麼五個印象：撫陶師、黑袍蒙面、善用電皦、手臂有疤、尋找妻子善散賣的瓷器。一旦滿足這幾個條件的人出現，我們會立刻斷定老對手又現身了。」

姬揚清問道：「昨晚那個白衣少年呢？他怎麼會憑空消失？」

許枚把梅瓶放回皮箱，「這個容我稍後再說。」

江蓼紅道：「所以……和我們見面交易的黑衣人是幻面？他才是綁匪？」

許枚想了想，說道：「幻面應該不是綁匪，只是綁匪的同夥。」

「那綁匪呢？」宣成忙問。

「綁匪啊……他今天上午就到了蒹葭小館，一直在那兒待著，直到我們趕去救火。」許枚道。

陳菡冷笑一聲，「好，又轉回來了，你還是想說綁匪就在我們當中？」

「陳小姐是明白人。」許枚點頭道：「從蒹葭小館逃出的五個人當中，有一個就是彭殤，綁架案、縱火案都是他一手策畫的，他既要得到我手裡的五件瓷器，還要逼那個一直躲在暗處的撫陶師現出原形，替他背黑鍋。」

「不是我，也不是他。」陳菡搖著手銬指了指陸衍。

許枚不置可否，輕輕「嗯」了一聲，「既然已經通過桂五爺的畫排除了陳小姐的嫌疑，那彭殤就在其他四人當中了。」

韓星曜一咧嘴道：「那連我也有嫌疑啦。」

「當然，你的嫌疑最大，狡猾的小傢伙。」許枚毫不客氣，「憑這一身神鬼莫測的功夫，你有自信在瓷境當中制伏撫陶師。」

韓星曜被噎得直發愣，「許老闆，這種玩笑可開不得。」

「我沒開玩笑。」許枚目光炯炯，抬手指著韓星曜，一字一句道：「我幾乎能確認你就是彭殤。你，就是綁架逆雪的、綁、匪！」

你就是綁匪

如此直白坦蕩的指控無異於一顆重磅炸彈，所有人的呼吸都停住了。

「許……許老闆，你累糊塗了吧？」韓星曜僵笑道。

「我下午美美地睡了一覺，現在精神得很。」許枚伸了個懶腰，拿起胡三和桑悅的畫，說道：「胡三、桑悅只看到過陳小姐的手腕，所以他們畫的疤痕只是一片密密麻麻豆粒大的小點。」他又拿起桂五爺的畫，「瞧，這條手臂上滿是這種小點，像極了桑悅的畫。」

江蓼紅若有所悟，「所以……有人得到了胡三、桑悅的供狀，在自己的手臂上畫滿了這種小點，化名彭殤，找桂五爺租下蒹葭小館，故意讓他看到化過妝的手臂。」

許枚道：「沒錯，彭殤不僅知道這個撫陶師手臂上有星星點點的斑痕，也知道斑痕的顏色、形狀、疏密、大小。可惜桑悅、胡三看到的只是陳小姐的手腕，於是凶手想當然地以為陳小姐整條小臂的斑痕都和手腕處一樣，便在桂五爺面前露了破綻。」

谷之篁笑道：「這就叫管中窺豹，可惜這位姐姐的豹紋有大有小。」

陳菡悻悻地「哼」了一聲。

江蓼紅道：「有可能拿到胡三、桑悅供狀的，只有捕門的人。」

韓星曜冷笑一聲，「捕門弟子眾多，可不止我一人，就算隱堂也不止我一個弟子。」

許枚搖搖頭，走到黑板前，指著剛才寫下的「一九二二年一月」，清清嗓子道：「我們回到最初的話題，婁子善遇害當晚，有三批人去過他家。最先去的是陳小姐，逼婁子善說出了那些瓷器的去向，之後是三個燕鎮惡少，用一塊古硯打死了婁子善，最後是一個神祕人物，他拿走了殺害婁子善的『凶器』，還捲走了掛在牆上的兩幅字，都是婁子善自己臨寫的古人詩詞。你覺得，這個神祕人會是誰？」

韓星曜一翻眼皮，「我怎麼知道？」

「你怎麼會不知道？防止普通人知道器物靈的存在，一直是捕門隱堂的重要工作之一。興雲鎮傳出瓷器成精的奇聞，南堂主火燒尾巴似的給我拍了三封電報，催我立刻去查。婁子善用古硯換取水源之後，關於那塊古硯的傳聞怪談滿天亂飛，其中還有硯臺能化作人形的說法，這種情況隱堂絕不會放任不管。硯臺是細潤的石頭雕琢成的，你覺得南堂主會派什麼人去查這件事？」

韓星曜一攤手，「玩石童子。」

「所以，別告訴我你沒去過燕鎮。」許枚逼視韓星曜，「陳小姐逼問婁子善那些瓷器的下落時，那塊石硯就在桌上，陳小姐和婁子善的對話它聽得一清二楚。你是玩石童子，可以從古硯石精口中得到那些瓷器的下落。」許枚說著走到黑板前，指點著之前寫下的時間線道：「婁子善對季鴻小姐一見鍾情，不希望陳小姐去打擾或傷害季小姐，所以瞞下了祭紅釉玉壺春瓶的下落，可陳小姐是個聰明人，只憑婁子善掛在牆上的一幅畫，便找到了買下那只玉壺春瓶的人家。」

「你要說什麼？」韓星曜不知道許枚為什麼提到那只玉壺春瓶。

「瞧瞧這些案子。」許枚拍拍黑板道：「杜家滅門案，你和陳小姐都捲入其中；涉及郎紅觀音尊的案子裡莫名其妙地出現了一個被電蠍毒控制的榮萼；雲間農莊的天藍釉花觚裡平白多了一隻電蠍；米老闆的鳴古齋兩次被盜賊光顧，目標都是那只甜白釉梅瓶；我還讓衛若光問了胡三，果然除了帶來他兒子死訊的『老警察』之外，還有人上門問過那只鈞窯花盆的下落。

「看吧，豇豆紅、郎紅、天藍、甜白、鈞窯，婁子善對陳小姐說過的這幾件瓷器，同時有兩個人針對它們採取了行動，只有涉及祭紅釉玉壺春瓶的案子，全是陳小姐一手策畫，無論是季家三太太綁架事件還是百果莊的那場鬧劇，背後都沒有其他人的影子。我們是不是可以這麼理解：有兩個立場不同的人同時知道了這幾件瓷器的所在，但其中一人得到的訊息不很完整，缺少了祭紅釉玉壺春瓶的下落？」

韓星曜沉著臉冷笑一聲，「我不明白你在說什麼。」

許枚道：「婁子善沒有對陳小姐說起那件祭紅釉玉壺春瓶的下落，那塊古硯當然不會知道它的存在，從古硯石精口中打聽消息的玩石童子……」說著許枚指了指韓星曜，「他也不會知道還有這麼一件瓷器。」

「看來許老闆已經認定拿走硯臺的就是我。」韓星曜齜著牙笑了笑，「你有證據嗎？」

「證據自然是有的，咱們一件一件來。」許枚道。

宣成衝衛若光招招手，「腳印摹圖。」

衛若光答應一聲，從隨身的公事包裡取出幾張圖紙，紙上細細摹畫著一左一右兩個赤腳的腳印。

「這是從雲間農莊武雲非的房間地板上找到的腳印，是水漬殘留。潤翠河河水雜質多，鹼也重，乾了之後會留下水漬。腳印從窗口一直走到保險櫃，在櫃門前有停留挪移的跡象，又有一排腳印從保險櫃走回窗口。從腳印形態來判斷，有人從窗戶爬進了武雲非的房間，走到保險櫃前做了些什麼，又從窗口爬了出去。」衛若光又取出一張拍得非常清晰的照片道：「這些水漬腳印漫漶模糊，只有兩處可以提取到足紋。另外，這個人左腳有一道橫貫腳前掌的傷疤，非常明顯。」

許枚道：「據天藍瓷靈所說，就是這個光腳爬的人撬開了櫃門，在他肚子裡放了一隻電蠍。小傢伙，我們第一次見到你時，你光著身子躺在樹枝上。你說你把繩子繫在腰上，跳進河裡去捉魚，結果被小野貓把放在岸邊的衣服弄到了河裡……」

「對啊，衣服弄濕了，我只好光著身子爬到樹上。」韓星曜道。

許枚道：「關於你的古怪行為，我有另一種解釋。你趁武雲非離開房間去冰庫的時候，脫下衣服放在河邊，找來一條繩子，一端繫在樹上，一端繫在腰間，蹚過水流飛快的潤翠河，攀著別墅外牆的爬山虎，潛入武雲非的房間，撬開保險櫃，在天藍釉花觚裡藏了一隻電蠍，又原路返回。當你回到潤翠河西岸時，發現放在河邊的衣服險些被一隻突然出現小野貓撥到河裡，襟袖已經被河水浸濕了，你無奈之下只好把衣服晾在樹枝上，光著身子爬上了樹。為了解釋弄濕衣服的原因，你只好把小貓抱在懷裡，編出了一個替貓捉魚的蹩腳故事。」

「我又是蹚水過河，又是爬牆撬鎖，就不怕被農場的牧工看見？再說，我怎麼會知道武雲非那時不在房間？」韓星曜不急不緩地問。

「每天下午三四點鐘，雲間農莊的牧工們會趕著牛羊到北邊牧草肥壯的地方放牧，一般不會有人留在別墅附近，更何況潤翠河西岸沿河種著一排又高又密的柏樹，把人的視線遮擋得嚴嚴實實。」

衛若光展開一幅圖紙道：「盈溢別墅西牆緊靠著水速奇快的潤翠河，這幾乎是一道無可逾越的天然屏障，所以武雲非從來沒有鎖窗防盜的習慣，正好給這個爬窗的人提供了機會。」說著他又從公事包裡取出一個小證物袋，袋裡是一張紙條，「我們還在武雲非的口袋裡發現了一張紙條，上面寫著：『武三爺，今天下午三點，到冰庫服食解藥。』有人用這個辦法把武雲非調離房間，之後就像這個古董販子說的那樣。」

「古董販子……」許枚有些鬱卒，「這小蟲迷就是不肯甜甜地叫我一聲許老闆。」

「可我怎麼會知道武雲非中了電蠍毒？」韓星曜指指陳菡，說道：「毒是她下的，我對這件事毫不知情。」

「賞寶會前，你曾找過武雲非，請他交出石床圍屏作為指證越繽的證據。應該就在那個時候，你看到了武雲非手上的黑線。」許枚想了想道：「甚至可能是武雲非主動請你這個捕門高手幫他尋找解毒的辦法。」

「你怎麼知道我提前找過他？」韓星曜奇道：「這件事我沒有對任何人說過。」

「你不是收藏界的人物，赴會時卻拿著貨真價實的請柬，你之前一定和武雲非有過接觸，我思來想去，也只可能是請他做證人指證越繽了。」許枚道：「畢竟尋找證據逮捕越繽也是你的重要任務。」

「那……我好端端的為什麼要在花觚裡放一隻電蠍，吃飽了撐著嗎？」

許枚目光灼灼，「你在花觚裡藏電蠍的目的，和你化名彭殤請這些人去蒹葭小館的目的一樣，為了找出那個在一月二十日夜裡逼問妻子善的撫陶師！」

韓星曜瞳孔一縮，乾笑道：「我找她幹什麼？處理涉及撫陶師和瓷靈的案子，是你許老闆的活兒，我一個短命的玩石童子可插不上手。」

「短命的玩石童子……」許枚扭頭看了谷之篁一眼，谷之篁輕輕「嘿」了一聲，憐憫地瞧著韓星曜，搖頭不語。

韓星曜看不得這種憐憫的眼神，臉脹得通紅，怒道：「你『嘿』什麼！」

「沒什麼……」谷之篁語調平淡憂鬱，「哥，你繼續說。」

許枚輕輕歎了口氣，「正是你這個短命的玩石童子，急需要找到這個撫陶師。雲間農莊的那隻蠍子就是為撫陶師準備的。武雲非急需得到冉城藏界的認同，大張旗鼓地操辦賞寶會，還在報紙上登出了康熙天藍釉花觚的消息，那份報紙你應該看過。」

韓星曜「哼」了一聲，「武雲非花大價錢買的頭版頭條，誰都能看到。」

「沒錯，也包括你要找的那個撫陶師。」許枚道：「你很清楚她和你一樣，都知道婁子善所說的『康熙天藍釉器』就在武雲非手裡。當你以追查越續為由提前去雲間農莊見武雲非時，看到了他手臂上的黑線，如此便更加篤定你要找的撫陶師已經開始行動。你斷定她一定會去參加賞寶會，也一定會迫不及待地拿起這只花觚把玩鑒賞，不管是不是行家，在鑒賞瓷器時都會倒過來看看底足、款識，這一倒，花觚裡的電蠍自然就倒在了這個撫陶師手上……」

姬揚清問道：「他不怕誤傷嗎？萬一第一個拿起花觚的是其他人怎麼辦？」

許枚笑道：「武雲非收藏了一屋子假貨，在藏界名聲很臭，除了別有用心的人，根本不會有人理會他這場賞寶會。」

姬揚清道：「這倒沒錯，那晚去賞寶會的人，個個心懷鬼胎。」

陳菡抖著手銬苦笑道：「真是陰差陽錯，如果只為那只花觚，我們是不會去雲間農莊的，偏偏武雲非手裡還有一枚我們志在必得的金錢。小崽子，你要找撫陶師，何必用到電蠍這麼惡毒的手段？」

許枚道：「為了控制撫陶師。」

陳菡覺得脊背一陣發涼，「控制？」

「對，控制。」許枚道：「他需要這個撫陶師替他去做一些事，當然，他也需要這些瓷器。所以雲間農莊的計畫失敗之後，他又策畫了兩起行動，綁架逆雪逼我交出瓷器、製造火災逼你現身。幸好，米老闆帶來的宣德青花碗是真品，否則這個彭殤就要作法自斃了。」

韓星曜搖搖頭，「不會的，我身上帶著一塊雕著松鶴圖的明代古硯。畢竟撫陶師進入瓷境只需要一瞬間的工夫，如果你自顧自藏進瓷境，我們豈不都要完蛋？」

你算漏了兩個人

「你……這算是承認了吧。」許枚道。

韓星曜賭氣不說話。

陳菡愣了半晌，冷笑道：「我可沒那麼自私。」她緊繃的心弦鬆了下來，舒舒服服地靠在椅子上。

「你就這麼承認了……」韓星曜認得如此痛快，許枚有些意外，取出逆雪的畫道：「我的終極證據還沒拿出來呢。」

韓星曜無奈，扁著嘴歎了口氣道：「計畫出了太多變數，硬扛是扛不住的。」說著他一指衛若光，「他摹下的幾個腳印足夠要我的命了，足紋那東西是獨一無二的，何況我腳掌上還有一道又深又長的傷疤，小時候練武落下的。」他歪頭瞧了瞧許枚拿出的畫，搖頭道：「那個小賊偷手腳真快，我當時都沒感覺到玉佩被他摸走了。嗯……畫得還真不錯，這就是我的鶴形玉佩，翅膀那裡不太像，畫得有些長了。」

「這麼鎮靜，認命了？」許枚盯著韓星曜的眼睛，突然沒來由的一陣毛骨悚然。

宣成只覺周身被危險的氣息團團包圍，忍不住寒毛直豎，手按在槍柄上，警惕地豎著耳朵。

女人的第六感一向很強，尤其是練武的女人，姬揚清還好，江蓼紅的心跳得極快，手中扣著一枚洪武通寶，眼睛四處亂瞟。

「我沒想到你們會找到那只甜白釉梅瓶，那東西是我親手埋的，原本打算事後找機會挖出來。」韓星曜自嘲地笑笑，「只要許老闆喚醒瓷靈，我豈不百口莫辯？來這裡之前我就做好了被揭穿的準備，沒想到米培軒這老傢伙帶了件假貨來，更沒想到早在雲間農莊我就露了餡。」

「仔細說說吧，你的計畫。」許枚口乾舌燥，欠身坐在桌角，繼續剝蘆柑吃。

「嗯，我的計畫。」韓星曜背著手慢悠悠地踱來踱去，「怎麼說呢，許老闆猜得八九不離十，但是算漏了兩個人。」

「哪兩個人？」許枚一愣。

「喬七！」姬揚清叫了起來，「喬七是你劫走的對不對？昨晚的黑衣人會操控電蠍傷人，幻面一個易容師不可能做得那麼熟練。」

「法醫姐姐果然厲害。」韓星曜鼓掌道：「沒錯，喬七也上了我的『賊船』，昨晚的黑衣人是他，瓷靈是我扮的。所謂白衣少年變回梅瓶，只是我拿出藏在床下的梅瓶放在桌上，自己藏進了那塊硯臺，被假扮黑衣人的喬七揣在懷裡帶走而已。對了，為了做那套暗纏枝蓮紋的衣服，幻面可花了不少工夫，辛辛苦苦找顏色和質感合適的料子，一針一線地挑繡花紋，辛苦極了。」

谷之篁一拍巴掌道：「噢！原來這老傢伙搶劫無縫山莊是為了那匹『柔雲緞』。」

「對對對，柔雲緞，幻面就是那麼說的，要表現出甜白釉的質感，非得用無縫山莊珍藏的柔雲緞不可，真是個認真謹慎的前輩呢。」韓星曜感慨不已，「難怪他的喬裝可以騙過所有艄公和警察。」

宣成怒道：「你是捕門弟子，竟然稱一個老賊為前輩？」

「有什麼不可以？在做壞事這行兒來說，他確實算我的前輩。」韓星曜滿不在乎，「再說，我連喬七這樣的惡魔都納入麾下，一個幻面又算什麼？」

「繼續說你的計畫。」許枚心中焦灼：鶴童早做好了被揭穿的打算，不可能不早做安排，喬七很可能已經在這附近了。

「我的計畫？這還有什麼好說的？」韓星曜撓撓頭，「喬七穿了一身黑衣，替我收下許老闆的瓷器……」

「中午那個人是喬七？」許枚一怔。

「對呀，我不能什麼活兒都讓幻面去做吧，老頭兒會累壞的，畢竟一把年紀了，手腳不靈活。」韓星曜道：「其他的……就和許老闆說的差不多……喔，對了，我確實準備了一個雞缸杯，是喬七從天津一個日本商人那兒搶來的。我原本打算講這麼一個故事……」他指了指陳菡，「一個邪惡的撫陶師綁架了許老闆的朋友，逼許老闆交出瓷器贖人，還請了一些可能知道她身分的人到蒹葭小館，想要一舉滅口……」

陳菡嘴角直抽搐，「你計畫中的我可真夠毒的。」

韓星曜咯咯一笑，繼續道：「今天一早，這個邪惡的撫陶師把照片交給了老郝，自己裝模作樣地當著警察的面乘船去了蒹葭小館，而島上的所有客人都被她事先安排的迷香迷倒。到中午十一點整時，她藏進了雞缸杯的瓷境，她的同夥王三升如約而至，從蒹葭小館取了雞缸杯，放在碼頭附近的廁所。

「她趁四處無人，走出瓷境，趕到約定的地點，從許老闆手中收下瓷器，一路跑到關押人質的院子，帶著一箱瓷器藏進了雞缸杯。隨後趕來的王三兒把雞缸杯送到蒹葭小館，邪惡的撫陶師走出瓷境，收好雞缸杯，裝作剛剛蘇醒的樣子。可她沒想到，王三兒臨走前不小心點著了蘆葦蕩，她無奈之下只好暴露身分，為了防止其他人打碎瓷碗，她帶著所有人進入了青花魚藻紋碗的瓷境，想把他們一一殺害，卻被英勇的捕門鶴童打昏制伏。

「不久之後，許老闆和警察趕到被烈火吞沒的蘆葦洲，在撲滅大火之後，發現一只藏在水缸裡的瓷碗。等到晚上子時，許老闆進入瓷境，把所有人都帶了出來，從已經被打昏的撫陶師身上搜出了那只雞缸杯，再加上所有人的口供，警方和許老闆確定了這個被打昏的傢伙就是他們一直要找的撫陶師。當然，雞缸杯是我在打昏她之後偷偷藏在她身上的。許老闆並沒有在雞缸杯瓷境中找到他的那箱瓷器，可嫌犯傷得太重，一時醒不過來，我只好把她押回隱堂，請堂主援手。然後麼……在只有我和她在場的時候，我會先讓她為我做些事。」

「你夠狠啊！」陳菡咬牙切齒，「你打算把我打成重度昏迷？」

「對呀，我力道把握得很準，不會弄死你。」韓星曜從懷裡取出一只精緻漂亮的粉彩小杯，隨手放在桌上，搖頭道：「我沒想到還有個鍊金師和你是一夥的，更沒想到許老闆來得那麼快。其實從許老闆走進瓷境的那一刻起，我已經輸了。」

「你打算讓我做什麼？」陳菡望著韓星曜漸漸猙獰的臉，忍不住打了個冷顫。

「做什麼……做什麼……」韓星曜喃喃地念了兩句，突然激動起來，「你們剛才說的，是假話吧？你們找那些瓷器，不光是為了錢吧！」

乞求長生

「嘖！」陳菡忍不住縮了縮脖子，轉頭去瞧枯木也似瞑目入定的陸衍。

陸衍胸口微微起伏，兩手輕輕攥了攥。

「是為了長生不老，對吧！」韓星曜見兩人神色異樣，不由興奮起來。

「長……長生不老？」陳菡懵了，陸衍也睜開了眼睛。

「我聽這塊硯臺說過，你們說了什麼『延續』、『命』，還有『二百年』什麼的，婁子善和這些瓷器，一定和什麼長生不老的法子有關，對吧！」韓星曜的呼吸漸漸急促起來。

陳菡、陸衍目瞪口呆。

「被我說中了吧？」韓星曜得意道：「五感俱全的玩石童子最多只能活二十歲，婁子善一個六七十歲的老傢伙，竟然是玩石童子！我去北京仔細查問過，從他的鄰居和古玩行裡一些人的描述來看，婁子善五感齊全，視覺、聽覺、味覺、觸覺、嗅覺都是正常的。根據北京古玩界的說法，這老傢伙不懂鑒定古玉，他沒有變成弄玉先生，就是一個長壽的玩石童子！」

許枚見韓星曜歇斯底里，輕輕歎了口氣，「你……太偏執了。」

「偏執？」韓星曜冷笑一聲道：「許老闆，你得理解我，我這麼好看，這麼聰明，讀過書，功夫好，還會唱歌，會做菜，會好多好多別人不會的事，好些又蠢又笨的莊稼漢都能輕輕鬆鬆活個六七十，我怎麼甘心只活二十歲？」說著他一指谷之篁，恨恨道：「憑什麼你們這些傢伙可以變成弄玉先生高壽而終，我憑什麼不行？」

谷之篁咬咬嘴唇。

「少假惺惺的！我最受不得你們這種模樣！誰要你可憐？」韓星曜怒道。

谷之篁搖搖頭，「你的這種恐懼感，我深有體會。從十五歲開始，我就做好了死的準備。民國五年春天，我大病了一場，燒了整整一個星期，身子燙得像火炭似的，家人連之前備下的棺材都抬了出來，我老爹還花大價錢請人做了紙人紙馬紙媳婦。可一周之後，我莫名其妙地退了燒，過了不到半個月就能下床走動，等到六七月，就能跟著我老爹南下做生意了。可是從那之後，我的左耳失去了聽覺，我家老頭子帶我去了隱堂。南堂主送給我一只漢代玉蟬，我喜歡得不得了，拿在手裡把玩擺弄，沒多一會兒工夫，那蟬便活了過來，忒兒一聲從窗戶飛出去了。」

「哼，好了不起嗎？」韓星曜妒火熊熊。

「你今年多大？」谷之篁問道。

「十八。」

「生病那年我也剛滿十八，也許你還有機會，那種……說得矯情點，涅槃重生的機會。」

「我可不敢冒這個險，二十歲前一定會發作的那場重病帶走了九成九的玩石童子，你這種幸運兒百不存一。眼下有妻子善的例子，我也不求變成弄玉先生，我只想活下去！」韓星曜指點著陳菡和陸衍，大聲道：「你們兩個一定知道了妻子善長壽的祕密對吧！你們千方百計要找的也是這個祕密對吧！這些瓷靈一定知道什麼，對吧！」

「我們要找的，就是張獻忠的寶藏。」陸衍緩緩道：「所謂長生之術，全是你異想天開。」

「撒謊！」韓星曜兩眼赤紅，像焦躁的小獅子一樣揮舞著拳頭，「妻子善掛在牆上的兩幅字也和長壽有關，我都背下來了：『杖頭挑得布囊行。活計有誰爭。不肯侯家五鼎，碧澗一杯羹。溪上月，嶺頭雲。不勞耕。甕中春色，枕上華胥，便是長生。』瞧這最後一句『便是長生』，妻子善一定是知道什麼延年益壽的法子！還有一首：『兀兀復行行，不離階與墀。丈夫非馬蹄，安得知路岐。窮賤餐茹薄，興與養性宜。乃知長生術，豪貴難得之。』聽明白了嗎？『乃知長生術，豪貴難得之』，這首詩說得這麼明顯，你們再嘴硬撒謊，我可要動粗了！」

許枚哭笑不得，「小傢伙，你這不是斷章取義嗎？那首詞是蘇庠的《訴衷情》，是寫給一個道士的，所謂『便是長生』，說的是隱逸山林、悠閒自在的田園趣味。那首詩是唐人姚合的《街西居》，說的是隱居街市的諸多平凡、無奈、苦樂的瑣事，詩裡的所謂豪貴難得的『長生術』，只是粗茶淡飯、修身養性罷了。婁子善寫這兩首詩詞，不過是抒懷感慨，偶得一樂而已。讀詩讀詞要讀全了，可不能管中窺豹，失了體統。」

韓星曜怒沖沖道：「你少唬我！」

許枚無奈，「江老闆，帶著鎖吧？」

「帶著呢。」江蓼紅從懷裡取出一只做工粗糙的銀鎖，遞給韓星曜，「這是婁子善的長命鎖。你瞧瞧上面刻的字『光緒庚子，張記為婁氏百歲製』。婁子善是光緒庚子年過百天，他被殺時應該只有二十歲。」

「不可能！」韓星曜腦袋嗡嗡直響，「婁子善被殺那天我看到他了，他臉上全是皺紋，少說六七十歲了，北京的鄰居和古玩行的人也說他是個瘦小老頭兒！」

姬揚清道：「我們在婁子善的衣櫃裡找到一條褻褲，上面有……嗯……有乾掉的精斑，六七十歲的老人怎麼會有……有那個東西？婁子善得了一種病，皮膚鬆弛，皺紋堆疊，看起來就像老人一樣，我之前曾見過得這種病的人，情況和婁子善一模一樣。婁子善真的只有二十歲，就算肖搏望不殺他，他也活不了多久。」

「嘿嘿！」韓星曜冷笑兩聲，「我不信，我不信……這不公平……你們都在騙我！」

「如果你真的發病，我可以試著替你瞧瞧。」姬揚清小心翼翼道：「能不能告訴我喬七在哪？」

「你？胡吹大氣，這病也是你能治的？」韓星曜斜著眼道：「南壽臣最愛的一個玩石童子發病時，孫杏慈親自來看過，中藥西藥買了一大車，最後還不是眼睜睜看著那個哥哥嚥了氣。」說著他「嘿嘿」一笑，「法醫姐姐，你猜喬七在哪？」

「這裡是農村，平時不會有人打更。」姬揚清推開窗戶，望著高高的院牆道：「剛才外面打更的人是誰？」

韓星曜笑道：「我本以為那只甜白釉梅瓶是真品，子時一到，許老闆就會喚出瓷靈揭穿我，所以特意吩咐一個朋友打更提醒我時間，我好早做準備，至於他那邊是否動手，要等我的信號。」

「是喬七嗎？什麼信號？你們要幹什麼？」姬揚清急了。

「我怎麼會留著喬七這個魔鬼為害人間？」韓星曜道：「他的活兒幹完了，可以下地獄了。」

「你把他怎麼樣了？」姬揚清身子不受控制地顫抖起來。

「法醫姐姐，你別這樣，他本來也是要死的，無論是槍斃還是絞首，都不太好受，與其死在刑場，還不如死在同道前輩手裡。再說……」韓星曜臉色陰冷下來，「喬七害死了鹿童！我絕不能讓他痛痛快快地死了！」

「同道前輩？」姬揚清顫聲道：「是……是幻面？你讓幻面殺了他？」

「對呀，幻面武功不濟，也不會用毒，但這老傢伙滿肚子陰謀詭計，口蜜腹劍、笑裡藏刀這樣的詞用在他身上簡直太合適了，他要操弄喬七這麼個小雛兒還不是手到擒來？不過麼……結局如何也不一定，我在這兩個人身上都下了『融腑丸』，解藥全部銷毀，只留一顆，誰能最先趕到這裡，誰就能得到解藥，也許喬七會先找機會幹掉幻面，自己來拿解藥。」韓星曜殘忍地笑著，從懷裡捏出一顆藥丸道：「怎麼樣，很好玩吧？」

「你這個惡魔！」姬揚清又急又怒。

宣成扶住姬揚清的肩膀，怒視韓星曜。

許枚猛然驚覺，「你剛才說我算漏了兩個人，一個是喬七，還有一個是誰？」

蜂擁而至

韓星曜詭異一笑，含著手指打了聲呼哨，聲音尖利清脆，穿牆透屋。

「許老闆，還記得百果莊的殺人蜂嗎？」

「桑悅？」許枚驚道：「你把他也放出來了？」

「當然，操縱殺人蜂這種東西，他比喬七還要得心應手。」韓星曜說著一側耳朵，「聽到了嗎？嗡嗡嗡嗡……」

「你是真傻還是假傻？現在子時未過，只要進入雞缸杯瓷境……」陳菡話沒說完，猛地噎住了。

韓星曜早拿起剛放在手邊的雞缸杯，拋起又接住，拋起又接住，看得陳菡和許枚心驚肉跳。

「怎麼樣許老闆，沒帶著那只宣德青花魚藻紋碗吧？你們還有別的去處嗎？」韓星曜把雞缸杯藏進自己懷裡，笑道：「就算有，你們敢進去嗎？只要外面的人打碎瓷器，你們就永遠都出不來了。」

許枚歎了口氣，無奈道：「你打算幹什麼？」

「完成我修改後的故事。」韓星曜目光在眾人臉上一一掃過，「該在的都在，我也就不客氣了，被擒的兩個凶徒在受審時突然發難，和在場的所有捕門顧問、弟子同歸於盡，只有我活了下來。只要各位都死了，南壽臣就不會知道我幹了什麼，當然……」韓星曜目光如箭，狠狠地瞪著陳菡，「如果你能告訴我妻子善的長生之法，我可以留你們一命，那塊石硯清清楚楚地聽到你說了會用那些瓷器找到『延續』、『命』的法門。」

「它聽岔了。」陳菡咬了咬嘴唇，還是不肯鬆口。

韓星曜漂亮的小臉抽了抽，咬著牙道：「我一定會撬開你的狗嘴！隱堂審犯人的法子，銅皮鐵骨都扛不住！」

刺耳的「嗡嗡」聲盤旋在小院上空，像是在等待什麼人的指令。

「那個……我問一句。」許枚道：「現在你的後援只有桑悅和那些殺人蜂？」

「這還不夠嗎？看來許老闆不瞭解蜂群的厲害。」韓星曜笑道：「看過《封神榜》嗎？知道姜子牙手下的先鋒官黃天化吧，那可是崑崙山的仙童，勇冠三軍的少年英雄，最後還不是被黑煞星高繼能的蜈蜂群團團圍住，束手束腳，一命嗚呼，連那顆美得像羊脂玉似的腦袋都被黑煞星一刀砍了去。」

許枚笑道：「蜂擁而上確實可怕，但這些飛蟲最怕鳥雀，你怕是沒看完《封神榜》吧，黑煞星的蜈蜂群最後被南嶽大帝的鐵嘴神鷹吃了個乾乾淨淨，原文怎麼說來著……哦對了，說那神鷹『翅打蜈蜂成粉爛，嘴啄蜈蜂化水晶』。你瞧瞧，這裡有鍊金師，有弄玉先生，玉鷹、金鳳的大翅鐵嘴足夠讓這些小飛蟲灰飛煙滅。」

「我的金鳳都被你們收繳了。」陸衍低聲道。

「用不著你。」谷之篁道：「我的玉鷹揮揮翅膀就能把這些討厭的東西打成齏粉。」

韓星曜一揚眉毛，「對了，有件事我早想試試。」說著他從懷裡摸出一隻小小的石獅子，黃如枇杷，瑩潤剔透，「你說，如果真的動起手來，玉和石哪個更厲害！」

許枚盯著韓星曜手中的小獅子，皺眉道：「這個田黃獅子……」

「很熟嗎？你應該沒見過它。」韓星曜想了想道：「哦對了……你可能聽人描述過它的樣子。」

「這是婁子善的田黃小鎮紙？」許枚猛然想起。

「沒錯，我細細查過婁子善，這只小獅子和他有關，我二話不說便買了下來。不過那個古玩店老闆獅子大開口，被我狠狠揍了一頓。」韓星曜輕輕撫摸著小獅子的頭道：「好了弄玉先生，是不是把你的玉鷹拿出來，咱們過過招？」

「停手，別打擾它了。」谷之篁道：「聽哥句勸，別掙扎了。」

「你是誰哥？少占我便宜！」韓星曜翻了個白眼，手掌之間迸出一片黃色柔光，眨眼工夫，一隻碩大圓胖的橙黃色獅子撲簌簌甩著頭毛，撅起圓滾滾的屁股，使勁伸了個懶腰，「嗷」地叫了一聲，用大腦袋蹭了蹭韓星曜。

「來吧弄玉先生，你的玉鷹呢？」韓星曜呼呼地揉搓著大獅子的鬃毛，挑釁地揚著下巴。

「和我打一場有什麼意義？」谷之篁哭笑不得，「小子，別跟這兒浪費時間了，趕緊讓你的人把殺人蜂撤了，吵得人心煩……」

「撤了？想得美！我倒想看看你的玉鷹有多厲害！」韓星曜詭笑著吹了聲口哨，院外的人得了信兒，發出瘆人的怪叫回應，滿天殺人蜂瘋了似的，盤旋著衝入院中，密密麻麻，振翅聲震耳欲聾，連門窗都被堵得嚴嚴實實，半點縫隙都沒有。

「好威風啊，我都能體會到當年黃天化的絕望。」韓星曜看得津津有味。

「你要和我們同歸於盡？」谷之篁最討厭這種嗡嗡的振翅聲，渾身直冒雞皮疙瘩。

「我有什麼好怕的，我身上早塗了桑悅祕製的防蟲藥。」韓星曜道。

「你準備得還真周全。」谷之篁無奈一笑，指掌間柔光迸射，狂風驟捲，一黃一綠兩道電光自門窗射出，凌空飛舞盤旋。頃刻間，殺人蜂的殘屍斷翅冰雹似的劈里啪啦落了一地，院子裡成了兩隻玉鷹肆意屠殺的遊樂場，大翅輕輕一揮，便有一股殺人蜂四分五裂，還不時吞吃幾隻稍肥壯些的，咬得咔咔作響。

「怎麼樣小子？」谷之篁得意地一回頭，還沒來得及自誇，只見一道橙影破窗而出，暴吼一聲平地躍起，兩隻巨爪迅疾如電，狠狠撲住飛得稍低的黃色玉鷹。

「哎喲！」谷之篁心疼不已，「快放開！」

那田黃獅子體壯身沉，壓得玉鷹咕咕慘叫，那青色玉鷹疾旋而下，狠狠啄向田黃獅子，卻被那獅子一聲暴吼，震得飄飄搖搖、暈頭轉向，還沒來得及停穩身形，又挨了一記尾鞭，咕咕叫著跌落在地。

「怎麼樣弄玉先生？」韓星曜道：「玩石童子的本事不比弄玉先生差，只是壽命短了些。」說著他恨恨一咬牙，「我只是想多活些日子，你們為什麼都來找我的麻煩！」他狠狠揮胳膊指向兩隻狼狽的玉鷹，「給我吃了牠們！」

玉鷹慘敗，倖存的殺人蜂又凝聚成形，在小院上空盤旋幾遭，再次向屋中撲來。

「都給我去死吧！」韓星曜臉孔猙獰變形，「你們這些長命的傢伙，一定要比我先死！一定……啊！」

許枚手中不知何時多了一方白潤潤乳糖似的瓷印章，白光閃過，一隻巨大的白獅子甩甩頭毛，咆哮著衝了出去，一把撲住田黃獅子，張口便咬。那田黃獅子也不示弱，甩尾一剪，脫身躍出，怒吼著轉身撲來，一白一黃滾成一團，出爪如電，怒吼如雷，院子裡灰土飛揚，滿地殺人蜂的碎屍被碾得稀爛，殘翅斷鬚隨塵亂飄，看得屋中眾人驚心動魄。

兩隻玉鷹得脫魔掌，稍一喘息，又振翅飛起，剛剛凝聚成形的幾股殺人蜂頓時陷入絕境，任躲在院外的桑悅如何呼哨催促，都無法再聚成蜂陣。幾隻僥倖飛進屋裡的也沒能掀起多大風浪，姬揚清從腰帶上取下一管藥水倒在地上，淡淡綠氣蒸騰而起，殺人蜂像是見了鬼似的掉頭便逃。

「這是什麼？」韓星曜臉色不善。

「藥。」姬揚清恨透了韓星曜，懶得和他解釋。

韓星曜怪笑一聲，又問道：「許老闆，你那又是什麼？」

「瓷靈啊，還能是什麼？」許枚道：「德化窯白釉獅子印章，我一直隨身帶著，以備不時之需，這小白獅子還沒吃過敗仗，比他的玉鷹厲害得多。」

「哼！」谷之篁氣咻咻道：「有本事和玉龍比比！」

「別別別，那東西個頭太大，一旦現形杵天杵地的，給附近村民看到可不好。」許枚忙阻止道。

「外面……」衛若光趴在窗前，看著被玉鷹趕得漫天亂飛的蜂群，「好像有些不太對。」

空中稀薄的蜂群似乎突然變得更亂了，沒頭蒼蠅似的忽上忽下，不聚不散，好像丟了主心骨，時尖時沉的呼哨聲也停了下來。

「桑悅跑了？」許枚話音剛落，便聽「咚」「咕嚕嚕……」幾聲，一個血淋淋的人頭飛過院牆，滾到屋門前。

「啊呀！」陳菡嚇得失聲尖叫，坐翻了椅子。

「桑悅！」姬揚清看清了頭顱的面容，驚叫道：「外面還有別人！」

院門處傳來「篤篤篤」三聲悶響，敲得人心裡發慌。

「各位，好戲來了。」韓星曜搓搓手道：「法醫姐姐，來猜猜看，活著的是幻面還是喬七？哦對了，桑悅吃了融腑丸，他也是解藥的爭奪者之一，當然，他現在已經失去了競爭資格。」韓星曜探著頭瞧了瞧門外的首級，嘖嘖道：「下手夠利索的，到底是喬七還是幻面呢？」

孫副官與烏頭卒

姬揚清眼圈發紅，「你這個瘋子！」

「怎麼都說我是瘋子？算了，瘋子就瘋子吧。」韓星曜哈哈一笑，「外面的，敲什麼門呀，跳牆進來唄！」

門外的人好像有些不好意思，悶悶地笑了笑，粗聲粗氣道：「跳不過去。」

姬揚清心頓時涼了，這不是喬七的聲音。

宣成也有些納悶，這個聲音聽起來很年輕，可幻面成名已久，應該是個年過半百的老人。

韓星曜變了臉色，厲聲道：「你是誰？」

陳菡聽到來人的聲音，卻換了個人似的，臉上陰雲慘霧散了個乾淨，挺起胸膛，慢條斯理道：「孫副官，你把門撞開吧，我和老陸頭都被銬著，不方便過去開門。」

「孫副官？」韓星曜臉上表情格外精彩，「什麼孫副官？」

「孫烈，李大帥的小舅子。」許枚驚訝地望著陳菡，「冉城的『孫副官』只此一人，陳小姐，這是怎麼回事？你怎麼和這個人扯上關係的？」

「呵，他得管我叫姐。」陳菡笑道。

「呼……」陸衍終於睜開眼睛，長出一口氣，輕鬆地搖了搖肩膀。

谷之篁忙喚回了玉鷹，變成兩隻寸許長的小鳥，塞進懷裡，「當兵的都有槍，傷了我的寶貝可就糟了。」

許枚、韓星曜也喊回了在院子裡廝鬥的獅子，輕輕撫著一白一黃兩頭亂蓬蓬的鬃毛。

「嘭！」像是有什麼東西重重地撞擊在院子門板上，灰土飛揚，鳥獸四散，門卻沒能破開。捕門的祕密堡壘修造得非常堅固，院門外傳來幾聲痛苦的呻吟，顯然撞門的人傷得不輕。

「嘖……」陳菡有些沒面子，怒道：「你們沒帶槍嗎？把門鎖打碎啊！」

門外窸窸窣窣似乎是有好多人在走動，節奏分明，條理緊湊，一聽便知是受過嚴格訓練的精兵。

許枚臉色大變，「外面有多少人？」

陳菡一歪頭道：「我也不知道，應該不少吧，畢竟這裡是捕門的地盤，來的人少了怎麼把我們劫走？」

「軍方要劫囚？」宣成又急又怒。

他一把推開房門，幾步走到院中，運足氣息大聲喝道：「外面的人住手！這裡是捕門的……」

話音未落，一聲巨響驚天裂地，雷光火影沖天而起，一閃即滅，天上零星聚散的殺人蜂慘遭橫禍，被爆炸產生的氣浪碾成肉泥，僥倖逃脫的也都失了控制，四散飛逃。村裡的狗瘋了似的嗷嗷狂叫，不多一會兒工夫，全村的燈都亮了起來，緊接著便是「打仗啦！」「鬧大兵啦！」「土匪進村啦！」之類的慘叫聲。

牢不可破的院門就在宣成眼前四分五裂，碎木殘磚炮彈似的漫天噴射。宣成眼疾身快，順著氣浪一擰身子側倒在地，躲過了撲面而來的幾塊瓦片，身體卻不受控制地跌爬翻滾，後脊梁狠狠撞在房門外的石階上，只覺得胸腹之間氣血翻湧，苦不堪言。

屋裡眾人也被爆炸嚇得手腳發軟，姬揚清臉色慘白，驚叫著衝出屋去，一把抱住倒在石階下的宣成，抬手就是一巴掌。

「哎呀！」宣成慘叫一聲，「疼，我沒暈。」

「我……我看你懵了。」姬揚清忙一縮手。

「扶我起來。」宣成掙扎著要撐起身子。

「你慢些……」姬揚清托住宣成腰桿，不經意地看向破碎的院門，只見一個穿著緊窄黑衣的年輕人慢悠悠踏過門檻，走進院子。

「嘖嘖嘖……德國造的手榴彈果然厲害。」冉城大帥李矩的副官孫烈一邊走著，一邊向身後揮了揮手，不緊不慢道：「二十人院內，三十人院外，有人靠近院子即刻射殺。」

一隊手握漢陽造步槍的黑衣人闖進了院子，眾星捧月似的圍在孫烈身後。

宣成心一沉，這些黑衣人腳步輕捷，行動迅速，腰桿腿腳硬實粗壯，個個都是久經沙場的精兵，除了李矩麾下的「烏頭卒」，宣成想不到別的可能。

「宣隊長，實在對不住。」孫烈不痛不癢地丟下一聲道歉，也不拿正眼看坐在階下的宣成，徑直走進屋去。

「怎麼搞出這麼大動靜？」陳菡心有餘悸，慘白著臉埋怨道。

「嗨，德國人的玩意，昨兒剛到的，我這還是頭一回用。」孫烈笑著捧起陳菡的手，回頭道：「鑰匙呢？給我姐把銬子卸……哎喲！哪來這麼大兩個獅子？」

七條黑洞洞的槍管分別對準了許枚、江蓼紅、宣成、姬揚清、谷之篁、衛若光和韓星曜，其他十三個黑衣人把兩頭大獅子團團圍住，平端槍桿的手臂堅穩如松，烏頭卒百戰精兵，名不虛傳。

「姐，這畜生看起來顏色不正嘿，個頭兒也大得離譜，白獅子哪有這麼白的，黃獅子也沒這種黃色呀。」孫烈見那大獅子老實得很，壯著膽子用手槍戳了戳獅子頭，「對了，剛才我見天上有兩隻特別肥的鳥，顏色也怪怪的，哪兒去了？」

「滾。」韓星曜聽不得他聒噪，沉著臉道。

「呀？你個小東西哪來的？在冉城還沒人敢和老子這麼說話！」孫烈氣笑了。

「我的人呢？」韓星曜道。

「什麼人？」孫烈一愣，「哦，你說外面抱著蜂窩的那個小鬼？剛剛弄死了。那娃兒邪乎得很，好像能指揮天上的大馬蜂，對付這種人必須出其不意，一擊斃敵。」

「你怎麼辦到的？」韓星曜臉色黑得嚇人，「我沒有聽到槍響，桑悅周身到處都是殺人蜂，一般人近不了他的身。」

「用不著開槍啊，一把飛刀足夠了。」孫烈指指舉槍對著韓星曜的精瘦士兵，「沒瞧見嗎？他的槍管上沒有刺刀，剛才拿來對付那小子了，一刀穿心，乾脆利索。」

「嗯，飛刀啊……」韓星曜點了點頭，冷幽幽地笑了笑。

孫烈不再理睬這個看起來人畜無害的小孩，不耐煩地回頭催促，「宣隊長，快著點兒啊，快給我姐下了銬子，還要我催幾遍啊？」

宣成好容易理勻了氣息，踉蹌著走進屋來，臉色冷得嚇人。

「你……」孫烈和宣成對視一眼，只覺渾身寒毛都要立起來了，不由自主地後退一步，怒道：「你……你瞪什麼瞪？鑰匙呢？」

「你們要幹什麼？」宣成強壓火氣道。

「要帶我姐走，你最好別攔著，這事兒不是你們警察局能管的。」孫烈一伸手，「鑰匙。」

「給他吧警官。」許枚道：「我想陳小姐會給我們一個合理的解釋。」

「嘿，老子搶人就搶人，還解釋……」孫烈一把搶過宣成遞來的鑰匙，打開陳菡的手銬，又一副狗腿相去開陸衍的手銬，「陸先生，您的手沒傷著吧？血沒事兒吧？」

「無妨。」陸衍活動活動手腕，沉聲道：「我們走吧。」

「好。」孫烈忙不迭地點頭，搖晃著手槍四下指點道：「姐，這些人怎麼處置？」

陳菡望著許枚，微笑道：「處置什麼，隨他們去吧……等等，這個小子！」說著她指了指韓星曜，「給我抽他二十個嘴巴子！」

許枚一個激靈，「陳小姐，不要……」

「不要什麼不要？咱們都被他騙得好苦！」陳菡怒沖沖道。

「小傢伙，你別衝動。」許枚見韓星曜頭上青筋直暴，揚著嘴角笑得格外詭異，忍不住心驚肉跳。

「衝動？我還真打算衝動一把。」韓星曜道。

「兔兒爺似的小毛孩子，你還想衝動……」孫烈哈哈大笑。

「呵……」韓星曜嗤笑一聲，驟然暴起。

許枚一個「別」字還沒出口，一道白色閃電已劃過槍叢，耳輪中只聽「砰」「砰」「喀啦」「砰」「啊呀」幾聲，接著便是孫烈扯著嗓子大叫，「別開槍，別開槍，別傷著我姐！」

「我不喜歡被人拿槍指著。」韓星曜背靠牆角站著，一手握著陳菡雪白的頸子，將她擋在自己身前，漂亮的大眼睛微微泛著血色，「把你們的槍管壓下去……不，把槍丟下！」

谷之篁吞了口唾沫，結結巴巴道：「這……這孩子……是人是鬼？」

「唉……」許枚重重一歎，「鶴童武功之強天下少有，喬七這樣的一流高手都被他揍得孫子似的，那場面我們可是親眼見過的。這麼說吧，你嫂子祭起『洪武通寶』，再加上我合力鬥他，也許有四成勝算。」

「估計……三成吧……」江蓼紅冷汗直流，她知道韓星曜有多可怕，所以在許枚揭穿真相時便暗暗扣了一枚「洪武通寶」折三錢在手裡，但眼下韓星曜行凶的速度已經超出了她眼睛所能捕捉的極限。不等她做出反應，那個殺死桑悅的黑衣人已經被韓星曜扭斷了脖子，臨死前打出的子彈也被輕而易舉地躲了過去，至於孫烈開的那幾槍更是毫無意義，這位副官槍法差得離譜。

「啊……疼……」陳菡的手臂關節早被韓星曜悄無聲息卸掉了，兩手伶仃，痛得淚花滾滾。

孫烈又急又氣，跳著腳道：「你要幹什麼？快放了我姐，不然老子剮了你！」話說得夠狂，腿卻在不由自主地打哆嗦，他活了二十多年還從沒見過這種如鬼如魅的可怕身手，虧得常在槍林彈雨裡拚死拚活，否則剛才心弦兒嚇斷，非得尿褲子不可。

「告訴我續命的辦法。」韓星曜背靠牆角，額頭抵著陳菡的後腦，像陷入絕境的小狼。

「不……不是續命……」陳菡只覺周身被陰冷的殺氣團團裹住，眼淚止不住地流，舌頭也不聽使喚。

「你還不肯說啊？」韓星曜攥著陳菡脖頸的手微微發力。

「呃啊……」陳菡舌頭吐出老長，腿腳綳得筆直，絕望地亂踢亂踏。

「你住手！」孫烈簡直要瘋了，這個千刀萬剮的小子躲在陳菡背後，他不敢貿然開槍。

「我不是讓你們把槍都扔下嗎？快扔了！」韓星曜瞥了孫烈一眼，右手猛地一揮，陳菡名貴的寶石耳環帶著一溜血花飆了出去，從孫烈臉頰邊擦過。沒等孫烈回過神來，身邊端著長槍的烏頭卒已像麻袋一樣直挺挺倒在地上，左眼咕咕冒血，那枚耳環早已穿過眼窩，鑽入後腦，這個可憐的老兵還沒來得及產生痛覺，便意識全無，一命嗚呼。

陳菡一聲慘叫驚天裂地，破裂的耳垂鮮血淋淋，身體不受控制地劇烈痙攣，虧了韓星曜提著她的脖子，否則早軟成一攤爛泥。

孫烈嚇傻了，嗷嗷慘叫著藏到眾黑衣衛士身後，一疊聲地道：「先放下！先把槍放下！」

「宣隊長，你也把槍丟下。」韓星曜冷森森道。

江蓼紅心中發冷，韓星曜殺人速度之快，手段之狠，遠遠超出了她的認知，眼下殺人蜂四散，孫副官現身，陳菡更是滿面血污、慘不忍睹，事情的發展似乎已經超出控制。江蓼紅忍不住看向許枚，希望他藏著什麼可賣的關子，能在千鈞一髮之際化解危局。

姬揚清也牢牢抱著宣成的胳膊，眼下局面一片混亂，這個強悍得像豹子一樣的男人被爆炸震傷了臟腑，如果到時真的陷入混戰，後果不堪設想。

「撫陶師姐姐，你腦袋上還有一枚簪子和一只耳環，我至少還能幹掉兩個人。」韓星曜兩眼赤紅，在陳菡耳邊大聲吼道：「快說！」

陳菡牙關得得打顫，一句話也說不出。

許枚無奈歎道：「她已經嚇傻了，你先把人放了。」

「當我傻嗎？」韓星曜藏在懷裡的左手牢牢握著那塊沉甸甸的雕著松鶴圖的硯臺，卻不敢輕易藏身其中，一旦這些人把硯臺摔碎，後果不堪設想。

陸衍死死攥著拳頭，骨節發青，枯木似的望著苦苦掙扎的陳菡，聲音低沉發顫，「我來告訴你，『延續』、『命』和『二百年』是什麼意思。」

合久必分

「快說！」韓星曜眼睛一亮。

「拿出來吧，東西你應該帶著。」陸衍枯瘦的手伸向孫烈。

「你瘋了陸先生！咱們割據一方、裂土稱王全靠這幾塊金子！」孫烈梗著脖子吼道。

「割據一方？」韓星曜愣住了。

「裂土稱王？」許枚也懵了。

「拿出來。」陸衍沉聲道。

「這……」孫烈看看陳菡，又瞧瞧陸衍，咬牙切齒地咒罵幾句，從懷裡取出一個精緻的盒子。

眾人都屏住了呼吸，死死盯著接過盒子的陸衍。

「各位，可曾聽說過金寶？」陸衍打開盒子，幾個烏頭土臉的殘破金塊赫然在目。

「金寶？」許枚大驚，望著陸衍兩指捏起的一塊寫著「湘」字的金塊，驚道：「這是明代湘王府的金寶？」

「金寶是什麼？」韓星曜急問。

陸衍緩緩道：「明代皇子受封親王時，朝廷會授予他金冊和一枚金寶，當這位親王的世子承襲王位時，朝廷僅授其金冊，不再授發新的金寶。也就是說，明代每個藩王府只有唯一一枚金寶，世代傳襲，國除方止，這個金寶就是明代親王在藩地發布政令的信鑒。明朝親王金寶是純金打造的，上為龜紐，依周尺方五寸二分，厚一寸五分，文曰『某王之寶』。」陸衍一手托著木盒，一手在盒中挑挑揀揀，「張獻忠接連破殺湘、楚、瑞、吉、蜀、榮、定諸王，王府珍藏寶藏盡入其囊中，其中便有各地王位傳承所用的金寶。張獻忠把這些金寶全部砍成數塊，當作普通黃金儲藏，江口兵敗沉沒的幾艘藏寶船中，便有零星散落的金寶碎塊，老師親見江口漁人打撈起當年沉沒水底的金銀，高價買下兩塊殘金，偷偷藏起。」

「你們是要……找到這些碎片，拼成完整的金寶？」許枚不解，「這幾乎不可能吧？你們為什麼要這麼做？」

陸衍不緊不慢道：「金寶，象徵著一地延續一百多年的權力命脈。」

他特意把「延續」、「二百多年」、「命脈」三個詞咬得很重，韓星曜豎起耳朵，眼睛瞪得溜圓。

「天下大勢，分久必合，合久必分。自元以來，天下一統已歷三朝六百餘年，而今天下紛紛破碎，賊寇蟻聚，梟雄鷹揚，四方胡人入寇，北洋漢祚衰頹，當是大分之世將至。」陸衍眼中透出一絲狂熱，「當此之時，乃是豪傑起事，據城為帥、霸省稱王的大好天時。金銀璽印寶鑒靈氣充沛，得一地親王金寶者，可聚斂其地之地利人和，登高一呼，萬眾歸伏……」

「你神經病啊！」谷之篁實在聽不下去了。

「這個應該叫精神病。」許枚糾正道：「又是個狂人。」

「二位不信？我是鍊金師，江老闆把幾枚小小的古錢玩得出神入化，能控制人的情緒，能提升人的身體機能，不同文字寓意的銅錢還能相輔相剋，我自然也有些獨特法門，提煉古代金器的諸般妙用。」陸衍道。

「就算這金寶真有什麼神奇功用，也已經被切成碎塊了。」江蓼紅道：「銅錢若是殘損破碎，便會失去靈氣，成為一件死物。」

「我是鍊金師。」陸衍又強調了一遍，「我能把這些金寶的碎塊凝合完好。」他笑了笑，指點著許枚、江蓼紅和谷之篁道：「說實話，你們這些隱堂顧問溝通古物的能力，在我眼裡算不上什麼。青銅可鏽，竹木易腐，玉石被沁，紙絹有蠹，陶瓷一觸即碎，銅錢腥臭惡俗，只有黃金千年不朽，萬代如新。我所懷者，乃千年永壽、起死回生之靈術，不是繕寶師那種修修補補的笨辦法，是讓金器恢復到破碎前的狀態。」說罷他看了韓星曜一眼，「當然，我只能救金器，人不行。」

「凝鍊法？」江蓼紅毛骨悚然，「鍊金師凝合殘破金器要耗損不少鮮血，金器靈力越足，凝合越難，這金寶如果真有聚斂地利人和之能，只怕你力竭血枯也無法將它復原。」

「我有自知之明。」陸衍心平氣和道。

「陸先生，你真的瘋了。」江蓼紅道。

「不瘋魔，不成活。老師在世時，常給我念叨這句話。」陸衍輕輕撫弄著盒子裡的金塊道：「乾隆五十九年，孫士毅打撈起的那『三千兩銀』當中，便有兩塊金寶殘塊，一直由孫家保藏著。孫士毅和孫家後人只是覺得兩塊殘金格外精巧，並不知道它是什麼，也不知道古器物靈的存在。」他從木盒裡拈起一只金烏龜腦袋和一塊龜殼邊緣，「直到咸豐年間，在孫家作客的老師看到了這兩件東西，才有了之後的孫、陳兩家聯姻。」

許枚聽得冷汗直流，「陳泰初打算幹什麼？」

「打算做一番驚天動地的事業給隱堂看。」陸衍笑了笑，「老師七十年前被逐出隱堂，心裡便憋了一股氣。」

鍊金師陳泰初

「隱堂」二字出口，眾人都是一驚。

江蓼紅突然「呀」的一聲道：「對了，我聽師父說過，七十年前隱堂有過鍊金師！就是這個陳泰初嗎？他為什麼被逐出隱堂？」

陸衍蕭然一歎，「隱堂……一些懷有奇妙能力的人，竟然甘心做追凶緝盜的差人，真是可憐可笑。」

「陳泰初打算做什麼驚天動地的事？」許枚有些不好的猜測，七十年前是咸豐元年，正是英法聯軍入寇、太平天國起事的年頭。

「其實也沒什麼，隱堂習慣了替人當鷹犬爪牙，老師只是打算做姜太公、劉伯溫，自己扶持一位王，他知道他有這個本事。不過洪秀全、楊秀清這兩個草莽英雄目光短淺，拿下一個小小的永安便急著分封諸王、廣納妻妾，讓老師失望透頂，所以他離開永安回到成都，繼續老老實實地維持著明面兒上的身分，清朝翰林。」陸衍平平淡淡道。

「洪、楊起事就在咸豐元年。」許枚渾身寒毛直豎，「這件事……和陳泰初有關？」

「當然，不然你以為一個燒炭工和一個落第秀才怎麼可能搞出那麼大的風浪？」陸衍道：「如果沒有老師離開前留下的那枚東晉金璽，他們根本不可能攻下金陵，要知道東晉定都金陵百餘年，晉室金璽靈力充沛，足以助力一代豪雄成就一方霸業。可這一片大好基業，不過十多年工夫，便生生被這群拜上帝的傢伙糟蹋了。幸好老師抽身早，才沒陷進這荒唐透頂的天國裡去。」

「那這十多年間，陳泰初在幹什麼？」許枚想起陸衍剛才的話，「他回到四川，去了孫家？」

「沒錯，孫士毅私藏的兩塊金寶殘塊落在孫家一支旁系後人手裡，這家的主人……」他一指孫烈，「就是這孩子的曾祖父，蜀中豪商孫滿，他和老師是舊時故友。」

「那兩家的姻親關係是……」

「老師的姪孫女陳鷺嫁給了孫滿先生的長孫孫擄，生下了他。」他指指孫烈。

孫烈躲在衛兵身後嘟嘟囔囔，「和這幫傢伙說那麼多幹什麼……」

陸衍繼續道：「老師看到那兩塊金寶，立刻動了心念，出錢請江口附近漁人打撈水底沉銀，如此晝伏夜出忙碌三個多月，總算撈上來一些金簪銀錠和銅錢鐵槍，還有幾塊金寶殘塊。老師細細拼對過，發現沉沒在江口的殘塊分別來自五六個金寶，其中蜀王金寶幾乎能拼合過半，只差了最要緊的

『蜀』字和金龜紐的頭，其他的如吉王、湘王、楚王的金寶，只有少數殘塊。老師精讀史冊，明白這些金寶都被張獻忠分割之後當作黃金儲藏，極可能分散存放，而沉沒在江口的幾艘船裡只有張獻忠劫掠金銀的九牛一毛，大部分金寶的殘塊極有可能埋藏在那個能『買下成都府』的祕密所在。

「老師知道自己能力有限，便以翰林身分密奏咸豐皇帝，請官府調集蜀中官吏，尋找張獻忠藏寶以充盈軍資，誰料奉旨尋寶的裕瑞竟然把找到的寶藏私藏起來，還做得乾乾淨淨毫無痕跡。老師一怒之下再次密函上奏，才有了咸豐皇帝命裕瑞拿出大筆銀兩充作軍費，並讓老師作為密探暗中察訪寶藏下落的事。可裕瑞辦事素來小心謹慎，老師實在找不到丁點線索，咸豐皇帝一怒之下，找個由頭把裕瑞撤了職，後來又覺得人才難得，才再次起用他做了喀喇沙爾辦事大臣。」

許枚越聽越驚，「咸豐皇帝和裕瑞君臣明爭暗鬥，在幕後攪動渾水的竟是一個小小的翰林！」

陸衍笑道：「說起來，這個小翰林還和撫陶師頗有淵源。」

許枚一愣，「什麼淵源？」

陸衍道：「老師的姪兒陳鳶娶了熊春齡的後人熊淑卿，熊春齡這個人你應該不陌生吧？」

「隱堂第一位撫陶師，康雍之際的督陶官，時人將『熊窯』與『郎窯』並稱。」許枚恍然大悟，望著陳菡，「陳小姐說陳泰初是她的曾叔祖，這麼算來，陳鳶和熊淑卿是她的祖父母？」

回了魂的陳菡嗚嗚咽咽，說不出話。陸衍輕輕點頭：「沒錯。」

「難怪陳小姐有這樣的能力，原來是熊家的血脈。」許枚點頭慨歎，又問道：「裕瑞離川之後，陳泰初就一直留在四川尋找被裕瑞藏匿的寶藏，找了三十年？」

「沒錯。」陸衍道：「清朝皇帝早把老師忘了，老師自己卻勁頭十足，還曾做過一次……一次不太成功的嘗試。」

「什麼意思？」

「同治二年，太平軍翼王石達開兵進四川。」陸衍回憶道：「石達開這個人，老師非常欣賞，想以並未修補齊全的蜀王金寶助他割據四川，建國稱王，但是……石達開入川失敗，兵陷大渡河，全軍覆沒，慘遭凌遲。畢竟是一塊不完整的金寶，靈力薄弱，無法鑄成大業。」

「陳泰初幾十年工夫，就是為了找齊這些金寶的碎塊？」許枚都有些佩服這位老翰林的毅力了。

「從咸豐三年到光緒十七年，老師整整找了四十年。找齊所有金寶碎塊不大可能，能湊齊一塊，老師便心滿意足了。」陸衍慨然歎道：「光緒十七年，老師整整八十歲，他終於找到了一些線索，證明裕瑞把私吞的寶藏藏在成都府外的龍泉山中一個山洞裡。但龍泉山太大太深，只憑老師一人之力，實在無法把寶藏運出。老師雖然自稱是腦後生著反骨，但一直感念著咸豐皇帝對他的信任，便打點行囊，進京去找了光緒皇帝。可那小皇帝對此事極不在意，老師無奈，回到四川後，便獨自一人循著線索鑽山越嶺，找到裕瑞藏寶之處。

「那是一個開在陡坡上的山洞，老師打算自己攀著山藤進洞尋找金寶殘塊，不料遇著暴雨山洪，被急流捲走，在山中沉浮兩天兩夜，最後獲救時已是油盡燈枯。老師沒等被抬回成都就嚥了氣，臨終一句遺言也沒能說出口，只是拚命把手伸到我眼前，手掌上印著一枚有裂隙的西王賞功的痕跡，那是他在山洞外撿到的，可惜那枚金錢被大水沖走了。」說著陸衍悲從中來，苦歎一聲，「那時我才十五歲，老師一世無兒無女，拿我當親孫兒撫養，我在整理老師遺物時發現了他藏在枕下的日記，日記裡提到他曾對光緒皇帝說起過寶藏的所在，但沒有寫明具體位置……」

「所以你在光緒二十二年策劃了寧壽宮盜寶案？」許枚問道。

「沒錯，那時我還是個半大孩子，計畫失敗後嚇得不敢露頭，一直躲躲藏藏直到民國。我也偷偷進過龍泉山，但莽莽山林綿延縱橫，我沒頭蒼蠅似的在山裡兜兜轉轉，一無所獲。」他看向陳菡，目光中滿是慈和，「直到五年前，我發現老師的曾姪孫女是撫陶師，一時震驚得無以復加……」

「所以你又動了心思，想找到龍泉山深處的那筆寶藏？」許枚終於把所有事情串聯到了一起，長長地吁了口氣，「原來如此，我明白了。」

「我……不明白。」韓星曜耐著性子聽完了陸衍絮絮叨叨的長篇大論，提著陳菡的脖子的手一個勁地哆嗦，「你在騙我對不對？你們要找的寶藏裡一定有什麼延年益壽的東西對不對？是藥，是金子銀子，還是什麼玉石珠寶？一定有的對吧？」

陸衍見陳菡被勒得直翻白眼，心疼不已，「我真的不懂長生之術，我要找的寶藏也與此無關，你先把她放了，我讓孫烈放你離開，不會為難你。」

一直老老實實趴在地上的田黃獅子突然暴吼一聲，猛地躍到韓星曜身邊，揚起巨掌，重重拍在韓星曜頭頂的牆壁上，結實的磚牆上頓時出現一片蛛網狀的裂縫，裂縫中心處，一隻金色的小蜜蜂體如肉泥，支離破碎。

「老東西，就知道你沒安好心。」韓星曜嘶嘶獰笑。

陸衍臉色慘白，這只明代金蜜蜂是他一直藏在舌下的祕密武器，本想著明修棧道，暗度陳倉，螫傷韓星曜救下陳菡，沒想到小金蜂還不及出針便在獅爪下粉身碎骨，這下韓星曜怕是要被徹底激怒了。

戰烏頭

「你剛才說的，是真是假？」韓星曜輕輕揉撚著陳菡的脖頸道。

「如有半句虛言，天誅地滅。」陸衍急道。

「那就是說，你們壓根兒就不知道延年續命的辦法？」韓星曜慘笑一聲，聲音有些哽咽，「我……不……信……」

「陸先生沒騙你！你先把我姐放了，咱什麼話都好說，你要錢，要槍，要女人，我都可以給你！」孫烈忍不住了，從烏頭卒身後探出頭來嚷道。

「那……你們拼湊出完整的金寶了嗎？」韓星曜怪笑一聲，挾著陳菡的手稍稍放鬆。

陸衍道：「湘、楚二王金寶碎塊全部在山洞裡找到，可以完全拼合。」

「呦，荊襄富庶之地啊。可是，要成就一方霸業，總得有人有錢有槍有糧吧，你們有嗎？」韓星曜突然關心起了陸衍異想天開的稱霸計畫。

陸衍不知這小怪物打算幹什麼，耐著性子道：「裕瑞藏在山洞裡的金銀財寶雖不足以『買下成都府』，但用於起事還是綽綽有餘，有了錢，槍炮彈藥自然不在話下。至於兵馬糧秣，冉城李矩雖兵精糧足，但志小才疏，人稱『小劉璋，活黃祖』，這是上天送給我們的肥豬，隨時可以宰了吃掉。」

許枚、江蓼紅心中一寬：看來孫烈帶兵劫囚是私自調動烏頭卒，並不是奉了李矩之命來的。

「嚯，你們夠狠的啊。」韓星曜指點著孫烈，「李矩可是你姐夫，看來你姐姐孫炎嫁給李大帥的動機也值得推敲。哦對了，我記得前些日子帥府傳出大帥夫人中邪的事，難道是你們搞出來的？你連你親姐姐也幹掉了？」

「不是！」孫烈不耐煩道：「是之前被我姐姐弄死的一個小姨太太回魂鬧鬼，我求你快放人吧好不好，你看我姐都吐白沫了。」

「不至於吧，陳小姐功夫雖然稀鬆平常，可再怎麼說也是個練家子。」韓星曜也覺得陳菡的身子不斷往下沉，忙用手指頂起她的下巴，沾了一手白膩膩的口沫，「咦？我沒用多大力氣啊，她嚇得吧？放心，死不了的。」

「你提條件吧。」陸衍沒了辦法，哪怕韓星曜非要長生術不可，也只好先胡謅幾句了。

「瞧見這些捕門的人了嗎？讓你的人把槍撿起來，殺掉他們。」韓星曜指了指許枚等人，「撫陶師、聽泉師、弄玉先生，還有緝凶堂、驗骨堂、勘痕堂的人，一個活口都別留，今天這事兒不能傳回捕門，南壽臣手段凶得很，我可不敢得罪他。」

「小子，你夠狠啊！」谷之篁終於對玩石童子動了怒，「來呀，看你們有沒有這個本事！」說著他取下腰間的龍形玉佩。

「小篁不要！會嚇著村裡的人。」許枚忙按下谷之篁的手，「我來。」

孫烈望著眼前巨大的獅子，幾乎要哭出來了，「你剛才讓我們把槍放下，現在又讓拿槍殺人，這……這怎麼殺？」

大白獅子盤著身子臥在滿地長槍上，虎視眈眈地瞧著孫烈，不時地伸出雪白的舌頭舔舔嘴巴。

「外面不是還有你的人嗎？」韓星曜朝門外一努嘴。

「好……好……」孫烈哭喪著臉，扯著嗓子喊道：「都……都進來！」

院子外面靜悄悄的，沒有人回應。

「哎呀，好像是我的人到了。」韓星曜咯咯直笑，「恭喜啊法醫姐姐，看來活下來的是喬七。幻面雖然厲害，但要讓三十個全副武裝的精兵無聲無息地上西天，這老頭子還辦不到。」

「怎……怎麼回事？」孫烈汗透全身，嚇得直打擺子，一下子損失三十名精卒，不等他宰他姐夫，他姐夫會先宰了他。

「你這個副官不很稱職。」許枚道：「剛才屋裡響了槍，你嚇得嗷嗷慘叫，外面的人卻一點反應都沒有，你早該意識到他們出事了。」

「你……你們早就知道？」孫烈又羞又氣。

「各位，對不起了。」陸衍渾濁的目光在捕門眾人臉上一一掃過，「我也是不得已。」他輕輕一抬手，「用刀，殺一個，賞大洋一千。」

眾烏頭卒面面相覷，不敢動手。

「愣著幹什麼？沒聽見陸先生的話嗎！你們的佩刀呢！」孫烈扯著嗓子吼道。

每個烏頭卒腰後都掛著一柄佩刀，長二尺左右，寬兩寸有餘，寬肩細腰，厚背長脊，式樣不中不西，這是李矩做土匪時慣用的傢伙。

「動手吧。」陸衍輕輕一歎，背過身去。五十名烏頭卒，三十人無聲無息地死在院牆外，二十人隨孫烈進了院子，兩人慘死在韓星曜之手，剩下的十八人卻要替這個小魔王賣命殺人，陸衍想想都覺得可笑。

刀光閃閃，裹住許枚六人周身要害，十八個烏頭卒以三圍一，上中下三路或刺或砍或割劃，配合極為默契。動作乾淨利索，沒有一絲一毫贅餘花稍的把式，招招凶險，刀刀致命。

江蓼紅頭頂盤旋著「洪武通寶」，形如鬼魅，在刀叢中往來穿行，片刃不沾衣裙。三個烏頭卒氣勢洶洶的劈砍招招落空，不多一會兒便脫了力，越戰越慌，越戰越乏，心裡又慌又怯，刀法也露出破綻。江蓼紅覷得機會，迅速拉脫了一個烏頭卒的手肘關節，奪下刀來，她揮刀平砍，快如風雷，刀板狠狠拍在第二個烏頭卒的鼻梁上，頓時鮮血狂噴，唇綻齒落。第三人嚇得呆了一瞬，早被江蓼紅一記刀背兜頭砸下，頓時昏死過去。

許枚招數中規中矩，卻格外惱人，三個烏頭卒每一次出刀總能貼著他的身子，卻連衣服都劃不破，最可氣的是，這個文質彬彬的傢伙總用一種憐憫的眼神瞧著自己，若是誰使出一招漂亮的刀法，這傢伙竟然還欣慰地點頭，活像老子看兒子一樣。烏頭卒在戰場見慣了敵人畏懼的眼神，哪曾被這麼戲弄過？一個個氣得面紅耳赤，刀法也從綿密變得凶狠。許枚笑著搖搖頭，「年輕啊，沉不住氣呀。你們多大了？二十？二十一？看起來最多不超過二十二三吧，臉還嫩著呢，你們養氣的功夫不行啊，瞧瞧那邊那個小傢伙，打得多沉穩。」

三個烏頭卒終於害怕了，這個傢伙以一敵三，不僅有空閒扯瞎聊，還能分神去關注別人的戰況！

衛若光的招式確實很沉穩，他不得不沉穩，懷裡的越冬蛐蛐金貴得很，可不能磕著碰著。三個烏頭卒很是慶幸，對手年紀小，招數也不古怪，雖然有些難纏，但小孩子時間一長必然力怯，只要穩紮穩打耗盡他的體力，這顆人頭便能穩穩到手。可不知怎麼的，鬥著鬥著，自己竟先喘了起來，被圍在刀影中的孩子竟然還是穩穩地見招拆招，不時地抽空出拳，全然不曾損耗體力似的。

谷之篁的招數就非常氣人了，圍著他轉的三個烏頭卒已經瘋了，咬牙切齒地亂劈亂砍，誓要把這個賤透天的小白臉剁成肉醬不可。這傢伙一邊打架一邊罵街，嘴裡的話不帶一個髒字，卻難聽至極：「別打了好吧，打我是為父報仇，不打我是為母行孝……不明白什麼意思？嗨，不懂了吧……」罵人就算了，最可恨的是這傢伙打人專打臉，不時地抽冷子一個大耳刮子，打得三人眼冒金星，「我替你奶奶教訓你，你奶奶剛給你生了個爸，你不說回去床前伺候著，非跟爺爺在這兒撒潑打滾掄刀子，別湊過來了啊，再過來打得更狠！」

宣成帶著內傷，一邊護著姬揚清，一邊以一敵六，姬揚清不擅長肉搏功夫，被抽空撇開宣成的一個烏頭卒接連幾刀逼得連連後退。宣成低喝一聲，側身滑出，右手兩指如鉤，出手如電，「喀啦」

一聲打在刺向姬揚清面門的刀背上。本以為一千兩銀圓到手的烏頭卒只覺手腕巨震，攥不住刀柄，悶哼一聲撒手扔刀，踉踉蹌蹌跌在一旁，手卻摸到了一個熟悉的東西，漢陽造的槍柄。

「天助我也！」烏頭卒一陣狂喜，卻忽然想到，這些槍不是都被那隻大獅子壓在肚皮底下嗎？吞著唾沫抬頭一看，兩眼正對著獅子的血盆大口，一聲暴吼驚天動地，那烏頭卒鼓膜爆裂，一翻白眼昏死過去。

姬揚清得了空，伸手摸出一包藥粉，大叫一聲：「閉眼。」說完她揚手便撒。宣成見機得快，迅速抽身退出戰團，轉身閉眼，只聽腦後慘叫不絕，兩個中招的烏頭卒眼窩裡吱吱冒煙，痛得滿地打滾。

剩下三個烏頭卒嚇得手腳發軟，只見姬揚清又捏了一撮不知名的粉末，大叫：「閉眼！」三個烏頭卒嚇得縮頭掩面。可這回姬揚清什麼也沒有撒出來，倒是宣成走了過來，在三個捂著臉的傢伙後頸處各斬一掌，三人昏倒時便還保持著躬身掩面的姿勢。

孫烈看得渾身發冷，自己平日裡和烏頭卒較量過，那些傢伙總是費盡心思地放水求敗，而今天烏頭卒展現的實力比和自己過招時強了何止一倍，可在這些人面前依然不堪一擊。

螳螂斬鶴

「嘖……」韓星曜直咧嘴，「什麼玩意兒呀，李大帥精心調教的烏頭卒就這兩下子？」

「不打算讓你的獅子出手嗎？」陸衍道。

韓星曜搖搖頭，「白獅子虎視眈眈，黃獅子不好擅動，這兩個大傢伙一旦在屋裡折騰起來，這房子非塌不可。你還有什麼金子嗎？這些金寶能用不？」

陸衍搖搖頭，「我身上所有的金器都被警察搜走了，只剩下藏在嘴裡的金蜂簪首，剛才被你的田黃獅子拍得粉碎。」

「真的沒法子了？」韓星曜道。

「你在想什麼？殺了他們之後，你打算做什麼？」陸衍見韓星曜突然變得如此平靜，忍不住心裡打鼓。

「我覺得陳泰初的想法妙極了，我想參與你們的計畫，或者說……我想過過當大帥的癮頭。」韓星曜道。

「你做夢！」孫烈被針扎了似的嚷嚷起來，這個小妖怪要搶他的位子，這怎麼行！

「你閉嘴！」韓星曜手倏地一揮，陳菡右耳的寶石耳環像子彈一樣掛著血滴激射而出，穿透了孫烈的肩窩。

「嗷！」孫烈慘叫著仰面栽倒，痛得嗚嗚直哭。

「啊！」陳菡左耳的血剛剛止住，右耳又血流如注，尖叫著哭花了臉。

幾個還在苦苦奮戰的烏頭卒見副官重傷，又急又怕，刀法大亂，被許枚、衛若光抽冷子又放倒幾個，只有谷之篁還在不斷地用毒舌和嘴巴子煎熬圍著他的三個倒楣鬼。

「我都十八了，你以為我還能活幾年啊？」韓星曜道：「放心，孫副官……」說著他嫌棄地撇撇嘴，「真不像個副官，還是叫你孫少爺吧。你放心，我不會搶你的位子，過過癮就好，多則兩三年，少則幾個月，你不會不同意的，對吧？」

陸衍強忍怒氣，臉上青一陣白一陣，咬著牙點頭道：「我……答應你。」

「這才對嘛。」韓星曜拍拍陳菡的肩膀。

陸衍一抬手，指著陳菡道：「你，把她頭上的簪子遞過來，我幫你殺了他們。」

陳菡頭上戴著一支金嵌寶石螳螂草蟲簪，明晃晃地簌簌亂顫。

「嘿，我早覺得這東西不是凡品，這是什麼年代的東西，元代？明代？剛才的耳環不會也是古董吧？」韓星曜從陳菡頭上摘下一支簪子，捏在手裡把玩。

「耳環不是，這是明代的草蟲簪。」陸衍道。

許枚輕輕打昏了身邊的烏頭卒，警惕地盯著陸衍，「陸先生，你可想清楚了，外面還有個鴆公子喬七，鶴童真想要我們的命，直接讓喬七動手豈不更好，何必讓這些烏頭卒來送死？」

韓星曜輕輕笑著，「對呀，你可想清楚了。」

陸衍難得地笑了，搖搖頭道：「我吃的鹽比你吃的飯都多，我做什麼，不需要許老闆指點。」說著指了指韓星曜手中的螳螂金簪。

「好，我這就給你。」韓星曜從陳菡身後探出手臂，作勢要拋，手中忽地爆出灼灼金光，一隻一丈來長的巨大螳螂顯出身形，三角腦袋，銅鈴眼睛，長鬚纖頸，細腰鼓腹，渾身金燦燦耀人眼目，甫一現形，便舉起金燦燦的鋸齒鐮刀形前爪，挾風帶火疾斬而下。

這一切發生在電光石火間，韓星曜怎麼也想不到這金螳螂竟在自己手上活了，頭腦中一片空白，還沒來得及做出反應，左臂已被斬落在地，鮮血噴泉似的狂湧而出。

韓星曜渾身力氣一空，悶哼一聲，身子軟軟地貼著牆角滑下，怨毒地盯著陸衍，恨恨道：「你……你玩我！」他挾著陳菡的右手本能地想要捂住斷臂創口，卻咬著牙生生忍住，努力收緊指爪，想要扼斷攥在掌心的脖頸。

那金螳螂出手更快，巨鐮刀平平揮過，帶起幾滴血花，許枚一句「住手」還沒出口，韓星曜頸間已現出一道紅痕，口鼻中溢出鮮血，身體稍稍一歪，與脖頸斷開的頭顱失去平衡，斜斜滾落在地，漂亮的大眼睛睜得滾圓，望著血腥妖異的金螳螂，嘴唇輕輕翕動兩下，無聲地吐出：「為什麼牠……」話未說完，他眼中便失去神采，瞳孔漸漸放大。

臥在韓星曜身邊的田黃獅子早已變回原形，從頭到腳被鮮血澆透，看起來活像一塊雞血石。那大螳螂也變得委靡起來，縮著前爪，有氣無力地趴在地上。

屋裡靜得可怕，谷之篁、衛若光迅速結束了戰鬥，直勾勾盯著那只詭異的金螳螂。許枚、江蓼紅、宣成、姬揚清呈扇形圍住陸衍，心中如翻江倒海般驚疑不定。

陸衍抱起被染成血人的陳菡，輕輕拍著她的背，軟聲細語地安慰著，「好了，好了，都過去了，安全了，沒事了……」

陳菡呆呆縮在陸衍懷裡，好一陣才「哇」的一聲哭出來，哭得撕心裂肺，氣窒喉乾，臉上血淚交流，活像正在卸妝的紅淨關公。

孫烈放肆地仰天大笑，「小妖怪終於死了，終於死了！哎喲好疼……媽的，老子非把他剁成肉醬餵狗不可。」

許枚望著坐在牆角的無頭屍體，定了定神，回頭道：「陸先生，你並沒有接觸那支金簪，螳螂怎麼會突然現形？」

陸衍跪坐在地下，輕輕接上陳菡的手臂，扯下衣袖包紮她的耳垂，「許老闆還記得丁家老宅的郎紅嗎？」說著他揚手接住姬揚清拋過來的止血藥，點頭道：「謝謝。」

「我當然記得。」許枚道：「她身上沾了陳小姐的血，所以……」話沒說完，他已經明白過來了，驚道：「這支金簪上沾了你的血？」

陸衍點點頭。

宣成一陣後怕，「什麼時候沾上的？」這支金簪陳菡一直戴在頭上，警察在逮捕陳菡、陸衍時，搜去了陸衍身上的幾乎所有金器，卻沒有卸下陳菡的首飾。如果這隻金螳螂在警察局監室裡大鬧起來，後果不堪設想。

「警察把我們押上小船時，我臉上的血蹭到了簪子上。」陸衍苦笑著摸摸鼻子，「江老闆那一記磚頭可把我砸得不輕，現在說話還有點岔音。」

江蓼紅疑道：「那這螳螂怎麼當時沒有現形？金玉木石之器現出靈體並沒有時辰的限制。」她指了指臥在牆角的螳螂，驚道：「呀？變回簪子了！」

「對呀，喚醒牠的玩石童子死了，牠能撐到現在已經不錯了。」陸衍道：「瞧，那簪子可不光是黃金打造的，螳螂的眼睛、胸前都鑲著大顆的紅寶石。」

許枚恍然大悟，「要喚醒這樣一隻螳螂，不僅需要鍊金師，還需要玩石童子！你讓鶴童遞簪子給你，就已經存了殺他的心思！」

「所以……這只金嵌寶石的螳螂是鍊金師和玩石童子兩個人一起叫醒的。」谷之篁問道：「那牠該聽誰的話？」

「通體黃金製成，當然是聽鍊金師的話，否則剛才人頭落地的就不是他了。」陸衍道：「好了各位，事情該了結了，我現在毫無還手之力，如果你們打算強留我，動手便是，如果打算放我們離開……」

「我不想動手，但還是請兩位跟我去一趟捕門，這次的事情實在太大，隱堂那邊需要一個交代。」宣成道。

「哦……好吧，看來還是要動手了。」陸衍把陳菡抱到孫烈身邊，把放著金寶的盒子也塞到他懷裡，低聲吩咐道：「照顧好你姐姐。」

「陸先生……」許枚道：「陳泰初的理想匪夷所思，你何必要……」

「許老闆！」陸衍打斷許枚，問道：「你是個愛瓷器的人。」

「當然。」許枚一愣，不知陸衍為何有此一問。

「你不會故意打破珍貴的古瓷。」陸衍盯著許枚的眼睛。

「當然不會。」許枚心裡打鼓，「陸先生，你想說什麼？」

「沒什麼。」陸衍又轉向宣成，「冉城警察局不敢羈押李大帥的副官和烏頭卒。」

宣成心中憋氣，重重「哼」了一聲。

「捕門也不敢和一方軍閥叫板。」陸衍繼續挖苦。

宣成道：「我現在就可以把你帶走，李大帥絕不會為了一個謀算他麾下兵馬的古董商同捕門翻臉。」

「我知道。」陸衍點頭，「我只是想確保孫烈和這些烏頭卒的安全。」他又瞧瞧許枚，「當然，還有我們的安全。」

許枚有些毛了，「陸先生，你到底打什麼主意？」

陸衍不答，溫柔地握著陳菡的左手，在她耳邊低語幾句。

陳菡輕輕點頭，將右手伸進孫烈衣袋裡，沒等許枚反應過來，孫烈懷中衝起一片柔光，轉瞬即逝，陸衍、陳菡消失不見。

此時正是十二點五十九分五十秒。

十二月花神杯

「瓷境！他們進了瓷境！」許枚終於醒悟。

宣成幾步上前，一把扯住嘿嘿冷笑的孫烈，從他懷裡搜出一只小小的瓷杯。

「想不到吧，小爺早有準備。」孫烈得意揚揚。

「子時過了。」許枚瞧著懷錶上指向一點的秒針，搖頭歎息。

白獅子無聲無息地現出原形，一只一寸來高的德化窯白釉獅紐印章，靜靜地擺在滿地長槍中間。

「明天午時，你能進去抓人對吧？」宣成道。

許枚收起印章，搖搖頭，「明天，人早跑了。」

宣成道：「把杯子扣下。不能扣人，還不能扣個杯子？」

許枚搖搖頭，無奈一笑，接過小杯，輕輕摩挲把玩，「還記得我那只畫著竹林七賢的瓷罐吧，這杯子和它一樣……不對，這杯子比我那罐子厲害得多，一套十二件，叫作十二月花神杯。」

「十二月花神？」宣成不解，拿過瓷杯細細端詳，見這小杯纖小輕薄，細白瑩潤，讓人沒來由生出一份憐惜，捧在手裡都不敢用力，生怕拿不好力道捏壞了它。小杯上畫著一株嫩黃的蠟梅，枝長處花疏，枝短處花密，近底處是釉下青花山石和五彩花草，畫面柔和舒朗，氣韻完足。留白處題著一句詩：「素豔雪凝樹，清香風滿枝。」杯底雙圈內是青花六字楷書款「大清康熙年製」。

「這是康熙年間的青花五彩十二月花神杯，一套十二件，一月水仙，二月杏花，三月桃花，四月牡丹，五月石榴，六月荷花，七月蘭花，八月桂花，九月菊花，十月芙蓉，十一月月季，這只是十二月蠟梅。每只小杯都畫著當月時令花，題著一句詩，鈐著印章，詩書畫印集於一體，說是康熙五彩登峰造極之作也不為過。」許枚道：「也不知陳小姐收藏了幾件。」

「她會從其他月份的杯子裡出來？」宣成有些沮喪。

許枚無奈點頭。

孫烈得意道：「這套杯子表姐有三件，臘月梅花和八月桂花她自己收著，六月荷花就在我家。也許我明天中午一回家，表姐和陸先生就在家裡坐著喝茶呢！」

「被他們逃了。」宣成重重一拳捶在牆上，「你怎麼知道我們在這裡，怎麼會想到提前帶著杯子和金寶來？」

孫烈拍拍裝著金寶的盒子道：「姐夫在警察局時，偷偷放出含在嘴裡的金蜜蜂給我傳了信兒。」

「是我疏忽了。」宣成咬牙道：「你剛才說，六月荷花的杯子就放在你家？」

「對呀，我看你們誰敢進我家抓人！」孫烈笑嘻嘻道。

許枚搖搖頭，「這年頭啊，法律向權力和槍桿子低頭也是沒辦法的事。不過孫副官，你還是想想怎麼和李大帥交代吧，五十個烏頭卒三十二死一十八傷，你回去怕不得脫層皮。」

「用不著你操心！」孫烈臉色一白，怒道：「你再多嘴，老子讓你的店開不下去！」

許枚笑了笑，乖乖閉嘴，生意還是要做的。

谷之篁道：「好了孫副官，帶著你的人走吧，捕門要清理現場。」

「用不著你廢話，小爺早就不想在這鬼地方待了。」孫烈捂著肩頭掙起身來，瞧著橫七豎八躺了一地的烏頭卒，「我這就回去叫人，你們……你們最好別對我的人動手動腳。」

「放心放心，我們絕對不碰他們，你快走吧。」谷之篁道：「我看你敢邁出這院門一步。」

「不敢是孫子！」孫烈順口接了一句，自己也莫名其妙：為什麼他斷定我不敢出去？

許枚瞧瞧宣成，「要阻止這孫子嗎？」

宣成無奈，「喬七在外面，他出去就是個死！」

孫烈一聽「喬七」二字，頓時一個激靈，回過頭來怒視谷之篁。

姬揚清咬咬嘴唇，「我出去勸勸他。」

「阿清……」江蓼紅拉住姬揚清，「他可是喬七，凶名赫赫的鴆公子喬七，你怎麼勸他？勸他束手就擒，乖乖挨槍子？再說……我話說得重些，你別生氣，也許他印象中從來就沒有你這個姐姐，天知道他在外面設了多少歹毒機關，就等著我們出門送死……」

「可是……他……他……」姬揚清指著被轟得四分五裂的院門，驚得說不出話。

幻面與喬七

眾人隨著姬揚清的手指望去，只見一個蒼白妖異的少年，手裡拎著一顆灰髮長鬚的首級，晃晃悠悠走進院子，跪在滿地殘碎的蜂屍上，瑟瑟縮縮地揚起頭，望著姬揚清，泫然欲泣。

「你……」姬揚清舉步出門，被宣成攔下。

「這可是喬七。」宣成沉聲道。

孫烈一溜煙鑽到牆角，縮著身子不敢出去。

這時的喬七看起來格外乖巧，小心地把手中的首級放在屋前石階上，恭恭敬敬地向姬揚清叩了個頭，可憐巴巴道：「姐姐救我，我肚子裡火燒似的疼。」

「融腑丸！」姬揚清一驚，忙從腰帶裡拿出一只竹筷粗細的小藥瓶，「不怕，我有解藥，你……這是……」她指了指放在石階上的頭顱。

「這老傢伙要殺我。」喬七咬著牙道。

「幻面？」姬揚清驚道。

「就是他。」喬七輕輕捂著肚子道。

宣成突然走到姬揚清身前，聲音冷冽如冰，「給你下毒的是鶴童。」

「是……」喬七渾身寒毛直豎。

「為什麼不找他要解藥？」

「我知道姐姐有融腑丸解藥，再說，鶴童已經死……」

「你一直在外面，怎麼知道他已經死了？」

「我……」喬七語塞。

許枚笑了笑，「我來替你說吧。」他回頭指了指韓星曜的頭顱，「你說的沒錯，鶴童已經死了，但他的死法和你預計的不太一樣。」

喬七探著頭向屋中看去，吃了一驚，「他……你們怎麼……」

「我們可沒那本事能斬下鶴童的首級。」許枚道：「但我們都注意到，午夜十二點之後，鶴童的眼睛便開始發紅，這是中毒的徵兆。可笑鶴童用毒控制你這個使毒高手，卻沒想到你在他身上也下了毒，按說他手裡捏著能救你性命的解藥，你不敢把他怎麼著，但誰讓你有個醫毒雙絕的姐姐呢？所以你有恃無恐，算計著鶴童毒發身亡，再來向姐姐賣好討解藥。我猜你早就想好了脫身的辦法，也許是……挾持好心的姐姐當人質？」

喬七陰狠地瞪了許枚一眼，如果他可以通過眼神下毒，許枚早就化為膿血了。

姬揚清歎了口氣，「我可以給你解藥，但你要乖乖跟我們……啊！」

話音未落，喬七猛地猱身躍起，左袖中探出一把明晃晃的尖刀，毒蛇吐信般直刺宣成，右手五指大張，撲向姬揚清咽喉。許枚猜得沒錯，喬七可從沒打算服下解藥後便老老實實回捕門受死，眼前這個心又軟功夫又差的姐姐無疑是最好的人質，只是擋在她面前的這個傢伙有些討厭，必須趁其不備迅速除掉。剛才從玩毒蜂的小子心窩裡拔出的刺刀又尖又利還有血槽，用來突襲殺人非常合適。

「哧」的一聲，血花四濺，烏頭卒的兵刃確實鋒利無比。

宣成臂下一直壓著一把剛才交戰時奪下的佩刀，見喬七來得凶狠，也不及多想，左手攬住姬揚清，抽身退步，右手順勢一刀揮出，在喬七喉下豁開一個大口子，血花四濺，頭頸伶仃，死屍直挺挺撲在門檻上。

從喬七暴起到宣成揮刀，不足一秒工夫，姬揚清卻足有兩分鐘沒緩過神來。

「阿清……」江蓼紅有些擔心。

「他……他要抓我……你……你殺了他……」姬揚清好容易回了魂，被宣成攬在懷裡，話有些說不利索。

「哎喲，你怎麼把他殺了？我還要帶他回捕門交差呢！」谷之篁懊惱不已。

江蓼紅正替姬揚清揪心，一聽這話，頓時察覺出什麼不對，「怎麼是你帶他回去交差？」

谷之篁道：「當然啦，這不是幻面嗎？我要抓的就是他。這老小子一進門兒我就認出來了。」

衛若光也道：「他的腳步，著力點偏後，和中午撞翻胭脂盒的腳印一樣。」

許枚也道：「幻面可能偽裝成喬七，喬七卻不可能偽裝成幻面。」他走到「喬七」屍體旁，輕輕揉搓著那張粉嫩白皙的臉，「瞧，這些泥膏一擦就掉。」

「他不是喬七，那……」姬揚清看看「喬七」的屍體，又瞧瞧被放在石階上的「幻面」的首級，稍稍提起的心又沉入谷底，「如果這個是幻面，那……」

許枚歎了口氣，捧起滿臉血污的頭顱，輕輕揭下假髮、鬍鬚，抹去臉上的變裝泥膏，露出慘白的少年的臉，「鶴童算計得沒錯，喬七未做提防，終究不是幻面的對手。」

「你怎麼知道他未做提防？」江蓼紅小聲問道。

「如果他真的有心防著這個和他一樣被下了融腑丸的前輩，就不會告訴他鶴童已經被下了毒，也不會告訴他自己的姐姐有解藥，更不會在他面前描述姐姐的樣子。還記得吧，剛才幻面一進院門，衝著姬法醫納頭便拜，這裡有兩個漂亮姐姐，幻面怎麼知道喬七的姐姐長什麼樣？」許枚道。

姬揚清望著喬七的首級，怔忡良久，慘然一歎，「你心裡還是記得我這個姐姐的……」

姬揚清咬咬嘴唇，把頭埋在宣成懷裡，「我難受，讓我抱一會兒。」

「好。」宣成倚著門框坐下，「想哭就哭出來吧，別憋著。」

「不至於。」姬揚清悶悶地說。

「嗯……阿清……」宣成拍拍姬揚清的背，「想哭就哭，別害羞。」

「我說了不至於。」姬揚清輕輕掐著宣成小肚子上的肉，有些緊，掐著不稱手。

「別跟你姐姐學這些不好的東西。」宣成小聲道。

江蓼紅把許枚拉到一邊，小聲問道：「我不太明白，幻面又不會使毒，外面那三十個烏頭卒他是怎麼幹掉的？」

許枚笑笑，「江老闆還沒想通？」

「這時候就別賣關子了。」江蓼紅惱了，伸手來掐許枚。

「別……別……」許枚一邊躲閃一邊問道：「江老闆覺得喬七是在哪被殺的？」

「喬七……」江蓼紅一愣，立刻明白過來，「幻面和喬七是一起過來的，喬七先無聲無息地毒殺了烏頭卒，幻面又下黑手殺了喬七，然後偽裝成他的樣子。」

許枚歎了口氣，偷偷瞧瞧把頭紮在宣成懷裡的姬揚清，小聲道：「喬七心狠手辣，但畢竟是個孩子，玩心重，性子直，幻面是江湖老鬼，揉捏這麼個小孩子還不是手到擒來？我納悶兒的是……」他衝谷之篁招招手，「小篁，你怎麼認出他是幻面的？」

谷之篁道：「他身邊沒有玉蟬。」

許枚一愣，笑道：「你的小知了還真盡責。」

江蓼紅慍道：「你們又打什麼啞謎？」

谷之篁道：「我的蟬個個盡職盡責，中午哥讓我放蟬跟著那個拿走箱子的『綁匪』，拿走瓷器的是喬七，我的蟬一定跟在他身邊。」說著他指了指幻面的屍體，「這傢伙進來半天了，我連蟬的影兒都沒見著，他一定不是喬七。」

「蟬？」江蓼紅愣了愣，「哦，漢代玉含蟬！」

許枚道：「沒錯，漢代玉蟬之靈可大可小，可明可滅，行動迅速，不易被人察覺，可比捕門的警犬好用得多。」

「所以……那隻玉蟬知道喬七把那些瓷器藏在什麼地方。」江蓼紅喜道：「這便好，我還生怕你丟了瓷器急火攻心……」說著她重重掐住許枚，「可惡，不早告訴我，害我白擔心一場！」

谷之篁看得身子一顫，「嫂子下手好重啊……」

衛若光慢條斯理地收拾好了照片、腳印和清實錄文獻，又從口袋裡取出一支鋼筆，工工整整地把許枚寫在黑板和牆皮上的「板書」抄錄下來，輕輕咳嗽一聲，「我們是不是可以清理現場了？這裡有四具屍體，十八個昏迷的烏頭卒，還有滿地支離破碎的殺人蜂，外面應該有……三十二具屍體，夠勘痕堂、驗骨堂忙一陣子的，陳菡、陸衍跑了，隱堂那邊的任務也不輕鬆。所以，你們就別在這裡卿卿我我了，不嫌血腥味嗆鼻子嗎？」

許枚嘶嘶吸著涼氣從江蓼紅纖勁狠辣的手指下掙脫出來，上下打量著衛若光，「小傢伙，你居然能一口氣說這麼長一段話，太難得了！」

「哼！」衛若光小臉一紅，扭過頭去，懷裡的越冬蛐蛐輕輕鳴唱。

宣成依然倚著門框，輕輕抱著紮在他懷裡的姬揚清，小聲道：「累了，再歇一會兒吧。」他難得的沒有對「卿卿我我」四個字提出異議。

孫烈瑟瑟縮縮地倚著牆角站起身來，望著滿地狼藉，哭喪著臉道：「這……我怎麼辦，我怎麼和我姐夫交代……」

葬少年

姬揚清難得請了假，沒有參與這場大案的屍檢工作，宣成忙得焦頭爛額，既要應付心驚膽戰的警察局高層，又要和紅了眼的李矩打交道，還得防著無處不在的小報記者，處理案情的時間倒少得可憐。

陳菡和陸衍好像消失了，既沒有出現在孫烈家裡，也沒有回陳家在冉城的宅院，一個撫陶師、一個鍊金師，憑空消失了一樣，找不到半點蹤跡。陳家的財產莫名蒸發，陸衍的容悅樓關門停業，店裡的金銀古玩也不見了，捕門偵資堂把陳家在各大銀行的帳戶查了個底兒掉，依然摸不清這筆財富的去向。

李矩並不知道孫烈和陳菡的雄心壯志，但他絕不能接受如此慘重的損失，更不能容忍孫烈為了營救鋃鐺入獄的親戚私自調動烏頭卒。孫烈被吊在樹上打了三天三夜，扒了軍裝，丟回老家種田。孫炎半句話也不敢多說，老老實實地縮在大帥府後宅，自己和自己打麻將度日，至於李矩又包了幾個外宅，養了幾個小妾，納了幾個姨太太，一概不再過問。

三個身首異處的少年都已經入葬，喬七被姬揚清燒成了一罈青灰，葬在孫杏慈墓邊，墓碑上寫著他幼時的乳名。

桑悅的頭顱與屍身被細細縫合，傷心欲絕的桑家家主在老家的桑葚園裡闢了一塊地，隆重地安葬了犯下謀殺案的兒子。江蓼紅抽空去了一趟桑家，把那串穿著明命通寶的手鏈放在墓碑上。

韓星曜的屍首縫合完整之後，被兩個少年收殮帶走了。煙孩兒和玩石童子並不難找，神龍見首不見尾的隱堂堂主迅速培養了新的鶴童和鹿童，許枚望著兩個扶棺而去的少年背影，唏噓不已。也許過不幾年，這兩個少年也會靜靜地躺在棺材裡，被人拉去埋葬。

有了玉蟬引路，許枚和谷之篁非常順利地找到了被藏起的瓷器。

「還真是燈下黑。」谷之篁四下打量著破舊的院子道：「這裡和他關逆雪的院子只隔著兩條小胡同。」

許枚推開蓋在箱子上的乾草，小心地把箱子從地坑裡抱了出來，輕輕吁了口氣道：「附近有很多這樣的小破院子，潮氣太重沒法住人，用來窩贓藏寶幹壞事簡直不要太合適。」

「哥，我還是有些搞不明白。」谷之篁收了玉蟬，幫許枚打開箱子檢查瓷器，「喬七是怎麼離開那座院子的？逆雪聽到他的腳步聲停在院子中間，那隻大狼狗也一直圍著院子正中間的水井打轉轉。」

「幻面力氣不小。」許枚摩挲著豇豆紅太白尊的釉面，沒頭沒腦來了這麼一句，見谷之篁一臉茫然，笑道：「這個老賊非常敏銳，他察覺到了喬七鞋子上的循蹤粉，把身材瘦小的喬七扛在肩上，脫下他的鞋子丟進井裡，再連人帶箱子一起扛到這座院子，把箱子藏進事先挖好的坑裡，用乾草蓋住。」

「那條大狼狗圍著水井轉圈，原來是聞著井下的氣味。」谷之篁嘖嘖稱奇，「幻面這老傢伙夠賊的啊，連循蹤粉都能察覺到。」

許枚道：「這種靠著花巧手段混江湖的老賊，個個機警油滑，謹慎過人，這是他們的生存之道。可惜幻面小心一世，臨了走了一著險棋，被警官一刀抹了脖子。」

谷之篁愁眉苦臉，「那一刀抹得太快了，我都沒來得及問問幻面把剩下的柔雲緞藏哪兒去了，鶴童身架小，給他做一套衣服絕用不了一整匹緞子。」

「慢慢找吧，他們在冉城一定有其他藏身處。」許枚合上箱子，歎道：「最難辦的是我的活兒，陳小姐和陸先生杳杳無蹤，可叫我上哪兒找去。這兩人才是最危險的，尤其是這個瘋狂的鍊金師，眼下這時局，可經不起又一個陳泰初攪動風雲了。」

「好在陸衍逃走之前把那盒金塊塞給了孫烈。」谷之篁道：「現在孫烈被李矩趕回了四川老家，那盒金塊和六月荷花花神杯也被捕門繳了去，陸衍就算有心作亂也無能為力，難道他還敢到隱堂去搶金寶？」

「就是那盒金寶殘塊讓我覺得奇怪。」許枚把箱子抱到停在院外的馬車上，輕輕皺眉，「你想，陸衍放出金蜜蜂是為了通知孫烈帶兵搶人，他何必特意囑咐孫烈帶上那盒金塊，不嫌累贅嗎？」

「對哦，這事說不通啊。」谷之篁跳上馬車道。

「好像陸衍故意把它們塞到我們手裡似的。」許枚撓頭道。

「那哥你打算怎麼辦？」

許枚道：「陳小姐收藏了三只花神杯，現在臘月梅花和六月荷花都在隱堂，我從臘月花神杯進入瓷境，從八月桂花那裡出去……」

「太險了吧！」谷之篁道：「可別肉包子打狗一去不回。」

「你才是肉包子！」許枚揍了谷之篁一拳，「南堂主不許我這麼做，這招太險，我能想到的辦法，陳小姐也能想到，她一定會早做準備防著我，比如把那只杯子泡在鱷魚池裡、放在懸崖邊上、凍在冰窖裡，或者藏在一個滿是倒刺的狹窄的鐵籠裡，倒刺上還淬滿了劇毒。」

「哥你想像力夠豐富的。」

「有時候女人的想像力更豐富。」許枚道：「上次咱從『七賢第一祖』的瓷境出去差點被活埋的事還記得吧？永遠不要冒險從一個外界環境未知的瓷境走出去。」

「行了哥，別想這麼多了，先上車，嫂子還在家等著你回去吃飯呢。」谷之篁笑嘻嘻道：「為了給你過生日，嫂子親自下廚燒了不少菜，可別讓她等急了。」他一甩馬鞭，「我還想嘗嘗嫂子的手藝呢。」

「嗯，先繞路去魚羊館買些蒸餃，路過百味樓的時候再買幾樣菜帶回去，你嫂子做的菜會齁死人的。」許枚道：「我家廚房只剩了半罐子鹽，估計會被她用光。」

齁得發慌

江蓼紅打發姬揚清出門買鹽，自己關緊了廚房門，警惕地盯著跳窗進來的陸衍。

「江老闆別怕，我沒有惡意。」陸衍道：「許老闆呢，怎麼沒看到他？」

「你來做什麼，自首嗎？」江蓼紅下廚房時可沒帶著厲害的古錢，陸衍突然出現確實打了她一個措手不及。

「江老闆說笑了，我來是想提醒許老闆，不要再費心找我們了。」陸衍道：「那只八月桂花花神杯被藏在一個很危險的地方，請江老闆轉告許老闆，千萬不要冒險。」

「好，我會轉告他。」江蓼紅小心地把手背在身後，抓起剛才剖魚的尖刀。

「江老闆說的沒錯，凝鍊金寶可能會斷送鍊金師的性命，所以……」陸衍有些不好意思，「鶴童那麼一鬧，我好像突然開悟了，活著比什麼都重要，我為什麼一定要活成老師的樣子？鶴童一個半大孩子都知道惜命，我枉活了五十歲，卻不如一個孩子活得明白。所以，我打算放棄老師的計畫，再說，孫烈已經廢了，孫、陳兩家的孩子，再沒有一個成材的。我這個人性子悶，不擅長和人打交道，讓我再去茫茫人海中尋找堪成大事的豪傑英主，我是辦不到的。」

「你早就想放棄了，只是不好對孫、陳兩家交代。」江蓼紅道：「否則你不會特意吩咐孫烈帶著金寶和花神杯來劫囚。」

陸衍笑了笑，「沒錯，我早就累了，但孫家姐弟志大才疏，雄心勃勃，陳家被他們綁上賊船脫身不得，我不得不為他們奔波勞碌。江老闆說的沒錯，我壓根也沒想著孫烈那個跛扈少爺能從捕門把人劫走，讓他帶來金寶，為的是讓你們把這些禍根繳了，當然，我們可不能落到隱堂手裡，所以他必須把那只花神杯帶來，好讓菡菡帶我脫身。」

「菡菡？」江蓼紅起了一身雞皮疙瘩，陸衍這句「菡菡」聽起來可不像長輩稱呼小輩，那語氣，那腔調，那神情，活像許枚叫自己「江老闆」時的樣子。

「我的年紀是大了些……」陸衍古銅色的臉微微泛紅。

「那天晚上陳小姐可被折騰得夠慘。」江蓼紅斜睨陸衍，「在你的計畫之中還是……」

「怎麼可能！」陸衍有些惱怒，「我怎麼會想到鶴童恐怖如斯？」

「看得出來，你是真心疼。」江蓼紅搖搖頭，「她怎麼樣了？」

「耳朵上可能會留疤，可我不在乎，她變成什麼樣我都愛。」

「她會在乎的，女人無法容忍自己的容貌受損，時間久了她的心性會變的，找個好大夫給她看看吧。」

「好，多謝江老闆提醒。」陸衍取出一枚「西王賞功」金錢，輕輕放在一片白菜葉上，「這個送你，我該走了。」

「等等，我還有個問題。」江蓼紅叫住陸衍，問道：「你的心思，陳小姐知道嗎？」

「當然，我愛她，她也愛我。」

「不，我問的是，陳小姐是真心幫著孫家籌謀大事，還是和你一樣，早存了抽身退隱的心思？」

「菡菡性子憨得很，孫家是她的親戚，她自然是真心幫著孫家的，又是綁架，又是下毒，這些亂七八糟的事她幹得興致勃勃，我可看不得她如此操心勞累，所以設計替她甩掉了這個大包袱。」陸衍輕輕搖頭，「到現在她還滿懷歉意，不好意思去見孫烈，還直念叨著辜負了我一番辛苦，搞得我心裡好不是滋味。」

「趁早和她講明白吧，孫烈到底是她的表弟，總不能一輩子不見面吧。」

「如果孫烈死了，他們自然不必再見面了。」陸衍淡然道。

「你要幹什麼？」江蓼紅大驚。

「我不喜歡親手殺人，眼看著鶴童人頭落地，我連著做了幾天噩夢。」陸衍有些不好意思，「我只是潛入大帥府，在李矩面前表演了幾手『魔術』，順便把孫烈針對他的謀殺計畫一五一十和盤托出，那鬍子氣得直翻白眼，今天上午孫炎已經被他丟到井裡去了。」

「李矩嘴可不嚴，陳小姐會恨死你的。」

「放心，被自家人算計太傷面子，李矩會做得無聲無息，估計明天報紙上就會登出大帥夫人暴病身亡的消息。至於孫烈，他也許會在來冉城奔喪的途中遭遇車禍、盜匪、亂兵、猛獸、毒蛇，總之李矩不會讓他活著回到冉城。」

「好狠啊陸先生。」江蓼紅攥了攥藏在腰後的刀，「你是鍊金師的事，也對李矩說了？」

「我只說我是一個巫師，能悄無聲息、取人性命的巫師。李矩明面兒上不信鬼神，其實心裡在意得很，我只用了一支金蜘蛛草蟲簪，就嚇得他嗷嗷慘叫。」

「金蜘蛛？」

「對，他眼瞧著一支簪子變成了一人多高的大蜘蛛，嚇得臉都白了，我告訴他這是幻術，能殺人的幻術，那草包深信不疑。再加上孫烈和我來往的幾封書信，倖存的烏頭卒半通不通的幾句證詞，李矩已經氣得兩眼通紅。還有孫炎那瘋瘋癲癲的蠢婦，我詐了她幾句，她就竹筒倒豆子似的全招了。」陸衍嘴角上揚，「這下菡菡和孫家再沒什麼羈絆，可以踏踏實實地找個太平的小鎮子，安安心心和我一起過下半輩子，我會努力活得久些。」

「你是個罪人、凶手。」江蓼紅道。

「沒錯，但我打算洗心革面重新做人，所以你們不要再糾纏我了，鍊金師一旦被惹急了，也不是那麼好對付的。」

「很少一口氣說這麼多話吧，看得出來你心情不錯。」江蓼紅道。

「是，還真有些口渴了。」陸衍順手端起一小碗海鮮湯，輕輕啜了一口。

「給我放下，那是我給許老闆做……」

「唔咳咳咳咳……你家鹽不要錢的嗎！你打死幾個賣鹽的？」陸衍嗆得老臉通紅，一陣黑雲似的閃了出去，把剛剛買鹽回來的姬揚清嚇了一跳。

「你……啊啊啊！陸衍！」姬揚清望著越牆而出的陸衍，手忙腳亂。

「你……咳咳……咳咳咳，你手裡拿的是什麼？」陸衍望著姬揚清提著的一個小罈子，罈子裡冒著尖兒盛著細小的白色結晶顆粒。

「鹽……」

「可惡！」被齁得心神崩摧的陸衍一腳踢飛了鹽罐子，罵著街走了。

姬揚清望著滿地白花花的鹽粒子，一時手足無措。

街角慢悠悠轉過一輛馬車，踢踢踏踏地停在拙齋後門外，許枚和谷之篁瞧著呆呆發愣的姬揚清，摸不著頭腦。

「這姐姐中邪啦？」谷之篁小聲道。

「別瞎說。」許枚心裡也直打鼓，小心地揮揮手，「姬法醫，出什麼事啦？」

「陸衍從你家後院跳出來，問我手裡提的是什麼，我說是鹽，他就瘋了似的把鹽罐子踢翻了。」

姬揚清懵頭懵腦，搞不清陸衍受了什麼刺激。

「噢，我明白了，沒事兒，咱進去吧，估計陸衍嘗過江老闆做的菜了。」許枚瞧著推門追出來的江蓼紅，捧著肚子笑道：「我還真的謝謝他踢翻了這罐子鹽。」

「胡說八道什麼，這年頭鹽多貴呀。」江蓼紅心疼地望著滿地鹽粒，「上面兒的撮起來還能用，快回去拿簸箕。」

「江老闆，看在鹽這麼貴的分上，以後還是我下廚吧。」許枚道：「今天時候晚了，我買了些菜，有你愛吃的蓮藕燉排骨、糖醋鯉魚，還有酸菜白肉和燴三絲。」

「怎麼淨買我喜歡的菜，是你過生日還是我過生日……」江蓼紅小聲嘀咕道：「我做菜不好吃嗎？我可難得做一回菜……」

「好吃，以後別做了，太傷鹽。」許枚笑道：「小篁幫哥把馬車拉進去，這車是租的，下午得還。對了姬法醫，你家的什麼時候到？他可答應給我帶酒了。」

「他中午十二點才下班，怎麼也得等到……」姬揚清隨口答應著，突然一個激靈，臉紅得山茶花似的，跳著腳道：「誰家的？我家就我一個，我沒我家的！」

「哦……那十二點下班的那位是誰？」許枚笑道。

「是……是……」姬揚清又羞又惱，「是」了半天也「是」不出個所以然，咬牙切齒瞪著許枚。

「好了，別逗阿清了。」江蓼紅輕輕捏著許枚的胳膊道：「陸衍剛才來過了，說了好多有的沒的，聽得我心驚肉跳的，得……」她本想說「得趕緊通知捕門想法子救人，否則孫烈的小命就保不住了」，咬著牙仔細想了想，竟把這句話吞回肚裡。陸衍把一切安排得妥妥當當太太平平，我又何必橫插一手保下孫烈這個一心裂土稱王的禍害呢？但是……許老闆會怪我嗎？我可是為他好，孫家姐弟不在了，陳菡和陸衍就太平了，許老闆自然也少了許多麻煩，可這事兒……唉，我怎麼也和陸衍一個德性……

「江老闆還生氣呢？」許枚見江蓼紅臉色有些難看，忙抱著她的手哄道：「我這就回去拿簸箕，別生氣了好不好？其實你做菜還滿好吃的……」

「我沒生氣……」江蓼紅輕輕咬了咬嘴唇，笑道：「真的沒生氣，快進屋吧，別在外面傻站著。」

「好，進屋進屋，小悟呢？來幫我搬東西。」許枚見江蓼紅笑得又柔又暖，心裡頓覺踏實無比，忙招呼著小悟出來搬東西。

「小悟在前邊看著店呢。」

「逆雪呢？」

「有警察要上門，他哪敢在這兒待，我給了他一張戲園子的票，放他出去野了。」江蓼紅挽起袖子鑽進馬車，「我來幫你搬瓷器。」

「別別別，我來我來，我自己來。」許枚也忙不迭鑽進車裡，「砰」的一聲，撞在江蓼紅頭上。

「哎喲……」

「討厭……」

「啊別掐！」

「你壓著我了，走開！」

「你倒是先鬆手啊。」

「你卡住我腕子了。」

谷之篁嘖嘖兩聲，「我說法醫姐姐，咱們躲遠點吧，要不你帶我到後廚去嘗嘗我嫂子做的菜？」

姬揚清輕輕「哼」了一聲，迎向提了一瓶葡萄酒進門的宣成，「來啦？今天下班挺早嘛，這才十一點多……」

「都是些耗心耗神的雜事，我懶得處理，偷跑出來了。」宣成道：「神婆神棍呢？這個馬車怎麼一直在晃？你臉怎麼這麼紅，出什麼事了？」

「沒事……」姬揚清想起剛才許枚那句「你家的」，臉又紅了幾分，宣成忙伸手摸了摸她的額頭。

「唉，真是……」谷之篁皺著鼻子道：「一個兩個膩死我了，我要回北京。」

衛若光揣著蛐蛐葫蘆不敢進門，有些害羞，還有些羨慕，小聲嘀咕道：「春天，還早吧……」

深夜古董店2：鍊金師的祕密

作　　者　吉羽
封面設計　朱疋
行銷企畫　林瑀
行銷統籌　駱漢琪
業務發行　邱紹溢
校　　對　呂佳真
責任編輯　吳佳珍
總 編 輯　李亞南
出　　版　漫遊者文化事業股份有限公司
地　　址　台北市105松山區復興北路331號4樓
電　　話　（02）27152022
傳　　真　（02）27152021
服務信箱　service@azothbooks.com
營運統籌　大雁文化事業股份有限公司
地　　址　台北市105松山區復興北路333號11樓之4
劃撥帳號　50022001
戶　　名　漫遊者文化事業股份有限公司
初版一刷　2021年5月
定　　價　新台幣350元

圖書許可發行核准字號：文化部部版臺陸字第110056號

ISBN　978-986-489-467-3

國家圖書館出版品預行編目(CIP)資料

深夜古董店2：鍊金師的祕密 / 吉羽 作; -- 初版. -- 臺北市：漫遊者文化事業股份有限公司, 2021.05
464面；14.8×21公分

ISBN 978-986-489-467-3(平裝)
857.7　　110005571